# ROLF SÜCHTING
# MERLE
## *oder*
# DER RICHTIGE MANN

---

Zelter Verlag Braunschweig

ISBN 3-931727-50-5

Erstveröffentlichung

März 2001

©Rolf Süchting 2001

©Zelter Verlag Braunschweig 2001

Umschlag: Stefan Jacobasch

Herstellung: Books on Demand GmbH

Printed in Germany

# MERLE

Er hatte sich verspätet. Das hatte ich zwar eingeplant, doch nervt es mich immer, wenn ein Mann zu spät zu einem Rendezvous kommt; selbst wenn es sein letztes ist.

Ich hatte alles bereits mehrmals durchgespielt und tat es ein weiteres mal. Ich prüfte die Einstellung des Gewehres, justierte die Waffe auf dem Stativ. Durch das Zielfernrohr nahm ich den Platz in Augenschein, der sich langsam mit Menschen füllte. Spielerisch verfolgte ich durch das Visier den Weg, den sie nehmen würden. Anschließend trat ich vom Fenster zurück in das Wohnzimmer und steckte mir wieder den Knopf ins Ohr, mit dem ich den wichtigen Dienstvorgängen der Polizei lauschte.

Ich war sauer. Nicht nervös, nur sauer. Die Zeit wurde knapp. Schon mein Zug hatte Verspätung gehabt und so konnte ich mir nicht gleich die neue Fahrkarte kaufen, das mußte ich nachher noch tun. Wenn es so weiterging, müßte ich mir hier in der Gegend noch ein Hotel suchen und übernachten. So hatte ich es eigentlich nicht geplant. Aber unser dicker Kanzler hatte es wieder einmal nicht nötig, pünktlich zu seiner Veranstaltung zu erscheinen.

Sogar im Wahlkampf sitzt er seine Gegner aus.
Guter Witz, dachte ich mir. Da wäre er doch glatt der erste, der mich aussitzt.

Die Verspätung meines Zuges hatte mich nicht sehr gestört. Ich kalkuliere immer genug Zeit ein, um rechtzeitig am Ort des Jobs zu sein. Vom Bahnhof fuhr ich nicht direkt in dieses Viertel. Ich nahm ein paar Umwege, benutzte die Straßenbahn und den Bus und ging das letzte Stück durch einen Park zu Fuß. In einer öffentlichen Toilette zog ich mir die Malermontur an. Den Overall stopfte ich etwas mit Papier aus, damit ich nicht mehr ganz so weiblich wirkte, steckte meine Haare hoch und schob sie unter die Mütze. Das Make-Up entfernte ich so gut es ging, nahm die Ohrringe ab und setzte eine verspiegelte Sonnenbrille auf. Bei diesem Wetter wundert das niemand. Und es stört auch niemanden, wenn ein Maler an einem strahlend schönen Spätsommertag seine Mittagspause im Park verbringt.

Am Haus angekommen, ging ich in den Keller, holte meine Sachen aus dem kleinen Kabuff, indem ich sie vor drei Tagen verstaut hatte und klingelte bei ihnen. Sie waren natürlich noch da. Hätte mich auch gewundert, wenn sie schon fortgewesen wären. Also wartete ich. Wartete, bis die beiden Alten sich auf den Weg machten, ihrem Kanzler zuzujubeln.

Meine Güte, hatte die Omi aufgetragen. Sie mußte mindestens zwei Stunden an ihrem Schminktischchen vor dem Spiegel vor sich hin getattert haben, bis sie die Augenlider blau, die richtigen roten Bäckchen zum weißgepuderten Rest gemalt hatte und der Lippenstift paßte. Ihr Gesicht glich einer Trikolore - eine Hommage an die Frankophilie des Dicken? Dann hatte sie Opi seine schwarzrotgüldene Parteikrawatte geknüpft. Der Knoten glich einem Henkersknoten.

Sie in ihrem besten Ausgehkleid, das so um 1960 modern gewesen sein muß, er im kackbraunen Zweireiher mit Pepita-Hut, wirkten wie ein Paar aus einem Trümmerfilm der fünfziger Jahre. Achtlos tapsten sie an mir vorbei aus dem Haus. Ich folgte ihnen sicherheitshalber ein Stück und inspizierte bei der Gelegenheit gleich noch einmal die Gegend. Alles war sauber.

Dann fuhr ich hoch in den 17. Stock - tolle Aussicht, ich liebe das - ging rasch zur Wohnungstür, roch kurz an den Schlössern und hinein. Immer gut, wenn man einen Universaldietrich hat. Die beiden Alten hatten drei Türschlösser und einen Riegel. Von innen konnten sie auch noch eine Kette vorlegen. Sie nahmen das Geschwätz von der zunehmenden Kriminalisierung der sozial tieferstehenden Schichten offenbar sehr ernst. Ich brauchte 45 Sekunden, um in die Wohnung zu gelangen. Das war eine schlechte Zeit. Ich würde wieder etwas trainieren müssen.

Drinnen legte ich die Plastikfolie aus, schließlich will eine Malerin ja keine Farbklekse auf der teuren Auslegeware hinterlassen, öffnete das Fenster, von wegen Umgang mit Lösemitteln und so und zog die Gardine zu. Dann zog ich mich soweit aus, daß ich nur noch den Body, die schwarzen Leggings, den schwarzen Sweater und die schwarze wollene Sturmmütze anhatte. Das Köstum legte ich vorsichtig auf eine Kunststoffunter- lage, ich hinterlasse ungerne unnötige Faserreste. Ich schraubte das Stativ zusammen, montierte das Gewehr und bereitete meine abschließende Wohnungssanierung vor. In meinem schwarzen Outfit sah ich den Bullen ähnlich, die auf den Dächern in der näheren Umgebung des Platzes Stellung bezogen hatten. Sie trugen noch zusätzlich Stahlhelme und schußsichere Westen. Machen einen unbeweglich, diese Dinger. Außerdem, gegen Hochgeschwindigkeits- oder Dumdumgeschosse sind sie ziemlich wirkungslos.

Die beiden Alten würden mir dankbar sein müssen. Schließlich mußte hier dringend etwas gemacht werden. Der Teppichboden war vor mindestens 20 Jahren verlegt worden. Die Tapeten mochten jüngeren Datums sein, die Waldlandschaft hinter der Ledergarnitur erinnerte an den deutschen Heimatkitsch der fünfziger Jahre. Einbauküche, rosa gekachel- tes Bad mit Dusche und separater Wanne. Das war Komfort! Ansonsten: Stilmöbel aus den Fünfzigern auf der einen, auf der anderen Seite Fernsehtruhe mit neuestem 16:9 Flachbildschirm, Kabelanschluß, Satellitenschüssel und Surroundsound, konnten die das überhaupt noch hören? Ich hätte diesen Superfernseher gerne einmal ausprobiert. Aber in diesen siebziger Jahre Neubauten kann man sich kaum bewegen, ohne daß es das ganze Haus hört. Die beiden hätten nicht zum Platz zu gehen brauchen, um ihren Kanzler zu erleben. Aber als altgedientes Partei-Fußvolk weiß man, was man den Bonzen schuldig ist. Und mir taten sie einen großen Gefallen damit.

Als ich alles soweit installiert hatte, hieß es nur noch warten.

Ich steckte mir wieder den Knopf ins Ohr und lauschte dem Polizeifunk. Interessante Tätigkeit, sollte man Bücher drüber schreiben. Die Bullen sind noch blöder, als man gemeinhin annimmt. Besonders wenn sie glauben, unbemerkt ihre tolle Männlichkeit in den Funk schicken zu können. Immerhin waren sie schon über Häschen- und Mantawitze hinausgekommen. Zwischen ihre ungeheuer wichtigen Lagemeldungen flochten sie Blon- dinenwitze, Türkenwitze und Machosprüche über „geile Schnitten" ein. Das arme Mädel in der Zentrale tat mir fast leid. Falls mir mal einer dieser Typen zu nahe kommen sollte, ich ließe ihn seinen eigenen Schwanz lutschen.

Ich brauchte den Funk nicht länger abzuhören, denn da kamen sie, deutlich sichtbar und hörbar schwebten sie knatternd heran.

Die Puma Hubschrauber setzten langsam zum Landeanflug an, fünf, damit potentielle Terroristen nicht wußten, in welchem der Dicke saß. Man hätte den Bullen vielleicht einschärfen sollen, im Funk nicht zu erwähnen, daß unser allerdickster Kanzler im zweiten der Hubschrauber Platz genommen hatte.

Ich ließ sie landen und bereitete mich vor.

Eigentlich war es ein einfacher Job. Mit dem Hochleistungsgewehr. Stahlmantelhohlgeschoß, große Durchschlagskraft, ein Treffer genügt. Ein Schuß und die Sache war erledigt. Nur: Dieser eine Schuß, der mußte sitzen. Für einen zweiten hätte ich nicht genug Zeit.

Das Problem war die Entfernung, denn ich konnte nicht auf Körperkontakt an meinen Klienten heran, wenn ich heil entkommen wollte.

Und ich hatte nicht vor, von den 500 Riesen im Knast zu träumen ...

Unabhängig davon ging ich davon aus, daß mich des Dicken Leibgarde noch an Ort und Stelle erledigen würde.

Also blieb nur das Gewehr, blieb nur ein weit entfernter, mit Sicherheit nicht bewachter Ort und ein Platz, der einem Hochsitz glich. Ich hatte lange gesucht, bis ich dieses Haus gefunden hatte. Als ich vom Dach aus die Lage gecheckt und den Bau für gut befunden hatte, notierte ich mir die Namen, die auf den Klingelschildern der obersten Geschosse standen. Dann startete ich eine Art telefonische Umfrage und gab mich als Mitarbeiterin des Politbarometers aus. Bei den beiden Alten wurde ich fündig. Als ich ihn an der Strippe hatte und nach seiner Meinung über den Kanzler befragte, wurde er richtig redselig. Ich brauchte nicht groß zu fragen, frei heraus sprach er über seine und ihre langjährige Parteimitgliedschaft (48 Jahre!) und erzählte, daß der Dicke der Größte sei, noch größer als der Alte. Als er hinzufügte, er und seine Frau ließen keine Wahlkundgebung ihres Kanzlers in dieser Gegend aus, machte ich einen inneren Luftsprung. Am folgenden Tag wartete ich einen Moment ab, in dem beide außer Haus waren, drang das erste Mal in die Wohnung ein und wußte, daß ich von hier aus handeln würde.

Heute mußte es geschehen. Ich war heilfroh, als ich feststellen konnte, daß hier keine Bullen auf dem Dach stationiert waren. Ich war einfach hochgefahren, niemand, nichts, sie waren so sicher, alles im Griff zu haben, daß sie sich selbst innerhalb ihrer Bannmeile aufhielten.

Es war ein einfacher Job. Doch die Prominenz des Klienten verlangte nach einem besonderen Preis. Außerdem wollten Carola und ich uns zur Ruhe setzen, dieser Job sollte uns ein schönes Polster verschaffen. 500 Riesen für einen Job, davon können herkömmliche Cleaner nur träumen. Aber die behandeln auch weniger prominente Klienten ...

Vom Wohnzimmerfenster aus hatte man nicht nur einen großartigen Blick über die Stadt, auf den Fluß und das alte, von Ludwig XIV zerstörte Schloß am anderen Ufer. Man sah auch den Kundgebungsplatz in voller Schönheit, hatte den Weg im Blick, den der Kanzler und sein örtlicher Wahlkreiskandidat, Robert Klühspiess, nehmen würden. Es gab nur eine Unsicherheit. Wann würde das Bad in der Menge stattfinden? Vor oder nach der Rede? Würde er es überhaupt nehmen? Die Tribüne und das Rednerpult waren wie immer mit Panzerglas gesichert. Gewiß, der erste Schuß könnte es durchschlagen, aber ich brauchte dann zwei Schüsse, um sicher zu treffen. Genug Zeit, den Klienten in Sicherheit zu bringen.

Denn genau das war das Problem der Entfernung. Ich mußte auf gut 1.500 Meter treffen, gut einhalb Sekunden, eher länger, wäre die Kugel unterwegs. Das ist viel Zeit, da kann immer ein Idiot in die Schußlinie geraten.

Ich mußte es halt riskieren. Das Geld wartete im Schließfach, ich hätte den Job erledigt, auch ohne Treffer. Carola hatte eine Andeutung gemacht, daß es nicht unbedingt darauf ankäme, den Klienten endgültig zu erledigen. Wichtig war unserem Kunden die Wirkung des Attentats an sich, meinte sie. Also auf den Klienten schießen, egal, ob er am Leben blieb oder nicht. Carola meinte nur: „Aber er sieht ihn lieber im Fach". Tot war gewünscht. Der Wunsch des Kunden ist mir heilig.

Immerhin war es auch eine Frage der Ehre. Ich hatte nicht vor, wie seinerzeit Henry Maske mit einer Schlappe abzutreten.

Ich bin die Beste. Ich würde es wieder einmal beweisen. Ich schaute durchs Fernglas. Auf dem Platz tat sich etwas. Die Menge geriet in Wallung, Ordner begannen zu schwitzen.

Da kamen sie. Der dicke Kanzler und sein Klühspiess. Es war wirklich ein einfacher Job. Als wollte er sich bei mir für seine Verspätung entschuldigen, nahmen sie erst das Bad in der Menge. Ein Händeschütteln hier, ein Lächeln da, ein paar aufmunternde Worte dort. Er war in Form. Allem weltlichen entrückt, nahm er die Huldigungen seines Wahlvolkes entgegen, suhlte sich behäbig mit seiner ganzen, aufgedunsenen Jovialität in seiner Lieblingsrolle, der des pfälzischen Weltstaatsmannes.

Ich zielte. Ich hatte ihn genau im Visier. Dann erfaßte ich den Klienten. Er wirkte nervös, gehetzt. Als ob er etwas ahnte. Sie kamen genau auf mich zu, besser konnte es nicht laufen. Ich hatte schon lange die Knarre durchgeladen, jetzt legte ich den Finger an den Abzug, atmete tief und ruhig, jede noch so leichte Abweichung wäre katastrophal. Ich fixierte sein Gesicht, die Partie um die Nasenwurzel herum. Ich brauchte heute keine identifizierbare Leiche zu hinterlassen. Ich ging auf Nummer Sicher, das Geschoß würde seinen Kopf zerschmettern und sein Gehirn auf die Umstehenden verteilen. Auch der Kanzler würde sein Fett bekommen.

Ich zog den Abzug zum Druckpunkt. Noch einen Augenblick, eine kleinen Moment. Jetzt. Mit einem leisen Plop gab der Schalldämpfer den Abschiedsgruß frei und knappe zwei Sekunden später war eine hoffnungsvolle politische Karriere beendet.

Chaos, Panik, Durcheinander beherrschten den Platz. Die Leibwächter stürzten sich auf die prominenten VIPs, Handys jaulten, Knarren wurden gezückt, Knüppel geschwungen, man prügelte auf Neugierige oder nur geschockte Umstehende ein, es war perfekt. Ich hätte das Schauspiel gerne genossen, doch meine Zeit war bereits zu knapp. Trotzdem baute ich in aller Ruhe ab. Zerlegte das Gewehr und packte es in den Alukoffer, schob das Stativ zusammen und verstaute es im Leinensack, den ich dann im Keller in die Reisetasche packen würde. Dann nahm ich die Mütze ab, zog die Leggings aus, das graue Kostüm an und wechselte die Turnschuhe gegen farblich perfekt zum Kostüm passende Pumps.

Ich hätte gern mein Make-Up etwas nachgebessert, doch dazu fehlte die Zeit. Außerdem war ich nervös. Ich bin immer nervös, wenn ich einen Job erledigt habe. Das hat nichts mit schlechtem Gewissen oder so zu tun. Bei Männern würde man dazu sagen: Jagdfieber.

Als ich fertig gepackt und mich umgezogen hatte, schüttete ich das im Farbeimer mitgebrachte Gemisch aus. Dann stellte ich die Zeitschaltuhr und steckte den Tauchsieder in die Steckdose, wischte Tür- und Fenstergriffe ab und verließ die Wohnung. Ich ging drei Stockwerke durch das Treppenhaus, ehe ich mir einen Fahrstuhl rief. Der brauchte fast 90 Sekunden, bis er ankam. Nachdem ich den Rest meiner Sachen aus dem Keller geholt hatte und aus dem Haus auf die Straße trat, hallte die Luft vom Sirengeheul wieder. Es herrschte das erwartete, erhoffte große Chaos. Auf den Kanzler war ein Attentat verübt worden. Auch wenn er überlebt hatte, dies würde sie lange beschäftigen.

Ich nahm die Straßenbahn Richtung Bahnhof. Leider kam sie in dem Chaos nicht ganz ans Ziel. Daher stieg ich in der historischen Innenstadt aus und ging den Rest des Wegs zu Fuß. Die Zeit wurde knapp und knapper. Ich hatte nur noch sieben Minuten bis zur Abfahrt meines Zuges. Sieben Minuten, um das Päckchen aus dem Schließfach zu holen und am Expressschalter ein Ticket zu lösen. Das reichte nie und nimmer.

Da sah ich den Jungen. Er war neun oder zehn Jahre alt und gehörte zu den Kids, die zu Hause nicht besonders gern gesehen werden. Seine übergroßen, schlabberigen Jeans, die Patchwork-Jacke und Baseballmütze unterschieden ihn nicht von den anderen Kids seines Alters. Aber die Sachen waren verschlissen, länger getragen und ungewaschen. Ein Street Kid. Ich ging zu ihm hin und sprach ihn an.

„Willst du dir 20 Mark verdienen?"

„Klar, Mutter, wie denn?"

„Hol mir doch bitte meine Reisetasche aus dem Schließfach Nr. 777. Hier ist der Schlüssel."

„Okay, Alte, zeig mal das Geld!" Ich schob ihm einen halben Zwanziger in die ausgestreckte, schmuddelige Pfote.

„Hey, das ist doch nur ein halber Schein!"

„Richtig, Kleiner, die andere Hälfte kriegst du, wenn wir uns in fünf Minuten hier wieder treffen, kapiert!"

Er schaute mich leicht mißtrauisch an. Er würde, wenn er mir die Tasche mit dem Geld klauen wollte, nicht weit kommen. 500.000 Mark in gebrauchten, gemischten Scheinen wiegen ein paar Kilogramm. Außerdem hatte ich eine große, noch zusätzlich mit Altkleidern gefüllte Tasche verlangt. Ich lächelte und wedelte mit der anderen Hälfte des Scheines vor seiner verschmutzten, ungeputzten Nase. Der Junge besah sich den Schlüssel, musterte die beiden Scheinhälften, nickte und zog ab Richtung Schließfächer. Es war einfach unglaublich leicht. Ich stellt mich im Reisezentrum in die Schlange vor dem Expressschalter und freute mich, daß nur zwei Leute vor mir waren.

Gerade als die Dame vor mir fertig war, passierte es. Ich spürte eine Druckwelle und warf mich instinktiv zu Boden. Etwas war explodiert, die Druckwelle hatte die Glasverkleidung des Reisezentrums zerstört. Durch die Gegend flogen Glassplitter, herum lagen Gepäckteile und Menschen. Draußen in der Halle sah ich inmitten von Rauch und Trümmern irgendwelche Fetzen von Kleidern und vielleicht auch von Leuten. Ich achtete nicht weiter darauf. Eine Weile hörte ich gar nichts, spürte nur den Druck auf meinen Ohren, einen starken, schmerzenden Druck.

Eine Explosion, es schien, als sei der Herd bei den Schließfächern gewesen. Dann dämmerte es mir. Das galt dir, Merle. Statt 500 Riesen hatten sie ein paar Pfund Sprengstoff verpackt, im Schließfach deponiert und den Zünder so eingestellt, daß das Öffnen der Tür die Bombe hochgehen ließ.

Um mich herum schien die Zeit stillzustehen. Wie in Trance stand ich langsam auf, nahm meine Taschen und den Alukoffer, ging durch das Scherben- und Trümmermeer hinaus und strebte dem Ausgang entgegen. Um mich herum waren Rauch, Schreie, Entsetzen. Ich nahm es nicht wirklich wahr, ich wußte nur eines, ich mußte hier raus!

Für einen Moment hatte ich das Gefühl, eine Kamera zu sehen. Ob hier irgendein Hirni filmte? Vom Bahnhof ging ich zurück in die City, stieg in die Straßenbahn nach Mannheim und suchte mir dort ein Hotel.

Einer der Gründe, weshalb ich diese Stadt für den Anschlag gewählt hatte, waren die vielfältigen Fluchtmöglichkeiten gewesen. Es gibt nur wenige Großstädte in Deutschland zwischen denen noch außer der Bahn auch eine Straßenbahn verkehrt. Die Bullen würden Straßen sperren. Straßenbahnen sperren sie nicht. Dazu sind sie zu dumm. Das jemand mit dem sogenannten öffentlichen Nahverkehr flieht, ist ihnen zu abwegig. Darauf kommen die nicht. Die sitzen in ihren Streifenwagen und haben die Windschutzscheibenperspektive. Einen Bahnhof, den würden sie vielleicht noch überwachen, aber eine Straßenbahn? Never, Baby! Darüber hinaus suchten sie Männer, keine Geschäftsfrau.

Ich fuhr also in die schöne alte, ehemalige Residenzstadt Mannheim und quartierte mich in einem guten, in der City gelegenen Hotel der gehobeneren Kategorie ein. Ein Hotel, in dem „Managerinnen" wie ich gerne gesehen werden. Nachdem ich das Formular ausgefüllt und die Schlüssel entgegengenommen hatte, brachte ich mein Gepäck aufs Zimmer. Die Hilfe des Liftboys nahm ich gerne an.

Anschließend ging ich kurz auf die Straße, suchte einen Münzfernsprecher und versuchte, Carola anzurufen. Doch da war nur ihr Anrufbeantworter.

Mir ging es beschissen. Ich fühlte mich mißbraucht, leer, verarscht. Ich hatte einen schwierigen Job perfekt erledigt. Und die glaubten, sie könnten mich mit einer Bombe einfach wegblasen. Die nahmen keine Rücksicht auf Unbeteiligte. Das ging nicht gegen mich allein. Das ging gegen jede Vernunft, jede Ehre.

Man bringt keine Unbeteiligten um, man sprengt keine kleinen Jungens in die Luft, man tötet nicht willkürlich Reisende, egal wie harmlos die sein mögen oder auch nicht. Das ist Terror!

Ich war wie gelähmt. Wenn die mich hatten umbringen wollen, dann war auch Carola in Gefahr. Und wenn Carola in Gefahr und nicht erreichbar war, dann hieß das, daß sie vielleicht schon bei ihr waren. Nicht auszudenken. Oder - Carola steckte mit den Schweinen unter einer Decke. Den Gedanken verwarf ich so schnell, wie er mir gekommen war. Carola war keine Verräterin. Dazu hatten wir viel zuviel zusammen durchgezogen. Ich hängte ein, natürlich sprach ich nicht aufs Band. Ich durfte vorerst niemanden wissen lassen, daß ich lebte. Ich ging zurück ins Hotel auf mein Zimmer und trank ein kleines Mineralwasser aus der Mini-Bar. Dann legte ich mich aufs Bett und war sofort eingeschlafen.

Es ist gut, wenn man auch unter starkem Streß schlafen kann. Denn Schlaf hilft manchmal, Distanz zu gewinnen, Abstand zu bekommen, Klarheit. Als ich aufwachte, war es schon ziemlich spät.

Ich schaltete den Fernseher ein und zappte mich dann durch. Es gab nur ein Thema: „Attentat auf den Kanzler, Bundestagsabgeordneter erschossen, Klühspiess gab sein Leben für Kohl" - toll.

„Terroranschlag auf den Bundeskanzler, Bombe explodiert im Hauptbahnhof - Blutiges Comeback der RAF?"

„Nicht nur der örtliche Bundestagskandidat wurde ermordet, nein, die Terroristen zündeten eine Bombe am Hauptbahnhof. Bisher noch keinerlei Bekennerbrief, keinerlei Hinweise auf die Täter."

Da könnt ihr lange warten. Ich schieb doch nicht der RAF meine Jobs zu! Soll ich dem BKA etwa noch Spuren an die Hand liefern? Ich ließ alles an mir vorbeirauschen. Doch dann kam der Hammer: „Amateurvideo gedreht während und nach der Explosion auf dem Bahnhof."
Sie zeigten das Band ...
Scheiße!
Oh Scheiße, Scheiße, Scheiße!!!!!
So eine verdammte, verquirlte Hühnerscheiße!!!

Heute war so ein Tag, wo einfach alles schief ging. Der Schuß hatte genau im Ziel gesessen. Aber dann. Eine Bombe statt des Geldpaketes und ich hatte es nur meiner bzw. des Kanzlers Verspätung zu verdanken, daß nicht ich, sondern ein Kid in die Luft gepustet wurde. Und dann filmt mich dieses Arschloch, wie ich den Bahnhof verlasse. Das erste und zugleich beste Fahndungsfoto von mir seit zehn Jahren. Ein Close-Up auf mein Gesicht, ohne Brille, ohne Perücke, ohne Hut. Fantastisch! Scheiße!

Ich schrie auf, warf erst ein Kissen nach dem Fernseher und griff dann die Flasche. Ich stoppte im letzten Moment. Keinen Fehler machen, bloß keinen Fehler machen. Jetzt nicht, gerade jetzt nicht. Du mußt ruhig sein, ganz ruhig. Ich drückte mein Gesichts ins Kissen und heulte auf vor Wut. Langsam wurde ich wieder ruhiger. Es war passiert. Alles war schiefgegangen! Ich mußte hier weg. Aber vorher ...

Ich ging ins Bad und stellte mich unter die Dusche. Ich duschte Kneipp. Abwechselnd ganz heiß und ganz kalt.
Dann zog ich mich an, schminkte mich neu und machte mich bereit, noch einmal auszugehen.

# HEKTOR

Es ist immer dasselbe. Kaum ist Kathrin mal nicht da, geht es wieder drunter und drüber. Kathrin ist meine Tochter, 15 Jahre jung und durchaus häuslich veranlagt. Das heißt nicht, daß sie nicht auf Rave, Websurfen, Jungs, Kosmetik und worauf sonst noch Mädchen ihres Alters stehen mögen, steht. Aber sie ist durchaus häuslich. Ihr Zimmer, das Bad und die Küche hält sie ziemlich sauber. Sauberer als ich es je halten würde. Na ja, was kann man von der Tochter eines alleinerziehenden Vaters schon erwarten? Aber nun war sie für ein paar Tage als Krankenschwester bei Oma Marianne engagiert, neben der Schule, versteht sich.
Ich wußte, was auf mich zukam.

Es ist immer dasselbe. Und das schlimmste ist, du bist auch noch an allem selbst schuld. Deine Kinder - die hast du selbst zu verantworten. Der Rest deines Haushalts: da ist niemand, dem du die Schuld in die Schuhe schieben könntest für die Unordnung, den Dreck, den nicht erledigten Abwasch, die Papierstapel in jeder Ecke, den vor sich hinschmorenden Computer der Tochter und die immer noch - trotz Abwesenheit des kleinen Engels - exorbitant hohe Telefonrechnung. Jetzt sage einer, jeder sucht sich seine Hausgenossen so gut aus, wie es geht.

Aber da habe ich, wie es scheint, mal wieder die Arschkarte gezogen. Nun ja, ich bin und bleibe halt immer irgendwie ein Sozialarbeiter, will sagen, ich ziehe die Scheiße an wie das Licht die Motten und leide an einem chronisch masochistischen Helfersyndrom.

Ich hasse es. Eigentlich müßte ich mich freuen. Ein Abend ohne Kathrin ist ein nützlicher Abend. Ich kann ein gutes Buch lesen, ohne mir gegen Kathrins Techno-Gedröhn Micky-Mäuse aufsetzen zu müssen. Die helfen auch nicht viel, gegen 200 bpm ist jeder Hörschutz nutzlos. Kein Klappern einer Computertastatur, kein nervtötendes Geklöter vom alten Drucker. Auch kein Streit ums Fernsehprogramm, keine nervenden Telefonanrufe von Freundinnen und - neuerdings - Freunden „Ist Kathrin da?" Meine Güte, ich kann mich nicht erinnern, jemals so umschwärmt gewesen zu sein.

Ich ging die Treppe hoch, zog die Schlüssel aus der Tasche, suchte den Wohnungsschlüssel, steckte ihn ins Schloß, öffnete und ... Stille. Na Scheiße! Das kann ja was werden. Immerhin, diese verräterische Stille ist erst einmal besser, als mit einer Kakophonie aus Flüchen und feudelfeuchten Küssen empfangen zu werden.

Sie lag auf dem Sofa, auf dem sie nichts verloren hatte. Treue, sanfte schwarzbraune Augen umflort von dichtem, schwarzem Haar blickten mich an. Um ihre Züge spielte ein Lächeln, ein Hauch von Wiedersehensfreude schien darin zu liegen.

„Runter da", sagte ich.

Keine Reaktion.

„Los Ghandi, runter vom Sofa", wiederholte ich, diesmal energischer. Sie winkelte die Beine etwas an, legte den Kopf zwischen die Vorderpfoten, folgte mir mit müden, trüben Blicken und fläzte sich mit einer fast unnatürlichen Laszivität so selbstverständlich auf dem einst modernen und teuren Möbelstück, als wollte sie mir mitteilen, dies sei nun für immer und ewig einzig ihres.

Ich ging erst einmal in die Küche, packte den Rucksack aus, die Lebensmittel in den Kühlschrank und rief:

„Ghandi, geh sofort runter vom Sofa." Irgendetwas mußte ich ja rufen. Ich wußte, es war zwecklos. Aber der Sozialarbeiter in mir hält Reden immer so lange für das wirksamste Mittel, bis er die erste Faust auf dem Auge hat. Ich räumte fertig ein und beschloß, handgreiflich zu werden.

„Also, Alte, was ist", versuchte ich es noch ein letztes Mal auf die kumpelhafte Tour. Ein müdes, sichtlich desinteressiertes Gähnen streckte mir eine Reihe gut gepflegter, kräftiger und verdammt scharfer Zähne entgegen.

„Los, komm jetzt, geh da runter", sagte ich und baute mich drohend vor dem Sofa auf. Schwarzbraune Augen sahen mich freundlich fragend und völlig verständnislos an.

„Runter da", schrie ich, packte sie im Nacken und zerrte einen guten Zentner weiblichen Leonberger vom Sofa auf ihre Decke.

Sie wehrte sich nicht allzusehr, knurrte etwas, aber ließ sich schließlich auf ihre Decke fallen, blickte mich unvermindert freundlich-gleichgültig an und zeigte mir mit zweimaligem kurzem Zucken ihres buschigen Schwanzes, daß sie mir verzieh. Im Grunde war Ghandi pflegeleicht. Je älter sie wurde, desto einfacher wurde es. Die Hündin war schlicht und einfach stinkfaul. Und so lange sie auf dem Sofa lag, waren Bücher- und Plattenregale, Computer, Telefon und Öfen sicher ... Eigentlich durfte ich ihr nicht böse sein.

Aber ich bin es einfach leid, seit seit Jahren jede Woche kiloweise sandfarbene Leonberger-Haare aus jeder Ecke aufzusammeln und von Sofa und Teppichen saugen zu müssen. Dann ging es richtig los:

„Runter da, alte Misttöle, los, runter da", tönte es aus dem Abstellzimmer, gefolgt von einem hysterisch-höhnischen Gelächter, das geeignet war, eine ganze Horde Kakerlaken zu verscheuchen.

„Runter da, runter da, du altes Scheißvieh!" Lachen, noch etwas lauter. Ich riß die Tür auf: „Schnauze!"

„Brüllaffe, Brüllaffe, Korinthenkacker, Klugscheißer", tönte es zurück.

Ich ging hinein, griff die Sprühflasche und hob sie in sein Blickfeld. Die Drohung reichte, Roberta war still. Für den Augenblick jedenfalls. Wollte man ihn richtig zum Schweigen bringen, mußte man schon eine Wolldecke über seine Voliere werfen oder ihn kräftig duschen. Die Voliere eines ausgewachsenen, leider überaus sprachbegabten, neurotischen und chronisch aggressiven Hyazinth-Ara betrete ich nur, wenn es unvermeidbar ist. Wenn mich in den vergangenen Jahren etwas hinderte, diesem Vieh den Hals umzudrehen, dann waren es weder der Tierschutzverein noch die Tränen meiner Tochter, es war jener große, auf Paranüsse programmierte Schnabel, der durchaus in der Lage ist, den Daumen mit einem Biß von der Hand zu trennen. Hinzu kommt, daß mir mal jemand gesagt hatte, diese Araart sei so selten, daß sie unter absolutem Naturschutz stünde und er mich eigentlich sofort anzeigen müsse, daß ich verbotenerweise ein so seltenes und wertvolles Geschöpf in meiner heruntergekommenen Wohnung hielte. Leider hat er es dann aber doch nicht getan. Jedenfalls hat mir der Vogel bisher außer den üblichen Beschwerden der Nachbarn noch nicht übermäßig viel Ärger eingebracht.

11

Die alte Blum, Vorname Katharina, die mit uns die Etage teilt, sie müßte aber mindestens die Mutter sein, wenn sie mit Heinrich Bölls Romanfigur verwandt sein sollte, ist eigentlich stocktaub. Mit meiner Tochter und unsere Haustiere teilt sie eine Gemeinsamkeit: sie hört nur das, was sie hören will und vor allem das, was sie nicht hören soll. Da sie jedoch eine besondere Hörgeschädigten-Rente bezieht, habe ich ihr gedroht, daß Beschwerden über den Lärm in meiner Wohnung für sie den Verlust dieser Rente nach sich ziehen könnten. Das stimmte zwar keineswegs, aber auf dem Ohr ist die Blum nicht taub. Und einer Amtsperson, und für sie bin ich immer noch eine, glaubt eine staatsergebende deutsche Rentnerin solche Behauptungen.

Außerdem macht die alte Blum mehr Krach als alle Hyazinth-Aras der Welt zusammen. Aufgrund ihrer Schwerhörigkeit verständigt sie sich nur brüllend, was Kathrin vor einiger Zeit mal veranlaßte, ihr mein altes Uni-Megaphon zu schenken mit den Worten: „Bitte sehr, Frau Blum, ein Brüllverstärker für Sie, damit Sie sich ihre Lungen nicht mehr zum Hals herausfetzen müssen."

Allerdings unterließ sie es, dem Megaphon Batterien beizufügen. Bei meiner technisch hochbegabten Tochter kann es sich dabei kaum um ein Versehen handeln. Ein anderes Mal bot Kathrin der Blum an, ihr die Wohnung mit Eierpappen zu renovieren. Als ich ihr daraufhin vorschlug, das doch auch mal in ihrem Zimmer zu tun, war sie so beleidigt, daß sie fast sechs Stunden nicht mehr mit mir sprach.

Wie viele alte Leute in unserem Viertel hängt die Blum fast den lieben langen Tag am Fenster und spioniert die Straße aus. Dabei gibt sie oft ihre hämischen Kommentare ab. Die Antworten versteht sie nicht, aber wenn sie sich beleidigt fühlt, landet schon mal eine ihrer Topfpflanzen auf dem Gehweg. Als sie dabei einmal Frau Seidel, die in unserem Viertel ansässige, fleißige und wohlgehaßte Politesse, nur um Zentimeter verfehlte, brachte ihr das zweierlei ein: seitens Frau Seidel eine Anzeige, die allerdings ergebnislos niedergeschlagen wurde und jede Menge neuer Blumentöpfe mit allen möglichen Zierpflanzen von den Nachbarn.

Auch wenn die Blum als wandelndes Ärgernis und Unikum gilt, ist noch kein Nachbar auf die Idee gekommen, die keifende Katharina aus dem Hause zu ekeln. Ich wäre der letzte, kann ich die Blum doch herrlich für den Krach verantwortlich machen, den Roberta schlägt.

Außerdem ist die alte Blum so viel wert wie ein Dutzend einbruchsichere Wohnungstüren. Sie schlägt schon Alarm, wenn die Briefträgerin eine Urlaubsvertretung hat. Die Sache mit Frau Blum hat noch ein Gutes. Sollte sie einmal länger als 24 Stunden nicht zu hören oder am Fenster zu sehen sein, besteht die reelle Chance, daß wieder eine Wohnung im Haus frei wird.

Läßt sich die alte Blum einfach nicht abschalten, wirkt bei Roberta normalerweise eine kräftige, gut plazierte kalte Dusche. Mein mitunter aufkeimender, etwas naiver Wunsch, Ghandi würde mich des Aras durch gezieltes Beißen entledigen, ist bisher unerfüllt geblieben. Und je länger wir die Viecher haben, desto unwahrscheinlicher wird es, daß Ghandi etwas gegen Roberta unternähme. Ein so großer Hund, und so friedlich. Sie kann bellen, klar - und das ziemlich laut und ziemlich oft.

Aber ansonsten macht der Hund seinem Namen alle Ehre. Wenn hier jemand einbräche, der könnte ihr den vollen Futternapf vor der Schnauze leerfressen, die Hündin würde schwanzwedelnd danebensitzen und den Eindringling höchstens durch massiven Leck- und Sabbereinsatz ihrer immernassen Feudelzunge verjagen - ungewollt, versteht sich.

Roberta ist da schon ein anderes Kaliber. Kann ich Ghandi wenigstens zur Abschreckung potentieller Straftäter mit in den Kiosk nehmen - einem so großen Hund sieht man in der Regel nicht an, wie harmlos er ist, würde Roberta mir auch die treueste Kundschaft vergraulen. Ich hab das schon einmal ausprobiert. Eine kaputte Brille, eine Strafanzeige wegen unflätigen Benehmens (öffentliches Ärgernis, erregt durch einen Ara) und jede Menge erzürnter, erschreckter und nur schwer zu beruhigende Kunden waren die Folge. „Also, Herr Purmann, man ist ja so manches gewohnt, aber dieser Vogel!" „Ja, was haben sie denn dem Tier für fürchterliche Sachen beigebracht!" Na ja, der Vogel hat halt einen enormen Wortschatz, der sogar den Kapitän Haddocks übertrifft. Fünf Generationen übelster Seemannsflüche in drei Sprachen, fließend - und ein Organ, das selbst Ella Fitzgerald in ihren besten Jahren an die Wand gekeift hätte.

Und glaube bloß niemand, der Vogel wüßte nicht, was er tut. Roberta weiß genau, wie er den größtmöglichen Schaden anrichten kann. Wenn's Fluchen nicht reicht, dann wird mal kurz das Ikea-Regal zu Hackschnitzeln verarbeitet.

Nee, nee - der Vogel hat Stubenarrest und sitzt den lieben langen Tag auf den massiven Stahlrohrstangen seiner Voliere. Die ist so groß genug und so plaziert, daß sich nichts Zernagbares in seiner Reichweite befindet außer den Ästen, die ich ihm täglich aus dem Park mitbringe. Der Boden unter der Voliere ist immer äußerst dreckig. Nicht nur, daß der Vogel genausoviel scheißt wie er flucht, meine kleine Kathrin traut sich nicht mehr in seine Nähe, seitdem er ihr einmal liebevoll die Hand abknabbern wollte.

Und da soll es offenbar immer noch Leute geben, sogar in unserem Haus, die sich wundern, daß der Purmann abends gerne mal eine Stunde länger in seinem Kiosk bleibt. Das ist nicht nur Dienst an der Kundschaft, man ahnt ja gar nicht, wie angenehm es in einem Kiosk sein kann, wenn nach 21.30 Uhr nur noch alle halbe Stunde jemand hereinschaut. Du kannst lesen, in Ruhe ferngucken, dir Gedanken machen oder von besseren Zeiten träumen. Droht ein Kunde mit Kauf, macht mich spätestens Ghandis Freudenjauler darauf aufmerksam, sofern ich sie dabei habe, was in letzter Zeit seltener der Fall ist. Komisch, wenn ich nach Hause komme, freut sie sich nicht so leidenschaftlich.

An diesem Abend blieb ich wieder einmal länger als gewöhnlich in meinem Lädchen. Ich schließe sonst immer so gegen 22 Uhr, aber die Leute im Viertel wissen, solange bei mir im Kiosk das hintere Licht brennt, bin ich da, und ich lasse mich nicht abhalten, jemandes Geld anzunehmen. Schon gar nicht für so lebensnotwendige Sachen wie Bier, Schnaps, Tabak und Zigaretten, Salzstangen, Kekse, diverse mit Rindergelatine erzeugte Gummispeisen, Bonbons und vieles andere mehr. Ich war einer der ersten, der Sonntags auch frische Brötchen anbot. Ich habe mir dafür sogar einen dieser Schnellbacköfen geleistet. Meine Brötchen sind sehr beliebt, sie haben mich schon mehrfach vor dem Konkurs bewahrt. Eine Weile hatte ich sogar überlegt, Kondome in mein Sortiment aufzunehmen, aber da meine Kundschaft zu einem übergroßen Prozentsatz aus alternden Alkoholikern besteht, hat die kleine Marktanalyse, die ich deshalb anstellte, ergeben, daß sich das hier an dieser Ecke nicht lohnt.

In meinem Kiosk bin ich nicht aus der Welt. Selbst wenn ich kein Radio laufen lasse oder die Glotze nicht zur Unterhaltung anschalte, bekomme ich jedes Gerücht und jede Neuigkeit brühwarm aus der Nachbarschaft geliefert. Klatschtanten und Tratschonkel geben sich bei Purmann die Klinke in die Hand. Und ich lasse sie gerne gewähren, es ist immer gut, Bescheid zu wissen. Also erfuhr ich es etwa zehn Minuten, nachdem alle Fernseh- und Radiosender ihr Programm für die Blitz-Super-Sonder-hypermegaultrawichtig-Meldung unterbrochen hatten. Jemand hatte auf den Kanzler geschossen. Und, oh Wunder aller Wunder, man hatte ihn verfehlt. Statt seiner mußte Robert Klühspiess daran glauben, ein junger Aufstrebender der Regierungspartei und Ministerkandidat für manche (wohl am ehesten für sich selbst). War er seinem Kanzler in die Flugbahn gesprungen? Hatte hier ein selbstloser Politiker sein Leben hingegeben für das Wohl des ganzen deutschen - ach was, will sagen, aller europäischen Völker?

Als die altjüngferliche Frau Schröder (Fräulein Schröder, wie sie immer betont!) mit der Nachricht in den Laden gestürmt kam, brauchte ich nur die Glotze einzuschalten, um aktuell informiert zu sein. Bei mir im Laden versammelten sich rasch neben ihr noch die alte Müller, der Penner Bräutigam und Heinz, der für mich ab und an mal Botengänge erledigt. Kaum brachten sie die Meldung, erhob sich ein Stimmengewirr, das ich mit einem Machtwort „Seid doch bitte mal still!!" kurzfristig abwürgen mußte.

Nachdem man sich eine Viertelstunde wirksam über den feigen und hinterhältigen Mordanschlag - gibt es einen Mord, der nicht feige und hinterhältig ist? - empört und das Nichtableben unseres Kanzlers mehr oder weniger engagiert bejubelt hatte, verzogen sich die notorischen Nörgler und ich hatte etwas Ruhe. Den Rest des Abends hatte ich wenig Kundschaft, die Leute saßen alle vor der Glotze. Das Attentat war der größte Straßenfeger seid der letzten Fußball-WM.
Besonders als bekannt wurde, daß nur kurze Zeit nach dem Attentat, mal waren es wenige Minuten, mal eine halbe Stunde, eine Bombe in den Schließfächern des Heidelberger Hauptbahnhofes explodierte - mindestens sieben Tote!

Da quoll die braune Soße aus allen Ritzen unserer öffentlich und auch sonst so rechten Medienlandschaft. Gegen das, was an unausgegorenen und bewußt verlogenen Kommentaren über die Bildschirme kam, war die Hetze nach dem Schleyer-Mord, Mogadischu und den sogenannten Selbstmorden von Stammheim direkt liberal gewesen.

So suchte ein Brandenburger rechter Landtagsfuzzi seine Forderung nach Wiedereinführung der Todesstrafe durch Hinzufügen der Kategorie „Kanzlermord" zu untermauern. Und fast alle Hinterbänkler, ich wußte gar nicht, daß es in Bundes- und Landtagen soviele Hinterbänke gibt, lamentierten über den tragischen Verlust, die glücklichen Umstände des Kanzlerüberlebens und die fürchterliche Bedrohung des Staates durch den Terror. Sie meinten wohl kaum den medialen Terror, den sie veranstalteten.

Lediglich die ARD mühte sich zunächst um Mäßigung, aber brachte in einem „Brennpunkt" dann trotzdem alles, was man in 45 Minuten an Stuß und Unsinn über einen gerade zwei Stunden zurückliegenden Anschlag zusammenkleistern kann, über den Sender. Da waren weinende, schreiende, geschockte Kundgebungsteilnehmer zu sehen. Ein sichtlich betroffener Kanzler, ein getroffener und toter Abgeordneter. Selbst dieser Kanal ist mittlerweile derart vom Reality-TV Virus verseucht, daß sie Klühspiess' Leiche in Groß-aufnahmen zeigten. Der Täter hatte ihn genau ins Gesicht getroffen. Offenbar war die Durchschlagskraft der Kugel so groß, daß sie die hintere Hälfte seines Schädels samt In-halt auf die Umstehenden verteilte. Auch der Kanzler bekam sein Teil Blut und Bregen ab. Soviel Intelligenz hatte ihm noch nie angehaftet.

Dann interviewten sie das Rentnerehepaar, braver konservativer Opi und brave reak-tionäre Omi, aus deren Wohnung vermutlich geschossen worden war. Die Bude hatten die Täter nach der Tat fachmännisch abgefackelt. Hausnachbarn erwähnten einen rätsel-haften Maler, ja von einer ganzen Schar dunkel gekleideter Personen war die Rede.

Und ein Kommentator fragte süffisant, wieso ausgerechnet ein Gebäude, das derartig ideale Schußpositionen auf den Platz zuließ und obendrein weniger als zwei Kilometer vom Kundgebungsplatz entfernt war, nicht gesichert worden war. Der Heidelberger Po-lizeipräsident wand sich, druckste herum und versuchte, den schwarzen Peter der Siche-rungsgruppe Berlin/Bonn zuzuschieben, die wiederum waren zu keiner Stellungnahme zu bewegen. Es war einfach herrlich. Da konnte man Streifenwagen sehen, die in der panik-artigen Verfolgungsjagd - wen oder was verfolgten die eigentlich? - auf einer Kreuzung kollidiert waren, Krankenwagen, die auf der Suche nach weiteren Opfern durch das untere Neckartal hetzten, die Feuerwehr, die gegen den Willen von Kripo und Spurensicherung das Hochhaus vor dem Abbrennen bewahrt hatte und schließlich und endlich kam man auf die Bombe im Hauptbahnhof zu sprechen. Man wisse nicht, ob ein Zusammenhang bestehe. Auch habe man bisher noch keinerlei Bekennerbrief oder sonstige Hinweise auf die Täter erhalten. Aber an einen Zufall wollte doch niemand glauben. Dann strahlten sie noch einen Amateurvideo aus, den ein Tourist mit Sinn fürs Geschäft am Bahnhof gedreht hatte.

Ich sah nur mit einem halben Auge hin. Der Sermon von Schock, Schrecken, von Häme und Hass auf alles, was links von der rechten Mitte lag, kotzte mich an und schläferte mich ein. Und ich wußte nicht, was ein unscharfer Amateurfilm von einer in Panik geratenden Menschenmasse am Bahnhof für einen Zweck haben sollte außer Quote zu schinden.

Dann war ich plötzlich hellwach: Das war sie. Sie mußte es sein. Ich hatte sie fast 14 Jahre nicht gesehen, aber es war ihr Gang, die coole, überlegene, unbeschreiblich sanfte, wiegende Art zu gehen. Sie kam aus dem Reisezentrum. In den Augenblicken unmittelbar nach der Explosion, als Splitter flogen, Leute sich duckten, Glasscheiben zersprangen, schritt sie wie in Trance durch das Meer aus Scherben, Schreien, stürzenden Menschen und Gepäckstücken auf die Kamera zu, sah einen Moment genau hinein. Für einen kurzen Augenblick war da ihr Gesicht in Großaufnahme, etwas unscharf, doch unverkennbar war es ihr Gesicht.

Die glatten, ebenmäßigen Züge, die schmale Nase, die schmalen Wangen und die immer etwas entrückten, von etwas Unnahbaren umflorten Augen. Der sinnliche Mund, die Grübchen, sogar ein paar erste Falten ließen sich ausmachen.

Merle, das war Merle, meine Merleperle. Mutter meiner Tochter, Liebe und Fluch meines Lebens.

Dann schwenkte die Kamera weg. Das Video war verdammt gut. Der Mensch, der das gedreht hatte, mußte ziemlich kaltblütig sein.

Scheiße, das war Merle, aber eine Merle, die ich so nicht kannte. Das war nicht die kleine Fixerin, die ich eines Abends völlig verdreckt in einem Hauseingang aufgelesen, dann gemeinsam mit ihrer Mutter, Oma Marianne, vom Heroin herunter geholt hatte, die ich heiratete, als sie mit Kathrin schwanger ging und die mich dann mit einem zehn Monate altem Balg und einem fluchenden Papagei am Hals sitzen ließ. Einfach verschwand, sich nie meldete, auf keine Anzeige, keinen Suchruf reagierte, nicht auffindbar war. Mir war zu Ohren gekommen, daß sie wohl mit Carola Albertz, einer etwas zwielichtigen Antiquarin und Galeristin hier am Ort zu tun hatte. Doch es ist nicht meine Art, einer Frau auf die Pelle zu rücken, die derart deutlich zeigt, daß sie nichts mit mir zu tun haben will. Die Person da auf der Mattscheibe war nicht diese mir als immer etwas unsicher und schüchtern im Gedächtnis verbliebene Merle. Diese Merle war zweifellos eine starke, selbstbewußte Frau.

Sie lebte also und es schien ihr gutzugehen. Das erleichterte und überraschte mich. Es freute und erschreckte mich. Merle, die seit 14 Jahren vergessen wollte. Sie war an diesem Tag im schönen Heidelberg gewesen, wo jemand einen Nachwuchsstar der großen Regierungspartei aus Amt und Leben geschossen hatte und dann noch eine Bombe im Hauptbahnhof hochgegangen war. Sie war genau da im Bahnhof gewesen, aber zum Glück hatte die Bombe sie verschont. Wo war sie jetzt? Im Krankenhaus, im Hotel, bei einem Mann, einer Frau? Ich war gerührt, so gerührt, daß ich nicht einen Gedanken auf die Frage verschwendete, was Merle ausgerechnet zu dieser Zeit dort in Heidelberg zu suchen hatte.

Ich schloß den Kiosk, ging nach Hause und jagte nach Erledigung der abendlichen Formalitäten Ghandi noch auf einen Haufen um die Ecke. Die Hündin ist sehr reinlich. Ghandi gehört zu den wenigen Hunden, die nicht einfach auf den Gehweg kacken. Oh nein, sie muß dazu immer in einen Park und dann reicht ihr auch nicht irgendeine Wiese, sondern es muß einer jener lauschigen Plätze sein, die sonst gerne Besoffene und Exhibitionisten für ihre ähnlich gelagerten Geschäfte benützen. Ist Ghandi nur verschämt oder auf eine Art feministisch veranlagt?

Wieder daheim, zeigte mir das Blinklicht des Anrufbeantworters, daß jemand versucht hatte, mich zu erreichen. Ich hörte das Band ab, und rief - obwohl schon nach Mitternacht - Marianne zurück.
Kathrin nahm ab.

„Hier bei Rosencrantz?"

„Hey, Tochtermaus, gib mir mal die Omi, bitte."

„Na, so einen Vater hab ich mir immer gewünscht, kannst du nicht ‚Guten Abend', und ‚wie geht es dir?' sagen", schiß sie zurück.

„Oh, ich bitte tausendmal um Verzeihung, aber ich dachte nicht, daß ich dich nach einem Tag schon so vermissen müßte, Kathi. Aber ich denke, Marianne will mich wegen etwas wichtigem sprechen. "

„Na gut, Dad, es sei dir verziehen. Cool, daß du anrufst, die Oma hat sich vorhin total aufgeregt! Die haben den ganzen Tag im Tievie nur über den Kanzler-Mord gesülzt. Oma hat sich das angeguckt, hat gesagt, wie schade, daß sie nicht ihn erwischt haben, und ist dann völlig ausgeklinkt. Sie ist rumgeflippt wie du, wenn deine Kasse nicht stimmt, hat dauernd geschrien: ‚Jetzt geht es wieder los, jetzt geht es wieder los!' Sie hat ein Dutzendmal versucht, dich zu erreichen. Ich bin dann weggegangen und als ich wieder nach Hause kam, hat sie geheult und mich angeschnauzt, wo ich die Nummer vom Lädchen hingeschlampt hätte. Du, die war voll sauer! ‚Ich muß Hektor sprechen', hat sie gerufen, wieder und immer wieder ...“

„Du bist so spät noch weggegangen? Wo warst du denn?“

„Ich war bei Jessica, habe ihren Computer geflickt. Hey sag mal, was soll denn nun diese Controller-Nummer? Cool, Dad! Ich paß schon auf Omi auf. Die kommt nicht weg!“

„Ich frage doch nur, weil ich Anteil an deinem erwachenden Leben nehmen will,“ flötete ich in den Hörer. Kathrin lachte.

„Ha, ha, ha, du mit deinen Sozialwichserwitzen. Damit kannste mir nicht kommen, Dad, laß den Müll.“

„Schon gut, ist ja schon gut, gibst du mir bitte die Omi?“

„Sie schläft. Ich habe ihr einen ihrer Tees gekocht.“

„Dann wecke sie auf!“

„Ey, Dad, es ist nach Zwölf...“

„Na und? Ich denke, ich weiß, worüber sich die Omi so aufgeregt hat, aber wenn du sie jetzt nicht weckst, kriegt sie morgen vielleicht doch noch einen Herzinfarkt ...“

„Echt? Mach keinen Scheiß! Das will ich nicht. Warte!“

Es dauerte vielleicht drei Minuten, dann meldete sich Marianne.

„Was gibt es?“, fragte ich.

„Hast du heute ferngesehen?“

„Ja, warum?“

„Hast du sie gesehen?“

„Ich denke schon, daß sie es ist.“

„Bist du dir da ganz sicher?“

„Ja, Marianne, ich bin mir ziemlich sicher. Ich habe sie seit über zehn Jahren nicht gesehen, aber eigentlich kann es nur sie gewesen sein ...“

„Sie war es Hektor,“ unterbrach sie mich. Und dann sagte sie etwas, was ihr wohl ihr zweites Gesicht eingegeben hatte: „Hektor, sei vorsichtig. Das Mädchen ist gefährlich. Sie wird hier wieder auftauchen, nicht bei mir, aber bei dir.“

„Hört Kathrin zu?“, fragte ich.

„Nein ich habe sie rausgeschickt, sie hat ihren Walkman auf. Es ist vielleicht besser, sie bleibt erstmal noch etwas bei mir.“

„Glaubst du, daß - eh - Merle sich bei mir meldet?“

„Ich fürchte, ja.“

„Was ist los, Marianne? Du hast dir doch sonst nie solche Sorgen um deine Tochter gemacht."

„Ich mache mir keine Sorgen um Merle. Damit habe ich schon vor fast 20 Jahren aufgehört. Dem Mädchen ist nicht zu helfen. Aber ich mache mir Sorgen um dich und vor allem um Esther Katharina." - das war Kathrins vollständiger Vorname - „Merle hat euch schon einmal ins Unglück geritten und sie wird es wieder tun..."

„Was soll ich tun?", fragte ich.

„Bitte halte Merle von ihrer Tochter und mir fern, Hektor. Mehr brauchst du nicht zu tun."

Mir lagen noch viele Fragen und noch mehr Einwände auf der Zunge. Ich ließ es. Marianne ist 72, legt jeden Tag Tarot, versteht sich auf alle möglichen und unmöglichen Hexenbräuche und ist auch sonst etwas überkandidelt. Vielleicht hatte sie recht, vielleicht müßte ich aber Kathrin auch eher vor ihr als vor Merle schützen. Darüberhinaus: Merle hatte sich fast 14 Jahre lang durch die Weltgeschichte getrieben. Offenbar mit Erfolg, denn die Frau, die ich auf dem Amateur-Video gesehen hatte, machte auf mich den Eindruck einer erfolgreichen Geschäftsfrau oder etwas in dieser Art. Warum um alles in der Welt sollte sie jetzt wieder mit mir in Kontakt treten? Sie hatte mich verlassen, weil ich in ihren Augen ein Loser war. Aus ihrer Sicht mochte das stimmen und Merle ließ nie eine andere Sicht gelten, als die, die sie sich gerade zu eigen gemacht hatte.

Ich sprach mit Marianne noch ein bißchen über ihre Krankheit und fragte sie, ob ich Kathrin noch ein paar Sachen mitgeben solle für die nächsten Tage.

Dann beendeten wir das Gespräch, wünschten uns eine Gute Nacht und ich sagte ihr zu, daß Kathrin bis zum Wochenende bei ihr bleiben könne, wenn sie dafür Sorge trug, daß das Mädchen auch zur Schule ging. Das gleiche sagte ich auch Kathrin, wobei ich sie fragte, ob sie Oma Marianne noch ein paar Tage zur Hand gehen könne. Sie sagte ja, fragte aber, ob sie ihren Computer holen dürfe. Das durfte sie natürlich.

Manchmal war ich nicht mehr so sicher, wie, wo und vor allem mit wem mein Töchterchen seine Tage verbrachte. Da war Oma Marianne, überkandidelt hin, Hexengeschichten her, doch noch der beste Umgang.

Dann nahm ich mir ein Whiskyglas, füllte es halb mit einem schönen 15-jährigen Springbank. Ich hob es an, hielt es vor die Lampe, genoß die Lichtspiegelungen in der klaren bernsteinfarbenen Flüssigkeit, trank einen kleinen Schluck und legte die „Daydream Nation" von Sonic Youth auf.

Ich hatte mir etwas Tabak und Blättchen aus dem Kiosk mit hochgenommen. Als mich die weiche Melancholie des edlen Single Malt erfüllte, drehte ich mir einen kleinen Joint, rauchte, lauschte der Musik, legte das Fotoalbum auf den Schoß und verlor mich in alten Erinnerungen.

# Der Apfel fällt nicht weit vom Stamm

In dieser Stadt gibt es eine ehrenwerte Gesellschaft. Sie glauben uns nicht? Dann begeben sich einmal auf den Neujahrsempfang der *Zeitung* - und sie wissen Bescheid.

Diese ehrenwerte Gesellschaft hat auch Kinder. Kinder, die auf ehrenwerte Schulen gehen, hart und strebsam für ein ehrenwertes Leben lernen, in dem sie den ehrenwerten Eltern in die ehrenwerten Fußstapfen treten sollen. Das ist das Idealbild. Doch die Wirklichkeit sieht hinter der glänzenden, ehrenwerten Fassade etwas anders aus.

Eines dieser ehrenwerten Kinder ist Klaus-Konrad Skladowsky, Sohn unseres konservativen Bundestagsabgeordneten Prof. Dr. Martin Skladowsky, von Freunden Konny gerufen. Er büffelt am Ottmer-Gymnasium (OG) fleißig für sein Abitur, ist allerdings schon mehr als ein Jahr mit dem Abschluß überfällig.

Liegt es an den Anforderungen des OG? Vielleicht auch, denn dort lernt die künftige Elite. Aber Klaus-Konrad Skladowsky gilt allgemein als hochintelligent und äußerst motiviert. Liegt es an jener alternativen, reformpädagogisch angehauchten Erziehung, die Klaus-Konrad Skladowsky bis vor zwei Jahren im Süddeutschen Raum genoss? Warum nahmen ihn seine Eltern vom Internat? Geld? Mangelnde Leistung? Unfähige Lehrer?

Mitnichten. Klaus-Konrad war aufgefallen, hatte er doch gemeinsam mit einigen seiner Mitschüler jenes altehrwürdige Landschulheim mit Ecstasy versorgt. Sogar in dieser Idylle im schönen fernab Schwarzwald, jeder dekadenten Metropole, griff jene Unart um sich, dass Kinder sich mit Pillen ins Wochenende träumen.

Ist das schlimm? Nun ja, legal ist es natürlich nicht. Und auch nicht geduldet, doch das Geld, das Eltern zahlen, um ihre Kinder los zu sein - Entschuldigung, es muß natürlich heissen, versorgt zu wissen, dehnt die Geduld eines um staatliche Zuschüsse bangenden Bildungsträgers. Also beließ jenes hochadelige Schulheim es bei einem Verweis für Klaus-Konrad.

Doch dann geschah etwas. Klaus-Konrad saß in einem Auto, mit Führerschein auf Probe. Nach einer Party in der nahen Kreisstadt kollidierte dieses Fahrzeug bei hohem Tempo in einem Dorf mit einem Fahrrad. Für die Fahrradfahrerin gab es keine Rettung. Klaus-Konrad und seine vier Freunde, die mit ihm unterwegs waren, kamen mit dem Schreck davon. Leider können sie sich nicht mehr erinnern, wer am Steuer saß...

Darüberhinaus mußten sich die fünf Knaben einer Blutprobe unterziehen. Diese ergab, dass alle, jawohl alle, zu viel getrunken hatten. Gerüchte, Ecstasy und Kokain seien auch im Spiel gewesen, wollen nicht verstummen. Das Ermittlungsverfahren wurde ergebnislos eingestellt. Es konnte auch nicht geklärt werden, wer von den fünf edlen Knaben in jener Nacht am Steuer saß. Peinlich wurde es trotzdem für die Schule.

Seitdem ist Klaus-Konrad Skladowsky zurück in unserer schönen Stadt. Klaus-Konrad Skladowsky, den Freunde nur Konny rufen, fiel hier wieder auf.

Nicht nur, dass er sich mit stadtbekannten zwielichtigen Leuten sehen lässt, Leuten, die seinem Vater eher schaden als nützen können. Der steckt gerade im Wahlkampf, will endlich das Direktmandat holen, nimmt denn der Junge darauf keine Rücksicht?

Vor drei Wochen, als die Polizei in einer der hiesigen, bekannteren Tanzkneipen eine Razzia machte, erwischten sie auch Konny Skladowsky mit gut 100 - in Worten: einhundert - Ecstasypillen (Pink Dreams) in der Tasche. Für den Eigenbedarf etwas viel. Es ist noch nicht zu einem Verfahren gekommen. Man hat den Stoff beschlagnahmt und den Jungen laufenlassen. Fluchtgefahr besteht keine.

Außerdem spielt Prof.Dr. Martin Skladowsky leidenschaftlich gerne Doppelkopf. Zusammen mit Polizeichef Diederichs. Der Herr Jugendstaatsanwalt Kärrner - übrigens Parteifreund von Skladowsky - gehört ebenfalls zur Runde. Eine ehrenwerte Runde für ein ehrenwertes Spiel. Da spricht man auch über die Kinder und deren Problemchen.

Für Klaus-Konrad Skladowsky mag dies keine Folgen haben. Die Staatsanwaltschaft hat zumindest das Verfahren wegen Geringfügigkeit eingestellt. Daß ein anderer Jugendlicher wegen 30 Gramm Hasch angeklagt wurde, ist natürlich etwas ganz anderes.

All dieser Aufwand wegen ein paar „Pink Dreams". Die *Unterm Pflaster* weiß allerdings mehr. Konny Skladowsky hatte nicht nur Pillen im Angebot. Er soll auch einige Gramm Kokain und sogar Crack in jener Nacht mitgeführt haben. Doch das taucht im amtlichen Protokoll nicht auf. Dort ist nur von „geringen Mengen" Ecstasy die Rede. Pink Dreams machen fit, Koks noch fitter.

Dafür gehen Mädchen weit. Sehr weit. Zu weit. Mehrere der Mädchen, die regelmäßig bei Konny Skladowsky kaufen sollen, sind unter 16. Woher haben sie das Geld für die Pillen? Wie bezahlen den teuren Stoff? Bekommen sie soviel Taschengeld?

Wie kommt es, dass Konny Skladowsky bis jetzt wegen illegalen Drogenbesitzes nicht angeklagt wurde, obwohl er bereits mehrfach aktenkundig ist? Fragen, die wir hier nicht beantworten können. Der Vater spielt Doppelkopf mit Polizeipräsidenten, Staatsanwalt und Fraktionschef. Der Herr Oberbürgermeister gehört übrigens manchmal auch zur ehrenwerten Runde.

Wir denken uns unseren Teil.

PS: Klaus-Konrad S. hat immer noch seinen Führerschein.

Mehl

# HEKTOR

Prof.Dr.rer.nat. Martin Skladowsky, ordentlicher Universitätsprofessor für theoretische Physik und im Hauptberuf Bundestagsabgeordneter der großen konservativen Volkspartei, stellvertretender Fraktionsgeschäftsführer, Mitglied des Innen- und des Forschungsausschusses, ausgewiesener Verfechter harter Strafgesetze und von Studiengebühren, Martin Skladowsky gehört mit Sicherheit zu den Leuten, für deren Bekanntschaft ein Typ wie ich sich schämen muß.

Aber eben dieser Martin Skladowsky - damals noch ohne akademische Grade und Mandat - chauffierte den alten nichtsdestoweniger diplomatisierten Heckflossen-Mercedes, in dessen Kofferraumversteck ich 1971, knappe 19 Jahre alt, von Eisenach über Prag in die BRD gelangte. Das verbindet.

Und er besorgte mir den Job, mit dem ich mir dann die Abendschule und das anschließende Abitur finanzieren konnte. Das verbindet noch mehr. Wir hätten Freunde werden können, wäre er nicht so ein ausgemachtes karrieregeiles, rechtes Arschloch und ich nicht so ein unberechenbarer und sturer linker Moraltrottel gewesen. Das trennt dann doch wieder, stärker als Verbindungen oder eine durch Geld abgegoltene Dankbarkeit. So fanden wir uns bei den Studentenstreiks der siebziger Jahre auf den gegenüberliegenden

Seiten der Barrikade wieder und Skladowsky wünschte mir mehr als einmal „Scher Dich dahin, wo du hergekommen bist..."

Andererseits hatten wir damals die gleiche Stammkneipe, das FlipFlap in der östlichen Innenstadt. So etwas ist wohl nur in dieser Stadt möglich. Wir verbrachten beide viele lange Abende am Kicker. Wir spielten fast immer gegeneinander. Eine Partnerschaft war nahezu undenkbar, die Rivalität sehr groß, ohne daß ich heute genau sagen könnte, warum.

„Ein Skladowsky verliert nicht", hatte er mal im FlipFlap gesagt. Anschließend putzten Schlumpf und ich Männe und ihn zweimal 6:0 am Krökeltisch. Das gab für Schlumpf und mich je ein großes Bier. Der Abend war gerettet.

„Ein Skladowsky verliert nicht", hatte ich damals gehöhnt, „er hat nur den falschen Partner und wenn er dann doch einmal verliert, dann geht er richtig unter!" Darüber konnte Skladowsky nicht lachen.

Skladowsky stammt nicht etwa aus einer alten, gutbürgerlichen Familie mit Stammsitz, Aktien, Verbindungen und so weiter. Ganz im Gegenteil. Sein Großvater wurde seiner KPD Mitgliedschaft wegen im KZ ermordet, seinen Vater trieben die SED Genossen aus der DDR. Sein Alter blieb zeitlebens Sozialdemokrat. Es heißt, er habe die letzten 20 Jahre seines Lebens nicht mehr mit seinem erfolgreichen Sohn gesprochen.

Skladowsky wollte sein Leben lang nur eines: nach oben, ganz nach oben. Mit 18 Jahren war er 1964 in die Berliner Jung-Rechte Szene eingetaucht. Er wurde Mitglied einer Fluchthelfergang, die damals das angenehme und für die Karriere später nützliche Abenteurertum in klingende Münze umwandelte. Daß sich diese Freiheitskämpfer aus einer schlagenden Verbindung rekrutierten, klingt nach Klischee, ist aber nichtsdestowenigertrotz die reine Wahrheit. Skladowsky wußte, um nach oben zu gelangen, brauchte er Verbindungen. Und wo konnte man in den wilden Sechzigern die rechten Verbindungen besser knüpfen als in einer schlagenden Verbindung? Wohlgemerkt, das war 1967, auf den Straßen marschierte der SDS und andere Karrieristen skandierten „Ho, Ho, Ho Chi Minh!". Auf seine Art war Skladowsky durchaus ein 68er. Den Grundstock seines Vermögens legte er wohl zu der Zeit, vor allem aus den Nebengeschäften, Waffenschmuggel etc., die die Gang noch betrieb. Man sagte ihm seit damals auch beste Beziehungen zu alten und neuen Kameraden nach, ohne daß er sich jemals aktiv in den braunen Sumpf begeben hätte. Er wußte genau, wo die Scheißhaufen lagen, in die ein aufstrebender rechter Jungakademiker nicht treten sollte.

Es war eher Zufall, daß wir uns 1973 in Braunschweig wiedertrafen. Ich hatte gerade das Abitur bestanden und begann hier Maschinenbau zu studieren. Er schwitzte noch an seiner Dissertation, die er 1974 mit Auszeichnung abschloß. Der Grund seines Ortswechsel von Berlin nach Braunschweig war so profan wie erstaunlich, eine Frau. Mehr noch hatten es ihm die Kontakte seines späteren Schwiegervaters angetan. Aber davon wußte ich damals nichts, es interessierte mich auch nicht weiter. Skladowsky war für mich der Klassenfeind, sonst nichts.

Unsere Wege liefen dann bald wieder auseinander. Ich begann zwar noch eine Dissertation, doch dann zeigte mir Merle mit all ihrem Charme und ihrem Elend, daß die Ingenieurwissenschaften nicht geeignet sind, der gesellschaftlichen Verelendung Einhalt zu gebieten und ich sattelte, zuerst als Nebenstudium, dann nach dem Examen im Hauptjob, auf Streetworker um. Pünktlich zur Wiedervereinigung verabschiedete ich mich dann endgültig aus dem bürgerlichen Alltag und übernahm meinen Kiosk.

Skladowsky dagegen machte richtig Karriere, zuerst bei Max-Planck in Göttingen, dann als ordentlicher Professor zunächst in Berlin und später hier an der Technischen Universität. Er hatte sich nach seinem ersten Karriereknick, dem Scheitern seiner Astronautenlaufbahn, wohl wieder hierher beworben, weil ihm sein Schwiegervater in unserer Stadt Tür und Tor in der Partei öffnen konnte. Nach ein paar Jahren Uni-Alltag gelang ihm unmittelbar nach der Wende der Sprung in den Bundestag.

Dabei war er - soweit ich dies beurteilen kann - durchaus ein guter Physiker. Skladowsky war der Typ, der eigentlich alles erreichen kann, aber seine Grenzen nicht kennt und daher mitunter über seinen eigenen Ehrgeiz stolpert. Als nicht er, sondern unter anderen ein alter Fluchthelferkollege und Rivale für die D1 und D2-Missionen ausgewählt wurden, gab er aus Wut darüber seinen gutdotierten und hervorragend ausgestatteten Lehrstuhl in Berlin auf, um mitsamt Frau, Sohn, Tochter und Jaguar hierher in die Provinz zu gehen. Verlieren konnte er wie gesagt noch nie.

Hier setzte er seine Karriere schnell fort. Vor Ort fiel er inmitten der gut situierten und lahmarschigen Altherrenriege seiner Partei zunächst angenehm auf. An der Uni gebärdete er sich als Hardliner, der aus der guten alten TU durch Streichung nahezu aller geistes- und sozialwissenschaftlicher Studiengänge wieder eine Technische Hochschule machen wollte, konnte sich aber in dem ebenso eloquent wie raffiniert geleiteten Apparat nicht durchsetzen. Er gehörte diversen Gremien an, die Forschungsgelder verteilen, aber in den Hochschulgremien sah man ihn wohl nie. Er wurde auch, trotz exzellenter Voraussetzungen und Verbindungen niemals Dekan seines Fachbereichs. Seine Professorenkollegen wußten zu gut, daß zuviel Macht für Skladowsky ihnen nicht besonders gut bekommen würde.

Wie auch immer, aus seiner Sicht gab er sich an der Uni nur mit den wirklich wichtigen Dingen ab. Gut informierte Kreise, wie das immer so schön heißt, behaupteten gar, sein Institut sei das einzige bei den Naturwissenschaftlern, das bis dato ohne Stellenkürzungen auskam. Die relativ gute finanzielle Ausstattung seines Ladens hinderte Skladowsky, wie fast jeden normalen Professor, keineswegs daran, seine Doktoranden (Doktorandinnen gab es bei ihm nicht) auf halben und Viertelstellen 70 Stunden die Woche schwitzen zu lassen.

Parteipolitisch gab sich Skladowsky nicht mit Ratsmandaten und anderen niederen Ehrenämtern ab. Er nutzte die Beziehungen seines Schwiegervaters, um bereits 1987 Direktkandidat für den Bundestag zu werden. Er verlor nur ganz knapp. 1990 zog er dann über einen sicheren Listenplatz in den Bundestag ein, was ihm 1994 wieder gelang. Sein Schwiegervater hatte da weniger Glück. 1990 groß als Minister nach Osten, gen Sachsen-Anhalt gegangen, geriet der alte von Runkelstein dort in den Sog einer Gehälteraffäre. Durch einen rechtzeitigen Rücktritt zog er seinen Kopf aus der Schlinge und wahrte das Gesicht. Carsten von Runkelstein nahm seine Schlappen mit Stil, er war immer in Grauzonen unterwegs und ließ sich nie etwas nachweisen. Eine Eigenschaft, die er auch seinem Schwiegersohn antrainiert zu haben schien.

Forschungspolitik und innere Sicherheit waren Skladowskys Spezialgebiete. Er hoffte, nach dieser Wahl endlich aus den Ausschüssen herauszukommen und direkt an die Schalthebel der Macht zu gelangen. Ein Minister- oder Staatssekretärsposten lag für ihn durchaus im Bereich des Möglichen. Der am Dienstag ermordete Klühspiess war ein innerparteilicher Konkurrent gewesen, meinte zumindest die Presse. So echote auch das Fernsehen.

Skladowsky sah gut aus, 1,85 m groß, schlank, sportlich, durchtrainiert und braungebrannt. Den Astronautenbart hatte er - lange vor Scharping - abrasiert. Er konnte stolz sein auf seinen flachen Bauch, der ihn für seine Studentinnen begehrenswert machte. Aber Skladowsky galt als Professor mit Moral. Er vernaschte seine wenigen weiblichen Prüflinge erst nach der Prüfung, so hatten es mir meine immer noch zuverlässigen Uni-Kontakte hinterbracht.

Er konnte reden, zumindest gemessen an den Konkurrenten und hatte die Fähigkeit, den größten Stuß so darzustellen, daß er sich wie eine wissenschaftliche Vorlesung anhörte und dem Zuhörer dennoch angenehm im Ohr klang und einsichtig erschien. Oh ja, Martin Skladowsky war das, was man heute einen glaubwürdigen Politiker nennt. Er log, daß sich die Balken bogen, aber er blieb dabei immer glaubwürdig, jovial, mit einem gewinnenden Lieblingschwiegersöhnchenlächeln und treuen, offenen und ehrlichen blauen Äuglein.

Skladowsky genoß seinen Bekanntheits- und Popularitätsgrad. Er war ein gnadenloser Populist. Das Direktmandat würde er kaum erringen können, gegen den Ruf, den Anstand und die Austrahlung seiner Gegenkandidatin kam er nicht an, zu sehr hingen ihm - trotz aller Glaubwürdigkeit - das Windbeutelhafte und einige auch hier ruchbar gewordene Affären aus seinen Berliner Tagen nach. Die Hauptstadt ist nur zwei ICE-Stunden von hier entfernt. Darüberhinaus war er eigentlich - für unsere Stadt gesehen - in der falschen Partei.

Mit seiner Frau, die mehr nach ihrer südamerikanischen Mutter als ihrem preußischem Vater schlug, und seinen zwei Kindern bot er nach außen ein ideales Familienleben dar. Vor diesen familiären Background verband er Reaktion mit Weltoffenheit, wissenschaftlichen Fortschritt mit romantisch-rückwärtsgerichteter nationalchauvinistischer Rhetorik, Wirtschaftsliberalismus mit dem Irrglauben an den starken, allmächtigen Staat. Ein Mann für jede rechte Politik.

In der Stadt pfiffen es die Spatzen von allen Dachrinnen, daß Martin Skladowsky eine ausgeprägte Schwäche für ausgesprochen junge und jungwirkende Frauen hatte. Doch solange es nur Frauen und keine Männer sind, hat Fremdgehen einer Politikerkarriere in seiner Partei noch nie geschadet.

Seine Frau Maria war in dieser Hinsicht auch kein unbeschriebenes Blatt. Es gab sogar Leute, die behaupteten, ihr zweites Kind, die Tochter - übrigens nur ein Jahr jünger als Kathrin - sei gar nicht von Skladowsky. Gerüchten zufolge sollte der Vater ein ausgewiesener Linker sein. Der Typ war mir gut bekannt, und eines wußte ich ziemlich sicher, er kannte Frau Skladowsky. Das bedeutete bei diesem Typen auch, er hatte mit ihr im Bett gelegen...

Aber das war wohl nur eines dieser hartnäckigen Gerüchte, die ihrer Beziehung den Anstrich einer modernen, offenen Partnerschaft geben sollten.

Skladowsky war unmittelbar nach dem Anschlag ein vielgefragter Mann. Der Mord an Klühspiess kam ohne Zweifel seinem Bekanntheitsgrad zugute, ihm vielleicht sogar gelegen, obwohl ihm niemand unterstellen mochte, irgendetwas damit zu tun zu haben. Er gab zahlreiche Interviews, in denen er sich für neue Sondergesetze gegen den - wie er es nannte - „wiedererblühenden Linksterrorismus" stark machte. Indirekt forderte er ein weiteres Mal die Todestrafe - eines seiner Lieblingsthemen.

„Wir müssen diesen Untieren" - hatte er live auf mehreren regionalen und überregionalen Sendern gesagt - „mit der ganzen, erbarmungslosen Härte des Gesetzes begegnen. Jeder Versuch, per Dialog oder gar Verständnis etwas zu erreichen, stachelt dieses Geschmeiß nur zu weiteren Verbrechen an. Der Bürger braucht Sicherheit. Wer wie die werte Opposition bei der Polizei einsparen will, ja gar eine Neubewertung von Personendelikten vorschlägt und die Strafmaße für Gewaltverbrechen reduzieren will, liefert unsere Mitbürgerinnen und Mitbürger dem Verbrechen und der Gewalt hilflos aus."

„Die Heimtücke der Terroristen, die für den Tod meines Freundes und Mitstreiters Robert Klühspiess verantwortlich sind, zeigt, zu welchen Auswüchsen Liberalität und falsch verstandene Toleranz geführt haben. Diese Leute haben die Wohnung eines Rentnerehepaares für ihren Anschlag mißbraucht. Wären unsere beiden älteren Mitbürger nicht zum Kundgebungsplatz gegangen, wären auch sie diesen skrupellosen und feigen Terroristen zum Opfer gefallen. Diese Untermenschen haben das demokratische und staatstragende Engagement dieser älteren Mitbürger brutal und skrupellos ausgenützt und nach ihrer schändlichen, feigen und hinterhältigen Tat in jahrzehntelanger Arbeit erworbenen Wohlstand rücksichtslos zerstört ..."

Oh diese Krokodilstränen, diese gekonnte Trauer und dann der gerechte Zorn!

Wie hatte er vor den Kameras geschäumt, wie hatte er die Fakten verdreht. Skladowsky genoß bundesweite Aufmerksamkeit. „Ganze Härte des Gesetzes, ... zeigen, wozu falsche Toleranz geführt hat"... und dann die Masche mit dem armen Rentnerehepaar: Er hatte mittlerweile gelernt, bestimmte Fettnäpfe gekonnt zu umschiffen, aber im Eifer des Geiferns ging ihm hin und wieder das rechte Maß verloren. So auch gestern. Er hatte „Untiere", „Untermenschen" und „Geschmeiß" gesagt, und das würden heute und morgen die liberalen Blätter und Kommentatoren, die es in unserer lokalen Tageszeitung jedoch nicht gab, genüßlich aufspießen.

Das Rentnerehepaar, dem die Wohnung gehörte, waren Parteifreunde Skladowskys und ausgewiesene Kanzler-Fans. Sie wollten ihren Kanzler sehen. In den Nachrichten hieß es auch (zumindest in den nicht-kommerziellen), daß das BKA annehme, daß dies den Tätern bekannt war. Keine Rede davon, daß hier ein Rentnerehepaar ermordet werden sollte. Und wenn die Jungs dann zur Spurenvernichtung und Ablenkung ein gutes, kräftiges Feuer legten, war das aus ihrer Sicht nur logisch. Die Feuerwehr besorgte dann den Rest. Unsere Alten waren bestimmt gut versichert. Ob ihnen das etwas nützte, weiß ich nicht, schließlich kennen Versicherungen jede Menge Tricks und Kniffe, sich ums Zahlen zu drücken. Aber hier könnte man aus Gründen politischer Opportunität vielleicht eine Ausnahme machen.

Der Klühspiess-Mord kam Skladowsky wirklich nicht ungelegen. War er doch in den letzten Wochen massiv unter Beschuß geraten. Da gab es Vorwürfe über Kungeleien mit

Forschungsgeldern, da wurde aus gewöhnlich gut informierten Unikreisen kolportiert, Skladowsky lasse seine beim Land angestellten Mitarbeiter für seine privaten Projekte arbeiten und streiche die dafür berechneten Mitarbeiterhonorare auf schwarze Konten ein. Da gab es Gerüchte über seine Verwicklung in dubiose Grundstücksgeschäfte und manches mehr. Auch eine Beratungsgesellschaft, die auf den Mädchennamen seiner Frau lief, war ins Gerede geraten. Recherchiert hatte das alles Stück für Stück Michael Ehlers von der *Unterm Pflaster*, unserem wöchentlich erscheinenden Alternativblatt. Ehlers hatte Skladowsky auf dem Kieker. Umgekehrt galt das gleiche. Daß jemand kürzlich Ehlers alten Golf gestohlen und fachmännisch geschreddert hatte, hing natürlich nicht mit Skladowsky zusammen ...

Alles in allem bot die Vita Martin Skladowskys also alles das, was ein erfolgreiches Politikerleben heute so auszeichnet.

Doch nun war diese neue Geschichte in der *Unterm Pflaster* erschienen. Skladowskys Sohn handele angeblich mit Drogen!
Verführte er junge Mädchen dazu, außer Ecstasypillen auch Koks oder Heroin zu schlukken und dann womöglich auf dem Strich zu arbeiten? Seine Gang pflege guten Kontakt zur rechten Skinhead Szene - na ja, das war dann wohl doch etwas übertrieben.

Skladowsky hatte nie den Kontakt zu alten und neuen Nazis gescheut, zumindest soweit mir bekannt war. Vielleicht gehörte er tatsächlich zu den wenigen wirklich gefährlichen Nazis, zu denen, die in der großen konservativen Volkspartei wühlten und arbeiteten, dort Karriere machten und ihre braune Soße unter dem Deckmantel der Rechtsstaatlichkeit verbreiteten.

Sein Sohn, Klaus-Konrad, war, soweit ich es beurteilen konnte, ziemlich genau das Arschloch, das sein Vater mit 20 auch gewesen sein mußte. Der Apfel fällt nicht weit vom Stamm, hatte Michael Ehlers in der *Unterm Pflaster* getitelt. Treffend, äußerst treffend.

Ausgesprochen peinlich für Martin Skladowsky, genau zur Wahlkampfzeit. Die Zeitung schwieg noch, sie würde - wenn überhaupt - erst dann auf ihn einprügeln, wenn es politisch opportun erschiene, ihn abzuservieren. Aber dazu hatte Herr Prof. Dr. Martin Skladowsky noch immer zu viel Einfluß und wahrscheinlich wußte er auch zuviel über den Dreck am Stecken anderer Mitglieder des hiesigen Klüngels. Das wußten diese anderen auch und jedem, der ihn kannte, war klar - Skladowsky würde alle Mittel benutzen, um sich zu halten.

Und jetzt stand er hier im Laden - Martin Skladowsky, Musterbeispiel eines charakterlosen Opportunisten und Karrieristen. Skladowsky, der seine Mutter verhökern würde - und Frau und Kinder dazu, wenn es ihm zu einem Ministersessel oder mehr verhelfen würde, der immer alles wollte, aber es bisher nie ganz geschafft hatte.

Er wollte erster deutscher Astronaut werden. Und wurde es nicht. Er wollte Landesvorsitzender seiner Partei werden. Und mußte sich einem milchbärtigen Yuppie-Anwalt aus Osnabrück beugen.

Mal ehrlich - sollte er mir deswegen leid tun? Sollte ich ihn bedauern, daß er immer zu große Schritte machte und dabei dann ab und zu aufs Maul fiel?
Hatte er sich daran erinnert, als er heute vormittag in den Kiosk kam? Ohne Presse-

agentin, ohne Wahlkampftruppe. Ganz Mensch, sozusagen. So stand er da. Er trug einen eleganten, enggeschnittenen dunkelblauen Zweireiher, der seine schlanke und sportlich-dynamische Erscheinung betonte. Möglicherweise maßgeschneidert. Goldene Knöpfe - na ja, eher vergoldetes Messing. Die grauen Haare akkurat gescheitelt, der stechende Blick des Siegers, auf den Lippen das ewige Bubenlächeln, das so telegen kam und ihm direkten Zugang zu den Herzen der deutschen Muttis brachte. Und keine Rolex am Handgelenk, da trug er seit einiger Zeit einen Edelchronometer aus Glashütte in Sachsen. Seine Statussymbole hatte er schon immer sorgfältig ausgewählt.

„Guten Morgen, Purmann", sagte er - wir hatten uns noch nie beim Vornamen genannt, „ist ganz schön lange her, was?"

„Der Herr Bundestagsabgeordnete, nein, welche Überraschung!!", erwiderte ich, „was verschafft mir diese Ehre? Und noch dazu ganz privat, wie mir scheint - so ohne Pressetroß. Oder haben Sie eine versteckte Kamera mitgebracht?"

„Aber nein, Purmann", lachte er, „ich bin wirklich, sag ich mal, rein privat hier. Außerdem, warum dieser Sarkasmus? Wir waren früher doch mal per du."

„Das ist heute ja wohl perdu," kalauerte ich, „was wünschen Sie? Tabak, Zigaretten, Süßigkeiten?"

„Nein, Purmann, nein." Wieder dieses aufgesetzte, selbstsichere Lachen. Etwas zu selbstsicher, um wirklich überzeugend zu sein. „Ich war gerade in der Gegend, und da ich gehört habe, daß Sie hier jetzt einen kleinen Laden betreiben, da dachte ich mir, ich schau mal auf ein Schwätzchen rein. Hab gerade mal keine Termine, Sie verstehen doch? Äh, ich störe doch hoffentlich nicht gerade ..."

Skladowsky, du bist ein institutionalisierter Störfall, ein politisch-menschlicher Super-GAU, dachte ich bei mir, aber da leider gerade kein Kunde im Laden war, schüttelte ich den Kopf und schwieg.

„Hübsch, der Laden, läuft gut, oder?"

„Das erste Haus am Platze."

Er ging auf den gut 25 Quadratmetern, die meinen Kunden zwischen Tür und Theke zum Zugriff auf Zeitschriften, Kaffee, diversen Krimskrams und mit zwei Stehtischen auch als Imbisshalle zur Verfügung stehen, auf und ab wie ein Tiger im Käfig und machte mir Komplimente - wie ordentlich mein Laden sei, wie vielfältig das Angebot. Er schwätzte leeres Zeug, bis es mir doch zu bunt wurde. Ich kramte ein bißchen unterm Tresen und legte die *Unterm Pflaster* auf die Durchreiche.

„Ärgerlich, diese Serie. Und jetzt noch das mit Ihrem Sohn. Viel Ärger zur Wahlkampfzeit, nicht wahr?"

Ich kam direkt zur Sache. Daß er deswegen hier war, stand in seinen blauen Schwiegersohnaugen geschrieben. Schließlich wußten viele Leute, daß ich gelegentlich zu den Mitarbeitern der *Unterm Pflaster* gehörte und Michael „Micky" Ehlers einige Male bei Recherchen geholfen hatte.

„Also, Purmann, das sind doch alles, sag ich mal, bloße Hirngespinste. Unterstellungen dieser Schmierfinken. Das ist ein Komplott der linken Kampfpresse ..."

Ich prustete los. Hielt der die *Unterm Pflaster* etwa für die *taz*? Er sah mich leicht irritiert an, das Lächeln war eingefroren. Ich fuhr fort:

„Sie sind doch deswegen hier."

„Na ja, nicht direkt, aber auch."

„Na, was soll ich denn damit zu schaffen haben?"

„Nichts direktes, also, sag ich mal, Purmann, es ist oder es bleibt immer etwas hängen von diesen Gerüchten und Verleumdungen. Und ich möchte dieses Blatt nicht dadurch aufwerten, daß ich offiziell dagegen vorgehe. Arbeiten Sie eigentlich noch gelegentlich als, sag ich mal, Rechercheur?"

Das war es also. Rechercheur, mein Gott, Skladowsky, Martin „sag ich mal" Skladowsky, hast du einen ganzen Rhetorikkurs dafür mitgemacht, um so weit zu kommen?

„Warum sagen Sie nicht Schnüffler? Aber um Ihre Frage zu beantworten, ja, ich arbeitete noch gelegentlich, als - eh, sag ich mal - ‚Rechercheur'."

Ich dehnte das „öhr" genüßlich in die Länge und ließ ihn zappeln.

„Wissen Sie, es ist nicht so, daß ich auch nur den leisesten Zweifel an der Redlichkeit meines Sohnes habe. Ich bin überzeugt, daß er über jeden Verdacht erhaben ist. Aber vielleicht gibt es ja doch Leute, die, nun ja, ich denke, Leute, die versuchen könnten, ihm etwas anzuhängen. Wissen Sie Purmann, er ist noch so jung und sehr naiv. Ich mache mir doch ein paar Sorgen wegen seines, sag ich mal, Umgangs. Könnten Sie ein Auge auf ihn werfen? Mir berichten, was er so treibt? Und etwas aufpassen, daß er, na ja, ob nicht doch irgendetwas an der Sache dran sein könnte? Nicht, daß ich das für möglich halte, aber man weiß ja nie! Und - bei der Gelegenheit, und das ist mir wichtiger. Es wäre gut, wenn Sie auch diesen Ehlers unter die Lupe nehmen könnten, Sie kennen den Typen doch. So ein bißchen herausfinden, sag ich mal, woher er sein Geld hat, was er so treibt, so, was ihn, na finden Sie doch vielleicht heraus, warum der Kerl diese Lügenmärchen erfindet. Und ob man irgendetwas Handfestes gegen ihn unternehmen kann!"

Rollkommando Purmann, wie? Der Rächer der entehrten Kandidaten - ich sah ihn an und schwieg. Eigentlich hätte ich das Schwein stehenden Fusses rausschmeißen sollen. Aber irgendetwas ließ mich zögern. Es war vielleicht wirklich nicht so dumm, ein Auge auf den Jungen und eventuell das andere auf Ehlers zu werfen. So konnte man vielleicht verhindern, daß Ehlers was zustieß. Schließlich war Skladowsky früher einmal ausgesprochen risikobereit und gewalttätig gewesen. Zwei Stiftzähne und eine Brücke in meinem Gebiß harrten durchaus noch einer Revanche. Und wenn ich etwas herausfand, mit dem Skladowsky Ehlers hätte fertigmachen können - darüber, wie ich meine Rechercheergebnisse verwerte, entscheide immer noch ich.

„Und wie soll ich das machen? Ich bin kein Fakir, Herr Skladowsky. Ich kann entweder Ihren Sohnemann oder Ehlers beobachten, was ist Ihnen wichtiger?"

„Das ist doch eigentlich Ihre Aufgabe, sag ich mal. Ich denke, mir ist erst einmal wichtig, daß mein Junge sauber ist und daß ich erfahre, was und von wem Ehlers diese Informationen bekommen hat. Ich denke, das können Sie beides miteinander verbinden. Also, machen Sie es? Es soll nicht zu Ihrem Nachteil sein, Sie wissen doch Purmann, ich kann Sie bezahlen, und ich kann Ihnen mit meinen Beziehungen, sag ich mal, sehr nützlich sein..."

Angebot oder Drohung? Ich wurde aus dem Kerl nicht schlau. Ich hätte ablehnen sollen. Doch meine unbezwingbare Neugier gewann die Oberhand.

„Na gut, ich mache es, aber - keine Quittung, kein schriftlicher Bericht. Ich sage Ihnen nächste Woche Bescheid, ob etwas an der Sache mit Ihrem Jungen dran ist. Und um Ehlers kümmere ich mich nur am Rande, klar?"

„Hmm, gut, wieviel?"

„Erstmal 2.000. Sofort. Wenn es mehr Arbeit ist, kann es sein, daß ich etwas nachfordere. Wenn ich merke, daß ich nur meine Zeit verschwende, bekommen Sie etwas von dem Geld zurück. Und, das mit der Quittung ist mein Ernst. Es gibt keine."

„Kann ich Ihnen das Geld überweisen, oder wollen Sie lieber einen Scheck, Purmann?"

Ich mußte wieder lachen.

„Nein, Herr Skladowsky, 2.000 in bar, im Voraus."

Er zückte seine Brieftasche und gab mir zwei nagelneue Tausender. Es schien, als hätte er seinen Pressesprecher ein paar aktuelle Erkundigungen über mich und meine Tarife einholen lassen. Das war mir nicht recht. Aber ich wußte es doch zu schätzen, daß er sich vor seinem Besuch bei mir noch die Mühe gemacht hatte, auf einen Abstecher beim Geldautomaten vorbeizuschauen. Die Gebrüder Grimm hätten die Geschichte, die Hektor Purmann dafür erzählen würde, gut für ihre Sammlung gebrauchen können ...

Ich steckte das Geld ein und bot Skladowsky einen Kaffee an - der Kunde ist schließlich immer noch König. Und Kaffee und Tee gehören in meinem Lädchen ohnehin zum Service. Er lehnte ab und wandte sich zum Gehen.

„Moment noch bitte, Herr Skladowsky. Warum gerade ich, warum kein zugelassener Profi?"

„Fällt Ihnen reichlich früh ein, Purmann. Gute Frage. Weil Sie es sich nicht leisten können, Ihren Namen öffentlich herauszuhängen und daher, sag ich mal, äußerst diskret sein werden, wie es ja auch Ihr Ruf ist. Außerdem sind Sie intelligent, haben Erfahrungen mit Drogen und können sich unauffälliger in der linken Szene bewegen als ein richtiger Privatermittler. Die kennen doch noch ihren alten Genossen Purmann, oder?"

Und billiger bin ich obendrein - dachte ich. Skladowsky's Geiz hätte jedem Schwaben zur Ehre gereicht.

„Noch eine Frage, Herr Skladowsky. Sie haben doch Angst, daß an der Story was dran ist? Oder suchen Sie nur Material, sich Ehlers vom Hals zu schaffen?"

„Ich habe keine Angst vor diesem, milde ausgedrückt, Schmierfink Ehlers, Purmann. Ich will nur meine Familie schützen, das ist alles."

Sprach's und ging. Ich begleitete ihn noch auf die Straße und sah solange hinterher, bis er in seinen Jaguar eingestiegen und verschwunden war. Daimler Double-Six, der Herr hatte Geschmack, wenigstens bei Autos. Als Skladowsky losfuhr, er hatte keinen Fahrer, startete ein betont unauffälliger Passat aus einer Parklücke und folgte ihm. Die beiden Typen, die drin saßen, rochen so sehr nach Bullerei, daß auch tonnenweise Männerparfum diesen Gestank niemals kaschieren konnten. Ich kratzte mich am Kinn und ging zurück hinter meinen Tresen.

# MERLE

Es war alles zu einfach gewesen, zu glatt gelaufen. Ich hätte von Anfang an mißtrauischer sein müssen.

Carola hatte den Job vermittelt, den Zeitraum, in dem ich zuschlagen sollte, sie hatte den Preis ausgehandelt, wie immer. Sie hatten mir vieles vorgegeben, z.B. daß ich es als Attentat auf den Kanzler tarnen sollte. Ein heikler Job, der sich so leicht vorbereiten und durchführen ließ. Das dicke Ende war dann auch gekommen. Ich steckte ziemlich in der Scheiße.

Ich hätte den Braten riechen müssen. Aber - Carola hatte mich beruhigt, hatte gesagt, der Kunde hätte ein paar Extrawünsche und läge dafür ein paar Extrascheine drauf. Und jetzt war sie nicht erreichbar.

Wir waren ein gutes Team, Carola und ich. Sie, die anerkannte Galeristin und Antiquarin, ich ihre Reisende, die diverse Antiquitäten sowie neue und alte Kunst von überall her mitbrachte. Daß wir so auch das mit unserem Nebengeschäft verdiente Geld wuschen, wußte außer uns beiden niemand. Seit fast zehn Jahre betrieben wir unsere kleine Mörder-GbR. Zehn lange und doch sehr kurze Jahre.

Carola und ich hatten es immer so gehandhabt, daß ich mich nach Erledigung eines Jobs telefonisch kurz meldete und sie dann auch erreichte. Aber ich bekam nur ihren Anrufbeantworter. Was hätte ich darauf quatschen sollen? „Hallo, Carola, hier ist Merle. Der Fall Klühspiess ist abgehakt???" Es gibt keinen Code, der nicht geknackt werden kann. Kein Geheimnis, das geheim bleibt, wenn mehr als einer davon Kenntnis haben. Was war da los? Warum ging sie nicht ans Telefon? Das war gegen alle unsere Regeln.

Ich saß hier in Mannheim fest. Ich war nicht sofort abgereist, weil ich durch die Bombe den Zug verpaßt hatte. Zwar hatte ich noch genug Geld, um einmal quer durch das Land zu kommen, aber ich saß auf der Mordwaffe, saß inmitten eines wuselnden, aufgescheuchten Wespennestes voller wütender Bullen, die nur eines im Sinn hatten, den Kanzlerattentäter so schnell wie möglich zu fassen.
Ich hatte wenig Hoffnung, mir den Weg freischießen zu können, falls sie mich stellten.
Gut, ich hatte wohl noch einen Vorteil. Zur Zeit war mir - wenn überhaupt - nur die Polizei auf der Spur. Die war trotz allem keine große Gefahr.
Mein größter Trumpf war jedoch noch mein Geschlecht, die suchten Männer, keine Frauen.

Ich hoffte nur, daß der Kunde nicht wußte, wie ich aussehe, sonst wäre ich jetzt am Arsch. Solange die glaubten, ich wäre tot, hätte ich noch eine gute Chance, an mein Geld heran- und einigermaßen heil aus der Geschichte herauszukommen.

Ich fühlte mich schlecht. Noch nie hatte es derart viele Probleme gegeben. Gut, es hatte Jobs gegeben, da hatten die Klienten etwas geahnt. Einmal, da stand mir so ein beschissener Yuppiewichser und Heroingroßhändler plötzlich mit der Knarre in der Hand gegenüber. Armer Irrer, glaubte, daß eine Frau wie ich schon dann harmlos ist, wenn er ihr die Schußwaffe abnimmt. Mit meinem süßen Rasiermesser hatte er nicht gerechnet.

Ich gab ihm die angemessene Antwort auf sein tolldreistes Machogehabe. Die letzte Erkenntnis, die, daß er sich geirrt und mich unterschätzt hatte, ließ ich ihm. Wenn man gurgelt und erstickt, oder ist das Ertrinken, oder verblutet man? Machte sich der Schwanz etwa noch Sorgen um seinen Rohseidenschlips, der sich da langsam voll Blut sog?

Egal, ein Rasiermesser - ein gutes Skalpell tut es auch - ist eine perfekte Nahkampfwaffe. Schnell, leise, aber leider nicht besonders sauber, du mußt verdammt schnell zurückspringen, um dir nicht die Klamotten einzusauen.

Die Bullen waren mir auch schon ein paarmal dicht auf den Fersen. Es ist gut, wenn man eine Frau ist. Das hat in diesem Geschäft unbestreitbare Vorteile.

Es wurde eine lange Nacht in Mannheim. Es war auf ihre Art auch eine schöne Nacht. Ich hätte mich köstlich amüsiert, wenn ich mir nicht diese Scheißgedanken um Carola gemacht hätte.

Als sie das Video in den News brachten, war ich drauf und dran, die Wasserflasche in den Fernseher zu schmeißen. Für eine kleine Weile schrie und heulte ich. Ich war völlig außer mir und brauchte fast eine Viertelstunde, um mich wieder zu beruhigen. Am liebsten hätte ich dieses Arschloch umgelegt, das da gefilmt hatte. Diesen blöden, mediengeilen Schweinehund, der da seelenruhig seinen Camcorder ansetzte, während um ihn herum Kinder von einer Bombe zerfetzt wurden. Diesen widerlichen Spießer, der sich demnächst durch die Talkshows quatschen und seinen, im übrigen völlig unverdienten, Ruhm auskosten würde.

Ich warf die Wasserflasche nicht in den Fernseher. Mir wurde gerade noch rechtzeitig klar, daß ich mich nicht besser hätte verraten, nicht besser noch mehr Aufmerksamkeit auf meine Person hätte lenken können, als es ohnehin schon der Fall war.

Statt dessen duschte ich ausgiebig und ging dann zur Rezeption.

„Sie wünschen?", fragte mich der Nachtportier, Marke nebenjobbender, gelangweilter Ingenieurstudent.

„Ich bleibe noch eine weitere Nacht," entgegnete ich.

„Und ich möchte mich heute noch ein bißchen amüsieren. Haben Sie einen Tip, wo eine Frau wie ich hier gut tanzen gehen kann?"

In welche Disko geht deine Mutter, Kleiner? Sagst du's mir? Dann verrate ich ihr auch nicht, wie du mich anstarrst. Stehst wohl auf reife Mädels? Ich lächelte ihn unvermindert an. Vielleicht sollte ich ihn bitten, mir meinen BH wiederzugeben. Aber der Witz war älter als er, den verstand er bestimmt nicht.

Er nannte mir ein, zwei südländisch klingende Namen und zeigte mir auf dem Stadtplan, wo ich die zugehörigen Läden finden konnte.

Risiko hin, Panik her, ich hatte mich entschieden, noch einen Tag hier zu bleiben. Diesen zweiten Tag brauchte ich einfach, um die Lage zu sondieren. Ich mußte feststellen, ob und wie intensiv man am Bahnhof kontrollierte. An eine Flucht mit dem Auto war ohnehin nicht zu denken. Jetzt und hier einen Wagen zu mieten oder gar einen zu knacken war so ziemlich das idiotischste, was ein Mensch in meiner Lage tun konnte.

Ich nahm den Zimmerschlüssel vorsichtshalber mit. Ich wollte nicht, daß irgendein Idiot einfach in mein Zimmer hereinspazierte, meine Ausrüstung fand und vielleicht die passenden Schlußfolgerungen zog. Ein bißchen Mühe sollten sie schon haben. Bevor ich ins „Samba Tropicana" ging, fuhr ich mit der Straßenbahn einmal über den Rhein. Dort entsorgte ich in einem Ludwigshafener Hafenbecken die restliche Munition. Den Gewehrlauf würde ich später behandeln und dann verschwinden lassen. Den Rest der Waffe konnte ich behalten. Einen neuen Lauf konnte ich mir über den Hersteller bzw. ein paar gute und diskrete Spezialhändler besorgen. Nachdem ich den Rest der Kugeln einzeln und unauffällig ins Wasser geworfen und meinen kleinen Hafenspaziergang beendet hatte, fuhr ich zurück in die Mannheimer City und suchte diese Disko auf. Der Junge war nicht dumm, er hatte mich nicht zum Ball paradox oder gar zum Club der einsamen Herzen geleitet. Vielleicht hatte er an meinem Lächeln gesehen, das junge oder gar ältere Männer nicht ganz mein Geschmack waren.

Ich ging hinein. Es war relativ leer, war ja auch schon nach Mitternacht. Vielleicht mußten die fleißigen Badenser morgen alle pünktlich zur Arbeit. Ich ließ mir einen alkoholfreien Cocktail mixen und glitt langsam in die Musik. Sie war gut. Irgendetwas afro-brasilianisches. Das ging schnell in die Beine, das vibrierte im Bauch.

Ich trank, tanzte, wir tanzten, wir tranken, wir lachten und tratschten und gingen dann zu ihr. Sie war klein, sie war schlank, sie war zart, sie war blond. Sie hatte große Augen und einen süßen Schmollmund, und sie war wie ich - allein. Wir suchten beide etwas Zärtlichkeit und Zweisamkeit.

Als ich gegen sechs Uhr aufstand, um zurück ins Hotel zu gehen, wachte sie trotz meiner Vorsicht und Rücksichtnahme auf. Ich hatte nicht einmal Licht gemacht. Sie fragte nur:

„Gehst du schon?"

Ich erschrak und erschrak noch heftiger, als ich ein Pistolenholster streifte.

„Bist du bei der Polizei?" fragte ich zurück.

„Ja, aber können wir uns trotzdem wiedersehen?", kam es wieder.

„Aber sicher, ich rufe dich an", sagte ich, ließ mir ihre Nummer geben und ging.

Und draußen auf der Straße mußte ich plötzlich tanzen. Ich beherrschte mich, bis ich außer Sichtweise ihrer Wohnung war und dann tanzte ich und lachte und tanzte fast den ganzen Weg bis ins Hotel.

Wieder in meinem Hotelzimmer, hängte ich das „Do not disturb"-Schild an die Tür, schmiß mich aufs Bett, lachte noch ein bißchen und heulte dann alles raus. Den Streß, die Angst, den Frust, die Wut. Alles goß ich in die Kissen. Dann schlief ich bis in den späten Mittag hinein.

Ich stand auf, schaltete den Fernseher ein und bestellte beim Zimmerservice Frühstück. Es war ein gutes Hotel. In einem guten Hotel kriegst du zu jeder Tages- und Nachtzeit beim Zimmerservice ein gutes und ausführliches Frühstück. Dafür zahlt man gerne etwas mehr für das Zimmer. Und auch für die Diskretion, mit der ein gutes Hotel den Gast behandelt.

Dies war ein wirklich gutes Hotel. Nach dem Frühstück duschte ich ausgiebig und begab mich dann in den hauseigenen Pool. Ich schwamm ein paar hundert Meter, tauchte ein paar Strecken und entspannte mich. Anschließend suchte ich noch das Fitneßcenter auf. Ein wenig Training tat mir gut. Ich stemmte Gewichte, ließ meine Seele an der Sprossenwand baumeln und joggte auf dem Laufband. Es war eine Wohltat. Dann ging ich wieder aufs Zimmer und machte mich stadtfein.

Am späten Nachmittag, es begann bereits zu dämmern, bummelte ich durch die City, bis ich zum Bahnhof kam. Gewohnheitsmäßig machte ich Umwege, um mich gegen Verfolger abzusichern. Ich stoppte an drei Telefonzellen und versuchte, Carola zu erreichen. Ich erwischte nur ihren Anrufbeantworter. Dann fiel mir etwas ein.

Ich rief im Häuschen an, auch dort meldete sich der Anrufbeantworter. Aber mit der zweiten Meldung, mit der Meldung, die wir dem Apparat per Fernabruf beibrachten. Dann probierte ich es im Laden. Dort meldet sich Miriam, eine Studentin, die im Laden als Aushilfe arbeitet. Sie kennt mich nur als Frau Rosencrantz, und so meldete ich mich.

„Antiquitäten Albertz, Scheuer, guten Tag."

„Miriam, ich bin es, Frau Rosencrantz."

„Oh guten Tag, Frau Rosencrantz, wie geht es Ihnen?"

„Ganz gut, danke. Sagen Sie mir bitte, Miriam, ist Frau Albertz im Hause?"

„Nein, Frau Rosencrantz. Frau Albertz hat sich ein paar Tagen nicht im Laden blicken lassen. Wir sind in großer Sorge. Denn sie hat auch nicht hinterlassen, wo sie zu erreichen ist. Wir hatten gehofft, Sie wüßten näheres..."

„War Sie auch nicht in der Galerie?", fragte ich.

„Nein, dort ist sie auch nicht gewesen."

„Seit wann ist sie nicht mehr gekommen? Wann hat sie sich das letzte Mal gemeldet?"

„Ich habe sie das letzte Mal am Samstag gesehen, als sie die Abrechnungen machte. Frau Meyer hat gesagt, sie wäre Montag nachmittag in der Galerie gewesen und hätte gesagt, sie würde eventuell ein paar Tage verreisen, würde uns aber noch genau Bescheid geben. Das hat sie jedoch nicht getan. Darf ich eigentlich Bargeld und Schecks auf das Konto einzahlen, so ohne Vollmacht?"

Ich hatte zur Zeit andere Sorgen als Carolas Kontostand. Aber ich sagte: „Lassen Sie es im Safe. Den Schlüssel haben Sie doch?"

„Ja, Frau Rosencrantz."

„Ich komme in den nächsten Tagen entweder selbst vorbei oder ich schicke jemanden, der das erledigen kann. Machen sie sich um die Kasse keine Sorgen. Wenn Frau Albertz sich meldet, sagen Sie ihr bitte, ich müsse sie dringend sprechen. Sagen Sie ihr bitte auch, daß sie weiß, wo sie mich erreichen kann."

„Ja, das mache ich gerne, selbstverständlich, Frau Rosencrantz."

Das Mädchen war süß. Studierte Architektur oder so etwas. Eigentlich schade, doch es gilt das Prinzip: fange nie etwas mit Mitarbeiterinnen, Hausnachbarinnen oder gar Kolleginnen an.

Ich versuchte es dann noch in Carolas Galerie, doch ihre dortige Mitarbeiterin, Frau Meyer, wußte auch nicht mehr.

Plötzlich hatte ich richtig Angst, obwohl ich hätte beruhigt sein müssen. Carola war keine Verräterin. Sie hatte die Warnung in Gang gesetzt. Die Meldung bedeutete nicht mehr oder weniger, als „Es ist etwas schiefgegangen, paß auf dich auf!". Aber wann hatte Carola die Warnung in Gang gesetzt? Wo war sie? Was war ihr passiert? Sie hatte sich Montag das letzte Mal in der Galerie blicken lassen und gesagt, sie müsse ein paar Tage weg. Warum? Normalerweise blieb sie gerade dann im Ort, wenn wir einen Job hatten. So hatte zumindest sie immer ein perfektes Alibi. Es gehörte auch zu unseren Prinzipien, daß nur Carola mit dem Kunden Kontakt hatte, damit der nicht wußte, von wem und wie der Job erledigt wurde. Wir waren vorsichtig. Carola war es, die den Kontakt mit den Kunden hielt, die alles arrangierte.

Wenn der Kunde an mich ranwollte, mußte er sie zum Reden bringen. Carola war schlau, aber nicht unbedingt hart. Wenn die Schweine, die mir die Bombe ins Schließfach gelegt hatten, und ich war sicher, die Bombe lag in dem Fach, in dem mein Geld hätte liegen müssen, sie in die Mangel nahmen ...

Ich war auch sicher, die Typen hatten nicht daran gedacht, daß mir die Zeit knapp und ich ein Street-Kid anheuern würde, für mich Gepäckträger zu spielen. Kein vernünftiger Mensch überläßt eine Geldtasche mit 500 Riesen Kindern, die klauen, um zu leben. Genau deswegen hatte ich ihn angeheuert. Wenn ich ihm etwas Geld gab für etwas Gepäck, dann konnte da nichts besonders wertvolles drinsein. Und was sollen zehn oder Elfjährige mit etwas Parfum und sonstigem Damenzeugs anfangen? Außerdem: ich hätte ihn erwischt, hätte er versucht, mit dem Geld abzuhauen. Die Tasche wog einiges. Hätte sie wiegen müssen. Aber Geld lag keines im Fach.

Ich setzte mich auf eine Bank, nahm mein Notizbuch und schrieb mir die Problempunkte auf. Ich mußte an den Kunden ran. Nicht nur wegen meines Geldes. Hier ging es um mein und um Carolas Leben. Wenn sie lebte. Es war immerhin nicht zum ersten Mal passiert, daß ein Kunde nach erledigtem Job die Zahlung der zweiten Rate verweigerte. Dann werde ich immer sehr ungemütlich. Meine Argumente sind immer überzeugend. Die Kunden zahlen und schweigen. Dieser hier hatte nie vorgehabt, etwas zu zahlen außer Sprengstoff. Dieser hatte entweder Carola eingespannt oder sie ausgetrickst oder ausgequetscht oder beides. Und um das herauszufinden, mußte ich Carola finden.

Ich war wütend. Da erledige ich perfekt einen extrem anspruchsvollen Job, erschieße unter den Augen von Sicherungsgruppe Bonn/Berlin und sonstiger Spezialpolizei einen hochrangigen Berufspolitiker und dann glaubt der Auftraggeber, mich mit Hilfe einer simplen, aber wirkungsvollen Bombe wegbumsen zu können. Daß Kinder von der Bombe zerrissen wurden, machte mich doppelt wütend: Unbeteiligte zu töten, oder gar Kinder, ist mir ein Greuel. Es gibt so etwas wie Berufsehre. Und das, was die gemacht hatten, ist in meinen Augen einfach nicht professionell.

Immerhin wußte ich jetzt, was ich tun mußte. Ich würde das Schließfach checken und das Häuschen in Augenschein nehmen. Und ich würde sehr vorsichtig sein. Wenn mich dort jemand überraschen wollte, sollte der sein blaues Wunder erleben!

Ich konnte mich - zwar nicht mehr hundertprozentig - darauf verlassen, daß die Schweine weder mein Gesicht kannten noch über meine Identität Bescheid wußten. Nicht von ungefähr gab es in Carolas Wohnung und Laden kein Foto von mir. Nicht umsonst hatten wir Teile unseres Nebenladens im Häuschen eingerichtet. Allerdings - dort würden sie vielleicht etwas finden, was ihnen sagen könnte, daß ich nicht nur Carolas harmlose Einkäuferin und auch nicht von der Bombe zerrissen worden war. Schließlich war da noch dieses beschissene Video.

Ich hätte viel darum gegeben, zu wissen, wer sie waren. Ich wollte unbedingt den Auftraggeber kennenlernen und ihn ganz langsam, Stück für Stück, vom Leben zum Tode befördern. Ich würde den Kerl foltern, langsam, grausam, leidenschaftlich. Es würde mir großen Spaß machen. Und wenn er nun eine Frau war?

Carola war tot - dieser Gedanke begann langsam, aber sicher von mir Besitz zu ergreifen. Sie hatte mir die Warnung aufs Band gesprochen. Doch sie meldete sich nicht. Die Bombe hatte gezeigt, daß unser Auftraggeber keine Mitwisser übriglassen wollte. Er würde sich früher oder später auch der Bombenleger entledigen. Er - oder Sie - mußte sich verdammt sicher sein und verdammt viel zu verlieren haben, daß er so viele Leichen riskierte, nur um seine Spur zu verwischen.

Ich machte mir einen Plan. Ich würde zuerst das Häuschen checken, dann mußte ich versuchen, herauszufinden, was mit Carola geschehen war. Ich mußte mich aber auch bedeckt halten, konnte nicht offen agieren, ich brauchte Hilfe. Oh, Scheiße!

Ich konnte nicht tiefer in der Scheiße stecken, hätte ich wirklich auf den Kanzler geschossen. Und der Dicke hatte es eigentlich auch verdient!

# HEKTOR

Worauf hatte ich mich da bloß wieder eingelassen? Was hatte ich mir dabei eigentlich gedacht?
Manchmal sollte man besser erst seinen Verstand einschalten und dann die Hand aufhalten oder besser: nicht aufhalten. Aber das war nicht das Problem. Mein Problem war, daß ich bei der Sache ein Grummeln im Bauch verspürte. Und das verhieß nichts Gutes. Ich hatte zwar nicht die geringste Ahnung, warum dieses Grummeln da und warum es so stark war. Aber ich konnte mir doch vorstellen, daß ich, falls der Junge wirklich in Drogenhändel verwickelt war, verdammt viel Ärger bekommen könnte. Ich mußte vorsichtig sein.

So hatte ich die zweitausend Eier von Skladowsky angenommen, ohne mir groß Gedanken darüber zu machen, wieso ausgerechnet ich seinen Sohn ausspitzeln sollte. Ich hätte allerdings immer noch sagen können, „tut mir leid, ich habe nichts herausgefunden".

Skladowsky wußte offenbar genau, daß das nicht mein Stil ist. Daß ich halt ziemlich stur und einfach zuverlässig bin. Ein zuverlässiger, nützlicher Idiot.

Nun stand ich also hier im PiPaPo und mir wurde langsam klar, daß mir der Job nicht nur verdammt viel Ärger einbringen konnte, sondern mir obendrein auch viel Arbeit machen würde.

Als Skladowsky heute morgen endlich gegangen war, hatte ich nichts Wichtigeres zu tun gehabt, als Renate anzurufen und zu bitten, mich ein paar Tage im Kiosk zu vertreten. Renate war früher einmal eine gute und gutverdienende Vorstandssekretärin, bis sie einen neuen Chef bekam. So einen jungen, dynamischen, der unbedingt eine junge, blonde Modelsekretärin wollte. Das konnte ihm Renate, schon über 40, mit den ersten grauen Strähnen im Haar und obendrein drei Schwangerschaftsstreifen versehen, leider nicht mehr bieten. Und so war sie eines Tages mit einer gemessen an ihrem letzten Gehalt nicht gerade üppigen Abfindung freigesetzt worden, wie das so schön heißt. Sie hatte mir einmal ihr Zeugnis gezeigt. „Mit Frau Kröcher verlieren wir eine Stütze unseres Unternehmens ... hat stets zu unserer vollsten Zufriedenheit gearbeitet ... Ihr Verhältnis zu Vorgesetzten und Kollegen war immer sachlich und von Ihrer positiven Grundhaltung bestimmt ... trennen uns in gegenseitigem Einvernehmen ... wünschen ihr alles Gute für ihren weiteren beruflichen Weg, Unterschriftenkrakel".

Fast ein Spitzenzeugnis, zumindest gut genug für einen Aushilfsjob in einem Kiosk bei einem gescheiterten, depressiven Ex-Ingenieur, Ex-Sozialarbeiter, mit Tochter, Papagei und Hund. Als sie arbeitslos war, nicht mehr 12 Stunden täglich in der Firma ihrem Boss die Diktate von den Lippen ablas, ihm den Tagesplan zusammenstellte, seine Kleidung richtete - das reichte bis zum Knopfannähen, hatte sie mal beiläufig erwähnt - und was sonst eine gute Chefsekretärin noch alles so tut, hatte sie schnell herausgefunden, daß ihr Gatte an jedem Finger eine andere hängen hatte. Sie schmiß ihn daraufhin kurzerhand raus und mußte nun drei Kinder alleine durchfüttern. Unterhalt von ihrem Exmann gab es nicht. Es war ihr aber auch unerträglich, von diesem Arsch auch noch Geld anzunehmen. In den nächsten Jahren machte sie die übliche Arbeitslosenkarriere. Das erste halbe Jahr war sie voller Elan, schrieb über Einhundert Bewerbungen, ließ sich von dem Gesülze in den Ablehnungen „... haben uns für eine Mitbewerberin entschieden, ... können Ihnen leider keine ihrer hervorragenden Qualifikation entsprechende Stelle anbieten ... die Entscheidung ist uns sehr schwer gefallen" etcetera nicht unterkriegen. Für eine Weiterbildung war sie bereits zu alt, schließlich bekam sie dann doch eine AB-Maßnahme bei einem Kulturverein. Dort lernten wir uns kennen. Renate hatte immer noch viel nachzuholen, ich hatte gerade meinen Job als Streetworker geschmissen und brauchte auch etwas Trost. So fanden wir zusammen und aus einer kurzen, aber heftigen Affäre wurde eine lange und gute Freundschaft. Sie kümmerte sich um Kathrin, wenn es notwendig war und ich hatte manches Mal ihren Jüngsten plus meiner Kleinen am Hals.

Nach dem Jahr Beschäftigungstherapie war sie wieder arbeitslos, kam von Arbeitslosengeld auf Arbeitslosenhilfe und fiel dann vor gut zweieinhalb Jahren heraus aus dem Netz, ab in die Sozialhilfe. Mit Anfang 50 auf den Müll - so hatte sie es mal beschrieben. Die Kinder fast erwachsen, keine Aussicht auf einen Job, von Rente noch keine Spur. Renate verdingte sich als Tippse, freie Schreiberin, übersetzte Briefe und und und. Bis die Sache dem Sozialamt auffiel und man sie wegen Leistungsbetrug drankriegte. Wahrscheinlich hatte sie einer ihrer netten Mitmenschen denunziert. Jetzt hatte Renate keinen Job, keine Aussicht auf irgendetwas, saß auf einem Haufen Schulden und die Tochter fing gerade an zu studieren.

Den kleinen Dienst erwies ich ihr immer wieder gerne, schließlich konnte Renate die zwölf Mark Cash gut gebrauchen, die ich ihr pro Stunde zahlen konnte. Ich kann die Kosten schon irgendwie verbuchen. Und sie kann gut verkaufen, ist umgänglich, freundlich, und auch, wenn es darauf ankommt, giftig genug, unbequeme Kunden hinauszuekeln oder kleine Jungs vom Griff in die Bonbondose abzuhalten. Und außerdem wußten fast alle im Viertel, daß wir mal etwas miteinander gehabt hatten. Wenn sie bei mir im Laden war, war ich eben mal kurz weg. Renate tat einem Freund einen Gefallen - unentgeltlich versteht sich.

Gegen Elf Uhr kam sie in den Laden.

„Hallo, Purmann, na wie geht's?"

Ich weiß nicht wieso, aber fast alle Frauen, mit denen ich engere Beziehungen habe oder hatte, nennen mich nicht „Hektor" sondern Purmann. Bei Renate klang es manchmal wie „Poohmann", so als wolle sie mich wie einen wohlbekannten Knuddelbär behandeln...

„Beschissen wie immer. Hallo Renate, du kommst wie gerufen!", erwiderte ich, nahm sie in die Arme und küßte sie auf beide Wangen. Man soll mit seinen Mitarbeitern immer freundlich umgehen und Interesse an ihnen zeigen, habe ich auf einer Management-Weiterbildung gelernt.

„Du hast gerufen", kam es ebenso trocken wie treffend zurück. „Purmann, Purmann, was ist dir für eine Laus über die Leber gelaufen. Brauchst nichts zu sagen, aber war wirklich der Skladowsky eben hier?"

„Wie hast du denn das mitgekriegt?"

„Na ja, in diesem Viertel ..." ... kann man keinen Schritt unbeobachtet machen. Altes Arbeiterviertel, gute Sozialstruktur. Die meisten Leute sind Rentner oder leben von Stütze, haben daher viel Zeit und können sich lange unterhalten. Hier um den Block herum kennt noch fast jeder jeden. Wahrscheinlich hatte die alte Frau Müller, die den ganzen Tag am Fenster hockt und ihren verfilzten Kater krault, Skladowskys Besuch im Kiosk spitzgekriegt. Gut, daß ich jetzt wegkam. Sonst gäbe sich den ganzen Tag über die gesamte Nachbarschaft die Klinke in die Hand und ich würde mir verdammt was ausdenken müssen, um zu erklären, wieso der Herr Professor ausgerechnet meinem Lädchen eine halbe Stunde seiner kostbaren Zeit geopfert hatte.

„Ja, den kenne ich von früher", erwiderte ich wahrheitsgemäß. Renate kann man nicht belügen. Sie merkt es sofort, jahrzehntelange Berufserfahrung als Sekretärin professioneller Lügner wahrscheinlich. Und sie braucht heute keine Rücksicht mehr auf irgendwelche Chefs oder sonst jemand zu nehmen, es sei denn aus echter Sympathie und Höflichkeit. Beides sind ihre herausstechenden Wesensmerkmale. Ich mag die Frau einfach.

„Skladowsky war mein Fluchthelfer, Renate. Und anschließend haben wir uns bei Uni-Streiks geprügelt. Er hat mich um einen Gefallen gebeten."

„So, so. Der Sam Marlowe Braunschweigs ist wieder unterwegs ..."

Mir lag schon das „Philip" auf den Lippen, aber ich schwieg. Sie mochte mich immer gerne ärgern.

Ich erklärte ihr kurz, was anlag und machte mich auf den Weg. Ich ging zu meiner Bank und zahlte von Skladowskys zweitausend Märkern eineinhalb Mille auf mein

Sparbuch ein. Die restlichen fünfhundert ließ ich mir als gesunde Haushaltsmischung herausgeben. Dann machte ich mich an die Arbeit. Sicherheitshalber nahm ich meinen alten Peugeot und fuhr raus nach Querum. Dort hatte sich Skladowsky ein hübsches Anwesen geschaffen, in dem er mit Frau und Kindern logierte. Das Haus war nicht zu verfehlen. Ich parkte lieber etwas weiter weg, sah mir das Foto des Jungen an und prägte mir das nette, hübsche, weiche Engelsgesicht genau ein. Eigentlich müßte Klaus-Konrad, genannt Konny, in der Schule sein. Ich rief kurz bei Skladowsky an, und eine Stimme mit osteuropäischem Akzent - die Raumpflegerin vermutlich - erklärte mir, das der junge Herr nicht zu Hause sei. So stieg ich wieder in meine Klapperkiste und schunkelte durch die Stadt zum Ottmer-Gymnasium, kurz genannt OG.

Ich parkte am Ernst-August Museum, kämpfte mich durch die Baustellen zur Schule durch und sah einen roten Yuppie-Jeep direkt vor meiner Nase davonbrausen. Das nenne ich einen gelungenen Auftakt. Bevor der Wagen losfuhr, hatte ich noch sehen können, wie Skladowsky Junior mit einem gutgebauten und durchtrainierten Knaben sprach. Der schwankte jetzt langsam zu den Fahrradständern, oder wie man das nennt, wenn Typen zu gehen versuchen, die vor lauter Kraft nicht laufen können. Er machte sich an einem All-Terrain-Bike zu schaffen, als ich ihn ansprach:

„Du, entschuldige bitte. Aber war das eben nicht der Konny Skladowsky?"

„Ja. Warum wollen Sie das denn wissen?", kam es in gnadenloser Kälte zurück.

Die Jugend von heute, höflich und wohlerzogen. Ich hätte den Kerl knuddeln können. Wenn dich ein 19-jähriger siezt, weißt du, daß du alt bist. Ich hätte es als Kompliment an meine erwachsene Autorität genommen, wäre da nicht dieser herablassende Unterton gewesen, mit dem junge Menschen, deren Karriere schon gemacht ist, glauben, einen Loser wie mich behandeln zu müssen. Das Knuddeln ließ ich, war der Junge doch gut anderthalb Köpfe größer als ich und wog so seinen Doppelzentner.

„Wir hatten uns eigentlich verabredet, weißt du, wo oder wie ich ihn jetzt erreichen kann?"

„Rufen Sie ihn doch an, Konny ist gerade nach Hause, seinen Akku aufzuladen, den für sein Handy", fügte er hinzu, als hätte er es mit einem kompletten Idioten zu tun.

Ein Handy, wie nett. Da hätte ich auch früher draufkommen können. Ich bedankte mich und ging. Die *Unterm Pflaster* wurde auch am OG gelesen und ich wollte nicht, daß der Knabe da falsche Schlüsse zog. Also suchte ich die nächste Telefonzelle und rief bei Skladowsky zu Hause an. Ich fragte nicht nach Konny, sondern redete mit der Haushaltshilfe. Ich erzählte ihr was von einer Gegendarstellung zum *Unterm Pflaster* Artikel und daß Konnys Vater mich gebeten hätte, das für ihn zu regeln und fragte, wo ich den Jungen denn am Nachmittag erreichen könnte. Die Perle war ein Volltreffer. Sie erzählt mir frei heraus, daß Konny heute noch sein Tanztraining hatte.

„Tanztraining?"

„Ja, Latein-Formation, die trainieren dreimal die Woche im Büssinghof."

Na toll, Ecstasy und Formationstanz. Dafür sollte ich dem alten Skladowsky gleich nocheinmal Zweitausend in Rechnung stellen. Ich fuhr wieder nach Hause. Heute stimmte mein Timing. Ich passte Kathrin und ihre Freundin Jessica ab, die gerade mit Ghandi von ihrer Mittagstour kamen. Ich fragte die beiden, ob ich was kochen sollte.

„Nein danke, Dad. Dafür haben wir keine Zeit. Wir gehen noch rasch ein Döner essen."

„Na, wenn die jungen Damen unbedingt mit funfündzwanzig weiche Birnen von dem Fraß haben wollen, bitte sehr. Ich werde jetzt für mich allein etwas Leckeres machen. Sag mal, To... - eh- Kathrin, wie geht es denn der Oma?"

Ich hatte das Tochtermaus noch gerade heruntergeschluckt. Als Kathrin 14 wurde, verbat sie es sich, von mir in Gegenwart ihrer Freundinnen oder Freunde so genannt zu werden. Ich hielt mich gewöhnlich nicht daran, aber heute hieß es, gut Wetter machen.

„Die hat sich erholt, sie will mit mir am Wochenende nach Berlin zu so einer Ausstellung. Du, Dad, kannst du ihr nicht sagen, daß ich da nicht mit muß?"

„Wieso nicht?"

„Na ja, ich meine, es ist halt so. Der Jack macht am Wochenende 'ne Riesenbunkerraveparty in der Kralenriede und da wollten wir hin."

„Wer ist wir?", fragte ich mit eisiger Stimme.

„Na ja, Jessica, ich und ein paar andere halt. Freunde, ja, Freunde."

„Wer ist Jack?"

„Ach der, den kennt Jessica."

„Gut, Jessica, wer ist Jack?"

„Hey, Dad, jetzt mach doch nicht so'n Terror."

„Ich rede gerade mit Jessica, Esther-Katharina." Nenne ich sie beim vollen Namen, ist Gewitter angesagt. „Also, Jessica. Du mußt mir nicht sagen, wer Jack ist. Aber dann fährt Kathrin mit Sicherheit mit ihrer Oma nach Berlin."

Das war eigentlich eine gute Idee von Marianne, so kamen sie und Kathi aus der Stadt und ich hatte Ruhe, mich um Merle zu kümmern, falls die überhaupt auftauchen sollte. Denn Mariannes Prophezeiungen treffen oft ein.

„Jack ist einer vom OG", plapperte Jessica fröhlich los.

„Und wieso kommt der an den Bunker für eine Party? Wieviel Leute werden das, Kinder? Kostet das Eintritt?"

Bevor Kathrin sie treten konnte, platzte Jessica, sie ist ein halbes Jahr jünger und gut zwei Jahre naiver als meine Tochter, schon los. Nichtdestotrotz hat sie alles, was eine Fünfzehnjährige für einsame ältere Männer scharf und gefährlich macht.

„Also eigentlich schon, aber Jack hat Kate und mich eingeladen und das kostet uns auch nichts. Der Jack ist echt in Ordnung, Herr Purmann."

Diese Sucht der Kids, ihre Namen zu anglisieren...

„Und wenn Kathrin nach Berlin fährt, wen nimmst du dann mit, hm?"

„Ey, Dad!", mischte sich meine genervte Tochter ein. „Das geht dich doch gar nichts an! Das ist die Party des Jahres. Rave im Bunker. Das wird so cool! Das ist fast wie die Love Parade!"

Dahin durftest du auch noch nicht, meine kleine Tochtermaus, dachte ich bei mir.

„Hört mal, Kathrin und Jessica. Ich will nicht sagen, daß ihr zu jung für solche Parties seid, ihr hört ja eh nicht drauf. Aber ich bin am Wochenende möglicherweise viel unterwegs, Kathrin. Und ich lege großen Wert darauf, daß du bei Oma bist. Und wenn Oma dich nach Berlin einlädt, dann finde ich wirklich, daß du mitfahren solltest. Schließlich braucht Oma wen, der auf sie aufpaßt. Und dir hat bisher noch jede Ausstellung gefallen, in die sie dich mitgenommen hat."

„Aber, Dad, Hektor, ich.."

„Nein, Kathrin. Und wenn du doch dorthin gehen solltest und ich kriege das heraus - und ich kriege es heraus! - dann werde ich verdammt sauer."

„Hektor, Daddy, was ist denn dabei?"

„Ich will es nicht, das ist dabei."

„Herr Purmann ... „

„Liebe Jessica, ich weiß ganz gut, daß deine Mutter dir wenn überhaupt nur dann erlaubt, auf diese Party zu gehen, wenn Kathrin auch dabei ist. Also, ihr zwei Hübschen. Ich rede mal mit Marianne. Vielleicht nimmt sie ja euch beide mit nach Berlin. Ich rufe morgen früh bei Oma an. Ende der Debatte."

Kathrin hängt an Oma Marianne und Jessica hängt an Kathrin. Die zwei sind wie Schwestern. Wenn Marianne ihnen anbietet, sie beide nach Berlin mitzunehmen, würden sie das hoffentlich auch annehmen. Rave hin, Jack her.

Gegen 17 Uhr fuhr ich dann zum Büssinghof. Dort sah ich den roten Jeep auf dem Parkplatz stehen. Und ich sah Konny und seine Tanzpartnerin, ein hübsche, schnippische Blondine. Eines mußte man den Jungen lassen, war sein Geschmack eher konventionell, was Tanzpartnerinnen anging, er selbst gab durchaus einen akzeptablen Latinlover ab. Braungebrannt, sportlich, durchtrainiert, trug er das fast seidenschwarze Haar mittellang. Vor der Schule hatte er es heute offen getragen, mit dem nassen Glanz, den nur ein kräftiger Schuß Gel verleiht , soweit ich erkennen konnte. Klamotten, Schuhe, alles war der letzte Schrei. Markenkleidung, gute Marken, Marken, von denen meine kleine Kathrin träumte, die ich ihr aber niemals kaufen würde, selbst wenn ich es könnte.

Wenn sie sich solche Klamotten mal von Jessica oder Kim auslieh und dann auch noch trug, bekam sie von mir jedesmal eins drauf. Schließlich hat ein Klasse-Mädchen es nicht nötig, seine Klasse durch das Tragen überteuerter Modeartikel zu versauen. Sagte ich ihr, sie glaubte es nie. Skladowsky jr. hatte alles, was ein Typ mit ausgeprägtem Minderwertigkeitskomplex und gut gefülltem Geldbeutel oder entsprechendem Kreditkartenkonto heutzutage so haben muß, um auf der Höhe des Zeitgeistes zu sein.

Jetzt trug er das Haar zu einem Designerzöpfchen gebunden und glatt und feucht angekämmt. Designerzöpfchen waren hypermegaout, aber beim Formationstanz dürften sie nur ein klein wenig weniger verpönt sein als langes, offenes Männerhaar. Schließlich muß, wer sich uniform bewegt, auch uniform aussehen. Aber möglicherweise war das Tanzen für Skladowsky jr. nur eine angenehme Art sportlicher Betätigung und eine gute Gelegenheit, wechselnde Geschlechtspartnerinnen zu finden.

Das Training sollte etwa bis 21 Uhr dauern, hatte mir die Perle noch verraten. Ich machte einen Spaziergang, kam ab und an an meiner Schlurre vorbei und setzte mich kurz vor 21 Uhr hinein. Da fuhr der rote Jeep mit Vollgas auf den Ring, ich so gut es ging hinterher. Auch ein Politikersproß im roten Jeep muß die Verkehrsregeln beachten und zum Glück bin ich ein notorischer Spätgelbfahrer. Skladowsky Junior fuhr nach Lehndorf, wo er die Kleine noch auf ein Stündchen in deren Jungmädchenzimmer begleitete. Gegen 23 Uhr fuhr er wieder los, direkt zum PiPaPo. Das PiPaPo ist eine legendäre, generationenübergreifende Kneipe. Obwohl ich mittlerweile schon lange jenseits der 40 bin, im PiPaPo bin ich manchmal wieder jung. Dazu tut die Musik, dazu tut das Publikum, dazu tut die ganze, seit über 20 Jahren unveränderte Atmosphäre ein übriges.

Skladowsky traf sich mit ein paar Kumpels, allesamt älter als er. Sie kickerten. Ganz wie der Papa und ich damals. Ich trank ein Wasser und stellte mich an die Tanzfläche. Selbst unter der Woche ist der Laden immer proppenvoll. Das Publikum ist quer durch den Szenegarten gemischt. Rocker, Hippies, Yuppies, Studies, Schüler und auch arbeitendes Volk findet man hier. Man trinkt aus schlechtgespülten Gläsern ein Bier, das sich geschmacklich kaum von Spülwasser unterscheidet, unterhält sich brüllend über dies und jenes oder zuckt im Rhythmus der täglich wechselnden Musikrichtung über die spärlich beleuchtete Tanzfläche. Ein Charakteristikum dieser Kneipe ist der permanente Geruch von Gras, der durch die Luft zieht. Ebenfalls charakteristisch für die Kneipe ist, daß du kaum Schwarze, keine Junkies und auch keine Punks oder Skins dort antriffst. Die mag Pille allesamt nicht in seiner Kneipe sehen. Ich zog die sauerstoffarme Mischung aus Dope, Tabak, diversen Duftwässerchen und Schweiß ein und schielte ab und an nach der Spielfläche. Dort hatten die Kickerer aufgehört. Skladowsky junior trank jetzt eine Bloody Mary - oder was hier darunter angeboten wurde - und baggerte ein paar Mädels auf der Tanzfläche an.

Oh Mann, tanzen konnte der Junge. Er hatte ein perfektes Gefühl für Rhythmus und eine wundervolle Körperbeherrschung. Sogar ein paar Typen zollten dem Anerkennung. John Travolta war mal besser gewesen, aber der schwebte jetzt im Scientologenhimmel über die Kinoleinwände. Hier tanzte ein sorgenfrei aufgewachsenes Jungchen, das immer einen Kick brauchte, um sich ein Erlebnis zu verschaffen. Ich wettete mit mir, daß Konny. auch schon mal als menschlicher Flummi von einem Kran gesprungen war. Und ich wettete weiter, daß der Junge sich auch mit Ecstasy seinen Spaß machte.

Kurz nach Mitternacht verließ der fleißige Schüler mit einer Brünetten am Arm die Kneipe, sie fuhren noch eine Runde durch den Mondschein und gegen zwei Uhr bog der Jeep in Skladowskys kleine Wohnstraße ein, das Mädel hatte er vorher am Nachtbus ausgesetzt. Ich fuhr nach Hause.

# MERLE

Ich laufe durch dichten Nebel, vor mir läuft Carola, immer gerade außerhalb meiner Rufweite, nur schemenhaft erkennbar. Wir laufen durch einen Sumpf, aus dem die Köpfe verschiedener Klienten ragen. Sie springt von Kopf zu Kopf, ich versuche, Schritt zu halten, will sie einholen, will ihr etwas wichtiges sagen, ich rufe, aber sie hört nicht, dreht sich nicht einmal um. Carola rennt schnell, verdammt schnell. Der Nebel wird dichter und es wird lauter. Er donnert, der Nebel, er schreit, schreit wie tausend Sterbende. brüllt wie die Massen auf dem Kundgebungsplatz. Kreischt ...

Schließlich hole ich Carola ein. Wir sind aus dem Sumpf heraus gekommen und auf einen dunkeln Hohlweg in einem Eichen- oder sonstwie düsteren Märchenwald eingebogen, als sie ihren Schritt verlangsamt und mich aufholen läßt. Als ich direkt hinter ihr bin, dreht sie sich um, aus ihrem Mund speit Feuer, sie verbrennt um mich herum die Luft. Ich weiche dem Feuer aus, drehe mich um, versuche zu fliehen. Sie holt mich ein, wirft sich auf mich, ich will mich wehren, aber habe keine Waffen, meine Kräfte versagen, bin gelähmt. Ich liege auf dem Boden. Der Boden ist glühendheiß. Carola steht über mir, ihr feuriger Atem versengt mich, blendet mich, verbrennt meine Haut, entzündet meine Haare. Ich will schreien, doch ich bringe nur ein Röcheln hervor, ein Gurgeln, ich will aufstehen, laufen, doch ich liege wie festgenagelt auf dem Boden. Da lacht Carola. Sie lacht laut, hämisch, haßerfüllt. Sie lacht, lacht, lacht und reißt sich die Haut vom Gesicht. Darunter erscheint meine Mutter, aber es ist nicht meine Mutter, es ist nicht Carola, sie sind es beide und ich bin es auch, die mich verbrennt, mich ohne Scheiterhaufen in Flammen hüllt. Ich reiße mich hoch, komme auf die Beine, laufe durchs Feuer, laufe ins Feuer, renne im Feuer. Vorne, hinten, links, rechts, über und unter mir ist Feuer. Ich bin Feuer. Ich verbrenne, ich spüre die Hitze, fühle aber keinen Schmerz, ich sehe, wie meine Hände verkohlen, wie die Haut meiner Beine Blasen wirft und abplatzt, das rote Fleisch schwarz verkohlt, von den Knochen abbröckelt und mit glühenden Knochen laufe ich und laufe und laufe. Ich verbrenne, ich laufe. Bald ist überhaupt kein Fleisch mehr auf meinen kohlenden, weißglühenden Knochen, ich sehe nichts mehr, ich höre nichts mehr, ich fühle nichts mehr. Ich laufe, laufe, laufe. Um mich herum sind Feuer und immer noch dieses Lachen. Dieses schreckliche Lachen.

Ich fuhr schweißgebadet hoch. Es war noch nicht einmal vier Uhr morgens. Ich starrte eine Weile ins Dunkel des Hotelzimmers, doch ich war allein. Ich ging ins Bad, wusch Gesicht und Hände, betrachtete mich im Spiegel und ging zurück ins Bett. Ich versuchte wieder einzuschlafen, doch es gelang mir nicht.

Ich war relativ früh ins Hotel zurückgekehrt, hatte mir meinen Plan für den heutigen Donnerstag zurechtgelegt und war dann gleich schlafen gegangen. Der Alptraum hatte mir die Nacht verdorben.
Ich schaltete den Fernseher ein. Ein Nachrichtenkanal brachte erste Meldungen von der noch immer ergebnislosen Fahndung nach den Kanzlerattentätern. Man ging davon aus, daß es mehrere waren. Das hätte mich freuen können, hatte aber nichts zu bedeuten. Die Bullen verbreiteten in diesem Stadium, wenn sie noch fast gar nichts hatten, gerne Falschmeldungen, um den oder die Täter in Sicherheit zu wiegen. Wenn mich meine sechs Sinne nicht täuschten, würden sie schon bald von einem Einzeltäter ausgehen.

Interessanterweise zeigten sie umfangreiche Straßensperren und -Kontrollen im Rhein-Main-Neckar Raum, erwähnten auch, daß sich Reisende auf dem Flughafen Frankfurt auf verschärfte Kontrollen und Flugverspätungen einstellen sollten. Und nebenbei kündigte man an, auch die ICE-Züge der Deutschen Bahn stichprobenartig zu prüfen. Man bat die

Bürger um Verständnis. Meines hatten sie. Schließlich mußten sie ja irgendeine Aktivität vortäuschen, während sie langsam aber sicher die Andeutungen filterten, die ich ihnen hinterlassen hatte. Bei aller Sorgfalt bleibt leider doch immer ein kleines Fitzelchen übrig. Das ist Berufsrisiko. Ich hoffte sehr, daß das Feuer lange und gründlich genug gebrannt hatte, um Haare oder sonstiges für ihre Genetiker wertvolles Material zu vernichten. Schließlich hatte ich ihm genug Nahrung gegeben, Brandbeschleuniger, Plastikfolie, die würden lange brauchen, in diesem Chemiecocktail etwas zu finden. Nach meinen Fingerabdrücke konnten sie lange suchen. Sollte ich jemals einen hinterlassen, könnte es passieren, daß doch jemand eine alte Kartei aus den Siebzigern durchforstete. Das war aber nicht sehr wahrscheinlich. Welcher Bulle kommt schon auf die Idee, 20 Jahre alte Abdrücke einer seitdem nie aufgefallenen Heroinkonsumentin und Kleinkriminellen in eine solche Fahndung einzubeziehen, oder?

Dann brachten sie wieder Stellungnahmen diverser Politiker. Ich schaltete um, suchte mir etwas Leichtes, etwas Unterhaltsames. Ich fand eine Talkshow, die Wiederholung vom vorherigen Nachmittag, aufgezeichnet Wochen zuvor. Diverse stinknormale Leute sprachen über Mordgedanken „Ich habe daran gedacht, meinen Partner zu töten", lautete das Thema, passend zum Anlaß. Nett, wirklich nett. Der Talkmaster, ein gefönter, gelackter Unterhemdenvertretertyp, fragte gerade eine fette, häßliche, überschminkte und völlig unmöglich gekleidete Megäre, wie sie denn ihren untreuen Gatten meucheln wollte. „Mit dem Küchenmesser", hauchte sie und senkte kokett die Augenlider. Erstaunlich, daß ihr die Wimperntusche nicht auf die Backen bröckelte. Ich hätte fast laut losgelacht.

Man sollte in solchen Fällen Carolas Telefonnummer einblenden mit dem Werbespruch: „Ist Ihr Gatte ein Problem? Wir beseitigen es!"

Ich stellte den Ton etwas leiser, nahm mir ein Wasser aus der Minibar und lehnte mich in die Kissen. Als ich wieder aufwachte, war es kurz vor Sieben, im Fernsehen lief das Frühstücks-TV und mein Rücken schmerzte vom krummen Liegen.

Ich stand auf, machte etwas Gymnastik. Danach kamen etwas Stretching, ein paar Kniebeugen sowie Rumpfübungen, um meine Wirbelsäule zu entspannen.

Ich duschte, zog eine bequeme, dunkelblaue Jeans an und darüber einen weiten, dunkelgrauen Pulli. Ich legte meinen Schlaggürtel an, der sich in sekundenschnelle durch seine Eisenschnalle ziehen läßt und dann ein gutes Schlagwerkzeug abgibt. Den langläufigen, 16-schüssigen 22er Colt tat ich in die Handtasche. Das ist eine angenehme Waffe, sehr leicht, bequem und leise wegen des in den Lauf integrierten Schalldämpfers. Darüberhinaus ist sie, wie die Smith & Wesson 38er, die ich in ihrer kurzläufigen Version gerne hinten im Hohlkreuz oder auch mal im Holster trage, sehr genau. Man trifft auch auf größere Entfernungen Gegner oder Klienten. Aber dazu benutze ich diese Waffe nur im Notfall. Normalerweise nehme ich ihn nur zur Selbstverteidigung auf engerem Raum. Den Gewehrlauf packte ich in meine Reisetasche. Der Rest des Gewehres lag ordentlich in seinen Schaumstoffkissen im Alukoffer, daß Stativ ruhte im Leinenbeutel auf dem Grund der Reisetasche. Kurz nach halb acht Uhr hatte ich fertig gepackt. Dann ging ich ins Bad, trug etwas Kajal und farblosen Lippenstift auf. Ich schminkte mich so, daß es auffiel ohne auffällig zu sein. Ich zog meine Augenbrauen nach, legte etwas Lidschatten auf und nahm etwas Creme, um die Ringe unter den Augen zu kaschieren. Meine

Handtasche, die Reisetasche und den Alukoffer brachte ich zur Rezeption und ging in den Frühstücksraum.

Es war ein gutes Hotel, sehr komfortabel, gut gelegen und nicht teuer. Ich bediente mich ausgiebig am Frühstücksbuffet, trank schwarzen Tee und Orangensaft und ließ mir sogar ein paar Eier schmecken. Dann zahlte ich - natürlich bar - und verließ das Hotel.

Die vier Stationen zum Hauptbahnhof fuhr ich mit der Straßenbahn. Gegen 8.40 Uhr traf ich dort ein. Es wimmelte von Bullen. Bei den Schließfächern standen sich jede Menge Uniformierte und mit Sicherheit Dutzende von Zivis die Beine in die Bäuche. Konnte denen nicht schaden. Ich schaute mich um, studierte in Ruhe den Abfahrplan, schleppte meinen Krams locker durch den Haupteingang an zwei jungen Uniformierten vorbei und betrat das Reisezentrum. Was machten die Bullen da eigentlich? Keine Personenkontrollen, keine Gespäckkontrollen, holten die das auf dem Bahnsteig nach? Bewachten die nur die Schließfächer und prüften, wer seit 48 Stunden nicht bezahlt hatte?

Ich hatte keine Wahl: cool bleiben und durch.

Im Reisezentrum erkundigte ich mich am Expressschalter zunächst, ob die Züge heute große Verspätung haben würden. Man verneinte. Dann kaufte ich eine normale Fahrkarte nach Koblenz. Auf dem Bahnsteig waren ein paar BGS'ler zu sehen, doch auch die hielten keine Reisenden an. Ich löste am Automaten einen IC-Zuschlag und fuhr mit dem nächsten Intercity, er war pünktlich, nach Mainz. Dort kam ich unbehelligt an, stieg aus, löste ein S-Bahnticket nach Frankfurt, nahm aber nicht die Linie über den Flughafen, sondern fuhr über Wiesbaden - Frankfurt-Höchst. Ich hatte Glück, denn die S-Bahn vom Flughafen hatte Verspätung, ich brauchte nicht eine halbe Stunde zu warten. So benötigte ich zwar über zwei Stunden für den Sprung von Mannheim nach Frankfurt, mußte mir aber keine Gedanken um Kontrollen zu machen. In Frankfurt bekam ich dann mit, was die Bullen taten. Sie bewachten die Schließfächer. Wer dort einen Alukoffer oder Plastiktüten oder Seesäcke abholte, wurde angeblafft und mußte sein Gepäck filzen lassen. Vermutlich nahmen sie an, die Killer hätten die Waffe und anderes am Dienstag Abend noch in einem Schließfach versteckt und würden es heute abholen, bevor es zwangsgeöffnet würde. Vielleicht hatten sie auch nur Angst vor einer weiteren Bombe. Ich spurtete zum Reisezentrum und besorgte mir einen ICE-Fahrausweis nach Hannover.

Im ICE zwischen Frankfurt und Kassel-Wilhelmshöhe, jetzt nahm ich doch einen, um die verlorene Zeit etwas aufzuholen, besorgte ich mir ein paar Zeitungen.

Ich fand einen guten Platz neben einer älteren, aber sehr sympathischen Frau. Ich widmete mich besonders der Hannoverschen und der Hessisch-Niedersächsischen Allgemeinen. Außer dem üblichen Blabla zum Kanzler-Attentat enthielten sie nichts, was auf eine Enttarnung von Carola und mir hindeuten konnte.

Mit meiner Nachbarin sprach ich über dies und jenes und auch über den Anschlag. Der war Thema Nummer Eins.

„Es ist schlimmer als damals bei Schleyer", sagte meine Sitznachbarin. „Sie werden versuchen, damit noch mehr Rechteabbau und Strafverschärfungen und weitere neue Überwachungsmaßnahmen durchzupauken."

Ich pflichtete ihr bei.

„Ich finde es ein bißchen schade," fügte sie hinzu, „ daß sie den Kanzler nicht erwischt haben."

„Das sollten Sie lieber nicht zu laut sagen", meinte ich.

„Warum nicht?", lachte sie. „Wir leben doch in einer Demokratie! Hier darf man seine Meinung immer noch frei äußern!"

„Aber nicht in einem Klima von Lynchjustiz und Hysterie,", entgegnete ich, „seien Sie lieber vorsichtig, die suchen nach Sündenböcken."

„Ich bin kein Bock", sie lachte wieder, „außerdem habe ich ein Alibi. Aber natürlich haben Sie in gewisser Weise recht. Duckmäuser haben in Krisenzeiten Hochkonjunktur. Und glauben Sie mir, man kann heutzutage froh sein, daß es in diesem Land keine Plebiszite gibt. Dann würden die Skladowskys und die anderen Rechten eine Kampagne für die Todestrafe starten, die mehr als nur mehrheitsfähig wäre."

Sie war etwas lauter geworden und jetzt mischten sich andere ein. Ein jüngerer Mann, der sich als junger aufstrebender Leistungswilliger ausgab, mit Anzug und Krawatte gehobener Qualität, brüllte fast, als wir feststellten, daß es viele gute Gründe gab, dem Kanzler den Tod zu wünschen. Wie man diesen Terror noch rechtfertigen könne, rief er, der Bürger kann sich nicht mehr auf die Straße wagen und den ganzen Sermon. Jungchen, so fein herausgeputzt und dann Zweite Klasse reisen. Bist du auf dem Weg zu einer Vorstellung oder suchst du nur hübsche junge Frauen, denen die erste Klasse zu teuer ist?

Meine Begleiterin sagte ihm, daß die Zunahme der Kriminalität gerade auch an Menschen wie ihm läge, die soziale Kälte, Rücksichtslosigkeit und Verdrängungswettbewerb zum Programm erhoben hätten.

„Mit etwas mehr Mitmenschlichkeit", meinte sie, „würden wir weniger Kriminalität und Angst haben. Wir müssen teilen, den Schwachen etwas abgeben. Eine solidarische Gesellschaft ist auch eine angstfreie Gesellschaft."

Ich fragte sie, ob ich neben einer Pfarrerin säße. Sie verneinte, bezeichnete sich aber als engagierte Christin und fügte hinzu, sie zähle sich zum Antje-Vollmer-Flügel der Alternativen. Ich bin nicht politisch, aber so viel weiß ich: kein Vogel wird je fliegen können, der soviel verschiedene Flügel hat wie diese Partei.

In Kassel-Wilhelmshöhe stieg ich aus. Nach Hann. Münden mußte ich die Regionalbahn nehmen. Zunächst aber fuhr ich mit der Straßenbahn von Wilhelmshöhe in die Innenstadt.

Ich wollte es möglichen Verfolgern so schwer wie möglich machen. Von der Königstraße ging ich über die Treppenstraße, Deutschland ältester Fußgängerzone, wie mir mein Vater immer erzählt hatte, zum Hauptbahnhof und besuchte dort die Caricatura. Es gab eine Ausstellung junger westdeutscher Comickünstler. Ein paar Originale hatte ich vor einiger Zeit für meine Hannoveraner Wohnung erstanden. Ich wollte schauen, ob ich etwas neues, passendes fand.

Aber ich hatte keine Ruhe, konnte mich nicht auf die Bilder konzentrieren. Meine Gedanken kehrten immer wieder zu Carola zurück. Es war auch schon nach Mittag, ich hatte nicht mehr allzuviel Zeit.

Am Hauptbahnhof fand ich nach einiger Suche einen Münzfernsprecher, die sind wirklich selten geworden, und rief zuerst bei Carola, dann im Häuschen an. Es war das gleiche wie gestern. Carolas Anrufbeantworter war voll, der im Häuschen spielte die Warnmeldung. Ihr Handy hatte sie auch abgeschaltet.
Scheiße.


# HEKTOR

Es war eine sehr kurze Nacht, mußte ich doch um kurz vor Sechs wieder im Kiosk sein. Ich nahm Ghandi mit. Es war nicht gut für den Hund, den ganzen Tag in der Wohnung zu sein. Ich wollte sie im Kiosk lassen und Renate bitten, die Hündin in der Mittagspause etwas ums Eck zu scheuchen.

Der Donnerstag wurde wieder ein sonniger warmer Herbsttag. Strahlend blauer Himmel, kein Wölkchen zu sehen, war es fast wie Frühling. Na, wenigstens hatte ich Wetterglück. Das glich den Brechreiz aus, der mich am frühen Morgen beim Auspacken und Sortieren der Zeitungs- bzw. Zeitschriftenstapel gepackt hatte. Donnerstags gibt es immer viel zu tun, *Stern*, *Zeit*, *Woche* und viele andere bedeutende Blätter haben den Donnerstag als Erstverkaufstag gewählt. Da gerät ein Kioskbesitzer wie ich, der einen Teil dieser Blätter vorwiegend zum Selberlesen bezieht, mitunter ganz schön ins Schwitzen. Ich überflog die Titelseiten. Alle - bis auf die *Zeit*, die dann in der folgenden Woche wie üblich mit einem überlangen Dossier alles noch einmal durchkauen würde, was diese Woche an Falschmeldungen verbreitet worden war - kannten nur ein Thema, in letzter Sekunde aus aktuellem Anlaß ins Blatt geklotzt: den Schuß auf den Kanzler und Robert Klühspiess' Ableben. Stocherte die *Woche* gewohnt oberflächlich im seichten Nebel herum („Klühspiess oder Kohl - Wem galt die Kugel?") ging die große bunte Illustrierte aus Hamburg in die Vollen. Getreu ihrem langjährigem Motto „Es gibt kein Niveau, das wir nicht noch unterbieten können!" prangte ein bleicher, mit Blut und Hirngrütze besprenkelter Kanzler vierfarbig, computernachgeschärft auf dem Cover. Ich fragte mich insgeheim, ob es nicht doch eine gute Montage war, schließlich war das Blatt für seine besondere Affinität gekonnten Fälschungen gegenüber berüchtigt. Unser fetter Kanzler wirkte etwas arg schlank auf dem Bild und die besudelte Kleidung erinnerte mich an eine Sequenz mit John Travolta in Quentin Tarantinos gefeiertem „Pulp Fiction". Dazu die Zeile „Die Sekunde, die Deutschland erstarren ließ". Na ja, die hatten auch schon bessere Headlines gehabt. Andererseits mußte ich ihnen und ihren Kollegen von der *Woche* wirklich Anerkennung zollen, hatten sie doch Dienstag abend die bereits angelaufenen Druckmaschinen gestoppt, sich die Nacht um die Ohren geschlagen und rasch noch alles, was in der Kürze der Zeit zu kriegen war, ins Blatt gepackt.

Dementsprechend war dann auch die Qualität der Storys, die die Blätter rund um Klühspiess aufhängten. War der Mann doch erst 42 gewesen, galt nicht als besonders gefährdet und es gab daher wohl keine vorproduzierten Nachrufe auf ihn, die man bei Altkanzlern oder sonstigen vergreisenden Promis tunlichst in der Schublade parat liegen hat. Ich wußte das von der *Unterm Pflaster*, sogar die produzierten manchen Nachruf auf Vorrat.

Aber im *Stern* ging es über immerhin zwanzig(!) Seiten weiter. Klühspiess vorher und nachher, der Kanzler ebenso. Dutzende Zeugen wurden befragt, die beiden Alten, aus deren Wohnung, so schien jetzt sicher, geschossen worden war und schließlich die durch eine in einem Gepäckschließfach deponierte Bombe verwüstete Bahnhofshalle. Allerdings, irgend etwas neues oder erhellendes konnte das Blatt nicht bieten, man kaute in bekannt sensationsheischender Manier nur wieder, was Dienstag Nacht und Mittwoch durch alle Medien gepoltert war. Und zwischendrin natürlich auch Ausschnitte aus dem Video, wieder mit Merle in Großaufnahme. Sogar ein fast perfektes Porträt von ihr war dabei.

Ich riß die Seite heraus und packte dieses Exemplar ganz unten in den Stapel. Renate sollte es nichtsdestoweniger als letztes verkaufen. Die anderen konnten da nicht mithalten. Die *taz* reichte ein doppelseitiges Tagesthema nach, blieb aber weit unter ihren Möglichkeiten - ob aus Pietät oder Furcht vor dem Kanzler, weiß ich nicht. Immerhin unterstrichen die Berliner Alternativ-Yuppies in ihrem Kommentar, daß die Kugel durchaus von Rechten abgefeuert worden sein konnte. Bei dem ganzen Altpapier war auch die Mitteilung, daß das südliche der beiden montäglichen Magazine bereits Samstag mit seiner Ausgabe der nächsten Woche erscheinen würde. Na, wunderbar. Eine Kugel im richtigen Augenblick, und die ganze bräsige Journaillie der Republik rotiert. Und am Montag würden sie wieder rotieren, wenn das andere Hamburger Magazin ihnen allen zeigte, was sie in der Eile vergessen und übersehen hatten.

Wie immer öffnete ich um kurz nach sechs, gegen 7.30 erschien verabredungsgemäß Renate und löste mich für den Rest des Tages ab. Zu Hause holte ich mein Fahrrad aus dem Keller. Ich fahre gern Rad, aber eigentlich viel zu selten. Vielleicht sollte ich es öfter tun, wäre gut gegen meinen Schwimmring. Immerhin nennt meine Tochter mich gelegentlich schon „Dicker". Obschon zwar nicht eitel, aber habe ich mir immer etwas auf meinen leptosomen Alabasterkörper eingebildet.

Ich nahm Ghandi, stieg auf das Fahrrad und machte mit ihr noch einen kurzen Sprint durch den Bürgerpark. Anschließend vertraute ich sie Renate an, die darüber nicht sehr begeistert schien, für den Rest des Tages an. Gegen 19 Uhr wollte ich sie abzulösen, versprach ich. Ich fuhr wieder nach Hause, trug das Fahrrad wieder in den Keller und ging nach oben.

In der Wohnung legte ich mich noch einmal für zwei Stunden hin, nachdem ich Roberta mit einem Obst- und Nußcocktail ruhig gestellt hatte. Dann packte ich meine Kameras ein, die kleine Leica für die feinen Freizeitdias und die große, schwere Spiegelreflex mit dem starken Zoom für die Fahndungsfotos. Von einem meiner letzten gutdotierten Aufträge hatte ich mir eine gebrauchte Nikon geleistet. Ist schon ein tolles Ding, so ein Autofocus, wenn man ihn abschalten kann.

Ich paßte Konny Skladowsky vor seiner Schule ab. Gegen Mittag ging er mit ein paar anderen Jungs und Mädels, alle ähnlich gut durchgestylt wie er, zum Döner-Kebab an der Ecke beim Museum. Sie aßen dort ihre gefüllten Fladenbrote. Gut, daß ich schon vorher dort war. Der Imbiß war brauchbar, aber nicht unbedingt das Gelbe vom Ei. In meinem Viertel bekommt man wesentlich besseren Döner. Ich überlegte, ob ich den

Kids einen entsprechenden Tip zukommen lassen sollte. Stattdessen machte ich ein paar schöne Fotos von Skladowsky Jr. und einigen seiner Schulkameraden und Kameradinnen. Darunter war auch der Junge, den ich bereits gestern vor der Schule mit ihm gesehen hatte. Dann wurde Konny Skladowsky durch sein Handy beim Kauen gestört und hatte es plötzlich sehr eilig. Er schluckte runter, warf den Rest seines Döners weg, spurtete zum Schulparkplatz, bestieg den roten Jeep und fuhr los. Ich nichts wie hinterher. Es ging einmal quer durch die Innenstadt, dann Richtung Norden. Unterwegs hielt er einmal kurz an, um einen leicht übergewichtigen, auf alternden Luden ohne Mädels gestylten Typ zusteigen zu lassen. Danach sammelten sie noch zwei weitere, jüngere Schlägertypen ein. Einen von denen hatte ich am Vorabend mit Konny im PiPaPo gesehen. Sie hatten dort gekickert, er trank Bier, Konny diverse Cocktails.

Bei Skladowskys Domizil angekommen, stiegen Konny und der ältere Mann aus, der Jeep verschwand gen Bienrode und Autobahn. Ich machte aus sicherer Entfernung einige Bilder und hoffte, nicht die Aufmerksamkeit irgendwelcher Zivilbullen oder Nachbarn zu erregen. Aber die waren wohl so einiges gewohnt. Martin und Maria Skladowsky gehören zu den Leuten, die die Aufmerksamkeit von Paparazzis genießen.

Ich ließ die Typen mit dem Jeep verschwinden. Mit meiner Schlurre hätte ich ohnehin wenig Chancen gehabt, sie im Auge zu behalten. Außerdem lautete mein Auftrag, Skladowsky jr. zu beobachten und nicht die Leute, denen er sein Auto überließ. Obwohl - die Typen stanken so sehr, daß man auch mit Nasenklammer und verbundenen Augen merken mußte, daß an der Sache etwas oberfaul war.

Dann verschwand auch der ältere Lude. Er ging zu Fuß, konnte ihm nicht schaden. Da er fast genau auf mich zukam, stieg ich aus und vertrat mir die Beine. Aus der Nähe betrachtet, merkte man erst, wie alt er wirklich war. Ich kannte ihn von früher. Er war kein Lude, sondern einer der Dealer gewesen, mit denen ich damals zu tun hatte, als ich Merle traf. Ein recht umgänglicher Typ, leider fiel mir sein Name nicht mehr ein. Er schien mich auch zu erkennen, jedenfalls nickten wir uns zu. Als ich mich aus einiger Entfernung nach ihm umdrehte, bemerkte ich, daß er sich Richtung Bushaltestelle bewegte.

Konny Skladowsky hielt es nicht lange daheim. Knapp 20 Minuten später verließ er in einem mausgrauen, neueren Golf das Grundstück. Er fuhr nach Osten, bei Hondelage auf die Autobahn, die wir kurz hinter der alten Grenze bei Eilsleben wieder verließen. Ab da ging es über wunderschöne Alleen durch die bewaldeten Westränder der Börde bis wir in Haldensleben den Mittellandkanal passierten. Wir fuhren mitten durch den schönen, alten Ort. Er bog an der Ortsausfahrt ab Richtung Satuelle. In diesem Dorf verließ er die Landstraße und fuhr auf einer noch immer typisch DDR-mäßige Piste weiter. Auf diese Buckelpiste folgte ich ihm nicht mehr. Meine Schlurre hätte das wohl mitgemacht, aber es wäre zu auffällig gewesen. Hatte er mich bis hierhin nicht bemerkt, jetzt mußte er es. Stattdessen parkte ich in Satuelle an der Kirche, nahm mir die Karte vor und schlug nach, wo wir waren. Ich schaute mir etwas die Gegend an. Nach ca. fünf Minuten fuhr ich die Straße weiter, die Skladowsky genommen hatte. Sie führte aus dem Dorf hinaus in Richtung Letzlinger Heide. Es war ein überbreiter Feldweg, wie für Panzerkolonnen angelegt. Nach ein paar Kilometern gabelte sich der Weg. Ich fuhr auf Verdacht geradeaus weiter, zu einem Ort namens Lübberitz, zumindest verzeichnete ihn die Karte. Lübberitz stellte sich dann als ein idyllisches Forsthaus mit einigen Nebengebäuden heraus. Ich parkte meine Schlurre etwas außer Sicht in der Nähe des Hauptgebäudes und ging zu Fuß weiter. Der Feldweg war voller Reifenspuren und ich bin kein Indianer, der mit Sicherheit sagen könnte, ob und wann hier ein mausgrauer Golf langgefahren war. Ich ging einige hundert Meter in den Wald hinein und kam aus dem Staunen nicht mehr heraus.

Mitten im Wald lächelten mich vier etwas größere Wochenendhäuser an. Datschen der Luxusklasse gewissermaßen. Jede hatte eine eigene, befestigte Zufahrt vom Waldweg aus, jede lag schwer einsehbar inmitten des Waldes. Eine hatte sogar einen Garten drumherum, in ihrer Auffahrt parkte der mausgraue Golf. Dahinter lagen noch zwei der Hütten, etwas tiefer im Wald. Vor einer stand ein Daimlerkombi mit Braunschweiger Kennzeichen. Ich notierte es, wußte fürs erste genug und kehrte um. Das war ein Fall für Markus.

Markus Kröcher ist Renates kleiner Bruder. Hätte er einen Funken Verkaufstalent gehabt oder wäre er Amerikaner gewesen, der reichste Mann der Welt hieße heute vielleicht nicht Bill Gates sondern Markus Kröcher. Aber dann würde ich weder Renate noch ihn kennen, was - gelinde gesagt - schade wär.

Markus war bereits ein Hacker, als es diesen Begriff noch gar nicht gab. Er hatte in den Siebzigern Informatik studiert - damals gab es diesen Studiengang bereits - und beherrschte den Uni-Großrechner zeitweise besser als der Chefprogrammierer des Rechenzentrums. Dummerweise brach eines Tages, als er sich gerade die Daten der Studierendenkartei auf den Schirm geholt hatte, das System zusammen und seine eigentlich harmlose Spielerei flog auf. Markus Kröcher flog von der Uni, machte keinen Abschluß, sondern eröffnete einen kleinen Elektronikladen. Er handelte mit Gebrauchtplatten und High-End Hifi. Das konnte nicht gutgehen. Und als der Computer-Boom begann, baute er bereits seinen zweiten Konkurs. Von da an machte er die gleiche Karriere wie seine Schwester. Mit Anfang 40 leistete er sich den Ausstieg aus der Sozialhilfe. Seit drei Jahren betrieb er eine kleine Elektronikschrottverwertung im westlichen Ringgebiet. Dort klaubte er aus alten, verschlissenen Rechnern noch brauchbare Platinen und ähnliches Zeugs und bastelte daraus neue Nonsens-Maschinen zusammen.

Markus war ein bißchen weltfremd, wie alle Hacker. Aber als Hacker war er ein Genie. Brauchte ich eine Information aus dem BKA oder der Flensburger Kartei? Markus machte eine Nachtschicht und besorgte sie. Hätte ich das notorische Minus auf meinem Bankkonto ausgleichen wollen, Markus hätte es ermöglicht. Die Schufa war ein offenes Buch für ihn. Und Elektronic-Banking hielt er für eine Aufforderung zum Kreditkartenbetrug. Aber er machte alles nur aus Spaß. Ihm ging es darum, zu beweisen, daß nichts in der Computerwelt gegen einen gewieften Hacker wie ihn geschützt werden könnte.

In letzter Zeit mußte ich nicht mehr so häufig zu Markus gehen, meine kleine Kathrin hatte bei ihm das Surfen gelernt. WWW - wir warten wieder oder wie das heißt. Ich bin hingegen schon froh, wenn ich auf meinem alten Würfelmac - von Markus übernommen - einen Brief fehlerfrei hinbekomme.

Sein Kumpel Klaus - ich wußte nie, ob er Angestellter oder Kompagnon war - schlachtete gerade ein paar Monitore, als ich die muffige kleine Halle zwischen Kunsthochschule und Großmarkt betrat.

„Hallo Klaus, ist Markus da?", fragte ich. Klaus wies wortlos nach hinten. Er spricht fast nie, aber wenn ich mal einen Mann fürs Grobe brauche, kann ich mich auf ihn verlassen.

Markus war in seinem kleinem Kabuff am werkeln. Der Raum war vollgestellt mit zwei Schreibtischen, ein paar Regalen und einem Aktenschrank. Die Fenster hatten vor etwa 15 Jahren das letzte Mal Waschwasser gesehen. In den Ecken und an der Decke hingen Dutzende mumifizierte Spinnen in den Trümmern ihrer Netze. Markus saß breitbeinig auf einem uralten Drehstuhl, einem seit langem verbotenen Vierbeiner. Seine zweieinhalb Zentner steckten in den üblichen verwaschenen Billig-Jeans, die Füße in Birkenstöckern, die so verschlissen waren, als hätte er sie zehn Jahre lang ununterbrochen getragen. Obenherum trug er ein halboffenes, kariertes Holzfällerhemd. Sein Bauch schien sich zwischen den Hemdknöpfen hindurchquetschen zu wollen und ließ das verwaschene tief ausgeschnittene Feinrippunterhemd erkennen, das er unter dem Flanell trug. Das schüttere Haar hatte er wild über die beginnende Halbglatze gebügelt und sein graumelierter, langer und ein respektables Dreifachkinn verdeckender Bart hing voller Kebabkrümel und weiß gesprenkelt von Cacikspritzern bis auf die Brust herab. Ein uralter Kassettenrecorder dudelte in schönstem blechernen Mono „Weather Report". Auf den Schreibtischen standen eine Batterie Telefone, ein seit Jahren ungeleerter Ascher als Relikt an die Zeiten, als Markus noch rauchte und zwei Computer. Eine große Kiste von Apple mit Supermonitor, Scanner, mindestens drei externen Laufwerken und großem Laserdrucker. Kathrin hatte mir mal genauestens erklärt, was man wozu braucht und warum ein Zipdrive praktischer ist als eine zweite Festplatte, aber merken kann ich mir das sowieso nicht. Als Ingenieur gehörte ich zum Lochkarten- und Rechenschieberzeitalter.

Der Monitor war vollgemüllt mit irgendwelchen Fenstern, Symbolen, Icons und was sonst noch alles auf so einem Monitor Platz findet. Der andere Rechner war sein Surfrechner für die nicht ganz legalen Touren. Sein Handy, wie er es gerne nannte. Daneben lagen wilde Stapel von Ausdrucken, Faxen, Disketten, CDs, externen Platten und Kleinteilen. Inmitten all diesen Chaos standen drei Thermoskannen voll schwarzen Kaffees und etwa ein halbes Dutzend Tassen und Becher.

Markus trank außer Bier nur Kaffee der Sorte „Herzschrittmacher", in den man ein Loch bohren mußte, um einen Löffel zwecks Umrührens in die Tasse zu bekommen. Mir machte das Zeug Magengeschwüre. Aber Markus konnte ohne diesen Kaffee nicht mehr leben. Ohne Computer übrigens auch nicht. Jetzt wühlte er gerade liebevoll in einer Plastikkiste voller Kleinteile und Chips herum.

„Hi, Hektor", begrüßte er mich, ohne aufzusehen. Dann hielt er ein kleines, bräunlich-schwarzes Etwas in die Luft und sprach:

„Schau, Hektor, das ist ein uralter Intel 8008, damit begann die PC-Revolution. Das Ding war Schrott, als es herauskam und ist der Urahne der heutigen Pentium III Kisten. Die sind genauso schrottig. Aber so sind sie halt, die völlig irrationalen Gesetze des Kapitalismus. Nicht die Qualität entscheidet, sondern hauptsächlich Marketing, Marktmacht und der allgemeine Anpassungsdrang an das, was die ganz Großen vorgeben!"

Er grinste mich mit seinen trotz jahrelanger Abstinenz noch immer nikotingelben Zähnen an.

Ich war eigentlich nicht hier, um mich auf eine gegenseitige Bestätigung unseres kämpferischen Antikapitalismus einzulassen und mir wieder einen seiner beliebten Vorträge über die kriminelle Grundstruktur des Kapitalismus im Allgemeinen und in der EDV-Branche im Besonderen anzuhören. Wenn es ganz schlimm wurde, erklärte er mir noch seine bahnbrechende Philosophie vom destruktiven, virtuellen Kapital, das die Aktienkurse in ebenso schwindelnde Höhen treibt wie die Arbeitslosenstatistiken. Also kam ich ohne Umschweife zur Sache:

„Markus, ich brauch deine Hilfe..."

„Klar, Mann, weswegen solltest du sonst herkommen? Meinen Kaffee magst du ja nicht, oder? Also, hast du 'ne Beule in deiner Schlurre und willst wissen, wer sie dir reingefahren hat? Oder ist dir eine Braut aufgefallen, die du gerne mit ein paar Blumen auf der Kühlerhaube beglücken möchtest? Oder, nein, sag nichts, laß' mich raten: du bist einem ganz großen Ding auf der Spur und ich soll die Genbank des BKA anzapfen und dir den genetischen Fingerabdruck Gerhard Schröders besorgen, weil du beweisen kannst, daß seine Töchter gar nicht seine Töchter sind!"

Wie bitte? Seit wann hat Schröder eigene Töchter? War mir da etwas entgangen? Ich wollte schon darauf einsteigen, doch ich kam nicht zu Wort.

„Oder -" seine Finger schwirrten suchend durch die Luft, Daumen und Zeigefinger betasteten seine wulstige Stirn, er schloß die Augen halb, was seine normalerweise schwarzen Tränensäcke ergrauen ließ, „oder - ja, ich hab's. Die miese Ratte von Skladowsky hat dich angeheuert und du hast dich wieder mal korrumpieren lassen vom Geld des Kapitalistenknechtes!"

„Hast mit Renate gesprochen, "erwiderte ich, woraufhin er mich beleidigt ansah.

„Hektor, alter Freund, ich habe mehr von deinen kriminalistischen Fähigkeiten gelernt als du von meinem Programmierfähigkeiten."

Da hatte er ohne Zweifel Recht. Allerdings gehörte auch nicht viel dazu. Meine kriminalistischen Fähigkeiten sind gering, meine Computerkenntnisse gar nicht vorhanden.

„Es geht allerdings um Skladowsky. Es gibt da bei Lübberitz, das liegt in der Nähe von Haldensleben an der Letzlinger Heide eine kleine, versteckte Sommersiedlung. Ich will wissen, ob Skladowsky oder jemand aus seiner Familie, z.B. seine Frau, da eine Datsche besitzt. Kannst du mal im Grundbuch des Kreises nachschlagen?"

„Ist das in Ossiland?"

„Ja," erwiderte ich, „in Sachsen-Anhalt, knapp 40 km hinter der Grenze."

„Na lego, Alter, ist doch kein Problem! Willst du eine kleine oder eine große Auskunft?"

„Gib mir gleich die große. Dann brauchst du unter Umständen nur einmal zu suchen. Da ist noch etwas, Markus. Hast du den Artikel in der *Unterm Pflaster* über Skladowsky jr gelesen? Der Bengel fährt mit einem roten Jeep durch die Gegend. Check mal nach, auf wen der zugelassen ist." Ich gab ihn die Nummer, und die von dem Daimler dazu. „Und prüf doch bitte gleich mit, wem diese Karre gehört, ist ein großer Daimlerkombi, dunkelblau-metallic, 290er Diesel, glaube ich, ziemlich neu, ziemlich teuer. Und - falls du demnächst mal wieder das BKA besuchst - schau doch mal, ob du da etwas über Vater und/oder Sohn Skladowsky findest."

„Was ist dir die Sache denn wert?"

„Na ja, so das übliche ...", wich ich aus.

„Na, dann schau'n 'mer mal, Hektor, was ich für dich tun kann. Wann brauchst du das Material?"

„So schnell wie möglich, am besten morgen!"

„Es geht bis morgen, Computer sind sehr schnell, wenn man weiß, wie man ihnen Beine macht, Herr Purmann!"

Ich verließ die Bude und fuhr nach Hause. Von dort rief ich bei der *Unterm Pflaster* an. Ich hatte heute einen Glückstag und erwischte gleich Andrea, die Chefredakteurin des Blattes.

„Hi, Purmann, willst du uns wieder mal eine Story verkaufen?"

„Demnächst, die Enthüllung über die dunkeln Machenschaften der Braunschweiger Kinoszene, vielleicht. Nee im Ernst, Andrea, ich wollte mal fragen, ob Micky Ehlers in der Redaktion ist."

„Der ist nie in der Redaktion, Purmann. Micky hat sich seit einigen Tagen nicht mehr gemeldet. Warum?"

„Weißt du, wo ich ihn erreichen kann?"

„Schon möglich, Purmann, nur, der Micky will seine Ruhe haben. Und du gehörst nicht unbedingt zu den Privilegierten, die an ihn randürfen."

„Bist du dir da so sicher?"

„Ja, warum?"

„Och nichts weiter, eigentlich, ich kenne doch nur den alten Skladowsky von früher her und dachte, ich könnte mit Micky mal über die Serie reden, da gibt es bestimmt Dinge, die ich weiß und er vielleicht noch nicht...."

„Und das wäre?"

„Willst du dich in Mickys Stories reindrängen?"

Das löste ihr die Zunge.

„Wenn du Micky Ehlers erreichen willst, solltest du es mal bei Conny probieren."

Ich ließ mir Connys Nummer geben und war bass erstaunt, eine Männerstimme am Apparat zu haben. Ich erklärte Conny (wie passend zu Konny Skladowsky, dachte ich), daß ich Michael Ehlers wegen der Skladowsky Geschichte sprechen wollte. Nach einigem Hin und Her - der Typ war wohl ein echter Leibwächter oder so - hatte ich Ehlers an der Strippe.

„Hallo, Purmann", klang mir die sanft modulierende Stimme des Chefenthüllers der Region im Ohr. „Du hast was gegen Skladowsky?"

Trocken erklärte ich, daß der alte Skladowsky mich gestern früh über ihn ausfragen wollte.

„Mann, die Story scheint ja zu wirken!", freute er sich.

„Ich weiß nicht, ob du dich darüber so freuen solltest, der alte Skladowsky ist ziemlich stinkig deswegen. Der will dir sicher etwas am Zeug flicken."

„Soll er nur versuchen, ich freue mich schon darauf. So warm, wie der sich dazu anziehen muß..."

„Hast du noch etwas in Petto, Micky?",
schmeichelte ich. Schließlich erschien die *Unterm Pflaster* noch zweimal vor der Wahl.

„Könnte schon sein, wieso interessiert dich das?",
kam es vorsichtig zurück. Ich war heilfroh, daß Ehlers Journalist und nicht Schnüffler war, sonst hätte ich kaum noch Aufträge mehr bekommen können. Der Junge hatte eine Nase, die ihn eine gute Story auf 100 km gegen einen Jahrhundertsturm riechen ließ. Wenn ich mich an ihn dranhängte, würde ich wohl noch etwas über Konny und andere Skladowskys erfahren können. Und ich müßte nicht unbedingt Bernie einschalten, meinen Kontaktmann zur hiesigen Unterwelt. Ich erzählte etwas über mögliche Nazi-Connections Skladowskys und erwähnte beiläufig, daß der Sohn ja einen bestimmten Freundeskreis habe. Ehlers lachte und sagte, das sei ihm bekannt. Er schien aber dennoch interessiert. Ich schlug ihm ein Treffen vor. Er sagte:

„Gut, Purmann, treffen wir uns um 12 an der Uhr vorm Haddocks. Aber paß auf, ich bin nicht alleine unterwegs."

Konspirativ, konspirativ. Er war vorsichtig. Vielleicht hatte er auch Schiß. Und vielleicht hatte er auch allen Grund dazu. Ich sagte ihm, daß ich meinen Hund mitbrächte und wir dann zu viert schnüffeln könnten.

Da ich bis Sieben noch einiges an Zeit hatte, machte ich mir etwas gutes zu Essen. Schöne Gnocchi mit einer scharf gepfefferten Champignon-Sahne Sauce und dazu einen Eimer Teekampagnendarjeeling.

Ich weiß, daß es sich nicht gehört, Tee zu italienischem Essen zu trinken, aber besaufen wollte ich mich frühestens heute Nacht, und ich brauchte etwas anregendes gegen die bleierne Müdigkeit, die mir in den Knochen saß.

# HEKTOR

Kurz vor Sieben, ich wollte mich auf den Weg zum Kiosk machen, rief Marianne an. Ich fragte sie, ob sie am Wochenende wirklich mit den Mädchen nach Berlin wolle. Sie sagte:

„Ehrlich gesagt, Hektor, ich weiß es noch nicht. Die Ausstellung über Niki de Saint Phalle wird Esther-Katharina bestimmt interessieren. Aber ich bin etwas schwach auf den Beinen. Ach ja, man wird nicht jünger. Hat Merle sich schon gemeldet?"

„Nein, warum sollte sie?"

„Weil ich es fühle! Hektor, kannst du nachher kurz vorbeikommen, bitte?"

Wenn Marianne eine Frage mit „bitte" abschließt, ist es ein Befehl. Aber bei einer Frau, die bei allen ihren Macken, die Aufzucht ihrer Enkelin immer großzügig unterstützt hatte, befolge sogar ich Befehle, besonders wenn sie als Bitten getarnt sind.

„Wird aber etwas später, bist du gegen halb Elf noch auf?"

„Ja, Hektor, du weißt doch, daß ich schlecht schlafen kann, wenn mich etwas bedrückt."

Ich beschloß, heute abend etwas zu trinken und daher meine Schlurre stehen zu lassen. Ich hatte keine große Lust, nachts um Zwei einen Parkplatz suchen zu müssen. Manchmal hat man in meinem Viertel den Eindruck, daß die Leute ihre Autos stapeln...

Ich fuhr zum Kiosk, trug das Rad hinein - in dieser Gegend darf man keine Fahrräder irgendwo herumstehen lassen, hielt es als Schutzschild gegen eine anstürmende Ghandi vor mich und schob es schließlich mitsamt Hund hinter den Tresen in den Lager- und Kaffeepausenraum. Draußen hatte ich mich umgesehen und wieder einen betont unauffälligen Passat entdeckt, wie, der der gestern bei Skladowskys Besuch zugegen war. Er trug ein Hannoveraner Kennzeichen. Interessant, interessant. Wenn das kein Zufall war ...

Renate stand hinterm Tresen und bediente freundlich wie immer zwei der Typen, die im ehemaligen Hotel an der Oker Obdach gefunden hatten. Die beiden hatten schon reichlich getankt und wollten noch mehr Bier. Renate erklärte ihnen, offenbar zum wiederholten Male, daß es bei Purmann keine Büchsenbiere gibt.

„Was ist das hier für ein Scheißladen!", brüllte der eine. „Ich schleppe doch keine Flaschen durch die Gegend!"

„He, ihr Zwei," fragte ich, „verpaßt ihr nicht das Glücksrad?"

Ich hielt Ghandi am Halsband und würgte sie ein bißchen. Sie mag das ganz und gar nicht und sieht dann immer entsprechend knurrig drein. Ich bin ein friedlicher Typ, war aber gerade etwas auf Krawall gebürstet und dann kommen mir solche Typen manchmal gerade recht. Sie sind laut, aber nicht gefährlich. Wenn man ihnen ruhig und entschlossen gegenübertritt, geht es meistens glimpflich ab. So auch diesmal. Sie maulten weiter, aber als ich ihnen sagte, sie können jeder mit zwei Halbliterpullen Feldschlößchen oder mit leeren Händen gehen, zückte der eine umständlich seine Brieftasche und zahlte die Drei Mark Neunzig (inklusive Pfand). Dann schlurften sie von dannen.

„Hi, Renate, wie war der Tag?"

„Durchwachsen", kam es zurück.

„Hast du gut verkauft?"

„So wie immer, außerdem waren jede Menge Leute hier, die dich unbedingt sprechen wollten."

„Was für Leute? Die aus dem Viertel?"

„Die auch. Aber da war auch ein Polizist. Zumindest glaube ich, daß es einer war?"

„Wie sah der aus?"

„So um wie 50, sportlich, aber mit Bierbauch. Graue Haare mit Stirnglatze und Schnauzer. Er trug einen Anzug mit Trachtenjacke. Hatte auch einen leicht süddeutschen Akzent."

„Schwabe oder Bayer?"

„Mensch, Purmann, dat weet ik doch nich! Ich komme aus Hamburg, für mich sind die Süddeutschen alles Bayern! Übrigens, hast du heute schon Nachrichten gehört?"

„Nein, wieso?"

„Solltest du, wird dich sehr interessieren!"

„Später, Renate. Was wollte Sauerland?"

„Sauerland?"

„Ja, der Bulle. Ich kenne nur einen bei dem Verein, auf den deine Beschreibung paßt. Und das ist der Kriminalhauptkommissar Sauerland. Er stammt aber nicht von dort."

„Sehr witzig, Purmann."

„Also, was wollte er?"

„Hmm, ich glaube, wenn du gleich die Nachrichten anmachst, wirst du es selber erraten."

„Hä? Mensch, Renate, ich habe echt keinen Bock auf solche Spielchen. Also, sagst du mir jetzt bitte, was Sauerland hier wollte?"

„Er fragte, wo du seist."

„Das war alles?"

„Nein, er fragte auch, was Skladowsky gestern hier wollte."

„Oh Ho, und was hast du geantwortet?"

„Ich habe ihm gesagt, daß du seinen Wahlkampf im Viertel managst. Das wollte er mir nicht glauben und wurde frech."

Typisch Sauerland, Humor wie eine verfettete Bratpfanne.

„Und wie ging es weiter?"

„Die Gang von Ken und Marco kam herein und wollte Bier, Knabberkram und sonstiges. Weißt du, diese Minigangster denken doch immer, sie könnten etwas abzocken. Ich habe mehr auf sie geachtet als auf den Polizisten. Daraufhin hat der eine Fluppe gezogen und sich aus dem Staub gemacht."

„War er allein?"

„Hier im Laden?"

„Na überhaupt, war er allein oder wartete vielleicht draußen noch ein Kollege auf ihn?"

„In den Laden kam er allein. Ob er draußen einen Kollegen warten ließ, weiß ich nicht. Ich hatte alle Hände voll zu tun, Marco auf die flinken Finger zu hauen. Aber, du solltest jetzt wirklich Nachrichten gucken."

„Ist erst fünf Minuten vor ...", sagte ich. „Renate, wie wurde Sauerland frech?"

„Na ja, so das Übliche. Ich solle nicht so patzig sein und könnte doch seine harmlosen Fragen beantworten."

„Hat er sich ausgewiesen?"

„Nein. Aber der Typ stand da und guckte, wie es nur ein Polizist tun kann."

„Was hat er noch gesagt?"

„Er fragte nach deiner Frau."

„Was?"

„Das heißt, ‚Wie bitte?', Purmann. Er fragte nach deiner Frau. Ich sagte ihm, daß du seit Jahrzehnten getrennt lebst und keinen Kontakt mehr zu ihr hast. Da hat er blöd gegrinst und gesagt, das glaube er nicht. Dann hat er mir noch ein Foto von - wie hieß sie, Merle? - gezeigt."

„Ja, sie heißt Merle."

„Also er hat mir ein Foto gezeigt, von einer Frau, die Merle sein soll. Ob ich die kenne. Ich sagte nein, die hätte ich noch nie gesehen."

„Wie sah sie aus?"

„Wer?"

„Die Frau auf dem Foto, die Merle sein soll."

„Gut, sehr gut sogar. Genau dein Typ, Purmann. Im Gesicht fast wie Kathrin. Sinnliche Lippen, schmaler Mund, Schlafzimmerblick. Alles worauf du abfährst," lächelte sie.

Oh, Renate, warum hast du das nicht gleich erzählt?

„Wann war er hier?"

„Vor einer knappen Stunde. Du, Purmann, schalt jetzt den Fernseher ein. Ach, ehe ich es vergesse und du mir wieder Vorhaltungen machst, kaum war der Polizist weg, hat Skladowsky völlig aufgelöst hier angerufen. Wird wirklich höchste Zeit, daß du mobil erreichbar bist."

„Nee Danke, kein Handy für Purmann. Stell dir vor, ich observiere wen und mittendrin geht das Gebimmel los."

Das wurde ja immer schöner. Da treibst du dich in der Weltgeschichte herum und plötzlich ist die ganze Prominenz aus Politik und Bullerei ganz geil darauf, mit dir Small Talk zu halten. Renate spielte wieder ihre Spielchen. Sie mochte es, wenn sie etwas wichtiges wußte und es mir vorenthalten konnte.

Also schaltete ich die Glotze ein. Nach dem allgemeinpolitischen Allerlei kam die Meldung, die mir Renate vorenthalten hatte. Es hatte eine Schießerei mit tödlichem Ausgang gegeben. In Hann.Münden hatte am Nachmittag eine junge Frau - möglicherweise in Notwehr - zwei Männer erschossen. Die Frau war flüchtig. Sie brachten keine Beschreibung von ihr. Wohl aber zeigten sie den Wagen, in dem die Männer gestorben waren.

# MERLE

In Kassel aß ich noch einen kleinen Happen, da ich noch etwas Zeit bis zur Abfahrt des Zuges hatte. In Hann. Münden angekommen, verstaute ich meine Taschen in einem der wenigen Schließfächer, die dieser kleine Bahnhof noch hat. Dann ging ich zur Stadtsparkasse, betrat den Schalterraum, nahm ein paar Prospekte aus dem Ständer, sah mich um, prägte mir die anwesenden Leute ein und ging wieder hinaus. Ich bummelte hinunter

Richtung Werraufer, aber aus der einstigen Idylle haben die eine neue Hauptverkehrsstraße gemacht. Trotzdem ging ich über die Straße ans Ufer, schloß die Augen und atmete tief durch. Auch hier hatte sich seit der Wende viel geändert. Die Werra stank nicht mehr so salzig wie früher. Eine Folge der abgewickelten Kalibergwerke in Thüringen. Nach einer Viertelstunde kam ich zurück in die Sparkasse, prüfte erneut die Lage und ging dann zum für die Schließfächer zuständigen Schalter.

Von meinem Mündener Bankschließfach wußte nicht einmal Carola etwas. Ich nahm etwas Bargeld heraus, ziemlich genau 20.000 Mark und den Schlüssel. Dann ging ich zum Garagenhof. Auch hier prüfte ich, ob mich irgendjemand beobachtete oder gar erwartete. Als ich sicher war, daß die Luft rein war, ging ich zur Garage und öffnete das Tor.

Da stand er. Mein altes Käfer-Cabriolet, Baujahr 1968, acht Jahre jünger als ich. Blutrot, mit weißem Verdeck, Ledersitzen, 1300er Motor und Weißwandreifen. Ein Traum von einem Auto! Dagegen sind alles andere - nur Fahrzeuge.

Er hatte meinem Vater gehört. Als meine Eltern sich trennten und Mutter mit mir - mein Bruder war schon aus dem Haus - nach Braunschweig zog, war der Käfer so ziemlich das einzige, was sie meinem Vater gelassen hatte. Sie hatte nie gewollt, daß ich mit Papa in Kontakt blieb. Aber ich blieb es, selbst als ich schon drückte, hielt ich Kontakt zu ihm. Er gab mir oft Geld, das ich sofort in den nächsten Schuß umsetzte. Auch nachdem Hektor und meine Mutter mich entzogen hatten, brach ich den Kontakt zu Papa nicht ab, obwohl Mama behauptete, meine Krisen kämen nur davon, daß ich als Kleinkind von meinem Vater mißbraucht worden wäre, was ich ihr nie glaubte und noch immer nicht glaube. Als er 1985 offiziell völlig verarmt starb, setzte er mich als Haupterbin ein, das heißt, er hinterließ mir seine Garage und den Käfer und etwas Geld. Ich dachte an die kleine Reserve, die er mir hinterlassen hatte, während ich mit den Fingerspitzen sanft über das staubige Blech des Käfers strich. Ich pustete etwas Staub vom Türgriff und von meinen Fingern. Mein Vater besaß nicht nur eine edle Kollektion feinster Schußwaffen, die er allerdings zwischen Simon und mir aufteilte, sondern auch einige wertvolle alte Antiquitäten. Als meine Eltern sich scheiden ließen, regelten sie auch das auf ihre Art. So laut sie auch miteinander streiten und so sehr sie sich verachten mochten, sie vereinbarten, daß jeder mögliche Erbansprüche gegen den anderen zugunsten der gemeinsamen Kinder abtrete. So stand es in der Urkunde. Papa hoffte, mir und meiner Familie mit den Möbeln eine Grundlage geben zu können.

Als ich diesen Schatz über Carola, so lernten wir uns damals kennen, verhökert hatte, konnte ich mich eine Weile zur Ruhe setzen. Ich hatte genug vom Mutterspielen. Ich war noch zu jung, um schon eine Zombie zu werden und reiste erstmal durch die Welt.

Als ich dann das Geld verbraucht hatte und mich zufälligerweise in Braunschweig aufhielt, fragte mich Carola, ob ich wieder zu Mann und Kind zurückkehren oder mit meinen Schießkünsten Geld verdienen wolle. Ich habe immer geglaubt, man müsse sehr gute Gründe haben, um einen Menschen töten zu können. Heute weiß ich, daß Geld der beste aller Gründe ist.

Gedankenverloren hatte ich den Käfer etwas blankgewischt. Mein Vater würde meinen Beruf bestimmt nicht gutheißen, aber er hatte mir das Handwerkszeug dafür beigebracht und mitgegeben. Wozu hat man Waffen, wenn man sie nicht ab und zu benutzt?

Aber mehr als alle Waffen erinnerte mich der Käfer an Papa. An die Hingabe, mit der er ihn jeden Samstag wusch, an die Freude, die er hatte, wenn wir - häufig nur er und ich - an sonnigen Wochenenden zum Picknicken in den Wald fuhren. Ich habe nie jemandem davon erzählt. All die Jahre finanzierte ich Garage und Wagen. Ich habe den Käfer immer gut gepflegt, immer selbst repariert. An einem Käfer herumzuschrauben beruhigt die Nerven und trainiert die Finger. Beides ist gut für meinen Beruf. Steuer und Versicherung zahlte ich immer pünktlich. Als Oldtimer kam mich das Auto billiger, als man denken mag. Der Wagen war gut in Schuß. Obwohl er arg viel Sprit brauchte, war ich mit ihm zufrieden. Für den Notfall genau das richtige. Wenige Jahre nach Papas Tod, als Carola und ich unsere Firma aufzuziehen begannen, hatte ich ihn mit einem gefälschten Kaufvertrag auf eine meiner Tarnidentitäten umgemeldet. Mir tat es in der Seele weh, Papas altes „HMü" Kennzeichen durch das piefige „GÖ" ersetzen zu müssen, doch heute war es mir nützlich. Denn das „HMü" wurde seit 25 Jahren nicht mehr vergeben. Wie viele Autos mit einem solchen Kennzeichen fuhren noch herum? Zehn? Mit dem „GÖ" war der Käfer auch als Fluchtfahrzeug zu gebrauchen. Und dazu sollte er mir ab heute dienen.

Ich fuhr zum Bahnhof, holte meine Sachen und packte sie in den kleinen Kofferraum, startete wieder und fuhr los. Es war nur eine kurze Strecke. Ich genoß das satte Blubbern des luftgekühlten Boxers, die harte Straßenlage, den Roßhaar gepolsterten Sitz, das spartanische Armaturenbrett. Ich liebe meinen Käfer. An heißen Sommertagen mache ich gerne Spritztouren über Landstraßen. Dann fahre ich des öfteren durch Weserbergland und Solling, heize die kurvenreiche Landstraße entlang, die wegen ihrer vielen Motoradunfälle auch als Organspenderstrecke berühmt ist und lasse mir die gute Waldluft um die Ohren rauschen. Dazu hatte ich im Moment leider keine Zeit. Mein kleiner Käfer würde seine Garage einige Tage nicht sehen, vielleicht nie wieder.

Etwas melancholisch gestimmt parkte ich etwa 500 m vom Häuschen entfernt direkt an der Bundesstraße Richtung Göttingen. Das Häuschen hatte meine Mutter als Abfindung aus der Scheidung erhalten. Sie ließ aber meinen Vater darin bis zu seinem Tode wohnen. Später kaufte Carola über eine Strohfrau Mama das Haus zu einem guten Preis ab. So blieb das Häuschen in der Familie und die Alte wußte nichts davon.

Noch im Wagen tauschte ich die Pumps, die ich seit Mannheim getragen hatte, gegen die Dr. Martens mit Stahlkappen. Dann ging ich los. Ich schaute mich um, ob irgendetwas oder irgendjemand merkwürdiges in der Nähe war. Ich bummelte langsam am Grundstück vorbei, betrachtete die ungepflegten Blumenrabatten im Vorgarten und warf einen Blick auf das Haus. Es war eines jener größeren fünfziger Jahre Einfamilienhäuser mit ausgebauten Dachgeschoß, rückwärtiger Veranda und obenliegendem großen Balkon. Im Erdgeschoß befanden sich ein kleiner Eingangsbereich mit Flur, Treppe zum Obergeschoß und Abgang zum Keller, die Küche, eine Toilette. Vom Flur aus ging es in ein Eßzimmer mit anschließendem großen Wohnzimmer und zwei kleinere Schlafzimmer. Das Obergeschoß enthielt ein großzügiges Bad, ein großes Schlafzimmer und ein kleines - offiziell immer als Kinderzimmer bezeichnetes - Zimmer. Das Häuschen, Papa nannte es immer so, ich nenne es heute noch so. Ich habe hier die glücklichste Zeit meiner Kindheit verbracht, leicht, unbeschwert und mit Wald und Friedhof als Spielplatz. Als meine

Eltern das Haus bauten, war ihnen klar, daß ihre Kinder das ganze Obergeschoß für sich haben sollten. Mein Bruder schlief im kleinen Zimmer, ich mußte dem Nervbolzen aber immer gestatten, im großen, also in meinem Zimmer zu spielen. Aber das dauerte nicht lange, denn immerhin ist Simon sechs Jahre älter als ich. Ich verdrängte die Kindheitserinnerungen und konzentrierte mich auf die Gegenwart.

Die Rollos waren oben, die Gardinen zugezogen, der Briefkasten leer. Außer Reklame gab es hier nie Post. Und der Aufkleber „Keine Werbung bitte" hat in einer Kleinstadt noch Wirkung. Ich nickte einer in herbstliche Jätarbeit vertieften Nachbarin zu und ging langsam zum Bahndamm hinauf. Die kleine Seitenstraße, in der das Häuschen liegt, führt durch eine schmale Unterführung auf einen Parkplatz und dann weiter am historischen jüdischen Friedhof vorbei in den Wald. Das war ein schöner und vielbenutzter Spazierweg, den ich jetzt einschlug. Ich hatte es eilig, sehr eilig. Aber gerade wenn man in großer Eile ist, darf man sich nicht hetzen. Hektik ist tödlich, besonders in meinem Metier. Ich folgte dem Pfad hoch bis zum Waldrand. Dann schaute ich durch den Feldstecher in Richtung Siedlung. Ich ging weiter durch den Wald und nahm dann die nächste Seitenstraße hinab zurück in den Ort und zum Auto.

Ein roter Jeep bog in die Seitenstraße ein. Soviel ich erkennen konnte, trug er ein Braunschweiger Kennzeichen. Instinktiv griff ich in meine Handtasche, nahm das kleine Notizbuch heraus und notierte mir die Nummer. Wenn es von Belang wäre, würde ich sie überprüfen. Langsam ging ich wieder zur Seitenstraße und sah hinein. Der Jeep war durch die Unterführung gefahren und mußte auf dem Parkplatz angehalten haben. Zwei Typen in ballonseidenen Freizeitanzügen kamen die Straße hinabgelaufen. Sie stoppten vorm Häuschen und sahen sich um. Ich wollte in Richtung Haus gehen, doch überlegte es mir anders. Selbst wenn die Typen etwas mit der Sache zu tun hatten, wäre es falsch gewesen, sie hier und jetzt umzubringen. Das konnte nur unnötig Aufsehen erregen. Dem anderen Impuls, einfach in den Käfer zu springen und abzuhauen, mochte ich auch nicht nachgeben. Die Kerle könnten mich auf die Spur des Auftraggebers bringen. Ich ging zurück zum Käfer und parkte den Wagen wenige hundert Meter entfernt auf dem LKW-Wendeplatz einer ehemaligen Behälterfabrik. Von hier aus hat man mehrere Fluchtwege, außer über die Hauptstraße auch durchs nächste Dorf und von dort aus die Nebenstraße an der Weser entlang.

Ich ging langsam vom Fabrikzaun zum Bahndamm. Oben angekommen, nahm ich den alten Brandschutzweg entlang der Bahnstrecke Richtung Friedhof.

Ich entdeckte ihn, bevor er mich sehen konnte. Er lehnte lässig am Jeep und rauchte. Er war etwa 1,75 groß und sehr kräftig gebaut. Seine Figur war die eines Kampfsportlers. Ich trat etwas in die Büsche, beobachtete ihn beim Rauchen. Er hatte mittellanges, dauergewelltes aschblondes Haar und trug einen Oberlippenbart. Ich schätzte ihn auf Mitte bis Ende 20. Seine Bräune war nicht besonders ausgeprägt. Offenbar hing er lieber im Fitneßcenter herum als im Bräunungsstudio. Ansonsten ein Typ aus dem Klischee. Vermutlich trug er auch ein oder mehrere Goldkettchen. Als die Sonne wieder hinter der kleinen Wolke hervorkam, setzte er eine schwarze, verspiegelte Pilotensonnenbrille auf und griff nach einem Handy. Seine Füße steckten in Springerstiefeln. Das war ein Affront. Möglicherweise hatte ich es hier mit einem als Luden getarnten Skinhead zu tun, der sich aus Angst vor Punks und Autonomen die Haare hatte wachsen lassen. Eine Perücke war das nämlich mit Sicherheit nicht, was da in seinen Nacken fiel.

Im Augenblick wollte ich keine Konfrontation. Daher ging ich etwas zurück, überquerte außerhalb seiner Sichtweite das Gleis, kletterte die andere, tiefere Seite des Bahndamms hinab und schlich mich an den Grundstückszäunen entlang zur Straße. Beim Häuschen angekommen, begrüßte ich die Nachbarin.

„Guten Tag", sagte ich. Sie sah auf.

„Guten Tag."

„Entschuldigen Sie bitte, aber ich suche das Haus von Frau Leiser. Das müßte doch hier in der Straße sein."

„Schräg gegenüber, das kleine Haus mit dem ungepflegten Garten. Da ist gerade ein junger Mann reingegangen."

„Oh wie schön", erwiderte ich, „dann ist mein Verlobter ja schon da. Wir wollen wieder hier in die Gegend ziehen und vielleicht das Häuschen kaufen."

Kannte sie mich? Selbst wenn sie mich hier schon einmal gesehen hatte, würde es ihr schwerfallen, mich wiederzuerkennen. Ich war zwar vier bis fünfmal im Jahr im Häuschen, achtete aber strikt darauf, stets zur Einkaufszeit oder bei Dunkelheit zu kommen oder zu gehen. Ich bewegte mich hier stets zu Fuß oder mit dem Rad fort. Die kleine Stadt ist etwas hügelig. Da ist Radfahren ein gutes Konditionstraining. Fast so gut wie laufen.

„Ich wüßte nicht, daß das Haus zu verkaufen ist", brummelte sie. „Die Besitzerin ist eine Dame aus Braunschweig, glaube ich, die ist öfter mal hier. Sie kommen mir auch bekannt vor, junge Frau."

„Ich stamme ursprünglich von hier, meine Eltern wohnen drüben in Volkmarshausen. Da sie jetzt in Rente sind und etwas Hilfe brauchen, bin ich wieder öfters hier."

„Wer sind denn ihre Eltern?"

Ich wandte mich ab.

„Ich muß mich sputen. Peter wird immer böse, wenn ich mich etwas verspäte. Und das ist leider oft der Fall. Auf Wiedersehen, und danke!"

„Auf Wiedersehen."

Sie würde jetzt erstmal ein paar Stunden nachdenken, wer meine Eltern in Volkmarshausen sein mochten und alle ihr bekannten und unbekannten älteren Paare durchgehen und überlegen, ob diese eine Tochter in meinem Alter hätten. Ich ging zum Haus, blieb vor der Gartenpforte stehen und spähte in den Garten hinein.

Wenn ich die Gartenpforte öffnete, würde drinnen im Haus zweierlei passieren. Ein stämmiger, durchtrainierter Kerl machte sich bereit, mich zu empfangen und würde gleichzeitig über sein Handy seinen Kumpel mit dem Jeep herholen.

Ich betrat den Garten und ging ums Haus herum. Ich sah durch die Fenster, und versuchte mir ein Bild zu machen, wo der Kerl war.

Während ich so tat, als würde ich das Haus begutachten, nahm ich ein kleines Stilett aus der Handtasche und schob es mir sanft in den Pulloverärmel. Ich würde es schnell in die Hand gleiten lassen und damit lautlos einen von den beiden umlegen können. Ich vertraute darauf, daß die Kerle nicht genau wußten, wie ich aussah. Am besten wäre gewesen, sie hielten mich für einen Mann. Aber darauf konnte ich nicht mehr bauen. Ich ging zur Vordertür zurück.

In selben Moment fuhr der Jeep langsam die Straße herab am Häuschen vorbei. Ich klingelte. Keine Reaktion. Ich probierte es ein zweites Mal. Als wieder niemand öffnete, trat ich rückwärts von der Schwelle und ging dann schnell zum Gartentor. Die alte Nachbarin hatte plötzlich besonders viel an ihrer Hecke zu tun. Das war mir nicht gänzlich unrecht. Im Augenblick konnte ich eine Zeugin durchaus gebrauchen. Ich wollte zu ihr hinübergehen. Da gab der Jeepfahrer Gas. Der schwere Jeep hatte an der Einmündung unten gewendet und raste nun mit seiner Stahlrohrfront und dem aufgesetzten Büffel- gehörn auf mich zu. Ich drehte mich um und sprang zurück in den Garten. Der Wagen machte eine Vollbremsung, die Tür klappte, eine Stimme schrie „Verpiß dich, alte Kuh". Da war ich schon ums Haus rum und an der Veranda. Ich schwang mich hoch auf den Balkon, schob die Balkontür auf. Sie ist nie richtig verschlossen. Dann betrat ich mein altes Kinderzimmer. Drinnen zog ich den 38er aus der Hose. Ich wartete und lauschte. Von draußen drangen zwei Stimmen hinauf, die sich etwas laut flüsternd stritten. Ich konnte so etwas wie „Du bist ein verdammter Vollidiot!" vernehmen, dann schloß sich die Haustür wieder und einige Sekunden später fuhr der Wagen an.

Ich steckte die Pistole zurück in die Tasche, schlich über den Flur und dann die Treppe hinunter.

Er sprang mich von hinten an und versuchte, mich am Hals zu packen. Ich duckte mich, spannte meine Beinmuskeln an, schwang mich nach vorne und während ich mit dem Kerl wie eine Klette an mir hängend zu Boden ging, ließ ich uns beide über seinen Rücken abrollen. Sein Griff lockerte sich für einen Augenblick und ich kam frei. Wir waren fast gleichzeitig auf den Beinen, ich trat zu. Mein Stahlkappen bewehrter Fuß knallte gegen sein Schienbein. Er stöhnte auf und vergaß seine Deckung. Ich legte nach. Der zweite Tritt ging in die Eier. Er knickte ein wie Strohhalm. Der dritte traf genau seine Nase. Blut schoß ihm durch das Gesicht auf seinen ballonseidenen Trainingsanzug. Ich ließ das Messer aus den Ärmel in meine Hand gleiten, lief zur Vordertür und wollte hinaus in den Garten. Im Windfang kam mir der andere entgegen. Er hatte nicht ganz soviel Glück wie sein Kumpel. Leider war er etwas schneller, ich konnte seinem Tritt nicht mehr richtig ausweichen. Während seine Sohle gegen meine Stirn hämmerte, konnte ich nicht gezielt zustechen. Ich jagte ihm das Messer in den Unterschenkel, prallte jedoch von der Wucht des Tritts zurück ins Haus. Er kam hinter mir her. Ich stach ihm das Stilett quer durch die linke Hand, stieß ihn zur Seite, verließ rasch das Haus und ging die Straße hoch Richtung Friedhof. Die Nachbarin war nicht mehr im Garten. Entweder würde sie hinterm Vorhang das Ganze beobachten und auf die versteckte Kamera warten, oder sie hing am Telefon und rief die ganze Polizeischule zusammen, die leider nur ein paar Hundert Meter entfernt war.

Ich hatte gerade die Bahn unterquert, da hörte ich den Jeep starten. Er kam mir mit Vollgas hinterhergerast. Die Kerle waren schneller auf den Beinen als ich dachte. Vielleicht waren sie doch besser in Form, als es den Anschein hatte. Mir war das im Augenblick vollkommen egal, mir war auch egal, ob da nur einer oder zwei im Jeep saßen. Ich mußte weg. Ich rannte den Brandschutzweg entlang, als der Jeep den Parkplatz erreichte, kurz stoppte und mir dann mit quietschenden Reifen in einer großen Staubwolke folgte.

Ich lief weiter. Ich mußte noch etwa 80 Meter schaffen, bevor ich auf die Bahntrasse wechseln konnte. Ich hatte nur noch den Vorteil meiner Ortskenntnis. Ich hörte den Jeep hinter mir, hörte das Brüllen des Motors, das Jaulen des Getriebes. Etwas pfiff an meinem Ohr vorbei, da schoß wohl einer auf mich. Sie kamen immer näher. Ich sprang vom Weg auf das Gleis und lief ein paar Meter die Bahnstrecke entlang, der Wagen mit einem Höllenlärm unter Einsatz seines Allradantriebs hinterher. Dann ließ ich mich seitlich die Böschung herunterfallen.

Der Jeep schoß über das Gleis auf die viel steilere andere Seite des Bahndammes. Es klappte. Der Wagen rutschte ab, überschlug sich und blieb am Fuß des Damms im Entwässerungsgraben am Zaun liegen. Er fiel auf die Räder, doch der Fahrer hatte ihn vor Schreck abgewürgt. Ich holte den 38er heraus und lief hin. Der Typ, den ich getreten hatte, saß benommen auf der Fahrerseite. Der andere, der mit den Stichwunden, fummelte mit der heilen Hand an einer Kanone herum. Ich jagte ihm durch das Fenster zwei Kugeln in den Kopf. Dann verpaßte ich dem Fahrer auch sein Teil. Warum hatte ich das nicht schon im Häuschen getan?

Aus der Ferne hörte ich Sirenen näherkommen. Ich lief über den Hof der ehemaligen Behälterfabrik, deren Zaun arg löchrig war, zum Käfer zurück. Als ich auf die Bundesstraße fuhr, bog aus der Stadt kommend der erste Streifenwagen in die Seitenstraße zum Häuschen ein.


# HEKTOR

Ich rief Markus an.

„Hier Kröcher.“

„Hallo Markus, ich bin es, Hektor. Du, Markus, entschuldige, wenn ich dich störe, aber hast du schon etwas herausgefunden?“

„Was denn?“

„Na zum Beispiel über den roten Jeep, wem der gehört hat, zum Beispiel.“

„Hast du Zeit?“

„Sicher, Markus. Kann ich vorbeikommen?“

„Wäre wohl besser.“

Ich verordnete Renate noch eine Überstunde, dann schnappte ich mein Rad, meinen Hund und radelte das Stück zu Markus. Er war noch in seinem Kabuff. Die Rechner glühten, die Tassensammlung hatte Zuwachs erhalten.

„Also, wie sieht es aus? Hast du etwas für mich?“

„Die Sache scheint ja echt wichtig zu sein.“

„Wolltest du mich testen oder was? Gehört der Jeep nun Skladowsky?“

„Ist das wichtig?“

„Ja, Markus, das ist jetzt sehr wichtig. Ist der Wagen auf Skladowsky zugelassen?"

„Nee, der läuft auf einen Benno Müller. Klingt grottenfalsch, ist aber echt. Der ist Skladowskys Nachbar und obendrein Bulle."

„Das ist ja ein Ding. Danke, Markus. Ich habe noch etwas mehr Arbeit für dich ..."

„Hätte mich auch gewundert, wenn du mal sofort wüßtest, was du alles brauchst."

„Kannst du für mich noch eine Autonummer checken? Vermute, es ist ein Zivi, aber mich interessiert auch, was für einer."

Ich nannte ihm das Kennzeichen, sagte noch, daß ich sein Honorar etwas erhöhen würde und fuhr zurück zum Kiosk.

Dort rief ich Skladowsky an. Er war selbst dran. Gut, daß er mir noch seine Geheimnummer gegeben hatte.

„Purmann, wo haben Sie gesteckt?"

„Meinen Job gemacht und ihren Sohn beobachtet. Warum wollten Sie mich sprechen?"

„Haben Sie die Nachrichten gesehen, Purmann?"

„Sicher, Herr Skladowsky. Ich habe ihren Sohn genau so einen roten Jeep fahren sehen, wie die Typen, die da erschossen worden sind. War das der Jeep Ihres Sohnes? Und kannte er die Männer?"

„Gott bewahre, Purmann, nein. Klaus-Konrad hat sich den Jeep von unserem Nachbarn geliehen. Er fährt gern damit. Er braucht ihn für sein Hobby, wenn er frühmorgens Vögel beobachtet. Heute ist er gegen 17 Uhr nach Hause gekommen und hat mir erzählt, daß man ihm den Jeep gestohlen hätte."

„Wann soll das passiert sein?"

„Heute mittag, in der Adolfstraße. Er hatte da geparkt. Er sagte mir, er hätte ihn nach der Schule dort holen wollen, aber der Wagen wäre weg gewesen."

„Hat er das der Polizei gemeldet?"

„Nein, das ist ja gerade der Mist, sag ich mal! Ich habe ihm gesagt, er hätte das sofort tun müssen. Er wollte gerade anrufen, da kam die Polizei bei uns vorbei. Die haben dem Jungen ganz schön zugesetzt. Aber ich habe verhindert, daß sie zu barsch wurden. Die wollten doch glatt behaupten, er habe den Wagen verliehen. Können Sie sich das vorstellen? Mein Sohn verleiht einen Wagen, der noch nicht einmal ihm gehört an irgendwelche Schläger oder Bandenkriminelle? Das ist doch lächerlich!"

Natürlich konnte ich mir das sehr gut vorstellen.

„Das heißt also, ihr Sohn kann nicht beweisen, daß ihm der Wagen wirklich gestohlen wurde."

„Worauf wollen Sie hinaus?"

„Hören Sie, Herr Skladowsky. Ihr Junge scheint da ziemlich tief im Schlamassel zu stecken. Sie sollten ihn sich einmal zur Brust nehmen. Ich denke zwar, daß ihm der Wagen wirklich gestohlen wurde, aber ich war zur fraglichen Zeit leider nicht direkt an ihm dran. Ich habe den Wagen wegfahren sehen, aber nicht, wer ihn fuhr und ob der, der ihn fuhr, ihn geknackt hat."

Das war fast die Wahrheit. Ich hatte wirklich nicht gesehen, wer von den beiden den Jeep fuhr. Aber ich mußte seine Version stützen, sonst konnte ich selbst tief in die Scheiße geraten. Benno Müller war - soviel ich wußte - einmal ein enger Kumpel Sauerlands gewesen. Er hatte lange im Drogendezernat gearbeitet, zumindest war er dort, als ich ihn kennenlernte. Das gefiel mir überhaupt nicht. Und eher traue ich einer wütenden Kobra als einem Martin Skladowsky. Solange ich nicht wußte, worauf Skladowsky mit diesem Auftrag eigentlich aus war, wollte ich mich so bedeckt wie möglich halten, auch wenn mich das als Trottel dastehen ließ. Das ist im Zweifelsfalle immer sicher und vernünftig. Laß die anderen dich für dumm halten, dann bist du am Ende immer schlauer. So oder so.

„War mein Sohn da in der Nähe?"

„Nicht, daß ich es bemerkt hätte, Herr Skladowsky. Haben Sie die Polizei über meine Tätigkeit in Ihren Diensten informiert?"

„Nein, Purmann, warum?"

„Weil Sie damit ihren Sohn entlasten könnten."

„Entlasten - also, jetzt fangen Sie nicht auch noch an. Das ist ja lächerlich. Mein Junge macht keine krummen Sachen. Hören Sie Purmann, wenn es nötig sein sollte, daß ich Sie als Zeugen brauche, dann sage ich Ihnen vorher Bescheid. Aber schon allein die Tatsache, daß Sie nicht wußten, wer mit dem Jeep meines Sohnes unterwegs ist beweist doch, daß der Wagen gestohlen wurde."

Das beweist gar nichts, Skladowsky.

„Hat Ihr Sohn der Polizei erzählt, wo er war?"

„Das haben die nicht mehr gefragt. Ich war so wütend, daß ich gesagt habe, ohne Anwalt sagen wir gar nichts. Außerdem wollten wir gerade, sag ich mal, den Wagen als gestohlen melden. Was soll also die ganze Aufregung?"

„Es sind zwei Menschen getötet worden."

„Na und? Was hat mein Sohn damit zu tun, Purmann? Nichts, sage ich Ihnen, nichts hat er damit zu tun!"

„Wie Sie meinen, Herr Skladowsky. Soll ich Ihren Sohn weiterbeobachten?"

„Ja, und sorgen Sie bitte dafür, daß dieser Ehlers nicht noch mehr, sag ich mal, Unheil anrichtet."

„Was hat denn der damit zu tun?"

„Na der hat doch diese, sag ich mal, Verleumdungen über meinen Sohn in die Welt gesetzt, Purmann. Jetzt tun Sie doch nicht so blöd, verdammt noch mal!"

„Der Jeep gehört ihrem Nachbarn, sagten sie? Welchem? Wieso leiht der den Wagen ihren Sohn, warum fährt dieser Mann den Wagen nicht selbst?"

„Ach so, ja, das können Sie nicht wissen, Purmann. Der Wagen gehört einem Herrn Müller, der Mann ist Kriminalbeamter und hat, sag ich mal, etwas Pech gehabt. Er ist an einem freien Abend mit etwas überhöhter Geschwindigkeit geblitzt worden. Dann wurde er angehalten und hatte etwas viel getrunken. Na ja, die Polizei muß schließlich auch auf ihr Image achten. Er hat für ein paar Monate auf seinen Führerschein verzichtet und während dieser Zeit meinem Sohn den Wagen überlassen. Wir überlegen nämlich schon länger, ob wir uns nicht auch einen guten Geländewagen anschaffen sollen."

„Haben Sie das der Polizei erzählt? Immerhin war ihr Sohn der aktuelle Fahrer des Wagens. Apropos, ist der Wagen geknackt worden? Wissen Sie das?"

„Nein, das ist ja einer der Punkte, die mich so aufregen. Mein Sohn hatte etwas in der Schule vergessen, ist noch einmal zurück, um es zu holen und hat den Wagen offen und den Zündschlüssel steckengelassen. Das haben die Kerle wohl ausgenützt ..."

„Glauben Sie ihm das?"

„Also, jetzt hören Sie mal zu, Purmann. Ich habe es nicht nötig, sag ich mal, mich von Ihnen verspotten zu lassen. Außerdem, mein Sohn schlägt vielleicht mal etwas über die Stränge - aber mit Mord, Purmann, hat er nun wirklich nichts zu tun. Ich habe übrigens darum gebeten, die Herkunft des Wagens mit Diskretion zu behandeln, das gilt auch für Sie, Purmann. Sie wissen ja, wem es nützt, wenn bekannt wird, daß diese Gangster den Wagen meinem Sohn gestohlen haben und dann, sag ich mal, zur Hölle fuhren?"

Wie poetisch, Skladowsky, wie außerordentlich poetisch.

„Ich werde Ihren Sohn im Auge behalten und Ehlers auch, Herr Skladowsky. Aber Sie sollten ihrem Jungen sagen, daß die Polizei ihn beobachten wird."

„Warum?"

„Zu seinem Schutz, nehme ich an, oder auch, weil sie ihn doch verdächtigen, mehr zu wissen. Wissen Sie, es ist nie gut, einen Autodiebstahl nicht sofort nach der Entdeckung zu melden. Schon gar nicht, wenn einem der Wagen nur geliehen wurde. Und zwischen dem Diebstahl und der Schießerei scheint doch einige Zeit vergangen zu sein."

„Da haben Sie recht. Gut, Purmann, tun Sie was Sie für nötig halten. Achten Sie auch bitte auf meinen Jungem. Ich möchte nicht, daß noch mehr passiert. Nicht jetzt, nicht so kurz vor der Wahl!"


# MERLE

Ich fuhr zunächst die Nebenstrecken am Weserufer entlang, dann durch den Solling und bei Northeim auf die Autobahn. Die verließ ich kurz hinter Hildesheim und nahm mir in Sarstedt ein Motelzimmer.

Dort reinigte ich den 38er und hörte die Spätnachrichten.
Die alte Nachbarin, das Haus, der Jeep, der Krach, der Kampf und die zwei Leichen im Wagen, all das schoß mir durch den Kopf. Ich lauschte den Nachrichten. Natürlich kam die Meldung, natürlich wurde von einer jungen, etwa 30-jährigen Frau - vielen Dank, Frau Nachbarin! - berichtet, die von den beiden Männern angegriffen worden war. Ansonsten hielten sich die Medien erstaunlich zurück. Keine Meldung über den oder die Besitzerin des Jeeps, keine über die zwei Typen. Gut, ich hatte die Wagennummer. Aber im Moment nutzte mir das wenig, denn ich konnte noch weniger als zuvor aus der Deckung auftauchen. Ich stand auf, ging ins Bad. Meine Hände und Knie zitterten.

Erst jetzt wurde mir klar, wie viel Glück ich in den letzten beiden Tagen hatte. Erst die Bombe, dann die Sache heute, und kein Streifenwagen hatte das rote Käfer Cabrio, das genau zur selben Zeit auf die Straße fuhr, beachtet. Ich hob die Klobrille und übergab mich. Es kam nicht viel raus, aber es erleichterte mich. Ich wurde etwas ruhiger, ging noch einmal aus, aß etwas und warf mich dann auf das überbreite Bett. Ich konnte nicht sofort einschlafen. Mir ging zuviel durch den Kopf.

Die Bullen hatten allen Grund zu schweigen. Sie würden im Häuschen leider einiges finden, was auf Carolas und meine kleine Firma hindeutete. Vielleicht waren dort sogar noch Fotos von uns, bei Carola weiß man nie, sie ist einfach zu nachlässig in diesen kleinen Dingen. Damit, und mit dem Scheißvideo von Heidelberger Bahnhof, konnten sie leicht eins und eins addieren und das bedeutete: ich steckte in der Scheiße. Ich steckte so tief drin, wie ich noch nie in meiner Laufbahn dringesteckt hatte.

Es lief nicht gut in den letzten Tagen. Es lief gar nicht gut. Ich fühlte mich wie ein gejagtes Wild. So, als wäre ich schon fast in die mir gestellte Falle getappt. Mir kam es langsam so vor, als hätte man mir diesen Job nur gegeben, um mich elegant abzuservieren. Alles ergab einen Sinn. Der etwas andere Modus der Geldübergabe mittels Tasche im Bahnhofsschließfach verschaffte ihnen die Gelegenheit, mir die Bombe in das Gesicht fliegen zu lassen. Die Warnung, die Carola auf das Band gesprochen hatte, lockte mich zum Häuschen. Und die Typen, die mich dort erwarteten. Die erwarteten keinen Mann. Die hatten mich erwartet. Es paßte alles zusammen.

Ich erinnerte mich an die Geschichte von dem antiken König, der die Schlacht gewann, aber dann den Krieg verloren hatte. Wie hieß der Kerl noch? Pythorgas oder so ähnlich. Mir ging es genau so. Ich war ihnen zweimal entwischt. Und jedesmal, das ich ihnen entwischt war, kam ich tiefer in den Schlamassel. Und je mehr ich darüber nachdachte, desto mehr gab es nur zwei Möglichkeiten: entweder Carola war tot oder sie steckte hinter der Sache, ob allein oder mit anderen, war mir noch unklar. Ich neigte momentan mehr zur zweiten Möglichkeit.

Gut, Carola, liebste Freundin, teuerste Partnerin. Wenn du mich so loswerden willst, dann versuche es doch einmal von Angesicht zu Angesicht, du Fotze!

# HEKTOR

Nach dem Gespräch mit Skladowsky übernahm ich von Renate die Kasse und sagte ihr, sie solle aufpassen, mit wem sie über mich und Skladowsky rede. Das Beste wäre, sie wisse von überhaupt nichts.

Nachdem sie gegangen war, hörte ich im Kiosk etwas Musik und machte noch guten Umsatz. Irgendetwas war durchgesickert. Jedenfalls fragten mich Leute, ob ich auch gehört hätte, daß die Männer, die in Hann. Münden erschossen worden waren, Braunschweiger gewesen seien. Ich sagte allen, ich hätte keine Ahnung. Glücklicherweise erhielt ich keinen weiteren unangenehmen Besuch. Markus war nicht zu erreichen, nur sein Anrufbeantworter meldete sich. Wahrscheinlich wollte er in Ruhe surfen und nahm keine Gespräche an.

Ich schloß sehr pünktlich, eine knappe Viertelstunde zu früh, leinte Ghandi an und trug das Rad vor den Laden. Draußen sah ich mich nach verdächtigen Wagen um. Ich konnte keinen entdecken, der Hannoveraner Passat zumindest war weg. Glücklicherweise hatte der Hund fast den ganzen Nachmittag gelegen und war trotz des Sprints zu Markus sehr bewegungsbedürftig. Ghandi legte einen flotten Trab vor und ich trat gewaltig in die Pedale. Quer durch die Stadt strampelten wir nach Lehndorf, wo Marianne ihr kleines Häuschen hat. Sicherheitshalber nahm ich einige Wege, auf denen einem kein Wagen folgen kann. Gegen 22.15 Uhr traf ich ein.

Im Garten hinterm Haus schloß ich das Rad an, rief Ghandi zur Ruhe und betrat durch die Garage das Haus. Marianne war in der Küche. Sie hatte einen seidenen Morgenrock über ihre normale Straßenkleidung geworfen. Als sie mich bemerkte, kam sie auf mich zu und sagte:

„Gut, daß du endlich kommst, Hektor,“ begrüßte sie mich.

Ich gab ihr einen Kuß auf die Wange.

„Guten Abend, liebste Schwiegermama. Du siehst schon wieder aus wie das blühende Leben.“

„Du bist und bleibst ein alter Schmeichler. Aber mir ist nicht nach Komplimenten. Kommt rein, du und dein Ungeheuer!“

„Ist Kathrin nicht da?“, fragte ich.

„Nein, die ist mit Jessica und einen jungen Mann, Jack heißt er wohl, unterwegs.“

„Wie bitte?“

„Nun rege dich nicht auf, Hektor. Die Mädchen sind sehr vernünftig!“

Hast du eine Ahnung, Marianne. 15-jährige sind nie vernünftig, egal ob Mädchen oder Junge. Mich störte viel an diesem Jack. Ich kannte ihn nicht und er ging auf das Ottmer-Gymnasium. War das auch alles, was ich über ihn wußte- es reichte, ihn mir unsympathisch zu machen.

„Wann kommt sie nach Hause?“, fragte ich.

„Ich habe ihr gesagt, daß du vorbeikommst. Sie soll gegen Elf Uhr hier sein. Jessica möchte gerne heute Nacht hier schlafen. Sie ist ein reizendes Mädchen. Ich finde es schön, daß Esther Katharina so eine nette Freundin hat.“

„Ja, die zwei sind ein Herz und eine Seele. Na gut, falls sie pünktlich sind, werde ich dann noch mit ihr reden.“

„Oh, du kannst gerne warten, Hektor, ich mag es, wenn du hier bist. Wir können ja über Merle reden...“

„Ist schon gut, Marianne...“, fing ich an.

„Entschuldige, Hektor, aber möchtest du etwas trinken? Ich habe ein ausgezeichnetes Likörchen da. Oder möchtest du lieber einen Cognac? Oder einen Tee?“

„Wenn es dir keine Umstände macht, nehme ich einen Tee. Ich habe heute noch einiges vor und nicht viel Schlaf gehabt.“

„Schwarztee?“

„Ja, bitte“

Sie ging in die Küche. Ich setzte mich auf das Sofa und sah die Tagesthemen an. Ghandi machte es sich auf einem von Mariannes schönen Perserteppichen bequem.

„Darjeeling oder Assam, Hektor?", rief Marianne aus der Küche.

„Darjeeling bitte und bitte nicht zu lange ziehen lassen."

„Sind dir drei Minuten recht, Hektor?"

„Das ist genau richtig, Marianne", erwiderte ich.

Marianne hatte etwas auf dem Herzen. Bestimmt ging es um Merle. Ob sie sich hier gemeldet hatte? Kaum. Merle hatte schon in den zwei Jahren unserer Ehe kaum mit ihrer Mutter gesprochen. Vielleicht hatte sie sich bei ihrem Bruder Simon gemeldet. Immerhin hatte Merle in den letzten 13 Jahren mindestens viermal mit Simon telefoniert. Nichts konkretes, sie hätte einen guten Job, wäre happy Single und so. Das hätte Marianne umgehend erfahren. Allerdings erzählte Simon Marianne aber auch nur das, was Merle sie wissen lassen wollte. Bruder und Schwester verstanden sich trotz aller Entfernung gut. So gut, daß sie sich weitgehend in Ruhe ließen. Eine Liebe, die mit der Entfernung zunimmt, gewissermaßen.

Im Fernsehen berichteten sie kurz über die Schießerei von Hann. Münden, aber es war sehr unergiebig. Immerhin zeigten sie einen kurzen Film vom Tatort, der alles bei mir klingeln ließ. Ich war schon einmal da gewesen. Merle und ich hatten kurz nach Kathrins Geburt das Kind dem überaus stolzen Großvater vorgestellt. Es war ein sehr ermüdender Besuch gewesen, hatte es sich der alte und damals schon ziemlich zittrige Waffennarr doch nicht nehmen lassen, mir, einem überzeugten Pazifisten, seine Sammlung alter Revolver und Pistolen zu zeigen. Alle Stücke gut gepflegt und perfekt in Schuß gehalten. Mir war damals die ganze Heimfahrt über übel, besonders als Merle mir erzählte, mit welchen Waffen sie als Frau besonders gut schießen könne und welche eher was für Männerhände seien.

Ich rief in die Küche:

„Hast du mitgekriegt, was da in Münden passiert ist?"

„Was meinst du, Hektor?"

„Ich meine diese Schießerei. Die scheint ganz in der Nähe eures alten Hauses gewesen zu sein."

„Aber Hektor, ich bin vor 27 Jahren aus Münden weggegangen und das Haus habe ich nach Rudolfs Tod verkauft. Ich bin seit 1975 nicht mehr dort gewesen. Ach Hektor, du weißt doch, daß ich nach der Scheidung kaum noch mit Rudolf gesprochen habe. Ich bin nicht einmal zu seiner Beerdigung gegangen."

„Merle hat auch seit über zehn Jahren nicht mehr mit mir gesprochen, da seid ihr euch wohl ziemlich ähnlich; nicht wahr, Marianne?"

Sie schob den Teewagen herein. Sie hatte eine englische Steingutkanne auf einen passenden Stov gestellt, dazu zwei Tassen, Sahne, Zucker und etwas Teegebäck. Marianne war eine perfekte Gastgeberin. Jetzt nahm sie eine Tasse, füllte sie und stellte sie vor mich auf den Beistelltisch. Das wiederholte sie mit der zweiten Tasse, die sie vor ihren Fernsehsessel stellte. Da Marianne meine Vorliebe für Süßes kennt, stellte sie mir die Kekse direkt vor meine Nase. Ich griff zu.

„Sahne und Zucker nimmst du dir bitte selbst, ja? Außerdem Hektor, Merle ist ganz anders als ich. Und du bist ganz anders als Rudolf. Merle kommt mehr nach ihm. Sie hat den gleichen bedingungslosen Egoismus und die gleiche Gier. Sie nimmt nur und gibt nicht. Alle Menschen müssen nur für sie da sein. Sie ist wirklich ihres Vaters Tochter.“

„Woher willst du das so genau wissen? Du hast sie doch ebenso lange nicht gesehen wie ich.“

„Ach Hektor, ich bin ihre Mutter. Ich kenne das Mädchen von Geburt an!. Sie war immer nur auf sich und auf ihren Vater fixiert. Weißt du, daß er ihr sein altes Käfer-Cabrio vermacht hat?“

„Nein, ich wußte gar nicht, daß er so ein Auto hatte.“

„Nun, ich habe es von Simon erfahren. Merle hat den Wagen wohl verkauft. Aber das weiß ich nicht genau. Ich weiß nicht mal, welche Art von Beziehung sie mit Frau Albertz, du weißt doch, das ist diese Antiquarin und Galeristin, verbindet. Angeblich reist Merle in ihrem Auftrag umher. Einkäufe, Schätzungen vornehmen, Auktionen oder so etwas. Ich weiß es nur ungefähr. Denn Frau Albertz ist mir gegenüber immer sehr reserviert, ich kaufe allerdings nicht in ihrer Galerie, die ist mir zu modisch. Von Simon erfahre ich auch nicht mehr darüber, er sagt immer, er sehe Merle nie und wenn sie mal miteinander telefonieren, sage sie nur, es gehe ihr gut. Aber Simon fragt ja auch nicht nach. Na, du kennst ihn ja ein bißchen, nicht wahr? Ihr habt doch zusammen studiert, oder?“

„Ja, wir sind uns damals ein paar mal über den Weg gelaufen. Er war einige Semester über mir. Er ist jetzt irgendwo im Süden, nicht wahr? Gute Güte, ich habe ihn seit Kathrins Taufe nicht mehr gesehen. Aber was sagtest du gerade? Merle kommt ab und zu nach Braunschweig? Du hast mir nie davon erzählt!“

„Ich weiß nicht, ob und wie oft sie hier ist. Ich weiß nur, daß sie wohl für Frau Albertz arbeitet oder gearbeitet hat. Ich habe außerdem angenommen, du wüßtest Bescheid und es interessierte dich nicht mehr besonders. Außerdem denke ich, daß es das beste für Kathrin ist, wenn sie keine Gelegenheit hat, ihre Mutter zu treffen.“

„Hast du sie mal getroffen?“

„Nein, nie. Frau Klemens, die Witwe des ehemaligen Oberbürgermeisters hat mir davon erzählt. Sie sagte, sie hätte Merle in Frau Albertz’ Laden gesehen, aber nur ganz kurz gesprochen. Merle wäre ihr gegenüber sehr reserviert gewesen.“

„Woher kennt denn die alte Klemens Merle? Na ja, ist irgendwie auch egal.“

Ich sprach mehr mit mir selbst. Dann fiel mir etwas ein.

„Wem gehört das Haus denn jetzt?“

„Welches Haus?“

„Euer altes in Hann.Münden, hast du es verkauft?“

„Ja, ich habe es vor ... - mein Gott, wie lang mag das her sein? Sind bestimmt zehn oder, nein warte, Rudolf ist so um 1985 gestorben, dann müssen es fast dreizehn Jahre sein, ja genau - ich habe es über einen Makler verkaufen lassen. An wen, weiß ich nicht genau. Ich habe Rudolf bis zu seinem Tode darin wohnen lassen. Er hatte doch sonst nichts mehr nach seiner Pleite. Und da war es gut, daß vorher aus der Scheidungsmasse mir das Haus zugesprochen wurde. Mit seinem Konkurs bis nach unserer Scheidung zu warten, war eine der wenigen guten Taten, die Rudolf je vollbracht hat."

„Konnte er dir denn Unterhalt bezahlen?"

„Er hat seinen Unterhalt für die Kinder immer pünktlich bezahlt. Das gilt auch für die Miete fürs Häuschen. Du weißt, ich hätte von dem alten Mistkerl nichts weiter angenommen. Ich habe ihm allerdings auch nichts geschenkt. Er mußte die Miete für das Haus bezahlen, bis zum Schluß."

„Du kannst dich nicht erinnern, wer das Haus gekauft hat?"

„Ich weiß es nicht, es ist schon eine Weile her. Das muß kurz nach Rudolfs Tod gewesen sein. Nun, Merle kann dir bestimmt mehr darüber erzählen."

„Warum sollte sie?"

„Ganz einfach, sie hatte doch bis zuletzt Kontakt zu ihrem Vater, er hat ihr doch sogar oft Geld für ihren Stoff gegeben. Außerdem habe ich im Gefühl, sie wird bald hier auftauchen. Sie braucht deine Hilfe, Hektor."

„Marianne, das ist doch Unsinn!"

„Das Mädchen steckt wieder in Schwierigkeiten. Und immer, wenn Merle in den letzten Jahren Probleme hatte, warst du ihr Mülleimer!"

„Nun gut, dann hat sie wohl über zehn Jahre keine Probleme mehr gehabt."

„Ich weiß, es klingt unglaublich, aber ich habe in den letzten Tagen dauernd von Merle geträumt. Ich habe von ihr als Kind geträumt, wie sie im Baum festsaß oder mit dem Fahrrad verunglückte. Ich habe von ihr geträumt und ich weiß, sie wird sich bei dir melden. Aber diesesmal Hektor, dieses eine Mal, weise sie zurück, bitte!"

„Warum?"

„Merles Umgang ist nicht besonders gut für dich und Esther Katharina."

„Wie du meinst, Marianne, doch das mußt du schon mir überlassen. Aber wenn du so wegen Merle besorgt bist, gibt es da etwas, was ich nicht über meine Ex weiß?"

„Wie du weißt, war Rudolf ein Waffennarr."

„Na und?"

„Er hat Merle und Simon immer mit auf den Schützenplatz genommen."

„Na und?"

„Hektor! Er hat den Kindern das Schießen beigebracht."

„Zum dritten Mal, Marianne, na und?"

„Also hören Sie mal, Herr Schwiegersohn, jetzt stellen Sie sich nicht so dumm. Weißt du nicht mehr, wie Johnny Feist umgekommen ist?"

Johnny Feist war ein Spielhallenbesitzer, der auch an ein oder zwei Bordellen beteiligt war. Er wollte Merle auf den Strich schicken, weswegen sie sich von ihm trennte. Dabei lief sie mir in die Arme. Feist drohte, wenn ich ihm die Kleine nicht zurückschickte, würde er mir mehr als die Fresse polieren. Er spielte mit einem Messer und einmal sogar mit einer Knarre vor meiner Visage herum. Als 14 Tage später ein paar von Feists Leuten unsere Wohngemeinschaft verwüsten wollten, gab es eine herrliche Schlägerei.

Ich zog mir einen Nasenbeinbruch und Rippenprellungen zu, meine Mitbewohner jedoch, beide Kampfsportler, vermöbelten Feists Schläger nach Strich und Faden. Merle sagte daraufhin, sie würde das mit Feist selbst regeln. Sagte es und ging, es war das erste Mal, das sie aus meinem Leben verschwand. Sie machte das später noch öfters, dann zwei Jahre lang nicht und vor 13 Jahren das letzte Mal. Diesmal endgültig. Eine Woche nach ihrem ersten Abgang fand man Feist tot auf. Erschossen.

„Was hatte denn Merle damit zu tun?"

„Sie hat ihn erschossen."

„Marianne, das ist Blödsinn!"

„Nein, Hektor. Sie hat es mir gesagt, sie hat mir sogar die Waffe gezeigt. Sie hat von Rudolf einen Revolver bekommen, den er wohl so, ohne Waffenschein hatte. Mit dieser Waffe ist sie zu Feist gegangen und hat ihn umgebracht."

„Warum hast du das nicht der Polizei gesagt?"

Die Frage war so blöd, daß ich mich am liebsten geohrfeigt hätte, kaum daß ich sie gestellt hatte. Marianne hatte als junges Mädchen nur in einem Kellerversteck den Krieg überstanden. Ihre Eltern, Großeltern und zwei ihrer drei Geschwister waren von den Nazis vergast worden.

„Hektor, ich denunziere niemanden!"

„Entschuldige bitte, ich vergaß. Nehmen wir einmal an, Merle hat Feist umgebracht. Das ist bald 18 Jahre her! Wieso sollte sie deswegen in Schwierigkeiten sein?"

„Nicht deswegen, du Dummkopf. Aber verrate mir doch einmal, was Merle Dienstag in Heidelberg zu suchen hatte? Wovon lebt sie wirklich, Hektor?"

„Du hast es doch selbst gesagt, sie handelt mit Antiquitäten, kauft für Carola Dingsbums ein usw."

„Ich habe mich einmal über Frau Albertz' erkundigt. Ihr Geschäft muß sehr gut laufen, wenn sie so leben kann, wie sie lebt."

„Vielleicht hat sie geerbt."

„Vielleicht und wenn nicht?"

Ich schwieg.

„Hektor, ich habe das ungute Gefühl, daß Merle seit ihrem Verschwinden eine kriminelle Karriere gemacht hat. Hast du sie nicht im Fernsehen gesehen? Hast du nicht bemerkt, wie vollkommen beherrscht, ja gleichgültig sie an den vielen verletzten und verstümmelten Menschen vorbeiging? So, als ginge sie das alles nichts an, als wäre sie nicht von dieser Welt?"

„Sie stand vielleicht unter Schock...", setzte ich an. Marianne unterbrach mich, was sie nur tut, wenn sie sehr erregt ist.

„Möglich, aber du kennst Merle. Du weißt genausogut wie ich, wie kaltblütig sie ist. Erinnerst du dich, wie sei einmal einen Dealer halb tot schlug, der ihr weniger Stoff geben wollte, als sie bezahlt hatte? Weißt du nicht, wie skrupellos sie ist, wenn sie ihre eigenen Ziele verfolgt? Hektor, diese Frau geht über Leichen. Sie hat Johnny Feist getötet. Als sie dir sagte, sie regele das, da meinte sie genau das, was dann passiert ist. Sie ist zu ihrem

Vater gefahren, hat ihn wie immer um den Finger gewickelt, ihm die Pistole abgeluchst, sich dann mit Feist getroffen und peng! Diese Art, Probleme zu lösen, zieht Merle vor!"

Es hatte keinen Zweck, Marianne zu widersprechen. In Bezug auf Merle neigte sie zu paranoiden Ausfällen. Ich trank einen Schluck Tee, der nur noch lauwarm war, goß heißen Tee nach, trank wieder, biß in einen weiteren Keks, sah sie an und beschloß, das Thema zu wechseln.

„Apropos Kathrin, Marianne. Hast du diesen Jack gesehen? Ich meine, hat er die Mädchen abgeholt?"

„Bitte Hektor, versprich mir. Sei auf der Hut vor Merle!"

„Schon gut, ich verspreche es, aber was ist mit Kathrin, hast du diesen Jack gesehen. Was ist das für ein Junge?"

„Nun, gesehen habe ich ihn nicht. Sie ist erst zu Jessica gefahren und dort wollten sie sich mit dem jungen Mann treffen. Warum fragst du?"

„Och nichts weiter, ich kriege nur in letzter Zeit kaum noch mit, mit wem Kathrin Umgang hat. Ich möchte nicht, daß ihr etwas passiert."

„Na hör mal, was soll ihr schon passieren?"

„Merle ist auch etwas passiert."

„Merle, Merle, Merle. Hektor Purmann, jetzt hör mir mal gut zu. Wenn du glaubst, mich nach 20 Jahren als Rabenmutter hinstellen zu können, dann hast du dich geirrt. Merle hat dir wahrscheinlich die schlimmsten Greuelmärchen über mich erzählt."

Das hatte sie, in der Tat. Und davon war viel mehr wahr, als Marianne lieb sein konnte.

„Und, mein lieber Schwiegersohn: Ich habe bis heute nicht verstanden, wieso du dich nicht hast scheiden lassen."

„Das ist ganz einfach: das geht nur, wenn deine Ehepartnerin in die Scheidung einwilligt, bzw. dazu gehört werden kann."

„Blödsinn, du bist nur zu faul dazu. Du glaubst immer noch, sie kommt zu dir zurück. Außerdem ist es so wohl steuerlich bequemer."

„Trennungsgeld läuft nicht über 13 Jahre. Aber so brauche ich mir keine Gedanken um das Sorgerecht zu machen."

Es wurde später und später. Ich sah nervös auf die Uhr. In einer guten halben Stunde mußte ich am Haddocks sein. Wir plauderten noch ein bißchen über dies und das. Ich sah Ghandi zu, wie sie einen Hundekuchen genüßlich über den Keshan verteilte. Da öffnete sich die Tür. Kathrin und Jessica kamen fröhlich plappernd herein. Ich rieb mir erstaunt die Augen, war das etwa meine kleine Tochter?

Kathrin hatte sich richtig in Schale geworfen, in ihre langen, dunkelbraunen Haare hatte sie mindestens ein halbes Dutzend Rastazöpfchen gedreht und diese mit Bändern in den Afrikafarben verziert. Sie trug eine ballonförmige Strickmütze, die früher einmal Merle gehört hatte, eine knallenge, schwarze Leggings, darüber einen knappen schwarzen Schlabbermini. Über die Leggings hatte sie knallbunte Strickstrümpfe gezogen, die bis knapp übers Knie reichten. Dazu trug sie dunkelgraue Stiefeletten. Ich wußte gar nicht, daß sie solche Klamotten hatte. Von mir hatte sie die nicht. Gut, die Strickstrümpfe mochten aus Merles Erbmasse stammen, hatte ich doch damals alles auf den Boden geschafft und geglaubt, die Motten erledigten den Rest. Ihr weißes T-Shirt war zwei Nummern zu eng und betonte ihre ansehnlichen Brüste, die ziemlich gut in der Hand liegen mußten. Die Lippen hatte sie wie Jessica dunkelrot geschminkt, die Augen dick nachgezogen. An Parfum hatten die jungen Damen auch nicht gespart. Erst jetzt sah ich, wie sehr sie ihrer Mutter ähnelte, nur die dunklen Haare und die dunkelgrünen Augen, die stammten wohl doch von mir. Eine schwarze Lackweste und ihr kleiner, schwarzer Lederrucksack vervollkommneten das Bild eines Mädchens, das schon ganz gut weiß, wie man Jungs antörnen kann und sich in der Disko den ein oder anderen Drink oder auch anderes schnorrt. Jessica war ähnlich aufgedonnert, nur trug sie keine Leggings, sondern schwarze Kniestrümpfe über einer hautfarbenen Strumpfhose und dazu ein grobmaschiges schwarzes Strickminikleid, was nicht nur hervorragend zu ihren hellblonden Haaren paßte, sondern auch einen knappen weißen Slip und einen ebenso knappen weißen BH darunter durchscheinen ließ. Schneeweißchen und Rosenrot, wie aus Grimms Märchen. Die Verdammnis junger Prinzen und heute hießen sie wohl Jack. Ich starrte sie ziemlich entgeistert an.

„Hey, Dad. Du hier, das ist ja cool. Ey, mach den Mund zu, sonst verschluckst du noch 'ne Fliege. Hallo, Omi! Mach Platz, Ghandi! Los, geh runter, dickes Monstrum!"

Ghandi hatte es sich nicht nehmen lassen, an Kathrin hochzuspringen, die dicken Vorderpfoten auf ihre Schultern zu legen und sie sabbernd zu küssen. Sie stupste die Hündin von sich.

Ich stand auf, umarmte mein Töchterchen und roch die scharfe Mischung aus Parfum, Alkohol und Tabak.

„Hauch mich doch mal an," sagte ich.

„Pfff!"

„Ihr habt getrunken!"

„Quatsch, Dad. Jetzt mach doch keinen Terror."

„Habt ihr getrunken?"

„Hm, hm, so ein ganz bißchen. Außerdem haben wir Marihuana geraucht, Ecstasy reingeschmissen und auf dem Parkplatz rumgemacht. Und jetzt sind wir immer noch voll breit und tittengeil und ziehen gleich wieder los, 'nen halbes Dutzend Jungs flachlegen. Hach! Zufrieden?"

„Wenn ich unterstelle, daß du lügst, ja."

„Also hört mal, Kinder," mischte sich Marianne mit gespielter Entrüstung ein.

„Laß gut sein, Omi. Immer wenn ich ein paar Tage bei dir bin, kriegt Dad den Moralischen. Und dann muß er sich und der ganzen Welt zeigen, was für ein toller, fürsorglicher und liebevoller Vater er ist."

„Okay, Mädels."

„Ey, nenn uns nicht Mädels!"

„Na gut, mein Fräulein, denn so eine richtige Frau bist du doch auch noch nicht, oder? Also, ich habe jetzt noch ein ziemlich wichtiges Date, sag ich mal. Ich wünsche euch eine gute Nacht, und viel Spaß am Wochenende in Berlin. Ach ja, Kathrin, wie sieht dieser Jack eigentlich aus?"

Kathrin warf ihrer Oma einen bösen Blick zu. Die zuckte hilflos mit den Achseln.

„Och, total süß, 'nen richtiger Knackarsch. Voll cool, der Typ."

Sie hatte wohl keine Lust, mit ihrem Vater über Männer zu reden. Ich mußte los. Aber immerhin verstand ich, was einen Typen wie Jack an Kathrin reizte. Ich hatte die letzten Jahre die Veränderung meiner Tochter mit offenen Augen verschlafen. Sie wurde viel schneller erwachsen, als ich mir wünschen konnte. Eigentlich konnte ich stolz sein, das Mädel hatte das Zeug zu einer echten Granate.

Vielleicht hatte Marianne doch recht. Kathrin tat zumindest ziemlich cool. Ich hätte ihr gerne noch etwas auf den Zahn gefühlt, denn dieser Jack schien mir ziemlich unkoscher. Doch es war fast Viertel vor Zwölf, die Mädchen waren - natürlich - nicht pünktlich gewesen. Und leider gehörte Michael Ehlers zu den unangenehmen Leuten, die die deutsche Untugend der Pünktlichkeit geradezu akribisch pflegen. Dennoch drehte ich mich in der Tür um, ich hatte mal wieder etwas vergessen.

„Marianne?"

„Ja, Hektor?"

„Marianne, erinnerst du dich wirklich nicht, wer damals das Haus in Hann.Münden gekauft hat?"

„Großer Gott, Hektor, Jungchen, du kannst Fragen stellen. Nein, das weiß ich wirklich nicht mehr. Vielleicht ist es inzwischen ja auch weiterverkauft worden."

Das wäre möglich, ja. Ich hatte also noch etwas für Markus, das wurde langsam teuer. Ich pfiff und winkte Ghandi mit der Leine. Die Hündin setzte sich behäbig in Trab und wir gingen hinaus.

# HEKTOR

Das Haddocks ist eine der düstersten Kneipen der Stadt. Hier tauchen alle die auf, denen der Tag zu hell ist oder die nicht wissen, was sie des Nachts daheim anstellen sollen. Vor dem Haddocks ist eine Bushaltestelle, an der eine Uhr steht.

Vor dem Laden stand die übliche Versammlung diverser billiger, schlampiger und overstylter Fahr- und Motorräder. Die Uhr zeigte genau Null Uhr und Eins. Ich hatte einen Rekord aufgestellt. Gute sechs Kilometer mit Rad und Hund in weniger als 20 Minuten. Kathrin, nenn mich noch einmal Dicker!

Natürlich hatte ich Ghandi mitgenommen. Ich konnte die Hündin doch nicht bei Marianne lassen. Die würde ihr nur wieder soviele Leckereien zu naschen geben, daß Ghandi anschließend drei Tage lang Durchfall hätte und das konnte ich jetzt nicht gebrauchen. Außerdem fühlte ich mich mit Ghandi an der Leine etwas behaglicher.

Michael Ehlers und ein zweiter Typ, wohl dieser Conny, warteten unter der Uhr. Ich bremste genau vor ihren Füßen. Ghandi bellte sie erstmal kräftig an, dann schnüffelte sie an Ehlers' Cowboystiefeln und als ich sie zurück zog, sah sie mich beleidigt an.

„Hallo, Purmann", begrüßte er mich, „bist du krank? Du kommst doch sonst immer zu spät."

Ich überhörte die Anspielung und sagte: „Du bist ein pünktliches Erscheinen wert, Micky. Schön, dich gesund und munter zu sehen. Ist der Typ da dein Gorilla?"

„Hör mal, Alter...", knurrte der Typ. Doch Micky unterbrach ihn.

„Laß gut sein, Conny. Purmann hält sich für einen hard boiled Detektiv wie Sam Spade oder Nestor Burma. Hast du auch eine Stierkopfpfeife?"

Er war wirklich gebildet, der Ehlers. Ich bewunderte und beneidete ihn. Schließlich war er noch keine 30. So jung, so erfolgreich und schon so gebildet. Man sagte, er sei der einzige *Unterm Pflaster*-Schreiber, der von seiner Schreiberei leben könne, er schrieb allerdings auch für andere Blätter ...

„Nee, ich bin Nichtraucher. Hör auf, zu zerren, Ghandi. Platz! Los!"

Ich bin wirklich Nichtraucher, kiffe nur gelegentlich. Nach dieser geschickten taktischen Unterbrechung ging ich zum Angriff über:

„Weißt du, Skladowsky ist eine komische Nummer. Gibt mir Geld dafür, daß ich dich bespitzele."

„Na und, tust du es?"

„Sicher, weswegen sind wir sonst hier?"

„Okay, Purmann. Weißt du, das Ilse abgehauen ist?"

„Tut mir leid, Micky ..."

„Wir haben uns nicht getrennt! Aber seitdem ich den ersten Artikel über dieses Schwein Skladowsky veröffentlicht habe, stand bei uns das Telefon nicht mehr still. Die Kerle, es waren zwei oder drei, sprachen immer mehr Sauereien aufs Band oder machten sie direkt an. Dann haben sie uns das Türschloß mit Sekundenkleber verklebt und den Briefkasten abgefackelt. Drohbriefe haben wir auch gekriegt. Hier, lies mal!"

Er geriet richtig in Rage und gab mir einen Brief mit mühsam aufgeklebten Zeitschriftenbuchstaben. Darin stand:

„Ehlers, du wurzellose sozialistische Amöbe. Bevor wir dich ficken, ficken wir deine Freundin, damit sie mal lernt, was richtige Kerle bringen."

Ich schüttele pflichtschuldigst den Kopf, gab ihm den Brief und sagte:

„Phantasielose Amateure. Die Amöbe hat frühe siebziger Qualität und die Drohung gegen deine Freundin..."

„Jetzt halt mal die Luft an, Schnüffler! Daß man Mickys alten Golf geknackt und zu Schrott gefahren hat, hältst du wohl für einen Zufall, oder? Und die Ilse haben sie verfolgt und versucht, sie zu überfahren!", mischte sich Conny ein, wobei er drohend einen Schritt vortrat. Das weckte Ghandis Aufmerksamkeit. Er wich den Schritt sofort wieder zurück. Manchmal ist die Hündin allein deswegen ihr Futter wert.

„Überfahren? Mit einem roten Jeep?", ich versuchte, so unbeteiligt wie möglich zu klingen.

Micky und sein Kumpel starrten mich an.

„Sag mal, wie kommst du darauf?"

Er war Profi genug, sich schnell genug wieder zu fangen.

„Ach, in Skladowskys Nachbarschaft gibt es so einen."

„Hört, hört. Purmann, Purmann, ich habe schon viel mit dir erlebt, doch manchmal scheinst du ja echt ein guter Schnüffler zu sein. Na gut, es war ein Jeep. Sie sagte, mit Büffelgeweih vorne darauf. Das gab ihr den Rest. Sie ist vollkommen überstürzt abgehauen, zumal die Schweine auch angefangen haben, sie auf Arbeit anzurufen. Die wollen mich! Und greifen meine Freundin und unser Kind an! Die haben unsere Meike bedroht! Wieso?"

„Die nehmen an, daß du Ilse liebst und Meike noch mehr und ihnen zuliebe vielleicht ... Hör mal Micky, wollen wir diesen Machoscheiß nicht lassen und uns vernünftig unterhalten? Ich meine, die kennen dich und kennen dich doch nicht. Aber die haben wohl die Hosen voll. Ob wegen dem, was du geschrieben hast, oder wegen dem, was du noch herausfinden und schreiben könntest, weiß ich nicht genau. Sonst würden die nicht so eine blinde Scheiße abziehen. Im übrigen, den einen Tip gebe ich dir gratis. Wenn das ein roter Jeep mit Büffelgeweih war, der Ilse überfahren wollte, solltest du mal Skladowsky Jr. danach fragen. Und außerdem: der Wagen wird es so bald nicht wieder versuchen. Und wenn die wirklich Drohungen auf deinem Anrufbeantworter hinterlassen haben, dann sind das ausgemachte hirnamputierte Blödmänner."

„Na gut, Purmann, wie du meinst, das mit der Machoscheiße habe ich überhört. Also, was kannst du mir über diesen Jeep erzählen?"

„Nicht viel, nur das ihn Skladowsky Jr. eine Zeit lang gefahren hat. Bis heute Mittag, um genau zu sein."

Wir gingen ein bißchen spazieren, drei Männer und ein Hund in der schon recht kühlen Septembernacht.

„Und morgen nicht mehr?"

„Nein, morgen nicht mehr."

„Warum nicht?"

„Findest du nicht, daß unsere Unterhaltung etwas einseitig läuft. Sieh mal, Micky, ich gebe dir hier Infos für eine schöne Story. Und du? Was gibst du mir?"

„Laß uns ins Haddocks gehen. Ich spendier ein Bier."

„Das reicht nicht."

„Nein? Was willst du dann?"

„Wieso schreibst du, Konny Skladowsky dealt mit Ecstasy? Du schreibst doch nur, was du auch belegen kannst, nicht wahr? Hast du ihn dabei erwischt, oder hast du ein Mädchen animiert, was bei ihm zu kaufen?"

„Du hältst mich wohl für ein ziemliches Arschloch, was Purmann? Ich weiß aus guten Quellen, daß er auf Schloß Unterhammelstein gedealt hat."

75

„Was für Quellen? Die Bullen?"

„Nein, die hat man ganz schnell wieder abgeschaltet. Skladowsky, der Alte, hat doch viele gute Beziehungen. Als Konny aufflog, gab es natürlich Tendenzen, ihn anzuzeigen, besonders die Eltern des Mädchens, daß von Konnys Wagen totgefahren wurde, wollten das. Aber Papa Skladowsky hat sich mächtig für seinen Jungen ins Zeug gelegt. So war plötzlich völlig unklar, wer von den vier Jungen in der fraglichen Nacht den Wagen fuhr. Darüber hinaus sei das Mädchen selbst leicht angetörnt gewesen. Plötzlich wurde ihr sogar die Hauptlast der Schuld zuteil. Skladowsky Sr. hat da mächtig dran herumgedreht, er mußte Konny zwar trotzdem von der Schule nehmen, aber es kam immerhin zu keiner Anzeige und auch zu keinem Skandal. Man hat sich still geeinigt, das Ganze unter den Teppich zu kehren. Es heißt, aber dafür habe ich leider keinen Beleg, daß Skladowsky und die Eltern der anderen Jungens den Eltern des Mädchens ein Schmerzensgeld gezahlt haben unter ausdrücklicher Zurückweisung jeglicher Verantwortung ihrer Söhne."

„Hat der Alte also Penne, Bullen und alle gekauft?"

Mir war nicht ganz klar, wie er von hier aus soviel Druck ausüben konnte, immerhin gehörte die Schule Leuten, zu denen sogar Skladowsky aufblicken mußte...

„Nicht direkt, aber er kannte wohl einen Lehrer, genauer gesagt, einen der Lehrer, die für seinen Sohn verantwortlich waren, von früher her."

„Wie meinst du das, von früher?"

„So wie du Skladowsky von früher kennst."

„Na und?"

Ich liebe das „Na und" Spielchen, es bringt mich oft ans Ziel.

„Dieser Lehrer hatte wohl aus seiner DDR-Vergangenheit ein paar Flecken auf der Weste, zumindest genug, daß Skladowsky ihn wohl unter Druck setzen konnte."

„Erzähl mir keinen Scheiß', Micky. Eine Stasikarriere ist doch heute kein Kündigungsgrund mehr, erst recht nicht auf Schloß Unterhammelstein. Die wußten bestimmt Bescheid, als sie den Pauker einstellten."

„Hör mal, Purmann. Ich kann dir nur sagen, was mir wiedergegeben worden ist. Und von Stasi habe ich nichts gesagt, oder?"

„Was dann?"

„Ach herrje, Lehrer, Junggeselle, Jungenschule? Klickerts?"

„Was hat das mit der DDR zu tun? Gab es das dort auch?"

„Natürlich, Purmann, aber kein Lehrer darf etwas mit minderjährigen Schülern anfangen."

„Und dieser Schüler war obendrein noch einer aus der Ecstasy dealenden Gang von Konny Skladowsky, hmm?"

„Nein, Purmann, so simpel ist es nicht. Der Pauker hat wohl auch für Skladowskys Fluchthelfergang gearbeitet. Jedenfalls fiel er dann in der DDR unangenehm auf."

„Und Skladowsky, der Alte, hat ihm den Job auf Schloß Unterhammelstein besorgt?"

„Nicht direkt, das ist etwas komplizierter. Es scheint, daß der Pauker nach dem Skandal in der DDR nicht mehr als Lehrer arbeiten durfte, aber strafrechtlich unbehelligt blieb. Mir ist völlig unklar, wie der das geschafft hat. Da kommt man aber schwer ran, an die Akten der Gauckbehörde. Nach der Wende hat er dann einen auf Stasiopfer gemacht und ist damit bis Schloß Unterhammelstein gekommen. Skladowsky hat ihn einen Persilschein ausgestellt und sich den Typ nützlich gemacht, wie er es gerne tut. Du weißt, wovon ich rede?"

Ich hatte genug Storys über Skladowsky gehört, gelesen und sogar miterlebt, um mir einen Reim auf das machen zu können, was Micky da von sich gab. Ich nahm an, daß davon nur ein Bruchteil den Fakten entsprach, aber es dürfte ein wesentlicher Bruchteil gewesen sein, selbst wenn er mich ansonsten wohl ziemlich verkohlte. Aber mit einer guten Geschichte lasse ich mich gern verkohlen. Und Micky Ehlers schrieb und erzählte gute Geschichten.

„Jedenfalls", fuhr er fort, „der eine weiß etwas, was den anderen in Schwierigkeiten bringen kann und umgekehrt. Und einer schuldet dem anderen einen Gefallen, da macht man einen Deal, verstehst du?"

„Und die Schulleitung?"

„Einen Skandal hätten die verkraftet, aber einen zweiten? Weißt du nicht, daß das Haus derer von Hammelstein sparen muß? Sogar an dieser Schule. Und ein solcher Doppelskandal an einem Eliteinternat - da bleibt etwas kleben! Da schicken betuchte Eltern ihre Kinder nicht mehr hin. Das können die sich am allerwenigsten leisten."

Nun gut, ich konnte die Story akzeptieren, er log mich zwar immer noch ein bißchen an, aber ich glaubte nicht, daß das für die aktuelle Lage relevant war. Da wir mittlerweile wieder genau vorm Haddocks standen, sagte ich:

„Geh'n wir rein? Ach übrigens, das mit dem Bierchen gilt, Micky!"

Er knurrte etwas mürrisch. Nachdem ich Rad und Ghandi an einem Laternenpfahl angeleint hatte, gingen wir hinein und drängten uns hindurch. Das Haddocks war brechend voll und dementsprechend war die Luft ein einzigartiges Gemisch aus Qualm, Schweiß, sonstigen Körper- und Küchenausdünstungen und den quer durch die Kneipe ziehenden Düften der Herrentoilette. Das Haddocks ist eine gemütliche Kneipe mit mehreren Räumen und eher altdeutsch eingerichtet. Die Wände zieren die Wappen aller ehemaligen Hansestädte. Die Belegschaft legt Wert darauf, dieses alte Image beizubehalten. In seiner Mischung aus Stadtteil- und Szenekneipe ist der Laden ziemlich einmalig. Im Sommer kann man im Innenhof in einem kleinen Biergarten gemütlich plauschen, der war sogar offen, doch völlig überfüllt, wie ein Blick hinaus zeigte. Wir fanden tatsächlich noch Platz für drei Leute an der Theke. Dann geschah ein Wunder. Wir wurden rasch bedient! Lisa, eine der südländisch schönen Stammbedienungen der Kneipe, gewährte uns einen Moment lang die Gunst ihrer Aufmerksamkeit. Sie trug wie immer knallenge Jeans und ein fast schulterfreies Shirt mit großem Auschnitt und keinen BH. Wenn sie sich vorbeugte, bekam so mancher Typ Stielaugen. Ihre dunklen Haare und ihr dunkler Teint standen in einem attraktiven Kontrast zu ihren blauen Augen mit dem sanften Silberblick, der immer auf einen Punkt in weiter Ferne fixiert zu sein schien. Das Haddocks galt als die Kneipe mit den schönsten Bedienungen der Stadt, sieht man von einer bestimmten Disko ab, die sich Möchtegernmodels als Bedienungen hielt. Aber hier war wenig Makeup und viel originärer Sex vorhanden. Der ideale Ort für einsame Spanner wie mich. Als ich Lisa so sah, dachte ich unwillkürlich, Kathrin könne sich in ein paar Jahren auch in diese Reihe eingliedern. Sie würde dann wohl genauso angestarrt werden wie Lisa. Lisa war Lesbe, das wußte ich nicht, weil ich mal bei ihr abgeblitzt war, sondern weil eine ihrer Freundinnen eine Zeitlang in meinem Kiosk gearbeitet hatte. Vielleicht war sie auch bi. Ihre Stimme war immer etwas rauchig, bei der Luft im Haddocks kein Wunder.

Wir bestellten drei schöne tschechische Budweiser, vom Faß. Während wir auf die Biere warteten, setzten wir unsere Unterhaltung fort. Micky legte los:

„Na schön, Purmann, jetzt solltest du mir etwas mehr über den roten Jeep erzählen."

„Da gibt es viel und zugleich nichts zu erzählen. Denn alles, Micky, was ich ab jetzt sage, habe ich dir gegenüber nie erwähnt, klar? Das ist „strictly off record", kapiert?"

„Was soll der Scheiß?"

„Hör zu, versprich mir, mich als Quelle da heraus zu halten, die Sache ist viel heißer, als du glaubst."

„Na gut, Purmann, aber sag schon, was ist mit dem Jeep?"

„Hast du heute Nachrichten gehört?"

„Nicht direkt, warum?"

„Der Jeep gehört dem Bullen Benno Müller, ein guter Kumpel Sauerlands übrigens, Sauerland, den kennst du doch, oder?"

„Hab von ihm gehört, ja."

„Also der Müller, der hat sich sturztrunken von einer Streife erwischen lassen. Waren wohl Zeugen dabei. Jedenfalls hat er seinen Lappen für ein paar Monate abgeben müssen. Wie auch immer, seit dieser Zeit oder auch schon länger, fährt Konny Skladowsky den Jeep. Ist ja schlecht für so ein Auto, wenn es nur herumsteht. Und der Junge kann damit Show machen und die Girlies abschleppen wie Auto-Bosse die Falschparker. Außerdem sei sein Hobby Vögel beobachten, sagt sein Vater. Frühmorgens in der freien Natur - da muß er doch irgendwie hinkommen, nicht wahr?"

Lisa stellte die Biere vor uns auf die Theke und sah uns auffordernd an. Micky stupste seinen Kumpel an. Der brummelte mürrisch, zückte einen überdimensionalen Geldbeutel, fingerte einen zusammengeknüllten Zwanziger heraus und schob ihn über die Theke. Wir stießen an, tranken jeder einen tiefen Schluck und ich setzte Purmanns Erzählungen fort.

„Also, Konny Skladowsky durfte Müllers Jeep benutzen. Und ich sage dir, Micky, der Knabe ist tagaus, tagein mit dem Ding zur Schule, zum Tanztraining, zum Vögeln und vieles mehr gefahren. Ich habe ihn seit ein paar Tagen im Auge. Heute auch. Und jetzt kommt der „total strictly off records" Teil, Michael. Wenn du in diesem Zusammenhang meinen Namen erwähnst, kriegst du mehr Ärger als du dir jemals vorstellen konntest, dann kannst du nirgendwohin mehr abhauen, klar?"
Ich machte eine kleine Kunstpause, trank noch einen Schluck Bier und fuhr fort:

„Paß auf, heute mittag nach der Schule sammelt Konny Skladowsky drei Typen auf, die alle irgendwie in der Pille-PiPaPo-Puff-Szenerie drinhängen. Einer von ihnen ist ein alter Bekannter von mir, ein Dealer. Ich dachte eigentlich, der hätte sich weitgehend aus dem Geschäft zurückgezogen. Das spielt jetzt aber keine Rolle. Die beiden jüngeren waren so Schläger bis Möchtegernluden. Ist auch egal. Jedenfalls fuhren sie alle vier zu

Skladowskys Anwesen in Querum. Was sie dort hinter dem hohen Gartenzaun besprochen haben, weiß ich leider nicht. Konny und der Alte blieben zumindest eine Weile dort, die beiden Jungen sind dann mit dem Wagen abgehauen."

„Gut, und weiter?"

„Kannst du dir vorstellen, wohin sie fuhren?"

„Nein, Purmann, aber das wirst du mir bestimmt gleich sagen."

„Erst bist du wieder dran, nenn mir doch die einschlägig bekannten Freunde Konny Skladowskys ..."

Micky sah mich sauer an. Er brannte vor Neugierde. Möglicherweise hatte er wirklich keine Nachrichten gehört. Oder er kam tatsächlich nicht darauf, zwischen dem Jeep Müllers und dem Jeep, der in Hann.Münden verunfallt worden war, einen Zusammenhang zu sehen. Wie auch immer. Ich sah ihm direkt durch seine dicke Brille in die dunkelbraunen Augen und schwieg. Schließlich meinte er:

„Es sind Leute aus dem ganz rechten Milieu. So eine halbe Wehrsportgruppe. Ob sie mit Zuhälterei oder Dealerei zu tun haben, weiß ich nicht genau. Aber ein oder zwei von denen könnten auch Bullen sein."

Ich setzte noch ein paarmal nach, aber er wollte nicht konkreter werden. Ich zog ihm dennoch zwei Namen aus der Nase: Hardy und Zombie. Das war schon ganz nett, ich kannte die beiden. Leider, und wer sie kannte, pflichtete mir von ganzem Herzen bei, leider hatten nicht sie in dem Jeep gesessen, als diese ominöse junge Frau ihr Schießeisen zückte und losballerte.

Ich spielte den Nachrichtensprecher, verkündete Micky die Story vom Bahndamm bei Gimte und fügte hinzu:

„Offiziell haben die Skladowskys den Wagen als gestohlen gemeldet. Dummerweise hatte Konny Skladowsky jedoch die Papiere im Wagen liegen und den Schlüssel stecken lassen."

Micky Ehlers schaute erst sein Bier, dann seinen Kumpel, der schaute mich und ich Ehlers an.

Der explodierte: „Scheiße! Oh, Scheiße, Mann, Scheiße! Was erzählst du da für eine Scheiße? Konny Skladowsky gibt einen Wagen, den ihm ein Bulle geliehen hat, zwei Typen, die sich dann darin von einer Frau abknallen lassen? Scheiße, das soll ich dir glauben? Und, noch viel größere Scheiße, wie soll ich das schreiben? Oh, verfickte Scheiße! Das glaubt mir doch keiner. Mensch, Purmann, was hast du da für einen Schrott erzählt. Wenn ich das schreibe, bin ich tot!"

Ich nutzte die Gunst des Augenblicks, bei Lisa, die Mickys Ausbruch mit einer Mischung aus Irritation und spürbarer Neugierde verfolgte, noch ein Bud - auf Ehlers' Rechnung - zu ordern.

Zu meinem Gastgeber sagte ich: „Ich habe nie gesagt, daß du irgendetwas darüber schreiben sollst..."

„Willst du mich hier verscheißern? Schreiben soll, soll! Scheiß auf soll! Ich wollte mehr erfahren, ich will mehr schreiben! Mann, ich will diese Ratte Skladowsky wegschreiben. Ich will das Schwein fertigmachen, diesen ekelhaften Salonnazi aus dem Verkehr ziehen."

Er war in Rage, den letzten Satz brüllte er so laut, daß sich einige Gäste abrupt umdrehten und uns ansahen. Salonnazis sind im Haddocks gänzlich unerwünscht. Zum Glück saß heute keiner von Braunschweigs Autonomen hier herum. Auch wenn sie uns kannten, weder Micky Ehlers noch ich waren bei ihnen besonders wohlgelitten, hatten wir doch vor einigen Jahren ein paar ihrer Helden via der *Unterm Pflaster* übel demontiert. Micky atmete heftig aus, er war rot angelaufen. Ich machte eine sachte Handbewegung, die ihm deuten sollte, nicht so laut zu werden. Conny hatte ihm die Pranke sanft auf die Schulter gelegt. Langsam schien er sich zu beruhigen. Er starrte Lisa an, die mir mein Bier brachte und orderte selbst auch noch eins. Als Lisa mich honigsüß und geldgeil anlächelte, wies ich stumm zu Ehlers, der zu Conny. Conny orderte sich auch noch ein Bier, zahlte und litt schweigend. Als keine Schlägerei ausbrach, widmeten sich die Leute, die Mikkys Ausbruch mitgekriegt hatten, wieder ihren eigenen Getränken und Pläuschen. Es ist ziemlich phänomenal im Haddocks. Man kann hier über fast alles reden, es kriegen nur Leute mit, die sich in unmittelbarer Nähe aufhalten. Und trotz des immensen Lärmpegels muß man nicht brüllen, um sich zu unterhalten. Ich warf ein paar verstohlene Blicke in die Runde, konnte aber nicht ausmachen, ob sich jemand über Gebühr für uns drei mittelalterliche Szenejünger an der Theke interessierte. Dann drehte ich mich um zu Ehlers:

„Was hast du denn so gegen Skladowsky?", fragte ich ihn scheinheilig. Da war etwas zwischen Ehlers und Skladowsky, was ich wissen wollte.

„Er ist ein scheißreaktionärer Fascho, das weißt du doch."

„Na und?"

„Hey, Purmann, ich meine, das ist ja schon ein dolles Ding, was du mir da erzählst, nur, erkläre mir doch mal, wie soll ich das in der *Unterm Pflaster* publizieren, ohne mich selbst ans Kreuz zu nageln?"

„Du bist der Schreiberling, nicht ich."

„Und du bist der Schnüffler - Okay, Okay, wenn ich deinen Namen nenne, liefere ich dich ans Messer, klar. Aber eines sage ich dir, ich werde das schreiben, ich mach die Bullen fertig und den alten Skladowsky dazu."

„Hatte er mal was mit Ilse?"

„Hä? Wer soll was mit Ilse haben? Wovon redest du überhaupt?"

„Von Skladowsky, oder vielmehr deinem Rochus auf ihn ..."

„Komm, komm, komm, Purmann. Das ist hier keine Daily-Soap, Mann. Nein, Skladowsky hatte nichts mit Ilse."

„Schade, ich dachte bloß ..."

„Ach, hör endlich auf damit."

„Warum willst du Skladowsky aus dem Amt schreiben? Geht es dir um ihn, um die gerechte Sache oder um deine journalistische Karriere, Micky?"

Er funkelte mich an. Conny war hinter mich getreten.

„Laß gut sein, Conny. Purmann ist neugierig, und da er nicht genau weiß, wie man fragt, versucht er es mit Provokation. Funktioniert manchmal, nicht wahr?"

„Tut mir leid, wenn ich dir zu nahe getreten bin, Micky. Es geht mir darum, ich kriege einfach keinen Reim auf die Sache zustande. Selbst wenn Konny Skladowsky hier ein bißchen rumdealt. Das tun doch Dutzende von Kids aus besseren Kreisen. Die spielen doch alle gerne mal etwas Mafia. Ich meine, das ist doch fast schon normal, oder? Selbst wenn er seine Kumpels aus Nazis auswählt, erklärt das doch keine Verwicklung in einen Mord. Außerdem, du kannst viel gegen den alten Skladowsky sagen. Er hat immer rechtzeitig die Kurve gekriegt, wenn ihm der Boden zu heiß wurde, das weißt du doch auch. Heute ist ihm heiß wegen seinem Sohn und nicht wegen deiner Serie. Denn bis auf diesen letzten Artikel war alles, was du geschrieben hast, schon relativ kalter Kaffee. Das weißt du verdammt gut, Micky. Worum geht es hier also?"

„Das erkläre ich dir bestimmt nicht. Nee, Purmann, so kalt wie du glaubst, sind die Dinge nicht, die ich aufgedröselt habe. Und so geschickt, wie es scheint, ist Skladowsky auch nicht. Er hat seine Leichen im Keller. Die habe ich bereits, mir fehlen nur noch ein paar Puzzlesteine, um die Story wasserdicht zu machen"

„Na, dann beeil dich mal mit deinem Puzzle."

Ehlers und Conny tranken aus, dann wandten sie sich zum Gehen.

„Okay, Purmann, wenn du noch ein Bier willst, hier ist ein Zehner. Trink auf mein Wohl. Und ich wette mit dir, Skladowsky dankt vor der Wahl ab."

„Top, die Wette gilt. Eine gute Flasche Whisky, wenn ich gewinne, sechs Flaschen Rosso, wenn du gewinnst. Okay?"

Ehlers grinste.

„Viel riskierst du ja nicht, aber sechs Rosso - das geht in Ordnung."

Sie gingen. Als sie draußen waren, bedachte Ghandi sie mit Nichtbeachtung. Ich steckte den Zehner ein, Ehlers sollte ruhig glauben, mich demütigen zu können, und ging ebenfalls. Es war lange nach eins, als ich zu Hause ankam. Die alte Blum erwartete mich im Treppenhaus.

„Herr Purmann!", keifte sie. „Da waren Einbrecher im Haus. Aber ihr Vogel hat sie verjagt."

Ich starrte auf meine Tür. Da hatte sich jemand nicht gerade professionell dran zu schaffen gemacht. Etwas Holz war gesplittert, aber das Schloß ließ sich noch schließen. Ich fragte die Blum:

„Haben Sie die Polizei gerufen?"

„Was?"

Ich wiederholte brüllend die Frage.

„Wieso sollte ich die Polizei rufen? Das ist doch Ihre Wohnung!"

Damit drehte sie sich um und knallte ihre Tür zu. Als ich unsere Wohnungstür öffnete, drang mir Robertas Wortgewitter entgegen. Ich lief ins Bügelzimmer und rief den Vogel zur Räson. Zur Belohnung gab ich ihm eine ganze Banane. Roberta schmatzte gemütlich vor sich hin, saute mit einem Teil den Volierenboden ein und tunkte auch etwas in den Trinknapf, bis sich darin eine Art Babybrei befand.

# HEKTOR

Ich ging durch die ganze Wohnung. Es fehlte nichts außer Kathrins Computer, den hatte sie selbst am Mittwoch geholt. Erleichtert ging ich zur Werkzeugkiste, nahm ein schmales Brettchen und ein neues Türblatt heraus, ich hatte noch eines hier liegen und reparierte notdürftig die Wohnungstür, indem ich das Brettchen über das gesplitterte Holz nagelte und das verbogene Türblatt austauschte. Als ich das Werkzeug wieder weggeräumt hatte, starrte ich auf den Anrufbeantworter. Er zeigte mir an, daß Nachrichten darauf warteten, Zugang zu meinem empfindlichen Gehör zu finden. Ich drückte auf die Playtaste und öffnete meine müden Lauscherchen. Es gab nur zwei interessante Nachrichten Eine war eine anonyme Drohung, ich solle meine Nase nicht in Dinge stecken, die mich nichts angingen, die andere war von Markus. Außerdem gab es noch zwei Nachrichten für Kathrin, eine davon von diesem Jack. Ich hörte das Band ein zweites Mal ab, nahm die Kassette aus dem Gerät und legte ein frisches Band ein. Das wollte ich doch aufheben, dieses Süßholz von Jack war interessant. Meine Tochter würde mir wohl einiges erklären müssen. Die anonyme Drohung scherte mich zwar nicht sehr, doch wollte ich sie Micky Ehlers zu Gehör bringen, vielleicht erkannte er die Stimme wieder. Ich konnte sie jedoch beim besten Willen nicht ernst nehmen, es gehört schon mehr als nur normale Dummheit dazu, anonyme Drohungen auf Band zu hinterlassen. Das ist so, als gäbe ein Erpresser seine Kontonummer für die Überweisung an. Ich wählte Markus' Firmennummer. Nichts, keiner da.

Dann rief ich ihn zu Hause an. Nachdem ich es zwölfmal hatte klingeln hören, nahm seine Wohngenossin Heike ab. Sie war ganz schön aus der Puste.

„Mertens?", keuchte sie in die Sprechmuschel. Sie hatte Glück, daß kein Telefonwichser sie behelligen wollte. Aber denen hätte es wahrscheinlich das eigene Keuchen verschlagen.

„Hallo, Heike, hier ist Hektor Purmann. Ist Markus da?"

„Weißt du, wie spät es ist?"

„Sicher, gib mir bitte Markus, und erzähl mir nicht, daß der fette Hund schläft!"

„Purmann, du bist nicht nett!"

„Hör mal Heike, es tut mir leid, wenn ich dich aus dem Bett oder sonstwoher geholt habe, gib den Hörer einfach Markus und mach weiter wie vorher, ja? Sei so lieb, bitte!"

„Du dreckiger Chauviarsch!"

Sie haute nicht auf die Gabel, sondern stand auf, nahm das Telefon mit und hämmerte den Hörknochen gegen Markus Zimmertür. Es hallte in meinen Ohren. Heike ist sehr impulsiv. Die ideale Ergänzung zu Markus' Phlegma. Undeutlich konnte ich „Der Purmann-Arsch will dich sprechen" hören. Es dauerte etwas, dann meldete sich Markus.

„Hi, Hektor, hast du meine Nachricht erhalten?"

„Na lego, Mann. Deswegen rufe ich an, was gibt's?"

„Ich habe News für dich, mein Alter. Wartest du einen Moment?"

„Sicher, Markus, für dich sogar zwei." Mann, war ich wieder witzig.

„Hier, ich habe es. Also, der Passat mit Hannoveraner Kennzeichen H sowieso, der gehört zum LKA, SEK. Spezialausfertigung, eine richtige Combatkarre. Kannst du dir das vorstellen, ein James-Bond-Passat?"

Es gab ja schon einen James-Bond-BMW, warum sollte der nicht auch mal Passat fahren? Schließlich braucht auch das MI5 Sponsoring.

„Der Daimler gehört einer Galerie A+O, Halterin Carola Albertz. Die hat eins der Grundstücke in Lübberitz..."

Ich schwieg, wie vom Donner gerührt. Nach einer Weile fragte Markus:

„Hektor?"

„Ich bin noch dran, hast du gesagt, Carola Albertz?"

„Ja, Mann."

„Das ist ja hochinteressant!", rief ich. Ich wußte zwar noch nicht wieso, aber irgendwie schien es mir, als ob Frau Albertz noch eine bedeutende Rolle in dieser Geschichte spielen könnte. Und darüberhinaus mag es Markus, wenn man ihm das Gefühl gibt, etwas wichtiges gefunden zu haben.

„Hast du noch mehr, Markus?"

„Ja, der Passat gehört übrigens nicht zu dem Pool, aus dem Skladowsky und andere Oberpromis begleitet werden."

„Markus?"

„Ja, Hektor?"

„Finde bitte so schnell wie möglich heraus, ob Skladowsky oder Pille oder der Bulle Sauerland, oder Zombie eine Hütte neben der von Frau Albertz haben, ja? Oder check nach, wem die nächstgelegenen Datschen in Lübberitz gehören? Das ist unheimlich wichtig!"

„Und das andere, Hektor?"

„Mensch, Markus. Du hast bisher meine kühnsten Hoffnungen voll erfüllt. Ich bin zufrieden mit dir. Du kriegst am Montag deine Kohle, okay?"

„Diesmal 500, ja?"

Ich mußte schlucken.

„Wieso soviel? Sonst waren es nur 200? Was soll das, Markus?"

„Ich weiß nicht, wo du mich da reinziehst, Hektor. Aber dafür schenke ich Kathi auch ein fast neues Zipdrive und ein Dutzend CD's mit aktueller Software, okay?"

Das würde sie vielleicht etwas von diesem Jackyarsch fernhalten. Ich handelte Markus auf 350 herunter und sagte:

„Ich wußte, daß wir uns einig würden. Übrigens, es kann immer noch mehr für dich werden. Möglicherweise brauche ich deine und Klaus' körperliche Anwesenheit. Aber dann melde ich mich. Ciao, Markus."

„Ciao, Hektor."

Ich ging schlafen. Ich wollte nichts mehr wissen vor morgen Mittag. Renate übernahm die Frühschicht und dann käme Marion. Ich kletterte ins Bett und träumte von einem Mädchen, das meiner Tochter sehr ähnlich sah. Noch ähnlicher sah sie jedoch Merle.

Gegen Acht Uhr klingelte mich mein Wecker aus einem unruhigen Traum, indem abwechselnd Skladowsky, Merle und Marianne versucht hatten, Kathrin von mir weg-zureißen. Mein Schädel brummte von den Buds, die ich zu schnell getrunken hatte, im Bügelzimmer schimpfte Roberta lauthals vor sich hin, während Ghandi auf ihrer Schlaf-decke lag, die Ohren zwischen die Pfoten gelegt hatte und tat, als wäre sie nicht von dieser Welt. Ich stieg langsam vom Hochbett herunter, ging aufs Klo und zog mich an. Ich jagte Ghandi hoch, lief mit ihr eine Runde um den Block, ließ sie in einem Busch nahe dem zentralen Spielplatz einen Haufen machen, wobei ich froh war, zu dieser Zeit keine quengelnde Mutter mit quäkendem Kleinkind anzutreffen. Wieder zurück, stellte ich den Durchlauferhitzer auf volle Leistung. Das alte Ding liefert nur noch unregelmäßig Heißwasser, aber heute morgen ging es. Ich duschte ausgiebig, wusch gründlich Haare und den Rest von mir, rasierte mich, wobei ich einmal mehr feststellte, daß ich öfter die Klingen wechseln sollte, denn ein unschöner kleiner Schnitt sollte heute meine Wange zieren. Ich betrachtete den roten Fleck im weißen Handtuch, grummelte vor mich hin und ging in die Küche Teewasser aufsetzen.

Ich schälte eine Banane, schnitt sie in mundgerechte Scheiben, tat ein paar Haselnüsse und Cashews dazu und kramte frische Paranüsse aus ihrem Beutel. Das ganze füllte ich in eine dickwandige Keramikschale, eine zweite Schale füllte ich halb mit frischem Leitungswasser. Beides stellte ich Roberta in seine Voliere. Der Vogel begrüßte mich mit einem begehrlichen Knacken seines großen Schnabels, gab einen Freudenfluch von sich und schwang sich die Stange hinunter zu seinem Freßplatz. Die Schale mit dem Bananenbrei nahm ich heraus, entsorgte die Pampe im Klo und hatte Mühe, nicht etwas von meiner Galle hinterherzuschicken.

Während das Wasser im Kessel langsam heiß wurde, fand ich noch etwas Käse und Schinken im Kühlschrank sowie ein einigermaßen frisches Stück Brot. Ich säbelte drei Scheiben ab, goß den Tee auf, schmierte etwas Butter auf die Scheiben und belegte eine mit Käse, eine mit Schinken. Für die dritte nahm ich Honig. Ich brauchte etwas den Geist anregendes. Auch den Tee süßte ich mit Honig. Das macht mich schneller fit als Tee ohne was drin. Während ich am Küchentisch saß und vor mich hin mampfte, ging ich meinen heutigen Tagesablauf durch.

Ich dachte an Merle. Mariannes Paranoia wollte mir nicht aus dem Sinn. Hatte sie mich angesteckt oder ging von Merle wirklich etwas Gefährliches aus? Möglicherweise hatte sie Johnny Feist erschossen. Der Mord wurde schließlich niemals aufgeklärt, einer der wenigen in dieser Gegend in den letzten Jahren. Daß sie schießen konnte, wußte ich, sie hatte es mir damals in Gegenwart ihres Vaters demonstriert. Dennoch würde ich ihr auch heute noch zubilligen, in Notwehr auf Johnny geschossen zu haben.

Außerdem mußte ich ein Auge auf Micky Ehlers werfen. Der konnte sich mit seinem blinden Haß auf Skladowsky tiefer in den Schlamassel bringen, als uns allen lieb sein konnte. War auch er ein arroganter Arsch, die Öffentlichkeit dieser Stadt brauchte Jour-nalisten wie ihn. Seine Recherchen verdoppelten glatt die Verkaufszahlen der *Unterm*

*Pflaster*. Sie schafften etwas Öffentlichkeit in diesem Dschungel aus Filz und Korruption. Ich biß in die Honigstulle und schenkte mir Tee nach.

Ghandi stand in der Tür, hatte ihre schwarz-beigen Ohren aufgestellt und warf mir ihren „Hilfe, ich verhungere" Blick zu. Roberta hatte sich auf sein Frühstück gestürzt wie ein Ertrinkender auf den Rettungsring und knackte und mampfte und saute vor sich hin. Ich wollte später noch etwas seine Voliere saubermachen, der roch schon wieder so merkwürdig nach Komposthaufen.

Ich sah Ghandi an und sagte:

„Und du, meine Dicke, was hältst du von Skladowsky?" Sie schwieg, schaute nur hungerleidig zu mir herüber und wedelte mit ihrer buschigen Rute, wobei sie rhythmisch gegen die Flurwand klopfte. „Wann hast du zum letzten Mal etwas gehabt, hm? War das der Hundekuchen bei Marianne? Gut, Dicke, sollst dein Frühstück haben."

Ich stand auf, ging zum Schrank, nahm eine Büchse Hundefutter heraus, öffnete sie aber noch nicht, sondern schaute in den ollen Alutopf auf dem Herd, ob noch etwas Reis darin war. Es war, zumindest für heute reichte es. Ich öffnete die Büchse, richtete das Fleisch im Napf an, mengte den aufgewärmten Reis darunter, tat noch etwas frische Möhre hinzu, füllte ebenfalls ihren Wassernapf und stellte das ganze auf Ghandis Futterplatz. Der Hund inspizierte die Näpfe, schlabberte etwas Wasser und schlang dann sein Fressen herunter.

Ich kehrte zu den Resten meines Honigbrotes zurück, strich den herabgelaufenen Honig zurück aufs Brot, kaute und sinnierte.

Erstens: Dienstag wird Robert Klühspiess ermordet, ein parteiinterner Konkurrent Skladowskys. Nicht nur, daß Klühspiess als Liberaler galt, er stand auch in der besonderen Gunst seines Landsmannes, des Fraktionsvorsitzenden und man sagte ihm ein gutes Verhältnis zum Kanzler nach. War das wichtig? Ich nahm ein Notizbuch, fand noch ein paar freie Seiten und notierte: Klühspiess/Skladowsky - Konkurrenz?

Zweitens: Mittwoch vormittag stürzt aus heiterem Himmel Martin Skladowsky in meinen bescheidenen kleinen Laden und beauftragt mich, seinen Sohn zu überwachen und etwas über Micky Ehlers herauszufinden. Der Sohn war auf Schloß Unterhammelstein am Bodensee, bevor er wieder ans Ottmer-Gymnasium zurückging. Ich notierte mir das, denn Schloß Unterhammelstein liegt in Baden, Heidelberg auch und Klühspiess war Badenser, soweit ich weiß. Hatte das Bedeutung?

Weiter.

Drittens: Micky Ehlers, weder Badenser noch Schloß Unterhammelsteinabsolvent, soweit mir bekannt, hat einen Rochus auf Skladowsky Senior. Der geht so weit, daß er in seiner Wahlkreiskandidatenserie nicht nur dem Vater, sondern auch dem Sohn einen langen Artikel widmet, in dem er den Dopehandel und fragwürdigen Umgang des Sohnes auflistet. Ehlers wird bedroht, versteckt sich bei einem Kumpel, der ihm wohl auch als Leibwächter dient und schickt seine Freundin mitsamt der gemeinsamen Tochter in den Urlaub.

Scheiße, ich habe auch eine Tochter. Doppelscheiße. Die ist fünfzehn und offenbar ziemlich angetan von diesem Jack und der geht auf die gleiche Schule wie Konny Skladowsky. Purmann, du bist und bleibst eine Trantüte.

Ich notierte: Jack/Skladowsky Jr. - checken, wie lange kennt Kathrin den Typen? Und woher, oder über wen?

Viertens: Carola Albertz, wenn sie ins Spiel paßte. Einziger Anhaltspunkt war ihr Haus in Lübberitz und die Tatsache, daß Konny Skladowsky dort in einem Häuschen der Datschensiedlung war zu einer Zeit, zu der zumindest ihr Daimler auch dort war. Besaß die smarte Galeristin mehrere Wagen? Ich notierte: Albertz - Wagen - Markus.

Fünftens: Merle. Vergiß es.

Das war es. Etwas vergessen? Bestimmt. Aber das würde mir schon noch rechtzeitig wieder einfallen. Jetzt mußte ich erst einmal kurz in den Laden, Ghandi abliefern und dann versuchen, diesem Jack auf den Zahn zu fühlen. Ich sah auf die Uhr, schon nach Zehn. Purmann, du bist ein Penner. Darauf trank ich noch rasch einen Schluck Tee.

Ich packte die Kameras in meinen Rucksack, legte Ghandi an die Leine, holte mein Fahrrad aus dem Keller und fuhr los. Ich hoffte, heute ohne Schlurre auszukommen.

Im Kiosk stand Renate hinterm Tresen, Heinz süffelte an einem der beiden Stehtische seinen morgendlichen Schuß mit Kaffee und Frau Schröder schimpfte über wasweißichnichtalles.

Ich sagte: „Grüezi, miteinand", gab Renate ein Küßchen und schüttelte anschließend Heinz die Hand.

„He, Purmann, hast du nicht etwas für mich?", fragte der.

„Nein Heinz, momentan mußt du hier Renate fragen, wenn du etwas machen willst, nicht wahr, Renate?"

„Sicher, Purmann, aber wenn ich den den Laden fegen lasse, ist anschließend mehr Dreck auf dem Parkett als vorher."

„Laß ihn doch die leeren Flaschen wegbringen, Renate...“

„Und dann das Pfand versaufen?", zischte sie. So lieb sie war, sie hatte noch immer ihre Vorbehalte. Mußte mit ihrer Vergangenheit zu tun haben.

„Ich versauf' das Pfand nicht. Ist doch Purmanns Geld, das versauf' ich nicht," ließ Heinz sich vernehmen. Ich nickte ihm beruhigend zu und flüsterte zu Renate:

„Laß ihn etwas machen, er braucht das doch auch als Bestätigung. Er hat mich noch nie mit dem Pfand betrogen. Das macht er auch bei dir nicht, wenn du ihm anschließend eine kleine Flasche Sechsämtertropfen schenkst und ihn eine Geschichte vom Bürovorsteher Ehrhardt erzählen läßt."

„Purmann, Purmann, wovon lebst du eigentlich?"

Das frage ich mich selbst oft genug. Und - alles was recht ist, die Tatsache, daß wir länger als zwei Jahre regelmäßig miteinander geschlafen haben, gestattete ihr noch lange nicht, Kritik an meiner Geschäftsführung zu üben. Laut sagte ich:

„Wenn du Heinz nicht die Flaschen wegbringen lassen willst, dann kann er auf Ghandi aufpassen. Die Töle braucht bald einen ausgiebigen Verdauungsspaziergang. Keine Bange, Heinz, sie hat schon gefrühstückt."

Ghandi baute sich vor ihm auf und stellte freundlich ihre großen Pfoten auf seine Schultern. Heinz, ein Spargeltarzan von fast zwei Metern Länge, erbleichte und sank unter ihrem sanften Druck zusammen. Ich rief den Hund zur Ordnung. Sie gehorchte. Ghandi hört im allgemeinen gut. Irgendwie weiß sie wohl, daß ich sie, wenn sie zu aufsässig wird, zu Roberta sperre. Und vor Roberta hat Ghandi großen Respekt.

Dann schwang ich mich wieder aufs Fahrrad und radelte los zur Kurt-Tucholsky-Gesamtschule. Als ich gegen halb Zwölf Kathrin traf, wirkte sie mehr als überrascht, mich zu sehen. Ich begrüßte sie herzlich, wobei ich auf eine Umarmung mit Kuß verzichtete, meine Tochter muß schließlich auf ihr schulinternes Image achten und fragte:

„Kathrin, wer ist Jack? Es ist wirklich wichtig.."

„Warum?"

„Woher kennst du ihn?"

„Hey, ich habe dich auch etwas gefragt, Dad."

„Aber ich zuerst, Esther-Katharina."

„Mann, ich habe dir doch gesagt, der ist ein Bekannter von Jessica."

„Ach nee, und wieso ruft der bei uns an, raspelt Süßholz auf den Anrufbeantworter, daß er mit dir die ganze Bunkerparty durchhotten will..."

„Durchhotten? Das hat er nicht gesagt!"

„Nicht wörtlich, aber gemeint. Tochtermaus, es ist wichtig, für dich und für mich und vielleicht noch für ein paar andere."

„Was willst du eigentlich wissen?"

„Wie lange kennst du ihn?"

„Och, noch nicht sehr lange. Es ist wahr, Jessica hat ihn mir vorgestellt, die kennt ihn wohl von Melinda oder von Kim, ich weiß es nicht genau."

„Wann hat sie ihn dir vorgestellt?"

„Willst es wohl ganz genau wissen, Alter?"

„Jep, Mädchen."

„Vor ca. zwei Wochen, warum?"

„Magst du ihn?"

„Geht so."

„Wie gut kennst du ihn?"

„Wir waren zusammen Eis essen."

„Mehr nicht?"

„Nö, mehr nicht."

Sie log, wußte sie nicht, daß sie mich nicht anlügen kann?

„Warst du mit ihm alleine Eis essen, oder war da wer dabei? Und wer könnte der Freund sein, den er für Jessica mit zur Bunkerparty bringen will."

„Ey, Dad, er macht diese Party. Da sind tausende seiner Freunde!"

„Passen da denn so viele rein?"

„Weiß ich doch nicht. Hey, Dad, ich muß zum Kurs, die alte Bosselmann wird sauer, wenn ich nicht rechtzeitig da bin..."

„Ich habe dich bei ihr entschuldigt, Esther-Katharina. Wie sieht Jack aus?"

„Gut."

Ich war kurz davor, zu platzen.

„Etwas genauer, bitte. Größe, Haarfarbe, Kleidung, Augenfarbe, Gesichtsform, Körperbau, beschreibe ihn!"

„Er ist eine Ecke größer als du, so einsfünfundneunzig oder mehr, ich weiß nicht genau. Hat dunkelblondes Haar, sehr kurz, braune Augen, braungebrannt , sportlich und süß! Hat tolle Brustmuskeln und einen süßen Arsch. Der Typ spielt Basketball, da träumst du von. Du, der kann vielleicht später in der Bundesliga bei der SG spielen. Ist doch toll, was?"

„Ach, da wart ihr auch?"

„Nur einmal, bisher."

„Du kennst ihn also doch schon etwas länger, ja?"

„Na gut, ja, ich kenne ihn länger."

„Hat er einen Kumpel, der Konny heißt?"

„Meinst du den Sohn vom Skladingsbums, diesem Minister oder so?"

„Ich meine den Sohn von Martin Skladowsky, dem Professor und Abgeordneten, ja."

„Sicher kennt er den, die sind eine Jahrgangsstufe."

„Sind sie befreundet?"

„Dad, das weiß ich doch nicht. Mir gefällt Jack, der Skladingsbums, den kenne ich doch nicht. Bitte, Dad. Mach hier jetzt keine Inquisition."

„Na gut, Kathrin. Das war es schon. Übrigens, die Bunkerparty verbiete ich dir hiermit. Ich möchte, daß du dich etwas von Jack fernhältst, bis ich den Kerl gecheckt habe. Keine Debatte, klar? Widerstand ist zwecklos!"

„Arschloch", zischte sie leise, aber nicht leise genug.

Ich fragte laut: „Wie war das?"

„Jawohl, Hektor von Borg!"

Sie drehte sich um und ging zu ihrem Kurs. Ich erinnerte mich wehmütig an die Zeiten, als wir beide abends gemeinsam vorm Fernseher saßen und uns „Star Trek - Next Generation" ansahen. War noch gar nicht mal so lange her. Sie hatte sich verändert. Sie wurde erwachsen und nichts, nichts würde das aufhalten können. Ich würde sie verlieren, so wie ich Merle verloren hatte.

Ich schaute auf die Uhr, ging hinaus, schloß mein Fahrrad los und fluchte. Da hatte mir doch einer von diesen perfiden kleinen Wichsern die Ventile rausgeschraubt. Verfluchte Scheiße. Es fehlte nicht viel und ich hätte hier vor der IGS einen Veitstanz aufgeführt. Ich schob das Fahrrad zur Straßenbahnhaltestelle und nahm die nächste Bahn zurück.

Zu Haus brachte ich das Rad in den Keller und leerte meinen Briefkasten. Neben der üblichen Sammlung von Rechnungen und Mahnungen lag ein Brief ohne Absender drin, außerdem war da ein schön gestalteter Brief für Kathrin. Es juckte mich in den Fingern, ihn zu öffnen. Ich ließ es. Sie würde ihn ohnehin erst nächste Woche erhalten...

Der Brief ohne Absender enthielt weder Drohungen noch Schmähungen. Es war auch keine Werbung. Es war eine Rechnung. Renate ließ es sich nicht nehmen, mir die Zahl ihrer in den letzten drei Monaten im Kiosk geleisteten Stunden aufzulisten und höflichst um eine Abschlagzahlung nachzusuchen. Ich legte den Brief in meinen „Dringend-erledigen"-Kasten.

Dann nahm ich meine Schlurre und fuhr wieder einmal hinaus nach Querum. Ich parkte weiter weg von Skladowskys Haus als die Tage zuvor und spazierte durchs Dorf. Von einer Zelle aus rief ich Skladowsky an. Konny meldete sich. Ich entschuldigte mich mit „Falsch verbunden" und legte auf. Dann kam mir eine Idee. Ich ging wieder zur Telefonzelle. Diesmal rief ich Markus an.

„Hi, Hektor, was gibt es wieder?"

„Markus, sag mal, kannst du herausfinden, ob das OG im Internet ist?"

„Was für ein OG, viele Häuser haben mindestens eins davon..."

„Nein, ich meine das Ottmer-Gymnasium, die Schule."

„Die Schickipenne?"

„Genau die."

„Ob die im Internet ist? Natürlich ist sie im Internet, warum fragst du?"

„Weil mich interessiert, was die dort so treiben."

„Komm her und sieh es dir an!"

„Stellen sich dort auch Klassen oder Kurse dar?"

„Sicher, wieso nicht?"

„Kannst du feststellen, ob dort auch bestimmte Schüler vertreten sind?"

„Klar kann ich das."

„Gut, Markus, ich komm nachher bei dir vorbei. Du bist doch in einer guten Stunde noch in deinem Kabuff?"

„Dieses Kabuff, Hektor Purmann, ist meine Firma. Aber komm vorbei, dann führe ich dich durch meine Hallen und wir surfen zusammen durchs OG."

Na, das war ja wenigstens etwas. Jetzt mußte ich noch herauskriegen, ob Jack ein Kumpel von Konny Skladowsky war oder nicht. Dazu benützte ich wieder das Telefon. Ich finde, es war eine gute Idee, Kathrin unseren Anrufbeantworter besprechen zu lassen. Ich wählte die Nummer, die Jack aufs Band gesprochen hatte. Es meldete sich eine junge Frau.

„Guten Tag", sagte ich. „Entschuldigen Sie bitte die Störung, aber ich wollte fragen, ob Klaus-Konrad Skladowsky bei Ihnen ist."

„Wer soll das sein?", kam es unsicher zurück.

„Ein Freund von Jack."

„Ich hole ihn, wer spricht denn dort?"

„Ein Freund Konnys. Er sagte mir, ich könne ihn heute nachmittag unter Ihrer Nummer erreichen."

Es dauerte einen Moment, dann kam Jack ans Telefon.

„Ja, bitte?"

„Ist Konny Skladowsky bei Ihnen?"

Ich siezte ihn, man weiß ja nie.

„Konny Skladowsky, warum sollte der hier sein?"

Ich wiederholte die Story von Konny und Jacks Nummer.

„Das kann nicht sein, den erreichen sie hier nicht."

„Aber ist er nicht ein Schulkamerad von Ihnen?"

„Ja, na und?"

„Er gab mir diese Nummer, also nahm ich an, Sie wären befreundet."

„Hören Sie, Mann. Konny Skladowsky hat viele Freunde, zu meinen zählt er nicht unbedingt. Rufen Sie ihn über Handy an, hier erreichen Sie ihn nicht, auf Wiederhören."

Sprachs und legte auf. Na gut, wenn Jack also nicht zum engsten Kumpelkreis gehörte, dann waren sie wohl wirklich nicht befreundet. Ich fuhr zu Markus.

Bevor wir in die OG-Seiten eintauchten, legte ich seine Adressen- und Telefonbuch CD ins Laufwerk und ließ mir Jacks Adresse ausgeben. Die Nummer log nicht, eine feine Gegend im östlichen Ringgebiet. Malerviertel, und selbst dort vom feinsten. Das Haus kannte ich. Wohnungen mit 150 m$^2$ und mehr. Bei Vermietung nicht unter 15,- Mark den Quadratmeter, nettokalt versteht sich. So einer könnte schon eine Bunkerparty für „tausende Freunde" geben. Der Nachname sagte mir noch mehr. Jacks Daddy gehörte zur Creme der Alternativen. Ich kannte ihn gut, zu gut. Er galt nicht als Freund Skladowskys. Das traf wohl auch für die Söhne zu. Ich atmete leise auf.

Die Webseiten des OG waren nicht besonders ergiebig, bis auf ein Link, das, wie Markus mir erklärte, von einer der Seiten zu einem anderen Provider gesetzt worden war. Es enthielt interessantes Material, was durchaus die Zensorambitionen manch korrekten Lehrers auf den Plan rufen konnte.

„Leider kann ich dir so nicht herausfiltern, wer dieses Link gesetzt hat. Die Gruppe, die für das OG diese Seite macht, steht hier nicht namentlich drin,"
sagte Markus. Er fuhr fort: „Ich könnte versuchen, mich in deren Rechner hineinzuhacken, aber das dauert, Schüler haben immer noch mehr Phantasie als Banker oder Bullen, nicht nur was Passwörter angeht. Und ich denke, Hektor, du brauchst andere Infos dringender."

Auf besagter Seite wurden die aktuellen Preise für verschiedene chemische Produkte gehandelt. Wer Ecstasy herstellen oder auch mit Heroin bzw. Koks dealen wollte, konnte sich hier ganz gut orientieren. Ich hatte nicht gedacht, daß die Dealer schon so modern sind, oder sind das nur die Raver, die sich gegenseitig per Internet über den Markt und die Spotpreise für Dope aller Art informieren?

Markus erläuterte mir noch, daß derjenige, der diesen Link gesetzt hatte, ziemlich weit oben in der OG-eigenen Nutzerhierarchie einsteigen können müßte, denn er hatte

Schreibzugriff auf alle Seiten. Und das galt für die Kurse, die unter dem OG-Logo eigene Unterseiten hatten, nicht unbedingt. Behauptete zumindest Markus. Und was Markus über Rechner sagt, ist für mich gottgegebenes Gesetz.

# MERLE

Ich schlief schlecht diese Nacht, hatte fast den gleichen Alptraum wie vorgestern, wurde wieder gejagt und konnte nicht entkommen. Mitten in der Nacht stand ich auf, sah fern und suchte auf NTV oder CNN etwas über den Stand der Dinge in Sachen Klühspiess zu erfahren. Man hielt sich bedeckt. Den Bullen war ich wohl fürs erste entwischt, sie würden mich nach der Sache in Hann. Münden vielleicht identifizieren und dann zur Fahndung ausschreiben können. Unser Auftraggeber wußte jedoch jetzt sicher, daß ich noch lebte und würde alles daran setzen, mich kaltzustellen. Ich hatte nur die Chance, herauszufinden, wer er war und ob Carola mit drinsteckte oder schon tot war. Dazu würde ich Hilfe brauchen. Möglicherweise müßte ich auch nach Braunschweig. Eine Ahnung sagte mir, daß sich die Lösung meiner Probleme dort finden ließe.

In der jetzigen Situation war das alles andere als erfreulich. Ich notierte mir die offenen Fragen in mein Notizbuch und ging noch einmal alles durch, was seit dem Attentat schief gelaufen war. Ich kam zu dem wenig erbaulichen Schluß, mein Leben nur einer Reihe glücklicher Zufälle zu verdanken. Ich hatte mich seit Dienstag nicht sehr professionell verhalten, hatte - gezwungenermaßen - Spuren hinterlassen, die die Bullen finden würden. Mechanisch reinigte ich den 38er und lud ihn nach. Ich würde ihn noch brauchen. Ich fand meine Lage nicht optimal.

Gegen vier Uhr schlief ich wieder ein. Kurz vor Sieben wachte ich auf, gerade wurde es hell. Ich ließ mir ein kleines Frühstück aufs Zimmer kommen, zog eine bequeme Jeans und ein weites Sweatshirt an. Den kleinen 22er steckte ich in die Handtasche. Die übrige Bewaffnung verstaute ich im Käfer.

Ich zahlte bar und fuhr zum Bahnhof. Dort stellte ich den Käfer auf dem P+R Parkplatz ab und nahm den Zug nach Hannover. Am Bahnhof Bismarckstraße stieg ich aus. Hier in der Südstadt ging ich zu einem kleinen Frisiersalon, ließ mir die Haare sehr kurz schneiden und dunkel abtönen. In einer Drogerie kaufte ich Haarfarbe.

Mit der Stadtbahn fuhr ich nach Empelde, wo ich eine kleine Wohnung besaß. Ich machte einen ausgedehnten Spaziergang durch die Gegend. Wieder trug ich meine Dr.Martens mit Stahlkappen und hatte auch mein kleines Stilet griffbereit. Eine halbe Stunde lief ich in immer engeren Kreisen um meine Wohnung herum, konnte aber nichts verdächtiges entdecken. Gegen Mittag betrat ich das Haus. Der Briefkasten war voll mit Reklame. Ich ließ alles, wo es war und ging die Treppe hinauf. Meine Wohnung liegt im ersten Stock. Ich stieg zunächst aber bis unter das Dach und prüfte die anderen Wohnungstüren. Dann näherte ich mich von oben meiner eigenen, stellte mich seitlich auf den Treppenabsatz, nahm das Stilet verdeckt in die rechte und den Schlüssel in die linke Hand und schloß auf. Die Tür hat ein normales Türschloß und einen Riegel, beide sind mit demselben Schlüssel zu schließen. Ich öffnete zuerst den Riegel und dann das Schloß. Beide waren zweimal herumgeschlossen, wie ich es immer tue.

Ich drückte vorsichtig die Tür auf und sprang in den Raum. Die Luft war miefig, wie es in einer Wohnung der Fall ist, die 14 Tage nicht belüftet wurde. Ich steckte das Stilett ein, zog den 22er aus der Handtasche und checkte die Diele, die Küche, das Bad und die beiden Zimmer. Ich spähte kurz aus dem Fenster auf die Straße. Dann schaute ich in den Schränken und allen Schubladen nach. Alles war so, wie ich es verlassen hatte. Meine Ordnung stimmte. Ich nahm den alten Koffer vom Kleiderschrank und holte einen frischen 38er Smith & Wesson heraus. Mit kurzem Lauf. Hohe Durchschlagkraft, ausreichendes Gewicht, um gut in der Hand zu liegen und klein genug, um unauffällig am Körper getragen zu werden. Munition hatte ich reichlich.

Dann ging ich in die Küche, warf ein verschimmeltes Stückchen Brot in den Müll, öffnete eine Büchse Bihun Suppe und kochte den Inhalt kurz auf. Ohne große Eile aß ich. Anschließend stellte ich die Heißwassertherme an, ging ins Bad, wusch und färbte mir die Haare. Ich hatte diesmal kastanienbraun gewählt, passend zu meinem Typ. Dann zog ich frische Wäsche an. Als die Haare getrocknet waren, verließ ich das Haus und kaufte bei einem naheliegenden Türken etwas Obst, eine kleine Zucchini sowie etwas Schafskäse und Oliven. Ich ging auch zu einem Kiosk und holte mir *Stern, Zeit* und *Woche*. Wieder daheim machte ich mir einen netten kleinen Salat und studierte die Ergüsse der Schreiberlinge über meinen Job von Dienstag. Die Bilder von Klühspiess im *Stern* waren gut getroffen, sie zeigten in allen Details seine Leiche. Ich konnte mit mir zufrieden sein, den Job hatte ich sauber erledigt, den Herrn Abgeordneten genau über der Nasenwurzel erwischt. Auf die Entfernung ist das ein Meisterschuß, mindestens. Glückwunsch, Merle! Wie so oft, konnte der Text das Niveau der Bilder nicht halten, so detailliert die Fotos waren, so schön der blut- und grützebeschmierte Kanzler auf dem Cover glänzte, so mies recherchiert war der Artikel. Er enthielt nur das, was Dienstag über die Ticker und News gegangen war. Schade, eigentlich. Das man außerdem unisono mit den Wichsern vom Fernsehen von „Terrorismus" und „Linksextremisten" schwafelte, machte die Sache nicht schöner. Es schien geradezu, als schlössen die Medien kategorisch aus, daß auch Rechte mehr als einen Grund gehabt hätten, Klühspiess wegzublasen. Trotzdem, mich störte es nicht, ich bin weder links noch rechts, ich bin Profi.

Später fuhr ich zurück zum Hauptbahnhof, nahm den nächsten Stadtexpress Richtung Süden, holte den Käfer und brachte das Cabrio nach Hannover. Drei Straßen von der Wohnung entfernt parkte ich. Ich hatte hier keine Garage gemietet, da ich nur selten ein Auto benutze. Brauche ich eins für meine Jobs, miete oder knacke ich es. Es gibt genug popelige Golf oder kleinere Opel ohne Wegfahrsperre.

Wieder nahm ich die drei Umwege zur Wohnung und betrat das Haus erst, als ich sicher war, daß es nicht überwacht wurde. Durch den Hinterausgang betrat ich den Innenhof, lief etwas herum, wobei ich die Fenster der umliegenden Häuser inspizierte. Dann ging ich hoch in die Wohnung und stellte den Koffer ab.

Ich schaltete den Fernseher an, holte das Handy aus dem Küchenschrank und schaltete es ein. Der Anrufbeantworter des Handys enthielt keine Nachrichten von Belang. Ich schaltete es wieder aus.

Mein Haushalt brauchte dringend etwas Pflege, aber bevor ich mich darum kümmern konnte, hatte ich noch einiges zu erledigen. Ich nahm den Gewehrlauf, ging in den Keller und überprüfte als erstes den Waffenschrank. Auch hier war alles an seinem Platz. Dann nahm ich die Metallsäge, spannte den Lauf in den Schraubstock und zersägte ihn in drei Stücke. Das war eine Scheißarbeit. Ich brauchte dafür fast zwei Stunden und verschliß etliche Sägeblätter. Natürlich hätte ich eine Trennscheibe nehmen können, wollte aber unnötigen Lärm vermeiden. Zwischendurch ging ich hoch und kochte mir einen Tee. Der kurzläufige 38er Revolver steckte in meinem Hosenbund unter dem Sweatshirt. Als ich mit dem Zersägen des Laufes fertig war, nahm ich eine Rundfeile und bearbeite die Innenflächen, soweit ich mit der Feile hineinkam. Ich hätte den Lauf auch aufbohren können, aber das hätte wiederum unnötigen Lärm verursacht. Diese Spezialstähle sind schwer zu bearbeiten. Ich wollte es den Bullen so schwer wie möglich machen, Stücke dieses Laufes als Teile der Tatwaffe vom Klühspiess Attentat zu identifizieren, falls das total verformte Projektil so etwas überhaupt zuließ. Aus dem Waffenschrank nahm ich ein AK-47, volkstümlich auch Kalaschnikow genannt, wickelte es in eine dicke Decke und trug es nach oben. Dort zerlegte ich die Waffe, reinigte sie gründlich und packte sie zusammen mit drei großen Magazinen in den Waffenkoffer. Ich war gut genug gerüstet für einen kleineren Guerillakrieg.

Den restlichen Tag spielte ich dann die um ihren Haushalt besorgte junge Karrierefrau, die von einer Reise heimgekehrt ist. Ich wusch Wäsche, putzte etwas in der Wohnung herum, gab den Kakteen frisches Wasser, spülte Geschirr und leerte schließlich sogar den Briefkasten. Danach machte ich etwas Gymnastik und fuhr ein paar Kilometer auf dem Heimtrainer.

Als ich damit fertig war, duschte ich, zog eine schwarze Jeans, schwarzen Pulli und die Dr.Martens an. Als es dunkel wurde, ließ ich die Jalousien herab.

Dann nahm ich die Stücke des Gewehrlaufs und machte mich auf den Weg. Mit der Straßenbahn fuhr ich zurück nach Linden, begab mich dort in ein Industrieviertel, wo einige gute Schrottplätze sind. Ich suchte mir den bestgelegenen aus und entsorgte den Lauf, die Stücke schleuderte ich einzeln an drei Stellen über den Zaun.

Nachdem das erledigt und ich wieder daheim war, zog ich mich mit einem starken Tee auf das Sofa zurück, nahm mein Notizbuch zur Hand und überflog die Notizen, die ich mir in dieser Sache gemacht hatte.

Ich mußte herausfinden, was mit Carola los war. Lebte sie noch? Und wenn sie noch lebte, auf wessen Seite stand sie? Hatte sie versucht, mich abzuservieren oder war sie genauso gelinkt worden wie ich? Ich hoffte, eine Antwort auf diese Fragen in Braunschweig zu finden. Ich durfte mich dort aber vorerst nicht blicken lassen; zumindest nicht öffentlich auftreten gegenüber Leuten, die mit Carola und mir Kontakt hatten. Ich war sicher, daß sie - wer immer sie auch waren - alle die Orte überwachen würden, an denen ich Carola treffen oder sie suchen könnte. Also mußte jemand für mich dorthin gehen. Ich ging kurz die Leute durch, die ich in Braunschweig kannte und die für diesen Job in Frage kamen und - das war vor allem anderen wichtig - die „ihnen" unverdächtig erscheinen würden. Da gab es nicht viele. Genau genommen nur einen. Und mit dem hatte ich seit über zehn

Jahren kein Wort mehr gewechselt. Das war keine gute Idee. Nur, hatte ich überhaupt noch genug Zeit und Möglichkeiten, bessere Lösungen zu finden?

Bis auf Carola hatte ich meine Kontakte nach Braunschweig allesamt abgebrochen, das war sicherer. Ich halte lockeren Kontakt nur zu meinem Bruder Simon, der in Stuttgart lebt und dort als Ingenieur beim Daimler, wie die da unten sagen, tätig ist. Von ihm erfahre ich immer, was mit meiner Mutter, meinem Exmann Hektor - formell sind wir wohl immer noch verheiratet, mir ist zumindest nicht bekannt, daß die Ehe getilgt wurde - und unserer gemeinsamen Tochter los ist. Er hat mir sogar mal ein Bild von den Dreien geschickt, über Carola an mein Postfach in Hannover, wohin auch sonst alle Post von Carola kommt und das ich überprüfen mußte.

Simon und Hektor kannten sich flüchtig vom Studium, sie hatten zur gleichen Zeit in Braunschweig studiert. Aber das erfuhr ich erst, als ich schon mit Hektor zusammen war und meine Mutter und er mich vom Heroin heruntergeholt hatten. Simon und Hektor hatten vielleicht noch Kontakt. So mußte ich wohl annehmen, daß auch mein Gatte über mein Leben, so wie ich es nach außen hin darstellte, im Bilde war. Und was er nicht von Simon wußte, würde er durch Marianne erfahren. Die alte Hexe würde sich keine Gelegenheit entgehen lassen, an ihrer Enkelin herumzuerziehen, auf daß sie genauso neurotisch werde wie sie.

Keiner meiner Männer war so neugierig gewesen wie Hektor. Alles mußte er wissen, alles kontrollieren. Manchmal tat mir unser Kind leid. Aber so, wie es gekommen war, war es das beste für alle. Es war gut, wenn ich möglichst jeden Kontakt zur Sippe vermied. Ich hatte von Simon über Hektors letzte Wandlung vom Sozialaffen zum Kioskbetreiber und Hintertreppenschnüffler erfahren. Hektor war neugierig und klug. Wenn ich ihn einschaltete, mußte ich auf der Hut sein, eine Geschichte finden, die ihm glaubhaft erscheinen konnte. Andererseits würde er sich vor Freude, von mir zu hören und mich vielleicht wieder zu sehen, wohl in die Hose pinkeln.

Er hatte mir mal gesagt, die beste Lüge sei immer die, die haarscharf neben der Wahrheit liegt. Das hatte mir mein Vater auch immer erzählt.

Ich trank langsam meinen Tee, sah fern und überlegte, wie ich ihn auf Carola ansetzen konnte, ohne daß er Verdacht schöpfte. Ich konnte ziemlich sicher annehmen, daß entweder er, Marianne oder Simon den Scheißfilm vom Heidelberger Bahnhof gesehen hatten. Da mein Foto auch in der Presse war, genoß ich augenblicklich eine Publizität, die ich jederzeit vermieden hatte. Einer von ihnen würde mich erkennen. Meine Klienten haben, selbst wenn sie es könnten, nie Gelegenheit mich zu beschreiben und es ist durchaus wichtig, nicht mit Perücke oder erkennbar verändertem Aussehen herumzulaufen. Zumindest seiner Mutter kann man nicht unerkannt gegenübertreten, es sei denn, diese hat einen seit der Geburt nicht gesehen. Und selbst da gibt es so etwas wie einen Instinkt. Das ist mir selbst mal passiert, als ich in Braunschweig war und plötzlich meine Tochter sah. Das war schon eine Weile her und ich weiß nicht warum, aber sie mußte es sein. Später, als ich dann das Drei-Generationen-Foto von Simon bekam, wurde mein Gefühl bestätigt. Ich glaube, es liegt an den Augen. Dieser einzige außen sichtbare Teil des Gehirns ändert sich nie. Farbige Kontaktlinsen sind nicht meine Sache. Ehrlich, ich vertrage die Dinger nicht. Da laufe ich lieber mit einer dunklen Sonnenbrille oder einer leicht getönten Fensterglasbrille herum.

Gut, ich würde Hektor einschalten und ihn gleichzeitig dringend bitten, Marianne aus dem Ganzen heraus zu halten. Er kannte das herzliche Verhältnis gut, das mich zeitlebens mit meiner Mutter verband. Und er war wohl immer noch so gutmütig, mir meinen Wunsch zu erfüllen. Außerdem ergäbe das einen Sinn bei unseren Verhältnissen.

Also, rekapitulierte ich, Hektor wußte mit ziemlicher Sicherheit, daß ich in Braunschweig eine Freundin hatte, Carola Albertz. Vielleicht wußte er auch, daß ich offiziell für Carola als „Einkäuferin" tätig war, zwar auf freiberuflicher Basis ohne Sozialbeiträge, aber immerhin. Darauf müßte ich aufbauen. Ja, so könnte das laufen.

Ich hatte nicht die Nummer seines Kioskes, aber seine Privatnummer fand ich im Braunschweiger Telefonbuch. Meine Ausgabe war zwar schon ein paar Jahre alt, aber Hektor gehört ganz im Gegensatz zu mir nicht zu den Leuten, die häufige Wohnungswechsel lieben. Dann ging ich mit der 38er im Hosenbund hinunter und suchte mir eine Münzzelle. Auch darauf muß man heute bei der Wohnungssuche achten, daß noch ein Münzfernsprecher in fußläufiger Nähe ist. Ich wählte. Es läutete zweimal, dann war ein Anrufbeantworter dran und eine Jungmädchenstimme flötete:

„Dies ist der Anschluß von Katharina und Hektor Purmann. Leider sind wir momentan nicht da. Aber du kannst uns nach dem langen Pfeifton eine Nachricht hinterlassen. Und wenn du dann noch sagst, für wen die Nachricht ist und wie du erreichbar bist, rufen wir dich bestimmt zurück!"

Na phantastisch, hat der Kerl doch seine Tochter den Anrufbeantworter vollsülzen lassen. Ich schwieg und legte auf.

Später probierte ich es noch zweimal mit dem gleichen Ergebnis. Nun gut, Hektor betrieb einen Kiosk, also würde ich ihn wohl morgen sehr früh erreichen können. Ich müßte ihn beim Frühstück stören, oder aus dem Bett schmeißen. Ich durfte nur meinen Wecker nicht überhören. Mir war das egal, aber so wie ich ihn in Erinnerung hatte, war das der Zeitpunkt, wo er am wenigsten ansprechbar war. Aber einen Versuch wollte ich noch machen. Es war jetzt kurz vor Tagesthemenzeit. Diesmal war besetzt. Ich wartete noch einmal zehn Minuten, dann wählte ich erneut seine Nummer.

Es läutete sechsmal, dann war er endlich dran.

# HEKTOR

Daheim hörte ich meinen Anrufbeantworter ab und machte mich auf den Weg zu Marianne. Ich hatte einen Termin mit meiner Tochter. Kathrin war nicht da. Nach einer kurzen Begrüßung sagte Marianne:

„Katharina war ziemlich geladen, als sie aus der Schule kam. Sie sagte, du hättest ihr den Umgang mit Jack verboten und diese Party. Hektor, du fängst etwas spät an, dir Sorgen um die richtige Erziehung deiner Tochter zu machen!"

„Weißt du, wo sie ist, Marianne?"

„Sie wollte zu Jessica ... Warte, Hektor, bevor du dort anrufst, muß ich dir etwas sagen. Ich habe heute die Karten gelegt."

„Und?"

Die höfliche Variante meines „na und".

„Ich habe Merle lokalisiert."

„Sehr schön, wo steckt sie?"

„In Schwierigkeiten, wie immer. Sie wird herkommen, sehr, sehr bald. Und sie steht mit dem Henker im Bunde, weißt du, was das bedeutet?"

„Nein, Marianne."

„Merle ist eine Gefahr für dich und Katharina, Hektor, schlimmer, als sie es jemals war!"

Dann griff sie in ihre Schürzentasche und nahm einen kleinen Revolver heraus.

„Ich habe auch Kugeln dazu. Rudolf gab ihn mir vor einer Ewigkeit, er meinte, das sei gut für Damen, die abends alleine im Park spazieren gehen. Er ist geladen. Wenn du den Hahn nach hinten ziehst, ist er entsichert. Läßt du ihn vorne, kannst du nicht einmal abdrücken. Gutes Patent, was? Nimm ihn bitte, Hektor. Ich weiß, daß du Waffen verabscheust. Aber, tu mir den Gefallen. Und trage ihn bei dir, wenn du Merle begegnest!"

„Sag mal, Marianne, hast du dafür eine Genehmigung?"

„Nein, wieso, brauche ich die?"

„Natürlich brauchst du die!", herrschte ich sie an.

„Nun, dann brauchst du jetzt eine. Das ist jetzt deiner, Hektor Purmann!"

Sie legte mir das Ding in die Hand. Ich starrte darauf, als hätte sie einen Skorpion in meine Hand gelegt, der mich bei der kleinsten Regung gleich stechen würde ...

Ich hasse Schußwaffen. Diese Dinger machen es so leicht, Menschen zu verletzten oder zu töten. Sie geben dem letzten Schlappschwanz das große Gefühl, ein echter Kerl zu sein. Ich sah Johnny Feist vor mir, wie er mit einer Knarre vor mir angab, sagte, er bläse mir mein mickriges Ding weg, wenn ich nicht die Finger von Merle ließe. Dann blies ihm jemand sein Lebenslicht aus.

Ich sah die beiden Bullen im Theaterpark, wie sie den Punk zu Boden warfen, einer seine Knarre zog und auf den Kopf des Jungen richtete. Ich hatte dann nur diesen dumpfen, unwirklichen Knall gehört. Der Junge hatte überlebt, aber wie. Seit 16 Jahren war er ein Pflegefall, schwerst behindert. Den Bullen, der geschossen hatte, hatte niemand angeklagt. Ein Bulle gegen einen Punk? Was ist schon ein Punk!

Ich sah Georg in seinem Blut liegen, nachdem er versucht hatte, im Smoke den abdrehenden Luden zu beruhigen. Der zog kein Messer, der zog eine Pistole. Georg redete auf ihn ein. Das Schwein durchschoß ihm die Aorta. Georg hat vielleicht nicht einmal mehr gemerkt, wie er starb. Ich erinnerte mich an Kinder, die ihre Geschwister erschossen, an Väter, die auf ihre Töchter schossen und und und. Und jetzt stand ich hier und hielt so ein Teufelsding in der Hand. Ich war starr vor Angst.

Aber ich sah auch Mariannes Augen. In ihnen stand eine Angst, die tiefer geht als die vor einer Pistole. In ihren Augen stand eine Wahrheit, die Menschen kennen, die dem

Tod nur durch eine Holzwand getrennt gegenüber saßen. Ich konnte nichts sagen. Ich nahm das Ding und steckte es in meine Jackentasche, zu meinem Schweizermesser.

Ohne ein Wort zu sagen, drehte ich mich um und ging. Ich fuhr zum Kiosk, holte Ghandi ab, und begab mich so schnell wie möglich nach Hause. Dort legte ich die Waffe in den Schreibtisch, nahm sie wieder hinaus, legte sie auf den Küchenschrank, nahm sie wieder herunter und tat sie zurück in die Jackentasche. Es war verrückt. Ich konnte keinen klaren Gedanken fassen. Ich rief Marianne an, fragte sie aber nur nach Kathrin. Sie sagte:

„Katharina ist noch nicht da, Hektor, sie ist mit Jessica und ein paar anderen Mädchen aus. Sei mir nicht böse wegen der Waffe, Hektor, es ist nur ein Gefühl. Du mußt meinen Gefühlen nicht trauen."

Wir legten auf, ohne noch viel zu reden.

Ich rief Skladowsky an. Seine Frau sagte mir, er wäre den ganzen Tag auf Wahlkampftour unterwegs und hätte heute abend noch drei Veranstaltungen in den Stadtteilen. Nein, sie wisse nicht, wo ihr Sohn sei.

Das wars für heute. Ich würde mir den Rest des Abends freinehmen. die Beine hochlegen, nachdem die Hundehaare aufgesaugt, die Töle gefüttert, der Ara beschimpft und das Telefon abgestellt war.

Hätte ich gewußt, was mich erwartet, ich hätte als erstes das Telefon abgestellt. Oder ich hätte den Anrufbeantworter nicht abgestellt, aber so ließ ich es läuten.

Insgesamt klingelte es sechsmal, dann ging ich dran. Wenn jemand so lange Geduld hat, ist es entweder wichtig, oder er weiß, daß ich manchmal eine etwas längere Leitung habe...

„Purmann?"

„Hektor, ich bin es, Merle..."

Scheiße.

„Hallo Merle," stammelte ich, „das ist ja eine Überraschung..."

„Findest du? Hör mal, Hektor, ich habe gehört, du stellst ab und an Ermittlungen an, stimmt das?"

„Äh, ja, das ist wohl richtig, aber woher ..." Sie ließ mich nicht ausreden.

„Ich habe ein kleines Problem. Ich würde dich bestimmt nicht belästigen, aber du bist nun mal derjenige in Braunschweig, der mir am ehesten dabei helfen kann."

„Du belästigst mich nicht, Merle, ganz und gar nicht. Wo bist du?"

„Bei mir zu Hause. Hör zu, ich bezahle dich gut und ich will gute Arbeit. Du weißt, daß ich mit Carola Albertz befreundet bin, nicht wahr?"

„Meinst du die Galeristin?"

„Ja, aber vor allem die Antiquarin. Ich kaufe für sie ein und habe gerade auf einen alten Bauernhof einen richtigen Schatz entdeckt. Der Bauer braucht dringend Geld und ist bereit, günstig zu verkaufen. Das alles habe ich Carola auch schon erzählt. Wir wollten uns heute dort treffen, aber sie ist nicht erschienen und ich kann sie nirgends erreichen. Hektor, das ist sonst nicht ihre Art. Ich mache mir Sorgen um Carola."

„Du machst dir Sorgen?"

„Stell dir vor, ich mache mir Sorgen, hättest du nicht für möglich gehalten was?"

„Ich soll also Carola Albertz finden."

„Exakt, Hektor, oder finde heraus, was mit ihr los ist. Tut mir leid, wenn wir uns so wiederbegegnen, aber ich habe echt ein ungutes Gefühl bei der Sache."

Das hast du von deiner Mutter geerbt. Merle, Scheiße, zumindest damit hatte Marianne recht gehabt. Womit hatte sie sonst noch alles recht?

„Weißt du, wo sich Frau Albertz aufhalten könnte? Gib mir doch ihre Adresse, bitte."

Sie nannte sie mir. Ich beschloß, ihr ein bißchen auf den Zahn zu fühlen und fragte:

„Kann es sein, daß sie ein Wochenendhäuschen hat, irgendwo? Was fährt sie für ein Auto?"

„Ich weiß nur, daß sie Papas Haus gekauft hat. Aber dort ist sie nicht, zumindest geht sie nicht ans Telefon. Weitere Häuser hat sie nicht, soweit ich weiß. Sie fährt neuerdings so einen großen Kombi, Mercedes oder so. Aber sie hat auch noch ihren Mini."

# MERLE

Ich sagte Hektor, was ich von ihm wollte. Er sollte Carola finden. Ich hatte mir die Story von einem klammen Bauern zurechtgelegt, der den Schatz seines Großvaters verhökern mußte, den dieser sich während der seligen Schwarzmarktzeiten nach dem Krieg für ein paar Zentner Kartoffeln, ein paar Schweinekoteletts und etliche Eier ergaunert hatte. Hektor war begriffsstutzig wie eh und je. Er fragte mich, ob Carola ein Wochenendhäuschen hätte, und welche Autos sie führe. Ich erzählte ihm, was ich ihn wissen lassen wollte. Dann fragte er:

„Eilt es?"

„Ja, Hektor, es eilt. An dem Bauern sind noch andere Käufer dran und ich brauche ihr Einverständnis, es geht um viel Geld."

„Gut, ich mache mich gleich morgen früh auf die Socken. Hast du schon in ihren Läden gefragt?"

„Weißt du, was ich nicht abkann, Hektor? Wenn man mich Sachen fragt, die ich längst weiß. Natürlich habe ich in ihren Läden gefragt. Was meinst du eigentlich, weshalb ich ein dummes Gefühl habe? Wenn Carola ein schönes, intimes Wochenende zu zweit wollte, würde ich mir deswegen keine Gedanken machen. Sie hätte dann bestimmt ihr Handy parat!"

„Gibst du mir auch diese Nummer, bitte?" Ich gab sie ihm. Dann sagte er: „Ich sehe zu, was ich machen kann. Wie erreiche ich dich?"

„Gar nicht, ich melde mich morgen wieder", sagte ich, legte auf und ging diesmal direkt nach Hause. Ich unterließ meine üblichen Vorsichtsmaßnahmen, ich war aufgewühlt. Ich hatte etwas gemacht, was ich nicht hätte machen dürfen. Ich hatte Hektor in die Sache gezogen.

Der Kerl war krankhaft neugierig. Ich hatte zum ersten Mal seit Dienstag das Gefühl, wirklich Scheiße zu bauen. So blöd es auch war, im Moment konnte Hektor mir mehr nützen als schaden. Solange mußte ich das Risiko einfach eingehen. Würde er mir gefährlich, dann müßte ich ihn wohl oder übel aus dem Weg räumen. Gern tat ich das nicht, aber wenn man so weit gegangen ist wie ich, werden manchmal Dinge notwendig, die man eigentlich nicht tun will. Freiheit ist Einsicht in die Notwendigkeit, das sagte glaube ich Rosa Luxemburg und die war auch umgelegt worden, weil sie letzten Endes nicht konsequent genug war. Wie auch immer, die Story mit dem Bauern und dem Schatz klang wirklich nicht sehr überzeugend, aber für Hektor mußte sie erst einmal reichen. Ich hatte ihn auch angerufen, weil ich mich auf seine Verbissenheit verlassen konnte. Wenn er noch halbwegs der war, mit dem ich fast vier Jahre zusammen war, würde er Carola finden, tot oder lebendig, ganz oder in Teilen. Und er käme vielleicht auch an jene Informationen heran, die ich brauchte, um an unseren Kunden ausfindig zu machen.

Ich wollte mein Geld, klar. Aber das war mir jetzt auch nicht mehr so wichtig. Ich wollte vor allen Dingen klarmachen, daß man eine Merle Hinrichsen nicht verarscht.

Ich sah noch etwas fern, trank meinen Tee aus, legte mir meine kleine 38er auf den Nachtschrank und ging schlafen. Ich hatte einiges nachzuholen.


# HEKTOR

Merle hatte sich gemeldet. Unser kurzes Gespräch ging mir noch Stunden durch den Kopf. Sie war kurz angebunden gewesen und völlig geschäftsmäßig, menschlich desinteressiert. Marianne hatte es vorhergesehen. Sie hatte mich sogar gewarnt und gebeten, Merle abzuweisen. Ich hatte es nicht getan. Im Gegenteil, ich hatte ihr sogar zugesagt, nach Carola Albertz zu forschen. Ich wollte dafür sogar den Skladowsky-Job etwas schleifen lassen. Aber immerhin hatte mir Merle doch etwas verraten. Das könnte sehr wichtig sein, genau wußte ich es nicht. Aber dieses Detail hämmerte in meinen Kopf herum und brannte sich in mein Bewußtsein. Sie hatte gesagt, Carola Albertz hätte das Haus ihres Vaters gekauft. Genau das Haus, und da war ich mir mittlerweile ziemlich sicher, in dessen Nähe heute Nachmittag eine junge Frau zwei Männer in einem roten Jeep erschossen hatte. Merle war Dienstag auch in Heidelberg gewesen - in was für einer Scheiße steckte sie? Sollte ich ihr die Mär vom Bäuerchen glauben, das Opas Kriegskasse zu Geld machen muß, weil die Rindfleischpreise im Keller sind? Die Sache wurde immer rätselhafter und zum ersten Mal, seitdem mir Mittwoch Morgen Martin Skladowsky die Ehre erwiesen hatte, begann die Sache, mich wirklich zu interessieren. Das konnte eine sehr gute Story werden. Doch die würde ich selbst schreiben und nicht Micky Ehlers!
Es war schon spät und ich war verdammt müde. Trotzdem rief ich Renate an.

„Kröcher?"

„Hallo, Renate, Purmann hier. Schön, daß du noch wach bist."

„Na, was gibt es denn?"

„Ich wollte nur mal hören, wie es heute so im Laden gelaufen ist."

„Ganz gut, so weit. Es waren keine Bullen und keine Skladowskys da. Und Markus hat auch nicht versucht, dich zu erreichen. Es haben keine Penner randaliert, keine Jugendgang hat versucht, deine Whiskyreserven zu stehlen, und die alten Klatschtanten leiden wohl an Maulfäule, wenn ich im Laden bin. Jedenfalls gibt es nicht viel, was ich dir berichten könnte. Warum fragst du?"

„Ich mache mir Sorgen. Hör mal Renate, macht es dir etwas aus, mich morgen früh so gegen 10 Uhr abzulösen und etwas auf den Hund zu achten?"

„Kannst du nicht Marion fragen?"

„Ich habe lieber dich im Laden. Aber ich rufe Marion morgen früh an, ob sie dich am Abend ablösen kann. Ich muß einiges erledigen."

„Dann frag doch bitte Marion, ob sie nicht von Zehn bis Vier oder Fünf da sein kann. Ich muß einfach mal wieder raus."

„Ist gut Renate, wenn ich mich nicht wieder melde, kommst du dann so gegen Vier, okay?"

„In Ordnung, Purmann. Gute Nacht!"

Ich probierte es bei Marion. Sie hätte morgen ohnehin im Kiosk sein sollen. Marion ist Witwe, aber erst 36. Ihr Mann kam vor einer Weile bei einem mysteriösen Zugunglück ums Leben.

Obwohl sie von ihrem Mann, er hatte irgendeine Managementfunktion innegehabt, recht gut gepolstert hinterlassen worden war, wollte sie nicht Hausfrau und Witwe bleiben. Sie verkaufte nicht nur das gemeinsame Haus, sondern nahm auch ihr Studium wieder auf, das sie nach Geburt des ersten Kindes abgebrochen hatte. Trotz Erbe war sie immer an einem kleinen Nebenjob interessiert und arbeitete daher zwei bis dreimal die Woche in meinem Kiosk. Sie war natürlich nicht zu Hause. Außerdem war sie mit zwei anderen Frauen zusammengezogen und so wunderte ich mich, daß ich nur den Anrufbeantworter erwischte. Ich hinterließ die Bitte auf Band, mich morgen früh gegen Neun im Kiosk anzurufen, wenn sie nicht käme. Ich erwähnte noch beiläufig, daß Renate lieber die Abendschicht machte. Das käme ihr entgegen. Denn Marion stand abends nicht gern im Laden, sie saß lieber in Kneipen oder suchte sich Männer. Sie hatte in den letzten Monaten einiges nachgeholt. Über ihre Beziehung zu Sven, ihrem Mann, sprach sie nicht gern.

Da ich noch nicht schlafen konnte und es auch nicht wollte, füllte ich ein Glas halbvoll mit dem guten Springbank, ging zu meinem Bücherregal, nahm mir ein abgegriffenes Taschenbuch von Vazquez-Montalban und genoß den eleganten und eitlen Machismo Pepe Carvalhos.

Ich kam nicht lange zum Lesen. Kurz nach Mitternacht, ich hatte gerade das Glas wieder gefüllt, klingelte das Telefon. Es war Skladowsky.

„Purmann? Ich hoffe, ich habe Sie nicht geweckt."

„Nein, nein, ich war noch auf. Was liegt an, Herr Skladowsky?"

„Hören Sie Purmann, haben Sie heute meinen Sohn im Auge gehabt?"

„Zeitweise."

„Was soll das heißen, zeitweise? Purmann, wollen Sie mir erzählen, sag ich mal, Sie hätten heute nicht den ganzen Tag Klaus-Konrad beobachtet?"

„Genau das, Herr Skladowsky. Was ist los mit Konny?"

„Ich mache mir Sorgen um ihn, das ist los. Und ich bezahle Sie dafür meine Sorgen zu mindern, Purmann. Klaus-Konrad treibt sich herum, sag ich mal, er ist unterwegs, sag ich mal. Ich muß Sie dringend bitten, ein Auge auf ihn zu haben. Er hat gestern schon eine Dummheit gemacht und ich kann es mir nicht leisten, das sage ich Ihnen ganz offen und ganz ehrlich, daß Klaus-Konrad, sag ich mal, in Schwierigkeiten gerät ..."

„... und sie mit hineinzieht, und das so kurz vor der Wahl. Sie haben mein vollstes Verständnis."

„Werden Sie nicht sarkastisch, Purmann. Aber da ist ja auch noch dieser Ehlers, haben Sie da etwas herausgefunden?"

„Einiges, der gute Junge hat Sie ganz schön auf den Kieker, aber er hat nichts in der Hand, was nicht schon einmal irgendwo gestanden hätte."

„In der augenblicklichen Situation, sag ich mal, können mir auch alte Geschichten schaden, Purmann. Hören Sie, ich mache mir Sorgen um Klaus-Konrad. Ich bin heute etwas früher von einer Veranstaltung nach Hause gekommen und habe ihn mit diesem Bernd Beyle getroffen, dem Sohn von diesem Wirt, ich glaube Sie wissen, wen ich meinen."

Diethard Beyle, Bernds Vater, trug den Spitznamen Pille. Ihm gehörten das PiPaPo und noch zwei weitere gutgehende Szenekneipen. Außerdem gehörte er der derselben Partei wie Skladowsky an.

„Ich weiß, daß Sie einen ihrer Parteifreunde meinen."

„Purmann, lassen wir doch die Partei außen vor, sag ich mal. Die Sache ist ernst! Und ich ..."

„Entschuldigen Sie bitte, wenn ich Sie unterbrechen sollte, Herr Skladowsky. Sie haben recht, die Sache ist sehr ernst. Und ich habe derzeit keine große Lust, meine Nase tiefer in die Scheiße zu stecken, als ich es bisher getan habe, sage ich jetzt mal. Ihr Sohn treibt sich mit Dealern, Zuhältern und sonstigem Geschmeiß herum. Ich habe zwar nichts ermittelt, was ihn direkt belasten würde, außer der Sache mit dem Jeep, und da konnte er nichts zu, aber ich habe keine Lust, mich hier mit Pille Beyle oder gar Horst-Wilhelm Sauerland anzulegen, Herr Skladowsky!"

„Wollen Sie mehr Geld?"

„Nein, ich will keinen Ärger!"

„Den haben wir doch bereits. Sauerland hat mich heute angerufen und nach meinem Verhältnis zu Ihnen befragt."

„Scheiße," entfuhr es mir ganz unprofessionell, ich biß mir fast auf die Zunge, aber der Whisky bleibt halt niemals ohne Wirkung. Ich fuhr fort: „Was haben Sie geantwortet?"

„Na, was schon, daß wir uns seit mehreren Jahren nicht gesehen haben. Da hat er nur gelacht, sag ich mal, und erwidert, er wüßte genau, daß ich Mittwoch in Ihrem Kiosk mit Ihnen gesprochen und Ihnen Geld gegeben haben."

Scheiße!

„Und weiter?"

„Ich habe das bestritten..."

Mir wurde langsam schwummerig.

„Haben Sie eigentlich permanenten Personenschutz, Herr Skladowsky?"

„Wie meinen Sie das, Purmann?"

„Werden Sie ständig von der Polizei begleitet, oder wird ihr Haus überwacht?"

„Ich habe keine, sag ich mal, Leibwache, so wichtig bin ich noch nicht, Purmann." Wie betont unauffällig er dieses „noch" einstreute, Skladowskys Eitelkeit war kaum zu bremsen.

„War nur 'ne Frage, Herr Skladowsky. Ihnen kleben also keine Bullen an den Hacken?"

„Abgesehen davon, Purmann, daß mir Ihre Ausdrucksweise mißfällt, genieße ich keinen Personenschutz und auch mein Haus wird nur regelmäßig angefahren, aber nicht permanent bewacht. Und im übrigen lege ich darauf auch gar keinen Wert. Ich möchte auch zukünftig unbefangen mit den Bürgern verkehren können."
Das war direkt mal eine klare Antwort.

„Ist gut, Herr Skladowsky. Hat Ihr Sohn Ihnen gesagt, wo er hingeht?"

„Ich habe lediglich mitgekriegt, daß er sich heute Nacht mit Bernd Beyle beim PiPaPo treffen wollte."

„Okay, Herr Skladowsky, ich schau da mal nach."

„In Ordnung, Purmann, verhalten Sie sich so unauffällig wie möglich. Dieser Sauerland ist unberechenbar, wissen Sie das? Der hält sich an keine Abmachung und kocht irgendwie immer sein eigenes Süppchen. Ich habe mit Frank darüber schon mehrmals gesprochen, aber Frank sagt, solange sich Sauerland, sag ich mal, im Rahmen der üblichen Gepflogenheiten bewegt, könne man nichts Disziplinarisches gegen ihn unternehmen."

Was sollte diese Bemerkung? Skladowsky war, sag ich mal hin sag ich mal her, nicht der Typ, der unbedacht etwas wichtiges über einen Dritten äußerte. Frank? Er meinte wohl Frank Diederichs, den derzeitigen Polizeichef, seinen Doppelkopfkumpel. Ich pflichtete ihm pflichtschuldigst bei:

„Ganz wie Sie meinen, Herr Skladowsky. Ich bleibe das Wochenende so gut es geht an Konny dran. Sie hören dann Montag wieder von mir, reicht das?"

„Ja, ja, das ist in Ordnung. Danke, Purmann."

Er hatte schon aufgelegt, bevor ich noch etwas erwidern oder fragen konnte. Kaum hatte ich den Hörer auf die Gabel gelegt, da klingelte es wieder.

„Ja?"

„Hi, Hektor, Markus hier!"

„Hey, Markus, was liegt an?"

„Ich habe das Grundbuch von Haldensleben gecheckt, Lübberitz gehört zu dem Kaff, weißt du, und ich habe gefunden, wonach du suchtest. Also, paß auf. Skladowsky hat keine Datsche in Lübberitz, aber sein Nachbar, der Müller, der hat eine. Und gegen den läuft zur Zeit eine behördeninterne Ermittlung. Es sind nämlich Drogen aus den Asservatenkammern verschwunden."

„Was hat Müller damit zu tun?", fragte ich, „ist der etwa bei BTM?"

„BTM? Was meinst du damit, Hektor?"

„Drogenfahndung, Markus, das nennen die auch BTM."

„Nee, Hektor, kann ich nicht genau sagen, aber vielleicht hat er Zugang zu solchen Sachen gehabt. Wie weiß ich nicht, ich habe mich nicht lange genug unbemerkt dort aufhalten können, ich hoffe, deren Fangschaltung hat nicht schnell genug reagiert. Wie auch immer, in dem File wird noch der Name von Skladowsky Jr. erwähnt. Vielleicht kannst du etwas damit anfangen."

Ich schwieg.

„Hektor? Bist du noch dran?"

„Ja, ja, Markus. Es ist nur, die Geschichte stinkt mir gewaltig. Markus, versuch vorerst nicht, mehr herauszufinden, die Jungs sind gefährlich!"

„Ich habe noch mehr gefunden, Hektor."

„Und?"

„Also, Skladowsky hat dort kein Haus. Weder er noch seine Frau, aber sein Schwiegervater, dem haben mal alle Hütten gehört. Der hat sie vor einigen Jahren verkauft. Außer Carola Albertz und Benno Müller sind dort noch zwei weitere Braunschweiger vertreten, alles direkte Nachbarn."

„Na, schieß los, wer ist das?"

„Oh, störe ich dich etwa bei etwas wichtigem?"

„Nein, Markus, du störst mich fast nie, das weißt du doch. Eh, was hältst du davon, wenn wir uns in einer halben Stunde im PiPaPo treffen? Bring mir doch einen Ausdruck mit! Ich spendier uns ein oder zwei Bier."

„Klingt nicht schlecht, Hektor, aber muß es Pilles Dreckloch sein?"

„Leider ja, Markus. Ich warte dort auf wen ..."

„Auf eine Frau, was?"

„Nein, auf jemand anderes, hat aber vielleicht mit der Geschichte zu tun, wir haben es jetzt eh, halb Eins, sagen wir in einer Dreiviertelstunde vorm PiPaPo?"

„Und du schmeißt eine Runde?"

„Jep, Alter."

„Okay, wir haben schon lange keinen mehr gepichelt, du und ich. Um Viertel Zwei, geht klar. Soll ich meinen Knüppel mitbringen? Äh, kannst du mir schon eine Anzahlung mitbringen?"

Arschloch, dachte ich bei mir. Aber ich würde ihn bezahlen. Ein Informant wie Markus ist nicht so schnell wiederzukriegen. Laut sagte ich:

„Reichen dir dazu nicht die zwei Bier? Markus, laß uns das am Montag regeln, ich komme heute nicht mehr zur Bank. Aber bring den Knüppel ruhig mit, kann sein, daß wir das Ding brauchen. Und wenn Klaus greifbar ist, den lade ich auch ein."

„Mal sehen, also gut, bis nachher, Hektor, aber zieh dich warm an, kann gut sein, daß meine News dir den Arsch aus der Hose sprengen."

„In Ordnung, Markus, Ciao!"

„Ciao, Bello."

Ich legte auf, schlüpfte in meine Army-Jacke und wollte gerade los, da klingelte es wieder. Diesmal war es Ehlers.

„Purmann? Hier Micky, ich muß etwas mit dir bereden, können wir uns gleich treffen?"

„Wenn du zum PiPaPo kommst, ja. Ich bin sowieso um kurz nach Eins dort verabredet."

„Gut, ich will sehen, daß ich das schaffe. Wenn ich nicht komme, Purmann, dann fahr bitte heute nacht noch raus in die Schuntersiedlung, ich wohne dort bei Conny, wir müssen etwas besprechen, das geht aber nicht am Telefon! Klar?"

„In Ordnung, Micky, entweder am PiPaPo oder bei Conny, bis nachher dann, Ciao!"

Ich hatte eigentlich vorgehabt, früh schlafen zu gehen, denn morgen um sechs wollte ich wieder im Laden stehen. Ich entschloß mich, Ghandi mitzunehmen, die Hündin konnte ich vielleicht noch gebrauchen.

Ich fluchte über meine Gutmütigkeit. Was ging mich das alles an? Wofür rackerte ich mich hier so ab? Für läppische Zweitausend Eier, von denen ich ein gutes Drittel an Markus abtreten, außerdem Renate und Marion bezahlen mußte, die den Laden für mich schmissen? Für wen? Warum? Und wenn die Kerle meine Tochter in Gefahr brachten? Was dann?

Ich versuchte nicht, mich daran zu erinnern, wann ich das letzte Mal in so einer Scheiße gesteckt hatte. Ich wedelte mit Ghandis Halsband, was die Hündin sofort weckte, deckte Roberta's Käfig mit einer Decke zu und verließ das Haus. Ich nahm die Schlurre, fuhr los und fand sogar einen Parkplatz in der Nähe des PiPaPo.

Ghandi ließ ich im Auto, öffnete das Fenster einen Spalt und schärfte der Hündin ein, jeden zu verbellen, der in ihre Nähe käme.

Die Kneipe war schon brechend voll, als ich eintrat. Ich suchte Konny Skladowsky, aber er war nicht da. Pille und auch seinen Sohn konnte ich entdecken. Er war das Ebenbild seines Vaters, nur 40 Jahre jünger, oder waren es nur 30? Na egal, er unterhielt sich mit jemandem, dem ich keinesfalls begegnen wollte. Ich hatte sie zum Glück entdeckt, bevor sie mich erkannt hatten. Sauerland war im PiPaPo. Ich zitterte leicht. Mechanisch steckte ich meine vibrierenden Hände in die Jackentaschen. Da spürte ich sie, kalt und tödlich, Mariannes Waffe.

Ich ging wieder hinaus und wartete auf Markus und Klaus. Ein unbestimmbarer Druck in der Blase verriet mir, daß heute abend noch etwas Übles passieren könnte. Statt Markus oder Micky Ehlers tauchten plötzlich Kathrin und Jessica vor dem Laden auf. Ehe die Mädchen sich verstecken konnten, hatte ich mir meine Tochter geschnappt. Sie hatte sich nicht ganz so süß herausgestylt wie letzte Nacht.

„Hallo, Kleine," süßholzte ich, „kennen wir uns nicht irgendwoher?"

„Ey, Mann, Dad, was treibst du denn hier?"

„Darüber bin ich dir keine Rechenschaft schuldig, Tochtermaus. Findest du nicht, daß du jetzt bei deiner kranken alten Oma am Bett sitzen und ihr etwas von Goethe oder Heine vorlesen solltest?"

„Ist das wieder so ein Altherrenwitz, oder was?"

„Es ist reichlich spät für euch, sich noch draußen vor diesen Kneipen herumzutreiben. Geht bitte heim!"

Sie sahen mich an wie zwei sündige Unschuldsengel. Ich brauchte mich nicht anzustrengen, wütend zu wirken, ich war es. Das Mädchen ist fünfzehn, was hat die mit fünfzehn Jahren nach Ein Uhr Nachts vor einer Kneipe wie dem PiPaPo zu suchen?

„Entweder, Esther-Katharina, du fährst jetzt mit dem Nachtbus zu Oma Marianne, oder aber wir gehen zum Auto, holen Ghandi raus, und ihr zwei bringt die Töle nach Hause. Jessica kann von mir aus bei uns schlafen, aber ihr treibt euch heute nicht länger hier herum, ist das klar, Esther-Katharina?"

Sie entschieden sich für die Fahrt zur Oma. Nach dem, was sich gestern nacht jemand mit meiner Wohnungstür geleistet hatte, war mir das sogar lieber. Ich trug ihr auf, sofort von Oma aus bei uns anzurufen. Unser Anrufbeantworter nimmt immer Tag und Uhrzeit auf, das ist ihm nicht abzugewöhnen. So würde ich leicht kontrollieren können, wann Kathrin mich anrief, leider nicht woher, aber das müßte sie selbst herausfinden.

Die Mädchen hatten sich gerade Richtung Bushaltestelle getrollt, als Markus auftauchte. Er war ziemlich aus der Puste, als er sein altes Fahrrad an einem Laternenmast ankettete. Ich winkte ihm zu. Leider war er allein, kein Klaus weit und breit. Seinen Knüppel hatte er auch vergessen. Er ist halt genauso ein Pazifist wie ich.

„Hi, Hektor, Mann hab ich einen Brand", begrüßte er seinen spendablen Freund und Auftraggeber.

„Und ich erst," gab ich zurück. Wir gingen durch die Kneipe in den Biergarten des PiPaPo und bestellten von draußen zwei große Kilkennys.

Eigentlich ist es egal, welches Bier man im PiPaPo bestellt, es schmeckt immer gleich schal und abgestanden. Wir nahmen unsere Gläser und fanden einen freien Platz etwas abseits der anderen Gäste.

„Nun Markus, welche News sollen denn meinen Arsch aus der Jeans hauen?"

„Also paß auf, die Albertz hat in Lübberitz drei direkte Nachbarn und alle drei stammen aus Braunschweig. Die Hütten sind alle zur gleichen Zeit gebaut und verkauft worden. Das war im Sommer 1991, kurz nach der Wiedervereinigung. Die eine Hütte gehört Philip Sonntag, dem grünen Philip, die andere Benno Müller und die dritte Skladowskys Schwiegermama, Frau von Runkelstein. Ist das nicht nett?"

Der grüne Philip, das war Jacks Vater! War doch etwas dran an der möglichen Kumpelbeziehung zwischen Jack und Skladowsky Jr.?

„Die haben alle die Hütten zur gleichen Zeit gekauft?"

„Die drei Nachbarn ja. Frau Albertz erwarb ihre Hütte erst 1994, vorher hatte sie Manny Schwabel in Besitz. Sie hat sie wohl aus dessen Nachlaß gekauft."

Manny Schwabel, eine Hamburger Kiezgröße mit Braunschweiger Dependance, war Anfang 1994 oder Ende 1993, ich wußte nicht mehr genau wann, ermordet worden.

„Der ist doch umgelegt worden, oder?", fragte ich.

„Ja, am 23.12.93, er hatte gerade seine Weihnachtseinkäufe erledigt und fuhr zu seinem Lübberitzer Landhaus. Genau vor der Haustür bekam er eine Ladung Schrot in den Bauch. War einer mit 'ner Pumpgun, Null-Null-Schrot, aus zwei Metern Entfernung. Seine Innereien haben sie von der Wand kratzen müssen."

„Wow, hast gut recherchiert, Markus."

Er nahm einen tiefen Zug aus seinem Glas, das sich rasch leerte.

„Ahhh, ich könnt' gleich noch eins vertragen. Hee, du hast ja deine Jeans noch an!"

„Na, so einfach kriegst du Hektor Purmann nicht aus den Galoschen, Mann. Ist Schwabels Mörder gefunden worden?"

„Nein, ich habe ein bißchen im taz- und auch beim Spiegelarchiv gewühlt, aber die sagen nur aus, daß es sich wohl um einen Mord auf Bestellung handeln müßte. Der Täter muß genau gewußt haben, daß Schwabel Weihnachten in seiner Ossi-Datsche verbringen wollte und am 23.12. seine Mädels noch nicht da waren. Schwabel ist allen Anschein nach allein hingefahren. Es gab keine Zeugen. Der Förster fand dann am Heiligabend seine Leiche, da war er schon ganz schön kalt. He, Hektor, mein Glas ist ganz leer und du hast auch nicht mehr viel drin."

Ich mühte mir ein gequältes Grinsen ab, stand auf und ging zur Theke. Bei Rita, oder hieß sie Petra?, ich wußte es noch immer nicht, obwohl die Frau seit fünfzehn Jahren, seit es das PiPaPo gab, hinter der Theke stand, und - es grenzt an ein Wunder - genauso gertenschlank, brünett und attraktiv war wie damals. Bei näherem Hinsehen, aber dazu kam man fast nie, konnte man dann doch ein paar Fältchen entdecken. Ich bestellte noch zwei große Kilkennys. Zur Stoßzeit, in der Kneipe ist fast immer Stoßzeit, muß man im PiPaPo lange warten, bis man bedient wird. Aber wenn man dann bedient wird, dann geht es ganz fix. Als ich die Biere bezahlt hatte und wieder zu unserem Tisch gehen wollte, tippte mir jemand unsanft auf die Schulter. Ich drehte mich um und hätte vor Schreck fast die Biere fallen lassen.

„Guten Abend, Purmann," begrüßte mich Sauerland und lächelte dabei wie ein menschenfressender Tiger beim Anblick seines neuesten Opfers. „Wie geht es Ihnen?" Immer höflich, der Sauerland.

„Danke, bis eben gut. Aber ich muß zu meinem Kumpel. Entschuldigung, Herr Sauerland."

„Momentchen, Purmann, ich habe mit Ihnen zu reden."

„Treibt Sie der Dienst jetzt schon nachts in diese Kneipe?"

„Leider ja. Wie geht es Ihrer Frau?"

„Merle? Ich habe seit fast vierzehn Jahren nichts mehr von ihr gehört."

„Purmann, das glaube ich Ihnen nicht."

„Na und?" Ich provozierte ihn. Das war nicht gut, aber ich hatte keinen Bock darauf, mit Sauerland über Merle oder sonstwas zu reden. Der Bulle hatte mir schon mehrfach versprochen, mich bei der nächstbesten Gelegenheit einzubuchten und Sauerland gehörte zu denen, die ihre Versprechen halten.

„Mäßigen Sie sich, Purmann," kam es zurück, „Sie möchten doch nicht, daß ich sie vorläufig festnehmen lasse. Glauben Sie nicht, ich fände nichts, weswegen ich sie mal für ein paar Stunden aufs Revier bringen könnte. Sie arbeiten für Skladowsky, beschatten dessen Sohn. Und Sie arbeiten eng mit diesem Journalisten Ehlers zusammen. Das interessiert mich. Ich möchte nämlich gerne wissen, woher er die Infos über diese Pillchen bekommen hat, diese Velvet Dreams oder so."

„Das fragen Sie am besten Herrn Ehlers," gab ich zurück.

„Hab' ich schon, Purmann, hab' ich schon. Der beruft sich auf seinen Informantenschutz. Wissen Sie, daß seine Freundin abgetaucht ist?"

„Habe davon gehört, ja."

„Ihre Frau, Merle, wie nennt Sie sich jetzt eigentlich weiter? Rosencrantz, wie die Mutter oder Purmann? Die arbeitet doch für Carola Albertz. Und die Albertz ist seit Dienstag verschwunden. Ihre Frau war Dienstag in Heidelberg, nicht wahr, Purmann?"

„Was soll das alles, Herr Sauerland? Sagen Sie doch einfach, was Sie von mir wissen wollen."

„Ich mache mir Sorgen um Ihre Frau, und auch um Sie, Purmann. Sie sollten sich besser aus Dingen heraushalten, die für einen Amateurschnüffler drei Nummern zu groß sind. Halten Sie sich von Skladowsky fern!"

„Warum?"

„Weil da etwas läuft, das ihnen über den Kopf wachsen wird."
Dazu gehört nicht viel, ich bin gerade einsdreiundsiebzig. Ich sah ihn an und schwieg. Seine blauen Augen, er hatte tatsächlich hellblaue, klare Augen, fixierten mich mit einem Blick, dem ich kaum standhalten konnte. Aber ich starrte stur zurück. Das erste Bier, der Whisky und die Müdigkeit halfen mir dabei. Ich nahm einen Schluck aus einem der Gläser. Sauerland lächelte nicht mehr. Sein Gesicht war zu einer kalten, bedrohlichen Fratze erstarrt. Er sagte:
„Purmann, ich kann Ihnen nur den guten Rat geben, sich um Ihren Kiosk zu kümmern. Wenn Sie weiterhin mit Skladowsky herummauscheln, könnte es passieren, daß ich Ihnen den Arsch aufreiße. Kommen Sie mir nicht in die Quere. Weder hier noch in Lübberitz! Haben Sie verstanden?"

„Ja, ich habe verstanden. Wie hieß dieser andere Ort? Lüwwenix?"

„Sie wissen genau, was ich meine, Purmann. Aber Ihr Freund wartet. Bringen Sie Herrn Kröcher sein Bier. Er wird sonst unleidlich. Auf Wiedersehen, Purmann."

„Danke, hoffentlich nicht." Ich ging zum Tisch zurück, wo mich Markus mit den Worten empfing:

„Wo hast du gesteckt, he? Laberst mit so einem Wichser herum, während ich verduste. Hektor, das gehört sich nicht."

Ich knallte vor ihm das Glas auf den Tisch.

„Schnauze, Markus. Das war Sauerland."

„Der Bulle, der Sauerland?"

„Präzise der."

„Was wollte der denn?"

„Mir Angst machen."

„Und? Hat er es geschafft?"

„Ja, ich muß kotzen, wenn ich den bloß sehe."

„Das wundert mich nicht, der Mann ist wirklich kein schöner Anblick."
Kaum hatte er das gesagt, setzte er das Glas an seine fetten, unter dem Bart kaum wahrnehmbaren Lippen und ohne daß man eine Bewegung des Kehlkopfes unter dem ebenfalls vom Bart bedeckten Dreifachkinn erahnen konnte, leerte Markus den Inhalt in sich hinein.

„Oh Mann, das tut gut. Schmeckt zwar wie lauwarme Katzenpisse, aber der Durst treibt's rein, was?" Ich sah auf die Uhr, es war schon fast zwei. Und weder Micky Ehlers noch Skladowsky Jr. hatten sich blicken lassen.

„Was hältst du von einer kleinen Spazierfahrt, Markus?"

„He, Mann, ich steh nicht auf Männer!"

„Witzbold, ich habe noch eine Verabredung mit Micky Ehlers von der *Unterm Pfla-ster*. Dem ging vorhin der Arsch auf Grundeis. Komm bitte mit raus in die Schuntersied-lung. Ghandi habe ich auch dabei."

„Dann sind wir ja eine ganze Armee. Das ist aber zu weit zum Radeln, jetzt, Hektor. Da komme ich ganz schön aus der Puste, Mann."

„Ich habe mein Auto hier."

„Was? In deine Schrottmühle soll ich mich setzen, nachdem du zwei Bier und zu Hause schon Whisky getrunken hast? Ich bin doch nicht lebensmüde."

„Ich gebe dir einen Hunni extra, Markus."

Er grinste mich breit an und fragte:

„Paßt mein Fahrrad denn noch zu Ghandi hinten rein?"

„Keine Sorge, der Hund scheißt nicht drauf."

„Na gut, aber wenn, dann kostet dich das mehr als einen Hunni, Mann."

Wir brachen auf. Bei der Schlurre angelangt, öffnete ich die Hecktür und Markus schob mit viel Ächzen sein Fahrrad hinein. Ich war froh, so einen großen Kombi zu haben. Ich brauchte nicht einmal die Rücklehne umzulegen. Ghandi sah gelangweilt von ihrer Loge auf der Rückbank zu und knurrte freundlich, als sie Markus erkannte. Als ich einstieg, langte ich Ghandi eins über ihre Schmuseschnauze und herrschte sie an, ruhig zu sein. Sie gehorchte, aber erst, nachdem sie Markus freundlich den Kragen genäßt hatte. Wir fuhren los.

# HEKTOR

Die Schuntersiedlung ist eine der Wohngegenden der Stadt, die für kleine Geldbeutel geeignet sind. Die Häuser stammen aus den dreißiger oder fünfziger Jahren, Nazi- oder Nachkriegs-Einheitslook, die kleinen Wohnungen vermietet eine Baugenossenschaft. Viel proletarisches Volk aber auch viele Studenten wohnen hier, gleich nebenan ist ein großes Wohnheim.

Als wir den Ring und dann den Bienroder Weg entlang fuhren, sprachen wir nicht viel. Ich grübelte über Sauerland nach. Ich hatte keine Vorstellung, was der Kerl wollte. Ich sollte mich zurückziehen, soviel war klar, aber warum?

Dann fiel mir wieder ein, was ich vorhin Markus noch fragen wollte, als sein Durst ihn unterbrach.

„Sag mal, Markus,..."

„Ja, Hektor?"

„Der Schwabel, hat der das Grundstück zur gleichen Zeit gekauft wie die anderen?"

„Klaro, alle vier - bis auf die Albertz, sind im Juni '91 ins Grundbuch eingetragen worden."

„Skladowskys Schwiegervater hat die Häuser verkauft, hast du gesagt, ob der sie auch gebaut hat? Was ich gesehen habe, war alles ziemlich neu und recht groß."

„Das ist eine gute Frage. Let me see ... Da war etwas. Das ist mir aufgefallen, aber ich habe es mir nicht im einzelnen gemerkt."

„Hast du einen Ausdruck gemacht?"

„Nein, Mann, aber ich habe es heruntergeladen auf eines meiner Laufwerke. Ich kann einmal nachschauen."

„Es wäre nett, wenn Du es morgen tust."

„Sonntag?"

„Nein, Samstag."

„Mann, das ist doch nachher!"

„Korinthenkacker!"

„Werde nicht ausfallend, ja?"

„Soll Ghandi dir die Reifen zerknabbern? Wenn du dein Rad nicht nach Hause schieben willst, dann mach mich nicht so an, Markus. Sorry, Mann. Ich habe einen Scheißtag hinter mir und der Sauerland, der geht mir an die Nieren."

„Warum?"

„Der weiß, daß ich nebenbei Detektiv spiele, ohne Lizenz, ohne Gewerbeschein und so. Der kann mich in Teufels Küche bringen, wenn er an einem bestimmten Ort ein bestimmtes Wort fallen läßt."

„Meinst du denn, die haben dich immer noch auf den Kieker?"

„Die vergeben nie und vergessen nichts. Und wenn die mal etwas vergessen, dann weiß es immer noch der Computer."

„Na ja, Hektor, mit etwas Zeit, entsprechender Kompetenz und für ein angemessenes Honorar würde jeder Computer ziemlich vergeßlich werden, was dich betrifft."

„Laß das lieber, Markus. Wenn die dich hochgehen lassen, sind wir alle am Arsch. Ich glaube, wir sind da, das müßte die Straße sein. Nummer 24 hat er gesagt."

Ich bog nach links in eine Einbahnstraße ab und verlangsamte. Hier war Wohngebiet, verkehrsberuhigte Zone. Ghandi knurrte. Ich fuhr langsam die Straße hinunter und wir schauten links und rechts nach Nr. 24. Als wir Nr. 22 passierten, blendete vor mir ein Wagen auf und kam mit hohem Tempo entgegen. Ich zwängte meine Schlurre in Höhe einer Einfahrt an die Seite, der andere Wagen jagte an uns vorbei.

„Verdammter Wichser! Weiß der nicht, daß das hier eine Einbahnstraße ist?"

„Hektor, schau mal, da vorne."

„Was soll da sein?"

Nichts war da, gar nichts - nur die Kacke dampfte und ich steckte mittendrin. Ich hielt auf Höhe der Parklücke, die der Wichser freigemacht hatte und sagte zu Markus:

„Paß auf, daß du nichts falsches mit deinen Wurstgriffeln anfaßt! Ghandi, mach Platz!"

Wir stiegen aus, standen genau vor Nummer 24. Ghandi ließ ich im Wagen. Ich lasse den Hund ungern lange im Auto, aber jetzt war es besser so. Die Tür zum Vorgarten stand offen, drinnen im Haus brannte noch etwas Licht. Auf dem Absatz vor der Wohnungstür lag jemand. Der da lag war Conny, er sah übel aus, lebte aber noch. Oder stöhnte er nur, weil sein Geist nicht aus der Hülle kam? Sein Kopf war eine blutige Masse, seine Kleidung eingesaut bis zum Gehtnichtmehr, das eine Bein hatte er grotesk abgewinkelt. Die Hände waren zerschunden. Der oder die Wichser hatten ganze Arbeit geleistet.

Mir wurde schwummerig. Ich brauchte ein paar Sekunden, die aufbrausende Galle im Zaum zu halten, die Übelkeit zurückdrängen, dann beugte ich mich zu dem herunter, was wohl Connys Kopf war und sprach ihn an.

„Conny? Scheiße, Mann, was ist hier passiert? Kannst du mich hören?"

Eine schwache Bewegung mit dem, was vorher mal ein ziemlich häßlicher Schädel war. Jetzt war er noch häßlicher, aber davon hatte er nichts.

Er gab etwas unverständliches von sich, ich meinte „Mi .. k ki" zu verstehen. Als ich mich zu Markus umwandte, war der weg. Ich konnte seinen dicken Leib im Schatten der Laternen umherschwanken sehen, er suchte wohl eine Telefonzelle. Oder einen Platz zum Kotzen. Das hier war wirklich kein schöner Anblick. Ich brüllte:

„Da 'runter, Markus, da ist eine Zelle, ruf aber zuerst Jan-Willem an!"

Er drehte sich um, winkte, als hätte er verstanden. Ansonsten blieb alles ruhig. Typisch, beim ersten Sirengeheul würden alle Lichter an und alle Fenster aufgehen, aber gesehen hatte keiner von denen etwas. Und wenn, dann schweigen sie. Es sei denn, sie könnten gutes Geld machen, wenn sie jemand denunzierten. Aber die hier oben hätten doch sowieso nur Türken oder Russen oder polackisch-asiatische Asylanten gesehen...

Ich sagte zu Conny:

„Es kommt gleich Hilfe. Ist Micky im Haus?"

Das Gegurgel, das mir antwortete, deutete ich als Zustimmung. Ich ließ ihn liegen, wie er lag, wie hätte ich ihm helfen können? und betrat das Haus. Die Vordertreppe war nicht blutig, das bedeutete, Conny war vor dem Haus so zugerichtet worden. Vermutlich hatte er die Kerle aufhalten wollen.

Ich griff in meine Jackentasche und erstarrte. Da war wieder dieses Gefühl, dieses kalte, tödliche Metall, das meine Finger umschlossen. Ich zwang mich zur Ruhe und ging hinein. Von der Haustür aus kam man direkt ins Treppenhaus. Die Haushälfte, die Conny bewohnte, hatte früher wohl mal zwei Wohnungen beherbergt, eine im Parterre und eine im Obergeschoß. Jetzt war es nur noch eine, aus zwei ganz kleinen hatte die Baugenossenschaft eine kleine Wohnung gemacht, die sich doch besser vermieten ließ. Das Treppenhaus war so umgebaut worden, das es keinen exterritorialen Bereich mehr bildete, die Wohnungseingänge hatte man herausgerissen und es wirkte nun wie ein enger, verwinkelter Flur. Ich rief:

„Micky? Bist du da, Micky?"

Ich erhielt keine Antwort.

„Ich bin es Micky, Purmann."

Ich ging in das große Zimmer im Erdgeschoß. Es war relativ ordentlich. Hatten wir die Schweine gestört? Hatte der Wichser Panik gekriegt, als er uns kommen sah und war abgehauen? Dann ging ich in die Küche. Eine Schublade stand offen, sie enthielt einige Küchenmesser. In der Vorratskammer waren Vorräte, sonst nichts. Das hintere Zimmer war ebenfalls ordentlich. Es enthielt keinen Computer, keine Aktenberge, nichts, was auf die Präsenz eines rasend recherchierenden Enthüllungsjournalisten hindeutete. Ich stieg die Treppe hoch in den ersten Stock. Vom dortigen kleinen Flur gingen zwei Türen ab, beide standen halboffen. Ich trat durch die erste in den dahinterliegenden Raum und machte Licht. Es war außergewöhnlich unordentlich. Zwei Computer standen herum, auf dem Boden lagen Dutzende, wenn nicht Hunderte von Disketten und anderen Speichermedien verstreut. Ich fragte:

„Micky, steckst du hier irgendwo? Ich bin es, Hektor Purmann."

Null Reaktion, dann ging ich durch die Verbindungstür in den anderen Raum. Das Licht war kaputt, aber ich sah auch so genug. Micky Ehlers lag auf dem Boden, hingestreckt inmitten eines großen Haufens Papier, Disketten, Fotos und anderen Dingen. Ich trat auf ihn zu und als ich mich über ihn beugte, nahm ich hinter mir eine Bewegung war. In dem Moment, wo ich mich umdrehte, streckte ich noch instinktiv die Hände empor. Dann knallte etwas auf meinen Kopf, für einen Moment wurde es ganz hell um mich herum und dann fiel ich und fiel und fiel ...

# MERLE

Am Samstag schlief ich aus, stand gegen 9 Uhr auf, nahm ein heißes Bad, steckte meine Wäsche in die Maschine, ging einkaufen und machte auf dem Rückweg einen Abstecher an meinem Käfer vorbei, der unschuldig wie nur irgendetwas in seiner Parklücke stand. Ich frühstückte, zog ein bequemes und elegantes dunkelgrünes Kostüm an, warf einen dunklen Trenchcoat darüber, steckte den 22er und mein Stilett in die große Handtasche und fuhr mit der Straßenbahn in die Stadt. Dort ging ich zur Hauptpost. Ich betrat die große Schalterhalle und wandte mich den Postfächern zu. In aller Ruhe betrachtete ich mir die Leute. Ich prägte mir die fünf, sechs Gesichter ein, verließ das Gebäude so harmlos, wie ich es betreten hatte und ging auf einen Sprung in die Innenstadt. Nach zwanzig Minuten kam ich wieder in die Hauptpost, vergewisserte mich, daß keiner der Leute, die ich vorhin dort gesehen hatte, noch bei den Postfächern war und ging zu meinem Fach. Ich steckte den Schlüssel ins Schloß, drehte ihn langsam um und duckte mich dann, als ob ich etwas verloren hätte. Vorsichtig öffnete ich das Fach. Nichts geschah, keine Stichflamme schoß heraus, keine raffinierte Bombe ging hoch. Sie rechneten offenbar nicht damit, daß ich hierher kommen würde. Oder sie kannten das Fach nicht. Ich sah hinein. Drinnen lagen ein paar Briefe und ein Päckchen. Ich nahm die Sachen heraus und legte sie in einen Einkaufsbeutel, den ich immer in der Handtasche habe. Dann verschloß ich das Fach wieder und verließ rasch die Hauptpost. Ich bummelte ein wenig durch die Stadt, schlenderte durch verschiedene Kaufhäuser, wobei ich immer andere Ein- und Ausgänge benützte in der Gewißheit, so auch den besten Verfolger rasch und wirkungsvoll abschütteln zu können. Wenn ich vor Schaufenstern stehen blieb, blickte ich mich unauffällig danach um, ob mir jemand folgte. Das schien nicht der Fall zu sein.

Dann ging ich zum Steintor und fuhr hinaus Richtung Herrenhäuser Gärten. Ich spazierte durch den großen Garten, der zur Mittagszeit recht gut besucht war. Die Leute nutzten die milde Herbststimmung, um sich vom Sommer zu verabschieden. Ich lief den Hauptweg entlang bis zur großen Fontäne, die allerdings nicht mehr in Betrieb war und setzte mich dort auf eine Bank. Dann sah ich mir meine Post an. Es waren drei kurze Briefe, alle von Carola, alle vor Dienstag letzter Woche gestempelt. Ich steckte sie zurück in den Einkaufsbeutel, die würde ich zu Hause in Ruhe lesen. Dann nahm ich das Päckchen zur Hand. Es hatte ein von Carola beschriftetes Etikett und war am Dienstag abgestempelt worden. Ich bewegte es sachte hin und her, horchte etwas daran, löste vorsichtig einen Klebestreifen und fühlte. Es war nicht sehr schwer. Es klapperte nicht. Drinnen konnte Papier oder eine Ladung Semtex sein. Es trug keinen Absender, die Päckchen, die ich erhalte, haben nie Absender. Das Etikett sagte nicht, daß Carola das Päckchen in der Hand gehalten hatte. Er hätte jemand präparieren können und mit einem von ihr beschrifteten Etikett versehen auf die Post geben können. Ein Aufreißzünder würde monatelang scharf bleiben. Sie hatten mit der Bombe in Heidelberg bewiesen, daß ihnen Menschenleben nichts bedeuteten und sie gute Bomben basteln konnten.

Ich legte das Päckchen vorsichtig zurück in den Beutel. Dann nahm ich eine der Zeitungen, die ich mir vorhin gekauft hatte zur Hand. Ich überflog die Neuigkeiten zum Fall Klühspiess. Nach fünf Tagen war der Anschlag erwartungsgemäß nicht mehr titelseitenträchtig, es sei denn, man hätte den oder die Täter geschnappt. Das war aber bisher nicht der Fall. Auf Seite vier berichtete die *Hannoversche Allgemeine* in einer dünnen Meldung, daß das BKA keine neuen Anhaltspunkte im Fall Klühspiess hätte. Ähnliches entnahm ich auch der *FR*, während das Blatt mit den vier großen Buchstaben auf Seite drei noch einmal über Klühspiess' Familie berichtete und in Großaufnahme eine tränenzerflossene Witwe mit zwei halbwüchsigen Kindern präsentierte, die nun von etwas weniger als

112

10.000 Mark im Monat Pension leben mußten. Sie hatten mein vollstes Mitgefühl. Ich klappte die Blätter zu und machte mich auf den Heimweg.

Als ich nach meinem üblichen Spaziergang das Treppenhaus betrat, nahm ich den 22er aus der Tasche, lud ihn durch und steckte ihn hinten unter das Jackett. Dann zog ich die Schuhe aus, tat sie in den Einkaufsbeutel, den ich mir über die Schulter hängte und schlich wie auf rohen Eiern die Treppe hoch, bis unter das Dach. Ich behielt jede einzelne Wohnungstür im Auge, als würde dahinter mein Feind mit einer Pumpgun lauern. Oben zog ich die Schuhe wieder an und ging wieder hinunter bis vor meine Wohnungstür. Ich ging vorbei, und klapperte laut und vernehmbar die Treppe hinab. Unten ließ ich die Haustür zuschnappen, zog die Schuhe wieder aus und schlich den Kellerabgang hinab. Vor der Kellertür wartete ich ca. 10 Minuten. Dann ging ich wieder hoch. Meine Wohnungstür war äußerlich unbeschädigt und so verschlossen, wie ich es immer tue. Ich öffnete und ging geduckt hinein. Ich prüfte jeden Winkel, jedes Zimmer, jeden Schrank, jedes Schubfach. Nichts, die Luft war rein. Dann zog ich mich um, steckte meinen Körper in einen jener übergroßen Overalls, die ich gerne zur Vorbereitung meiner Jobs benütze, fütterte ihn gut mit Zeitungspapier aus, nahm das Päckchen aus dem Beutel und ging in den Keller.

Dort setzte ich mir eine Schutzmaske auf, von der ich wußte, daß sie im Ernstfall nicht viel schützen könnte, zog drei Paar dicke Handschuhe an und begann so sanft und vorsichtig, wie es mit dieser Ausrüstung ging, das Päckchen zu öffnen.

Es war keine Bombe, es war ein Auftrag. Ein neuer Job. Er enthielt das übliche: Fotos, Ortsbeschreibungen, ein kurzes persönliches Profil des Klienten, Honorarhöhe und ein paar Tausender für Spesen.

Die Reihenfolge der Unterlagen und die Art, wie die Scheine markiert worden waren, trug eindeutig Carolas Handschrift. Ich mußte grinsen. Ich sah mir die Fotos an, ich betrachtete die Adressen. Ein Job in Braunschweig. Heißa, der kam wie gerufen. Zu schön, um ein Zufall zu sein. Aber ich mußte ohnehin nach Braunschweig, dann könnte ich diesen Klienten mal checken. Wenn es eine Falle war, bewies es, daß Carola mit den Schweinen im Bett lag. War es ein echter Auftrag, hieß es, daß Carola unschuldig war. Ich war gespannt, was mein lieber Hektor mir heute abend erzählen würde.

Dann sah ich mir die Fotos an. Er war älter geworden. Gesetzter. Er sah immer noch sehr gut aus, sehr sexy, fast so sexy wie damals, als ich wie viele andere vor und nach mir mit ihm was gehabt hatte. Warum er?

Es war ein normaler Auftrag. Ein Job. Aber er war es - zweifellos. In fünf Monaten hatte ich damals öfter mit ihm geschlafen als mit meinem Ehemann.
Jetzt war er ein Klient.

# HEKTOR

„Das gibt eine ganz schön dicke Beule,"
hörte ich jemand sagen und dann: „Hallo, aufwachen, nicht wieder einschlafen, Purmann!"

Ich wollte laut „Ruhe" rufen, aber irgendetwas in meinem Kopf war stärker, als ich mich bewegte und zum Sprechen ansetzte, konnte ich nur aufstöhnen.

„Na, das wird schon, Purmann. Du hast mehr Glück gehabt als die beiden anderen."

Ich überzeugte mühsam eines meiner Augen, sich zu öffnen. Ich erkannte Jan-Willem. Jan-Willem ist mein Arzt und er ist mein Freund.

„Mensch Purmann, das wird ja ein Horn", begrüßte er mich, charmant wie immer. „Eigentlich gehörst du ins Krankenhaus. Und wenn ich nicht genau wüßte, daß du dort sofort wieder abhauen würdest, ließe ich dich auch einliefern. Aber so will ich mal sehen. Du hast vielleicht eine kleine, charmante Gehirnerschütterung. Ich bleibe eine Weile bei dir und dann werden wir mehr wissen ..."

Das wäre nicht die erste Gehirnerschütterung, die ich hatte. Ich weiß sehr gut, eine Delle von einem Erdbebenschädel zu unterscheiden. Ich sagte aber nichts, ich nickte nur - andeutungsweise. Mit Ärzten ist schlecht Diskutieren. Die sind wie Lehrer, die wissen immer alles besser. Sogar Jan-Willem neigt dazu.

Dann entschloß ich mich doch, mein Sprachzentrum wieder in Betrieb zu nehmen. Ich richtete mich mühsam auf, in meinem Kopf arbeitete ein Preßlufthammer, und fragte:

„Was ist mit Micky und Conny?"

„Micky Ehlers? Der hat, scheint's, Glück gehabt. Eine Gehirnerschütterung, ein paar Prellungen. Sie haben ihn in die Holwedestraße gefahren, dort wird er untersucht, ob er nicht doch innere Verletzungen hat. Der andere Typ, ein Herr Heintze, hat mir Ingrid erzählt, die die beiden aufgenommen hat, hingegen hat einen Schädelbruch, ist aber nicht in akuter Lebensgefahr. Allerdings wird er eine Weile liegen müssen."
Er sprach mehr zu Markus, als zu mir.

„Sind die Bullen da?", fragte ich, als ich merkte, daß ich nicht mehr im Haus, sondern bereits zu Hause war.

„Ja, die sind im Haus."

„Hier ist dein Schlüssel, Hektor", ließ sich Markus vernehmen. „Deine Töle hat mein Fahrrad ganz schön übel zugerichtet, ich muß es wohl nach Hause schieben. Ghandi ist mir leider ausgebüchst."

„Das macht nichts, die kommt von ganz allein, spätestens wenn sie Hunger kriegt."

„Okay, Alter. Ich penne jetzt eine Runde und lasse dann noch mal meine Rechner rotieren. Schlaf dich aus, Mann. Ich rufe Renate an, sie soll morgen früh deine Schicht machen."

„Danke Markus, bist ein Freund." Das war er auch, manchmal. Jan-Willem versorgte meine Beule und kochte uns einen Tee.

Beiläufig erzählte er mir von den Ereignissen in der Schuntersiedlung, die ich unfreiwillig verpaßt hatte. Markus hatte ihn angerufen und ihm gesagt, daß da ein Halbtoter vor dem Haus liege und ich mich drinnen nach einer weiteren Leiche umgucken würde. Er hatte nicht untertrieben. Als Markus zurück zum Haus kam, sah er einen Typen in großer Eile aus der Hütte verschwinden. Er ging zum Auto, nahm Ghandi an die Leine, ich wußte gar nicht, daß Markus ohne Maus und Tastatur so zielbewußt vorgehen kann, ging ins Haus und fand mich und Micky, friedlich auf dem Boden vereint. Jan-Willem grinste mich an:

„Willst du wissen, was er dabei empfunden hat?"

„Na los, sag schon ...“

„Es ist wirklich zu komisch. Markus meinte zuerst, ihr hättet Euch gegenseitig ausgeknockt. Dann empfand er die Ruhe sehr angenehm.“

„Ha, ha, sehr witzig.“

Jan-Willem erzählte weiter, Markus hätte mich dann aus dem Haus geschleift und in die Schlurre gepackt. Zu der Zeit wäre er dort oben angekommen.

„Ich hab dich angeschaut und mir gedacht, du kriegst nur wieder Ärger, wenn die Bullen dich da finden. Das bin ich ja gewohnt mit dir. Da ich deinen Betonschädel kenne, Purmann, habe ich Markus gebeten, dich umgehend nach Hause zu fahren. Dazu mußte er Ghandi leider zu seinem Fahrrad sperren. Ich habe dann die Kollegen vom Notdienst gerufen. Und die haben die Bullen mitgebracht. Und jetzt brauche ich deine Phantasie, mein lieber Purmann. Die Bullen, da war so ein ekliger Franke dabei, Sauerland heißt der, der hat mich ganz schön in Verlegenheit gebracht. Er wollte doch wissen, was ich zu der Zeit dort zu tun hätte, wo ich doch nicht einmal Notdienst habe ...“

„Ist das so schwer zu erklären?“, fragte ich, den Bohrhammer im meinem Kopf überhörend.

„Na ja, ich habe gesagt, ein Patient aus der Nachbarschaft hätte mich angerufen. Ich berufe mich wohl am besten auf mein Arztgeheimnis.“

„Hättest du nicht einen anonymen Anrufer nennen können, oder daß du zufällig vorbeigekommen wärst?“ Das war alles nicht sehr originell, aber auch nur sehr schwer zu widerlegen.

„Hmm, vielleicht. Aber wäre das in den Augen der Bullen nicht verdächtig?“

„Für Sauerland ist jeder verdächtig, der sich links von der CSU aufhält,“ entgegnete ich. „Hast du Patienten dort oben?“

„Hmm, ich denke schon.“

„Dann sag einfach, du könntest dich nicht mehr genau an den Namen erinnern. Außerdem hast du Nothilfe geleistet. Und vielleicht Menschenleben gerettet. Knall das dem Arsch von Sauerland vor seinen Quadratschädel. Vielleicht lassen die dich dann in Ruhe.“

Wir sprachen dann noch über die neuesten Filme. Ich war lange nicht mehr im Kino gewesen. Jan-Willem leider auch nicht. Jedenfalls schien es so, als hätten wir nicht allzuviel verpaßt. Bald schweiften meine Gedanken ab. Konny Skladowsky war mir heute Nacht entwischt. War das schlimm?
Was für ein Auto hatten die Wichser gefahren?


# HEKTOR

Das Telefon weckte mich. Ich wollte vom Hochbett krabbeln, dann merkte ich, daß ich auf dem Sofa lag. Ghandi hatte sich zu meinen Füßen gekuschelt und sah mich mit ihren schwarzen Augen an. Das Telefon klingelte weiter. Hatte ich den Anrufbeantworter abgeschaltet? Vielleicht war es auch Jan-Willem. Stück für Stück, fetzenweise und langsam kam die Erinnerung an Gestern abend wieder. Das PiPaPo, Sauerland, Conny, Micky, dann dieser Kerl mit dem Schläger. Und Jan-Willem, der mich verarztet hatte.

Da Telefon klingelte erbarmungslos weiter. Schließlich schaffte ich es, trotz des Brummens in meinem Schädel, den Hörer abzunehmen.

„Morgen Purmann", flötete Renate, „hast du dich von deinem Kampfeinsatz erholt? Ich bin seit halb Sieben im Laden. Marion ist gerade gekommen, mich abzulösen. Wenn du magst, komme ich auf einen Kaffee vorbei und du erzählst mir im einzelnen, was passiert ist. Markus hat behauptet, du wärst im Suff in einen Skinhead-Laternenmast gerannt. Weiß deine Schwiegermutter schon, was du gemacht hast?"

„Nein, das ist auch besser so," entgegnete ich. Dann wechselte ich das Thema: „Funktioniert der Brötchenofen?"

„Ja, ich habe schon drei Ladungen verkauft."

„Gut, bring doch bitte ein paar mit. Wir machen ein kleines Frühstück. Ich erzähle dir dann auch die Details."

Ich legte auf, ging ins Bad und als ich beim Händewaschen in den Spiegel sah, blickte mich ein halber Teufel an. Über meinem rechten Auge war ein dickes, häßliches bläuliches Horn gewachsen. Auf meiner linken Hand hatte ich einen starken Bluterguß, die Hand hatte wohl die Wucht des Schlages gemildert. War das ein Baseballschläger gewesen? Dann hatte ich wirklich Schwein gehabt, denn es war nichts gebrochen.

Ich stellte mich unter die Dusche, vermied aber, meine Schädeloberfläche zu intensiv zu waschen. Dann fiel mir auch der Rest wieder ein. Jan-Willem war noch eine Weile dageblieben, hatte mich aufs Laufende gebracht und mit mir über Kino und Krimis gequatscht. Er ging, als Ghandi unten vorm Haus jaulte. Er hatte den Hund noch hereingelassen. Auf dem Eßtisch fand ich einen Zettel mit seiner Klaue. Er hatte geschrieben:

„Bring deine Chipkarte vorbei! PS: Deine Wohnungsschlüssel liegen in deinem Briefkasten."

Ein Musterbeispiel ärztlicher Fürsorge, dieser Mann. Aber eines mußte man ihm lassen: Für einen Mediziner drückte er sich wunderbar knapp und präzise aus. Ich zog mich an, räumte etwas auf und warf einen Blick auf die Uhr. Kurz nach Zehn. Marion war also eine Stunde später in den Kiosk gekommen als ausgemacht. Dann fiel mir Merle ein. Ihr Anruf, Carola Albertz, Skladowsky, Conny, Micky, Sauerland und die Sache in Lübberitz. Jan-Willem hatte gesagt, ich solle mich den Tag erholen. Genau das würde ich tun. Erst nach Carola Albertz suchen und dann einen kleinen Ausflug nach Lübberitz machen. Ich gab Ghandi und Roberta ein Frühstück, nahm die vorletzte Flasche Mineralwasser aus dem Kasten, schmierte noch ein paar Brote für unterwegs und packte meine Kameras in den Rucksack. Da klingelte es. Ich konnte gerade noch die Wegzehrung im Kühlschrank verstecken.

Renate kam herein, küßte mich auf beide Wangen, strich mir sanft über die Beule und sagte: „Armer Purmann, hast du dich wieder geprügelt?"

„Nein, ich habe nur einen Baseballschläger auf den Kopf gekriegt. Möchtest du Tee oder Kaffee, Renate?"

„Kaffee natürlich."

Beim Frühstück erzählte ich ihr, was vorgefallen war. Ich bat sie dringend, die Sache mit Skladowsky für sich zu behalten.

Der Schlag war weniger schlimm gewesen, als ich befürchtet hatte. Ich merkte, daß ich ganz gut auf dem Damm war. Gegen Halb Zwölf machte Renate sich auf den Weg. Ich wollte gerade aus dem Haus, als das Telefon klingelte.

„Purmann?"

„Hi, Hektor, Markus hier. Na wieder auf den Beinen?"

„Geht so, und du? Hast du etwas schlafen können?"

„Hektor, ich habe noch mal meinen Auszug gecheckt. Wegen der Häuser in Lübberitz. Die sind alle nach der Wende gebaut worden. So ganz schlau werde ich nicht daraus. Die Grundstücke gehörten damals alle einer LPG. Und die, bzw. deren Chef hat sie im Sommer 1990 Skladowskys Schwiegervater verkauft, der die Hütten hochzog, wohlgemerkt in einem Naturschutzgebiet, oder einem Gebiet, das dafür vorgesehen war. Na ja, der alte Runkelstein war ja Minister zu der Zeit. Er hat die Hütten dann mit 500% Gewinn - dabei immer noch ziemlich billig - an die genannten drei Leute weiterverkauft. Die vierte Hütte hat er seiner Frau geschenkt. Übrigens hat er nur diese vier Hütten bauen lassen, die alle vier in einer Reihe liegen."

„Und alle genau im Wald, kaum einsehbar von der nächsten", ergänzte ich.

„Woher weißt du denn das?", fragte Markus.

„Ich habe mich da schon mal etwas umgesehen", sagte ich. „Markus, ich geb dir Montag früh deine Kohle. Ich lege noch etwas drauf, fürs Fahrrad. Erinnerst du dich an die Karre, die uns gestern vor Connys Haus entgegengekommen ist?"

„Nicht so richtig, warum?"

„Fällt dir vielleicht trotzdem ein, was für ein Auto das war?"

„Nee, Hektor, keinen Schimmer. Ich kenne mich damit sowieso nicht aus, und der hatte doch auch noch seine Scheinwerfer aufgerissen bis zum Anschlag. Außerdem bin ich nachtblind, das weißt du doch."

„Was hast du gemacht, als ich Conny gefunden habe. Bist du die Straße zurück zur Telefonzelle gerannt?"

„Ja, bin ich."

„Hast du jemand aus dem Haus kommen sehen oder an dir vorbeilaufen, oder ein Auto, das da mit laufendem Motor stand?"

„Außer deiner Schlurre? Nee, Mann, nichts genaues weiß ich nicht mehr, aber, wo du so fragst, vielleicht doch. Ich bin gerade aus der Zelle raus, da ist jemand vorbeigerannt. Hab aber nichts Genaues erkennen können."

„Haben die Bullen dich gesehen?"

„Nee. Ich bin dann zur Hütte zurück und wollte auf dich warten, als du dann nicht herauskamst, bin ich herein. Da hab ich dich gefunden. Mann war das ein Anblick. Purmann und Micky Ehlers - beide schweigend. So etwas kriegst du sonst in tausend Jahren nicht zu sehen. Nur diese Beule, die war nicht so komisch. Da habe ich dich herausgezerrt.

Und unten war dann der Doc schon da. Na ja, schätze, er wird dir alles weitere erzählt haben."

„Hat er. Haben die Bullen oder die Feuerwehr dich oder meinen Wagen gesehen?"

„Weiß ich nicht, die sind mir auf dem Bienroder Weg entgegengekommen, aber ich bin ganz vorschriftsmäßig gefahren. Dann habe ich dich hochgebracht, aufs Sofa gelegt und auf den Doc gewartet."

„Du Markus, können wir uns morgen treffen? Kann ich dich zu Hause anrufen, morgen früh oder so?"

„Na lego, Hektor. Wenn du dich nicht meldest, melde ich mich."

Ich nahm meine Sachen, leinte den Hund an und wollte in den Keller gehen, das Fahrrad holen. Auf der halben Treppe fiel mir ein, daß mein Fahrrad ja auch nicht fahrtüchtig war, seitdem dieses Crashkid mir vor der IGS die Ventile gemopst hatte. Ich ging zurück in die Wohnung und rief Marianne an.

Nach dem üblichen Begrüßungsfloskeln fragte ich sie, ob Kathrin da sei. Sie sagte, das Mädchen sei mit Jessica unterwegs. Ich bat sie:

„Marianne, wenn Kathrin wiederkommt, sage ihr bitte, sie möchte Ghandi im Kiosk abholen. Der Hund braucht dringend einen langen Spaziergang und das schaffe ich heute einfach nicht. Und - frag sie doch ganz nebenbei, was sie heute abend vorhat, ja?"

„Hektor, Hektor, warum bist du plötzlich so mißtrauisch gegenüber deiner Tochter? Sie ist doch so ein liebes Mädchen."

„Wann ist sie gestern nach Hause gekommen?"

„Keine Ahnung, ich habe schon geschlafen."

„Hast du sie heute morgen geweckt?"

„Ja, ich bin gegen Neun ins Zimmer. Da haben die beiden ganz friedlich geschlafen."

„Was hattest du für einen Eindruck, als du das Zimmer betreten hast?"

„Wie meinst du das?"

„Wonach hat es gerochen?"

„Hektor! Da war nichts ungewöhnliches. Gut, die beiden haben geraucht oder waren an einem Ort, an dem geraucht wird, aber das ist doch nichts Schlimmes."

„Ja, da hast du recht, Marianne. Sage bitte Esther-Katharina, daß ich heute Nacht in den Bunker in der Kralenriede komme und ihr, sollte ich sie dort nach ein Uhr erwischen, der liebe Gott gnädig sein soll."

„Du möchtest nicht, daß sie zu dieser Party geht."

„Nein, das möchte ich ganz entschieden nicht. Und das ist kein autoritärer Tick von mir, Marianne. Das kannst du mir glauben."

Wir verabschiedeten uns. Ich hatte noch einen Anruf zu machen. Danach ging ich mit Ghandi auf eine Runde in den Park. In einem Busch konnte die Hündin einen ihrer großen Haufen machen. Anschließend brachte ich sie in den Kiosk. Marion gefiel das gar nicht, aber als ich ihr sagte, ich würde ihr sonst die Stunde nicht bezahlen, die sie heute später gekommen war, akzeptierte sie die Anwesenheit des Hundes. Außerdem bietet Ghandi, so gutmütig sie auch ist, doch einen gewissen Schutz vor übermütigen Kids und älteren Radaubrüdern.

Wieder zu Hause, holte ich die Stullen aus dem Kühlschrank, stieg in die Schlurre und fuhr ins östliche Ringgebiet, wo ich in der Nähe des Stadtparks parkte. Ich fand eine Telefonzelle und wählte Carola Albertz« Nummer. Niemand nahm ab, es meldete sich nur ein Anrufbeantworter, aber ohne Piepton, das Band mußte zum Bersten voll sein. Ich hängte ein. Dann ging ich die Roonstraße Richtung Paulikirche hinunter und bog in die Dörnbergstraße ein.

Die Gegend atmet gediegenen, gutbürgerlichen Wohlstand. Als ich die Straße entlang bummelte, kam mir ein großer Daimlerkombi langsam entgegen. Ich erkannte den Wagen.

Dann stand ich vor dem Haus, dessen Dachgeschoß Carola Albertz bewohnte. Braunschweig ist ein Dorf, ich hatte ein paar Jahre schräg gegenüber gewohnt, mit Merle. Kathrin war hier quasi zur Welt gekommen. Wie viele andere Häuser in der Gegend war es vor nicht allzu langer Zeit in neurenovierte Eigentumswohnungen zerteilt worden. Anfang der neunziger Jahre bauten viele Hausbesitzer mit staatlicher Unterstützung und Sonderabschreibungen die Dachgeschosse solcher Häuser zu Wohnungen gehobeneren Standards aus.

Ich ging ums Haus herum zum Eingang, der sich in diesen Gebäuden auf der Rückseite befand. Ich drückte gegen die Haustür, sie war offen. Ich studierte die Namensschilder. Albertz war ganz oben. Außerdem gab es da noch Schmidt, Bernhardt, Selcuk, Hinrichsen und Zachowski. Anstandshalber klingelte ich bei Frau Albertz. Niemand reagierte.

Ich stieg langsam die Treppen hinauf, bis ich vor der Wohnungstür stand. Man hatte in diesem Gebäude nur eine Wohnung im Dachgeschoß eingerichtet. Sie mußte groß sein. Und teuer. Ich klingelte erneut. Dabei stellte ich mich in den toten Winkel des Spions. Schließlich preßte ich mein Ohr gegen die Tür.

In der Wohnung war niemand, zumindest niemand bei Bewußtsein. Ich zog meine Handschuhe an, fingerte aus meiner Brieftasche eine alte, abgelaufene Bahncard heraus und prokelte damit im Türspalt herum.

In vielen Krimis kann man lesen, daß sich damit jede Wohnungstür, die nicht verschlossen und verriegelt ist, öffnen läßt. Ich zerbrach die Karte in zwei Teile, gleichzeitig drückte ich gegen die Tür. Sie öffnete sich, das Schloß war gar nicht eingeschnappt gewesen. Ich hob die Kartentrümmer auf, steckte sie ein und betrat die Wohnung.

Es gibt Menschen, die brechen in Wohnungen ein, ohne etwas stehlen zu wollen. Sie reizt der Nervenkitzel, das warme Schauern, wenn man unbefugt in die Intimsphäre eines anderen eindringt. Manche legen sich dann ins Bett oder hinterlassen etwas oder richten nur Durcheinander an.

Ein Mensch, der schon einmal Opfer eines Einbruchs war, weiß, nicht der Diebstahl ist das schlimmste, sondern dieses Gefühl, jemand war da, der nicht dahin gehört, dieses ungewisse Wissen, jemand hat sich Zutritt zu jenen Fächern und Winkeln verschafft, in denen man seine kleine Geheimnisse bewahrt, jemand hat deine Intimsphäre verletzt.

In dieser Wohnung war etwas nicht so, wie es sein sollte. Da war etwas, was mich zögern, zurückschrecken ließ. Trotzdem ging ich hinein.

Von der Tür gelangte ich in einen großen Flur, von dem aus jedes Zimmer, sowie Küche, Bad und Toilette erreichbar war. Die einzelnen Funktionsräume waren um den Flur angeordnet. Der Flur selbst hatte nicht nur die Funktion, die Verbindung zwischen den einzelnen Wohn- und Funktionsräumen zu schaffen, er war Zentrum der Wohnung, hier spielte sich das Leben ab, wenn sich etwas abspielte. Ich schloß die Wohnungstür und sah mich um. In der Mitte des Flures hatte man eine Wendeltreppe installiert, die hinauf zu einer Dachterrasse führte. Es mußte schön sein, hier an einem schönen warmen Sommersonntag auf dem Dach zu frühstücken, den Blick über die anderen Dächer auf die Stadt, die für die Lage inmitten der Stadt relative Ruhe und einigermaßen brauchbare Luft zu genießen. So eine Wohnung habe ich mir immer gewünscht. Roberta würde eine eigene Voliere mit Wintergarten auf der Dachterasse bekommen. Auf der Terrasse könnte man prima Wäsche trocknen.

Aber mir blieb keine Zeit zum Träumen. Im Flur fehlte etwas. Auf dem peinlich sauberen Laminatfußboden war ein heller Fleck erkennbar, den wohl ein Teppich hinterlassen haben mußte, der nicht mehr dort lag. Ich kümmerte mich nicht weiter darum. An den Wänden hingen Gemälde, teure Originale, moderne, junge Künstler. Frau Albertz gab den meisten Bildern Raum zu wirken, sie pflasterte die Tapeten nicht zu.

Eine Ecke des Flures hatte sie als Eßbereich eingerichtet mit einem großen, modernen Tisch und dazu passenden Designerstühlen. Dieser Teil des Flures mündete in einem großen Panoramafenster mit Blick auf die Dörnbergstraße. An der Seitenwand links neben diesem Fenster hing oder stand ein die ganze Wand ausfüllendes Ölgemälde. Es war eine abstrakte Farbkonstruktion. Jemand hatte Farbe über die Leinwand verteilt und dann mit einem Pinsel, es mochte auch ein Schrubber gewesen sein, eine Struktur hindurchgezogen. Das Ganze ergab keineswegs ein buntes Chaos, sondern eine faszinierende, farblich an den Regenbogen erinnernde Struktur. Es war schade, daß das Bild dort an der Wand nicht genug Wirkung entfalten konnte. Es war zu groß für diese Wohnung. Eigentlich war es zu groß für jede Wohnung. So etwas gehört in ein großzügiges Treppenhaus einer modernen Softwarefirma oder einer Bank oder in ein Museum für moderne Kunst.

Die Einrichtung war ultramodern, alles deutete auf die Galeristin, nichts auf die Antiquarin hin. Das Arbeitszimmer war hell, schlicht und postmodern eingerichtet. Stahlrohr-Chrom Bücherregal mit Glasböden, eine auf Stahlrohrböcken stehende Arbeitsplatte, moderner, aber nutzloser Computertisch, ebenfalls eine Stahlrohrkonstruktion, mit neuestem PC. Alles verchromt. Dazu gesellten sich - nicht ganz passend, aber Frau Albertz schien sehr körperbewußt zu sein - ein rückenfreundlicher Arbeitsstuhl und ein moderner heller Sessel (Futon auf Stahlrohr) zum Entspannen.

Ins Schlafzimmer hatte sie amerikanische Einbauschränke mit Lamellentüren einbauen lassen, dazu ein extra breites Bett, Stahl-Holz-Futon. Es schien vom selben Designer zu stammen wie der Sessel im Arbeitszimmer und die üblichen Halogenleuchten.

Ich warf einen Blick in den Kleiderschrank, er war gut gefüllt. Teure Designerklamotten, Seidendessous usw. Von dem, was die Albertz für ein Kostüm hinlegte, konnten Kathrin, Ghandi, Roberta und ich die Miete zahlen. Und fürs Essen blieb auch noch etwas übrig. Für jeden von uns.

Der Schminktisch war nicht gerade leer, alles in allem deutete nichts darauf hin, daß Frau Albertz eine längere Reise machte. Es war ordentlich aufgeräumt, so wie jemand aufräumt, der gerne eine ordentliche Wohnung vorfindet, wenn er von der Arbeit heimkommt. Doch als ich die Bettdecke zurückschlug, konnte ich die Spuren eines Körpers erkennen, der dort gelegen hatte. Und das war nicht lange her.

Das Wohnzimmer war sachlich, klar, modern eingerichtet. Ein repräsentatives Bücherregal beherbergte - neben vielen teuren Kunst- und Antiquitätenbänden, Waffen bildeten dabei einen Schwerpunkt - auch eine High-End Hifi Anlage und einen großen 16:9-Fernseher. Bad und Toilette waren ebenfalls edel, aber praktisch eingerichtet. Frau Albertz war wohlhabend und sie hatte Geschmack. Hier gab es keinen modischen, teuren und überladenden Nippes, auch kein Design um des Design willens, keine vergoldeten Wasserhähne, nichts was die neureichen Prols als das outet, was sie sind. Es war eine Wohnung, in der man repräsentierte, aber auch eine Wohnung, die ihre Inhaberin wirklich bewohnte.

Dann ging ich in die Küche. Es war eine typische Single-Küche. Eine große Küche, nicht groß genug für ein Festessen, aber groß genug, um sich umdrehen und gut arbeiten zu können. Einbauschränke und -geräte, modernes Design, hochfunktional. Kühl-Gefrierkombination, Herd mit Ceram- und Induktionskochfeldern, ökologisch ausgelegte Abfalltrennung, Küchengeräte aus Edelstahl, schöne Dinge. Geschirrspüler, kleine Spüle, Designergeschirr. Alles ordentlich aufgeräumt. Ich sah in den Kühlschrank. Er enthielt etwas Wurst und Käse, einen Haufen diverser Joghurts, sowie etwas Rohkost. Die Sachen waren nicht mehr ganz frisch, aber ich hatte das Gefühl, daß Frau Albertz zumindest vor längstens einer Woche noch einmal eingekauft haben mußte. Die Verfallsdaten der Joghurts und der Butter waren noch lange nicht erreicht. Käse und Wurst wirkten durchaus noch genießbar. Dann bemerkte ich das rote Licht. Offenbar hatte jemand vor sehr kurzer Zeit etwas in den Gefrierschrank gelegt. Ich öffnete ihn und zog die obere Schublade heraus. Ich richtete mich auf, wankte zur Spüle und entleerte meinen Magen solange hinein, bis nur noch Galle kam.

Ich drehte das Wasser auf, spülte mein Erbrochenes durch den Ausguß und wischte nach. Carola Albertz war gewiß nicht Judith, und der Kopf, der oder besser dessen Reste da im Gefrierschrank auf einem Edelstahlservierblech lagen, nicht der des Holofernes. Aber wer immer den Kopf dort eingefroren hatte, er war so ziemlich das perverseste Schwein, dem ich je begegnen würde.

Es gehört schon eine Menge dazu, finde ich, jemanden den Kopf abzuschneiden. Aber diesen dann so zu verstümmeln, wie es hier geschehen war, erforderte schon ein ungewöhnliches Maß an Menschenverachtung, Sadismus oder schlichtem Haß.

Man hatte sie - ich vermutete, daß es eine sie war - nicht nur skalpiert, sondern ihr auch noch die Augen ausgestochen sowie Ohren und Nase abgeschnitten. Der Mund war verschlossen, wirkte aber mit den aufgequollenen Lippen nicht nur so, als wäre sie zu Lebzeiten kräftig gefoltert worden, sondern auch, als hätte man zu allem Überdruß noch die Zähne herausgerissen. Es schien, als wolle hier jemand ganz auf Nummer Sicher gehen und eine Leiche hinterlassen, die nicht mehr identifizierbar war. Von den fehlenden Teilen war nichts bei dem Kopf zu sehen. In einen verschlossenen Plastikbeutel, der davor lag, guckte ich vorsichtshalber nicht hinein. Mir kam bereits die Galle wieder hoch, als ich das Schubfach zurückschob und den Gefrierschrank verschloß. Wo war der Rest, der Torso? Auf dem Dach, eingewickelt in einen Teppich? Oder hatte man die Leiche fein säuberlich in handliche Stücke zerteilt, die man nun, gut verpackt, einzeln zu entsorgen gedachte?

Im Augenblick war mir das scheißegal. Ich wollte nur weg. Ich ging durch den Flur zur Tür und wollte gerade hinausgehen, als ich sie die Treppe hochstampfen hörte. Ich schloß die Tür so, wie ich sie gefunden hatte, hastete zurück in die Wohnung, warf noch rasch einen prüfenden Blick in die Küche, ob dort alles sauber war und versteckte mich im Schlafzimmer im Kleiderschrank, etwas besseres fiel mir nicht ein. Die Zimmertüre hatte ich zuvor noch halb geschlossen, ich hoffte, daß das dem Zustand entsprach, der vor meinem Eintritt geherrscht hatte. Es waren drei, zumindest glaubte ich das. Sie kamen herein, und einer sagte gedämpft, aber laut genug, daß ich ihn verstehen konnte.

„Los, holt sie vom Dach."

Zwei Typen stampften die Wendeltreppe hoch und kamen mit etwas schwerem wieder herunter.

„Guck bloß nicht rein", sagte der eine.

„Labert nicht rum, sondern macht zu, wir haben nicht viel Zeit. Wir müssen hier nachher noch fertig aufräumen!", zischte der, der die Kommandos gab.

Ich hielt die Luft an, starrte durch die Lamellen und ärgerte mich, die Zimmertür halb geschlossen zu haben. Ich konnte sie nicht sehen, aber zumindest konnten sie mich auch nicht sehen. Und das war im Moment gesünder für mich.

Dann gingen sie, ich hörte die beiden mit der Last die Treppe hinuntertrampeln, der dritte schloß die Wohnungstür.

Er sagte noch: „Diesmal mach ich die Tür richtig zu!" Dann hörte ich das Schloß. Er drehte den Schüssel zweimal herum.

Ich saß in der Falle.


# MERLE

Ich ging wieder hoch in meine Wohnung, rief die Auskunft an und ließ mir die Telefonnummer von Hektors Kiosk geben. Dann schaute ich in den gelben Seiten nach, ob der Kiosk dort eingetragen war. Er war es, sogar unter Hektors Namen. Da mein Telefonbuch ziemlich alt war, mußte Hektor den Laden also seit mindestens sechs Jahren betreiben. Erstaunlich, daß er so lange bei einem Job geblieben war.

Ich zog mich um, wählte bequeme, praktische Kleidung und meine Dr.Martens, wickelte die zerlegte Kalaschnikow in eine Decke und packte sie gemeinsam mit dem schweren 38er und der Munition in eine Reisetasche. Den Colt 22 steckte ich in den Hosenbund.

Ich lud die Sachen in den Käfer und fuhr los. Die Fahrt nach Braunschweig dauerte weit über eine Stunde, weil ich Landstraße fuhr. Kurz vor Halb Vier fand ich dann etwa dreihundert Meter von Hektors Kiosk entfernt einen Parkplatz. Ich stieg aus und ging am Kiosk vorbei. Mechanisch blickte ich mich um. Ich habe mir in den letzten Jahren so sehr angewöhnt, mir jedes Auto, jedes Detail einer Straße, eines Raumes oder eines Ortes einzuprägen und auf Auffälligkeiten wie zwei unauffällig in einem Wagen sitzende Männer zu achten, daß ich manchmal denke, allein dadurch schon auffallen zu müssen. Meistens ist dies jedoch nicht der Fall. Es ist eigentlich erstaunlich, wie unaufmerksam die Leute sind, wenn sie sich außer Haus begeben. Diese Unaufmerksamkeit nimmt zu, je vertrauter einem die Umgebung ist, in der man sich bewegt. Es ist daher einer meiner Grundsätze, einen Job möglichst im vertrauten Terrain des Klienten zu erledigen. Ihre mangelnde Wachsamkeit kommt einem sehr entgegen.

Hektors Kiosk befand sich in einem Eckhaus an einer mittleren Kreuzung, die allerdings nicht ampelgesichert ist. Darüberhinaus lag der Kiosk in einem jener Tempo 30 Wohngebiete, die in den letzten Jahren wie Pilze aus dem Boden schossen. Die Straße war relativ breit, man hatte Schrägparkplätze und Poller angebracht, um Autofahrer am Schnellfahren zu hindern. Das Haus, in dem sich der Kiosk befand, war nicht sehr alt. Es mochte ein Nachkriegsneubau sein. Mit seinen fünf Geschossen war es etwas höher als die umstehenden Gebäude. Ich bummelte auf der gegenüberliegenden Straßenseite weiter. Neben Hektors Kiosk liegt eine kleine Leder- und Änderungsschneiderei. Das vollgemüllte Schaufenster ließ mich an einen Türken als Betreiber denken. Ich mochte mich auch irren. Daneben lag ein etwa Eineinhalb-Meter breites Stück Garten. Ein nicht sehr hoher Zaun begrenzte es zur Straße und zum Nachbargrundstück. An der Wand konnte ein Mensch langgehen, ansonsten wirkte es recht wild bewachsen, der Rasen war lange nicht geschnitten worden und die Büsche machten einen eher unordentlichen Eindruck.

Hektors Kiosk wirkte recht geräumig, er hatte immerhin zwei ziemlich breite Fenster neben der Tür. Als ich um die Ecke bog, sah ich zwei weitere Fenster auf der anderen Straße, die ebenfalls zum Kiosk gehören mußte. Offenbar befand sich das erste dieser Fenster hinter einem Tresen, zumindest ließ die Regaldekoration, die man erkennen konnte, den Schluß zu. Das zweite Fenster mochte zu einem hinteren Lager- oder Büroraum gehören. Daneben lag dann der Haupteingang zu den Wohnungen. Zwischen diesem und dem nächsten Block, beide waren direkt aneinander gebaut, gab es eine Durchfahrt zu einem Hinterhof. Ich ging nicht hindurch, vermutete aber, daß Hektor wohl einen Hinterausgang am Kiosk hätte, einen, den er zur Lieferung von Sachen und ähnlichem benützen konnte. Ich nahm auch an, daß der Garten direkt auf den Hof mündete, denn ich hatte an dieser Straßenfront keinerlei Hauseingang ausmachen können neben den Ladeneingängen. Dann ging ich am Haus entlang zurück und spähte unauffällig durch die Fenster. Leider konnte ich nicht erkennen, wer im Kiosk war.

Vor Hektors Kiosk ließ mich ein betont normal aussehender Passat-Kombi stutzen, in dem nur ein Mann saß. Einen Zivilwagen der Bullen erkennt man mit etwas Übung. Aber daß nur einer drin sitzt, ist ungewöhnlich. Der zweite ist normalerweise nicht weit. Oder aber der Bulle nutzt den Wagen privat. Ich ging weiter, suchte und fand einen Münzfernsprecher und rief im Kiosk an.

Eine Frauenstimme meldete sich. Ich fragte, ob Herr Purmann da sei, doch die Stimme sagte:

„Nein, der ist momentan unterwegs, er wird aber bald zurück sein. Soll ich etwas ausrichten?"

„Nein Danke, ich rufe später wieder an."

Ich überquerte die Straße. Als ich mich zum Kiosk begeben wollte, kam eine etwas ältere Frau angeradelt, stoppte genau vor der Kiosktür, stieg ab und betrat mit dem Rad unter dem Arm den Laden. Ich ging weiter die Straße hinab und als ich sicher war, nicht mehr im Blickfeld des Mannes im Passat zu sein, betrat ich einen der Vorgärten und tat so, als würde ich eine bestimmte Adresse suchen. Es verging eine Weile, es mochten fünf oder auch zehn Minuten gewesen sein, dann verließ eine attraktive Brünette den Kiosk und ging zur nahegelegenen Bushaltestelle. Das war wahrscheinlich die Frau, mit der ich gerade telefoniert hatte. Schichtwechsel. Hektor schien direkt Arbeitsplätze geschaffen zu haben. Ich kehrte zurück zum Kiosk. Diesmal ging ich hinein, obwohl der Mann im Passat noch genauso unbeteiligt tat wie vorher.

Ich betrat einen erstaunlich großen, übersichtlich und gut eingerichteten Laden. Das heisere Gebell eines großen Hundes begrüßte mich. Der Köter war aber in einem Hinterraum angeleint, eine Frauenstimme rief ein scharfes: „Ruhig, Ghandi." und das Gebell verstummte. Im Laden fand sich keine Spur von dem Chaos, mit dem sich Hektor früher immer umgeben hatte. Nein, das war ein ordentlich und systematisch geführtes Geschäft. Die Zeitungen lagen im Zeitungsregal, die gängigsten Titel fanden sich auch auf dem Tresen, einige Ständer für Comics und die üblichen Billigromane waren auch vorhanden und gut gefüllt. Das Zeug war sogar nach irgendeiner Ordnung sortiert. Den Tresen sicherten eine Scheibe und eine Klappe gegen allzu eifrige Selbstbediener, hinten stand eine ganze Batterie billiger und teurerer Spirituosen. Hektors Vorliebe für Scotch schlug sich auch in seinem Angebot nieder. Beiläufig zählte ich mindestens zehn Sorten, während ich mich im Laden umsah. An zwei Stehtischen konnte man Kaffee trinken und kleinere Snacks, Croissants oder die kleinen Mahlzeiten, die der Laden bot, zu sich nehmen. Eine ganze Ecke füllte einer dieser überdimensionalen Brötchenautomaten aus, der auch Sonntags ofenfrische Backwaren lieferte.

Ich musterte die Regale voller Kekse und Süßigkeiten und ließ meinen Blick auf die große Lakritz- und Weingummiauswahl hinterm Tresenglas fallen. Er hatte sogar englisches Weingummi, das ich liebe, seit ich ein kleines Mädchen war, sowie die ganze Batterie von Fünf- bzw. Zehnpfennigs-Artikeln aus Fruchtgummi oder Lakritz, außerdem die üblichen kleinen und großen Plombenzieher von Nappo bis Nuts im Angebot. Ein großer Glaskühlschrank enthielt diverse Getränke und Milchprodukte - ich sah nur Flaschen und Pfandgläser. Der Mann war wohl immer noch Öko mit Dosenkomplex.

„Was darf es sein?", fragte mich die Frau hinterm Tresen. Ihre Stimme klang anders als die, die meinen Anruf entgegengenommen hatte. Es war die etwas ältere mit dem Fahrrad.

„Einen Becher Kaffee und für zwei Mark englische Weingummis bitte," antwortete ich.

Sie ging zu dem großen Kaffeautomaten, nahm einen großen schwarzen Steingutbecher, füllte ihn und reichte ihn mir durch.

„Milch und Zucker?"

„Nur Milch, bitte,"

Sie gab mir einen Milchgießer, eines dieser altmodischen Glasgefäße mit Metallschieber. Dann nahm sie eine Zuckerzange und hob die Plastikdose mit den Weingummis vom Regal.

„'ne bunte Mischung?", fragte sie.

„Ja, aber keine Grünen, bitte," erwiderte ich. Die Grünen sind ekelhaft.

Nachdem sie die vierzig Gummis abgezählt hatte, gab sie mir eine Papiertüte und sagte:

„Das macht dann Fünffünfzig zusammen, davon sind zwei Mark Pfand für den Becher."

Ich zahlte, bekam mein Wechselgeld und begab mich zu einem der Tische, an dem ich in Ruhe den Kaffee trank. Er war gut, heiß, noch fast frisch, nicht zu bitter, nicht zu stark. Das Kaffeekochen hatte Hektor noch nicht verlernt und sogar seinen Angestellten beigebracht. Während ich den Kaffee schlürfte und mir ab und an einen Weingummi zwischen die Zähne schob, studierte ich die Frau am Tresen.

Sie war mindestens zehn Jahre älter als ich, sah aber noch ganz gut aus. Etwas heruntergekommen, vielleicht eine ehemalige Sekretärin, die ihrem Chef nicht mehr frisch genug war. Man erkennt diese Frauen, sie sind immer sorgfältig geschminkt, die Fassade muß schließlich stimmen. Die Kleidung war praktisch und geschmackvoll, entsprach aber nicht der allerneuesten Mode. Ich beobachtete sie und bemerkte, daß sie mich verstohlen musterte. Meine kurzen, kastanienbraungefärbten Haare mußten ihr auffallen. Sie paßten nicht so recht zu dem dunkelblauen Sweater und den Markenjeans, die ich trug. Auch trug ich eine Fensterglasbrille mit auffälligem Horngestell. Vielleicht versuchte sie, mich irgendwo einzuordnen oder fragte sich, ob ich eine neue Stammkundin des Ladens werden könne. Ich trank den Kaffee aus und wollte gerade gehen, als zwei Mädchen den Laden betraten.

Ich hatte gedacht, daß ich es merken würde. Ich hatte geahnt, daß es einen Stich gäbe. Aber nicht, daß es so weh tat.
Es tat weh. Ein heftiger Stich durchfuhr meine Brust, für einen Moment wurde mir flau im Magen. Die etwas größere, dunkelhaarige der beiden mußte sie sein. Hektors Tochter. Meine Tochter, meine Tochter? Nein, ich habe keine Tochter. Vielleicht habe ich einmal ein Kind geboren, aber deswegen bin ich noch lange keine Mutter. Wie hieß das Balg? Katharina, hatte sie auf dem Anrufbeantworter gesagt, ich dachte, wir hätten sie damals Marianne zuliebe Esther getauft. Aber genau konnte ich mich nicht mehr erinnern. Wir hatten doch einen Doppelvornamen gewählt. Wir? Hektor hatte gewählt. Das alles bedeutete nichts mehr, rein gar nichts.

Die andere war etwas kleiner, zierlicher und blond. Wohl ihre Freundin. Das Mädchen, das Hektors Tochter sein mußte, sagte:

„Hi, Renate, weißt du, wo Dad steckt? Er ist nicht zu Hause und ich habe gehört, er hätte gestern Ärger gehabt."

Die Stimme identifizierte sie eindeutig. Ich erfuhr, daß die Frau hinterm Tresen Renate hieß und wohl zu Hektors engerem Bekanntenkreis zählte, sonst wären sie und die Kleine nicht so vertraut miteinander gewesen.

„Das hat er auch, Kathrin. Er ist mit Markus in eine Schlägerei geraten, aber der alte Dickschädel hat nur eine Beule abbekommen. Es geht ihm schon wieder ganz gut. Ich weiß nicht, wo er steckt. Er spielt halt mal wieder Detektiv. Was machst du eigentlich hier? Ich denke, du wolltest mit deiner Oma nach Berlin fahren?"

„Hat Dad das gesagt? O.k., er wollte das. Aber Oma Marianne ist nicht so ganz fit und Jessica und ich haben heute eh etwas besseres vor. Weißt du, ich fahre gerne nach Berlin. Aber doch nicht unbedingt mit Oma zu so einer langweiligen Ausstellung."

„Was für eine Ausstellung sollte das denn sein?"

„Weiß nicht genau, Nicki der Sandfall heißt der Typ oder so."

„Nie gehört. Meinst du vielleicht Niki de Saint-Phalle? Das ist eine Frau, Kathi, eine ganz bedeutende Künstlerin, die hat die Nanas in Hannover gemacht."

„Die was?"

„Die Nanas, das sind diese großen, bunten, Frauenfiguren am Leineufer."

„Diese fetten bunten Dinger? Kotze, ey!" Sie gab ein würgendes Geräusch von sich und sagte dann: „Da will ich nicht hin, nein danke!"

Ich führte den Becher zum Mund, mußte aber leider feststellen, daß er bereits leer war.

„Krieg ich noch einen Kaffee, bitte?", fragte ich.

„Sicher, gern," sagte die Frau, die Renate hieß. Die Mädchen drehten sich zu mir um, nickten mir kurz zu, dann wandten sie sich ab und kicherten, diese Gören.

Renate brachte mir einen frischen Becher Kaffee an den Tisch, den leeren nahm sie wieder mit. Dann fragte sie die Mädchen:

„Was habt ihr denn heute noch Schönes vor?"

„Och, nur geile Party. Wir müssen uns noch umziehen und etwas stylen. Kannst du mir bitte etwas Geld aus der Kasse geben, so Fünfzig Mark?"

Renate sah das Mädchen streng an und meinte nur,

„Es ist schon Vier durch, die Läden haben zu, wenn ihr noch irgendetwas kaufen wollt, seid ihr zu spät dran."

„Ich weiß, aber ich brauch das Geld für" sie senkte konspirativ ihre Stimme, wisperte aber zu laut, als daß ich sie nicht verstehen konnte, „für die Party, und für Kondome, aber sage nichts davon Hektorpaps, bitte, bitte, Renate!"

„Fünfzig Mark für Kondome?", rief Renate mit gespieltem Entsetzen: „Was hast du da vor? Eine Riesenorgie? Ich glaube nicht, daß das deinem Vater gefällt."

„Nein, wir wollen ja auch etwas trinken, außerdem sind wir zu zweit," antworte-te Katharinas blonde Freundin. Katharina stieß ihr den Ellenbogen in die Rippen und meckerte:

„Mann, Jessica, laß dich doch nicht hochnehmen! Komm Renate, für zwei Mädchen und eine ganze Nacht, da ist ein Fuffi doch nicht viel. Und Dad, der braucht es ja nicht zu wissen, oder petzt du das aus?"

„Wenn ich ein Minus in der Kasse habe, will er doch genau wissen, woher es kommt."

„Brauchst doch nicht alles einzubongen", flüsterte die Kleine.

Diese Renate schien für einen Moment heftig reagieren zu wollen, schüttelte dann aber nur den Kopf.

Nach einigem Hin und her gab sie schließlich dem Mädchen etwas Geld, es sah nach einem Fünfzig Markschein aus. Die beiden Mädels riefen „Danke!" und „Tschüs dann!" und rannten ganz undamenhaft aus dem Kiosk. In diesem Moment merkte man, daß auch 15-jährige noch Kinder sind. Ich ging zum Tresen, zahlte meinen Kaffee und sagte:

„Ganz schön frech, die Mädels."

„Na bei dem Vater."

„Was ist mit dem Vater?"

„Glauben Sie vielleicht, ein alleinerziehender ehemaliger Sozialarbeiter kriegt eine einigermaßen normale Tochter groß?"

„Und die andere?"

„Ach Jessica, die klebt an Kathrin wie eine Klette am Mantel. Ist ganz nett, sehr brav, strenges, konservatives Elternhaus. Deren Eltern glauben doch wirklich, Purmann könne Autorität ausüben."

„Purmann?", fragte ich schnell, sie sollte nicht merken, daß ich über die Familienverhältnisse Bescheid wußte.

„Der Vater, der Chef des Ladens."

„Ach so", sagte ich, fügte noch ein beiläufiges „Auf Wiedersehen und war ein wirklich guter Kaffee hinzu" und ging hinaus.

Ich hatte Mühe, die Tränen zu unterdrücken. Irgendwie gefiel mir das Mädchen. Sie war lebendig, und das war mehr, als ich von Hektor erwartet hätte.

Vor dem Kiosk sah ich mich unauffällig um. Der Passat-Kombi war verschwunden. Ich atmete etwas auf, hieß das doch, daß nicht ich, sondern Hektors Tochter beobachtet wurde. Denn außer mir und den Mädchen war in der Zeit kein Kunde im Laden.

# HEKTOR

Na wunderbar, da saß ich also wie die Made im Speck, den die Maus gerade fressen will. Manche mögen es ja, zwischen lauter edlen Kostümen und noch edleren Dessous im Kleiderschrank einer attraktiven Frau zu sitzen.

Ich fühlte mich ziemlich beschissen. Und wenn ich vorhin nicht schon alles von mir gegeben hätte, was ich von mir geben konnte, so hätte ich es spätestens jetzt getan. Ich wollte raus aus diesem beschissenen Wandschrank, aus dieser beschissenen, tollen Dachgeschoßwohnung von Carola Albertz, die diese mit großer Wahrscheinlichkeit nie wieder betreten würde, weil man ihr den Kopf vom Rumpf getrennt und verstümmelt hatte. Die Einzelteile der Leiche wollten der oder die Mörder nun schön dezentral entsorgen. Und ich saß eingesperrt in ihrer Wohnung und wartete auf jemanden, der nicht zögern würde, mich Frau Albertz nachzusenden. Na wunderbar, ich sah herrliche Zeiten auf mich zukommen.

Ich hatte weder Lust, dem Mörder oder den Mördern zu begegnen noch machte ich mir große Hoffnungen, hier im Wandschrank überwintern zu können. Die Kerle wollten „nachher aufräumen". Was auch immer das heißen mochte, es ließ mir hoffentlich genug Zeit, einen Weg hier heraus zu finden.

Ich schob vorsichtig die Lamellentür auf und trat zurück ins Schlafzimmer. Zuerst ging ich zur Wohnungstür und prüfte, wie sie verschlossen war. Wenn ich einen Schlüssel fand, würde ich hinauskommen. Interessanterweise verfügte die Tür über eine Kette, die sich sowohl von innen, als auch von außen einlegen und lösen ließ. Das könnte mir nützen. Dann ging ich die Wendeltreppe hoch auf die Dachterasse. Über das Dach zu entwischen, war vielleicht möglich. Da ich aber weder schwindelfrei noch besonders sportlich bin, verwarf ich den Gedanken, vom einem Dach zum anderen zu springen oder mich an der Wand abzuseilen. Ich hätte hier auch lange nach einem Seil suchen können, das mindestens fünfzehn Meter lang war.

Darum tat ich das nächstliegende. Ich griff zum Telefon, hob ab und - nichts. Es war tot. Ich konnte nicht genau heraus finden warum. Stecker und Kabel waren vorhanden und wirkten unbeschädigt, auch die Verbindungen waren gesteckt. Aber das Telefon war tot. Im übrigen hätte mich Sauerland persönlich durch die Mangel gedreht, wenn ich die Bullen angerufen hätte und ein Schlüsseldienst wäre mit Sicherheit zu spät gekommen. Obwohl ich Handschuhe trug, wischte ich das Telefon mit meinem Taschentuch ab und machte mich auf die Suche.

Ein Blick aus dem Fenster verriet mir, daß es inzwischen zu regnen begonnen hatte. Typisch für diese Stadt. Die ganze Woche schönes Wetter, aber am Wochenende, da gießt es aus Eimern.

Ich wäre jetzt gerne da draußen im Regen gewesen. Stattdessen sah ich mich sachte und ohne große Unordnung zu machen in der Wohnung um. Im Arbeitszimmer fand ich in einem Wandschrank ein paar interessante Briefumschläge. Das heißt, die Briefumschläge waren weniger interessant, umsomehr aber der Inhalt, ging es doch um die stadtbekannten Persönlichkeiten Skladowsky, Philip Sonntag und um - Robert Klühspiess. Von Klühspiess lag ein großes Portraitfoto in dem Umschlag, auf der Rückseite hatte jemand ein großes M gemalt.

Im Schlafzimmer fand ich dann, was ich suchte. In der Schublade des Nachtschranks lag eine kleine, aber piekfeine Damenhandtasche. Sie enthielt nicht nur die Papiere von Frau Albertz, sondern auch einen Schlüsselbund. Einer der Schlüssel paßte haargenau ins Wohnungsschloß. Erleichtet atmete ich auf.

Ich war jetzt sicher, daß Carola Albertz nicht mehr lebte, sonst hätte sie Papiere und Schlüssel mitgenommen. Ich war auch sicher, daß das, was da verstümmelt in der Tiefkühltruhe lag, die Reste ihres Kopfes waren. Schon beim bloßen Gedanken daran mußte ich würgen. Bloß weg hier.

Die Briefumschläge packte ich in meinen Rucksack, sperrte vorsichtig die Wohnungstür auf und trat auf den Treppenansatz hinaus. Dann verschloß ich die Tür wieder zweimal. Der Versuchung, die Mörder durch Einrasten der Kette zu ärgern und zu verunsichern, widerstand ich. Schließlich konnte es mir passieren, daß ich ihnen auf der Treppe begegnete. Und auch wenn ich kein lokaler Promi bin, ich habe mich lange genug in der Szene herumgetrieben, um dort bekannt wie ein bunter Hund zu sein. Und ich hatte das ungute Gefühl, daß sehr viel mehr Leute über meine Tätigkeit für Martin Skladowsky Bescheid wußten, als ihm und mir lieb sein konnte. Schlimmer noch, einige Leute konnten zu der Meinung gelangen, daß das, was ich für Skladowsky tat, gefährlich für sie werden könnte und daher auf dumme Gedanken kommen ...

Traf das, was in Carola Albertz' Umschlägen gesammelt war, einigermaßen zu, hatte Skladowskys Sohn möglicherweise mehr Dreck am Stecken, als für einen Knaben seines Alters gesund sein konnte. Blieb noch die Frage, wieviel davon der Herr Papa wußte oder zumindest ahnte. Skladowsky hatte früher intensive Verbindungen zur Unterwelt gehabt, das ließ sich in seinen Berliner Kreisen kaum vermeiden, wenn man dort Karriere machen wollte. Diese hatte er auch hier gepflegt, bis ihm sein Schwiegerpapa unmißverständlich klarmachte, daß gewisse Parteifreunde doch dem liberalkonservativen Image zuwiderliefen, das Skladowsky sich verschrieben hatte. Was auch immer der alte Skladowsky wirklich über die Aktivitäten seines Sohnes wußte, es reichte, um ihn zu mir zu bringen und es reichte allemal, mich zu einem geeigneten Sündenbock zu machen. Ich würde die Umschläge sehr gut verwahren müssen.

Dann war da Bernie, einer meiner Bekannten aus der Szene. Mein Kumpel. Der harmlose kleine Hehler Bernie, der alles mögliche in seinem kleinen Kramladen feilhält. Am liebsten verkauft er hochwertige, aber alte Kameras. Er hat eine ausgeprägte Schwäche für Leicas, für die ganz alten, die mit dem Schraubgewinde. Eine Leica M, wie ich sie benutze, ist ihm fast schon zu modern. Wenn Bernie Diebesgut verhökert, stammt es nicht aus der näheren Umgegend, er hat vielfältige und sehr gute Beziehungen nach Hamburg und Berlin, wie die meisten hiesigen Kriminellen. Von der Hannoveraner Szene hält er sich dagegen fern, die ist ihm mittlerweile zu jung. Also zu hart und vor allem zu unberechenbar.

Aber jetzt war er mit Mördern im Bunde. Denn Bernie war einer der Typen, die vorhin die kopflose Leiche aus Carola Albertz' Wohnung geschafft hatten. Scheiße. Ich hatte seine Stimme und seinen schlurfenden Gang erkannt. Gut, ich hatte ihn nicht gesehen, aber seine Anwesenheit war spürbar gewesen ... Bernie, wie tief steckst du da drin? Oh, Scheiße, ich hatte ihn wirklich nur für einen harmlosen, kleinen Hehler mit guten Verbindungen gehalten ...

Ich lief die Treppe hinunter, verließ das Haus und machte, daß ich zu meiner Schlurre kam. Da fiel mir etwas ein. Die Mörder legten offenbar großen Wert darauf, ihre Tat geheim zu halten und den Eindruck aufrechtzuerhalten, Carola Albertz befände sich auf einer längeren Reise.

Ich hatte auf dem Weg ins Haus einen flüchtigen Blick auf die Briefkästen geworfen. Der von Frau Albertz quoll nicht gerade über. Natürlich könnte auch eine ihrer Angestellten die Post abholen, oder aber sie ließ sie sich direkt in einen der Läden schicken. Aber erst jetzt fiel es mir richtig auf.

Ich tat meine Pflicht als guter Staatsbürger. Von einer Zelle aus rief ich die Bullen an. Ich nannte nur die Adresse und erwähnte nebenbei, daß es sich wohl um einen Mord handeln müßte. Dann legte ich auf. Meinen Namen zu nennen, vergaß ich.

Ich fuhr los Richtung Lübberitz und geriet in den üblichen Stau auf der Berliner Autobahn. Ab Königslutter fuhr ich Landstraße und kam gegen halb Drei am Nachmittag in Lübberitz an. Ich parkte die Schlurre auf einem kleinen, von der Panzerstraße nicht einsehbaren Parkplatz. Die Umschläge mit Carola Albertz Unterlagen nahm ich zuvor aus dem Rucksack und vergrub sie im Müllchaos der Ladefläche. Dann lief ich durch den Wald um die Hütten herum. Ich durchquerte die gesamte Anlage, wobei ich nach Autos mit Braunschweiger Kennzeichen Ausschau hielt. Es waren keine zu sehen.

Ich setzte das stärkste Teleobjektiv auf die Nikon, die ich vorerst als Fernglas benützte. Gleichzeitig fotografierte ich die Gegend, was mir das nutzen sollte, wußte ich nicht so genau. Aber ich fotografiere gerne und so eine Datschensiedlung hat durchaus ihren Reiz. Gegen Viertel Vier ging ich zu den Hütten und schaute mir die Namensschilder an. Vor der Datsche mit dem Namensschild „Albertz" blieb ich stehen. Ich sah mich um. Es ist ein komisches Gefühl, am Wochenende in einer Wochenendsiedlung zu sein und niemand ist zu sehen. Ein verdammt komisches Gefühl. Wenn es hier am Wochenende immer so ruhig war, dann mußte es Manny Schwabels Mörder leicht gefallen sein, ihn am frühen Abend abzuknallen. In meiner Jackentasche fühlte ich den Revolver. Zum ersten Mal gab er mir das trügerische Gefühl, nicht völlig hilflos zu sein.

Carola Albertz' Häuschen war das letzte der Reihe. Es als Datsche zu bezeichnen, verriet das Understatement, das Wohlhabenden mitunter eigen ist. Das Haus war größer, als es den Anschein hatte. Zweigeschossig, mindestens einhundertund fünfzig Quadratmeter Wohnfläche. Die anderen Häuser stammten vom selben Architekten.

Ich ging zuerst einmal ums Haus herum. Es besaß einen Hintereingang, der mit einem stabilen Vorhängeschloß gesichert war. Dann stutzte ich. Die Hütte war sogar unterkellert! Ich zog meine Handschuhe an, besah mir den Schlüsselbund und probierte alle Schlüssel aus. Beim letzten wurde ich fündig. Der Bügel ging auf, ich öffnete die gut geölte Hintertür. Mein kleines Maglite leuchtete mir den Weg, als ich in ein Haus eindrang, das bestimmt seit Wochen nicht mehr betreten worden war. Eine deutlich sichtbare Staubschicht bedeckte alle Möbel und würde jede Berührung deutlich erkennbar aufbewahren. Vorsichtig spähte ich um alle Ecken, ob nicht irgendwo eine weitere Leiche oder eine sonstige unliebsame Überraschung auf mich wartete.

Es war nichts lebendiges im Haus. Die Einrichtung war bei weitem nicht so geschmackvoll und edel wie in der Wohnung. Hier standen ältere, nicht besonders wertvolle Stilmöbel herum. Ich hatte den Eindruck, als hätte Carola Albertz das Haus eher als Lagerplatz gedient denn als Wochenenddomizil. Mochten die Möbel auch schäbig sein, die Bilder an den Wänden waren es bestimmt nicht. Frau Albertz hatte auch hier wieder ihrem feinsinnigen Kunstgeschmack freien Lauf gelassen. Was da an den Wänden hing, konnte einiges wert sein. Ich verstehe allerdings zu wenig davon, um das beurteilen zu können. Aber eines schien klar zu sein, die übliche Rahmen-mit-Druck-drinnen-Gebrauchskunst war das nicht, was hier an den Wänden hing.

Ich öffnete vorsichtig die Kellertür und ging hinunter. Der Keller bestand aus zwei Räumen, die beide unterschiedlich genutzt wurden. Er war trocken und offenbar gut durchlüftet. Der eine Raum diente als Abstell- bzw. Lagerraum. Er enthielt eine Reihe verschlossener Stahlschränke. Im zweiten befand sich eine Werkstatt. Auch hier waren mehrere Stahlschränke, alle ebenfalls verschlossen. Das Schlüsselbund der Albertz hatte keine passenden Schlüssel für die Schränke. Der einzige Schrankschlüssel, der an ihm befestigt war, schien eher zu einem Schlüsselschrank oder -kasten zu gehören, den ich erst im Keller, dann im Erdgeschoß suchte. Ich fand ihn schließlich in der Küche, nahm einige Schrankschlüssel heraus und ging wieder in den Keller, zunächst probierte ich es im Werkstattraum. Dort öffnete ich den ersten Schrank. Ein gutes Dutzend Gewehre verschiedenster Fertigung und Qualität standen sauber aufgereiht darin. Vielleicht vertickte Frau Albertz nebenbei wertvolle Waffen an Liebhaber. Die Dinger schienen funktionsfähig zu sein. Zumindest enthielt der Schrank in einem Schubfach auch einige Kisten mit Munition. Der nächste Schrank bot ein ähnliches Bild, nur waren es diesmal Revolver und Pistolen. Ich schloß rasch wieder zu. Der dritte Schrank barg einige Chemikalien, mit denen ich mich nicht näher befassen wollte. Die Kennzeichnung sagte auch für einen chemischen Laien einiges aus. Auch sprach die Tatsache Bände, daß dieser Kellerraum in einigen Einrichtungsdetails wie ein chemisches Labor wirkte. Mit dem, was hier lagerte, konnte man viel Ärger mit dem Umweltamt bekommen, aber auch sehr eindrucksvolle Feuerwerke veranstalten. Außerdem konnte man weiße Pülverchen verschiedenster Qualität handelsfertig zubereiten.

Ich ging in den anderen Raum und schaute in die Schränke. In einem waren mehrere Päckchen, sorgfältig in Packpapier eingeschlagen. Ich öffnete vorsichtig eines dieser Päckchen. Es enthielt Bargeld, mehrere 10.000 Schweizer Franken, D-Mark und Dollar. Gebündelte und gebrauchte Scheine. Die anderen Päckchen beinhalteten ähnliches.

Daß eine Galeristin und Antiquarin wie Carola Albertz gerne etwas nebenbei verdient, leuchtete mir ein. Daß sie für schnelle Schnäppchen auch immer etwas Bares braucht, verstand ich ebenso. Aber daß ihre schwarzen Geschäfte so einträglich zu sein schienen, überraschte mich dann doch. Vermutlich hatten sie sie am Ende auch das Leben gekostet.

Im letzten Schrank fand ich einige Disketten sowie einen großen Karteikasten. Darüber hinaus waren hier mehrere Ordner deponiert. Carola Albertz war eine ordentliche Geschäftsfrau gewesen. In gewissen Dingen ziemlich pedantisch, hatte sie sorgfältig Buch über ihre Nebeneinkünfte geführt. Das würde Staatsanwalt und Steuerfahnder freuen. Ich begriff langsam, womit Frau Albertz ihren Lebensunterhalt noch bestritten hatte. Ich kapierte auch, daß ich viel tiefer in der Scheiße steckte, als ich mir je hätte träumen lassen. Ich fühlte mich wie ein Toter auf Urlaub...

Drei der Ordner enthielten sorgfältig ausgerissene und peinlich genau abgelegte Presseberichte über eine Vielzahl bis heute unaufgeklärter Morde. Das Ganze begann mit Morden aus der Zeit um 1986, im zweiten Ordner fand ich alles, was damals zu Manny Schwabels Ermordung erschienen war. Mit den Eintragungen im vierten Ordner, der nur ein paar Zettel mit Daten und Zahlen, offenbar Geldbeträge, enthielt, ergab das alles durchaus Sinn, einen überaus makaberen Sinn allerdings. Offenbar waren all diese Morde Auftragsmorde gewesen und Frau Albertz hatte diese Morde vermittelt - oder hatte sie sie selbst begangen? Ich packte Disketten und Ordner ein, Carola Albertz brauchte sie nicht mehr. Markus würde sich liebend gerne damit befassen, doch vielleicht sollte ich sie lieber alleine durchgehen. Ich hatte den guten alten Kröcher schon tief genug in die Scheiße gezogen. Er war nicht der Typ, der mit solchem Wissen umgehen kann. Markus spielte mit Informationen und erzählte gerne, besonders wenn er, was er fast noch lieber tat, ein paar Bierchen getrunken hatte. Andererseits konnte ich zur Zeit davon ausgehen, daß meine Chancen, heile aus dem Ganzen herauszukommen, umso größer wurden, je mehr ich von der Sache enthüllte. Das war mehr als eine klasse Story für die *Unterm Pflaster*. Dieser Stoff würde bundesweit Aufsehen erregen, wenn ich ihn veröffentlichte.

Das Bargeld ließ ich da, wo ich es gefunden hatte. Ich hätte es gut gebrauchen können, falls es jedoch heiß war, wollte ich mir nicht die Finger daran verbrennen.

Neben den Schränken standen noch einige, es dürften etwa zwei bis drei Dutzend gewesen sein, Bilder an den Wänden. Die Leinwände waren gut verpackt abgestellt worden. In einem Schrank fand ich noch weitere Ordner, die Angaben zu den Bildern enthielten, darunter auch Echtheitszertifikate. Ich stellte alles wieder zurück und schloß den Schrank ab.

Ich sah auf meine Uhr, es war schon kurz vor Sechs. Ich verließ das Haus betont vorsichtig durch den Hintereingang. Vier Braunschweiger, vier Datschen, eine schöne Doppelkopfrunde. Ich überlegte, ob ich mir noch eines der anderen Häuschen angucken sollte oder ob ich zumindest probieren sollte, ob einer der Schlüssel an Carola Albertz' großem Bund in eine der Türen paßte. Besonders das Haus Benno Müllers interessierte mich. Aber bevor ich mich auf den Weg machen konnte, kamen zwei Autos die Straße heruntergefahren. Der große Daimlerkombi von Carola Albertz und ein betont unauffälliger Passat stoppten vor einer der Datschen. Vier Männer stiegen aus und gingen ins Haus. Im Haus machten sie Licht und öffneten die Fenster. Ich machte mich unauffällig davon. Als ich meine Schlurre erreicht hatte, bemerkte ich einen weiteren Wagen, der diskret am Ortseingang geparkt hatte. Es war ein altes, rotes Käfer-Cabrio, allerdings war das Verdeck geschlossen.

Ich wollte gerade losfahren, da fuhr ein weiteres Auto nach Lübberitz hinein. Ein mausgrauer Golf, dessen Kennzeichen ich nicht erkennen konnte, wohl aber sah ich, wie der Wagen in den Ort hinein und bis fast ans Ende fuhr. Ich nahm die Nikon und spähte durch das Tele. Ich hatte von meinem Standpunkt aus einen guten Blick auf den Weg und sah Konny Skladowsky und einen zweiten Jungen aussteigen. War das Jack? Ich würde Katharina beibringen müssen, bessere Personenbeschreibungen zu geben. Sie würde die Bilder zu sehen kriegen.

Ich stieg in meinen Peugeot, fuhr los und machte, daß ich nach Hause kam. Unterwegs hielt ich an einer Telefonzelle und rief Marianne an.

„Rosencrantz?"

„Guten Abend, Marianne, wie ich höre, bist du nicht in Berlin."

„Hektor! Das ist aber schön. Ich habe schon mehrfach versucht dich zu erreichen."

„Kann ich gleich bei dir vorbeikommen?"

„Aber natürlich, du bist jederzeit willkommen."

„Eh, Marianne, hast du zufälligerweise etwas zu essen für mich da?"

„Natürlich, Hektor. Wenn du magst, koche ich dir etwas."

„Ich mag, Schwiegermama, ich mag. Warum wolltest du mich denn sprechen?"

„Frau Kröcher hat gegen Halb Fünf angerufen. Sie hat gesagt, Merle sei im Kiosk gewesen. Sie war sich sehr sicher. Merle hat nach dir und nach Katharina gefragt."

„Und weiter?"

„Nichts weiter. Sie sagte nur, Merle habe sich die Haare ganz kurz geschnitten und frisch gefärbt ..."

„Apropos - wo steckt eigentlich meine Tochtermaus?"

„Die habe ich seit dem Frühstück nicht gesehen. Katharina ist den ganzen Tag mit ihrer Freundin, wie heißt sie doch?"

„Jessica."

„Ja, richtig. Sie ist mit Jessica unterwegs. Sie waren wohl auch im Kiosk. Offenbar gleichzeitig mit Merle. Frau Kröcher meinte, Merle habe deine Tochter mit einer Mischung aus Schrecken und Neugierde beobachtet."

Marianne betonte das „deine Tochter".

Ich dankte ihr, verabschiedete mich und legte auf. Als ich zu meiner Schlurre ging, meinte ich im Augenwinkel einen Käfer zu sehen.


# MERLE

Ich bummelte langsam zum Käfer zurück und überlegte, was ich jetzt tun sollte. Es war wirklich keine gute Idee gewesen, Hektor einzuschalten. Und diese Frau - Renate - hatte mich etwas zu genau beobachtet. Vielleicht hatte sie mich erkannt oder glaubte, mich erkannt zu haben.

Beim Käfer angekommen, sah ich auf die Uhr. Es war kurz vor Halb Fünf. Ich griff auf den Beifahrersitz, auf dem ich Carolas Päckchen deponiert hatte und blätterte die Unterlagen durch. Der Klient war inzwischen irgendeine große Nummer bei den Alternativen oder so. Genaues ging aus den Unterlagen nicht hervor. Carola wußte zu gut, daß mich unnötige Details nicht interessierten. Aber ich kannte den Kerl von früher. Eine Zeitlang kannte ich ihn sogar sehr gut, vor allem im Bett. Philip. Der Mann mit den warmen Augen, der sanften Stimme und dem umwerfenden Lächeln war einer der besten Liebhaber, die ich je gehabt hatte. Einander vorgestellt hatte uns Hektor auf einer jener alternativen frühen achtziger Feten, mit Politik und so. Philip war die einzige echte Affäre, die ich mir während meiner Zeit mit Hektor gegönnt hatte. In einem Punkt war ich Hektor auch dabei treu. Philip mußte bei mir immer Kondome benutzen, was er gar nicht mochte. Er versuchte mir mit seinem ganzen umwerfenden Charme und seiner vollendeten Zärtlichkeit klarzumachen, daß er mich nur dann richtig lieben könnte, wenn wirklich Haut an Haut wäre und nicht eine Latexschicht dazwischen. Ich blieb hart, zumal er mir auf meine Frage, wieso er denn immer eine Großpackung Gummis am Bett hätte, die Antwort schuldig blieb. Er brauchte nichts zu erklären, ich kannte die Antwort ohnehin. „Philip, der Kerl ist ein Phänomen, der stolpert und fällt auf eine Frau", hatte es Hektor einmal in seiner unglaublich direkten Art ausgedrückt. Natürlich wußte Hektor von meiner Affäre mit Philip. Natürlich gefiel es ihm nicht. Die beiden konnten sich nicht ausstehen. Philip fragte mich desöfteren, wieso und warum und überhaupt ich mit diesem

Kerl zusammen wäre. Als ich einmal versuchte, ihm die Geschichte zu erzählen, hörte er nach zwei Sätzen nicht mehr zu. Da wußte ich dann, was ich von seinen Avancen und seiner Aufforderung, Hektor seinetwegen zu verlassen, zu halten hatte. Ich verließ Hektor dann auch, allerdings meinetwegen. Als ich merkte, daß ich schwanger war, beendete ich die Geschichte mit Philip rasch und endgültig.

Er akzeptierte es nicht, belästigte mich noch wochenlang, sprach von seinem Kind und all dem Scheiß, den ein in seiner Eitelkeit verletzter Macho dann so abzieht. Wäre ich damals so klug gewesen wie heute, Philip lebte schon lange nicht mehr. Jetzt gab mir Carola die Gelegenheit, das nachzuholen. Auf eine gewisse Art war das ein nettes und angemessenes Abschiedsgeschenk.

Da saß ich nun in meinem Käfer, Philips Bild vor Augen und schüttelte den Kopf - mein Gott, war der Mann alt geworden. Dabei war er jünger als Hektor, etwa so alt wie Klühspiess. Doch die grauen Haare und das deutlich sichtbare Doppelkinn machten ihn viel älter. Seine Gesichtszüge verrieten, daß er immer noch Erfolg bei Frauen haben mußte, aber ansonsten ...

Soweit ich mich erinnern konnte, war Philip eine Zeitlang mit den Autonomen herumgezogen. In diversen Kneipen soffen sie und kloppten revolutionäre Sprüche. Zweimal die Woche gingen sie zum Karatetraining, ab und zu zogen sie in die Heide, wohl ins Manöver. So gesehen waren sie auch eine Wehrsportgruppe. Philip hatte sich dann, bereits bevor unsere horizontale Beziehung begann, von den Autonomen emanzipiert, wie er es immer nannte, und war dann rasch bei den Alternativen erfolgreich gewesen. Das konnte ich mir gut vorstellen. Sein Lächeln und sein Charme trieben auch der frigidesten und verhärmtesten Stricktusse die Feuchte ins Höschen.

Philip - gab es eine Frau im links-rot-grün-alternativem Milieu dieser Gegend, die ihn nicht gefickt hatte? Philip - wenn ich mich nicht sehr irrte, kannte Carola ihn auch. Also war sie mit ihm im Bett gewesen.

Das war ein klarer Verstoß gegen unsere Prinzipien. Schließlich lebt man in meinem Beruf auch und gerade davon, daß die Bullen keine direkte Verbindung zwischen dem Klienten und mir ziehen können. Was sollte dieser Job? Doch eine Falle? Oder eine Notwehraktion Carolas? War Philip der Auftraggeber des Klühspiessjobs? Die Sache stank gewaltig.

Philip wohnte in der Bernerstraße. Ganz in der Nähe der Dörnbergstraße. Ich beschloß, mich dort einmal umzusehen. Ich nahm den kleinen 22er aus der Handtasche und legte ihn auf den Beifahrersitz unter das Päckchen. Ich fuhr den Ring entlang und nahm nicht die Jasperallee, sondern bog erst in die nächste Nebenstraße hinein, die Roonstraße. So konnte ich unauffällig an ihrem Haus vorbeifahren und schauen, ob sich dort etwas tat.

Als ich in die Dörnbergstraße einbiegen wollte, konnte ich gerade noch bremsen. Es wimmelte von Bullen, speziell vor Carolas Haus. Streifenwagen, Zivis, Wannen, alles, was ein Blaulicht und eine Uniform befördern konnte, war da. Auch einen Notarzt- und einen Leichenwagen sah ich.

Ich schaute einen Augenblick hin, blinkte vorschriftsmäßig und fuhr weiter die Roonstraße herunter. Doch bevor ich noch die Wilhelm-Bode-Straße erreicht hatte, erkannte ich Carolas Daimler. An dem Wagen lehnte ein Typ. Genau von der Sorte, die mir in Münden ans Leder wollte. Ich fuhr langsam vorbei. Glücklicherweise fand ich keine 200 Meter weiter eine Parklücke. Ich stieg aus, ging zu einem Kiosk, kaufte eine Zeitung und das Alternativblatt, die *Unterm Pflaster*. Dabei hielt ich unmerklich nach dem Daimler Ausschau. Als ein Passat, eindeutig ein Bullenwagen, betont unauffällig heranfuhr, stieg der Typ in den Daimler und fuhr los. Ich rannte zu meinem Käfer, gab Gas und hatte Schwein, daß sie an einer Ampel warten mußten. Dort setzte ich mich hinter sie. Der Daimler und der Passat fuhren Richtung Autobahn. Mein Käfer hinterher. Sie fuhren Richtung Berlin, wobei sie, schon wieder Glück für mich, die Tempobegrenzung weitgehend einhielten. Es war allerdings auch zu voll, um zu rasen. Die vielen Baustellen taten ein übriges. Kurz hinter Helmstedt fuhren sie ab. Ich folgte ihnen mit Abstand. Sie schienen sich nicht um mich zu kümmern und fuhren durch ein schönes Städtchen namens Haldensleben in die Walachei. In einem Dorf bogen sie von der Hauptstraße ab, in Richtung Wald. Die Gegend kam mir merkwürdigerweise bekannt vor. Sie passierten ein Wäldchen, anschließend ein großes Forsthaus oder einen Gutshof und verschwanden im Wald. Ich stoppte, fuhr einen kleinen Seitenweg entlang, stellte den Käfer ab und stieg aus. Am Forsthaus vorbei lief ich zum Waldrand. Jetzt erinnerte ich mich, wo ich war. Da mußten vier große, luxuriöse Datschen kommen, vor einer, es mußte die letzte der vier Datschen sein, hatte ich vor einigen Jahren einen Job erledigt. Ich schlich zurück und wartete in einer Position ab, die mir einen guten Überblick auf den Waldweg bot ohne daß jemand mich direkt wahrnehmen konnte.

Ein Mann verließ den Wald, schlich an der Rückseite des Forsthauses vorbei zum nächsten Waldstück. Ich erkannte ihn sofort. Er hatte sich kaum verändert, auch wenn er die Haare kürzer trug. Etwas dicker war er geworden, sah aber immer noch gut aus, nicht so in die Jahre gekommen wie der liebe Philip.

Kaum hatte Hektor die Straße verlassen, fuhr ein Golf mit Braunschweiger Kennzeichen an mir vorbei in den Wald. Er hielt genau hinter dem Daimler und dem Passat. Zwei durchgestylte Knaben stiegen aus und gingen in das Wochenendhaus. Ich wußte nicht genau, was hier vor sich ging. Aber ich nahm nicht an, daß sich dort ein Männerchor traf, auch glaubte ich nicht daran, daß eine alternde Doppelkopfrunde sich zwei Herzbuben bestellt hatte.

Ich überlegte, was Hektor hier zu suchen hatte. Wenn er an Carola dran war, hatte er wahrscheinlich einen guten Grund, hier zu sein. Vielleicht auch sehr gute Gründe, diesen Männern aus dem Weg zu gehen.

Lübberitz, ich erinnerte mich jetzt wieder. Ich hatte es nicht gleich wiedererkannt. Damals war Winter gewesen, Dämmerung und es hatte geschneit. Damals hatte ich hier einen Job erledigt. Einen persönlichen Gefallen für einen guten Freund Carolas, wie sie gesagt hatte. Sie fügte hinzu, sie würde auf ihren Teil des Honorars verzichten. Ich sollte es nur schön blutig gestalten. Es mußte wie eine Hinrichtung im Milieu wirken. Carola sprach nie von „Szene" oder solchen Sachen. Sie drückte sich immer sehr gewählt aus, die kam auch von den Antiquitäten, ihre wirklich antiquierte Ausdrucksweise.

Ich habe deshalb für diesen Job und nur dieses eine Mal eine Schrotflinte benutzt. In der Presse schrieben sie dann was von einer Pumpgun. Das klingt einfach besser. Aber es war keine abgesägte oder sonstwie besondere Flinte, sondern nur ein ganz normales Zwillingsschrotgewehr, wie es ein Karnickeljäger benutzt. Ich habe allerdings Null-Null-Schrot verwendet. Schrot ist scheiße. Wirkt nur auf kurze Distanz gut, streut stark und richtet immer eine ungeheure Sauerei an. Null-Null-Schrot ist das alles zum Quadrat. Wirkt am besten auf weniger als zehn Meter, aber dann verheerend. Sie wollte die Hinrichtung, sie hatte sie bekommen. Und Pumpgun klingt einfach besser als Schrotflinte...

Während ich so grübelte, fuhr ein uralter beiger Peugeot 504 Kombi aus dem Wald zurück auf den überbreiten Feldweg. Du meine Güte, Hektor hatte seine Karre also immer noch. Ich folgte ihm. Er nahm die Landstraße. In einem Kaff namens Grasleben stoppte er an einer Telefonzelle und führte ein Gespräch. Ich hielt nahe genug, um ihn beobachten zu können. Er war es wirklich. Er hatte sich tatsächlich nicht sehr verändert. Von Glatze oder grauen Haaren war - soweit ich es auf die Entfernung beurteilen konnte - noch nichts zu entdecken. Er trug immer noch sein ewig gleiches unmodisches Outfit, das er schon trug, als ich ihn kennenlernte. Enge Jeans, bequeme Latschen, Armyjacke. Gut - die Haare waren kürzer, aber irgendwann zollt jeder dem Alter Tribut und Hektor mußte hart auf die Fünfzig zugehen.

Hektor liebte die Veränderung, aber er haßte Veränderungen. Ihm, dem ewigen Revolutionär, war es immer am liebsten, wenn in seinem Bekanntenkreis alles beim Alten blieb. Er war nie besonders flexibel gewesen, daher hatte es mich erstaunt, als mir Carola vor einigen Monaten erzählte, daß dieser Hektor Purmann ein passabler Schnüffler sei. Wenn ich mal einen Detektiv brauchte, einen, der ohne Lizenz und außerhalb der üblichen Pfade arbeitete, sollte ich mich ruhig an ihn wenden. Mir waren damals ernste Zweifel an Carolas Menschenkenntnis gekommen. Aber heute, da ich ihn in Lübberitz gesehen hatte, gesehen hatte, wie geschickt er den Typen auswich, die Carolas Kombi fuhren, war ich bereit, ihr Glauben zu schenken.

Ich hatte nicht vor, ihn hier und jetzt anzusprechen, ich würde ihn nachher anrufen, oder morgen früh. Mir lief die Zeit nur davon, wenn ich jemanden gestattete, das Gesetz des Handelns zu übernehmen.

Als er die Telefonzelle verließ und zu seiner Schrottkiste ging - ob er den Wagen immer noch Schlurre nannte? - schaute er für einen Augenblick in meine Richtung. Vielleicht hatte er mich bemerkt, vielleicht auch nicht.

Er stieg in seinen Peugeot und fuhr ohne weiteren Halt nach Braunschweig. Hektor fuhr gesittet, er heizte nicht mehr auf Teufel komm raus wie früher. Sein Wagen mochte ja auch schon gute 25 Jahre oder mehr auf den Buckel haben. Er hatte ihn schon, als wir uns kennenlernten.

In Braunschweig fuhr er nicht zu seiner Wohnung. Mein Exmann besuchte zuerst seinen Kiosk, ging hinein und blieb eine Weile dort. Nach fünf oder zehn Minuten, mir kam es fast wie eine Ewigkeit vor, kam er mit einem großen, beige-schwarzem Hund heraus, der wie irre an der Leine zerrte. Er ging nicht zu seinem Auto sondern in einen kleinen Park. Dort ließ er den Hund freilaufen, obwohl Schilder groß und klar mahnten, die vierbeinigen Minenleger an die Leine zu legen. Der Hund verschwand für eine Weile in einem Gebüsch, das er eine kleine Weile später dann offenbar stark erleichtert wieder verließ. Hatte Hektor dem Vieh das beigebracht? Dieser pädagogische Blindgänger? Das war unmöglich.

Ich hielt unauffällig Sichtkontakt zu den beiden. Dem Hund war ich erfreulicherweise egal, aber das ist man Hunden meistens, wenn man ihnen außerhalb ihres Reviers auf Distanz begegnet. Dann ging er mit dem Hund zurück zum Kiosk. Es verstrichen erneut einige Minuten, bis sie wieder herauskamen.

Hektor und sein Hund gingen zum Peugeot. Er öffnete die Heckklappe, holte einen Rucksack heraus und der Köter sprang ohne Murren hinein. Er fuhr nicht nach Hause sondern nach Lehndorf, zu einer Adresse, die ich gut kannte und um alles in der Welt meiden würde. Er fuhr zu meiner Mutter.

Ich parkte den Käfer einige hundert Meter entfernt, obwohl ich ziemlich sicher war, daß Hektor mich bemerkt hatte. Schließlich war er nicht Autobahn gefahren und schließlich sah er sich, jedesmal, wenn er ausstieg, ziemlich unauffällig, für ein geschultes Auge wie meines jedoch unübersehbar, um. Nachdem er in Mariannes Haus verschwunden war, stieg ich aus. Ich ging ein wenig spazieren, checkte die Gegend, wie ich es immer tue, wenn ich einen Ort auskundschafte. Erst danach begab ich mich zu Mariannes Haus. Sie hatte es gekauft, als sie mit mir von Papa und Münden weg hierher nach Braunschweig gezogen war.

Sie hatte einen Lehrauftrag angenommen, wurde sogar eine der ersten Professorinnen - zumindest der Bezeichnung nach - an der Technischen Universität. Sie lehrte,was sie am besten konnte: Kunstgeschichte. Ich weiß nicht, was sie den Studenten beibrachte. Aber sie konnte immer gut Anekdoten und Geschichten erzählen. Und sie reiste viel. Nach New York, wo sie Andy Warhol und einige der seinen in der Factory besuchte. Oder nach London, Paris und überall dorthin, wo damals die Kunstszene brodelte. Ob sie das immer noch tat? Mich nahm sie nie mit. Ihre Tochter war ihr lästig. Mit dem Monster von Vater, dem früheren Wehrmachtsoffizier und Nazideserteur,hatte sie - die Jüdin - nach dem Krieg zuerst eine Affäre. Sie heirateten, als sie gut sieben Jahre später völlig desillusioniert aus Israel zurückgekommen war. Wie konnte nur eine solche Verbindung zustande kommen? Dem Manne ließ sie ein Haus, ein Auto, aber keine Familie und schon gar keine Tochter.

Mein Vater hatte mir die Geschichte von Marianne und sich erst erzählt, als ich fast schon erwachsen war.

Damals, wie lange war das her? Zwanzig Jahre, zweiundzwanzig? Ich war jung, vielleicht siebzehn, ich war frisch auf Heroin. Ich war hübsch, hätte mich nur an die Straße zu stellen brauchen. Ich hätte immer einen Kerl mit Geld gefunden, einen, der einen Daimler oder einen BMW fuhr, einen dieser Anzug- und Krawattetypen, die spät Feierabend machten und es genossen, sich auf dem Heimweg zu Frau und Kind für einen Fünfziger noch rasch einen blasen zu lassen.

Aber so weit war ich damals nicht. Ich konnte immer noch zu meinem Vater. Er war alt, mein Vater, alt und gebrochen. Er hatte nur noch mich, er wußte nicht, daß ich auf Heroin war und selbst wenn er es gewußt hätte, er hätte mir trotzdem Geld gegeben.

Rudolf Hinrichsen war ein Kind des Jahrhunderts, 1900 geboren. Ich war die Frucht seines Alters. Er war schon fast zu alt für eine Nazikarriere und doch machte er sie, solange, bis er kapierte, was mit den Juden und anderen geschah, bis er sich bewußt wurde, was der eigentliche Kern des SS-Staates war, bis er sich dem Terror radikal und endgültig versagte.

1928 trat er der NSDAP bei, aus Überzeugung, wie er mir später, als ich schwanger war, erzählte.

Rudolf liebte Waffen, mehr noch als ich. Er liebte das Schießen und war ein leidenschaftlicher Segelflieger. Das brachte ihn dann zur SS - die suchten Typen wie ihn. Physik oder so etwas hat er mal studiert. Er war ein typischer Naturwissenschaftler, durch und durch rational, darin fast so schlimm wie Marianne. Dennoch - Tarot legten sie beide, aus Glauben und Überzeugung. Ihre esoterische Ader hatte sie auch zusammengehalten, denke ich mir heute.

„Weißt du, Tochtermaus," erzählte er mir damals. „Für die Wissenschaft war ich nicht gut genug. Ich wollte aber zur Polizei, 31 nahm die SS mich auf, ich durfte die schwarze Uniform mit Totenkopf zu tragen, ich war dabei! Das war die Elite, das waren die Auserwählten einer neuen Zeit. Für den Führer leben und sterben, dafür lebten die. Die glaubten an ihre Sache, bedingungslos, bewußtlos. Das waren Ordensritter. Und ich – ich wurde einer dieser Ordensritter. Offizier, aber das genügte mir nicht. Ich trat der SS bei, wechselte zur Gestapo, das war nicht leicht, aber es ging. Ich schaffte es."

„Und dann kam dieser Sommer '41, Russland. Der Angriff. Barbarossa. Der langersehnte und endlich geführte Schlag gegen den einzigen, den wirklichen Feind. Ich hatte bis dahin nie am Führer gezweifelt. Auch nicht im August '39, als viele zweifelten, verzagten. Wieso macht Hitler Frieden mit Stalin? Wieso geht diese Lichtgestalt der deutschen Geschichte einen Pakt mit dem Abschaum der Menschheit ein? Warum verrät er alles, wofür wir stehen? Die letzte Frage wagten wir nicht zu denken, Zweifel hatten wir uns verboten."

„Wir waren ja nicht wie die anderen, die hofften, daß sich der Krieg noch einmal verzögern ließe oder daß er nach Polen und Frankreich dann rasch vorbei wäre. Wir wollten den großen, den ganz großen Krieg. Und der kam dann im Sommer 1941, für mich im August, im Baltikum."

„Wir waren Polizisten und Soldaten, feldgrau - nicht schwarz. Wir fuhren durch die Dörfer, jagten Juden, trieben sie zusammen, luden sie auf LKW's. Männer, Frauen, Alte und Kinder. Kinder sind immer unschuldig. Kinder sind die Zukunft. Man tötet nicht die Zukunft, wir taten es. Wie viele Einsteins, Mozarts oder Kafkas haben wir auf dem Gewissen? Welchen Verlust haben wir der Menschheit bereitet? Niemand wird es je richtig ermessen können."

„Das war nicht der Krieg, den ich führen wollte," fuhr er fort. „Das war bloß Mord, feiger Mord. Das war schmutzig, eklig, abstoßend. Da ist nichts heldenhaftes dabei, wehrlose Zivilisten, Frauen und Kinder zu töten. Viele meiner Kameraden sahen das genauso. Man mußte da nicht mitmachen, Merle, wir, die wir schossen, waren meistens, ach was sage ich, praktisch immer Freiwillige. Wer nicht mitmorden wollte, wurde nicht bestraft, galt nicht als Deserteur oder Feigling, außer bei den Kameraden. Und auch deshalb machten die meisten mit. Nicht aus Lust oder Freude am Mord, sondern aus falscher Kameradschaft und falschem Pflichtgefühl."

Er erzählte, wie er es anstellte, heim ins Reich zu kommen. Hier fahndete er weiter nach Juden, den sogenannten U-Booten.

„Das waren 1943 noch einige Tausend, Merle", erklärte er mir, „die sich meist mit Hilfe deutscher Freunde im Untergrund versteckt hielten."

„Es gab sie halt, die Deutschen, die Juden halfen, sie versteckten, schützten, die knappen Lebensmittelrationen mit ihnen teilten. Das waren wenige, zu wenige, aber diese Leute hatten Courage. Sie waren zu wenige, um den Nazis ernsthaft gefährlich zu werden, aber immerhin genug, um ein Ärgernis darzustellen. Es lief nicht so gut, wie die Oben es sich wünschten. Die Deportationen, über die anfangs ganz normal in den Zeitungen berichtet wurde, fanden keine große Zustimmung. Als im Februar '43 die sechstausend Frauen in Berlin ihre Männer herausgepaukt hatten, kippte das ganz. Wir mußten unsere Arbeit jetzt heimlich tun, große Razzien waren nicht mehr erwünscht. Öffentlichkeit auch nicht. Die Menschen hatten Angst. Man flüsterte, man sah weg, man wußte und wollte nichts wissen. Die Leute hatten Angst. Die Angst nahm zu, je mehr sich der Kriegsverlauf wendete. 1943 - da wußten die meisten schon, daß es nicht gut ausgehen würde mit diesem Krieg. Damit du mich nicht falsch verstehst, die Juden waren der Mehrheit der Deutschen ziemlich egal. Sie hatten Angst, Angst vor den Fliegerangriffen, Angst vor den Gerüchten, Angst auch vor der SS. Aber vor allem hatten die Leute Angst vor der Rache der Sieger, vor der Rache der Russen, denn sie wußten, zumindest ansatz- und gerüchteweise, wie wir uns im Osten aufführten. Und sie ahnten und nach Stalingrad wurde es mehr und mehr zur Gewißheit, daß der Krieg verloren ging...“

„In diesem Klima gingen wir auf Judenjagd. Ich wollte nicht mehr, nicht, nachdem ich die Gruben und noch weniger, nachdem ich den Rauch der ersten Krematorien von Majdanek gesehen hatte. Das waren Menschen, die da brannten, Menschen wie du und ich. Das war falsch, was da geschah und ich war auf der falschen Seite, Merle."

Papa sagte dann, er habe immer öfter Verstecke nicht entdeckt, die er hätte entdecken können. Im Herbst 1943 war er wieder in Göttingen. Juden gab es dort schon lange keine mehr, offiziell.

„Die Rosencrantzs hatten sich bei mehreren befreundeten Familien verkrochen. Damals traf ich zum ersten Mal Marianne. Sie war noch keine 17 und so schön wie du, so unschuldig wie du. Seit 1941 versteckte sie sich bei einer Professorenfamilie im Keller-verschlag. Der Professor selbst durfte nichts davon wissen, seine Frau machte das und hielt es geheim. Sie versteckte Juden. Sie war wohl bei der KPD oder stand dieser Partei nahe, jedenfalls hielt sie auch gegenüber den Genossen dicht. Sie gefährdete damit den antifaschistischen Kampf! Kannst du dir vorstellen, wie verrückt die Leute damals waren? Welchen Wahnsinn Angst erzeugen kann? Es war reiner Zufall. Ich war bei dieser Familie zu Besuch, da sah ich Marianne, sie war gerade unterwegs, den Topf zu leeren. Mein Gott, wie leichtsinnig dieses Mädchen war! Sie war schön. Ich hatte die Judennase. Ich wußte sofort, wer sie war. Die Professorengattin war so blaß, wie ich zuvor noch nie eine Frau gesehen hatte."

Und so weiter und so weiter. Rudolf, Papa, erzählte mir, daß er den Rest der Familie nicht retten konnte, aber es schaffte, Marianne und ihren Bruder vor dem Zugriff zu bewahren, sie verbrachten den Rest des Krieges bei einem Bauern in der Nähe Göttingens. Er erzählte mir auch, daß die Professorengattin ihm eine ihrer Töchter ins Bett schickte, damit er sie nicht verriet. Papa sagte, er sei nie ein Kostverächter gewesen, deshalb genoß er die Zuwendung der jungen Frau. Und sie habe es auch genossen, sagte Papa. Männer. Die glauben immer, daß es dir gefällt.

Hektor war, daß muß ich ihm lassen, einer der wenigen Männern, mit denen ich gerne schlief. Allerdings passierte meist nur dann etwas, wenn ich initiativ wurde, der Kerl brachte es fertig, mir mit einer Riesenlatte vorm Bauch den Rücken zuzukehren und fünf Minuten später so laut zu schnarchen, daß mir nur eine schlaf- und lustlose Nacht blieb. Dennoch, irgendwie habe ich den Kerl einmal geliebt. Fast wie meinen Vater.

Papa kam weiter herum. Nach dem Intermezzo in Göttingen ließ er sich nach Frankreich versetzten. Dort nutzte er 1944 die Chance, zu desertieren und zur Rèsistance überzulaufen. So landete er schließlich doch noch auf der richtigen Seite.

1945 kam er heim. Geächtet von den Deutschen - schließlich war er ja ein Vaterlandsverräter, traf er meine Mutter wieder. Sie hatte ihn auch nicht vergessen. Ihre Eltern waren in Birkenau ermordet worden, nur sie, ihr Bruder und eine Cousine hatten überlebt.

Als Papa im August 1945 nach Göttingen zurückkam, hatte er das Bild des blassen, fast unsichtbaren Mädchens mit dem großen, ekligen Nachteimer nicht vergessen. Er traf Marianne im Haus des Professors wieder. Der war mittlerweile, weil einziger seiner Fakultät, der nicht in der Partei gewesen war, durch Erlaß der Briten Dekan geworden und nutzte die Gelegenheit, sich fachlicher wie menschlicher Widersacher aus der NS-Zeit elegant zu entledigen.

Marianne war jetzt 19, schön und genauso einsam wie er. Es begann eine kurze, aber heftige Affäre. Die Jüdin und der Exnazi. Eine unmögliche Beziehung und doch eine große Liebe, aber es ging nicht gut. Marianne saß, wie fast alle Juden, die damals noch in Deutschland waren, auf gepackten Koffern. Sie ergriff die erste beste Gelegenheit, mit ihrem kleineren Bruder nach Palästina zu gehen. Der lebt heute noch dort.

Mein Vater liebte meine Mutter und sie liebte ihn. Sie sah in ihm nie den Nazi, sondern nur den guten Menschen, der vielen Menschen das Leben gerettet hat. Zugleich haßte sie ihn. Ich habe nie herausgefunden, warum. Papa war ein guter Vater. Ich war seine Tochter. Ich war die Frucht seines Alters. Er liebte mich, so wie ich war, ich liebte ihn, so wie er war. Wir waren beide kaputt. Er durch seine Vergangenheit, ich durch meine Gegenwart. Wo er sich mit Rotwein und Whisky benebelte, liebte ich den Flash, den Heroin verschafft. Ich war sechszehn oder siebzehn, als Papa mir alles über sich und Mama erzählte. Ob sechzehn oder siebzehn, ich war süchtig und ich hörte ihm gerne zu für das Geld, daß mir die nächsten Schüsse ermöglichen sollte.

Ich war immer noch siebzehn, da lag ich nach einem Scheißschuß halbtot in einem Hausflur, als Hektor mich aufgabelte - ausgerechnet ein gescheiterter Ingenieur und scheiternder Sozialaffe. Der war das genaue Gegenteil von Papa.

Papa gehörte zu denen, die nach dem Krieg mit dem „Nie wieder!" ernst machten. Er taumelte durch Nachkriegsdeutschland, schrieb für diverse Zeitungen und richtete sich schließlich eine kleine Buchhandlung ein. Er trat der SPD bei, machte dort aber keine Karriere. Erst wurde er Sozialist, dann Christ. Irgendwann bekam er einen Brief aus Israel - von Marianne. Sie schrieben sich eine Weile, dann kehrte Marianne heim, ziemlich desillusioniert über den Judenstaat. 1953 heirateten sie. Marianne war heimgekehrt, wie sie es bei jeder passenden und unpassenden Gelegenheit betont hat.

Heimat - als ob das eine Bedeutung hat, wo meine Heimat ist. Es zählt doch nur der Moment, nur das, was gerade passiert, nur der nächste Schuß. So ist es seit 20 Jahren für mich, nur die Art des Schusses hat sich geändert.

Rudolf und Marianne wollten Kinder und bekamen sie. Zuerst Simon, sechs Jahre später, passend zur Olympiade in Rom, mich. Immer wenn Papa unterwegs war, erzählte Marianne uns ihre Geschichte, die Jahre im Versteck, im Verschlag. Sie konnte keine offenen Türen ertragen, hatte immer Angst, dann kämen und holten sie sie. Ich erinnere mich an ihre Alpträume und an Papas Versuche, sie zu besänftigen. Sie war tobsüchtig. Merkwürdigerweise wurde sie ruhiger, als sie in Braunschweig lebte und diese langjährige Beziehung mit einem Lehrer hatte, dessen Namen ich nicht mehr weiß.

Aber da war es für uns zu spät, sie und ich - da ging nichts mehr.
Ich verließ Hektor damals auch, weil er so gut mit Marianne auskam. Er half mir nicht gegen sie, er half ihr gegen mich. Und dann das Kind, dieser schreiende, nervende, fordernde kleine Scheißer. Ich wollte leben, wollte mit 23 nicht aufs Altenteil, ich habe das Leben gewählt, mein Leben. Immer unterwegs, immer im Versteck, immer auf Wacht, aber ich lebe!

Oh ja, mein lieber Papa, du würdest es nicht mögen, wenn du wüßtest, welchen Beruf deine Tochter heute ausübt. Aber du hast mir dabei geholfen. Du hast mir damals, als ich wegen Johnny Feist eine Menge Trouble hatte, gesagt, daß man manchmal töten muß. Und du hast mir die Waffe gegeben, den 38er, der heute in meiner Handtasche steckte. Ich bin ganz schön leichtsinnig mit meinen Waffen, ich weiß. Manche benütze ich nur privat oder zur Selbstverteidigung.
Waffen, mit denen ich einen Job erledige, benütze ich immer nur einmal.

Ich stand an der Rückfront von Mariannes Haus. Die Vergangenheit verblaßte, als ich den Hund bellen hörte, ein lautes, tiefes Gewuffe, daß Hektors Töle von sich gab.

Ich erinnerte mich, wie Hektor übel wurde, diesem Friedenskämpfer, der nie eine Waffe anfaßte, als Papa ihm seine Kollektion zeigte. Papa, der auch nach dem Krieg noch weiter flog und weiter Waffen sammelte. Pistolen, Revolver, alles, was klein, handlich, tödlich ist und verdeckt getragen werden kann. Deutsches, russisches, amerikanisches, englisches, französisches, tschechisches und sonstiges Material trug er zusammen, hegte und pflegte es im Keller.

Heimlich lehrte er mich und Simon den Umgang damit. Heimlich, denn Marianne haßte Waffen. Ich griff in meinen Hosenbund, dorthin, wo der schöne kleine 22er steckte. Auch ein Stück aus Papas Sammlung. Sonderanfertigung für die CIA, klein, leicht, extrem handlich, leise dank integriertem Schalldämpfer, verreißt wenig und tödlich genug. Seine Geschosse tragen recht weit und durchschlagen auch dicke Lederjacken. Meine Lieblingswaffe.

Der Hund bellte immer noch. Ich stand genau unterm Küchenfenster, als es aufging. Marianne beugte sich hinaus.

Sie sah sich um. Dann sagte sie:

„Ich sehe niemanden. Hektor, sei so lieb und beruhige doch bitte den Hund, da ist wirklich niemand im Garten. Höchstens eine Katze.“

Ich blieb noch ein wenig im Gebüsch, ging dann vor zum Wohnzimmerfenster und schaute hinein. Sie saßen auf dem alten Sofa auf dem altem Teppich mit den alten Sesseln und dem alten Geschirr. Marianne hatte nichts im Haus verändert. Wahrscheinlich war Simons Zimmer immer noch extra für ihn eingerichtet, falls er mit Frau und den Enkeln mal nach Braunschweig käme. Er kam sehr selten, er mied den Umgang mit Marianne fast so konsequent wie er seinerzeit den Umgang mit Papa gemieden hatte.

Nach einer Weile stand Hektor auf, nahm den Hund an die Leine und machte Anstalten, aufzubrechen. Ich verschwand schnell und leise aus dem Garten und ging zu meinem Käfer. Ich stieg ein, rutschte etwas tiefer und wartete. Dann fuhr der Peugeot an mir vorbei, als er mich gerade passiert hatte, verlangsamte er. Ich spürte förmlich, wie Hektors Blicke in den Rückspiegel mir im Nacken brannten. Ich startete, wendete an der nächsten Einfahrt und folgte ihm langsam.

# HEKTOR

Ich fuhr zunächst zum Kiosk, ich wollte Ghandi heute abend gerne bei mir haben. Auch interessierte mich, was Renate über Merles Besuch zu erzählen hatte. Ehrlich gesagt, ich brannte vor Neugier. Nach all den Jahren.

Kurz vor Acht kam ich an. Beste Zeit. Der Laden war gut gefüllt. Die Kundschaft versorgte sich noch rasch mit Bier und Knabberzeugs für den Samstagabend vorm Fernseher. Zumindest der Teil der Kundschaft, der sich nicht die Ganzvielwerbung-Vieldummesgeschwätz-Undsogaretwasfußball-Sendung reinzieht. Die kommen samstags immer schon gegen Fünf. Als ich den Kiosk betrat, stürmte mir die alte Schröder entgegen und rief:

„Herr Purmann, was ist denn mit Ihnen passiert? Hat jemand versucht Sie zu ermorden?“

„Wie kommen Sie denn darauf?“

Hinterm Tresen zog Renate hilflos die Schultern hoch.

„Ach, die Polizei fragt in unserer Straße herum. Und dieser Journalist soll doch ein Freund von Ihnen sein! Frau Blum hat bereits zwei Blumentöpfe fallengelassen.“

Na klasse, Publicity war das Letzte, was ich brauchen konnte. Laut sagte ich:

„Das klingt hochinteressant, Frau Schröder. Hat Frau Blum jemanden getroffen?“

Ehe sie antworten konnte wurde sie von einer vor Wiedersehensfreude überschäumenden Ghandi zur Seite gefegt. Ghandi leckte mir einmal quer durchs Gesicht und war gar nicht zu beruhigen.

„Was hat denn der Hund? Renate, was hast du mit Ghandi gemacht?"

„Nichts, Purmann. Marion hatte sie lediglich im Abstellraum angeleint. Und ich hatte keine Zeit, sie rauszulassen."

„Eh, du meinst, die Töle war die ganze Zeit hier im Kiosk?"

„Ja, sicher."

„Aber, war Kathrin nicht da?"

„Doch, die war da."

Da mischte sich die alte Schröder, nachdem sie ihre Knochen sortiert und den Mantel zurechtgerückt hatte, dazwischen.

„Also Herr Purmann, ihr Hund ist ja gemeingefährlich. Meine Güte ... Haben Sie schon einmal in den Spiegel geguckt?"

„Doch, aber sie hätten mich erst heute früh sehen müssen. Und was Ghandi betrifft, die muß einfach mal raus, nicht wahr, meine Dicke?"

Ein freudiger Bestätigungsjauler zeigt mir, wie Recht ich hatte. Zu Frau Schröder sagte ich nur noch:

„Liebe Frau Schröder, Sie verpassen die Tagesschau, Sie müssen sich jetzt wirklich beeilen!"

„Ach herrje, ist es schon so spät? Na, dann werde ich mich mal auf den Weg machen, Herr Purmann, auf Wiedersehen allerseits."

„Wiedersehen, Frau Schröder, und haben sie ein Nachsehen mit Ghandi."

Ansonsten war keine Stammkundschaft im Laden, nur noch ein Penner im Jogginganzug, der sich von Renate drei Riesentüten Chips und einen halben Kasten Bier andrehen ließ, vier Kids, die sich an der Scheibe, die sie von den Süßigkeiten trennte, die Nase platt drückten und ein paar Leute, die wohl nur Zigaretten wollten. Renate würde noch ein paar Minuten brauchen. Ich beschloß, sie in Ruhe verkaufen zu lassen und Ghandi etwas Bewegung zu geben.

„Ich gehe mit dem Hund mal kurz um den Block, ich bin gleich wieder da!"

„Ist gut, Purmann, bis später. Also wollen Sie jetzt Feldschlößchen oder Flensburger? Ich empfehle Ihnen letzteres, das paßt eher zu einem herben Kerl wie Ihnen ..."

Ich freute mich, daß Renate so aktiv um die Steigerung meines Umsatzes bemüht war und ging mit Ghandi zum nahegelegen Friedhof, wo sie sich in einem schönen Gebüsch zwischen den alten Grabsteinen in Ruhe erleichtern konnte. Sie schnüffelte und strich noch ein bißchen herum, derweil genoß ich die milde, sich aber rasch abkühlende Abendluft. Hatte sich am Nachmittag die Sonne noch einmal blicken lassen, zogen jetzt bereits wieder dunkle Wolken über den Abendhimmel. Nach etwa zwanzig Minuten pfiff ich Ghandi heran, nahm sie an die Leine und bummelte zurück zum Kiosk. Ich spürte meinen Hunger, hatte es aber trotzdem nicht besonders eilig. Da waren ja noch die Stullen, die im Auto lagen. Ich hatte sie nach dem Erlebnis in Carola Albertz' Wohnung einfach vergessen. War auch besser so. Ich hätte mich vorhin nur wieder übergeben müssen, wenn ich versucht hätte, etwas zu essen.

Im Kiosk war Ruhe eingekehrt. Die Tagesschau fordert immer ihren Tribut und Samstag laufen manchmal auch interessante Filme. Renate hatte Kaffee gekocht, mußte sie doch mindestens bis 23 Uhr hier bleiben. Samstags sind wir gerne länger für unsere Kunden da.

„So, da bin ich wieder," begrüßte ich sie. Ich küßte sie auf die Wange und schickte Ghandi in ihre Ecke, in die sich auch brav lümmelte. „War ein guter Tag, was?"

„Stimmt Purmann, und interessant obendrein."

„Wieso ist Kathrin nicht mit Ghandi spazierengegangen?"

„Das mußt du sie schon selber fragen, Purmann. Sie kam gegen Halb fünf mit ihrer Freundin hier eingestürzt, hat etwas Geld aus der Kasse gemopst und ..."

„Moment mal, du sagst, sie hat Geld gemopst?"

„Na, ja, eigentlich ..."

„Du hast ihr Geld gegeben."

„Ja, einen Fünfziger, aber jetzt rege dich deswegen bitte nicht auf, Purmann. Das Mädchen ist 15. Du kannst sie nicht mehr mit Süßigkeiten kurzhalten, sie wird erwachsen."

„War noch jemand hier, von dem ich wissen sollte?"

„Deine Frau."

„Ich habe keine Frau."

„Dann eben die Mutter deiner Tochter. Nenne sie wie du willst, aber wenn die Frau auf dem Foto von dem Bullen deine Exfrau Merle ist, dann war sie heute hier."

Ich fragte bloß: „Aha, und was wollte sie?"

„Keine Ahnung, sie hat englische Weingummis gekauft und Kaffee getrunken."

„Englische Weingummis?"

„Na ja, sie wollte eine bunte Mischung, aber keine Grünen."

„Keine Grünen? Das ist Merle," sagte ich mehr zu mir als zu ihr. Dann fragte ich: „Hat sie bemerkt, daß du sie erkannt hast?"

„Weiß nicht genau. Ich habe sie mir genau angesehen und sie hat auch mich und vor allem Kathrin beobachtet. Die beiden sehen sich wirklich recht ähnlich, so im Gesicht."

„Ob Kathrin etwas gemerkt hat?"

„Ich glaube nicht, Purmann. Die Mädels haben gegiggert und gekichert, als sie die Frau mit den kurzen und kastanienbraun gefärbten Haaren gesehen haben. Aber sie haben nicht gemerkt, daß das Kathrins Mutter ist."

„Hat sie nach mir gefragt?"

„Nicht direkt, wir haben uns ein bißchen unterhalten, aber sie wirkte nicht allzu neugierig."

„Und dann hast du Marianne angerufen."

„Ja, sollte ich das nicht? Ich dachte, Frau Rosencrantz hätte ein Recht darauf zu wissen, daß ihre Tochter in der Stadt ist."

„Renate, hör mir bitte genau zu. Es ist wichtig und besser für uns alle, wenn so wenig Leute wie möglich von dieser Geschichte erfahren. Das ist ein großer Haufen übelster Scheiße, in die Skladowsky mich da hineingeritten hat, und ich will nicht, daß Unbeteiligte zu Schaden kommen, klar?"

„Skladowsky hat dich nicht da reingeritten."

„Wie meinst du das?"

„Du bist deiner Neugierde und Skladowskys Geld erlegen, Purmann, wie immer und in genau der Reihenfolge. Du hast dich freiwillig darauf eingelassen. Du hättest das Schwein nur rausschmeißen müssen, oder sehe ich das falsch?"

Leider sah sie das ganz und gar nicht falsch. Ich gab das auch zu, griff mir Ghandi und sagte Renate, ich wäre im Notfall erstmal bei Marianne zu erreichen und fügte hinzu:

„Sag bitte auch Markus, daß er vorsichtig sein soll. Die Geschichte ist wirklich kein Spaß."

„Ich glaube, das ist ihm spätestens gestern Nacht klargeworden. Mach's gut, Purmann, und - paß auf dich auf."

„Mach ich. Mach's gut, Renate. Ghandi, komm." Wir umarmten und küßten uns kurz, ihre Augen ließen Wärme und etwas Angst erkennen.

Als ich mit Ghandi den Kiosk verlassen hatte, ging ich nicht nach Hause. Ich wollte nicht Gefahr laufen, einen Anruf Skladowskys entgegennehmen zu müssen, der sich beschwerte, daß ich seinen Sohn nicht ausreichend bewachte. Was hätte ich ihm auch sagen sollen?

Daß Konny mit einem anderen Knaben und vier älteren Herren in Lübberitz weilte? Daß einer der drei Wagen, mit denen die illustre Runde nach Lübberitz gefahren war, Carola Albertz gehörte, Betreiberin einer gutgehenden Galerie und zweier wohlsortierter Antiquitätengeschäfte, die vermutlich auf ziemlich bestialische Art aus dem Leben geschieden worden war? Hätte ich Martin Skladowsky fragen sollen, wer der Kumpel seines Sohnes war? Hieß er vielleicht Jack? War er der Sohn des alternativen Noch-MdB und Exlandesvorstandes Philip Sonntag? Sollte ich Skladowsky darüber in Kenntnis setzen, daß zwei der anderen Herren in der gutsortierten Sechserrunde von Lübberitz Polizisten waren, die zum Umfeld des allseits beliebten Sauerland gehörten? Sauerland selbst war nicht dabei, das hatte mich überrascht und verunsichert.

Seit Lübberitz war mir ein rätselhaftes, altes, rotes Käfer-Cabrio unauffällig gefolgt, eines mit Göttinger Kennzeichen, eines, das zufällig einige Meter vom Kiosk entfernt parkte, als ich Ghandi abholte. Eines, dessen Fahrersitz so eingestellt war, als wäre der Fahrer relativ klein oder eine Fahrerin.

Was und warum um alles in der Welt hätte ich etwas davon mit Skladowsky bereden sollen? Welche Rolle, bitte, spielte denn der Herr Professor und Bundestagsabgeordnete in dieser Geschichte?

Ich hatte Wichtigeres zu tun, als mit Skladowsky darüber zu reden, hatte ich? Oh, ja. Ich habe eine Tochter, die ich davor schützen mußte, in diese Scheiße hineingezogen zu werden.

Ich fuhr nicht nach Hause. Ich brachte das Material aus Carola Albertz Wohnung und Datsche vor dem Hund in Sicherheit, packte Ghandi auf ihre Decke im Font und fuhr zu Marianne. Als ich ausstieg, bemerkte ich erneut den Käfer. Er folgte mir so, daß ich ihn bemerken konnte, aber nicht mußte. Im Gegensatz zu den anderen Typen, zu denen, die sich an meiner Wohnungstür vergangen hatten und die auf meinen Anrufbeantworter gelabert hatten oder auch denen, die sich in Carola Albertz Wohnung herumgetrieben hatten, schien der Käferfahrer zu wissen, was er tat.

Morgen würde ich wieder nach Lübberitz fahren, die Gegend war schön und wenn die Sonne schien, könnte ich einige gute Bilder für meine kleine, private Galerie aufnehmen. Und ich wollte mich, wenn möglich, in den Nachbarhütten umsehen...

Ich nahm meine Kameras mit ins Haus. Ich lasse sie nie im Auto liegen, dazu ist die Ausrüstung zu wertvoll. Marianne hatte sich wirklich Mühe gegeben. Thüringer Klöße, dazu frische, grüne Bohnen und etwas Lammkotelett - da lacht des hungrigen Schnüfflers Magen. Wir aßen, sprachen über dies und jenes und als mein erster Heißhunger gestillt und Ghandi mit ein paar Knochenresten bestochen worden war, fragte ich Marianne, ob Katharina zwischenzeitlich wieder aufgetaucht sei. War sie nicht. Sie hatte auch nicht angerufen. Sie war wohl wirklich sauer auf mich. Warum eigentlich?

Während Marianne sich ihr zweites Glas Wein einschenkte, ich mußte clean bleiben, trank daher Apfelschorle, schlug Ghandi an. Die Hündin war auf der Suche nach etwas unachtsam abgestellten Fleisch in die Küche gelaufen und bellte sich jetzt die Seele aus dem Leib. Marianne stand auf, ich folgte ihr in die Küche. Sie öffnete das Fenster, ich packte Ghandi am Halsband, die Hündin machte Anstalt hinauszuspringen. Marianne sagte:

„Ich sehe niemanden. Hektor, sei so lieb und beruhige doch bitte den Hund, da ist wirklich niemand im Garten. Höchstens eine Katze."

Ghandis Knurren klang anders. Aber ich verkniff mir den Kommentar. Wir gingen zurück ins Wohnzimmer, die Hündin bekam ein paar Hundekuchen zur Beruhigung, die sie an ihrem Lieblingsplatz auf Mariannes wertvollen alten Keshan hingebungsvoll und genüßlich sabbernd in kleine, eklig-feuchte Brösel zerteilte. Während Marianne für uns Mokka bereitete und ich gedankenverloren Ghandis Hundekuchenmanscherei zusah, ließ ich die Ereignisse des Tages Revue passieren. Ich dachte nicht an die Details aus Carola Albertz Tiefkühltruhe, ich wollte das gute Essen bei mir behalten. Aber ich dachte lange darüber nach, wer jetzt ihren großen Daimler in Besitz hatte. Warum fühlte sich der Typ so sicher? So weit ich herausgefunden hatte, war Carola Albertz Single. Sie hatte wohl die Affären, die eine erfolgreiche Frau Mitte 30 so hat, aber da war nichts Festes. Und sie besaß dieses Haus in Lübberitz, von dem aus sie anscheinend eine kleine Agentur für Auftragsmorde betrieben hatte, ob man es glauben wollte oder nicht.

Es war schwer vorstellbar, daß es so etwas in dieser beschaulichen Gegend gab, noch schwerer, daß eine Frau ein solches Geschäft betrieb. Noch dazu eine Frau wie Carola Albertz, die mit jedem aus der Braunschweiger Schickeria auf gutem Fuß stand, die alle kannte und von jedem etwas wußte, was dieser nicht so gerne verbreitet sah...

Das wiederum ergab Sinn. Das paßte. Doch ich wollte es nicht glauben. Noch weniger wollte ich glauben, daß Merle da irgendwie drinzustecken schien. Doch da gab es dieses alte, rote Käfer Cabrio. Käfer. Cabrio.

„Marianne?"

„Ja, Hektor?"

„Was für ein Auto war das, das dein Mann Merle vererbt hat?"

„Ein Käfer, ein Cabrio, warum?"

„Welche Farbe?"

„Großer Gott, Hektor, du kannst vielleicht Fragen stellen. Ich glaube, es war, es müßte eigentlich rot gewesen sein. Aber soweit ich weiß, hat sie den Wagen verkauft. Da mußt du eher Simon fragen. Der weiß mehr über Merle als ich. Ruf ihn doch an. Er freut sich bestimmt!"

Das wollte ich dann doch nicht, mir diesen Schwaben aus Norddeutschland anhören, seine letzte Gehaltserhöhung oder seinen neuen Daimler oder das neue Wochenendhaus - nein, die ewig gleiche Leier um Geld und Karriere, das wollte ich mir heute nicht mehr antun.

Käfer Cabrio, rot, Göttinger Kennzeichen. Das paßte. Hann.Münden gehört zum Kreis Göttingen. War sie mir gefolgt? Und wenn, warum und was hatte sie nach Lübberitz getrieben? Sie wußte doch nichts von Frau Albertz Haus in Lübberitz, oder etwa doch? Zumindest hatte sie sich am Telefon nicht daran erinnert. Vielleicht wollte sie es auch nicht.

Oh Scheiße, Scheiße, Scheiße. Mein lieber Hektor Purmann, da bist du einmal wieder so richtig bis zum Hals in die Scheiße gejumpt. Und diese ist noch viel, viel tiefer.

Da hängt der brave, nette Sohnemann Konny Skladowsky mit dem sauberen Bullen Benno Müller zusammen und einem der mutmaßlichen Mörder Carola Albertz' herum. Sie alle waren heute in Lübberitz dabei. Das ergab alles Sinn. Es ergab Sinn.

Aber welchen Sinn? Wie hing Klühspiess dadrin? Ich ging mit Sicherheit davon aus, daß der Anschlag am Dienstag Klühspiess galt. Das Kanzlerattentat diente nur als perverse, aber geniale Ablenkung.

Was hatte der alte Skladowsky in dieser Geschichte zu suchen? Was wußte er wirklich über seinen Sohn? Martin Skladowsky war eine schillernde Gestalt. Rechtsradikaler Burschenschaftler, Fluchthelfer, in der Berliner Rechtsmafia großgeworden, dann durch die Heirat mit Maria von Runkelstein-Cardoso in die höchsten Braunschweiger Kreise aufgestiegen und hier auch politisch geadelt worden. Skladowsky hatte seine spätere Karriere über seinen Schwiegervater, den Rechtsanwalt und Immobilienhai Carsten von Runkelstein gemacht. Der war jetzt fast 80 Jahre alt, ein Politrentner, aber immer noch einflußreich genug, um bei den hiesigen Konservativen, und, was hierzulande ganz wichtig war, über die Partei hinaus in die anderen Gruppierungen hinein seinen Willen durchzusetzen. Der alte von Runkelstein war in den Sechzigern und Siebzigern eine der treibenden Kräfte hinter der verdeckten großen Koalition gewesen, die diese Stadt beherrscht. Ein einziger großer Filz. Ich hätte nicht gedacht, wie schnell die Alternativen da mit drin hängen würden. Vielleicht hing das damit zusammen, daß Philip Sonntag wie Skladowsky ein Zugewanderter war, also einen Protegé brauchte, aber wer war das?

Ich schüttelte die Gedanken ab, schlürfte meinen Mokka, stand auf und sagte:

„Entschuldige bitte Marianne, aber ich muß mal telefonieren."

„Geh nur, Hektor, du machst ohnehin einen sehr nachdenklichen Eindruck, du weißt ja, wo das Telefon ist."

Ich wählte Skladowskys Geheimnummer. Seine Frau war dran:

„Guten Abend, hier ist Hektor Purmann. Entschuldigen Sie bitte die späte Störung, gnädige Frau, aber ist ihr Mann zu Hause?"

„Nein, er hat heute abend eine Veranstaltung in Hannover, mit dem Landesvorsitzenden."

So genau wollte ich das gar nicht wissen. Dann fragte ich:

„Wissen Sie, daß ich für ihren Mann wegen der *Unterm Pflaster*-Artikel ermittele?"

„Er hat mir von Ihnen erzählt, Herr Purmann."

„Ist Ihr Sohn mit dem Sohn von Philip Sonntag befreundet?"

„Die haben viele Kurse zusammen, soweit ich weiß. Doch ob sie befreundet sind... Klaus-Konrad hat viele Freunde. Ich weiß nur, daß die beiden sich aus der Schule her kennen. Sie haben wohl auch Leistungskurse zusammen."

„Sie haben doch ein Wochenendhaus in Lübberitz, gnädige Frau, Ihr Sohn benützt das doch regelmäßig ..."

„Nein, das Haus gehört meiner Mutter. Und mein Sohn ist nie dort."

„Wer nützt es dann? Sie, ihr Mann oder jemand anders?"

„Hören Sie, Herr Purmann. Das Haus in Lübberitz gehört meiner Mutter. Es ist, soweit ich weiß, vermietet. Aber weder mein Mann, noch ich, noch unsere Kinder waren jemals dort. Mein Vater hat es gekauft, weil es billig war und eine gute Rendite versprach. Er hat es Mama zur goldenen Hochzeit geschenkt. Wenn Sie wissen wollen, wer heute dort wohnt, dann fragen Sie sie! Auf Wiederhören, Herr Purmann."

Sie hatte aufgelegt, bevor ich noch etwas erwidern konnte. Ich stand da mit dem Hörer in der Hand, legte ihn langsam zurück auf die Gabel und ging zurück ins Wohnzimmer. Marianne sah mich fragend an. Ich zog die Schultern hoch, breitete meine Hände aus, drehte mich um und ging noch einmal zum Telefon. Diesmal nahm ich mein Notizbuch zur Hand und wählte die Nummer von Konny Skladowsky Handy. Doch das befand sich offenbar außerhalb des Netzes. „Dieser Anschluß ist im Augenblick nicht erreichbar" flötete die Computerstimme in mein Ohr. Ich legte auf.

Wieder im Wohnzimmer trank ich den mittlerweile erkalteten Mokka, küßte Marianne auf beide Wangen, schnappte mir Ghandi und machte mich auf den Weg. Ich lud den Hund ins Auto und fuhr an dem Käfer Cabrio vorbei, das wie zufällig ein paar Häuser weiter parkte. Ich fuhr langsam, sehr langsam und starrte in den Rückspiegel. Dann sah ich, wie der Wagen anfuhr, wendete und mir mit Abstand folgte.

Zunächst warf ich einen Blick ins PiPaPo, drehte dort zwei Runden. Der Laden war gut gefüllt, doch weder Konny Skladowsky, noch Bernie, noch Pille, sein Sohn und auch kein Bulle, zumindest kein mir bekannter, waren anwesend. Ohne derlei Prominenz wirkte der Laden fast sympathisch. Ich ging zurück zum Auto und fuhr direkt in die Kralenriede. Ich parkte ein ganzes Stück vom Bunker entfernt, ließ Ghandi aus dem Wagen und ging zuerst zurück zur Hauptstraße. Dort sah ich gerade noch den roten Käfer, der etwas oberhalb an der Straße parkte. Ich ging auf den Wagen zu, aber der war leer. Ghandi knurrte, also mußte der Fahrer in der Nähe sein. Ich überquerte schnell die Straße, ließ den Hund an der Leine neben mir herlaufen und bummelte gemächlich zum Bunker. Dort war schon mächtig Stimmung.

Die Boxen ließen Boden und Beton vibrieren. Der Bunker war mit einer Lightshow illuminiert, die an die frühen Pink Floyd erinnerte. Draußen standen rund 200 Kids und etwa dreimal so viel Fahrräder herum. Der Schotterboden war übersäht mit Plastikbechern, Folien und Kippen. In einigen Autos kopulierten Pärchen und auf dem Vorplatz und an den Wänden standen und lagen die ersten Dope-Leichen herum. Kids, die so vollgedröhnt waren, daß nicht einmal eine Elefantenherde sie aus dem Koma zurücktrampeln konnte. Sie grinsten mich dämlich an, als ich mit Ghandi vorbeiging. Kathrin oder Jessica konnte ich nicht ausmachen.

Ich sah die vielen aufgemotzten Autos, die dort parkten. Ich werde nie begreifen, woher die heutigen Kids dieses viele Geld haben, wie sie sich solche Schleudern leisten können. Dabei ist das Auto oft gar nicht mal so teuer, aber die Anlage drinnen, die kostet.

Kein mausgrauer Golf war darunter, zumindest nicht der, nach dem ich suchte.

Der Bunker war vollgesprüht mit allen möglichen dummen und dreisten Graffitis. Sie hatten ihre Schablonen ohne Sinn und Verstand über bereits vorhandene Pieces gelegt und losgesprüht, hier war nichts mehr von der Ästhetik vorhanden, die ein gekonnter Graffito verbreiten kann. Was noch halbwegs hätte gelingen können, hatten dann andere, jüngere, mit ihren Eddings endgültig ruiniert. Der Ort atmete Ödnis, Leere, Brutalität und Langeweile. Eine gefährliche Mischung. Ich bin zu alt für diese Mischung. Aber ich mußte hinein.

Den Hund konnte ich nicht mit hineinnehmen. Ich drehte ab und leinte Ghandi etwa 200 Meter vom Bunker und ein gutes Stück von der Straße entfernt an einem jungen Baum an.

„Sei brav, Dicke," sagte ich. „Ich bin gleich zurück."

Ich strich ihr über ihren wuscheligen Kopf und befahl: „Platz!"

Sie legte sich hin und sah mir mit glotzend-treuen Blicken nach. Sie war bestimmt froh, nicht mitten im Lärm zu sein, nicht diese Oberfrequenzen, die nur ihre Ohren wahrnehmen konnten, aus der Nähe aushalten zu müssen.

Ich ging zum Eingang. Von drinnen drang das ohrenbetäubende Hämmern der Bässe heraus, ließ meine Eingeweide vibrieren. Ich mag dies Gefühl, aber die meisten Techno-Beats sind aggressiv, nicht anregend, sondern deprimierend aggressiv. Ich kann die Mucke nicht ab.

Vor mir gingen ein paar aufgedonnerte Kids zur Party. Vor dem Eingang stand ein Tisch, hinter dem zwei Möchtegerngangstas in hyperweiten, ultralangen Ballonhosen mit

Kapuzenshirts und Baseballmützen saßen und Gesichtskontrolle machten. Ich trat auf sie zu. Die Szene hatte was von Kafka. Von einer Karikatur von Kafka. Vor dem Gesetz ... diese Kids hielten sich dafür. Gute Güte!

„Ey, Alter, das hier ist eine geschlossene Veranstaltung, zisch ab, Opa!", sagte der von ihnen, der schon etwas größer war. Der andere war klein und untersetzt. Sein von Pickeln entstelltes Gesicht erinnerte an eine überreife, leicht faulige Himbeere.

„Cool, Mann. Jack hat mich gebeten, heute abend herzukommen, er sagte er würde drinnen auf mich warten."

„Jack?"

„Ja genau, Jack. Was dagegen, wenn ich reingehe?"

„Ey, hör mal ..."

„... da könnte jeder kommen, was? Mann, ich bin nicht jeder und du bist schon fast so spießig drauf wie dein Vater."

Er sah mich mit offenem Mund an. Ohne sie weiter zu beachten, ging ich weiter und betrat den Bunker. Drinnen erwartete mich eine Vorahnung von Dantes Inferno. Stroboskopblitze durchzuckten den Raum, die Lautstärke des Techno lag oberhalb jeder irgendwie benennbaren Grenze, die Geschwindigkeit der Beats war geeignet, einen Herzschrittmacher aus dem Rhythmus zu bringen. Grellbunte Neonlichter waberten durch den Saal. Saal? Eher glich es einer Höhle, in der Neolithiker ihre religiösen Opferrituale abgehalten hatten. Das wenige Licht, das damals die Fettfackeln spendeten, verschluckten Ruß und Qualm.

Hier war es ähnlich. Man hatte einen dunkeln Raum offenbar mit lichtschluckender Farbe bemalt, besprüht, beschmiert. Die vielfarbigen Scheinwerferbatterien der Lightshow heizten den Raum auf, aufzuhellen vermochten sie ihn nicht. Die Reflexe ließen für Sekundenbruchteile Menschenmassen, zuckende Leiber erkennen, bevor alles wieder in Düsternis versank. Die Luft, oder was davon übrig war, quoll über von Rauch, Parfüm, Schweiß und sonstigen Ausdünstungen. Hier und da schien sich an der Wand so etwas wie ein Graffito abzuzeichnen.

Ich zwängte mich zwischen schwitzenden, zuckenden, kreischenden Kinderkörpern hindurch, versuchte verzweifelt, meine fünf Sinne auf das Spektakel einzustellen. Endlich fand ich einen etwas ruhigeren Ort. Die Theke. Hier hatte sich jemand durchaus Mühe gegeben, eine geschwungene Konstruktion aus Glasbausteinen und Marmorimitat hinzustellen. Einige in die Glasfassade strahlende Scheinwerfer tauchten das Ganze in ein neonblaues, fahles, unheimliches Licht. Kreuz und quer an die Wand geklatschte, mit Folie oder Sprühfarbe bearbeitete Neonröhren gaben eine bizarre, an schlechten Science-Fiction-Filme erinnernde Illumination. Sie ließen eine Batterie von Flaschen erkennen, die alles enthielten, was der gepflegte Jugendliche heute in Cocktailform zu sich nimmt.

Ein Mädchen schwebte auf mich zu. Außer Netzstrümpfen trug sie Strapse, einen etwas festeren Slip und ein zerfetztes Bikinioberteil. Zumindest wirkte es so, wahrscheinlich war es aber ein sauteures Designer- oder genial zerschnittenes Großmuttererbstück. Sie war kalkweiß geschminkt mit schwarzen Augen und knallroten Bäckchen. Die Lippen dunkelrot angemalt, hatten ihre Ohrringe die Form von Kreuzen in Reifen. Zwischen den kleinen Brüsten baumelte ein großes schweres blechernes Kreuz. Celtic Design. Toll, eine Art Gruftie als Thekenfrau bei einer Raveparty. Na ja, die Szene ist vielseitig. Ihr Blick und ihr Lächeln, das etwa einen Zentimeter vor meiner Nase gefror, deuteten mir, einen Wunsch zu äußern. Ich brüllte:

„Ich hätte gern ein Bier!"

Sie nickte, schwebte fort und kam mit einer Flasche Feldschlößchen wieder. Das Bier war warm. Doch in dieser Atmosphäre, die entfernt an einen Borgwürfel aus Star Trek erinnerte, mußte jeder Kühlschrank seine Kühlflüssigkeit ausschwitzen. Ich trank einen Schluck und stellte erfreut fest, daß die Mischung aus Schweiß, Parfum, Tabak, Dope und Alkoholdunst meine Geschmacksnerven neutralisiert hatte. Sie wehrten sich nicht gegen das, was da meine Kehle durchfloß. Es war flüssig, das war alles, was ich wollte.

Mittlerweile war ich fast taub. Meine Augen brannten und holten sich alles sichtbare an Licht aus diesem schwarzen Loch. Als ich genug von dem Inhalt der Flasche hatte, setzte ich meine Suche in den Horden kreischender und zuckender Kids fort.

Ich bin ein sehr toleranter Mensch. Aber Techno übersteigt alles, was einer, der vor 1980 geboren wurde, jemals an Toleranz aufbringen kann. Es sei denn, er meint, um jeden Preis und bedingungslos „in" sein zu müssen.

Die Bässe ließen meine Innereien vibrieren, meine Knie schlottern und meinen Kopf schmerzhaft dröhnen. Aber immerhin verstand ich jetzt, warum die Kids auf diese Pillen abfuhren. Man kann diese Musik wirklich nur völlig zugeknallt ertragen. Und wenn man high ist, ist es egal, wozu, wie und mit wem man sich bewegt. Dann regiert nur noch das vegetative Nervensystem.

Kurz vor Mitternacht hatte ich den Bunker betreten. Ich hatte gehofft, früh genug dazusein, um noch in Ruhe nach Kathrin Ausschau halten zu können und auch um zu sehen, wer sich hier noch so alles herumtrieb. Ich wußte leider immer noch nicht, wie Jack genau aussah. Vielleicht würde Kathrin ihn mir zeigen. Falls ich sie fand. Wie hatte sie sich zurechtgemacht?

Sie verkleidete sich gerne, schon als sie ein kleines Mädchen war. In letzter Zeit hatte sie zunehmend Oma Mariannes Bestände an Vorhängen, Kleidern, Tischdecken usw. geplündert und auf ihrer Nähmaschine verarbeitet. Ihr Outfit von Donnerstag sprach Bände. Außerdem, sie wußte, sie sollte nicht hier sein. Das würde ihrer Phantasie Flügel verleihen. Gestern Nacht vorm PiPaPo war sie in Jeans und Lederjacke fast zu normal gewesen.

Ich spähte durch den Raum. Ich sah sie, bevor sie mich sahen. Der eine, das mußte Jack sein. Offenbar hatte Jack seine Leute, die für ihn die Party vorbereiteten. Vielleicht kassierte er bloß ab, während andere die Arbeit machten. Der andere war der kleinere der beiden Typen vom Einlaß. Ein Kid, das mit all seinen Pickeln gerne den Macho spielte, ohne zu wissen, was das eigentlich ist. Das sind die schlimmsten. Geil auf Zoff. Er schleppte einen Baseballschläger mit sich rum. Der Prügel war fast so lang wie der Junge selbst. Ich verdrückte mich in der Menge, sie hatten mich noch nicht entdeckt. Aber dazu würden sie nicht lange brauchen. Hier fiel einer wie ich auf. Ich trug wie immer Jeans, Flanellhemd und meine alte Armyjacke, in deren Seitentasche ein gutes Schweizermesser und ein kleiner, aber nichtsdestoweniger tödlicher Revolver steckten. Jedesmal, wenn ich die Hand in die Tasche steckte, brannte sich mir Mariannes Danaergeschenk erneut ins Bewußtsein.

Da sah ich Jessica. Wie eine blonde Variante von Dornröschen zuckte sie selbstvergessen auf der Stelle vor sich hin, gefangen in einer dem Totentanz ähnlichen Trance. Ich ging zu ihr, packte sie am Arm und schrie, normal reden konnte man hier nicht mehr:

„Wo ist Kathrin?"

Sie sah mich an, als wäre ich aus einem Science-Fiction aufgetaucht. Dann kehrte so etwas wie Erkennen in ihren tranigen Blick und sie entgegnete:

„Hey, Herr Purmann, ist ja geil, daß sie hier sind," und drängte ihre heißen, verschwitzten Hüften gegen meine Lenden.

„Jessica, wo ist Kathrin?", wiederholte ich, noch etwas lauter, falls das überhaupt möglich war.

„Weiß nicht, hab' sie gerade noch gesehen, sie wollte zur Theke oder so," kam zurück.

„Komm, wir suchen sie."

Ich nahm sie, immer noch am Oberarm haltend und schob uns durch die Menge. Sie schmiegte sich noch enger an mich. Ihr Körper war heiß, feucht, weich und angenehm. Andere nahmen keine Kenntnis von uns.

Jessica war zu, bis obenhin. Es war ein Wunder, daß sie mich überhaupt wahrgenommen hatte. Schließlich erreichten wir eine Art Bühne voller liegender, schmusender, ausruhender oder sogar schlafender Raver.

Ich mußte meine Tochter finden und die beiden Gören hier herausbringen. Endlich sah ich Kathrin. Sie stand, mit zwei Gläsern in den Händen, etwas verloren auf der Tanzfläche und schaute sich um. Sie suchte wohl jemanden. Ich war nicht sicher, ob sie Jessica suchte, aber so, wie Kathrin da stand, hatte sie etwas kleinmädchenhaftes an sich. Etwas scheues, ängstliches, hilfloses. Sie reagierte oft so, wenn etwas unvorhergesehenes passierte, wenn die Dinge nicht so waren, wie sie sie haben wollte. Wir drängelten uns zu ihr hin.

„Hey, Kate, dein Dad ist hier.", lallte Jessica.

Kathrin sah mich an. Im Gegensatz zu ihrer Freundin schien sie völlig klar zu sein. In ihren Augen stand eine Mischung aus Entsetzen und Wut.

„Hi, Tochtermaus," schrie ich sie an. „Trink dein Glas aus und laß uns verschwinden."

Ich spürte einen Stoß in den Rippen und eine heisere Stimme donnerte mir von oben ins Ohr:

„Wenn hier jemand verschwindet, dann bist das du, Alter."

Ich drehte mich um, ohne Jessica loszulassen und sagte so ruhig, wie es in dieser Atmosphäre ging:

„Gerne, aber die Mädels nehme ich mit."

„Gar nichts nimmst du mit, Opa," meldete sich der verpickelte Giftzwerg mit dem Baseballschläger.

„Doch,“ erwiderte ich, „die Mädchen nehme ich mit. Das ist meine Tochter und die ist minderjährig. Ihr wollt doch keinen Ärger hier.“

„Du machst Ärger, Alter. Fick dich, Opa. Verpiß dich oder es knallt.“

Der Typ, der Jack sein mußte, legte Pickelzwerg beruhigend den Arm auf die Schulter. Er schien keinen Ärger zu wollen, nicht hier und nicht im Moment.
„Ist das wirklich dein Vater, Kate?“

„Ja, leider.“ Kathrin funkelte mich an. Kein Mädchen in ihrem Alter wird gerne von Papi von einer Party abgeführt, schon gar nicht von einer, zu der Papi nicht geladen war und bei der Töchterchens Schwarm Gastgeber ist.

„Hören Sie,“ wandte sich Jack an mich, eine Hand weiter auf der Schulter seines kleinen Terriers, „es ist besser, wenn Sie jetzt gehen. Das ist eine private Party und Sie sind nicht eingeladen. Ich bringe Ihre Tochter nach Hause.“

Da träumst du Beautylotionwichser von. Ob grüner Daddy mit schwarzer Option oder nicht, Jacky Sonntag würde nicht mit meinem Töchterchen allein sein. Nicht heute Nacht. Überhaupt nicht, wenn ich es verhindern könnte.

„Ob private Party oder nicht, über meine Tochter verfügen Sie nicht, Herr Sonntag. Und Alkoholausschank an Minderjährige ist sowieso verboten. Übrigens, da Sie doch Eintritt und Geld für Getränke nehmen, ist dies ohnehin keine private Party mehr. Komm, Kathrin.“

Ich schob mich an ihm vorbei. Da ließ Jack seinen Kampfhund los. Der Pickel brüllte:
„Ich klatsch dich weg, Opa!“, schwang den Baseballschläger; ich ließ die Mädchen los und versuchte, meine Arme hochzukriegen, doch ehe ich genau mitbekam, was passierte, war der Pickelige samt Baseballschläger von der Dunkelheit verschluckt worden. Statt dessen stand da eine Frau.

„Hast du Probleme, Hektor?“, fragte sie. Merle hielt den Baseballschläger lässig in der Hand. Einen Fuß hatte sie auf die Kehle des kleinen Wichsers gestellt, den sie blitzschnell zu Boden befördert hatte.

Jack starrte Merle an wie den Leibhaftigen. Kannte er sie?

Ich nahm Kathrin und Jessica an je einem Arm und sagte zu Merle:

„Wir gehen, treffen wir uns später draußen?“

Sie zuckte nur mit den Schultern und kam langsam hinter uns her. Draußen angelangt, fiel Kathrin über mich her, riß sich los, heulte und schrie:

„Warum tust du blöder Arsch mir das an? Warum ziehst du hier so eine extrem verfickte Scheiße ab? Warum, Dad, warum? Das ist doch nur «ne Party und keine Faschodemo!“

„Hole bitte Ghandi, Esther-Katharina. Ich habe sie hinten bei den Bäumen angeleint.“

„Scheiß auf die Töle. Glaubst du eigentlich, du kannst mich hier wie ein Baby behandeln?“

„Nur wenn du dich so benimmst, Esther-Katharina. Hole bitte Ghandi!“

Sie stand vor mir, die Fäuste geballt, heulte und fluchte. Dann trat sie mir gegen das Schienbein, ziemlich heftig sogar, sagte nur „Du verfluchter Scheißkerl“, drehte sich um und ging zu der Baumgruppe, wo Ghandi wartete. Ich folgte ihr langsam, Jessica hinter mir herziehend. Das Mädchen war völlig fertig. Ich weiß nicht, was sie genommen hatte, aber es bekam ihr nicht. Als wir Ghandi erreichten, hatte Kathrin den Hund gerade zusammengestaucht. Dann strich sie der Dicken sanft über den Kopf, sprach beruhigend auf sie ein, machte die Leine los und ging mit Ghandi weg.

„Das Auto steht woanders", rief ich. Kathrin drehte sich um und kam wieder auf uns zu, sie schien sich in ihr Schicksal zu ergeben.

„Hast du einen Moment Zeit?", sprach Merle mich von hinten an. Ich drehte mich um. Zum ersten Mal seit fast 14 Jahren standen wir uns wieder gegenüber.

# MERLE

Er hatte mich also bemerkt. Und wenn schon, ich mußte sowieso mit ihm Kontakt aufnehmen. Was machte es jetzt noch, wenn ich ihn heute Nacht ansprach?
Ich folgte ihm, ohne mir Mühe zu geben, es zu verbergen. Er fuhr hoch in die Schuntergegend, parkte seinen Peugeot in einer Seitenstraße nahe des Studentenwohnheims und stieg mitsamt dem Hundeungeheuer aus. Ich fuhr etwas weiter, hielt auf der Hauptstraße, stieg aus und schlug mich in die Büsche. Hektor und sein Hund kamen an meinem Käfer vorbei. Er blieb eine Weile vor dem Wagen stehen. Ich hatte das Gefühl, Hektor ahnte, wem der Wagen gehörte. Zumindest war ihm klar, daß ihm dieser Wagen folgte.

Vielleicht hatten Simon oder Marianne ihm von dem Käfer erzählt. Und wenn? Ich hatte alle Welt Glauben gemacht, ich hätte den Wagen vor 10 Jahren verkauft. Das war eines der wenigen Dinge gewesen, die ich in den letzten Jahren an die große Glocke gehängt hatte. Nicht einmal Carola wußte, daß ich den Käfer noch hatte. Hektor konnte bestenfalls eine Vermutung haben. Und die ließe sich zerstreuen.

Gut, mein lieber Hektor, du wirst mich wiedersehen. Heute, oder morgen. Aber wie und wo, bestimme ich. Diesmal bestimme ich, wo, wann und vor allem wie wir uns begegnen.

Sie gingen weiter. Er hielt den Hund an der Leine und schien es auch nicht besonders eilig zu haben. Wollte er mich testen? War der Köter etwa scharf? Nein, das war unmöglich. Oder sollte Hektor seine Einstellung zur Gewalt etwa geändert haben? Das konnte ich mir nicht vorstellen. Auch wenn er als Gelegenheitsdetektiv arbeitete, seine Prinzipien würde ein Hektor Purmann nicht verraten. Niemals. Außerdem, um besorgten Eltern Lebenszeichen von ihren auf Trebe gegangenen Kids zu besorgen, brauchte Hektor keinen Waffenschein, nur sein Mundwerk und seinen Verstand. Damit hatte er vor fast zwanzig Jahren mal angefangen, und damit - so vermutete ich - betrieb er immer den Hauptteil seiner Ermittlungen.

Ich folgte ihnen in einigem Abstand und war sehr darauf bedacht, nicht bemerkt zu werden. Der Hund schnüffelte herum und Hektor schien seine Gedanken woanders zu haben.

Da hörte ich den Lärm. Techno dröhnte die halbe Straße herunter. Hektor ging mit dem Hund fast bis zum Bunker, drehte eine Runde durch die parkenden Autos und die da herumhängenden Jugendlichen und brachte den Hund schließlich zu einer Baumgruppe, wo er ihn an einer kräftigen jungen Buche festmachte. Danach bewegte er sich auf den Bunker zu.

Ich kannte diesen Bunker. Hier war ich früher oft mit anderen Junkies gewesen. Hier hatten wir uns getroffen und uns unsere Schüsse gesetzt. Damals, als die Szene noch versteckt drücken mußte. Die Bullen hatten uns von einem Park zum nächsten, von einem Stadtteil in den anderen gehetzt. Wenn sie uns von einem Ort vertrieben hatten, suchten wir uns den nächsten. Es war ein großes Katz und Maus Spiel. Damals glaubten die Bullen noch, das Drogenproblem ließe sich lösen, wenn man die Junkies aus den Augen der braven Bürger schafft. Verjagen oder ab in den Knast, war zu meiner Drogenzeit die Devise der hiesigen Bullen. Genützt hat es ihnen weniger als uns. Wir kannten bald jeden Winkel der Stadt und hatten immer gute Plätze, um Stoff zu kaufen und zu drücken. Es war, wie fast alles, was der Staat in Sachen harter Linie gegen Süchtige unternimmt, ein großes Geschäft für die Dealer. Hätte der Staat nicht selbst seinen Krieg gegen Drogen begonnen, die Mafia hätte ihn dazu anstiften müssen.

So profitierten alle davon. Der Steuerzahler, dem vorgegaukelt wurde, für seine Steuergroschen etwas Sicherheit zu bekommen, die Bullen, deren Bewegungsdrang befriedigt wurde und die Dealer, die weiterhin traumhafte Profitmargen einstreichen konnten. Nur den Fixern war damit nicht geholfen. Aber die interessierten sowieso nur so beknackte Sozialaffen wie Hektor Purmann. Und auch für die waren wir keine Menschen, sondern nur „Fälle".

Ich überlegte, wer aus meiner damaligen Clique noch leben mochte. War außer mir überhaupt einer von ihnen vom Stoff weggekommen? Didi, Menne und Paula waren tot, das wußte ich sicher. Sonja und Karen hatte das Virus geholt. Pit hatte ich zuletzt vor drei Jahren in Hannover getroffen, zugedröhnt bis zur Halskrause lag er in der Bahnhofsunterführung. Er war so kaputt, daß er sich das Zeugs in die Zehen jagen mußte, woanders fand er wohl keine Einstichstelle mehr. Anja ist nach Berlin gegangen, ich habe sie vor einigen Jahren in der U-Bahn getroffen. Sie pumpte einen Touristen um eine Mark für einen Gummi an. Der Typ gab ihr sogar das Geld. Sie erzählte ihm, sie sei im Methadonprogramm, schaffe aber trotzdem weiter an und ohne Gummi laufe bei ihr nichts. Dann stieg sie an der Kurfürstenstraße aus und sagte noch, bei welcher Kirche, den Namen habe ich vergessen, sie stehe. Kurfürstenstraße, Berlin. Als ich sie erkannte, lief mir ein Schauer über den Rücken. Wie wäre es mit mir weitergegangen, wenn ich nicht Hektor in die Hände gefallen wäre? Wäre ich dann heute auch so ein Wrack? Ich schüttelte den Gedanken ab, ich bin keine Niete wie Anja.

Methadonprogramme, die Ansätze, Fixerinnen und Fixer als Kranke anzuerkennen. Da hat sich heute doch etwas geändert. In diesen Dingen sind einige Bullen und Politiker lernfähig gewesen. Sie haben erkennen müssen, daß man die Drogensucht nicht bekämpfen kann, wenn man die Süchtigen bekämpft.

Da sind Typen wie Hektor gefragt, der eine halbtote kleine Fixerin vom Stoff holt, ihr ein Kind macht und dann sitzen gelassen wird. Ich habe meine Therapie fortgesetzt. Nicht nur Johnny Feist und Manny Schwabel. Ich habe auch noch einige andere Dealer weggepustet. Zweien habe ich fachfraulich eine Spritze gesetzt. High End, sozusagen. Stoff bester Qualität habe ich denen verpaßt. Ob Hektor das gutheißen würde? Der bestimmt nicht, aber mein Vater täte es vielleicht. Er hatte immer gesagt:

„Mord ist ein Verbrechen. Aber es gibt solche und solche Morde. Es gibt Morde, die kriminell und solche, die notwendig sind."

Damit war er wieder bei seinem Lieblingsthema, den Nazis, angelangt. Von ihm habe ich die Devise, daß nur ein toter Nazi ein guter ist. Gleiches ließe sich auch über Dealer sagen und beliebig fortsetzen, doch dann begänne die Willkür, die Papa immer so verachtet und verurteilt hat.

„Wo keine Maßstäbe mehr gelten, herrscht nur noch Barbarei."

Auch einer seiner Leitsätze, immer wieder gehört, immer wieder vorgebetet. Ja, Papa, schau auf deine Tochter. Sie geht ihren Weg konsequent zu Ende.

Ich sah Hektor auf den Bunkereingang zugehen. Er schaute sich nicht um, tat nicht einmal so, als wüßte er, daß er beobachtet wurde. Er sprach kurz mit den beiden Bengels am Einlaß und ging dann hinein. Er würde wieder herauskommen. Vielleicht suchte er seine Tochter. Alt genug für solche Spektakel war das Mädchen ja wohl. Sie hatte im Kiosk etwas von einer Party erzählt. Das hier war so etwas.

Ich blieb draußen, sah mir die Schnaps- und Ecstasyleichen an, die vor dem Bunker herumhingen und lagen und während ich so herumstrolchte, spürte ich etwas weiches unterm Schuh. Scheiße, Hundescheiße. Ich fluchte laut auf. Irgend so ein Fuzzy hatte das wohl mitbekommen. Jedenfalls hörte ich ein Gelalle, das klang wie: „Ey, Mann, die Alte ist in einen Haufen gelatscht." Dann hörte ich hysterisches Gelächter. Ich hatte nicht übel Lust, dem Laller Grund zum Lallen zu geben. Ich ließ es.

Stattdessen suchte ich etwas Gras, um mir die gröbste Scheiße vom Fuß zu treten. Als ich wieder zum Eingang sah, bemerkte ich einen der beiden Jungen aus Lübberitz. Er stand am Einlaß und unterhielt sich mit den beiden Jungschlägern. Schließlich ging er hinein, der eine, kleinere der Typen folgte ihm mit einem Baseballschläger in der Hand. Ich ging direkt hinterher. Hektor würde Ärger kriegen und ich Gelegenheit, meinen Frust etwas abzuarbeiten. Als ich beim Einlaß vorbeiging, machte mich der andere Fuzzy von der Seite an:

„Hey, Alte, das ist 'ne geschlossene Veranstaltung!" Er wollte mich wohl festhalten. Ich stieß ihm den Zeigefinger der einen Hand in den Solar Plexus und schlug ihm die andere Hand mit Schwung flach gegen die Stirn. Er ging zwischen Stühlen und Bierkästen zu Boden, ich rein in Gestank, Krach und Dunkelheit. Ich brauchte etwas, mich an diese Mischung aus Düsterheit, Blitzen und Qualm zu gewöhnen. Dann sah ich die beiden Jungen. Der lange, hübsche war kaum zu übersehen, er konnte seine zwei Meter groß sein. Den kleinen Schläger im Windschatten schob er sich durch das Gedränge. Ich hinterher, mich ihnen langsam nähernd. Dann blieben sie stehen. Sie schienen mit jemand zu reden. Ich drängelte mich heran. Da waren Hektor und auch die Mädchen von heute Nachmittag erkannte ich. Die Blonde hatte etwas genommen, wie gelähmt hing sie an Hektor. Sie sah nicht so aus, als merkte sie noch viel von dem, was um sie herum vor sich ging. Hektors Tochter hielt zwei volle Gläser in den Händen und schien sich zu ärgern.

Hektor redete völlig ruhig auf den Langen ein. Dann griff er den Arm seiner Tochter und versuchte sie und das andere Mädchen an den Typen vorbeizuschieben. Ich stand in Reichweite des Zwerges. Gerade, als der kleine Zwerg, meine Güte, hatte der Junge Pickel, mit dem Schläger ausholte, trat ich zu. Ich riß ihn von den Beinen, holte ihm den Schläger aus den Händen und stemmte einen Fuß leicht auf seine Kehle, als er am Boden lag. Er zappelte, ich gab etwas Druck, er zappelte nicht mehr.

Ich fragte Hektor, ob er Probleme habe und sagte dem Langen, er solle den Kleinen beruhigen. Der Boy starrte mich an wie eine Erscheinung.

Eigentlich hätte ich ihn umlegen müssen. Aber dann wäre hier ein Blutbad entstanden. Das wollte ich nicht. Hektor schnappte die Mädchen und rief mir zu: „Wir gehen, treffen wir uns später draußen."

Ich nickte, wischte den Rest der Hundescheiße an den Pickeln ab und folgte ihnen.

Draußen machte seine Tochter meinem Ex eine Szene, die filmreif war. Sie schrie, tobte und heulte. Er redete auf sie ein, blieb äußerlich völlig cool. Ich kannte das, seine Art, auf andere einzuwirken. Er hatte sich das mühsam antrainiert. Oh, wie habe ich diese Szenen gehaßt. Der Kerl ließ einen auflaufen wie einen Zug auf einen Prellbock. Aber einen aus Gummi. Du konntest ihm alles an den Kopf schmeißen, es prallte ab wie ein Squashball an der Wand. Er zeigte in die Richtung, in der er den Hund gelassen hatte. Das Mädchen tobte noch etwas, dann trat sie ihrem Vater vor das Schienbein und stapfte los, den Hund holen. Hektor rieb sich das Bein, dann nahm er das andere Mädchen an die Hand und folgte ihr. Als sie den Hund an die Leine genommen hatte, wollte sie einfach weitergehen. Hektor rief ihr irgendetwas davon zu, daß das Auto woanders wäre. Ich trat zu ihm und fragte:

„Hast du einen Moment Zeit für mich, Hektor?"

Er drehte sich um und wir sahen uns an. In seinen Augen standen Unsicherheit, Furcht, Freude, Verblüffung. Ich lächelte.

„Du bist älter geworden," sagte ich.

„Du auch", kam es zurück. Typisches Purmann-Kompliment. Dummehrlich, aber ehrlich. Mir war nicht danach, die alten Zeiten aufleben zu lassen.

„Hast du etwas über Carola erfahren?", fragte ich direkt.

„Nicht hier, Merle," sagte er, „Ich bringe die Kinder zu Marianne. Kennst du das Haddocks?"

„Nein."

„Stimmt, das ist erst vor 10 Jahren eröffnet worden."

Er beschrieb mir, wo die Kneipe war und fügte hinzu: „Wenn die schon zu haben, treffen wir uns beim PiPaPo, okay?"

Ich stimmte zu, auf ein Stelldichein in Hektors Wohnung hatte ich keine Lust. Noch weniger Lust verspürte ich jedoch auf ein Date mit diesem Mädchen, das wohl meine Tochter war.

Als Hektor die Mädchen und den Hund eingesammelt hatte, schlug ich mich etwas in die Büsche. Ich beobachtete den Bunker. Der Lange und sein kleiner, pickliger Kampfhund waren uns hinaus gefolgt. Jetzt standen sie da, der Lange beobachtete Hektors Abgang und telefonierte.

Plötzlich hatte ich eine unbestimmtes Gefühl der Angst. Ich wollte noch etwas warten und Hektor und den Kindern den Rücken freihalten.

# HEKTOR

Während ich mit Merle sprach, sah ich Jack mit seinem pickligen Bodyguard aus dem Bunker kommen. Er ließ uns nicht aus den Augen. Ohne seinen Baseballschläger schien der Zwerg das zu sein, was er war, ein von Akne entstellter pubertierender und ansonsten wahrscheinlich nicht nur im Längenwachstum zurückgebliebener Junge. Ich schlug Merle ein Treffen im Haddocks vor und erklärte ihr, wo die Kneipe liegt. Es ist gar nicht so einfach, jemanden die Lage eines Ortes zu erklären, der die Stadt kennt, aber jahrelang nicht hier gewesen ist. Aber Merle schien zumindest ihren Orientierungssinn behalten zu haben. Während ich ihr beschrieb, wie sie am besten zum Haddocks kam, beobachtete ich Jack, der sein Handy in Betrieb nahm. Das gefiel mir nicht.

Merle und ich verabredeten uns fürs Haddocks, ich drehte mich um, schleifte die mittlerweile völlig apathische Jessica hinter mir her, schaffte es irgendwie, Kathrin und Ghandi einzuholen, packte meine Tochter an der Schulter und bekam eine geknallt. Ich schlug zurück. Es reichte. Kathrin sah mich fassungslos an. Ich habe sie nur einmal geohrfeigt, als sie noch ein Kleinkind war. Ich sagte ihr, mich mühsam beherrschend:

„Schlag' mich nie wieder, Esther-Katharina, nie wieder! Hörst du! Komm jetzt, ich bringe euch zu Marianne."

Ich nahm ihr Ghandis Leine aus der Hand und ging los, ohne mich nach ihr umzudrehen. Daß sie folgte, merkte ich daran, daß Ghandi ruhig neben mir hertrottete, wäre Kathrin zurückgeblieben, hätte der Hund sich dauernd nach ihr umgedreht und in ihre Richtung gezogen. Ghandi war eigentlich Kathrins Hund, aber als ich damals das flauschige Wesen - Ghandi war wirklich mal ein flauschig-kuscheliges Hündchen gewesen - erwarb, war sie noch zu klein für einen Hund. Ich hatte einen Leonberger genommen, weil das solide klang, so ein bißchen nach Bausparkasse, irgendwie schwäbisch bodenständig halt. Ich hatte damals keine Ahnung, was für eine Freß- und Bewegungsmaschine aus dem Welpen werden würde. Doch das lernte ich schnell. Immerhin hielt Ghandi zumindest in Sachen Friedfertigkeit, was der Züchter versprochen hatte. Dann kam, was kommen mußte, Ghandi adoptierte Kathrin. Die beiden waren eine Zeitlang unzertrennlich, bis meine Tochtermaus in die Pubertät kam. Seitdem bin ich für den Hund zuständig, für den Vogel sowieso - neben Kathrin - eine der wesentlichen Hinterlassenschaften Merles.

Ich konnte es aber einfach nicht über mich bringen, Merle zu fragen, ob sie endlich ihren Roberta holen wolle. Sie würde dem Ara höchstens den Hals umdrehen, wenn sie so drauf war, wie sie es im Bunker an Jacks Zwerg demonstriert hatte. Als wir eben draußen sprachen, spielte sie die ganze Zeit lässig mit dem Baseballschläger herum, wobei sie ihn immer in der einen Hand hielt und peinlich darauf bedacht war, genug Bewegungsraum und die andere Hand freizuhaben.

Merle ist Linkshänderin, wie ich. Auch das hat uns einmal verbunden.

Als ich mit Hund und Jessica im Schlepptau die Schlurre erreichte, vernahm ich eine vertraute und doch fremde Stimme neben mir:

„Du schlägst mich auch nie wieder, Dad!"

„Steig bitte ein, Kathrin. Eh, sag mal, weißt du, was Jessica genommen hat, sie ist, scheint's, völlig weggetreten." Ich bugsierte die bleiche und apathische Jessica auf die Rückbank. Kathrin legte ihrer Freundin ihre Jacke um die Schulter, rutschte neben sie und sagte:

„Ich habe keine Ahnung, Dad. Ehrlich. Das ist mir aber auch egal, die dumme Pute hat versucht, sich an Jack ranzumachen. Meine beste Freundin will mir den Typ ausspannen!"

„Hast du sie mit Jack allein gelassen?"

Ich fuhr los, Ghandi hatte ihren dicken Kopf über die Rückbank gelegt, Kathrin stupste sie spielerisch zurück. Sie schwieg einen Moment, schien zu überlegen. Dann sagte sie:

„Nein, sie war schon vor mir im Bunker. Ich war erst noch auf Toilette, das hat etwas gedauert."

„Wart ihr schon lange da, als ich kam?"

„Nein, Dad. Wir sind kurz vor Zwölf gekommen. Ich war auf Toilette und als ich wiederkomme, habe ich die beiden gesehen. Sie haben eng getanzt. Jack ist von ihr weg, als er mich gesehen hat. Ich habe ihm gesagt, ich hätte alles gesehen. Jack meinte nur, ich solle mich nicht so anstellen.Und dann hat er irgendetwas wegen dir gesagt, Dad. Das war ziemlich uncool, das ganze. Jessica hat einfach weiter getanzt, die ganze Zeit. Sie war völlig weggetreten. Ich wollte uns gerade was zu trinken holen, als du aufgetaucht... Ey, Jessica! Wenn du kotzen mußt, dann mach's gefälligst draußen! Halt an, Dad, die dumme Tusse fängt echt an zu göbeln!"

Ich bremste scharf, ohne zu blinken. Kathrin schaffte es gerade noch, Jessicas Kopf aus der Beifahrertür zu hängen. Ich stieg aus und sah mir dir Bescherung an. Jessica übergab sich mechanisch. Es war nicht schön, was da kam. Ich würgte. Ich muß immer würgen, wenn ich jemanden kotzen sehe. Ich würge schon, wenn auf der Straße Erbrochenes rumliegt. Ich kann nichts dagegen tun, ich muß würgen. Manchmal wird mir bereits übel, wenn ich bloß an Erbrechen oder Erbrochenes denke. Ich muß mich zwar nie wirklich übergeben, aber ich würge, mir kommt einfach die Galle hoch.

„Guck nicht hin, Dad!", rief Kathrin, „sonst kotzt du mir auch noch!", und dann sagte sie nur: „Scheiße, Jessica, was hast du? Ey, sag doch was. Dad, hilf mir, die klappt zusammen!"

„Pack sie ins Auto," befahl ich ihr. Kathrin gehorchte. Ich fuhr los. Nicht zu Marianne, wie ich eigentlich vorgehabt hatte. Schnell und ohne viel auf rote Ampeln zu achten fuhr ich zum nächsten Krankenhaus. Dort brachten wir Jessica zur Notaufnahme. Sie war leichenblaß, zitterte, ihr Puls flog, soweit ich es beurteilen konnte und ihr Atem war sehr flach. Die Ärztin der Notaufnahme sah sie an und sagte - eher zu sich, als zu uns: „Scheiße, nicht schon wieder 'nen Junkie."

Sie packten das Mädchen auf eine Trage und brachten sie weg. Wohin, weiß ich nicht genau. Es interessierte mich auch nicht. Es gibt keinen Ort, den ich mehr verabscheue als ein Krankenhaus.

Dann kam eine Schwester mit einem Aufnahmefromular. Ich füllte alles vorschriftsgemäß aus.

„Kathrin, hast du die Telefonnummer von Jessicas Eltern?"

„Kann sie heute meine kleine Schwester sein?"

„Nee, das geht nicht. Ich habe schon genug Ärger am Hals."

Kathrin griff in ihren Rucksack und gab mir wortlos ihr kleines Adressbuch. Nachschlagen mußte ich selber. Als die Aufnahmeformalitäten erledigt waren, sagte Kathrin ruhig:

„Ich bleibe hier, Dad. Sag Oma Marianne, ich komme morgen früh, wenn die Busse wieder fahren, zu ihr. Du kümmerst dich besser um deine Verabredung, Dad. Frauen warten nicht gerne auf Männer!"

Du dummes, kleines, altkluges Biest, weißt du überhaupt, mit wem ich da verabredet bin?

„Ist gut, Tochtermaus."

Kathrin verdrehte die Augen.

„Es ist besser, du rufst Marianne selber an. Sag ihr aber nur, du seiest bei Jessica."

„Aber Dad, soll ich Oma Marianne belügen?"

„Nein, wieso denn? Du sagst ihr, du bist bei Jessica. Das entspricht doch der Wahrheit, oder?"

Dann umarmten wir uns. Die Krise war vorüber. Zumindest für den Augenblick. Kathrin hielt mich länger fest, als ich gewollt hatte. Sie murmelte dann etwas wie „Ich hab dich lieb, Dad, auch wenn du ein blödes Arschloch bist", lief den Gang entlang, den die Pfleger Jessica gefahren hatten.

Als ich zur Schlurre ging, dachte ich noch, wie schön es wäre, wenn alle Krisen sich so einfach lösen ließen. Dann wären Merle und ich noch zusammen und diese ganze Scheiße gäbe es nicht ...

Das Haddocks war immer noch rappeldickevoll. Die Kneipe hat, wie das PiPaPo, eine Schanklizenz bis fünf Uhr morgens, während des ganzen Jahres. Ich sah mich um, von Merle keine Spur. Stattdessen saß an einem der Tische Andrea, die Chefin der *Unterm Pflaster*, mit einem hübschen, jungen sportlichen Typen, vielleicht ihr momentaner Lover. Ich begrüßte die beiden.

„'n Abend, Andrea."

„Oh, hallo, Purmann." Sie sah mich überrascht an.

„Weißt du, wie es Micky und Conny geht?"

„Das ist vielleicht eine Scheiße, die da abgegangen ist. Stimmt es, daß Jan-Willem die beiden gefunden und die Schweine verjagt hat?"

„So ungefähr, ja. Weißt du, wie es ihnen geht?"

„Conny liegt noch auf der Intensivstation. Hat einen Schädelbruch und noch einiges mehr. Micky ist soweit okay und nicht mehr im Krankenhaus. Er wollte dich anrufen. Hat er das getan?"

„Nicht, das ich wüßte. Aber ich war den ganzen Tag nicht zu Hause. Weißt du, wo er ist?"

„Nein, Purmann, und das ist auch besser so. Du bist nicht der erste, der mich das fragt. Sauerland hat heute versucht, in der Redaktion herumzuschnüffeln."

„Eure Redaktion ist am Sonnabend besetzt?"

„Tu nicht so blöd, Purmann. Das paßt nicht zu dir. Willst du dich nicht setzen? Ach übrigens, das ist Klaus. Klaus, das ist Purmann. Purmann ist ein alter Kumpel von Micky, ein ganz harter Rechercheur." Sie sagte das nicht ohne ironischen Unterton.

Ich nickte Klaus kurz zu, sagte dann:

„Danke, Andrea, aber ich bin verabredet. Wenn dich Micky wieder anruft, grüß ihn bitte von mir und sag ihm, er könne mich auch über Markus Kröcher erreichen, der weiß Bescheid. Micky kennt Markus, er hat seine Nummer", fügte ich hinzu, als Andrea mich fragend ansah.

Ich ging zur Theke und orderte eine Apfelsaftschorle. Lisa schenkte mir ihr reizendes Lächeln. Zweimal. Das erste Mal, als ich bestellte und ein zweites Mal, als sie kassierte. Sie ist einfach unwiderstehlich. Sie scheint eine kleine Schwäche für mich zu haben. Zu anderen männlichen Gästen ist sie nie so charmant.

Ich warf nervöse Blicke zum Eingang. Ghandi hatte sich an den Laternenpfahl, an den ich sie gebunden hatte, gekuschelt und schien zu schlafen. Ihre Ohren zeigten jedoch, daß die große Hündin alles registrierte, was um sie herum vorging. Sie war genauso nervös wie ich.

Dann fuhr ein rotes Käfer-Cabrio am Haddocks vorbei. Ein paar Minuten verstrichen noch, dann traf Merle ein. Sie sah mich sofort und kam direkt auf mich zu.

„Was hältst du von einem Spaziergang?" fragte sie.

„Laß uns hier etwas trinken, Merle", erwiderte ich. Ich hatte wirklich keine Lust, mir ihr allein zu sein. „Ich lade dich ein.", fügte ich überflüssigerweise hinzu.

Sie zuckte mit den Schultern, griff sich einen freien Barhocker und setzte sich. Lisa lächelte sie an. Merle lächelte zurück:

„Ein großes Spezi bitte, Schwester", sagte meine Ex. Sie war fast noch ebenso schön wie früher, aber sie hatte sich verändert. Ich hatte sie nicht so selbstsicher in Erinnerung, nicht so kalt. In den letzten 14 Jahren hatte sie gelernt, ihre Gefühle zu verstecken. Jede Mine, die sie zeigte, wirkte studiert. Eine Schauspielerin. Ein Pokerface. Eine Mörderin?

Merles Spezi kam, ich zahlte. Dann sagte ich:

„Ich schätze, ich habe keine guten Neuigkeiten für dich."

„So?"

„Carola Albertz, sie - eh - es ist sehr wahrscheinlich, daß sie tot ist."

Sie schwieg einen Moment, nippte an ihrem Glas. Dann sah sie mir direkt in die Augen:

161

„Bist du sicher?"

„Ziemlich sicher, ja."

Ihre Augen, genauso klar wie früher, durchbohrten mich.

„Wie sicher? Hast du ihre Leiche gesehen?"

„Nicht direkt, aber ich war in ihrer Wohnung. Eine schöne Wohnung, groß, hell, ordentlich. Ihre Papiere waren in ihrer Handtasche, auch ihre Schlüssel. Und ihren Wagen fuhr ein Mann."

„Was für ein Mann, kennst du den Typ?"

„Nein", log ich. Ich wußte nicht, warum, aber mir gingen Mariannes Worte durch den Kopf: „Weißt du nicht, wie skrupellos sie ist, wenn sie ihre eigenen Ziele verfolgt? Hektor, diese Frau geht über Leichen. Und sie hat Johnny Feist ermordet. Da war kein Streit vorher, nichts. Als sie dir sagte, sie regele das, da meinte sie genau das, was dann passiert ist. Sie ist zu ihrem Vater gefahren, hat ihn wie immer um den Finger gewickelt, ihm die Pistole abgeluchst, sich dann mit Feist getroffen und peng! Diese Art, Probleme zu lösen, zieht Merle vor!"

Als ich jetzt Merle ins kalte, fast regungslose Gesicht, in ihre graublauen Augen sah, ihre betont kühle, geschäftsmäßige Art zu sprechen, wahrnahm, wußte ich: Marianne hatte recht. Merle war gefährlich, wirklich gefährlich.

„Du warst also in Carolas Wohnung, sagst du. Und ihre Papiere waren da, sagst du. Und weiter?"

„Da war - eh, also, da war etwas sehr unangenehmes in der Küche..."

„Jetzt quatsch doch keine Opern, Hektor. Mann, was war da in der Küche?"

„Willst du es genau wissen?"

„Ja, sonst würde ich dich nicht fragen. Wofür bezahle ich dich eigentlich?"

„Bis jetzt hast du mich noch nicht bezahlt," herrschte ich sie an.

Sie blieb kühl.

„Was war da in der Küche, Hektor?"

„Ein Kopf, oder zumindest dessen Rest, in der Tiefkühltruhe..."

„Was meinst du damit, Rest?"

„Na ja, eh, also, da waren keine Augen und Ohren mehr und skalpiert war er auch. Mensch Merle, ich muß fast kotzen, wenn ich bloß dran denke."

„Immer noch das alte Weichei, hm? Haben die Scotch hier? Trink einen, auf meine Rechnung. Du bist mein Gast."

Ich sah sie ziemlich fassungslos an. Ich stotterte etwas davon, sie und Carola Albertz seien doch Freundinnen gewesen.

„Mehr als das, Hektor. Glaube bloß nicht, daß mir das nicht an die Nieren geht, wenn so'n Drecksschwein Carola umgebracht hat. Aber ich stecke momentan in ziemlichen Problemen, da ist das nur noch marginal. Wann warst du in der Wohnung?"

„Heute mittag, so gegen Zwölf. Die Typen haben mich überrascht und ich konnte mich gerade noch in Frau Albertz' Kleiderschrank verstecken."

Merle grinste, in ihren Augen standen Tränen.

„Du scheinst immer noch so viel Glück wie früher zu haben."

„Geht so, die Typen haben mich eingeschlossen. Ich habe das Schlafzimmer durchsucht und eine kleine, feine Handtasche mit Frau Albertz' Papieren und Schlüsseln gefunden. Damit bin ich dann raus."

„Und was hast du dann gemacht?"

„Ich habe die Bullen angerufen und einen Leichenfund gemeldet."

# MERLE

Das also war es gewesen. Hektor hatte einen Kopf gefunden, er nahm an, Carolas Kopf. Ich hatte keinerlei Grund zur Hoffnung, dem wäre nicht so. Mit viel Glück hatte er sich vor den Schweinen verstecken können und schließlich, nachdem er mit Carolas Schlüsseln die Wohnung verlassen hatte, anonym die Bullen informiert. Darum also auch der ganze braungrüne Auflauf, als ich heute, nein, gestern Nachmittag durch die Roonstraße fuhr. Einen Moment wünschte ich, gern an Hektors Stelle in der Wohnung gewesen zu sein. Mein kleiner 22er hätte den Schweinen gezeigt, was passiert, wenn man sich mit Merle Hinrichsen anlegt. Das hätte mir vielleicht etwas Erleichterung verschafft, Carola allerdings nicht wieder lebendig gemacht.

Hektor hatte getan, worum ich ihn gebeten hatte. Er sollte Carola finden, bzw. herausfinden, was mit ihr passiert war. Mir war elend. Ich versuchte es zu überspielen.

Meine erste Vermutung traf also zu. Unser Auftraggeber hatte nie vorgehabt, den Klühspiess-Job zu bezahlen, hatte Carola und mich gelinkt. Sie war tot, mich mußten sie noch kriegen. Scheiße, sie würden mich nicht kriegen.

Der Kunde wußte, wer ich war. Der hübsche Lange und sein Pickel gehörten zu seiner Bande. Zumindest der Lange. Der Junge kannte mich, aber woher? Ich hatte ihn noch nie gesehen.

Ich bedauerte jetzt, ihn vorhin nicht umgelegt zu haben. Als Hektor mit seiner Tochter und dem anderen Mädchen, die Kleine schien auf einen ziemlich miesen Trip zu sein, abgezogen war, blieb ich noch in der Nähe des Bunkers. Ich hatte den Baseballschläger von dem Pickelzwerg und gesehen, wie der Lange telefoniert hatte. Ich sah sie langsam Hektor folgen. Als sie meine Höhe erreichten, trat ich ihnen entgegen.

„Hallo, ihr zwei Hübschen, wohin des Wegs?" Ich hatte den Schläger lässig über die Schulter gelegt, meine Linke steckte im Hosenbund, den 22er im Hosenbund hatte ich vorsorglich entsichert.

„Lassen Sie uns vorbei.", sagte der Lange. Er versuchte seine Angst zu überspielen, indem er besonders langsam und tief sprach. Wie alt war er? Achtzehn, Neunzehn oder schon zwanzig? Der Pickelzwerg neben ihm war vielleicht fünfzehn. So wie er aussah und wie er sich gebärdete, würde er niemals volljährig werden.

„Ihr geht besser wieder zurück und laßt die Mädchen in Ruhe."

„Was geht Sie das an?"

„Nicht mehr als dich, Junge. Ich kann bloß Typen nicht ab, die kleinen Mädchen irgendwelche Scheißdrogen geben, um sie dann besser vernaschen zu können! Jetzt macht, daß ihr zu eurer Party kommt."

„Ey, Alte, warum sollten wir auf dich hören, he?", mischte der Zwerg sich ein. Er nahm eine Kungfu-Haltung ein, was ihn im Grunde noch lächerlicher machte. Ich mußte vorsichtig sein, vorhin hatte ich ihn überrascht, da kam ich von hinten und er hatte so etwas nicht erwartet, jetzt standen wir uns gegenüber und hier war viel Platz. Man darf solche Dackel nie unterschätzen.

„Es ist eurer Gesundheit zuträglich", sagte ich.

„Laß gut sein, Joey," sagte der Lange, „wir gehen zurück. Aber wir sehen uns wieder."

„Lieber nicht, das ist besser für euch. Und Jungs, ich mein's ernst, laßt die Mädchen in Ruhe."

Sie zogen ab. Ich zog mich in den Schutz der Bäume zurück und wartete. Ich sah die beiden Jungen vor dem Bunkereingang stehen. Sie schienen auf etwas zu warten, dem Langen war seine Nervosität selbst auf diese Entfernung anzusehen. Es dauerte nicht lange, da kam ein Passatkombi, eindeutig ein Bullenwagen, die Straße entlang. Er stoppte neben dem Langen, der Beifahrer unterhielt sich mit ihm. Dann wendete der Wagen und fuhr langsam zurück. Ich sprang durch ein paar Gärten, bis ich die Hauptstraße erreichte. Das Gekläff einiger Köter störte mich nicht. Ich stand jetzt gegenüber der Schunterbrük- ke und wartete auf den Passat. Wenn sie mich schnappen wollten, gäbe es zwei Bullen weniger.

Der Wagen bog langsam auf die Hauptstraße ein, dann beschleunigte er Richtung Innenstadt. Offenbar suchten sie Hektor. Ich ging in die entgegengesetzte Richtung zu meinem Käfer. Ich nahm, wie immer, Umwege und checkte die Umgebung. Dann fuhr ich ebenfalls los, Richtung Innenstadt.

Ich traf keine Bullen unterwegs. Es sind gute sechs Kilometer von Kralenriede und dem Bunker bis zum Haddocks, wo ich Hektor treffen sollte. Ich fuhr langsam an der Kneipe vorbei, sah sein Hundeungeheuer an einem Laternenpfahl liegen und suchte mir ein paar hundert Meter weiter, fast direkt vorm PiPaPo einen Parkplatz. Ich sah mich um. Den Baseballschläger ließ ich im Wagen.

Heute Nacht hoffte ich, ohne ihn auszukommen, zumal die Bullen schon ziemlich hellseherische Fähigkeiten brauchten, um herauszufinden, wo wir uns verabredet hatten. Ich ging einen Umweg, bis ich die Kneipe betrat. Es war alles sauber, fast zu sauber.

Hektor spendierte mir ein Spezi, dann erzählte er mir seine Story von Carolas Kopf in der Tiefkühltruhe. Wirklich nicht appetitanregend, das ganze. Wie immer, ließ er pikante Details einfließen, wie er Carolas Spüle vollgekotzt hatte, nachdem er die Überraschung im Gefrierschrank gefunden hatte. Er konnte noch nie viel vertragen. Ich bestellte ihm einen Scotch. Nein, einen Malt, Hektor trank nur Malt. Wo da der Unterschied ist, weiß ich nicht, ich mag weder das eine noch das andere.

Dann schaltete ich eine Weile auf Durchzug. Ich dachte an Carola, ihr Lachen, ihre Art, immer etwas gutes in allem zu finden und ihre Fähigkeit, für jeden Klienten ein ethisch plausibles Todesurteil zu fällen. Ich dachte auch an ihre Krämermentalität. Sie hatte bestimmt penibel Buch geführt über unsere Jobs. Das war nicht gut. Und ich vermutete fast, daß sie Unterlagen auch in ihrer Wohnung aufbewahrte.

Scheiße!!! Hektor hatte sich bestimmt in ihrer Wohnung gut umgesehen. Neugierde, dein Name sei Purmann.

Ich wußte nicht, ob und wie Carola ihre Akten verschlüsselte, aber ich kannte meinen Exmann gut genug, um zu wissen, daß er, so blöd er manchmal auch war, immer noch zwei und zwei addieren konnte. Wenn er wußte oder ahnte, wie die Beziehung zwischen mir und Carola in geschäftlicher Hinsicht wirklich war, hatte er vorhin allen Grund gehabt, meinen Vorschlag für einen Spaziergang abzulehnen.

Oh Scheiße, ich konnte den Kerl doch nicht einfach umlegen. Noch nicht. Noch brauchte ich ihn. Außerdem, er würde mich genausowenig verpfeifen wie es meine Mutter täte. Oder?

Dann fiel mir der Lange wieder ein. Ich fragte Hektor:

„Sag mal, dieses lange Paket Haargel da vorhin im Bunker, kennst du den?"

Er sah mich an, dann drehte er mir sein Profil zu und sagte:

„Nein, nicht direkt. Scheint sich etwas zu sehr für Kathrin zu interessieren. Und scheint mit einem Ecstasydealer herumzuhängen. Heißt Jack."

„Jack?"

„Ja, Jack. Ist der Sohn von Philip Sonntag, glaube ich zumindest."

Das war es also. Daher kannte mich der Knabe. Nach den Jahren. Logisch, daß ich den Bengel nicht wiedererkannt hatte. Philip, ich hatte den Typ seit fünfzehn Jahren nicht mehr gesehen, seinen Sohn auch nicht. Aber wieso Jack? Hieß der Junge nicht Johannes? Stattdessen fragte ich:

„Philip Sonntag? Der schwarze Philip, der Oberautonome? Der immer bekifft auf die Demos ging?"

„Sag das nicht zu laut, Merle. Der Genosse Philip ist jetzt ein hohes Tier bei den Alternativen. Und seine autonome Vergangenheit hat er ebenso abgelegt wie die schwarze Lederkluft ... Moment mal, du kanntest ihn doch mal ganz gut, oder?"

„Ja, aber ich habe ihn ebenso lange nicht mehr gesehen wie dich."

„Eh - Moment mal, Merle. Du hattest doch mal was mit ihm ..."

„Komm, Hektor, jetzt mach mich nicht dumm an. Wir sind seit vierzehn Jahren auseinander. Tu nicht so, als wären wir noch irgendwie zusammen."

„Formal sind wir noch verheiratet."

„Na und? Scheiße. Steck dir unseren Ehering ins Knie oder klemm ihn dir um deinen mickrigen Schwanz. Mann, Purmann, es gibt jetzt Wichtigeres als meine alten Affären."

„Das meine ich nicht. Ich denke gerade an etwas anderes. Wie gut kanntest du Philip?"

„Wir haben eine Zeitlang miteinander gevögelt, mehr nicht."

„Schade, mir fällt gerade etwas ein, aber ich weiß nicht, ob das wirklich auf Philip zutraf."

Hektor zückte ein kleines, chinesisches Notizbuch und schmierte etwas in seiner Klaue hinein, die außer ihm niemand entziffern konnte.

Dann sagte ich:

„Haben die Bullen euch erwischt?"

„Nee, wieso?"

„Weil dieser Jack offenbar gut mit ein paar Zivis kann. Er hat sie wohl angerufen. Er und sein Minigorilla wollten euch folgen, aber ich habe sie zurückgeschickt. Dann hat ein Zivipassat erst nach mir und dann wohl nach euch gesucht."

„Ein Passatkombi?"

„Ja, ein dunkelgrüner, neuestes Modell, Bullenversion, verstärkter Unterboden etc."

„Nein, ich habe Kathrin und Jessica in die Holwedestraße gebracht, eigentlich nur Jessica, diese miese Ratte von Jack hat ihr wohl etwas verpaßt, was ihr nicht bekommen ist. Kathrin ist bei ihr geblieben. Ich werde gleich noch mal hinfahren. Willst du unserer Tochter nicht hallo sagen?"

„Ich habe keine Tochter."

„Merle, eh, Kathrin..."

„Hör auf mit der Scheiße, Mann." Ich wurde lauter als ich eigentlich wollte. „Die bloße Tatsache, daß ich dieses Kind geboren habe, heißt noch lange nicht, daß sie meine Tochter ist. Kapiert? Ich habe seit fast vierzehn Jahren nichts mehr mit dem Gör zu tun und ich will auch nichts mit ihr zu tun haben, krieg das in deinen Schädel rein, ja!"

Er murmelte etwas wie „Schon gut" und versuchte seine beruhigende Art aufzusetzen, aber ich ließ ihm keine Ruhe.

„Ein für alle Mal, Hektor. Wir sind miteinander fertig. Es gibt nichts mehr zwischen uns. Merk dir das. Und noch eins: Leg dich nicht mit mir an, leg dich bloß nicht mit mir an!"

Er sah mir direkt in die Augen, dann lächelte er und meinte:

„Na, da bin ich ja froh, daß wir wenigstens soweit einer Meinung sind."

Was für ein mieser Verlierer, und was für ein schlechter Heuchler. Ich hätte fast laut losgelacht, aber ich begnügte mich damit, ihn anzuschweigen. Dann versuchte er, mich zu überrumpeln.

„Fährst du noch den Käfer deines Vaters?"

Ich sah ihn an.

„Meinst du das alte rote Cabrio?"

„Ja."

„Den habe ich schon vor Jahren verkauft."

„Eh, an jemanden hier aus der Gegend?"

„Nein, an einen Liebhaber aus Hann. Münden."

„Hast du sonst einen Wagen?"

„Willst du mich verhören, Hektor?"

„Eh, nein, ich wundere mich nur, weil, mir ist heute ein altes, rotes Cabrio fast den ganzen Tag über gefolgt und ich dachte eventuell, das wärst du..."

„Nein, ich folge dir nicht. Warum sollte ich? Ich habe keinen Grund dafür."

Das war dünn, verdammt dünn. Wenn er mir jetzt die naheliegende Frage stellte, was ich beim Bunker zu suchen hatte, mußte ich mir schon etwas einfallen lassen.

# HEKTOR

Sie log. Sie log mich einfach an, behauptete, den Käfer an einen Liebhaber verkauft zuhaben. Ich hatte die Nummer des Wagens und Markus würde den Namen des jetzigen Besitzers im Nu herausfinden. Armer Markus, ich würde ihn doch noch etwas mehr brauchen in dieser Angelegenheit.

Was hatte Merle in Lübberitz gewollt? Wußte sie von Carola Albertz' dortigem Haus oder nicht?

Ich war völlig unsicher, wie ich mit ihr umgehen sollte. Mir klangen immer Mariannes Worte „Das Mädchen ist gefährlich" in den Ohren. Ich fragte mich, ob aus meiner kleinen Merle eine kaltblütige Vertragsmörderin geworden war.

Das wurde immer wahrscheinlicher. Vieles ergab jetzt nämlich Sinn: Ihre Anwesenheit in Heidelberg am Dienstag, als Klühspiess erschossen wurde. Dann war es durchaus möglich, daß sie am Donnerstag in Hann. Münden mit den beiden Braunschweiger Luden aneinander geraten war, was für die Zuhälter dann tödlich endete. Schließlich der Mord an Carola Albertz - ich war mir sicher, daß sie tot war, der konnte auch mit Klühspiess zusammenhängen. Frau Albertz hatte möglicherweise diesen Mord gemanagt und war dann vom Auftraggeber als gefährliche Mitwisserin aus dem Weg geräumt worden. Was hatte das große „M" auf Klühspiess' Foto zu bedeuten? Mord oder Merle? Vielleicht hatte Frau Albertz auch den Bombenanschlag im Heidelberger Bahnhof organisiert. Das Geld, die Waffen, die Chemikalien und die Ordner in ihrer Hütte sprachen Bände. Ging meine Phantasie mal wieder mit mir durch? Schrieb sie vielleicht nur an einem Roman über derartige Vorfälle?

Hatte sie das Material recherchiert und erpreßte einfach jemanden? Es gab durchaus noch mehrere Möglichkeiten - sicher war nur: Carola Albertz war tot. War sie das wirklich? Hingen ihre Lübberitzer Nachbarn mit in dieser kleinen, offenbar lukrativen Gesellschaft drin? Oder war Carola Albertz jemanden in die Quere gekommen? Gab es da vielleicht eine ganz andere Beziehung?

Und Merle?

*She became a contract killer and shot a dozen men.*

Wäre ein schöner Song. Könnte ich komponieren, täte ich es.

Als sie mehrmals wiederholte, ich solle mich nicht mit ihr anlegen, lag ein kaltes, gefährliches Glitzern in ihren Augen. Wenn sie Johnny Feist ermordet hatte, würde sie auch mich ermorden, wenn es ihr opportun erschien. Wo war ich da bloß hineingeraten? Und schlimmer noch, wie sollte ich da heil wieder rauskommen? Da fiel mir etwas ein.

„Eh, Merle, welchen Familiennamen benutzt du jetzt?" Sie sah mich leicht verdattert an. Eine Weile überlegte sie, dann sagte sie:

„Meinen Mädchennamen."

„Rosencrantz?", fragte ich.

„Ja, was soll die Frage."

Sie log schon wieder. Sie schien sich nicht mehr zu erinnern, daß sie mich noch nie richtig belügen konnte. Wann immer sie es versuchte, verfiel sie in diesen leicht überheblichen Tonfall. Vermutlich nannte sie sich also nach ihrem Vater. Mal schauen, ob Markus Montag etwas über sie herausfinden könnte. Nein, wir trafen uns ja heute nachmittag. Ich war gespannt.

„Ach nur so, ich wollte wissen, an wen ich die Rechnung schicken soll. Was willst du mir eigentlich zahlen?"

„Wie lange hast du nach Carola gesucht?"

„Eh, na ja, so einen halben Tag etwa."

„Na gut, und was nimmt Hektor Purmann für einen halben Tag Ermittlungsarbeit, inkl. Spesen?"

„So zweihundert Mark," sagte ich.

Sie nickte nur und meinte,

„In Ordnung, du kannst es gleich in Bar haben. Ich brauche keine Quittung."

„Das wäre nicht schlecht," erwiderte ich.

Etwas Bargeld konnte ich wirklich gebrauchen. Sie öffnete ihre Handtasche so, daß ich nicht hineinlinsen konnte, nahm ein kleines Portemonnaie heraus und zählte mir drei Blaue vor. Abrupt stand sie auf:

„Das kleine Extra ist für die Unannehmlichkeiten in Carolas Wohnung. War ein langer Tag heute, ich fahr dann mal. Mach's gut, Hektor."

Sie war bereits zur Tür hinaus, als ich merkte, daß sie mich wieder einmal sitzen ließ. „Tschüs Merle", sagte ich leise vor mich hin, da fiel mir auf, daß sie den Whisky nicht bezahlt hatte.

Lisas Lächeln weckte mich aus meinen Träumereien.

„Bist du Hektor Purmann?", fragte sie, sie hatte meinen Namen also vergessen. Schade eigentlich, wenn es wirklich eine Traumfrau für mich gibt, kommt Lisa dieser sehr nahe. Ich blickte sie an wie ein Wesen von einem anderen Stern. Dann keimte in mir Hoffnung, ich lächelte mein charmantestes Lächeln und sagte:

„Ja, Hektor Purmann, das bin ich." Brunzdumme Anmache, oh Mann, was bin ich für eine Niete! Aber Lisa nickte nur und sagte dann:

„Du wirst am Telefon verlangt, deine Mutter will wissen, warum du nicht nach Hause kommst."

Meine Mutter? Die war doch lange vor der Wiedervereinigung gestorben. Ich schob mich vom Hocker und ging zum Telefon. Es war Marianne.

„Meine Güte, Hektor, endlich erwische ich dich. Katharina hat mich angerufen. Sie ist im Krankenhaus. Es muß etwas schreckliches passiert sein."

„Ist es auch", unterbrach ich sie. „Ich habe gerade Merle getroffen."

„Das meine ich nicht, Hektor. Es geht wohl um Jessica. Und dann habe ich bei dir angerufen."

„Na und, da ist doch ein Anrufbeantworter."

„Nein, Hektor, es hat jemand abgenommen."

„Scheiße!", ich hatte es laut gesagt.

„Ja."

„Und woher weißt du, daß ich hier bin. Hat dir das der Mann in meiner Wohnung gesagt?"

„Nein, da hat nur jemand abgenommen, aber sich nicht gemeldet. Ich habe nach dir gefragt, aber keine Antwort gekriegt."

„Hast du gesagt, wer du bist?"

„Natürlich!"

„Hmm, na gut, eh, ich fahre jetzt Kathrin holen und wir kommen dann bei dir vorbei. Aber, woher weißt du, wo ich bin?"

„Ich denke, du bist Detektiv? Aber, bevor du verzweifelst ..." sie klang jetzt genauso arrogant wie Merle, genau der gleiche herablassende Tonfall „... werde ich es dir sagen. Kathrin hat mir gesagt, daß du dich im Haddocks mit einer Frau verabredet hast. War das Merle?"

„Ja, das war Merle. Ich erzähle dir später mehr. Bis dann, Marianne." Ich hatte den Hörer aufgelegt, bevor sie noch etwas sagen konnte. Wer war da in meiner Wohnung? Ich ging zu Lisa, wollte zahlen, die aber sagte nur, es wäre bereits bezahlt. Hatte mir Merle den Scotch doch spendiert?

Ich wollte gehen, da versperrte mir Sauerland den Weg.

„Guten Abend, Purmann!" Wäre er nicht Sauerland gewesen, der Sauerland, ich hätte eine Schlägerei riskiert. Stattdessen wählte ich die verbale Offensive:

„Sind das ihre Leute gewesen, Sauerland, die vorhin in meine Wohnung eingebrochen sind?"

Seine Schweinsäuglein wurden noch schmaler, als sie es ohnehin schon waren, doch er überhörte den weggelassenen Herrn und meinte nur:

„Ich habe keine Ahnung, wovon Sie reden."

„Dann sagen Sie mir bitte, was Sie von mir wollen und warum mir Ihre Leute nach-spionieren."

„Meine Leute?"

„Hören Sie, Sauerland. Wer fährt hier in unserer Gegend schon dunkelgrüne Passat-kombis mit verstärktem Unterboden? Hä? Wer, wenn nicht Ihre verdammten Zivis."

„Jetzt machen Sie mal halblang, Purmann. Wenn ich Sie beschatten ließe, würden Sie es nicht bemerken. Außerdem, mich interessiert Ihre Frau."

„Warum, wollen Sie heiraten?"

„Sehr witzig, Purmann. Nein, aber wissen Sie, daß wir heute einen interessanten Fund im östlichen Ringgebiet gemacht haben?"

„Oh, haben Sie dort vielleicht eine große, bezahlbare Wohnung gefunden?"

„Das nicht, Purmann, aber dafür einen ziemlich verstümmelten Kopf in einer großen, aber weder für Sie noch für mich bezahlbaren Wohnung. Und wir sind anonym angerufen worden, und wissen Sie, wer dieser anonyme Anrufer war?“

„Ich platze vor Neugierde, Herr Sauerland, sagen Sie es mir, bitte, bitte?“

Ich wollte ihn mit aller Gewalt provozieren, ich wußte nicht warum, aber ich hatte nicht übel Lust, das Ohrfeigengesicht aus der Fassung zu bringen. Er blieb leider ruhig.

„Sie waren es, Purmann. Wir zeichnen alle 110 Anrufe auf, und Ihre Stimme ist auf dem Band. Sagen Sie mir, was Sie in der Wohnung zu suchen hatten.“

Netter Versuch, Sauerland. Dummerweise habe ich die normale Leitung benützt und nicht den Notruf.

„Welche Wohnung?“

„Die Wohnung von Carola Albertz?“

„Ich habe den Namen schon einmal gehört, helfen Sie mir doch bitte auf die Sprünge, Herr Sauerland. Und das Band, kann ich die Aufnahme haben? Ich höre so gerne meine Stimme auf Band, ich mache da einen Sampler draus und komme ganz groß raus damit ...“

„Möchten Sie die Nacht in einer kleinen Zelle mit hohen Stühlen und harten spitzen Wänden verbringen, Purmann? Dann machen Sie nur weiter so. Was wollten Sie bei Carola Albertz?“

„Ich habe die Dame nicht persönlich gekannt. Und ich war auch nicht in Ihrer Wohnung, wo ist die überhaupt?“

„Wie sie wollen Purmann, aber Sie haben sich eben hier mit Ihrer Frau getroffen, oder?“

„Wenn überhaupt, dann mit meiner Exfrau. Was interessiert sie daran?“

„Wußten Sie, daß Carola Albertz mit Drogen dealte?“

„Nein, davon habe ich keine Ahnung.“ Das entsprach sogar exakt der Wahrheit.

„Wußten Sie, daß ihre Exfrau für Frau Albertz Kurierdienste geschoben hat?“

Wieder verneinte ich. Ich hatte besseres von Sauerland gehört, mir war neu, daß er so plumpe Fallen stellte. Oder glaubte er wirklich den Quatsch, den er da verzapfte? Gewiß, gegen Benno Müller liefen interne Ermittlungen, angeblich stand er in Verdacht, beschlagnahmtes Heroin und Kokain aus Asservatenbeständen vertickt zu haben. Das war an sich nichts neues, viele beschlagnahmte Drogenbestände werden nicht vernichtet, sondern gelangen auf den Markt. Korrupte Bullen gibt es hierzulande mittlerweile wie Sand am Meer.

War das vielleicht die Verbindung? Philip Sonntag stammte aus dem Badischen, genau wie Klühspiess. Sogar aus dem gleichen Ort, glaubte ich. Ich wollte das überprüfen, vielleicht ging mir dann ein Licht auf.

Aber was suchte Sauerland darin? Er war doch ein guter Kumpel von Müller, oder irrte ich mich da? Ich sagte ihm, ich hätte von alldem, was er da erzählte, keine Ahnung, und müßte dringend los, meine Tochter wäre krank und ich müßte ihr von der Apotheke etwas besorgen.

Darauf sagte er betont höflich:

„Ich komme morgen bei Ihnen vorbei, wann sind Sie im Laden?"

„Ab 20 Uhr", sagte ich.

„Dann seien Sie auch bitte da, Purmann. Es gibt einiges, was ich mit Ihnen besprechen muß. Sie sollten nicht so mißtrauisch mir gegenüber sein. Ich will Ihnen nichts Böses."

„Das freut mich, Herr Sauerland. Bis dann."

Ich holte Ghandi und lief mit ihr etwas durch die Grünanlagen, bevor ich sie auf ihren Platz in die Schlurre ließ. Sauerland verfolgte mich nicht. Er war mir aus der Kneipe gefolgt, stieg aber in einen BMW und fuhr fort. Und er hatte „bitte" gesagt. Das Zauberwort. Tappte er genauso im Dunkeln wie ich? War er doch nicht der große böse Wolf?

Ich fuhr zur Klinik. Die Schwester in der Aufnahme sah mich an, als wäre ich von einem anderen Stern. Es ist auch etwas ungewöhnlich, wenn ein übermüdeter, reichlich ramponierter und leicht alkoholisierter Endvierziger mit einer Leonberger-Hündin an der Leine Sonntagmorgens gegen halb vier in ein Krankenhaus marschiert und nach einem Mädchen fragt, daß er zwei Stunden vorher dort abgeliefert hat. Zumindest hier in Braunschweig ist das ungewöhnlich.

„Es ist jetzt keine Besuchszeit", sagte sie nur. Ich nannte meinen Namen und fragte nach Katharina. Ich sagte, ich hätte vorhin ihre Freundin hier abgeliefert und daß es wohl etwas übles sei. Ich nannte Jessicas Namen. Sie hackte etwas in den Computer, dann meinte sie nur.

„Das Mädchen können Sie nicht sehen."

Da sah ich Kathrin.

„Da ist ja meine Tochter, sehen Sie!", rief ich. Kathrin saß in einen der Sessel des Wartebereichs und schien zu schlafen. Ich ging zu ihr, nachdem ich Ghandi an eine Säule gebunden hatte. Hunde sind in Krankenhäusern unerwünscht, als ob es dort nicht schon genug Krankheitserreger gäbe. Ich tippte Kathrin auf die Schulter. Sie schlief nicht. Ihr Gesicht war völlig verheult, sie fiel mir um den Hals und heulte los:

„Sie stirbt, Jessica stirbt ..."

Dann kam ein jüngerer Arzt auf uns zu, schlank, rank, sportlich, aber eher ernst drauf. Ich fragte ihn nach Jessica und er sagte:

„Sind sie der Vater?"

„Nein, ich bin der Vater dieses Mädchens hier. Jessica ist die beste Freundin meiner Tochter."

Ohne weitere Fragen abzuwarten, erklärte der Arzt:

„Die Kleine hat einen Kreislaufkollaps. Nichts wirklich ernstes, sie braucht etwas Ruhe. Sie hat wohl etwas eingenommen, was nicht nur das war, was es sein sollte."

„Und was sollte es sein?"

„So eine Art Muntermacher?"

„Ecstasy?"

„Ja, so etwas ähnliches."

„War das Zeug gestreckt, hat sie noch andere Drogen im Blut?"

„Das weiß ich nicht. Wir haben ihr den Magen ausgepumpt. Er war fast völlig leer. Es scheint so, als zeigte sie Vergiftungssymptome."

„Ist es schlimm?"

„Sie ist übern Berg. Sie schläft jetzt. Ihre Eltern können sie eventuell Morgen oder spätestens am Montag abholen."

Ich nickte. Dann fragte ich:

„Meinen Sie, der, der ihr das gab, wußte, was er tat?"

„Ich halte es für möglich, aber es ist keine ernsthafte Vergiftung, nur eine leichte."

„Es wäre also möglich, daß sie vorsätzlich vergiftet ..."

Weiter kam ich nicht. Kathrin verdrehte die Augen und klappte zuammen. Wir fingen sie gemeinsam auf. Der Arzt gab sich professionell und einige Augenblicke später kam meine Tochtermaus wieder zu sich.

„Was ist, Esther-Katharina?", fragte ich.

„Das Dope, das Dope, das Jack mir gegeben hat...", sie stammelte.

„Was ist damit?", fragte ich scharf.

„Ich hab es ihr weitergegeben, ich schlucke den Scheiß doch nicht, Dad, das weißt du doch."

„Hast du ihr alles gegeben?"

„Nein, ich habe noch zwei Pillen."

Kathrin kramte in ihren Taschen, dann gab sie mir zwei runde, weißlich-rosa Tabletten mit einem eingeprägtem Herzchen. Der Arzt sagte:

„Müssen wir nicht die Polizei verständigen?"

„Können Sie es verantworten, das bleiben zu lassen?"

„Nein, eigentlich nicht, aber da das Mädchen außer Lebensgefahr ist, ich meine, ich muß ja nicht alles hier mitgekriegt haben, vielleicht, aber ich verstehe nicht..."

„Ich auch nicht", beruhigte ich ihn.

„Noch nicht."

# MERLE

Natürlich belog ich ihn. Ich habe in meinem Leben schon so viel gelogen, daß ich es mittlerweile aus Gewohnheit tue. Was ist denn Wahrheit? Ein augenblicklicher, höchst flüchtiger und relativer Zustand. Oder, wie ein Politiker mal gesagt haben soll, Wahrheit ist die Quintessenz der Lügen, auf die man sich 30 Jahre später geeinigt hat.

Hätte ich Hektor erzählen sollen, daß Carola und ich eine kleine Mörder GbR betrieben? Ich wollte ihn nicht umlegen. Vielleicht müßte ich es bald tun, wenn er uns auf die Spur kam, wenn er mir gefährlich wurde. Wir tauschten noch ein paar Belanglosigkeiten aus, dann hatte ich genug. Genug von Hektor und dieser stinkenden, stickigen Loserkneipe. Ich verabschiedete mich und ging.

Draußen kam ich an seiner Töle vorbei, die ruhig am Laternenmast saß und die Leute beschnüffelte. Der Hund machte einen sympathischen, friedlichen Eindruck. Ich ging zur Einfahrt eines Hinterhofes, stellte mich in den Schatten und wartete. Es vergingen mehrere Minuten, dann kam er mit seinem Hund angestiefelt. Keine zwei Meter von mir entfernt gingen sie vorbei. Ich wollte ihnen gerade folgen, da kam ein weiterer Typ, der nicht hierherpaßte. Er war dicklich, schmierig und erkennbar ein Bulle. Er folgte Hektor ein Stück, stieg dann jedoch in einen wartenden BMW.

Ich trat aus den Hinterhof auf den Gehweg und folgte langsam Hektor. Es war Samstag Nacht, kurz vor Drei Uhr, die Kneipen waren noch gut besucht, die Nachtschwärmer nutzten die letzten milden Nächte, um noch einmal richtig einen draufzumachen. Hektor ließ seinen Hund etwas laufen, dann kehrte er um Richtung Haddocks. Ich konnte mich mit Mühe vor ihm verbergen. Er betrat mit seinem Hund ein Baulückengrundstück, das als wilder Parkplatz diente. Ich ging an der Einfahrt vorüber, nachdem ich mich kurz vergewissert hatte, daß er nicht hinter der Ecke lauerte. Ein paar Meter weiter blieb ich wieder in einem Hauseingang stehen und wartete, bis der große, beige und ziemlich verbeulte Peugeotkombi auf die Straße einbog. Er fuhr Richtung Westen, aus der City raus.

Ich beeilte mich, meinem Käfer zu erreichen. Wie immer checkte ich die Gegend, bevor ich aufschloß, einstieg und losfuhr. Hektors Haus fand ich schnell, mußte jedoch eine Weile suchen, bevor ich ein Plätzchen fand, das sich als Parklücke benutzen ließ.

Ich bummelte durch die Straße, registrierte die herumstehenden Autos und die Wohnungen, in denen noch Licht brannte. Dann fiel mir der Wagen auf. Es war ein mausgrauer Golf, gleich dem, den ich in Lübberitz gesehen hatte. Ich griff in meinen Hosenbund, nahm den 22er heraus und entsicherte ihn. Dann wechselte ich die Straßenseite und ging noch einmal an dem Wagen vorbei. Ich hätte mir die Nummer merken müssen, dachte ich bei mir. Niemand saß im Wagen.

Hektor wohnte in einem typischen Arbeiteraltbau der Jahrhundertwende. Ich stellte mich auf die gegenüberliegende Straßenseite und beobachtete die Fassade. Es brannte kein Licht mehr im Haus. Seinen Wagen hatte ich auch nicht entdecken können. Vielleicht war er doch wieder zu Marianne gefahren, wie er gesagt hatte. Ich überquerte die Straße, betrat die Einfahrt, die zum Hof und zum Hauseingang führte. Ein Bewegungsmelder sprach an und grelles Licht erhellte die Einfahrt. Fantastisch. Ein Hauseingang mit Antipinkellicht. Da stand ich nun, ausgeleuchtet wie ein Stück Wild auf dem Präsentierteller. Wenn mir jemand hier eine Falle stellen wollte, hatte er gute Chancen. Ich ging weiter. Sah zu, daß ich aus dem Bereich der Leuchte herauskam. Die Einfahrt war recht schmal. Als ich auf den Hof einbog stellte ich erfreut fest, daß hier keine bewegungsmeldergesteuerte Lampe war. Ich versuchte in der Dunkelheit zu erkennen, ob jemand auf mich wartete und ging langsam weiter zum Eingang. Dort nahm ich eine kleine Taschenlampe aus meiner Handtasche und leuchtete die Namensschilder ab. Purmann wohnte im dritten Stock, direkt unterm Dach. Ich drückte sanft gegen die Haustür. Sie war unverschlossen. Ich stieß sie weit auf und sprang hinein. Am Treppenfuß verharrte ich für einen Moment, dann ging ich langsam hoch. Die Treppe war alt, das Haus war alt. Es roch nach Schimmel und Katzenpisse. Ich stieg hoch in den dritten Stock. Dort gingen nur zwei Wohnungseingänge ab. Der linke führte zu Purmann, der rechte zu Blum. Man hatte Hektors Wohnungstür geknackt, brutal und amateurhaft. Das Schloß war zertrümmert, die Tür stand leicht offen.

Ich stellte mich neben Hektors Wohnungstür und lauschte. In der Wohnung schimpfte jemand, ein infernalisches, unflätiges aber gedämpftes Keifen drang nach draußen. Ich kannte diese Stimme, ich kannte die Flüche, lebte der Vogel etwa immer noch? Wenn Roberta schimpfte, war jemand in der Nähe. Ich zog den 22er und machte mich bereit. Einen Augenblick verharrte ich noch, dann schwang ich mich durch die Tür in die Wohnung, den Revolver schußbereit in beiden Händen. Ich ging in die Hocke, richtete mich langsam auf, drückte mich an die Wand und öffnete die nächste Tür. Sie führte zum Bad. Es war leer. Das gleiche Bild bot die Küche, die allerdings aussah, als hätte hier jemand nach Genuß eines extrastarken Joints alles nach etwas eßbaren abgesucht. Die Schubladen waren herausgerissen, Besteck und Geschirr auf den Boden geworfen. Ich konnte noch so vorsichtig sein, bei jedem Schritt, den ich machte, knirschte Salz, Zucker oder eine Scherbe unter meinen Schuhen. Zu allem Überfluß hatte man den Müll darüber gekippt. Sehr appetitlich das Ganze. Dann roch ich es, Gas. Ich ging zum Fenster, öffnete es weit und hielt mich von allem, was Funken verursachen könnte fern, während ich den Haupthahn suchte. Ich fand ihn, zog ein Taschentuch aus der Tasche und schloß ihn. Ich zog mich schnell aus der Küche zurück und bewegte mich in Richtung des schimpfenden Papageis. Dann sah ich das andere Zimmer. Es mußte wohl Hektors Wohnzimmer sein. Die Unordnung, die hier herrschte, hatte die gleichen Verursacher wie die in der Küche. Man hatte alles, aber auch alles auf den Kopf gestellt, sogar die Kissen waren ganz professionell aufgeschlitzt worden. Ich wollte gerade das nächste Zimmer entern, als ich ein Geräusch auf der Treppe hörte, schnelle leise Schritte rannten nach unten. Ich ging vorsichtig hinaus, sicherte mich gegen eine Überraschung von der Bodentreppe ab und konnte nur noch erahnen, wie zwei Leute das Haus verließen. Ich rannte die Treppe so schnell hinunter, wie es im Dunkeln ratsam ist. Doch als ich auf der Straße ankam, war der mausgraue Golf verschwunden. Ich schaute mich um, steckte den 22er in den Hosenbund und machte mich auf den Weg. Wer auch immer das Chaos in Hektors Wohnung angerichtet hatte, hatte etwas gesucht, und wenn, dann hatte er es nicht gefunden. Ob die Jungens aus Wut oder mit Vorbehalt die Gasleitung leck geschlagen hatte, vermochte ich nicht zu sagen. Jedenfalls spekulierten sie auf eine heiße Spurenbeseitigung. Die hatte ich ihnen vermasselt.

Ich blickte noch einmal hoch zu Hektors Wohnung. Hoffentlich habe ich da keine Fingerabdrücke hinterlassen, sagte ich bei mir. Da bemerkte ich eine leichte Bewegung hinter einer Gardine.

Ich stieg in den Käfer und fuhr auf den Ring. Ehe ich es richtig bemerkte, erreichte ich die Kreuzung Rebenring/Hans-Sommer-Straße/Hagenring. Ich folgte dem Ring hinunter zur Jasperallee. Dort bog ich links ab in Richtung Stadtpark und am Ende der Jasperallee wieder links in die Wilhelm-Bode-Straße, dann rechts in die Grünewaldstraße und hielt genau vor der Berner Straße. Ich fuhr langsam die Straße entlang und dann die Dürerstraße zurück zur Wilhelm-Bode-Straße, folgte der Heinrich-Straße Richtung Ring und bog in die Dörnbergstraße ein. Dort fand ich eine Parklücke. Was ich tat, war absoluter Leichtsinn. Andererseits waren keine Bullenwagen mehr zu sehen. Sie dürften mit der Wohnung fertig sein. Und was sie nicht wußten, zumindest hoffte ich es, war, daß Carola noch eine zweite Wohnung in dem Haus gehörte, eine, auf deren Namensschild Hinrichsen stand.

Ich stieg aus und ging etwas spazieren, sah mich nach verdächtigen Autos um und besonders nach Carolas Daimler. Der war nirgends zu sehen. Dann ging ich zum Haus.

Ich öffnete die Haustür. Ich machte wieder kein Licht und ging hoch bis zu ihrer Wohnung. Die Bullen hatten sie fachgerecht versiegelt. Da ich keine Lust hatte, noch mehr Zeichen meiner Anwesenheit zu geben, ging ich hinunter in den ersten Stock und öffnete „meine" Wohnung.

Ich habe sie immer benützt, wenn ich in Braunschweig war, bin hier sogar gemeldet, auf Sarah Hinrichsen, meinen Zweitnamen. Ich besitze auch einen Reisepaß auf diesen Namen. Allerdings ist Sarah Hinrichsen einige Jahre jünger als ich, gewissermaßen meine kleine Nichte. Den Vornamen wählte ich als Reminiszenz an meine jüdische Abstammung und um eventuelle Nachforschungen zu erschweren.

Ich ging vorsichtig hinein. Hier war seit Wochen niemand mehr gewesen, niemand außer Carolas Putzfrau, die auch diese Wohnung versorgte. Carolas Putze war eine Illegale, manchmal brachte sie Verwandtschaft hier unter. Zum Glück war die Wohnung gerade leer. Ich holte die Reisetasche und die Unterlagen über Philip aus dem Käfer. Ein Blick in die Küche enthüllte einen gähnend leeren Kühlschrank und eine völlig vereiste Tiefkühltruhe, die noch etwas Gefrierkost enthielt.

Ich machte es mir im Wohnzimmer auf dem Sofa bequem und dachte an unser letztes Treffen.

Es war vor vier Wochen im Mündener Häuschen. Wir trafen uns, um den Klühspiess-Job vorzubereiten. Es kam in letzter Zeit kaum noch vor, daß Carola und ich einen Job vorher zusammen durchgingen. Wir waren gut eingespielt, schließlich zogen wir drei bis vier Jobs im Jahr durch, so daß Carola nur noch die notwendigen Daten über den Klienten recherchieren und mir zukommen lassen mußte. Die Ausführung fiel vollständig in meinen Bereich.

Diesmal, so hatte Carola mir in einem Brief mitgeteilt, ginge es nicht anders. Wir hatten uns eine Weile nicht gesehen, sie war viel unterwegs gewesen, hatte sich auf ihre Galerien konzentriert. Ich hatte uns guten Kuchen besorgt und einen Tee gekocht. Wir hielten ein richtiges Zwei-Damen Kränzchen ab. Vormittags war ich noch in Braunschweig gewesen und durch eine ihrer beiden Galerien gebummelt. Ich ließ mir ein schönes kleines Gemälde für meine Hannoveraner Wohnung reservieren und teilte dies Carola mit:

„Das Bild ist ganz große Klasse. Ich frage mich immer, wie du diese jungen Hüpfer auftust. Es wird einen Ehrenplatz bekommen. Betrachte das Bild als Teil des Honorars für den Job. Apropos Job, was ist denn an der Sache nun so wichtig, daß du mich hergerufen hast?"

„Ich steige aus."

„Was?"

175

„Du hast richtig gehört, Merle. Ich höre auf. Ich werde mich auf die legale Seite meiner Geschäfte konzentrieren."

„Wie schön für dich, und was planst du für mich?"

„Dieser Job wirft genug ab, daß du dich zur Ruhe setzen kannst, Merle. Hör zu, es wird immer riskanter, es gibt mittlerweile Kunden, die zu gut über uns Bescheid wissen und die auf dumme Gedanken kommen können. Es ist das Beste, wenn ich mich völlig zurückziehe. Ich werde auch Braunschweig verlassen. Meine Läden und die Galerien verkaufe ich. Ich ziehe hierher ins Häuschen. Ich habe mir hier schon einen Laden gekauft. Da richte ich eine schmucke neue Galerie für moderne Kunst ein, du wirst sehen, das Ding brummt. Ich werde auch die Wohnungen in der Dörnbergstraße verkaufen. Allerdings erst gegen Ende des Jahres, ich denke, dann werde ich mehr dafür bekommen als jetzt. Das Honorar für diesen Job lasse ich dir, ich behalte nur meine Kosten ein, tja, Merle, ich denke, es ist okay so."

„Nein, Carola, das ist nicht okay so. Ich finde, wenn du dich zur Ruhe setzen willst, bitte. Aber ich brauche etwas mehr als sechzig Riesen, um mir eine neue Existenz zu basteln. Außerdem, wenn es Kunden gibt, die dir gefährlich können, können die auch mir gefährlich werden. Und solange die mich nicht kennen, läßt sich das auf bewährte Art lösen."

„Du überschätzt dich, Merle. Das ist zu riskant. Du bist sicher die Beste in dem Job, aber wir haben für Kunden gearbeitet, deren Kontakte und Möglichkeiten die unsrigen weit übersteigen. Wenn es nicht so heiß wäre wie jetzt, würde ich auch weitermachen. Aber, betrachte den Job als bestmöglichen Ausstieg. Er bringt dir auch mehr als sechzig Scheine. Ich habe das Honorar auf nette fünfhundert erhöht. Ich rechne etwa zehn bis zwanzig für die Kosten. Den Rest kriegst du. Damit hast du erst einmal ausgesorgt."

„Was ist mit der Braunschweiger Wohnung?"

„Das beste ist, du kündigst mir formal oder wir machen einen Auflösungsvertrag. Aber laß uns später darüber reden. Hmm, der Käsekuchen sieht lecker aus."

„Ist er auch, lang zu!"

Das ließ sich Carola nicht zweimal sagen. Obwohl flach wie ein Brett, konnte sie eine ganze Torte vertilgen, ohne daß ihr schlecht wurde oder später äußere Spuren zu sehen waren.

Ich nahm auch von dem guten Kuchen und trank etwas Tee. Dann griff ich den Faden wieder auf:

„Was ist so besonderes an diesem Klienten, daß du ein derartig hohes Honorar nehmen kannst? Ist der ein VIP?"

„Ja, ein Politiker mit großen Chancen. Außerdem einer, der uns gefährlich werden könnte."

„Wie das?"

„Er weiß einiges über eine andere Sache, in der ich mitgemacht habe. Er will für sich Kapital daraus schlagen. Träumt davon, Innenminister zu werden. Bundesinnenminister, verstehst du?"

„Nein."

„Er kann dann ganz legal Dinge regeln und Leute loswerden, die ihn gefährden könnten. Politisch meine ich. Und ich zähle wohl dazu."

„Na gut, du brauchst mir nicht zu erzählen warum, Carola. Offenbar liegt dir selbst viel an dem Job und das gefällt mir nicht. Ich find's nicht gut, wenn du persönliche Angelegenheiten durch mich regeln willst. Wir wollten doch private Motive immer raushalten ..."

„Du hast schon mehrere Jobs erledigt, bei denen ich ein privates Motiv hatte. Merle, der Kunde möchte einen aufsehenerregenden Job. Er möchte, daß sich die Medien tagenoch besser wochenlang das Maul darüber zerreißen. Und er möchte vor allem, daß der Klient nicht als Klient erkennbar ist. Es muß wirken, als wäre er aus Versehen erledigt worden. Das schränkt deine Möglichkeiten ein. Außerdem genießt der Klient Personenschutz. Und es muß während des Wahlkampfes erledigt werden. Du hast von jetzt an maximal drei Wochen Zeit, die Sache durchzuziehen."

„Klingt aufregend." Ich ließ die Käse-Sahne-Torte auf der Zunge zergehen und genoß den kühlen, süßsauren Schmelz. Carola verstand es schon immer, mir den Mund wässerig zu machen. Sie fuhr fort:

„Das ist ein Job, den nur du machen kannst. Du kannst nicht direkt an ihn heran, du mußt es wohl aus der Distanz erledigen. Es wäre gut, wenn jemand noch Prominenteres dabei in der Nähe wäre, wenn es unter großer Anteilnahme des Volkes geschieht, verstehst du. Unser Kunde möchte nicht, daß irgendeine Verbindung direkt zum Klienten führt."

„Also ein Attentat?"

„Ja, und noch etwas. Der Kunde sagt, es würde schon reichen, wenn der Klient nur verletzt wird. Aber er sieht ihn lieber im Fach."

Dann verstieß ich gegen alle unsere Regeln:

„Wer ist der Kunde?"

„Jemand, der noch größeren Wert auf Anonymität liegt als unsere anderen Kunden. Und jemand, der uns gefährlich werden kann. Außerdem, Merle, jetzt verstößt du gegen unsere Regeln. Ich weiß nicht, wann und wie du es erledigst, du nicht, wer der Kunde ist. Aber da ist noch etwas. Wir müssen die Bezahlung regeln."

„Wieso das, du gibst mir das Geld nach Erledigung ..."

„Eben das geht nicht. Es ist besser, wenn wir uns danach eine Weile nicht sehen. Wir machen das diesmal anders. Du nennst mir Ort und Tag und wir ziehen diesmal eine Schließfachnummer direkt vor Ort durch. Du solltest dann schnell und weit verschwinden."

Wir machten dann noch den Mietaufhebungsvertrag für diese Wohnung.
Ich saß im Dunkeln, starrte durch die Balkontür hinaus auf die Dörnbergstraße und fragte mich, wie ich so blöd sein konnte. Wie mich Carola so einlullen konnte. Wieso ich mich auf die Sache mit dem Schließfach einließ. Besonders dann noch, als ich vorletzten Sonntag, vor 14 Tagen also, Carola kurz anrief und sie bat, das Gepäck in Heidelberg zu deponieren. Sie sagte damals: „Ich lasse dir den Schlüssel bis Freitag zukommen."

Wir vereinbarten, uns am Dienstag abend noch einmal in Verbindung zu setzen. Es war fast wie immer, nur sollte es der letzte Job sein, mit einer geänderten Honorarübergabe und einem drastisch erhöhtem Honorar. Wäre Carola nicht tot, ich müßte sie an die erste Stelle meiner Feinde setzen.

Carola konnte gut mit Sprengstoff umgehen. Unsere erste Bombe hatten wir gemeinsam gebastelt. Nur - sie war tot. War sie es wirklich? Ich dachte schon, denn so pervers, eine Nummer mit einem unkenntlich gemachten Kopf abzuziehen, war sie nicht.

Und dann dieser neue Job, Philip. Das stank zum Himmel. Als hätte jemand beschlossen, nachdem die Bombe nicht mich, sondern ein Kind zerfetzt hatte, mich nach Braunschweig zu locken. Dagegen sprach, daß Carola diesen Job noch vor dem Klühspiess-Anschlag abgeschickt hatte. Zu einem Zeitpunkt also, zu dem sie, wäre sie für die Bombe verantwortlich gewesen, nicht wissen konnte, daß ich dem Semtex oder was immer die Schweine benutzt hatten, entkommen würde. Das sprach für ihre Unschuld.

Philip.
Steckst du in der Scheiße drin? Schließlich hat vorhin dein Sohn Streit mit Hektor gehabt.

Ich bekam Kopfschmerzen. Ich konnte die Sache drehen und wenden wie ich wollte, ich kam nur darauf, daß ich in sechs Tagen drei Menschen erledigt hatte, soviel wie noch nie in so kurzer Zeit. Dennoch fühlte ich mich wie ein gejagtes Wild, das mehr und mehr in die Enge getrieben wurde. Ich wurde das Gefühl nicht los, hier lief etwas, das ich nicht unter Kontrolle hatte.

Philip.
Ich dachte an seine sanfte, ruhige Stimme, sein Lächeln, seine Blicke. Seine Art, wie er jede Frau ins Bett redete, seine Hände, die Finger, die suchten und immer den Punkt fanden, wo sie Gefallen erregten und mehr. Seine Zunge, die sich von der Brust abwärts zwischen die Beine tastete und dort Wunder vollbrachte. Philip, der eine Nummer langsam und stetig zum Rausch steigern konnte, der mir jedesmal mehr als nur einen Orgasmus bescherte. Und der stets eine Großpackung Kondome im Nachtschrank liegen hatte. Philip, der seine Frau manchmal mehrmals täglich betrog. Die verzieh ihm alles, die blöde Kuh. Ach, Philip...

Und jetzt soll ich dir zum großen Finale aufspielen? Es wäre keine schlechte Idee, diesmal den absoluten Nahkampf zu wählen und es ihm nach einer guten Nummer, falls er noch so gut war wie früher, zu besorgen.

Philip, du Schwein.
Ans Bett ließest du dich zwar nie gerne fesseln, aber das bekomme ich schneller hin, als du ihn hochkriegen kannst. Und dann, ich lehnte mich in die Sofakissen, und dann kitzele ich dich sanft mit dem Messer, ritze etwas die Haut, es wird dir gefallen. Du wirst nicht einmal merken, wie das Messer dann tiefer schneidet, erst durch die Kehle, dann die Halsschlagader und zum Schluß reiße ich dir das Herz heraus, wenn es noch schlägt und lege es auf einem silbernen Tablett zu deinen Füßen. Ich atmete tief durch, zog die Knie an die Brust und preßte meine Lippen auf mein rechtes Knie. Dann wippte ich etwas vor und zurück. Ich kicherte.

# HEKTOR

Ich brachte Kathrin und Ghandi zu Marianne, ließ sie vor mir ins Haus gehen, kramte die Papiere, die ich in Carola Albertz Wohnung und Landhaus gefunden hatte zusammen und schleppte sie hinein. Dort setzte ich mich an Mariannes großen Eßtisch und begann die Sachen durchzuarbeiten. Um nicht einzuschlafen, bereitete ich mir eine heiße Schokolade zu. Zunächst ging ich die Umschläge mit den Dossiers, um so etwas handelte es sich, zu Sonntag, Skladowsky und Klühspiess durch. Die drei kannten sich, klar, hatten sie doch in der letzten Wahlperiode alle dem Bundestag angehört.

Es war die erste wirkliche Niederlage Philip Sonntags gewesen, als er beim Wahlpartei- tag seiner Partei zweimal beim Kampf um einen aussichtsreichen Listenplatz unterlegen war. Den fast aussichtslosen sechsten Platz, den man ihm schließlich ließ, nahm er den- noch an. Soweit hatte er sich schon korrumpieren lassen. Er besaß nicht mehr den Stolz, diesen Hohn abzulehnen. Ich legte die drei Lebensläufe der Herren aus dem Bundestags- handbuch nebeneinander, stand auf und holte mir einen Straßenatlas. Klühspiess und Sonntag stammten aus Nachbarorten im Badischen. Sie waren ein Abiturjahrgang. Es wäre leicht herauszufinden, ob sie in einer Klasse oder zumindest auf der gleichen Schule gewesen waren. Was mir das helfen sollte, wußte ich zwar noch nicht, aber so etwas ist immer ein Indiz. Skladowsky paßte da nicht so recht hinein. Gut, sein und Sonntags Sohn besuchten dieselbe Jahrgangsstufe auf dem WG und er war ein potentieller Nutznießer von Klühspiess' Tod. Sonst fiel mir nichts ins Auge, was eine wie auch immer geartete Dreierconnection nahelegte. Ich trank einen Schluck Schokolade und begann, mir Notizen zu machen.

„Hektor, wach auf, Telefon!" Sie schüttelte meine Schulter und als ich schlaftrunken die Augen aufschlug, sah sie mich ernst an und hielt mir den Telefonhörer hin.

„Also du hättest dich wirklich auf das Sofa legen können, daß du jetzt schon die Nächte durcharbeiten mußt, Hektor, das ist nicht gesund. Hier, für dich", sagte Marianne, „scheint dringend zu sein. Ließ sich nicht abwimmeln, als ich ihm sagte, du schliefest."

„Purmann?", brummte ich in den Hörer.

„Purmann, tut mir leid, wenn ich dich geweckt habe, ich bin es, Micky."

Wenn er sich für unseren Einsatz von vorgestern Nacht bedanken wollte, konnte er etwas zu hören kriegen.

„Was liegt an?"

„Ich bin hier in einem Landhaus, in Ossiland. Es gehört Phil, Phil Sonntag, du kennst ihn doch?"

Bei mir klingelte etwas, laut und eindringlich.

„Was machst du da?"

„Phil hat mir angeboten, mich hier zu verstecken, er hat die Geschichte mit Skladow- sky gehört und meinte, ich sollte mich eine Weile ruhig halten."

„Und warum tust du es dann nicht?"

„Was?"

„Dich ruhig verhalten, du rufst mich Sonntag früh," - ich suchte eine Uhr und als ich keine fand, brummte ich - „ um was weiß ich wieviel Uhr an und erzählst mir, du willst dich ruhig verhalten und steckst beim grö... bei Philip Sonntag in Lübberitz ..."

„Hey, woher weißt du das?", fragte er.

„Kann dir eigentlich egal sein, Micky, oder? Nun schieß los, was liegt an?"

„Ich habe kein gutes Gefühl, Purmann. Die haben Conny halbtot geprügelt und ich habe vielleicht eine Dummheit gemacht. Ich ruf dich von meinem Handy aus an. Paß auf, Purmann, ich will nur, daß jemand weiß wo ich bin, jemand, der nicht mit Skladowsky oder Sonntag im Bett ist. Ich haue hier heute noch ab, ich fahre zu Ilse nach Göttingen, ich gebe dir ihre Telefonnummer, hast du etwas zu schreiben?"

„Momentchen, ich suche...", ich suchte und war gerade dabei, ein Blatt und einen Kuli zu finden, da sagte er gehetzt und leise:

„Ich muß Schluß machen, ich rufe nachher noch einmal an, von unterwegs, Ciao Purmann und danke!"

Klick, das war es.

Er wollte abhauen aus Lübberitz. Das war das beste, was er tun konnte. Warum hatte ich Schlafmütze ihn nicht gefragt, ob er einen der Schläger von Freitag Nacht erkannt hatte?

Mir war mulmig zumute. Micky Ehlers in Lübberitz, in unmittelbarer Nähe von den Typen, die Carola Albertz auf den Gewissen hatten. Zumindest glaubte ich das. Hätte ich seine Handynummer gehabt, ich hätte sofort zurückgerufen und ihm gesagt, er solle sonstwohin gehen, nur nicht da bleiben. Ich hatte seine Handynummer nicht. Und Ilses Nummer hatte er mir auch nicht gegeben. Manchmal geht auch alles schief.

Ich sah auf den Tisch, merkte, daß ich beim Schreiben eingepennt war, stand auf, ging ins Wohnzimmer, legte mich aus Sofa und wollte gerade weiterpennen, als mir etwas Feuchtes durchs Gesicht wischte. Es war Ghandi. Die Töle hatte mitbekommen, daß ich telefoniert hatte und fand es sei an der Zeit, ihren Sonntagmorgenspaziergang zu machen. Das unternehmenslustige Mistvieh stieg mit seinen Vorderpfoten auf meine Brust und schleckte mein Gesicht ab. Ich schob sie schlapp herunter. Brummelnd erhob ich mich (zu Hause wäre ich spätestens jetzt auf das Hochbett geklettert, die Leiter schafft kein Hund!), griff meine Armyjacke, die beim Anziehen durch die Gegend polterte, nahm die Leine und brachte Ghandi hinaus. Wir liefen ein Stück und in einem Gebüsch unweit der Bundesstraße erleichterte sich Ghandi, ich tat es ihr nach. Dann schleifte ich den Hund, der gerne noch mehr gelaufen wäre, an der Leine zu Mariannes Haus zurück, ging ins Wohnzimmer, ließ mich auf das Sofa fallen und widmete mich glücklich dem Einschlafvorgang.

Plötzlich schreckte ich hoch. Es war lange hell und es war September. Ich stand auf, ging hinüber ins große Zimmer. Mariannes unbeschreiblich sperrige Standuhr zeigte fast 10 Uhr. Ich ging ins Gästezimmer, gab Katharina einen Kuß auf die Stirn und flüsterte ihr ins Ohr:

„Schlaf weiter, Tochtermaus. Wir holen heute abend Jessica aus der Klinik, bis dahin bleibe bitte bei Marianne."

Sie rührte sich nicht.

Ich stand einen Moment still und beobachtete sie. Meine Güte, jemand wollte dieses Kind ermorden. Gab ihr vergiftete Ecstasypillen. Jack Sonntag, ich würde dich wohl mal etwas länger befragen müssen. Ihr Gesicht zeigte den Ausdruck vollkommener Unschuld, der allen Schlafenden zu eigen ist. Ich schaute auf die Stupsnase, die Grübchen und den kleinen Schmollmund. Dann schlich ich hinaus, ging zu Marianne und sagte ihr kurz, daß ich Ghandi und Kathrin noch bis zum Abend bei ihr ließe. Sie nahm es hochherrschaftlich zur Kenntnis und nickte zufrieden, als ich hinzufügte:

„Ich war schon mal draußen mit dem Hund, sie ist jetzt für eine Weile ruhig."

Dann verließ ich das Haus, ging zu meiner Schlurre und fuhr nach Hause.
Ich parkte den Wagen im Hof, was ich eigentlich nicht darf, da ich keinen Parkplatz gemietet habe. An Sonntagen ist das möglich und von den Nachbarn geduldet. Ich langte nach hinten, schnappte meinen Rucksack, die Tasche mit den Ordnern und ging hinauf.

Diesmal hatten sie es geschafft. Robertas Gezeter hatte sie offenbar nicht gestört. Die alte Blum auch nicht. Sie hatten sich nicht mal die Mühe gemacht, mein Schloß ordentlich zu knacken. Stattdessen hatten sie die Wohnungstür mit einem Brecheisen oder etwas ähnlichem regelrecht zertrümmert. Ich starrte auf die Reste dessen, was einmal eine echte Vorersterweltkriegwohnungstür gewesen war und fluchte.

Da lugte die alte Blum hinter ihren drei Ketten hervor.

„Mit ihnen gibt es hier nur Ärger," schnarrte sie.

„Guten Morgen, Frau Blum", begann ich so höflich, wie es mir meine Wut gestattete, „Sagen Sie, wer war das heute Nacht in meiner Wohnung?"

„Was?" Sie wollte sich zurückziehen, ich stellte meinen Fuß in ihre Tür.

„Frau Blum, wer war heute Nacht in meiner Wohnung?"

„Ich war es nicht!"

„Jetzt werden Sie nicht pampig, glauben Sie vielleicht, ich weiß nicht, daß Sie jedes Mal an Ihrem Spion sind, wenn jemand zu mir kommt."

„Was erlauben Sie sich, nehmen Sie den Fuß aus der Tür!"

„Was ist heute Nacht hier passiert? Spielen Sie nicht die Ahnungslose, Frau Blum!"

Sie zeterte, ich schimpfte zurück und nach einer Weile sah sie ein, daß ich es wissen wollte und erzählte eine ziemlich wirre Geschichte von zwei Männern und einer Frau. Nach ihren Schilderungen waren die Männer hochgestürmt. Im Irrtum, die Blum schliefe und wäre ansonsten taub, hatten sie sich nicht die geringste Mühe gegeben, Lärm zu vermeiden. Sie wären in meine Wohnung eingebrochen und hätten dort einen Riesenkrach veranstaltet. Kurz darauf sei eine Frau die Treppe hochgekommen, die Typen hätten das irgendwie bemerkt und sich auf dem Bodenaufgang versteckt. Die Frau sei in die Wohnung gegangen und die Männer wären dann verschwunden. Die Frau auch.

„Tolle Story, danke, Frau Blum. Und einen schönen Sonntag wünsche ich Ihnen noch!"

Ich betrat meine Wohnung und schaute zuerst nach Roberta. Die Kerle hatten eine dicke Decke über die Voliere geworfen, die mittlerweile in Fetzen am Boden lag. Roberta begrüßte mich mit einer wüsten Schimpfkanonade und ließ seinen Frust an mir aus.

„Halt deine blöde Fresse!", fuhr ich ihn an. Das Gegenteil trat ein. Roberta schimpfte noch eine Oktave höher und lauter. Jetzt ahmte er das Gekeife der alten Blum nach. Ich baute mich vor ihm auf, ballte drohend die Faust und wollte „Schnauze!" schreien. Das war ein Fehler. Roberta hieb seinen Schnabel durch das Gitter kräftig in meine Hand. Noch bevor ich richtig aufschrie, schlug ich mit der anderen voll gegen das Metall. Die große Voliere geriet leicht ins Wanken und der Vogel schien einen Moment vom Gitter abzurutschen, bevor er sich fing, schüttelte und - schwieg.

„Na also," brummte ich, während ich ins Bad eilte, meine blutende Hand verbinden. Ich hoffte nur, nicht Jan-Willem am heiligen Sonntag konsultieren zu müssen. Nicht, daß er nicht gekommen wäre, aber er hätte mir eine schöne kleine Rechnung geschrieben. Ich sah mehr und mehr Skladowskys 2.000 Mark sich in Luft auflösen.

Ich wusch die Wunde aus, tat etwas Jod darauf und legte eine Mullbinde herum. Es würde bald aufhören zu bluten, so tief hatte der alte Ara nicht hineingehackt.

Danach fand ich endlich Zeit, das Chaos zu bewundern, das meine nächtlichen Besucher angerichtet hatten. Die Jungs waren gut drauf gewesen. Das Wohnzimmer sah aus, als wäre ein Wirbelsturm durchgefegt, die Platten lagen auf dem Boden verstreut, einige seltene Exemplare guter alter Jazzplatten hatten sie zerbrochen. „Dafür werdet ihr bezahlen," sagte ich zu mir und versuchte, die Augen so schmal wie Clint Eastwood zusammenzuziehen. Es gelang mir nicht sehr überzeugend. Zumindest vertrat der Spiegel die Ansicht, der wider Erwarten den Sturm unbeschadet überstanden hatte.

In der Küche hatten sie das Geschirr auf den Boden gedonnert und die grüne Tonne darüber gekippt, der Restmüll lag über den Boden verstreut und die Flaschen waren zerdeppert. Kathrins Zimmer hatten sie in Ruhe gelassen. Auf meinem Hochbett waren sie auch nicht gewesen, zumindest nicht umfassend. So weit ich es erkennen konnte, fehlte nichts. Auch wenn so ziemlich jede Schublade herausgerissen und umgedreht worden war, ich bekam mehr und mehr den Eindruck, daß die Typen nichts gesucht, sondern das Chaos angerichtet hatten, um den Eindruck eines normalen Einbruchs zu erwecken. Ich ging zurück in die Küche. Das Fenster stand sperrangelweit auf und der Gashahn war abgedreht. Ich schaute zum Herd. Jemand hatte den Gasschlauch eingeschnitten, tief genug, um langsam, aber stetig die Küche mit Gas zu füllen. Wäre ich im Dunkeln nach Hause gekommen und hätte Licht gemacht ... Oh Scheiße! Erst durchwühlen sie deine Bude und dann wollen sie dir noch einen heißen Abgang besorgen. Das Fenster öffnen und den Gashahn abdrehen, wer immer das getan hatte, ich war ihm oder vielmehr ihr zu Dank verpflichtet.

Ich packte meinen Rucksack und die Tasche mit den Ordnern auf das, was die Schweine von meinem schönen Futonsofa übriggelassen hatten, holte Werkzeug, Besen, Staubsauger und Schaufel aus der Besenkammer und legte los. Zuerst umwickelte ich den Gasschlauch dick mit Isoband, dann öffnete ich den Gashahn und zündete als erstes eine Herdflamme an. Ich nahm das Feuerzeug und fuhr den Schlauch entlang. Er war dicht. Ich flog nicht in die Luft. Als nächstes entzündete ich die Therme.

Zwei Stunden später war die Küche soweit sauber, daß ich daran gehen konnte, das Geschirr abzuwaschen. In dem Moment schrie jemand vom Flur her:

„Was ist denn hier für eine Scheiße passiert? Dad, bist du da?"

Kathrin hätte sich die Frage sparen können, denn Ghandi schoß in den Flur und hatte nichts besseres zu tun, als vor Freude in eine Scherbe zu latschen. Der dicke Hund jaulte auf und ich durfte wieder Mull, Jod und Pinzette aus dem Badezimmer holen und meine Töle verarzten. Während ich an Ghandis Pfote rumfummelte, strafte sie mich mit vorwurfsvollen Blicken. Kathrin schaute sich derweil das Chaos an, schnappte sich den Mülleimer, brachte ihn runter und als sie wieder oben war, fing sie wortlos an aufzuräumen.

Zwischendurch fragte sie:

„Hast du was von Jessica gehört, Dad?"

„Ja, sie erholt sich."

„Dann war es nicht so schlimm ..."

„Nein, Esther-Katharina, es war viel schlimmer. Du weißt sicher, daß Jack dir diese verdammten Pillen gegeben hat?"

„Ja, ich kaufe so ein Zeugs doch nicht, warum?"

„Waren das welche mit einem Herz drauf?"

„Hm, hm, er sagt immer, das wären die besten."

„Weißt du, woher er die bezieht?"

„Nee, Dad, keine Ahnung."

„Hängt vielleicht der junge Skladowsky mit drin?"

„Au Mann, Dad, das weiß ich doch nicht. Ich kenne den Typen nicht. Und Jessica kennt ihn auch nicht!"

„Kennst du diesen pickligen Baseballschlägerschwinger?"

„Nee, Dad, keine Ahnung, wo Jack den Wichser aufgegabelt hat."

Wir mußten noch mehrmals den Mülleimer runterbringen, aber gegen Drei Uhr war die Wohnung wieder in einem passablen Zustand. Nur heile Kissen hatten wir keine mehr.

„Was machen wir mit der Tür? Willst du dem alten Wichser Bescheid sagen?" Mit dem alten Wichser meinte Kathrin unseren Vermieter.

„Nee, dann müßte ich auch die Bullen holen und die ganze Scheiße anzeigen. Oben auf dem Boden sind noch Türen, vielleicht paßt ja die alte von Reinders."

Wir hoben die Reste meiner Wohnungstür aus den Angeln und schleppten sie hoch, die alte Blum beäugte uns mißtrauisch durch ihre einen Spaltbreit geöffnete Wohnungstür, sie hatte vorsichtshalber die Ketten vorgelegt. Da meinte Kathrin:

„Ey Dad! Können wir nicht die Tür der alten Blum nehmen? Die müßte doch passen."

Wir hörten nur das Einschnappen des Schlosses und das hastige Drehen mehrerer Türschlösser. Die waren wir los. Ohne zu zögern, nahm Kathrin ihren Kaugummi aus dem Mund und klebte ihn auf Frau Blums Spion.

„Licht aus, Gum drauf, kratzen Sie schön, Frau Blum," ätzte meine Tochtermaus, die erstaunlich gut drauf war.

Wir fanden, was wir suchten und schafften es, die Tür in meine Zargen zu hängen. In meiner Schreibtischschublade fand ich einen alten Schließzylinder mit drei passenden

Schlüsseln, baute das Ding ein, schloß von innen und bat Kathrin, von außen zu öffnen. Es klappte. Vor die beschädigte Riegelaufnahme nagelte ich ein Brett. Das würde, so hoffte ich, ein paar Tage genügen. Dann müßte ich hier alles neumachen, nötig war es eh. Ich sagte zu Kathrin:

„Schätze, wir können nächste Woche renovieren, ich fahr Montag oder Dienstag los und kaufe Farbe, magst du helfen?"

Sie sah mich mit einem Blick an, der mich schmerzlich an Merle erinnerte und meinte nur:

„Als Anstreicherin bin ich ja wohl ganz brauchbar, oder?"

Obwohl gerade fünfzehn, war sie schon in der Lage, Dispersionsfarbe so auf Wände zu verteilen, das eine gleichmäßige Fläche entstand. Ich konnte das noch nie.

Als wir fertig waren, kochte ich uns einen Tee. Die Mistkerle hatten vergessen, die Teedosen zu leeren. Kathrin lief kurz zum Kiosk, um Becher und etwas Essbares zu besorgen. Während das Wasser heiß wurde, rief ich Markus an und sprach ihm auf Band, ich würde später kommen. Als Kathrin mit Keksen, Crackern, ein paar Brötchen, den letzten, und etwas Streichkäse aus meiner eisernen Reserve heimgekehrt war, hielten wir eine kleine Brotzeit ab.

„Sag mal Kathrin," begann ich zwischen zwei Bissen.

„Hmm?"

„Ich habe da ein paar Disketten, von denen ich gerne wüßte, was da drauf ist, kann ich mir die auf deinem Mac anschauen?"

„Mmm, zeig mal," sie kaute, schluckte und ich reichte ihr eine der Disketten, die ich aus Carola Albertz Datsche mitgenommen hatte.

„Das sind PC-Disketten, oder?"

„Ich weiß es nicht," antwortete ich.

„Du kannst es ja mal versuchen, aber wahrscheinlich werde ich die Software nicht haben."

Kathrin gab mir die Diskette wieder, biß herzhaft in ihre Stulle und wir mampften gemütlich vor uns hin, scharf bewacht von einer verhungernden und wehleidigen Ghandi. Roberta hatte ich einen Nußcocktail gemixt aus dem, was ich in der Küche noch zusammensuchen konnte.

Dann machten wir uns auf den Weg. Ich klingelte noch einmal bei der alten Blum. Sie öffnete sofort, puterrot im Gesicht und wollte gerade loszetern. Doch ich kam ihr zuvor:

„Wenn hier heute nacht wieder jemand versucht einzubrechen, Frau Blum, nehmen sie ihr Telefon und wählen sie die 110, klar!"

Scheiße, das Telefon, ich hastete zurück in die Wohnung.

„Kathrin, wo ist denn unsere Quatsche?"

„Wieso, da wo er immer ist."

Mein Anrufbeantworter war tatsächlich noch da, allerdings hatte man die Kassette herausgenommen. Oh Scheiße, wer hatte sich da welche Nachricht, die für mich bestimmt war und die mich nun niemals erreichen würde, angeeignet?

Ich stand einen Moment still, um die Melodramatik dieses Augenblicks zu genießen. Dann wollte ich Kathrin folgen, die mit der hinkenden Ghandi im Schlepptau schon an der Schlurre wartete. In dem Moment klingelte das Telefon.

„Purmann?"

„Purmann, das ist gut, daß ich Sie erreiche!"

Skladowsky.

„Was liegt an, Herr Skladowsky?"

„Sie haben gestern abend versucht, mich zu erreichen?"

„Allerdings, Herr Skladowsky, ich habe keine guten Neuigkeiten für Sie."

„Oh!"

„Ihr Herr Sohn hängt nicht nur mit Dealern herum, er hängt mit drin, aber trösten Sie sich, der Sohn eines Ihrer Lieblingsfeinde ist ebenfalls beteiligt."

„Wer sollte das sein?"

„Jack Sonntag, der Sohn von Phil...""

Skladowsky schwieg, man konnte spürten, wie es in ihm brodelte. Ich ließ ihm Zeit, sich zu sammeln, dann meinte er:

„Das sind, sag ich mal, wirklich keine guten Nachrichten, Purmann. Was ist mit diesem Ehlers?"

„Der ist untergetaucht nach der Sache Freitag Nacht. Daran war Ihr Sohn auch nicht unbeteiligt, Herr Skladowsky."

„Können Sie das beweisen, Purmann?"

„Nicht direkt, aber es spricht alles dafür."

„Hören Sie Purmann, verschonen Sie mich mit irgendwelchen wüsten Spekulationen. Ich brauche Fakten, Fakten, Fakten. Purmann, ich zahle Ihnen noch einmal das doppelte, wenn Sie die Ermittlungen bis zum nächsten Sonntag fortführen und lege noch einmal Fünftausend drauf, wenn Sie die, sag ich mal, notwendige Diskretion wahren!"

Der nächste Sonntag war der Wahltag. Er bot mir neuntausend Mark, der Mann hatte es ziemlich dicke. Ich erwiderte ungerührt:

„Ich denke darüber nach, Herr Skladowsky."

„Was soll das heißen? Hören Sie, Purmann, es ist von nationalen, na, sag ich mal, fast nationalen Interesse, diese Angelegenheit so diskret wie möglich zu handhaben. Mit einer Einschaltung der Medien ist zum jetzigen Zeitpunkt niemanden genützt!"

Der Mann hatte recht.

„Herr Skladowsky, kommen Sie mit dem Geld morgen früh in meinen Kiosk. Ich will versuchen, was ich kann. Ich muß Ihnen allerdings ganz offen sagen, daß es mindestens drei Tote in dieser Angelegenheit gegeben hat, daher bitte ich Sie, mir eine Frage zu beantworten."

„Drei Tote, sagen Sie? Wer ist der dritte?"

„Das werden Sie morgen aus der Zeitung erfahren, Herr Skladowsky, meine Frage ist folgende: Wer nützt Ihre Datsche in Lübberitz?"

„Ich habe dort keine Datsche!"

„Sie kennen den Ort?"

„Natürlich kenne ich den Ort, mein Schwiegervater hat dort nach der Wende günstig ein paar Häuser erbaut und weiterverkauft, eines der Häuser hat er seiner Frau geschenkt, wem die anderen gehören, weiß ich nicht. Zufrieden?"

„Nein, eine der Hütten gehört Philip Sonntag, eine Ihrem Nachbarn, dem Kripomann Müller, klingelt da etwas bei Ihnen?"

„Nicht das ich wüßte."

„Na gut, danke, Herr Skladowsky, wir hören morgen voneinander, auf Wiedersehen."

Ich legte auf, bevor er noch etwas erwidern konnte. Hätte ich das Gespräch fortgesetzt, hätte er mehr von mir erfahren als ich von ihm. Ich ging zur Tür, da klingelte es wider.

Scheiß Telefon.

„Purmann?"

„Hi, Hektor, Markus hier. Ich habe gerade deine Message gecheckt und wollte fragen, wie spät es wird."

„Hast du Lust auf einen Ausflug?"

„Äh, hm, also, na ja, weißt du, also,.."

„Ich verspreche dir Freiheit und Abenteuer!"

„Mann, Hektor, so wie Freitag Nacht?"

„Mehr davon, sei kein Frosch, Alter, wird mal Zeit, daß du was anderes siehst als nur deine Monitore, ich hole dich um sechs ab, okay?"

„Wo geht's denn hin?"

„Überraschung!"

„Ich bin in meinem Laden, Hektor, bis dann."

Markus und ich haben etwas gemeinsam, eine ungeheure Neugier gepaart mit dem dazugehörigen partiellen Realitätsverlust. Gefahren meiden wir nur, wenn wir sie erkennen. Letzteres gelingt leider nur selten.


# MERLE

Das Tageslicht weckte mich. Ich schreckte hoch und brauchte einen Augenblick, mich zu erinnern, wo ich mich befand. Ich war in Carolas Zweitwohnung, die sie offiziell mir vermietet hatte. Ich stand auf, duschte ausgiebig und zog mich an. Hier irgendwo in der Gegend gab es einen Bäcker, der auch Sonntags frische Brötchen verkaufte, hatte Carola mir erzählt.

Ich packte meine Sachen, steckte den 22er in den Hosenbund und brachte mein Gepäck ins Auto. Ich mußte sehr vorsichtig sein. Ich brauchte eine Weile, bis ich den Bäcker gefunden hatte, kaufte ein paar Baguettebrötchen, etwas Butter, Streichkäse und Honig. Ich nahm auch noch ein Glas Nutella mit. Der Bäcker kannte seinen Wert, es war ein richtiger Apothekeneinkauf. Ich ging zurück zum Haus, da sah ich sie. Mehrere Zivilfahrzeuge hatten auf der Dörnbergstraße geparkt.

Frechheit siegt, sagte ich mir. Ich ging ins Haus, lächelte den Bullen zu, öffnete die Wohnungstür, schloß sie rasch hinter mir und atmete tief durch. Ich frühstückte gemütlich. Es war, wie ich dachte. Die suchten weiter nach Spuren in Carolas Wohnung. Sie hatten offenbar noch nicht herausgefunden, daß Carola eine zweite Wohnung im Haus gehörte.

Nun gut, die war vermietet und Mieter sind in den seltensten Fällen die Mörder ihrer Vermieter. Da läutete es. Ich stand auf, nahm den 22er aus dem Hosenbund, lud durch, ging zur Tür und sah durch den Spion.

Scheiße. Da standen sie, zwei Mann in Zivil und eine Uniformierte. Ich legte die Kette vor und öffnete die Tür soweit es die Kette erlaubte. Den Colt hielt ich in der linken Hand hinterm Türblatt.

„Ja, bitte?"

„Frau Hinrichsen?"

„Ja?"

„Sarah Hinrichsen?"

„Ich wurde so getauft, was wünschen sie?"

„Dürfen wir hineinkommen?"

„Nein!"

„Sie wollen uns also nicht hineinlassen?"

Blödmann. Ich lächelte ihn an, dann sagte ich so kalt wie es ging:

„Meine Mutter hat mich so erzogen, ich lasse keine fremden Herren in die Wohnung."

Er verstand. Zückte seine Metallplatte und sagte:

„Kriminalpolizei."

„Ist das Ihr Name oder Ihr Beruf?"

Da mischte sich sein Kumpel ein. Er war etwas älter und nicht ganz auf dem Trip des „Ich bin Bulle, ich komme überall damit durch"-Gehabe seines Kollegen. Die Tusse schwieg und stand im Hintergrund.

„Ich bin Kriminalobermeister Neidhardt und mein Kollege ist Kriminalmeister Müller, das ist Polizeimeisterin Kaufmann."

„Angenehm, was wollen Sie?"

„Uns mit Ihnen unterhalten, lassen Sie uns doch bitte rein?"

„Worüber?"

Ich lehnte mit der linken Schulter an der Tür und lächelte ihn so unverbindlich an, wie es die Situation zuließ. Den rechten Arm hatte ich an den Türrahmen gelehnt. Sie würden hier ohne Durchsuchungsbefehl nicht hereinkommen, und wenn sie es mit Gewalt versuchten, wärst du kleiner Bulle Müller der erste, der draufgeht. Du merkst nicht einmal, was passiert.

Doch Neidhardt übernahm das Wort.

„Ich verstehe ja, daß es unangenehm für Sie ist, am Sonntagmorgen von der Polizei gestört zu werden Frau Hinrichsen, und Sie müssen uns nicht hereinlassen, wenn Sie das nicht wollen. Aber dürfen wir Ihnen ein paar Fragen stellen?"

„Bitte."

„Kennen Sie Carola Albertz?"

„Sie meinen die, die im Dachgeschoß wohnt?"

„Ja."

„Sicher kenne ich die, das ist meine Vermieterin."

Sie sahen sich an. Sie hatten es also gewußt, Eins zu Null für Dich, Merle.

„Wann haben Sie sie zuletzt gesehen?"

„Na, so vor zwei oder drei Monaten, warum?"

„Nicht in den letzten Tagen?"

„Nein, wir haben ein Geschäftsverhältnis, sind privat aber nicht weiter bekannt."

„Sind Sie sicher, daß es so lange her ist?"

„Hören Sie, ich halte diese Wohnung nur noch als Zweitwohnsitz. Ich habe hier hin und wieder noch beruflich zu tun. Aber ich war die letzten Wochen im Süden und bin erst heute Nacht wiedergekommen. Warum fragen Sie überhaupt? Hat Frau Albertz etwas verbrochen?"

Neidhardt sagte nur:

„Wir fürchten, sie ist tot."

„Oh Gott, das ist ja furchtbar. Was ist denn passiert? Na, das geht mich wohl kaum etwas an. Aber, ich habe sie mit Sicherheit das letzte Mal im Juli oder vielleicht sogar schon im Juni gesehen. Ich könnte nachschauen, ich habe damals ein Bild in Ihrer Galerie gekauft. Ist Ihnen das so wichtig?"

Ich machte Anstalten, in die Wohnung zu gehen, um etwas nachzusehen, doch Neidhardt erwiderte:

„Nein, so wichtig ist das nicht. Sie sind gestern zurückgekommen?"

„Eigentlich heute früh, so gegen drei Uhr, ich habe vorher noch einen Bekannten besucht."

„Würde der Bekannte das bestätigen?"

„Wenn es sein muß, ja."

„Sagen Sie uns seinen Namen?"

„Da muß ich ihn erst fragen. Er ist verheiratet."

Er zog eine Karte aus seiner Brieftasche und reichte sie mir.

„Rufen Sie mich doch bitte an, wenn Ihnen etwas einfällt, was wichtig für uns sein könnte."

„Was könnte das denn sein?"

„Zum Beispiel, ob Frau Albertz ungewöhnlichen Besuch hatte," mischte sich der Junge ein. Er war mit Sicherheit noch keine 30, groß und ein Kerl, der glaubt, er sieht gut aus, mit seinem knackigen kleinen Arsch, den sackbetonten Jeans und dem kantigen Gesicht. Bei Blondinen und Politessen mochte er Eindruck schinden, aber ich war keines von beidem. Ich antwortete mit einem unverbindlichen Lächeln:

„Frau Albertz ist, muß ich sagen, war?, Galeristin. Sie hat viele Künstler gekannt. Und das sind meistens ungewöhnliche Besucher, wenn Sie das meinen."

„Frau Hinrichsen, wir danken Ihnen, und - nichts für ungut," bemerkte Neidhardt. „Auf Wiedersehen", fügte er hinzu.

Ich blieb ehrlich:

„Nehmen Sie es bitte nicht persönlich, Herr Neidhardt, aber ich lege keinen allzu großen Wert darauf. Aber wenn mir etwas einfällt, was für Sie interessant sein könnte, dann melde ich mich. Ich habe ja Ihre Nummer."

Damit schloß ich die Tür. Ich ging ins Wohnzimmer zurück, ließ mich aufs Sofa fallen, sicherte den 22er und atmete lange und tief durch ...

Scheiße, ich war nur froh, daß ich ohnehin gleich wieder loswollte. Und nach meinem Erstwohnsitz würden die lange suchen können, eine Sarah Hinrichsen mit meinen Attributen würden Sie nicht so schnell finden.

Carola war also tot, das wußte ich von Hektor. Er hatte sie gefunden, er hatte die Bullen angerufen, er arbeitete für Skladowsky. Skladowsky profitierte von Klühspiess Tod. Und er würde auch von einer toten Carola profitieren.

Ich blieb noch eine gute Stunde in der Wohnung, machte etwas Krach, wusch ab, saugte Staub. Dann packte ich den Rest meiner Sachen zusammen und machte mich auf den Weg. Ich ging direkt zum Käfer, wobei ich unauffällig darauf achtete, ob mir jemand folgte. Ich fuhr ein wenig in der Gegend umher, parkte schließlich in der Berner Straße, stieg aus und ging etwas im Stadtpark spazieren. Da war niemand, der mich unauffällig beschattete. Schwein gehabt, Merle. Sie hatten lediglich herausgefunden, daß ich Carolas Mieterin war und das überprüft. Und die Verbindung von Carolas freier Mitarbeiterin Merle Rosencrantz zu Sarah Hinrichsen ist so naheliegend, das ein durchschnittliches Bullenhirn nie darauf kommt.


# HEKTOR

Kathrins kleiner Mac war leider nicht in der Lage, die Dateien zu öffnen, die Carola Albertz auf ihren Disketten abgespeichert hatte. Ich fuhr zu Markus. Es würde spät werden.

„Hi, Hektor," begrüßte er mich, als ich sein Kabuff betrat. Er drehte nicht einmal seinen massigen Kopf, sondern blieb weiter gebannt vor seinem Rechner.

„Bist du fertig?", fragte ich.

„Jep, Alter."

„Dann laß uns losfahren."

„Nicht ohne meinen Kaffee," meinte der alte Hacker, lud zwei volle, versiffte Thermoskannen in seinen Rucksack und packte dazu Cracker und Leibnizkekse.

„Nimm dein Buschmesser mit," sagte ich, „kann sein, daß wir in den Dschungel gehen."

Vor Helmstedt steckten wir im üblichen Wochenendstau. Ich fuhr auf der Standspur zur Ausfahrt und dann Landstraße nach Lübberitz. Es goß in Strömen. Es wurde bereits dunkel, als wir das Forsthaus erreichten.

Als ich zu meinem kleinen versteckten Parkplatz fuhr, erlebten wir eine Überraschung. Ein altes, rotes Käfer-Cabrio stand dort geparkt. Göttinger Kennzeichen.

„Warte im Wagen", sagte ich zu Markus, stieg aus, ging zu dem Käfer und leuchtete mit meinem Maglite hinein. Eine Reisetasche lag auf dem Rücksack. Ich klopfte das Ausstellfenster auf, öffnete die Tür und sah in die Reisetasche. Frauenklamotten und ein schwerer Revolver. Das Parfum war mir vertraut.

Ich verriegelte die Tür wieder, ging zur Schlurre zurück und fuhr weg. Außer Sichtweite der Häuschen lenkte ich die Schlurre in einen Feldweg. Hinter einer Kuppe wendete ich auf dem Acker und parkte dicht an die Fichten gedrängt. Vorher hatte ich Markus aussteigen lassen, er war doch sehr füllig und ob er genug Beweglichkeit besaß, sich hinterm Lenkrad vorbeizuquetschen und auf meiner Seite auszusteigen, bezweifelte ich. Ich nahm meinen Rucksack, Markus den seinen nebst dem Laptop, mit dem er während der Fahrt Carola Albertz Disketten begutachtet hatte und dabei sehr blaß geworden war. Wir stiefelten los. Kurz vorm Waldrand konnten wir uns gerade noch in den Schatten der Bäume ducken, als der Käfer mit hohem Tempo und ohne Licht auf die Straße zurückfuhr. Die Fahrerin ließ sich nicht genau erkennen, sie trug eine Wollmütze oder so etwas. Aber ich wußte auch so, wer es war.

„Sag mal, Hektor, hier riecht es irgendwie angebrannt."

Ohne zu antworten, stürzte ich los. Ich brauchte kein Maglite anzuschalten, um den Weg zu sehen. Eine der Datschen brannte lichterloh. Gelbrote Flammen schlugen aus dem Haus und dicker schwarzer Rauch verdunkelte den ohnehin schon düsteren Himmel. Ein Hauch von Mordor lag über dem Land.

## MERLE

Bingo! In der Nähe der Berner Straße parkten sowohl der mausgraue Golf als auch Carolas Daimler. Ich ging langsam auf den Golf zu. Es war ein älteres Modell, er bereitete mir keine Schwierigkeiten, hatte weder Alarm noch Wegfahrsperre. Ich brach den Wagen in aller Ruhe auf und sah mich drinnen um. Im Handschuhfach lagen die Papiere, dazu jede Menge Pillen. Ecstasy, vielleicht auch LSD oder so etwas. Der Wagen hatte eine auffällige, überdimensionierte Hifi-Anlage, der CD-Wechsler befand sich im Kofferraum. Wie überaus einfallsreich. Jeder Dieb würde da suchen, wenn er mehr als zehn Sekunden Zeit dazu hätte. Bei so einer Anlage nähme er sich die Zeit.

Ich schaute mir den Innenraum etwas genauer an. Unter dem Beifahrersitz war eine Smith und Wesson .38 Magnum mit Silberband festgeklebt. Ziemlich ungeschickt. Dauert im Ernstfall zu lange, die Knarre dort hervorzuholen. Doch der Typ, dem der Wagen gehörte, kam sich sicher sehr schlau vor, seinen Revolver so gut getarnt zu haben. Ich warf einen Blick in den Fahrzeugschein, der im Handschuhfach lag. Man ahnt nicht, wie dumm die Menschen doch sein können. Ich las den Namen, las ihn ein zweites Mal. Dann legte ich die Papiere zurück und ging zu Carolas Daimler, der keine 50 Meter entfernt parkte. Der Name brannte in meinem Kopf, Skladowsky, Klaus-Konrad. War das der Sohn? Skladowsky - der hatte doch früher einmal in der Fluchthelfermafia gesteckt.

Skladowsky, das Puzzle fügte sich langsam zusammen. Währenddessen war ich weitergegangen und stand jetzt genau vor Carolas Daimler. Ich sah durch die Fenster und überlegte, ob ich es riskieren sollte, innerhalb einer Viertelstunde zwei Autos zu knacken. Dieser hier hatte sowohl Alarmanlage als auch Wegfahrsperre. Das Lenkrad war extra gesichert. Das war nicht ihr Stil. Carola hatte immer gesagt, daß jemand, der ein Auto klauen will, das auch tut, egal, wieviel Geld und Phantasie man in die Sicherheit steckt.

Ich sah mich um und bemerkte sie, bevor sie mich sehen konnten. Im nächsten Hauseingang versteckte ich mich und ließ sie näherkommen. Der eine hieß offenbar Jack und war Philips Sohn. Der andere - es war nicht der Pickelzwerg - konnte der junge Skladowsky sein, jedenfalls war er gestern mit dem Golf in Lübberitz gewesen. Sie gingen zum Golf, unterhielten sich leise.

„Wie ist es denn gestern gelaufen?"

„Die Party war voll geil, fast tausend Leute, gute Stimmung. Echt Konny, hast was verpaßt. Wir haben tierisch viel Pillen abgesetzt, war 'ne totale Dröhnung. Bis auf die Sache mit dem Purmann. Ich habe der kleinen Purmann Zombies Pillen geschenkt, ich mag Kathrin, weißt du? Hör mal, Konny, glaubst du wirklich, es ist gut, von Zombie Pillen zu nehmen, ich meine, der Typ ist ziemlich schräg drauf, ich meine, der könnte doch Rattengift dazu panschen, oder so etwas."

„Jack, sei kein Weichei, Mann. Das ist alles total cool. Mach dir keine Sorgen. Zombie schneidet seit über zwei Jahren die Pillen, da ist noch nie was passiert, der hat alles von der Albertz gelernt."

„Ich hoffe nur, daß dein Vater nicht diesen Schnüffler auf uns angesetzt hat. Dieser Ehlers, der ist ein Kumpel von meinem Alten, weißt du? Papa hat ihm sein Landhaus in Lübberitz überlassen."

„Na und, Mann Jack, ey, wir wissen, wo er steckt und der Alte sorgt schon dafür, daß der Schmierfink nicht zu viel schmieren kann. Ich meine, schau mal, Jack, der Kerl ist echt Scheiße. Der schreibt einfach die Geschichte aus Schloß Unterhammelstein und glaubt, er könne damit meinem Vater ans Knie pissen."

„Tut er doch auch, so wie dein Alter ausgerastet sein soll ..."

„Das gehört hier nicht hin. Der Ehlers ist beschissen genug drauf, wenn der schreibt, was ich hier alles drehe ... du, mein Vater bringt es glatt und schickt mich in den Knast ... Und das alles nur, um sich als Saubermann zu präsentieren. Der hat schon immer andere für sich über die Klinge springen lassen."

„Scheiße, Mann, Konny, du mußt verdammt aufpassen, ich meine, wenn dein Vater so drauf ist, wie du es sagst ..."

„Ach weißt du, der Alte paßt da schon auf, echt, der ist voll cool, der sorgt schon dafür, daß nichts passiert."

Dann stiegen sie in den Golf und fuhren los. Lübberitz, Ehlers. Ich ging zu einer Telefonzelle, wählte Hektors Nummer, das Klingeln dürfte jetzt keine Explosion mehr auslösen, das Gas hatte sich längst durch das Fenster verflüchtigt. Niemand nahm ab. Der Anrufbeantworter war abgeschaltet.

Die Jungs waren weg. Aber da stand immer noch der Daimler und da war auch Carolas Auftrag. Ich brauchte mich hier nur auf die Lauer zu legen, auf Philip zu warten und - plopp, noch ein Politiker weniger. Aber keine fünfhundert Meter von hier hing eine ganze Horde Polizei herum, die mit Sicherheit mehr wußten, als daß Carola tot war und ich nicht ihre Mörderin.

Lübberitz, Ehlers, Skladowsky, wer war der Alte, von dem die Jungen sprachen?

Der alte Skladowsky? Aber warum sprach der Junge vom Alten und seinem Vater? Trotzdem war es möglich. In der *Süddeutschen* hatte gestanden, er stünde als Nachfolgekandidat für Klühspiess ganz oben auf der Liste. Carola hatte mir einmal von ihm erzählt, sie war ein paar Wochen mit ihm zusammen gewesen, sagte, er war der beste Draht nach Bonn, den sie je gehabt hätte. Carola wählte ihre Liebhaber selten nach dem Lustprinzip. Sie bevorzugte Männer, die eine wichtige Rolle spielten, über die sie an Informationen und anderes herankommen konnte. Und die Geld hatten, Geld war ihr wichtig. Noch wichtiger als mir. Männer mit Geld finanzierten ihr ihre erste Galerie, Männer mit Geld gaben uns die Jobs. Carola nahm sie aus, nach allen Regeln der Kunst. In gewisser Hinsicht war sie eine Edelhure.

Kleine, schmerbäuchige Männer mit Geld und Glatze fand sie überaus sexy. Sie stand auf solche Kerle, nicht nur auf deren Brieftaschen. Die großen, gutgebauten, mit ausgeprägten Brustmuskeln, starkem Kinn und kleinem Arsch fand sie langweilig. Carola sagte immer, Sex sei auch nur ein Geschäft, aber eines, wo gute Leistung entsprechend honoriert wird. In Lust und Geld. Sie hatte mir mal etwas über ihre Affäre mit Skladowsky, dem „brünstigen Professor" wie sie ihn nannte, erzählt. Über seine Qualitäten als Liebhaber meinte sie nur: „Eigentlich ist der Kerl nicht wirklich schlecht, nur - er hat keinen Maßstab. Seine Studentinnen wissen, je lauter sie stöhnen, desto besser werden ihre Noten. Wie soll da ein Mann lernen, was einer Frau gefällt?"

Konnte sein, daß er uns angeheuert hatte, Klühspiess zu erledigen, mußte aber nicht.

Die Autobahn war voll, doch ich hatte mir einen guten Weg auf der Karte ausgeguckt. Es war früher Nachmittag, als ich Haldensleben erreichte und mich durch die Innenstadt in Richtung Satuelle quälte. Die Karte stimmte nicht mehr, aber ich finde immer wieder einen Ort, wo ich schon einmal gewesen bin. Hektor sei Dank, parkte ich meinen Käfer dort, wo er am Vortag seinen Peugeot abgestellt hatte. Dann ging ich spazieren. Ich trug dunkle Kleidung und setzte mir eine Wollmütze auf, es nieselte leicht und wenn die Sonne nicht schien, merkte man, der Sommer ging zu Ende.

Lübberitz ist eigentlich kein Ort. Es ist ein Forsthaus mit ein paar Datschen, die dahinter im Wald liegen. Es liegt genau am Südrand des ehemaligen Truppenübungsplatzes Letzlinger Heide, womöglich sind die Datschen schon auf dem Gebiet, das offiziell der Bundeswehr gehört. Die Hütten sind sicher Schwarzbauten, gebaut von Reichen mit Beziehungen für Reiche mit Beziehungen.

Vor einer der Datschen parkten zwei Autos. Ein kleiner Polo und ein dunkelgrüner Mercedes. Im Vorbeigehen warf ich einen raschen Blick auf das Namensschild am Gartentor. Müller, las ich, wie der junge blonde Bulle von heute früh. Dann ging ich weiter, die nächste Hütte gehörte Sonntag. Auf dem Türschild der letzten Hütte stand: C. Albertz. Das war die Hütte, in deren Wand neben der Tür man unter dem Putz noch die Löcher erkennen konnte, die der Schrot hinterließ, mit dem ich damals Manny Schwabels Innereien zerfetzt hatte.

Scheiße!

Carola hatte die Hütte gekauft, nach Manny Schwabels Tod. Manny Schwabel war also auch einer der Privatjobs, die ich für sie erledigt hatte.

Oh, Scheiße!!!

Carola, was hast Du getan!

Ich schaute mich um. Es mußte jemand hier sein, sonst wären keine Autos geparkt, aber auf mein Kommen hatte ich keinerlei Reaktion bemerkt.

Die Datschen waren sehr geschickt angelegt. Wer den Waldweg entlang ging, hatte ebensowenig wie diejenigen, die sich im Erdgeschoß der Hütten aufhielten eine Sichtmöglichkeit auf das, was auf dem Weg oder in den Nachbarhütten geschah. Aber vom Obergeschoß konnte man jeweils ein gutes Stück Straße und die Nachbarhütte beobachten. Ich hatte damals im Obergeschoß seiner Hütte auf Manny Schwabel gewartet. Es war verflucht kalt gewesen, und so hatte ich den Elektroofen in der Hütte angeschmissen.

Ich ging noch ein kleines Stück weiter in den Wald hinein, dann schlich ich mich von hinten an Carolas Hütte heran. Die Hintertür, die von den anderen Häusern nicht eingesehen werden kann, war abgeschlossen. Ich nahm mein Taschenmesser zur Hand, hebelte damit eines der einfachen Fenster auf und stieg ein. Im vielen Staub konnte ich deutlich sehen, daß kürzlich jemand hier war, jemand, der sich umgesehen, etwas gesucht hatte. Ich folgte den Spuren in den Keller. Dort stieß ich nicht nur auf ein ansehnliches Waffenarsenal, sondern in einem der Schränke bewahrte Carola auch Geld auf, mehrere zehntausend Mark in gebrauchten Scheinen verschiedener Währungen. Ich steckte einige Bündel als Vorschuß auf das ausstehende Klühspiess Honorar ein. Wer auch immer hier gewesen war und was auch immer er gefunden haben mochte, ich konnte ziemlich sicher sein, daß der Kerl wußte, was für ein Nebengeschäft Carola betrieb und mit wem.

Der zweite Kellerraum beherbergte ihr Labor. Hier hatte sie nicht nur die Sprengsätze gebastelt, die ich ab und zu verwendete. Was hier zu sehen war, war eine astreine Küche, Kokain zu strecken und Crack zu kochen. Carola hatte als Apothekenhelferin angefangen, nachdem sie ihr Pharmaziestudium abbrechen mußte. Sie puderte sich hin und wieder mal ihr Näschen und hatte offenbar recht schnell gemerkt, daß man aus einem Kilo auf wundersame Weise zehn machen konnte. Dabei waren Drogendeals eigentlich nie so recht ihr Ding.

Ich ging wieder hinauf und verließ das Haus auf dem gleichen Weg, auf dem ich es betreten hatte. Als ich durch den dichteren Wald hinter den Häusern zum Käfer schlich, bemerkte ich bei der Müller Hütte Bewegung. Jemand riß die Verandatür auf, versuchte hinauszukommen. Zwei Männer rangen miteinander, ein dritter griff ein, der Typ, es war ein Typ, wurde zurück in das Haus gezerrt. Andere Arme verschlossen die Tür, jemand zog die Vorhänge zu. Ich war sicher, niemand hatte meine Anwesenheit bemerkt.

Dann hörte ich einen Schrei. Ein Mann schrie. Laut, verzweifelt, in Todesangst. Ich verließ so schnell und unauffällig wie möglich den Garten, lief zu meinem Käfer, griff hinter den Rücksitz und holte die Kalaschnikow aus ihrem Versteck. Ich steckte ein Magazin auf, das zweite in meinen Gürtel, zog die Wollmütze über und holte mein Feuerzeug aus dem Handschuhfach.

Ich ging durch den Wald zurück zur Hütte von diesem Müller. Inzwischen stand ein dritter Wagen davor, der mausgraue Golf. Auf der Terrasse stand ein Mann, rauchte eine dicke, häßliche Zigarre. Ich erkannte ihn sofort. Er war noch genauso eklig wie früher. Dann kam ein zweiter Mann hinzu, ein älterer Typ. Der Kerl wirkte auf die Entfernung wie ein Bulle, eine gewisse Ähnlichkeit zu dem jungen Kripomann von heute früh war unverkennbar. Der Apfel fällt nicht weit vom Stamm.

Dann wieder ein Schrei. Die beiden drehten sich um, der ältere sagte etwas, sie gingen hinein, schlossen die Tür. Ich schlich näher ran, hörte noch einen Schrei, verzweifelt, lang und mit letzter Kraft. So schreit jemand, der gefoltert wird, jemand, der sein Leben rausschreit. Ich stand jetzt hinter einem kleinen Verschlag im Garten der Datsche. Er enthielt diverses Gartengerät, einen benzingetriebenen Rasenmäher, verschiedene Äxte und Handsägen, Scheren, Spaten, Rechen und Hacken. Eine Sense war auch vorhanden. Einige Wandhaken waren leer, einer davon war sehr sauber. Hier hing wohl ein Gerät, das gerade in Benutzung war. Unter einer Plane lagen Reifen, Torf- und Gartenerdesäcke, eine Schubkarre stand auch herum. Zwei große 20 Liter Kanister standen in der Ecke. Ich hob beide an und roch an den Verschlüssen. Zweitaktergemisch, fast voll.

Dann hörte ich einen letzten, verzweifelten, abrupt endenden Schrei...

Jemand hatte gerade einen Menschen getötet, vielleicht derselbe, ja, ich war sogar sicher, daß es dieselben Schweine waren, die Carola getötet hatten. Okay, einen Teil meiner Rache würde ich mir holen, jetzt, sofort.

Ich checkte die Kalaschnikow, prüfte das Ersatzmagazin, lud durch und stellte das Gewehr auf Dauerfeuer. Dem Typen würde ich nicht mehr helfen können, wollte ich auch nicht, Zeugen kann ich nie gebrauchen, aber da waren die Kerle, die ihn gefoltert hatten.

Da war ein gewisses Risiko, wieviele Leute waren im Haus? Ihre Zahl schätzte ich auf mindestens drei. Zuwenige, um mir und meinem AK-47 zu widerstehen. Ich schlich durch einige Gebüsche zum Haus und betrat die Veranda.

An der Verandatür angekommen, hob ich die Knarre und zerlegte mit einer kurzen Garbe das Türglas und sprang ins Haus.

Vier Männer waren im Raum, einer lag in einer großen Blutlache auf dem Boden. Er war tot, so tot wie einer nur sein kann, dem man den Bauch aufgeschlitzt und den Kopf vom Rumpf getrennt hatte. Ein anderer lehnte an der Wand. Er hatte genau in Schußrichtung gestanden und hielt sich mit beiden Händen den Bauch. Blut quoll zwischen den Fingern hervor und rann in Strömen zu Boden. Sein Gesicht zeigte jenen Ausdruck ungläubigen Erstaunens, der unvorbereitet Sterbenden zu eigen ist. Der Dritte hielt eine laufende Akkuheckenschere in den Händen, richtete sich auf und starrte mich entgeistert an. Es war Hardy, der eklige Hardy, den Stumpen immer noch im Maul. Er hielt das sirrende und knatternde Gerät in den Händen, es troff von Blut. Sein verzerrtes Gesicht glühte von Haß und Mordlust. Der Vierte war dieser Ältere, er saß in einem Sessel, vor sich einen Laptop, ein Handy und einen schweren Colt. Neben dem Laptop waren auf einen Silbertablett ein paar Linien Koks drapiert. Ein goldenes Röhrchen hielt er noch in der Hand. Seine kleinen Augen starrten mich haßerfüllt an.

Ich richtete die Kalaschnikow auf ihn und sagte:

„Los Mann, trau dich!"

Seine Hand zuckte zum Revolver, ich zog ab und mähte ihm den Kopf vom Rumpf, da stürzte Hardy mit der Heckenschere auf mich los. Der Raum war recht groß, bestimmt fünfundzwanzig Quadratmeter und doch sind fünf Meter nur eine geringe Distanz. Ich feuerte, sah die Kugeln in seinen Körper einschlagen, seine Brust zerfetzen, doch der Kerl kam unbeirrt näher. Er war schon immer ein Kampfhund gewesen. Ich schoß weiter. Die Kalaschnikow tat ihren Job, spuckte brav eine Kugel nach der anderen in Hardys ekligen Körper. Er hob die Schere, holte aus und schleuderte sie in meine Richtung. Ich duckte mich, sprang zur Seite, die Heckenschere polterte auf den Boden, fraß sich in das Holz der Fensterbank und erstarb. Hardy sackte zusammen wie ein durchlöcherter Wasserballon. Ich schoß ihm noch zwei Kugeln durch die Augen ins Gehirn.

In der Tür tauchte einer der beiden Jungens von heute morgen auf. Er starrte mich an wie den Leibhaftigen, sein Mund formte lautlos eine Frage. Ich schickte ihn zum Teufel, bevor er verstand, was vor sich ging.

Das waren noch nicht alle, ich spürte, da mußte noch jemand sein. Ich stürzte in den Flur, schlich zur Treppe, sicherte gegen die anderen beiden Räume.

Die Treppe ins Obergeschoß nahm ich mit drei Sätzen, sah ihn in meinen Augenwinkeln. Er hatte ein Messer, versuchte mich zu packen, ich wehrte ihn mit dem Kolben ab, das Messer schnitt mir durch den Ärmel, ein zweiter Kolbenhieb holte es aus seiner Hand. Es war der Pickelige von heute Nacht. Ich stieß ihn gegen die Wand, nahm die Knarre hoch, steckte ihm den Lauf in den Mund und sagte nur:

„Du dreckiger kleiner Schwanzlutscher, hatte ich euch nicht gewarnt?"

Dann blies ich ihm das Gehirn aus dem Kopf.

Der andere Bengel von heute früh war nicht im Haus, auch sonst konnte ich niemanden entdecken. Mein Arm war feucht und warm. Blut. Die kleine Kröte hatte mich erwischt. Ich nahm mein Messer, schnitt den Ärmel auf und besah die Wunde. Es war ein häßlicher Schnitt, zum Glück nicht sehr tief. In der Küche fand ich einen Verbandskasten, legte mir einen kleinen Druckverband an und machte mich ans Werk.

Zurück im großen Wohnraum lehnte ich die Kalaschnikow an die Wand, durchsuchte die Leichen, nahm ihnen die Papiere ab und warf alles in den Kamin. Die Autoschlüssel steckte ich ein.

Ich holte die beiden Kanister aus dem Verschlag. Mein Arm tat sehr weh, als ich versuchte, beide auf einmal zu tragen. Ich entschloß mich zweimal zu laufen. Den ersten Kanister trug ich in den Flur und verteilte den Sprit von den ersten fünf Treppenstufen herab sorgfältig auf Boden und Wände. Im Wohnzimmer tränkte ich die Leichen mit

Benzin. Den zweiten Kanister leerte ich nur zu gut zwei Dritteln auf den Fußboden und die Möbel. Dann stellte ich ihn auf die Veranda, ging zurück in die Küche und besah mir den Gaskocher. Die Propangasflasche war fast voll. Ich schnitt in den Schlauch, roch das ausströmende Gas. Einer Kommode entnahm ich ein paar Lumpen, steckte sie in den Gürtel. Dann griff ich mir ein paar alte Telefonbücher, die zum Kaminanfeuern dienten, zerfledderte sie, tränkte einige der Blätter in Benzin und legte sie auf und unter den Papierstapel im Kamin. Den Rest verteilte ich auf den Boden. Ich vergoß eine Benzinspur zur Veranda und in den Garten. Ich ging vors Haus. Vorsichtshalber hatte ich den Colt 22 entsichert und prüfte die Lage. Es war alles still, totenstill. Das einzige Geräusch, was zu hören war, war das Prasseln der Regentropfen auf dem dünner werden Laub der Bäume. Jetzt goß es richtig, ich mußte mich noch mehr beeilen. Andererseits verminderte der Regen die Gefahr, daß mein kleines Feuerwerk zu einem großen Waldbrand führte. Ich war schon immer ein Glückskind. Ich ging zu dem mausgrauen Golf, öffnete den Tank und steckte einen der Lumpen hinein, die ich zuvor mit Benzin getränkt hatte. Das wiederholte ich bei dem Daimler, zusätzlich vergoß ich dessen Reservesprit auf den Polstern. Die Türen ließ ich offen stehen. Es spielte keine Rolle.

Den Polo ließ ich in Ruhe, er stand zwischen beiden Wagen und würde früher oder später mitbrennen. Ich wartete eine Minute, dann nahm ich das Feuerzeug und entzündete die beiden Lumpen. Ich rannte zurück ums Haus, nahm den dritten Lumpen, entzündete ihn und ließ ihn auf die Benzinspur fallen, die von der Veranda ins Haus führte. Dann lief ich weg, so schnell meine müden Beine mich trugen. Die Hütte stand fast sofort in Flammen, wie ich mich vom Waldrand her vergewisserte. Ich erreichte den Käfer, schloß auf, legte den 22er auf den Beifahrersitz und stieg ein. Als ich die Fahrertür schloß, bemerkte ich, daß das Ausstellfenster nicht richtig verschlossen war. Jemand war hier gewesen, hatte sich daran zu schaffen gemacht. Im feuchten Boden konnte ich noch frische Reifenspuren entdecken. Scheiße. In diesem Moment explodierte die Propangasflasche. Der dumpfe Knall hallte durch den Wald. Ich startete, fuhr los und machte erst Licht, als ich Satuelle erreichte. Dann fuhr ich über die Landstraße zurück Richtung Hannover. Ich hatte eine bestimmte Ahnung, wer da an meinem Käfer gewesen war.

# HEKTOR

Vom Forsthaus aus betrachtet stand die zweite der vier Hütten in hellen Flammen. Der Knall, den wir gehört hatten, rührte offenbar von der Explosion einer Gasflasche her.

„Du heilige Scheiße," keuchte Markus, als er mich eingeholt hatte. Seine Pfunde forderten Tribut.

„Da hat jemand ganze Arbeit geleistet."

„Das kannst du laut sagen," brummte ich und starrte auf die glühenden, brennenden Autowracks in der Einfahrt.

Drei Wagen standen da. Nur brannten sie jetzt gemütlich aus. Aus dem Haus hörten wir immer wieder kleinere Explosionen und zischende Geräusche.

„Was ist das?“, fragte Markus. Wir standen etwa 20 Meter vor dem Haus in der Einfahrt, die Flammen beleuchteten unsere Gesichter und versengten uns die Haare.

„Ich weiß es nicht, könnte Munition sein, oder so.“

„Meinst du, da war jemand drin?“

„Wer oder was auch immer da drinnen war, hat jetzt keine Probleme mehr.“

„Wir sollten die Feuerwehr rufen“, meinte Markus.

„Warum? Bis die hier sind, ist die Hütte eh nur noch Asche und wenn es so weiter regnet, löscht sich der Brand von ganz allein.“

„He, Hektor, das hier ist Waldbrandgebiet. Schau dir mal die Büsche ums Haus an.“

Er hatte recht, einige der Büsche hatten schon zu glimmen begonnen. Der Regen verstärkte sich.

„Markus, hole den Wagen, ich muß hier noch etwas erledigen. Micky Ehlers hat mir gesagt, er sei in der nächsten Hütte.“

Ich hoffte inständig, Micky wäre davon gekommen. Dann warf ich einen letzten Blick auf die glühenden Autowracks. Eines war einmal ein Golf gewesen, wie Konny Skladowsky einen fuhr. Allerdings gab es tausende dieser Kisten in der Gegend und von Farbe oder Nummernschild war nicht mehr viel zu erkennen. Das zweite schien mal ein schicker kleiner Daimler gewesen zu sein, jetzt war es nur noch glühender Schrott. Das dritte sah wieder nach VW aus, Polo, älteres Baujahr.

Ich drehte mich um, doch Markus war schon losgelaufen. Mit dumpfen Krachen brach der Dachstuhl der Datsche ein. Sie hatte dem Bullen Müller gehört. Ein Funkenregen stob empor und tauchte den dunklen Wald für Augenblicke in gespenstiges Glühen. Scheiße, Waldbrand. Das hatte mir gerade noch gefehlt. Aus den Trümmern loderten meterhohe Flammen, auf die der Regen prasselte. Es dampfte und brodelte wie ein Höllenkessel.

Ich rannte zur nächsten Hütte, lief ums Haus, klopfte an die Tür. Es gab keine Reaktion, kein Lebenszeichen. Ich ging zur Veranda und merkte zu meiner Freude und zu meinem Entsetzen, daß die Verandatür nicht geschlossen war. Ich drückte sie auf und ging hinein.

Im Kegel meines Maglite sah ich, daß hier jemand gekämpft hatte. Möbel lagen umgestürzt herum, die Lampe war zertrümmert, der Teppich zusammengeknüllt. Offenbar war jemand hier weggezerrt worden. Am Boden fand ich noch nicht ganz getrocknetes Blut.

Ich lief die Treppe hoch ins Dachgeschoß. Hier lagen ein Schlafsack, einige Schachteln Marlboro und ein Kalender herum. Der gehörte Micky Ehlers. Ohne zu zögern, steckte ich ihn ein. Micky war fort, aber er war nicht abgehauen. Jemand hatte ihn daran gehindert. Dann fiel mir eine Kommode auf, deren eine Schublade nicht richtig geschlossen war. Ich öffnete sie. In jeder anderen Situation hätte ich laut gelacht. Eine ganze Kollektion Damenschlüpfer lachte mich an - lauter Andenken von Gespielinnen des Frauenhelden Philip Sonntag? Die verschiedenen Größen, es war eine enorme Bandbreite, ließen das nicht abwegig erscheinen.

Ich hoffte nur, daß Markus nicht ins Haus käme, es wäre mir doch etwas peinlich gewesen, hier beim Wühlen in Damenwäsche erwischt zu werden. Schließlich fand ich etwas, eine Diskette oder so etwas, steckte das Ding ein, lief herunter und aus dem Haus. Markus hatte die Schlurre in der Einfahrt von Carola Albertz Hütte gewendet, den Motor laufen lassen und sich auf den Beifahrersitz begeben.

„Micky ist weg," sagte ich, als ich mich neben ihn auf den Fahrersitz fallen ließ.

Ich zeigte ihm die Diskette.

„Ah, eine Zipdiskette," bemerkte er.

„Kannst du damit etwas anfangen?"

„Na lego, Hektor. Da speichere ich Teile meines Datenmülls drauf. Schafft schlappe 100 MB, so ein Ding."

„Klingt gut," sagte ich anerkennend.

„'s gibt besseres," gab er trocken zurück.

Ich fuhr schnell, zu schnell für die Straße, die Federung der Schlurre reagierte gequält auf jede Bodenwelle und jedes Schlagloch der Piste. Uns kam jemand entgegen. Er blendete voll auf und hielt direkt auf uns zu. Ein Käfer war das nicht.

„Bist du angeschnallt, Markus?"

„Ja," kam es ängstlich zurück.

„Okay, wer bremst, verliert."

Ich gab Gas, blendete auf und hielt genau auf den anderen zu. Im letzen Moment riß ich das Steuer nach rechts und rutschte zwischen dem Wagen und dem Wald durch. Mit der rechten Seite schrammte die Schlurre an den Bäumen entlang. Für einen Moment drohte der Wagen auszubrechen, ich kuppelte aus, ging vom Gas und fing ihn ab. Ein Blick in den Spiegel zeigte mir, daß mein Gegner wendete. Ich trat den Gasprügel bis zum Anschlag durch.

Der 504 ist ein Wagen für warme Gegenden mit schlechten Straßen. Wir sind hier nicht in einer warmen Gegend, doch schlechte Straßen gibt es hier mehr als genug. Ich bretterte mit Einhundertundzwanzig nach Satuelle herein, bog vor der Ortseinfahrt rechts ab und raste einen Feldweg herunter. Ohne zu bremsen oder zu gucken schleuderten wir auf die Landstraße nach Uthmöden. Die Schlurre drehte sich auf dem nassen Pflaster zweimal um sich selbst. Wir hatten mehr Glück als Verstand, endeten nicht in einem Zaun oder an einer Mauer. Ich fuhr mit Vollgas bis in den nächsten Ort, bremste scharf und bog von der Hauptstraße ab. Am Ortsausgang parkte ich in einer Seitengasse.

„Was machst du?", fragte Markus.

„Ich will wissen, ob der noch hinter uns ist."

Eine Viertelstunde verging, nichts passierte. Die ganze Zeit behielt ich die Hauptstraße im Auge, während Markus sich auf der Karte kundig machte.

„Wenn wir in die Richtung hier weiterfahren," meinte er, „dann kommen wir über die Öhre und den Mittellandkanal zur Straße von Haldensleben nach Oebisfelde und weiter nach Wolfsburg, und von da geht es bequem zurück. Sag mal, Hektor, weißt du, wie spät es ist?"

Ich sah auf die Uhr in der Schlurre.

„Scheiße!"

„Was ist denn, ist es so spät?"

„Ja, Mann, der Arsch von Sauerland wollte mich um Acht im Laden treffen. Und Renate will Feierabend machen."

„Dann fahr zu!"

„Du hast gut reden."

Ich fuhr so schnell es Straßen und Schlurre zuließen. Das Radio meldete den obligaten Stau auf der Autobahn. Also nahmen wir die Landstraße. Noch vor Wolfsburg, verständigten wir von einer Zelle aus Polizei und Feuerwehr. In Braunschweig angekommen, setzte ich Markus in der Nähe des Kiosks ab und parkte die Schlurre im Hinterhof des Gebäudes.

„Falls jemand auf mich wartet, braucht er dich nicht zu sehen," sagte ich.

„Danke, daß du mich für so attraktiv hältst. Ich sehe mir jetzt mal diese Zipdiskette an. Ich rufe dich vielleicht nachher noch an. Bist du Zuhause?"

„Wahrscheinlich erst nach Elf." Ich erreichte den Kiosk um kurz vor Halb zehn. Renate stand hinterm Tresen und funkelte mich an.

„Sag jetzt kein falsches Wort," fluchte ich, als ich zur Tür hereinkam und fügte hinzu: „War Sauerland hier?"

„Guten Abend, Purmann," flötete sie. „Nett, daß du mal wieder in deinem Geschäft vorbeischaust. Ein Herr Sauerland hat angerufen, hat gesagt, er wäre verhindert. Warum, hat er nicht gesagt. Warst du grillen?"

„Wieso?"

„Du riechst so nach Holzfeuer, außerdem hast du Ruß im Gesicht."

„Ich habe einen Waldbrand gelöscht."

„Hmm, ein richtiger Held, komm mal her, du."

Sie umarmte mich, gab mir einen langen Schmatz auf den Mund und meinte nur:

„Du könntest ruhig anrufen, wenn du dich verspätest, ein so viel beschäftigter Rechercheur wie du, der braucht ein Handy."

„Nu' mach mal halblang," brummelte ich. Hektor Purmann und Handy, also wirklich, ich bin einer der letzten Konservativen. „Ich habe fast zehn Jahre gebraucht, mich an Telefonkarten zu gewöhnen und jetzt soll ich mir ein Handy zulegen? Mir reicht Kathrins Handyrechnung vollkommen!"

„Wie du meinst. Übernimmst du jetzt oder willst du dir erst den Ruß abwaschen?"

Ich ging nach hinten zum kleinen Waschbecken, klatschte mir Wasser ins Gesicht und rubbelte das weiße Handtuch schwarz. Als ich nach vorne kam, fragte ich:

„Kommt morgen früh Marion oder kommst du, Renate?"

„Eigentlich kommst du, Purmann."

„Aha, eh, könntest du dich bereit halten, bitte?"

„Zahlst du mir gelegentlich mal was oder muß ich mich selbst bedienen?"

„Wieviele Stunden hast du letzte Woche gemacht?"

„Seit Mittwoch?"

„Ja"

„Hmm, also ich muß es natürlich noch genau ausrechnen, aber so übern Daumen müßten das an die fünfundfünfzig Stunden gewesen sein."

Das widersprach allen Vorschriften zur Arbeitszeitregelung.

„Ich schulde dir also runde sechshundert Mark."

„Sechshundertundsechzig."

„Gut, gut, ich geb dir morgen die Kohle, ist gut, Renate, aber sei bitte um Acht Uhr im Laden, ja."

Sie blieb noch bis fast zum Feierabend da, es war gähnend leer. Sonntagabend ist immer ein schlechter Abend fürs Geschäft.

Ich kochte uns einen guten, nicht zu starken Kaffee, dann rief ich zu Hause an. Niemand ging ran. Als ich es bei Marianne versuchte, erwischte ich Kathrin.

„Hi, Tochtermaus, ich bin es, dein sich sorgender Vater."

„Weißt du was, Dad, du erwischst immer den falschen Ton. Wo warst du?"

„In der Hölle, Kathrin. Wie geht es Euch?"

„Geht so. Jessicas Mutter hat einen Heidenterror aufgeführt. Mann, ey, die Alte ist so was von voll spießig, das glaubst du nicht. Anstatt sich zu freuen, daß Jessica morgen aus dem Krankenhaus kann und bis dahin ihren Rausch ausschläft, zieht die voll die Scheiße ab. Die will Anzeige erstatten! Mann, Dad, mir ist so übel. Oma Marianne hat mir einen ihrer hömopathetischen Cocktails gemixt."

„Das heißt homöopathisch, Tochtermaus."

„Dad, ich mag das nicht, wenn du mich so nennst."

„Na gut, also, To ... eh Kathrin, du bleibst mit Ghandi bei Oma Marianne. Gegen was oder wen will denn Jessicas Mutter Anzeige erstatten?"

„Weiß ich nicht. Ich war vorhin bei Jessica, sie war wach und schon wieder halbwegs fit, da kam ihre Alte. Die hat mich so zur Sau gemacht. Hat mich total zugelabert, von wegen ich wäre unverantwortlich und würde ihre Tochter nur in die Scheiße reiten und all so ein Mist. Mann, Dad, die hat gesagt, ich solle verschwinden, die hätte mich fast mit Gewalt aus dem Zimmer geschmissen. Na der hätte ich Stoff gegeben, wenn die mich anpackt."

„Hast du es getan?"

„Nee, der Arzt kam dann rein, und da hat die gute Dame voll die Fassade aufgesetzt. Besorgte Mutter, sich überschwenglich bedankt. Du, der Arzt ist echt cool, der meinte bloß, sie solle sich bei uns bedanken, wir hätten Jessica rechtzeitig abgeliefert. Und dann hat der Typ alles von den Pillen erzählt..."

„Was hat er davon erzählt?"

„Irgendetwas von Arsen und so. Also, als ob uns jemand vergiften wollte. Ich habe das nicht genau mitgekriegt, Dad. Jedenfalls ist Jessicas Alte fast in Ohnmacht gefallen."

„Weißt du, wie der Arzt heißt?"

„Klar, Mann. Hat doch so ein Schild gehabt. Dr. Mackensen."

„Tochtermaus, was wäre ich ohne dich! Du, sag, mal, war der Hund draußen?"

„Ja klar, und ich war vorhin zu Hause und habe das Vogelmonster gefüttert."

„Hat er sich benommen?"

„Na wie immer, gemeckert und gehackt. Aber er hat mich nicht erwischt, hab' nur einen Finger verloren."

„Na prima, also dann, gute Nacht und schlaf gut."

„Warte noch Dad, sag mal, was war denn da mit den Pillen los, die Jack mir gegeben hat. Meinst du, die haben Jessica so fertiggemacht?"

„Allerdings, aber das erzähle ich dir nicht am Telefon, gute Nacht!"

Ich schickte ihr ein Küßchen durch die Leitung. Sie sagte nur „Gute Nacht." und legte auf. Dann rief ich in der Klinik an und verlangte nach Dr. Mackensen. Er hatte Wochenenddienst und war noch im Haus.

„Einen Moment, ich verbinde", sagte die geschäftige Stimme, dann ertönte etwas Mozart, unterbrochen von einem „Bitte warten Sie!"-Befehl, schließlich meldete sich der Arzt, der Jessica behandelt hatte.

„Dr. Mackensen?"

„Ja."

„Purmann, ich weiß, daß ich sie nicht anrufen dürfte, aber meine Tochter hat mir etwas von ihren Ergebnissen wegen der Pillen erzählt. Ich bitte Sie, klären Sie mich auf. Wenn jemand da Gift hineingemischt hat, dann wollte er meine Tochter erwischen und nicht das andere Mädchen. Wie geht es der Kleinen?"

„Sie ist übern Berg. Wir behalten sie noch zur Beobachtung hier, morgen kann sie wieder nach Hause. Was die Pillen angeht, na gut, ich habe sowieso schon zu viel erzählt. Ich habe mir einmal eine der Pillen etwas näher angesehen, die ihre Tochter hatte. Die sind eine Spezialanfertigung."

„Was heißt das?", fragte ich.

„Das heißt, diese Pillen sind in keiner der gängigen Zusammenstellungen enthalten. Das Zeug ist entweder brandneu auf dem Markt oder eine Bastelei von einem gewieften Hobbychemiker. Die Pillen enthalten MDMA, können also als Ecstasy gelten, aber man hat offenbar etwas Arsenik dazwischen gemischt. Eine Dosis, die lebensgefährlich werden kann. Meines Erachtens hat jemand diese Pillen für einen speziellen Zweck gemischt."

„Wie kommen sie darauf?"

„Das rosa Herz ist nachträglich aufgeprägt worden. Da war jemand sehr vorsichtig und zugleich sehr schlau. Wo hat ihre Tochter den Stoff her?"

„Hören Sie, Doktor," sagte ich, „enthalten diese Pillen nicht öfter Strychnin oder Rattengift?"

„Nein, Herr Purmann, das sind Märchen. Ich mache häufig Notdienst und habe einiges mit dem Zeug zu tun gehabt. Sieht man davon ab, das MDMA und die anderen Amphetaminderivate selbst als Gifte angesehen werden müssen, gibt es kein Gift in Ecstasy-Tabletten. Zumindest nicht in den handelsüblichen."

„Melden Sie das der Polizei?"

„Ja, morgen, ich möchte warten, was unser Labor dazu sagt. Meine Befunde sind nur vorläufig. Außerdem will Frau Dr. Sundmeyer Anzeige erstatten."

Ich bedankte mich und legte auf. Ich hatte Kundschaft.

„Nein, was ist das für ein netter Kiosk!"

Er stand in der Tür und sah sich um, wie ein Kolonialherr sein frisch geraubtes Gut betrachtet. Er war alt geworden. Zu viele Drogen, zu viele Frauen. Der Womanizer hatte sich verschlissen. Ich hatte ihn dicker in Erinnerung. Er hatte es seinem großen Vorsitzenden gleichgetan und etliche Pfunde abgespeckt, die eingefallenen Wangen und die faltige Haut zeigten, daß das schnell und vor nicht allzu langer Zeit geschehen war.

Renate betrachtete ihn mit einer Mischung aus Faszination und Ekel. Ich entschied mich für letzteres.

„Hallo, Purmann," lamentierte er weiter, „hast ja wirklich einen ordentlichen Laden. Wie fühlt man sich so, als Kleinkapitalist?"

Du alter Wichser, du änderst dich nie, was? Ich preßte meinen Angstkloß vom Hals in die Knie, warum hatte ich nur immer so einen Schiß vor dem Kerl? Ich schaffte tatsächlich, etwas Ähnliches wie meine normale Ironie zu erreichen, als ich sagte:

„Du meine Scheiße, Philip Sonntag! Na, dann komme ich ja endlich in Gaby's Spalte in der Zeitung!"

„Wie meinst du das?", er war tatsächlich leicht irritiert.

„Na, Purmanns Prominenten Kiosk. Erst Skladowsky, jetzt du. Fehlt nur noch Frau Salamancer, dann ist der Club der MdB's vollzählig, ob aktuell oder nicht, sei dahingestellt. Was verschlägt dich in diese proletarische Gegend, Phil?"

Ich versteckte meine flatternden Händen in den Jackentaschen und spielte mit Mariannes Pistole. Ich empfand zum ersten Mal Lust, sie zu benutzen.

„Micky hat erwähnt, daß du mit ihm zusammen an der Skladowsky Geschichte arbeitest. Ist ein heißes Ding, stimmt's?"

„Micky - meinst du Michael Ehlers?"

„Ja, genau den. Weißt du, wo er steckt?"

„Nein, warum?"

„Na ja, nach der Geschichte am Freitag ... Also, als er gestern aus dem Krankenhaus gekommen ist, hat er mich gleich angerufen. Er war etwas nervös, die Geschichte mit seinem Kumpel da ist ja wirklich übel. Na gut, Micky hat mir erzählt, er wolle eine Weile abtauchen, und da habe ich - weißt du Purmann, es ist eigentlich ein Geheimnis, kann ich dir trauen?"

„Traut Micky dir?"

„Unbedingt, also ich, äh ..." Sein Blick fiel auf Renate, er musterte sie mit dem abschätzenden Blick des ewig lüsternen Jägers. Ich sagte nur:

„Renate ist meine Vertraute, du kannst offen reden."

„Ah, ja, gut, wo war ich stehengeblieben? Ach ja, ich habe da ein kleines verstecktes Wochenenddomizil und als Micky sagte, er wolle sich ein paar Tage zurückziehen, habe ich ihm das angeboten."

„Und - ist er da?"

„Genau das ist mein Problem, Purmann. Ich habe ihn heute nachmittag angerufen, aber er ist nicht an den Apparat gegangen. Sag, weißt du, wo seine Freundin, die Ilse wohnt, die kennst du doch auch, nicht wahr?"

Er hatte Charisma, wirkliches Charisma, seine Erscheinung, seine Ausstrahlung, bei Philip Sonntag paßte alles. Er wirkte immer überzeugend und glaubwürdig. Sein wirkliches Geheimnis aber war seine Stimme, diese freundliche, warme, den ursprünglich süddeutschen Akzent fast völlig überspielende Stimme. Sie war seine Waffe. Sonntag überzeugte und wen er nicht überzeugen konnte, den überredete er. Auch jetzt ließ er seine Stimme arbeiten. Ich hatte nicht vor, auf ihn hereinzufallen. Ich kannte ihn lange genug, um zu wissen, daß jeder für ihn nur Mittel zum Zweck war. Also wich ich aus, ich brauchte mich im groben nur an die Wahrheit zu halten.

„Nee, tut mir leid, Phil, nicht sehr gut. Wo sie wohnt, weiß ich. Aber da ist sie nicht mehr. Der kleine Skladowsky hat genau so einen heißen Draht zu Frauen wie sein Alter, da hat Ilse es vorgezogen, sich aus der Stadt zu verziehen."

„Aha, und wo ist sie?"

„Hör mal Sonntag, ich weiß, daß du schwerhörig bist, darum jetzt laut und deutlich zum Mitschreiben: Ich habe keine Ahnung, wo Ilse oder Micky stecken, kapito?"

„Mann, piß dir bloß nicht ins Hemd, ich schnalle schon, daß du es mir nicht sagen willst. Das krieg ich auch anders raus ..." Für einen Moment hatte er die Maske gelüftet, mitten im Satz brach er ab. Er musterte mich eine Weile, dann fragte er beiläufig: „Fährst du noch deine alte Kiste, diesen Citroën?"

„Ja, den fahre ich noch."

„Schönes altes Teil, kostet bestimmt einiges an Unterhaltung..."

„Suchst du ein Auto, oder was soll die Frage?"

„Nein, nein, ich habe ein Auto. Mann, Purmann, mußt du immer so nachtragend sein? Glaubst du im Ernst, die *Unterm Pflaster* gäbe es noch, wenn ich dem Blatt nicht unter die Arme gegriffen hätte?"

„Na und?" Das war mir wohlbekannt, hatte ich doch lange genug selbst für das Blatt geschrieben und ob die 300 Mark Verwaltungspauschale, die wir für den feuchten Keller an Phil abdrückten, nicht doch eher Miete war, wollte ich nicht ausdiskutieren, zumindest nicht mit Philip Sonntag. Es gab aber genug Spinner in der Stadt, die immerhin fast eine Viertelmillion Mark an Kapital aufgebracht hatten, damit neben der Zeitung und den Anzeigenblättchen noch etwas frisches, lebendiges in der örtlichen Presselandschaft existierte - einen Anspruch, den die *Unterm Pflaster* dank Micky Ehlers ab und an erfüllte. Sonntag riß mich aus diesen Gedanken:

„Ich muß wirklich dringend Ilse erreichen. Ich hoffe, daß Micky bei ihr ist. Es ist sehr wichtig. Wenn sich einer der beiden bei dir meldet, läßt du es mich wissen, ja?"

„Ich wüßte nicht warum."

„Na ja, mir liegt etwas daran, daß Skladowsky nicht wieder in den Bundestag kommt. Außerdem soll es nicht zu deinem Schaden sein, Purmann."

Ich entschied mich, nicht weiter auf ihn einzugehen und stattdessen das Gespräch auf sein Wochenendenhaus zu lenken. Dann fragte ich:

„Wo ist das eigentlich, dein Wochenendhaus?"

„In der Nähe von Haldensleben, wieso?"

„Ist das so eine Siedlung?"

„Nicht direkt, es gibt da vier oder fünf Datschen, warum?"

„Reine Neugierde, Phil. Wieso bist du dir so sicher, daß Micky nicht mehr dort ist?"

„Er geht nicht ans Telefon, weder an das in der Hütte noch an sein Handy, das sind diese Mobiltelefone, falls du weißt, was ich meine. Ich mache mir Sorgen."

„Frag doch deine Nachbarn, vielleicht können die dir weiterhelfen."

„Hör mal Purmann, ich kaufe mir ein Wochenendhaus, um mich auch mal in Ruhe erholen zu können. Ich kenne die Nachbarn nicht weiter."

„Grillt ihr nie zusammen oder trinkt ein Bier oder helft euch mit Gartengeräten aus?" Er wurde aggressiv:

„Was soll das Purmann, willst du mich verhören?"

„Nein, dir helfen. Ich mache mir auch Sorgen um Micky. Und ich finde es ehrlich gesagt etwas ungewöhnlich, wenn man eine Datsche hat und seine Nachbarn dort - zumindest dem Namen oder vom Sehen nach - nicht kennt. Aber du warst ja schon immer eher etwas ungewöhnlich..." fügte ich hinzu, um ihn zu besänftigen. Dann ließ ich die Katze aus dem Sack: „Ich hatte wirklich keine Ahnung, daß Micky in Lübberitz steckt. Wenn ich etwas von ihm höre, sage ich ihm, er soll sich bei dir melden."

Beim Namen Lübberitz zuckte er leicht zusammen. Dann sah er sich nervös im Laden um und meinte nur:

„Na ja, war nett, dich mal wieder getroffen zu haben. Und - falls du etwas über Skladowsky wissen solltest, mit dem seine Wiederwahl verhindert werden kann, Purmann, dann darfst du das nicht für dich behalten. Ich meine, du mußt wissen, auf welcher Seite du stehst...."

Damit ging er. Endlich. Als Renate dann sagte:

„Interessanter Mann, Purmann," konnte ich nur erwidern:

„Der fickt jede, jede die er kriegen kann."

„Das meine ich nicht, aber er hat so komisch gezuckt, als du dich verplappert hast. Ist da in Lübberitz sein Wochenendhäuschen?"

„Hm, hm," nickte ich, „und seine Nachbarn kennt er gut, sehr gut sogar ..."


# MERLE

Ich konnte mir leider nicht die Zeit nehmen, das Feuerwerk zu bewundern. Es war immerhin möglich, daß sich doch jemand in den Nachbarhütten aufhielt und Alarm schlug. Oder der, der an meinem Wagen gewesen war. Ich fuhr ohne Licht durch die Dämmerung bis Satuelle. Das Forsthaus war dunkel, als ich es passierte. In Satuelle warf ich einen

Blick in den Rückspiegel, bevor ich den Feldweg verließ und eine Seitengasse einschlug. Von dem Brand war hier nichts zu erkennen. Das beruhigte mich etwas. Es wurde jetzt dunkel, der Regen prasselte auf das Verdeck meines Käfers, einige Tropfen schlugen durch auf den Beifahrersitz. Ich verließ den Ort, ich wollte nie wieder hierher zurückkommen.

Es ist alles nur eine Frage der Schnelligkeit, ich ließ die Chose noch einmal vor meinem inneren Auge ablaufen, während ich mechanisch den überbreiten Feldweg hinunterfuhr.

Hardy, dem das feiste Grinsen in seinem pockennarbigen Gesicht gefror, als er die Kalaschnikow sah, der Typ, der an der Wand zusammen sackte. Die Garbe, mit der ich die Tür gesprengt hatte, hatte ihn voll erwischt. Er lebte noch lange genug um mitzukriegen, wie es seinen Kumpeln erging. Ich mußte grinsen. Es muß schon irgendwie komisch sein, selber zu sterben und noch mitansehen zu dürfen, wie seine Kumpel umgelegt werden. Der Alte, der gerade seine letzte Linie Koks gezogen hatte, die beiden Jungens. Fünf Männer hatte mein AK 47 erwischt. Hatte gute Arbeit geleistet, die Knarre. Sie würde gut verbrannt sein, wenn die Bullen sie fänden, sollten sie ruhig nach Fingerabdrücken suchen, es gab keine mehr. Was das Feuer nicht erledigte, schafften der Regen oder die Feuerwehr, falls jemand da war, der sie rief...

Dann war da noch der, den sie gefoltert und ermordet hatten. Der Typ, den sie aufgeschlitzt und enthauptet hatten. Mit einer Heckenschere. Barbarisch. Warum, weshalb wollten sie ihn loswerden? Wußte der Kerl zuviel? Und sie, wußten sie nicht, was er wußte? Es gehört viel Perversität dazu, jemand mit so etwas wie einer Heckenschere zu traktieren. Unwillkürlich erinnerte ich mich an Hektors Erzählung von dem Kopf, den er in Carolas Gefrierkombi gefunden hatte.

Ich hatte wohl ihre Mörder erwischt. Ich war die Rache des Herrn. Ich lachte laut auf. Ich fuhr lauter kleine Straßen, kleine und schlechte Straßen, bis ich Gardelegen erreichte. Der Regen wurde immer stärker, auch im Schnellgang schaffte der altersschwache Scheibenwischer nicht mehr, als eine Ahnung der Straße durch den Wasserschleier hindurch zu vermitteln. Durch das mürbe Verdeck tropfte es nicht mehr nur auf den Beifahrersitz, sondern auch auf meine Hose. Das nervte. Scheiße. Mein kleines Käferchen wurde doch langsam alt. Er müßte mir aber noch ein paar Tage gute Dienste leisten. Zwei, vielleicht drei Tage brauchte ich noch, bis ich ihn vor der Knarre hatte: den Auftraggeber.

Ich spürte richtig, wie ich Lust bekam, nach Braunschweig zu fahren und mir Skladowsky und Hektor zu kaufen. Oder sollte ich erst den Job mit Philip erledigen? Und wenn das ihre zweite Falle war? Wenn Carola gar nicht tot war, sondern sich bereits abgesetzt und ihre Leute auf mich angesetzt hatte? Carola, liebes Mädchen, sollte das der Fall sein, hast du mich all die Jahre gewaltig unterschätzt! Ich würde dich kriegen, und wenn es zwanzig Jahre dauerte.

Ich ließ den Film noch einmal ablaufen. Ich spürte noch einmal jenes kalte Kribbeln in mir, das den ganzen Körper erfaßt, dieses absolute und einmalige Gefühl, wenn du deinen Körper verläßt und neben dir stehst, siehst, wie die Maschine läuft, wie du den Finger krümmst, den Schaft festhältst und Menschen vernichtest. Auslöschst, durchlöcherst. Diese völlige Klarheit, dieser Moment, wo du durch Wände schauen kannst, wo alles vor deinem Auge in Zeitlupe läuft, während du normal schnell bist. Ich sah noch einmal den Haß in Hardys Augen, seine Mordlust, dieser Blick, den jemand hat, der voll zugedröhnt ist. Falls er noch in der Lage war, zu erkennen, was ich in der Hand hielt, war er noch dämlicher, als ich ihn in Erinnerung hatte. Der Wichser glaubte wirklich, er könne mich mit seiner Heckenschere zerlegen, bevor ich ihn zerlegte. Ich sah die Tränen in den Augen des pickligen Jungen, den ich im Obergeschoß stellte. Du warst zu jung zum Sterben. Platt, banal und blödsinnig. Was hatte dieses Kind da zu suchen? Er mochte so alt sein wie Hektors Tochter. So ist es nun mal im richtigen Leben. Bist du zur falschen Zeit am falschen Ort, dann hast du Pech gehabt. So wie das Früchtchen sich am Abend vorher gebärdet hatte, wäre es ohnehin nicht viel älter geworden. Aber er hatte geweint, er verstand es nicht. Er hatte das so nicht gewollt. Weder das Heckenscherenmassaker noch seinen Tod. Vielleicht hätte er mir einiges erzählen können. Vielleicht weinte er auch nur, weil sie ihm kein Pfeifchen und keine Linie gegönnt hatten und er nicht mit metzeln durfte. Du bist zu jung dafür, geh ins Obergeschoß, steh Schmiere. Kleiner Versager, hast mich nicht kommen sehen, hast deine alten Kumpels nicht gewarnt. Scheiß drauf, er hätte alles erzählt, nur um am Leben zu bleiben. Er war nur ein kleiner, pickliger, winselnder pubertierender Bengel. Er winselte. Er tat es noch, als ich ihm den Lauf ins Maul schob, ihn kurz daran lutschen ließ, bevor ich es ihm richtig besorgte.

Es hatte mir gefallen, wirklich gefallen. Fast wie damals bei Johnny, Johnny Feist. Der erste Mensch, den ich getötet habe. Zu ihm war ich nicht gnädig, er begriff erst, als ich ihm beide Knie zerschossen hatte, daß es zu Ende ging. Da winselte er auch. Ich ließ ihn winseln. Der große Johnny, der ultracoole Megatyp der Braunschweiger Szene - wie klein und häßlich er war, so häßlich, daß es ein Gnadenakt war, ihm die drei Kugeln ins Gesicht zu jagen.

Ja, sie hatte mir Spaß gemacht, die kleine Party vorhin in Lübberitz.

Ja, ich würde weiter jagen, die Geschichte zu Ende bringen.

# HEKTOR

Sonntag war keine zehn Minuten verschwunden, Renate wollte sich gerade verabschieden, da stürzte Markus in den Laden.

„Mensch Hektor," schnaufte er sichtlich außer Atem, wuchtete seine uralte Aktentasche auf die Theke. „Sperr den Laden zu und schau dir das an!"

Ich sah ihn entgeistert an. Er stand keuchend und prustend vor der Theke, seine Pfunde schienen ihm langsam zu schaffen zu machen. Renate schaute ihn an und meinte nur:

„Trink erst mal einen Kaffee, Brüderchen."

„Diese Plörre soll ich trinken! Ich trinke doch nicht ... Na gut, gib her. Aber merk dir, Schwester Renate, das, was du Kaffee nennst, nenne ich gefärbtes Wasser."

Mit Todesverachtung setzte er den Becher an seine wulstigen Lippen und unter Grunzen und Grimassen stürzte er den Inhalt in seinen bodenlosen Faßthorax.

Dann fummelte er an seiner Aktentasche herum, öffnete den Riemen und nahm zwei komische, sehr moderne Dinge heraus. Das eine war sein Notebook, das andere sah aus wie ein Diskettenlaufwerk. Er gab mir zwei Netzteile und meinte nur:

„Stöpsel mal ein, bitte." Ich gehorchte. Dann startete er den Rechner, als der Mac den Monitor fertiggestellt hatte, fuhr er den Zeiger zu einem Symbol und klickte zweimal drauf. Er genoß mein Interesse, noch mehr das Bier, das ich zwischenzeitlich geöffnet hatte und hob zu einer jener langen, oftmals ermüdenden computerphilosophischen Kröchervorlesungen an. Bevor er loslegen konnte, verabschiedete sich Renate. Sie gab mir zwei und ihrem Bruder einen Kuß auf die Wange und rauschte in ihrem langem Mantel, den Schirm unterm Arm hinaus. Ich brachte sie zur Tür und schloß ab.

Markus wedelte mit der Bierflasche, ich nahm sie ihm ab und öffnete zwei neue. Nachdem ich die Flaschen vor uns hingestellt hatte, trat ich neben ihn und fragte:

„Was ist los?"

„Das ist der Hammer, der absolute Hammer, das glaubst du nicht."

„Was glaube ich nicht?"

„Ich habe vorhin dieses Zip angeschaut, natürlich nur kurz quergecheckt, man kann Einhundert Megabyte nicht schnell lesen, weißt du. Da sind Sachen drauf ..."

„Einhundert Megabyte, sagst du, sind das viele Seiten, wenn man es ausdruckt?"

„Als formatierter Text ohne Grafiken etwa Vierzigtausend," meinte er trocken. „Aber darum geht es nicht. Hier hat jemand Dokumente gescannt, Faksimiles gewissermaßen, und der hat auch gewußt, woran er war. Paß auf, schau dir mal das an."

Es war die Kopie eines Schuldscheines, deklariert als Anlage zum Kaufvertrag. Der Käufer war der Bulle Müller, Verkäufer und Kreditgeber war - Robert Klühspiess. Der Betrag war sechsstellig. Ich machte auf cool.

„Aha, na und?"

„Paß auf, hier sind noch andere Sachen. Da geht es um die Häuser in Lübberitz, aber auch um größere Investitionsobjekte oder so ähnliches. Hier ist auch etwas Interessantes."

Diese Akte, eine Aufschlüsselung von Querverbindungen, ließ als Urheber eindeutig Micky Ehlers erkennen. Sie enthielt eine Reihe bekannter Namen. Interessant waren die beiden großen Fragezeichen: Sie standen hinter Skladowsky Senior und Sonntag.
Unten hatte er fett hervorgehoben: „Sonntag und Klühspiess: Schulfreunde - Parlamentarier - Partner??"

So ging es weiter. Micky hatte haarklein nachrecherchiert, wie der Kripomann Müller Drogen - hauptsächlich Kokain und dessen Derivate - aus Asservatenbeständen kurz vor der behördlich verfügten Vernichtung abzweigte. Die Vernichtung zeichnete er als ordnungsgemäß durchgeführt ab. Diese Drogen brachte er über Klühspiess und Skladowsky Jr. auf den Markt, und dann kam die Geldwäsche. Hier tauchten nicht nur die Namen bereits genannter Personen auf, sondern auch der ein oder andere höhere Banker ... Es war eine Art Netzwerk. Das ging bis in die Spitzenpositionen einer örtlichen Großbank. Und dann las ich den Namen Carsten von Runkelstein - Notar.

Mehrere Vorgänge waren offenbar über dessen Kanzlei gelaufen. Und immer wieder Sonntag, von Runkelstein, Klühspiess. Micky hatte sauber gearbeitet. Das Geld, das der Stoff einbrachte, wuschen sie bei der Bank und investierten es in Immobilien und Grundstücksspekulationen, vornehmlich in Sachsen-Anhalt und Brandenburg. Hier kamen ihnen von Runkelsteins Verbindungen zu gute. Der alte Fuchs hatte seine eineinhalb

Jahre als Bau- und Verkehrsminister in Magdeburg gründlich genutzt. Das überhöhte Gehalt, das andere Westminister kassierten, hatte man ihm nie nachweisen können. Statt dessen ließ er sich mit lukrativen Baugrundstücken feilhalten, die andere überhaupt nicht oder nur gegen erhebliche Schmiergelder bekommen hätten. So hatte er die vier Hütten in Lübberitz errichten können. Nur so.

Klühspiess tauchte immer wieder auf und auch der Name Sonntag. Ganz am Ende der Aufzählung hatte Micky notiert:

„Kann es noch einen anderen Link von Klühspiess nach Braunschweig geben als KKS? Vielleicht PhS?"

„Weißt du, was KKS und PhS heißt?", fragte Markus.

„Ich fürchte ja," erwiderte ich. „Und ich bin ziemlich sicher, daß Micky nicht mehr lebt, denn er hat Lübberitz nicht verlassen."

In dem Moment klopfte es gegen die Tür.

„Laß das verschwinden", sagte ich. Markus warf die Zip aus, steckte sie in eine seiner vielen Jackentaschen und packte Rechner und Laufwerk wieder ein. Die Aktentasche stellte er unter meiner Theke ab. Dann nahm er einen großen Schluck aus seinem Bier. Ich ging derweil zur Tür und fragte barsch:

„Ja bitte, was gibt es?"

„Machen Sie auf, Purmann," Sauerlands Stimme ließ das Milchglas erzittern, ich schloß auf, da stand er, patschnaß vom Regen. Er war allein.

„Kommen Sie rein," sagte ich. „Ich habe noch einen Rest Kaffee da, wenn sie sich aufwärmen wollen."

„Das wäre nett, danke."

Er sah Markus an, der sich krampfhaft an seinem Bier festhielt. Da ich bereits geschlossen hatte, konnte er mir meine fehlende Schanklizenz nicht vorhalten, Sauerland nickte Markus nur zu:

„Wohlsein, Herr Kröcher."

Markus hob die Flasche, setzte an und leerte seinen zweiten Halben aus. Dann stellte er die leere Bierflasche lautstark auf den Tresen und sagte nur:

„Also ich geh dann mal, Hektor. Wir sehen uns, nicht?"

„Ciao Markus!"

„Ciao, Bello."

„Auf Wiedersehen", sagte Sauerland. Dann sah er mich an. Er wirkte blaß und abgespannt.


# MERLE

Ich fuhr über Oebisfelde nach Wolfsburg, benützte die Landstraße. Der Regen hatte nachgelassen und ich konnte einigermaßen zügig fahren. Die Bundesstraße war relativ leer, ich ließ den Käfer laufen, konstant neunzig, sein Lieblingstempo. Spart Benzin, spart Kraft, man muß sich nicht so höllisch konzentrieren, kann seine Gedanken schweifen lassen.

Von Wolfsburg aus nahm ich die Landstraße über Gifhorn nach Celle und kam gegen zehn Uhr bei meiner Wohnung in Empelde an. Zu Hause. Leute wie ich haben kein zu Hause, brauchen kein zu Hause, dürfen kein zu Hause haben.

Ich packte meine große Reisetasche, prüfte meine verbliebenen Waffen, zählte meine Bargeldreserven durch und ließ mich dann auf das Sofa fallen. Es würde nicht weit reichen, ich mußte irgendwie an die Kohle vom Klühspiess Job kommen, selbst das Geld, das ich aus Carolas Hütte mitgenommen hatte, würde nur wenige Monate reichen. Und dann, wo sollte ich hin? Ich hatte immer nur behauptet, ich hätte einen genauen Plan für den Notfall. Doch in Wirklichkeit hatte ich mich immer auf Carola verlassen, auf ihre Coolneß, ihre Cleverneß, auf ihre abgebrühte Art, auch die unmöglichste Situation zu durchdenken.

Ich hangelte mich von Job zu Job, wie ich mich früher von Schuß zu Schuß gehangelt hatte. Im Grunde war ich immer noch Junkie. Nur die Droge hatte sich geändert. Früher zahlte ich für den Schuß, den ich mir gab, heute wurde ich bezahlt für die Schüsse, die ich verteilte. Immer, wenn ich länger als sechs, sieben Monate ohne Job gewesen war, kam ich auf eine Art Entzug. Ich zog los, einfach durch die Stadt, wollte mir irgendjemand besonders fiesen, unsympathischen, abstoßenden suchen, jagen und umlegen, als Training gewissermaßen.

Carola hatte mich immer davon abgehalten. Fast immer, einmal, war schon ein paar Jahre her, hatte ich mir in Kreuzberg einen dieser abgewichsten Dealer gekauft, einen Türken.

Kampfsportler, Kampfhund. Ich hatte ihn erst scharfgemacht, ihn in seine Wohnung begleitet und ehe er so richtig checkte, was vor sich ging, mit einer netten, historischen Luger seinen Hund erledigt. Dann hatte ich ihn gezwungen, sich einen letzten Schuß zu setzen, eine Dosis, die selbst einen uralten Fixer ins Jenseits befördert hätte. Ich weiß nicht einmal, warum ich es tat. Weil er ein Dealer war? Bestimmt spielte das eine Rolle, mehr noch, daß er dealte, ohne selbst zu drücken. Sicher, er zog Koks rein. Das tun sie fast alle. Sie fühlen sich hip, noch eine Linie, und hopp, geht's im Bett noch einmal so gut. Weil er einen dieser ekligen Kampfhunde hatte? Ich mag Hunde. Sogar solche. Aber ich mußte den Köter erschießen, er hätte mir gefährlich werden können. Ich hätte den Zweikampf gewonnen, aber der Köter hätte mich so beißen können, daß ein erstklassiger genetischer Fingerabdruck möglich geworden wäre. Und das muß man immer vermeiden. Der Kerl war ein Macker, auch das war ein Grund. Einer dieser aufgeblasen Scheißer mit Lockenfrisur, jede Menge Goldschmuck und Sprüchen „Tussen wie dich nagel ich fünf Stück am Tag". Er hatte es verdient.

Carola habe ich davon nie erzählt. Es hätte sie nur beunruhigt. Sie hielt mich immer noch für etwas labil. Vielleicht wollte sie mich deshalb loswerden. Vielleicht.

Ich ging in die Küche, kochte mir einen Tee, legte eine CD mit Mahler Liedern auf, stellte die Lautsprecher aus, nahm die Kopfhörer, riß den Regler auf und dachte nach, während mich die Melancholie der Musik langsam beruhigte, langsam meinen Kopf leerräumte.

Ein Kopf in der Tiefkühltruhe, skalpiert, Ohren abgeschnitten, Augen ausgestochen, vermutlich die Zähne herausgebrochen, Nase weggeschnippelt. Was bleibt da für eine Identifizierung? Erbmasse - sonst nichts. Und wenn keine Erbmasse gespeichert ist, wenn es keine aufbewahrten Blutproben gibt, was dann? Dann greift man zum nächstliegenden. Dann nimmt man an, es handele sich um den Kopf dessen, dem die Wohnung gehörte. Man besorge sich eine kleine Fixerin oder irgendeine junge Frau, tue ihr das an, lasse ihren Torso verschwinden und hat die perfekte Tarnung: den eigenen Tod. Das paßte zu Carola. Dann setze man jemand auf die einzige Person an, die gefährlich werden kann, jemand, mit dem die Person nicht rechnet, weil er ihr vertraut ist, jemand, der völlig harmlos scheint. Jemand der Fallen stellen kann, der aus der Jägerin die Beute macht.

Das war absurd. Wieso sollte Carola das tun? Wieso wollte sie mich loswerden? Fürchtete sie, ich würde auf eigene Faust weitermachen, wenn sie sich zur Ruhe setzte? Fürchtete sie, ich könnte sie verraten? Wollte sie nicht zulassen, daß ich herausfand, wie sie mich in den letzten Jahren benützt hatte ihre kleinen privaten Jobs durchzuziehen? Sie hatte Motive gehabt, Schwabel umzulegen. Doch sie kam immer davon, weil sie immer ein Alibi hatte, während ich den Job erledigte.

Das war idiotisch. Und genau das machte es wahrscheinlich. Nehmen wir an, Carola lebte, wo steckte sie? Angenommen, sie hatte das Häuschen in Münden so aufgeräumt, daß nichts auf unser gemeinsames Geschäft hindeuten konnte. Das erklärte auch, weshalb ich noch frei herumlief, noch nicht auf Fahndungsplakaten war. Denn hätten die Bullen nur ein Bild von mir im Häuschen gefunden, sie hätten mit dem Film vom Heidelberger Bahnhof zwei und zwei addiert und wären mir mit allem, was sie aufbieten könnten, auf den Fersen. Da nützte mir keine unauffällige Kleidung, kein noch so veränderter Haarschnitt, keine noch so auffällige Brille mehr etwas. Sie würden mich stellen. Bald.

Carola hatte eine Affäre mit Skladowsky gehabt, hatte sie die immer noch? Steckte der Herr Abgeordnete dahinter? Welche Rolle spielte der Kerl? Ich hätte mich mehr mit Politik befassen sollen, dann wüßte ich vielleicht, was er bewirken konnte. Hatte der Kerl Einfluß auf die Ermittlungen? Nützte es ihm, wenn ich Klühspiess erledigte?

Ich nahm den Zeitungs- und Zeitschriftenstapel hoch und begann zu arbeiten. Ich las alles, was die Blätter seit Dienstag über Klühspiess und Skladowsky geschrieben hatte. Ich versuchte, mir ein Bild zu machen.

Einer der Jungen, die ich heute abend erschossen hatte, war Skladowskys Sohn. Ich las den Artikel in der *Unterm Pflaster*, von einem gewissen *Mehl*. Er behauptete, der Junge deale. Der Alte, der die Linie gezogen hatte, war offenbar ein Bulle, der dealte. Besserte sein karges Gehalt damit auf, indem er Stoff aus beschlagnahmten Beständen vertickte. Schließlich will man ja auch mal Porsche fahren und nicht immer nur im GTI den Dealern hinterherhecheln.

Ich ließ die CD von vorne spielen, schloß die Augen und erinnerte mich an das, was Hektor erzählt hatte. Ich versuchte etwas zu finden, einen Nebensatz, etwas, was plötzlich Bedeutung bekommen hatte. Carolas Daimler, er hatte ihn erwähnt. Hatte erwähnt, daß jetzt ein Typ den Wagen fuhr. Ich hatte ihn auch gesehen. Es war der Typ gewesen, der in der Schußlinie stand, als ich in Lübberitz meine Show eröffnete.

„Das ist das neueste Modell, Merle, Turbodiesel, macht fast Zweihundert Spitze. Die Sonderausstattung kostete etwas, aber es lohnt sich. Man kann sogar große Hunde transportieren, ohne daß es Probleme gibt. Oder eine Sau, oder einen zerlegten Bauernschrank, von gerollten Gemälden ganz zu schweigen."

Sie lud mich zu einer Spritztour ein. Wir fuhren von Braunschweig nach Münden, übernachteten im Häuschen, hatten ein schönes, ausgiebiges Frühstück und fuhren wieder zurück. Carola war stolz. Ihr Daimler war ein Prachtstück. Dann sagte sie nur noch:

„Das Leder ist nicht so fein wie im englischen Daimler, dem von Jaguar. Aber wenn ich so einen will, leiht ihn mir der brünstige Prof."

Voriges Jahr war das gewesen, sie hatte den Wagen brandneu. Da lief das also noch, Skladowsky und sie. Weshalb sollte es aufgehört haben? Dann der große Hund. Hektor hatte einen.

Ich ließ dasselbe Stück zum dritten Male spielen. Spann ich mir hier etwas vor oder ergab das alles Sinn? War Carola die dicke fette Spinne, deren Netz ich zerreißen wollte und nicht bemerkte, daß ich immer fester gefangen wurde? Oder hatte Skladowsky mit einem Kumpel, z.B. einen aus alten Tagen, einen, den er lange kannte und der immer als sein Feind galt, einem wie Hektor also, das Komplott geschmiedet?

Hektor wußte genau über mich und Carola Bescheid. Spätestens seit er in Carolas Haus gewesen war. Er würde genug gefunden haben, um sich alles auszumalen. Er hatte keinen Grund, mich nicht auszuliefern, aber jeden, mich loszuwerden. Er hatte Schiß gehabt in der Kneipe, war ausgewichen, als ich ihn fragte, wer den Daimler fuhr.

Andererseits, Hektor hatte eine Schwäche: seine absolute Ehrlichkeit. Er hat nie wirklich krumme Dinge gedreht. Drogen haßte er wie nur irgendetwas. Gewiß, er kiffte hin und wieder mal. Ich weiß nicht, ob er es immer noch tut. Aber früher, da rauchte er gerne abends einen Joint oder buk ganz besondere Kekse. Wahrscheinlich hatten sie ihn benutzt, brachten ihn ins Spiel, weil er mich kannte, fast so gut kannte wie Carola mich kannte, weil er verbissen war, weil er nicht lockerließ, weil er zuverlässig war. Das machte ihn für mich gefährlich. Er steckte nicht dahinter, aber er hing drin, tief drin. Vielleicht durchschaute er auch das Spiel.

Hektor würde sicherlich wissen, daß ich meine Brötchen auf eine Art verdiente, die er in seiner verdammten Moralität nur verdammen konnte. Konnte ich riskieren, einen so gefährlichen Zeugen laufen zu lassen? Es ging um ein Leben in einer Zelle oder um einen Platz zwei Meter unterm Gras. Ich wollte ihm nichts tun, doch vielleicht mußte ich es. Ich war mir noch nicht sicher, noch nicht.

Mein Geld konnte ich wohl abschreiben. Aber - ob Carola lebte oder tot war, mein Feind saß in Braunschweig. Nur ob es der war, den ich meinte, mußte ich noch herausfinden.

Es wurde nach Mitternacht. Ich nahm die Tasche, ging hinunter auf die Straße, drehte drei Runden, bevor ich meinen Käfer avisierte, lud die Tasche ein und fuhr gut fünf Kilometer Umwege zum Hauptbahnhof.

Dort verstaute ich die Tasche in einem Schließfach. Anschließend fuhr ich wieder auf Umwegen nach Empelde. Diesmal ließ ich den Käfer noch weiter entfernt von der Wohnung stehen wie gewöhnlich. Dafür ging ich direkt nach Haus, den 22er im Hosenbund.

# HEKTOR

Die Nacht war wieder viel zu kurz. Ganze drei Stunden konnte ich mich aufs Ohr hauen. Als um halb sechs der Wecker klingelte, stimmte Roberta mit ein. Der Vogel schimpfte und fluchte eine geschlagene halbe Stunde, was das Zeug hielt. Selbst als ich ihm frisches Wasser und Äpfel gebracht hatte, schimpfte er einfach weiter, unterbrach sich nur, wenn er ein Stück Apfel verschlang. Ich kochte mir derweil einen doppelt starken Tee, aß, da das letzte Brot verschimmelt war und auch der Käserest mich bläulich-weiß anlächelte, zwei Sahnejoghurts, deren Verfallsdatum ebenfalls länger verstrichen war.

Heißhungrig, wie ich war, stahl ich Roberta einen seiner Äpfel und machte mich auf den Weg. Ich war eine halbe Stunde zu spät im Laden, meine Frühmorgenkunden warteten zum Teil noch. Ich trug die Zeitungsstapel herein, setzte Kaffee auf, schmiß den Brötchenautomaten an, natürlich alles viel zu spät für meine verwöhnte Kundschaft und hatte jene mufflige Montagmorgenkonversation, die Leute betreiben, die nach einem schönen und ereignisreichen Wochenende völlig unausgeschlafen wieder zur Arbeit müssen.

Beim Kaffee war ich an diesem Morgen mein bester Kunde. Die ersten Brötchen, die der Ofen ausspuckte, schlang ich heißhungirg hinunter. Ich verbrannte mir den Gaumen und mein Magen protestierte mit heftigem Sodbrennen.

Dann rief ich mir wieder das lange Gespräch mit Sauerland am Vorabend in den Kopf. Sauerland warnte mich vor Merle, sagte mir direkt ins Gesicht, er hielte Merle für die Morde vom Donnerstag und den Tod von sechs Menschen in Lübberitz verantwortlich. Er sagte auch, sie stünde in dringendem Verdacht, die Attentäterin von Heidelberg zu sein. Ich hörte ihm nur zu und nickte stumm. Sauerland und ich waren über Merle einig. Nur - sie war immer noch meine Merle. Deshalb schwieg ich eisern.

Sauerland wirkte ausgebrannt. Fast beiläufig erwähnte er, daß die Hütte, die in Lübberitz niedergebrannt war und in der - wie er gerade erfahren hatte - sechs Menschen ein heißes Begräbnis gefunden hatten, seinem langjährigen Kollegen und Freund - er hob es sehr seltsam hervor, dieses „Freund" - Müller gehörte. Es stand übrigens noch nicht in den Schlagzeilen, ich hatte es aber in den Frühnachrichten doch schon gehört.

Ich fragte ihn direkt, ob Micky Ehlers unter den Toten sei. Sauerland zog eine Augenbraue hoch, schob seinen Hut etwas zurück und meinte:

„Das wissen wir noch nicht, Purmann. Wir versuchen gerade die Überreste zu identifizieren. Was hat Ehlers damit zu tun?"

„Nichts, Herr Sauerland, wirklich nichts. Er ist nur Journalist und neugierig."

„Wie kommen Sie darauf, daß er dort gewesen sein könnte?"

„Er rief mich gestern früh an, sagte, Philip Sonntag besäße dort eine Datsche. In die hätte er sich zurückgezogen, um seine Skladowsky Recherche abzuschließen. Da saß er wohl direkt im Rachen des Löwen..."

„Ja, eine der drei anderen Hütten gehört Sonntag, eine Frau Albertz und die vierte Frau von Runkelstein, der Schwiegermutter ihres Freundes Skladowsky... Apropos, wann waren Sie das letzte Mal in Lübberitz?"

„Ich war nur einmal dort, am Donnerstag, als ich dem jungen Skladowsky gefolgt bin. Ich weiß allerdings nicht, wem das Haus gehörte, in das er ging..."

Er fragte mich genau über diesen Besuch aus, ich sagte ihm die Wahrheit, soweit ich es vertreten konnte und erfuhr, daß Konny Donnerstag Müllers Hütte einen Besuch abgestattet hatte. Ganz nebenbei sagte mir Sauerland, daß in dem Haus wohl größere Mengen Drogen gewesen sein müßten, mindestens jedoch ein paar Kilo Gras ... Das war mir nicht neu, das Feuer hatte einen wirklich angenehmen und aufmunternden Geruch verströmt.

Abschließend ermahnte er mich, ihn sofort anzurufen, wenn Merle sich melden sollte.

„Ich will diese Frau fassen, Purmann. Und ich will sie lebend. Es gibt Kollegen in übergeordneten Dienststellen, die es damit nicht so genau nehmen. Wenn Sie Ihrer früheren Frau helfen wollen, Purmann, helfen Sie mir, sie zu finden, bevor es andere tun ..."

Ich sagte ihm wahrheitsgemäß, ich hätte keine Ahnung, wo Merle sich aufhielte. Dann fügte ich noch hinzu:

„Haben Sie schon Carola Albertz gefunden, vielleicht weiß die etwas?"

„Frau Albertz ist verschwunden und wir haben guten Grund zu der Annahme, daß der Kopf, oder vielmehr, die Reste des Kopfes, den wir in ihrer Wohnung gefunden haben, ihr gehört. Falls wir übrigens feststellen, daß Sie doch dort waren Purmann, bestünde ein gewisser Klärungsbedarf."

Da saß ich also wieder zwischen Hammer und Amboß, oder vielmehr zwischen zwei Hämmern und einem Amboß. Eine schöne Troika hatte mich da am Wickel. Sauerland, Merle, Sonntag und dann war da noch der alte Skladowsky. Na gut, also ein Quartett.

Während ich einen weiteren Kaffee schlürfte und den Sportteil der *Zeitung* durchblätterte, genoß ich die Berichterstattung über die Bundesliga. Besonders über die Spiele des Vereins aus der Autostadt, der - zum Entsetzen aller hiesigen Lokalpatrioten - derzeit zwei Klassen über unserer Eintracht spielte. Diese zähneknirschende Begeisterung, wenn dieser Club gewann, mehr noch, wenn er gut verlor, die hatte schon etwas. Schließlich wird der überregionale Teil der *Zeitung* auch in der Autostadt gelesen.

Anschließend wollte ich mich zwischen den Kunden dem *Spiegel* widmen. Der hatte den Fall Klühspiess auf den Titel gehoben, aber nachdem, was man Samstag in den Nachrichten darüber hatte hören können, wußte ich mehr als das Magazin. „Spiegelleser wissen mehr", der alte Slogan bekam mitunter eine merkwürdige Wahrheit.

Die Bremsen eines schweren Wagens rissen mich aus meinen Gedanken. Skladowsky riß die Tür auf und kam in den Laden. Er war bleich, der Scheitel nicht ausreichend onduliert und sein Blendax-Lächeln etwas verschmiert. Sein Anzug saß wie immer perfekt, jedoch war ihm der Krawattenknoten verrutscht, das Hemd hing an einer Seite leicht über den Hosenbund. Er wirkte wie ein Professor, der sich 90 Minuten an der Tafel abgearbeitete hat, seinen Studierenden die Zusammenhänge zwischen Actio und Reactio anhand der Dynamik einer Billardkugel zu erklären.

„Wo steckt mein Sohn, Purmann?"

„Guten Morgen, Herr Skladowsky."

„Wo steckt Konny?"

„Müßte er nicht in der Schule sein?"

„Hören Sie auf, mich zu verarschen. Ich bezahle Sie, daß Sie meinen Sohn nicht aus den Augen lassen und der Junge ist seit Freitag nacht verschwunden und Sie stehen hier in ihrem Laden und schlürfen Kaffee!"

„Was sollte ich Ihrer Meinung nach denn tun?"

„Mir sagen, wo Konny steckt."

„Das ist ziemlich einfach, Herr Skladowsky. Ihr Junior steckt bis über beide Ohren in der Scheiße."

„Ich will nicht wissen, ob Klaus-Konrad, wie Sie sagen, in der Scheiße steckt, ich will wissen, wo er ist!" Das letzte hatte er gebrüllt. Er war leicht außer sich. Erst jetzt fiel mir auf, daß er drei Sätze ohne „sag' ich mal" gesprochen hatte.

„Das wüßte ich auch gerne, Herr Skladowsky, aber wenn Sie wollen, versuche ich es herauszufinden, obwohl ich mir an Ihrer Stelle keine allzu große Hoffnung mehr machen würde."

„Finden Sie es heraus, Purmann!"

Ich hasse es über Geld zu reden, ich fühle mich dann immer schäbig. Aber Skladowsky war ein schäbiger Kerl.

„Gilt Ihr Angebot von gestern noch?"

„Natürlich, ich habe das Geld mit." Er zählte mir neun funkelnagelneue Tausender auf den Tresen. Ich hatte das unbestimmte Gefühl, daß sich meine gesamte Ware auf ihn stürzen wollte, als Ausgleich gewissermaßen.

„Seit wann ist er verschwunden?"

„Seit Freitag abend war er nicht mehr zu Hause, sagt meine Frau."

„Daran ist doch nichts ungewöhnliches, wenn ein Junge in dem Alter eine Wochenendsause macht."

„Sie haben mir gestern am Telefon erzählt, daß er mit Dealern und Philip Sonntag zu tun hat. Und das ist, sag ich mal, sehr ungewöhnlich für jemanden aus meiner Familie."

„Ob ungewöhnlich oder nicht, Herr Skladowsky, ich werde herausfinden, wo er ist und was mit ihm geschehen ist."

„Wie meinen Sie das, Purmann?"

„So wie ich es sage, Herr Skladowsky. Ich kann nur hoffen, daß Ihr Sohn gesund ist."

„Sie glauben, ihm ist etwas zugestoßen?"

Ich glaubte es nicht, ich war mir ziemlich sicher, daß Konny unter den sechs Leichen von Lübberitz war, aber das konnte ich ihm nicht sagen. Stattdessen meinte ich nur:

„Das wäre möglich. Hat Ihr Sohn sein Handy immer dabei?"

„Halten Sie mich nicht für blöd, Purmann! Glauben Sie vielleicht, ich hätte das nicht schon versucht? Er meldet sich nicht, verdammt. Es ist, sag ich mal..."

„Ich werde Ihnen sagen, wohin ein großer Teil dieses Geldes gehen wird, Herr Skladowsky. Ich werde jemanden dafür bezahlen, daß er über die Netzkommunikations- und Abrechnungscomputer der Telefongesellschaft herausfindet, wo das Handy ihres Sohnes derzeit ist, bzw. wo und wann es zuletzt in Betrieb war. Sie können ein eingeschaltetes Handy jederzeit an jedem Ort identifizieren. Das ist wie eine Schnitzeljagd. An Ihrer Stelle, Herr Skladowsky, würde ich außerdem die Polizei einschalten, bevor Herr Sauerland Ihren Sohn findet!"

„Erzählen Sie mir nicht, was ich tun und lassen soll, Purmann. Und das mit dem Handycomputern ist mir, sag ich mal, durchaus geläufig. Aber wenn Sie das herausfinden können, dann hilft uns das bestimmt weiter. Im übrigen habe ich Ihre letzte Äußerung nicht verstanden. Tun Sie, was Sie für nötig erachten und tun Sie es schnell, aber, wenn Sie, sag ich mal, bei etwas Illegalem erwischt werden, haben wir uns seit Ihrer Flucht nicht mehr getroffen. Können Sie mir bis heute Abend Bescheid geben?"

„Sicher, Herr Skladowsky, und machen Sie sich keine Sorgen. Was meine Kunden angeht, bin ich immer sehr diskret."

Da war er schon fast in der Tür, dreht sich noch einen Moment kurz um, nickte mir zu und verschwand. Der Mann war fertig.

Mein nächster Anruf galt der *Unterm Pflaster*. Ich hatte gerade aufgelegt, als Marion hereingeschneit kam, mich freundlich begrüßte und sagte, sie hätte mit Renate verabredet, daß sie heute bis sechs Uhr den Laden schmisse und Renate den Abend übernähme. Das traf sich gut.

„Sag mal Purmann, was ist eigentlich mit meinem Lohn?" Ein Blick auf die Uhr und ich hätte mir das denken können, immerhin war sie fast pünktlich gewesen.

„Kannst du einen Tausender wechseln, Marion?"

„Wie bitte?"

„Wenn du einen Tausender wechseln kannst, dann bekommst du gleich dein Geld für die letzten drei Tage."

„Verarsch mich nicht, Purmann, woher hast du denn einen Tausender?"

„Ich schau nachher noch einmal kurz rein, kann sein, daß es kurz nach sechs wird, Marion. Dann bekommst du das Geld."

In der Tür sagte ich noch:

„Paß bitte gut auf die Kasse auf, und bong alles ein, ja?"

## MERLE

Zum ersten Mal seit Tagen hatte ich keine Alpträume gehabt, als ich gegen acht Uhr aufwachte. Es war ein nebliger Morgen, es hatte sich abgekühlt. Der Altweibersommer war wohl vorüber. Ich stand auf, schaute aus dem Fenster auf die Straße, ging in die Küche und entschloß mich zu einem richtig guten Frühstück mit warmen ofenfrischen Brötchen.

Im Bad erneuerte ich den Verband um meinen Arm. Die Wunde war häßlich, blutete aber wenigstens nicht mehr. Ich hätte das nähen lassen müssen, eigentlich. Sonst könnte eine Narbe bleiben. Ich wusch die Wunde ein weiteres Mal aus. Der Schnitt war schmerzhaft, aber zum Glück nicht sehr tief. Und der Junge hatte keine Sehnen oder wichtige Muskeln erwischt. Dann tat ich noch etwas Jod auf den Schnitt und legte einen kleinen Druckverband an. Ich zog mich an, diesmal einen etwas dickeren Sweater, Laufschuhe, machte mich kurz zurecht und ging hinunter. Gewohnheitsmäßig verschaffte ich mir einen Überblick über die Straße. Ebenso gewohnheitsmäßig hatte ich den 22er ins Hohlkreuz gesteckt. In meiner Handtasche verwahrte ich mein kleines Stilett. Ich verhielt mich, wie ich mich immer verhalte. Ich gehe nie direkt dorthin, wo ich hin will, ich muß immer wissen, ob mich nicht vielleicht doch jemand beobachtet.

Also schaute ich zuerst bei meinem Käfer vorbei, joggte dann einen guten Kilometer am Ortsrand entlang, ehe ich wieder Richtung Stadt bog. Es war kurz vor neun Uhr, als ich die kleine Bäckerei betrat. Hier kennt man mich. Nicht mit Namen, aber als eine häufige Kundin. Natürlich fiel mein verändertes Äußeres der Bäckersfrau auf. Natürlich sprach sie mich nicht darauf an, obwohl hier die Zunge vor Neugier am Gaumen klebte. Ich wünschte höflich „Guten Morgen" und kaufte insgesamt fünf Brötchen. Wie für ein Frühstück zu zweit. Vielleicht half ihr das aus ihrer Neugier heraus. Schließlich verändert man manchmal sein Äußeres, wenn man einen neuen Partner gefunden hat. Ich zumindest tue das.

Ich bummelte, die Brötchentüte hatte ich in meine große Handtasche gesteckt, auf Umwegen zu meiner Wohnung zurück. An der Ecke, von meinen Haus nicht mehr sichtbar, parkte ein Opel-Karavan. Eines dieser neuen, runden Modelle in einem häßlichen Lack, Hannoveraner Kennzeichen. Drinnen saß ein Pärchen. Schlank, adrett, sportlich. Sie eine Spur zu dezent geschminkt, er eine Spur zu gleichgültig.

Ich ging einfach vorbei, griff in meine Handtasche, holte mein Puderdöschen heraus und prüfte mein Gesicht. Im Spiegel sah ich, wie die junge Frau telefonierte. Ich ging weiter, bis sie mich nicht mehr sehen konnte, blickte mich um, so als wollte ich die Straßenseite wechseln und ging an meinem Haus vorbei. Ich sah keinen weiteren Wagen in der Straße.

In Braunschweig hatte ich neulich Glück gehabt, viel Glück. Wenn sie diese Adresse kannten, wenn sie meinetwegen hier waren, dann mußten sie bei Carola etwas gefunden haben. Doch dann durfte ich hier mehr Bullerei erwarten als zwei Zivis in einem Kombi. Ich nahm das Stilett aus der Tasche und ließ es in den Ärmel gleiten, ging die Straße hinunter, bog am Ende ab und machte mich auf den Weg zur Straßenbahnhaltestelle.

Ich ging weiter, ein BMW kam mir auffallend langsam entgegen. Im Augenwinkel meinte ich den Opel zu erkennen. Aus einem Haus traten zwei Jugendliche, schwänzten vielleicht die Schule. Ich ging schnell auf den Eingang zu, nickte den Kids zu und verschwand im Haus. Ich lief durch in den Hof. Da war ein kleiner Zaun zwischen den Grundstücken, der mir keine Schwierigkeiten machte. Die Gartentür des Nachbarhauses stand offen. Glück. Im Flur fand ich ein Fahrrad, einfaches Schloß. Doppeltes Glück. Ich zog den 22er, schoß das Schloß auf, wundervoll, wie leise das Ding ist, steckte die Kanone zurück in den Hosenbund und machte mich mit dem Rad auf den Weg. Ich war gerade auf der Straße, da kamen sie mir nach, zwei zu Fuß, der BMW kündigte sich mit quietschenden Reifen an. Ich jagte den Fußgängerweg hinunter, fuhr so schnell die Pedalen hergaben.

Die Straße, in der ich meinen Käfer letzte Nacht geparkt hatte, ist Einbahnstraße. Als ich in diese einbog, kam mir ein großer Lieferwagen entgegen. Ich raste auf dem Bürgersteig an ihm vorbei. Den Bullen nützte ihre Sirene nichts. Der Lieferwagen kostete sie die Minuten, die ich brauchte, um zu entwischen. Ich hatte unglaubliches Glück. Wirklich?
Oder legten sie es darauf an, mich entkommen zu lassen?
Ich radelte nach Mühlenberg, parkte das Rad an der dortigen Gesamtschule und ging zur U-Bahn. Ich fuhr zum Hauptbahnhof. Dort holte ich meine Reisetasche aus dem Schließfach.

Ich hatte mehrere 10.000 Mark in Bar in der Tasche, auch einiges an Devisen. Ich besaß noch einige Kreditkarten, auf verschiedene Namen und Konten. Trotzdem, ich war ziemlich ratlos. Ich hing die Reisetasche über die Schulter, griff in meinen Beutel, zog eines der Brötchen heraus und kaute gedankenverloren vor mich hin. Ich sah mich um.

Hannover Hauptbahnhof. Oben Bahnhof, unten Passarelle. Damit die Passarelle keine Punker- oder Pisserrelle wird, patrouillieren hier jede Menge Bullen und private Wachdienste herum. Korpulente, feiste Typen mit kurzgeschoren Haaren und angedeuteten Grungebärtchen. Immer zu zweit, manchmal mit einem phlegmatischen Rottweiler oder einem hysterischen Schäferhund an der Seite. Immer auf der Suche nach Schnorrern, Pennern, Drogendealern. Sie greifen sich Obdachlose, Punks oder einfach Schwarzfahrer. Platzverweise, Blaue Augen, Prellungen. Sie sind nicht zimperlich im Kampf für einen sauberen Bahnhof, auf dem sich die Fahr- und noch wichtiger die Messegäste sicher fühlen sollen.

Wohin, Merle?
Du kannst nicht immer so viel Glück haben wie vorhin. Selbst wenn die Bullen wirklich so blöd sind, wie ich denke. In spätestens einer Stunde suchen sie dich auch hier.
Braunschweig ...
Das sicherste Versteck ist das, wo man dich bereits gesucht hat.

Noch so eine Lebensweisheit aus Carolas praktischer Galeristinnenphilosophie. Da war etwas dran. Sollte ich es riskieren? In Braunschweig hatte ich mehrere Vorteile. Erstens kannte ich mich dort recht gut aus, zweitens konnte ich relativ sicher sein, daß sie mich dort nicht suchen würden. Und drittens würde ich dort den Auftraggeber finden. Wenn ich ihn fand, wollte ich ihn erledigen. Ich suchte einen Fahrplan, ging zum Schalter, löste eine Karte und nahm den nächsten Zug nach Braunschweig.

# HEKTOR

Auf der Bank zahlte ich einen Großteil des Geldes ein und wechselte den Rest in kleine Scheine. Der Schalterbeamte prüfte jeden Schein sorgfältig auf Echtheit und auch darauf, ob er nicht vielleicht doch noch aus der Reemtsma Entführung stammte. Das war mir recht, wer weiß, wo Skladowsky das Geld herhatte.

Sichtlich enttäuscht, nicht einen gemeinen Entführer überführen zu können, gab er mir das Wechselgeld heraus und wünschte mit scheinheiligem Lächeln: „Einen schönen Tag noch".

Als nächstes stieg ich auf mein Rad, das ich endlich geflickt hatte und fuhr zu Markus. Er saß wie immer in seiner Butze und bearbeitete seinen großen Mac. Ich stellte seine Aktentasche auf seinen Schreibtisch und sagte:

„Laß uns das noch mal Bit für Bit durchgehen."

Er war müde und blaß. Er sah mich mit einem merkwürdigem Gesichtsausdruck an, dann meinte er nur:

„Hör mal, Hektor. Es wäre mir lieber, wenn ich nichts mehr mit der Sache zu tun hätte ..."

„Ich habe auch Schiß, Markus. Aber wenn ich jetzt aufhöre, bin ich Ende der Woche tot. Ich habe nur die Chance, schneller die Schweine mich umlegen können, das Material auszuwerten und zu verarbeiten. Und du, tut mir leid, das sagen zu müssen, es tut mir wirklich leid, Markus. Hätte ich gewußt, was da auf uns zukommt, ich hätte dich nie da hineingezogen, aber du steckst zu tief mit drin. Gemeinsam haben wir beide eine Chance. Allein machen sie dich ein."

Ich stockte, der Spruch war vielleicht doch etwas unangebracht gewesen. Doch Markus rang sich ein Lächeln ab und meinte nur:

„Okay, Hektor. Dieses eine Mal noch."

Dann packte er Laptop und Zipdrive aus und wir legten los. Es paßte alles zusammen. Nach einer Stunde hatten wir die Dateien auf dem Zip kleingehackt und portioniert. Markus hatte sie verschlüsselt und auf eine CD-Rom abgespeichert. Anschließend löschte er das Zip. Er drückte die CD in die Hand und meinte nur:

„Kathrin kriegt das wieder auf Reihe. Aber du mußt vorsichtig sein damit. Die hier -" damit gab er mir eine Diskette in die Hand, er hatte ihr ein schwarzes Etikett verpaßt, auf das er in Rot das alte Anarcho-A gemalt hatte, „die enthält den Schlüssel zu Ehlers Vermächtnis. Was gibt es noch?"

„Dieses Handy. Ich muß wissen, ob es gestern in Lübberitz benützt wurde."

Er brauchte weniger als sieben Minuten um herauszufinden, daß Konny Skladowskys Handy kurz vor 19 Uhr in Lübberitz - bzw. im zugehörigen Netzsegment, abgeschaltet worden war. Wir brauchten uns nicht zu erklären, warum.

Ich gab Markus zweitausend Mark bar auf die Hand. Er sah mich an und meinte nur:

„Das ist zuviel." Dann gab er mir Fünfhundert zurück.

Die CD brachte ich zu Marianne. Ich bat sie, sie so zu verwahren, das Kathrin nicht daran käme. Dann erlöste ich sie von Ghandi und radelte mit dem Hund quer durch Lehndorf zum Ölper See und von da am Okerufer entlang zurück in die Stadt. Es war warm, die Sonne schien und ich brauchte mir um Konny Skladowsky keine Gedanken mehr zu machen. Anschließend brachte ich Ghandi, die nun gut erholt und abgeschlafft war, in den Kiosk und fuhr ins östliche Ringgebiet. Ich hielt genau vor dem Haus in der Dörnbergstraße. Keine Zivis, keine Bullerei, soweit das Auge reichte. Auch Carola Albertz' Daimler war nicht zu entdecken. Ich schob das Rad ums Haus und schloß es am Eingang an. Dann studierte ich die Namensschilder.

Ich hatte mich doch richtig erinnert. Hinrichsen, S. Hinrichsen. Ich ging ins Haus. Carola Albertz' Wohnung hatten die Bullen fachgerecht versperrt und versiegelt. Schon eine Treppe tiefer hatten sie ihre rot-weißen Bänder gezogen. Ich ging die Treppe wieder hinunter. Vor der Wohnung mit dem Klingelschild Hinrichsen blieb ich stehen. Ich läutete. Keine Reaktion. Ich besah mir die Tür. Keine Chance für einen ungeübten Einbrecher wie mich. Andererseits lag die Wohnung im Hochparterre, mit einem Balkon zum Hof hinaus. Ich würde heute Nacht wiederkommen.

Doch dann überlegte ich es mir anders. Ich ging zu einer Telefonzelle und rief Sauerland an. Er war dran.

„Herr Sauerland, hier spricht Purmann."

„Oh, hallo, Purmann. Haben Sie Ihre Frau gefunden?"

„Nein, leider nicht. Herr Sauerland, wissen Sie, wem die anderen Wohnungen in Carola Albertz Haus in der Dörnbergstraße gehören?"

„Ja, warum?"

„Mich interessiert die Wohnung, die einem Herrn oder einer Frau S. Hinrichsen gehört ..."

„Dieser Eigentümer ist dort unbekannt. Die Wohnung gehörte der Albertz. Sie hat sie an eine Sarah Hinrichsen vermietet - verdammt!"

Er hatte kapiert. Sogar ein Bulle hat hin und wieder einen Lichtblitz. Und Sauerland dürfte davon öfter getroffen werden als andere Bullen.

„Warum fragen Sie, Purmann?"

„Raten Sie mal. Sie haben es doch schon erraten... „

„Entschuldigen Sie mich, Purmann, ich muß da etwas überprüfen."

Er legte auf. Ich starrte einen Moment auf den Hörer, dann ging ich zu meinem Rad.

Es muß blöd ausgesehen haben, wie ich da gute fünf Minuten vor der Telefonzelle auf mein Rad gestützt stand und grübelte. So blöd, daß mich jemand ansprach und fragte, ob ich etwas suchte. Ich verneinte lächelnd, schwang mich aufs Rad und fuhr nach Hause.

Meine Schlurre hatte ich auf den Hof geparkt. Heute hatte ich gute Gründe, nicht auf der Straße zu parken. Und wie immer, wenn man gute Gründe hat, geht etwas schief. So auch heute. Als ich das Fahrrad auf den Hof schob, stand direkt neben meiner Schlurre ein protziges Mercedes Modell, die neueste Karre meines Vermieters, Klaus Hennemann.

Er stand daneben, salopp in Jeans, kurzärmeligem Hemd und Lederweste, rauchte eine Marlboro und funkelte mich an.

„Guten Tag, Purmann."

„Herr Purmann", herrschte ich ihn an. Wir haben Zoff, seitdem ich hier wohne. Das geht nun gute zwölf Jahre so.

„Herr Purmann", krächzte er. „Ist das Ihr Auto?"

„Meinen Sie dieses potthäßliche Mercedes-Monster?"

Er stellte sich in Pose.

„Nein, ich meine dieses schrottreife Uraltmodell hier." Sein nikotingelber Zeigefinger wies auf meine Schlurre.

„Ja, na und?"

„Entfernen Sie es sofort vom Hof, Sie wissen, daß Sie hier nicht parken dürfen!"

„Woraus schließen Sie, daß ich hier parke?" Das verschlug ihm die Sprache. Ich setzte nach. „Ich würde gerne mein Auto vom Hof fahren. Leider steht da so ein Mercedes im Weg ..."

„Sie haben fünf Minuten, fünf!" Er streckte mir seine Rechte mit fünf gestreckten Fingern entgegen. Ich lächelte nur und sagte:

„Gerne, machen Sie doch bitte die Einfahrt frei. Wir wollen doch nicht, daß Ihr schönes neues Auto zerkratzt wird, nicht wahr?"

Während er seinen Mercedes vom Hof fuhr, trug ich das Rad in den Keller, ging in die Wohnung, holte meine Autoschlüssel, drehte genüßlich eine Runde um die Schlurre und ging wieder hoch. Ich mußte telefonieren.

Der Wagen war weitaus weniger zerschrammt als ich befürchtet hatte, er hatte ein paar Kratzer am rechten Kotflügel, aber das war auch alles. Dennoch würde ich das diesmal schnell machen lassen müssen, denn es gibt kaum 504-Kombis in der Gegend.

Ich rief Christian an, meinen Mechaniker. Na gut, er hat auch andere Kunden als mich, manche zahlen ihm sogar richtig Geld für die Arbeit, die er macht. Er liebt es, alte Autos zu pflegen. Außerdem war die Schlurre fast sechs Wochen über den TÜV-Termin. Ich sagte ihm, ich brächte den Wagen gleich vorbei und ging hinunter. Hennemann stand da und folgte mir mit Blicken, die wohl Mordlust ausdrücken sollten. Ich konnte mir nicht helfen, der Kerl war einfach lächerlich. Ich stieg ein, stieg wieder aus, ging in den Keller, holte mein Rad und legte es ganz sanft und vorsichtig in den Laderaum. Dann ging ich noch einmal in den Keller. Ich vergewisserte mich, daß alles ordnungsgemäß verschlossen war. Schließlich hatte Herr Hennemann persönlich die Hausordnung entworfen. Ich wandte sie jetzt an.

Als ich den Choke zog und den Motor anließ, gab ich viel Gas und ließ es schön brüllen und qualmen und vermeinte noch etwas wie „Ich hatte gesagt, fünf Minuten" zu hören ...

Dann rollte ich gemächlich auf die Straße und fuhr zu Christian. Christian war entzückt. Er liebt meine Schlurre fast so sehr wie ich.

„Hallo, Purmann", rief er, als ich auf den schlammigen Hof seiner kleinen Werkstatt fuhr. „War die Straße wieder zu schmal für dich?"

„So ungefähr", brummte ich. „Kannst du die Schlurre gleich durch den TÜV bringen?"

„Was willst du ausgeben?"

„So wenig wie möglich. Aber er ist diesmal wichtig, daß diese Kratzer verschwinden." Ich hatte die Heckklappe geöffnet und holte das Fahrrad heraus.

„Willst du die Kiste endlich verkaufen?"

„Schon möglich, weiß noch nicht genau. Ich brauche die Schlurre ja, einmal die Woche für die Tour zum Metro."

„Na gut, wie lange darf es dauern?"

„Geht es bis Morgen?"

„Dann aber ohne TÜV. Ich gucke das Ding durch und sage dir, was eventuell gemacht werden muß. Der Wagen ist ja sonst noch gut in Schuß."

„Danke Christian, ich komme morgen Mittag vorbei und hole sie wieder ab." Bevor er noch etwas sagen konnte, war ich schon auf dem Rad und losgefahren. Er würde sich mit einer gepfefferten Rechnung revanchieren. Aber das war mir egal.

Ich fuhr kurz beim Kiosk vorbei, doch dort war alles ruhig. Niemand hatte vorbeigeschaut, der irgendetwas von mir gewollt hätte. Weder Skladowsky, noch Sonntag und auch kein Sauerland. Marion wirkte sehr erleichtert. Sie sagte nur:

„Schön, daß deine Tochter mich von dem Hund erlöst hat."

„War sonst etwas los? Hat sich Markus Kröcher gemeldet?"

„Nein, es war ein sehr ruhiger Morgen. Ich habe den *Spiegel* fast durch."

Ich nahm ein Exemplar des *Spiegel* mit.

Zu Hause angekommen, wehte mir ein angenehmer Geruch durch das Treppenhaus entgegen.

Kaum hatte ich die Wohnungstür geöffnet, als Ghandi mich freudestrahlend begrüßte und mir dreimal das Gesicht ableckte, bevor ich den Hund zu Boden ringen konnte. Roberta schimpfte und aus der Küche konnte ich einen lautstarken Disput vernehmen, der das Brutzeln von etwas sehr appetitanregend Duftendem übertönte.

„Nein, Oma, nein, Hektorpaps schmort die Pilze immer extra, und immer als erstes."

„Meine kleine Esther-Katharina, ich weiß die Kochkünste deines Vaters zu schätzen, doch von Pilzen hat er - verzeih mir bitte - wirklich keine Ahnung!"

„Wer hat von Pilzen keine Ahnung?", platzte ich in die Küche.

Kathrin schlang mir ihre Arme um den Hals, ohne den großen Kochlöffel aus der Hand zu legen und Marianne nickte mir zu.

„Hektor, Hektor, deine Wohnung ist ein Saustall."

„Das ist mir bekannt, liebe Schwiegermama. Wieso bist du nicht in der Schule, Kathrin?"

„Ich habe heute nachmittag frei. Und muß auf Oma Marianne aufpassen. Und dann sind da noch Roberta und Ghandi, die du völlig vernachlässigst. Und außerdem..."

„Schon gut, schon gut, habt Ihr was zu essen für mich."

„Nein, eigentlich nicht," antworteten Oma und Tochter unisono.

„Aber vielleicht lassen wir dir etwas übrig," fügte Marianne hinzu, während sie einen kleingeschnittenen Mangold in meinen alten Wok kippte. Es zischte und brodelte. Sie hatte es wenigstens richtig heiß werden lassen.

„Was gibt es denn?"

„Willst du ein Gespräch anfangen?" Kathrins Antwort brachte mich etwas aus dem Konzept.

„He, hör mal, Tochtermaus, ist dir eine Laus über die Leber gelaufen?"

„Ja, aber nicht deinetwegen, Dad."

Na gut, ich hatte fast schon ein schlechtes Gewissen.

„Und weswegen dann?"

„Wie war das mit den Pillen, Dad?"

„Da war wohl etwas drinnen, was nicht da drin sein sollte ..."

„Hm, hm, ich habe vorhin Jack am OG besucht ..."

Scheiße!

Cool bleiben, Purmann. Deine Tochter ist schließlich deine Tochter und sie hat das Recht, dir in die Suppe zu spucken.

„Na und?"

„Och, der Kerl ist ganz schön fertig. Und ich bin mit ihm fertig."

Na wunderbar. Aber das ließ ich mir besser nicht anmerken.

„Was hat er gesagt?"

„Daß er die Pillen ganz normal gekauft hat."

„Hat er auch gesagt, von wem?"

„Ja."

„Und?"

„Willst du es wissen?"

„Ja, Tochtermaus, ich will es wissen und zwar sofort."

Kathrin hielt den Schnellkochtopf in der Hand. Sie funkelte mich an. Marianne schwieg und hörte zu. So viel Information aus erster Hand bekam sie selten.

„Na gut, er meinte, er hätte die von Konny Skladowsky gekauft. Aber der wäre seit Sonntag früh verschwunden!"

„Ich weiß", sagte ich. Und dann fügte ich, ohne daß ich wußte warum, hinzu: „Er wird auch nie wieder auftauchen."

## Merle

Bis zur Abfahrt blieb noch etwas Zeit, also bummelte ich durch den Kiosk und kaufte mir *Spiegel, Bild*, die *Hannoversche Allgemeine* und auch eine *taz*. Die Fahrkarte hatte ich für den ICE nach Berlin gelöst, den ich jedoch nicht nehmen wollte. Stattdessen bestieg ich den Nahverkehrszug nach Braunschweig. Es war einer dieser neuen Doppeldeckerzüge, halb leer. Im Obergeschoß fand ich eine schöne Vierergruppe für mich allein, setzte mich ans Fenster, zog die Schuhe aus und legte die Beine hoch.

Obwohl später Montag Vormittag war der Bahnsteig voller Menschen. Mütter, die Gepäckstücke und quengelnde Kinder durch die Gegend schoben; Männer auf der Fahrt zur Arbeit, zum Vorstellungsgespräch, zu einer Messe, Ausstellung oder zur Geliebten; Menschen, die wie ich auf der Reise waren.

Wie ich? Ich war nicht auf der Reise, ich war auf Jagd. Ich wurde gejagt. Natürlich war ich auf der Flucht. Die Bullen waren mir in den zehn Jahren, die ich meinen Job jetzt machte, nie so nahe gekommen wie heute. Und soviel Glück, wie ich heute gehabt hatte, hätte ich kein zweites Mal.

Ich habe einmal ein Buch über Bären gelesen. Der Autor hatte am Ende ein ganzes Kapitel voller guter Ratschläge angefügt, wie man sich verhalten solle, wenn man einem dieser Tiere plötzlich begegnet. Bei Braunbären zeige man Respekt, und wenn dich ein Grizzley angreift, stelle dich tot, sowie er dich berührt. Schwarzbären greife man jedoch an. Es sei denn, es wären Mütter mit Jungen. Oder so ähnlich. Und Eisbären?

Bei denen dürfte es das beste sein, ihnen ganz weit aus dem Weg zu gehen. Oder ein gutes, schweres und zielgenaues Gewehr zu haben.

Dies hatte ich jetzt nicht mehr. Wenn die Bullen meine Empelder Wohnung filzten, würden sie alles finden, um mich den Rest meines Lebens in den Knast zu stecken. Dazu allerdings mußten sie mich erst einmal kriegen. Ich war schon einmal im Knast. Nur ein paar Wochen.

Ich hatte mir damals geschworen, nie wieder einzufahren. Ich habe viele Versprechen, die ich gab, gebrochen. Manche mit Vergnügen, bei anderen fiel es mir sehr schwer, sie nicht einzuhalten. Dieses wollte ich einlösen. Auf jeden Fall.

Ich griff meine Reisetasche und öffnete sie. Außer dem 22er besaß ich noch einen kurzläufigen 38er mit sechs Magazinen Reservemunition. Das reichte für einen heißen Abgang. Das war genug, um den Auftraggeber des Klühspiessjobs in die Hölle zu schicken. Das Geld brauchte ich jetzt wohl nicht mehr. Irgendwie ist es ein seltsames Gefühl, wenn man weiß, daß man nur auf geborgte Zeit lebt. War ich wirklich schon eine Tote auf Urlaub?

Ich war nervös. Trotzdem schlug ich den *Spiegel* auf, der das Klühspiess-Attentat zu seiner Titelstory gemacht hatte. Ich war so nervös, daß ich mich wiederholt im Abteil umsah und auch mehrmals den Bahnsteig, oder das Stück, das ich von hier oben aus übersehen konnte, inspizierte. Keine Bullen, keine Gefahr, kein Grund zur Nervosität, eigentlich. Dann schnarrte die Ansage, piepten die Türwarner, Luft zischte, die Türen schlossen sich, der Zug ruckte an, beschleunigte und brachte mich weg von hier. Ich erhob mich und sah mir die Mitreisenden an. Harmlos. Ich nahm ein paar Pumps aus der Tasche, zog die Laufschuhe aus, packte sie in die Plastiktüte und stellte sie neben die Reisetasche auf die Gepäckablage. Ich hasse nach Schweiß stinkende Schuhe in der Reisetasche. Dann las ich die Berichterstattung des *Spiegel*.

Kurz nach der Abfahrt aus Peine hatte ich die Titelstory durchgelesen. Nichts wichtiges, nichts Neues, alles so, wie es auch schon letzte Woche zu hören, sehen oder lesen war. Das hieß nichts Gutes.

# HEKTOR

Katharina und Marianne starrten mich an. Sie schwiegen derartig penetrant, daß Ghandi zur Küche getrottet kam, um nachzusehen, was vor sich ging. Die große Hündin stand in der Tür. Weiter herein traute sie sich nicht, schließlich hat sie absolutes Küchenverbot. Mit stark aufgestellten Ohren schaute sie von einem zum anderen.

„Na Dicke, da staunste, was? Hat es der Alte mal geschafft, die Frauen zum Schweigen zu bringen."

Ghandi schwenkte ihre Rute und strahlte mich an.

„Geh aufs Sofa, Dicke. Mach Platz."

Die Hündin drehte sich um und trabte hinaus.

„Dad?"

„Ja, Tochtermaus." Kathrin stöhnte wütend auf.

„Dad, wie meinst du das, Konny Skladowsky taucht nie wieder auf?"

„Wie ich das meine? Wie ich es gesagt habe. Er ist tot."

„Dad!"

„Das wird alles spätestens morgen in der Zeitung stehen. Könnt ihr dann nachlesen oder Euch im Fernsehen angucken. Ich habe im übrigen nichts damit zu tun...."

„Hektor, hast du wieder Detektiv gespielt?"

„Nein, Marianne, ich verdiene mir hin und wieder ein paar Mark hinzu, indem ich Recherchen anstelle. Recherchen, die man auch als Ermittlungen bezeichnen kann. Und ich bin hier in eine Sache geraten, in der es einige Tote gegeben hat. Und dein Freund Jacky Sonntag, meine kleine Mer ... eh, Kathrin, der steckt bis zum Hals in der Scheiße drin. Wie sein Kumpel, der kleine Skladowsky. Bloß lebt Jacky Sonntag noch, oder?"

Sie sahen mich sprachlos an. Ich raste.

„Hektor, was ist los mit Dir?"

„Was mit mir los ist?", schrie ich. „Ich krieg gerade einen Nervenzusammenbruch, Marianne. Wenn du wissen willst,...."

Ich konnte mich gerade noch bremsen, schlug mit der Faust auf den Tisch, dann gegen die Wand und brüllte.

Ein tiefes Knurren antwortete mir vom Sofa. Roberta fiel zeternd ein.

Ich lief aus der Küche und schloß mich im Bad ein. Ich kotzte. Ich kotzte so, wie ich Samstag in Carola Albertz' Küche gekotzt hatte.

Ich würgte noch etwas Schleim und Galle nach oben, vor meinen Augen tanzten orangefarbene Punkte. Ich ließ mich auf die Knie fallen, spülte, stand auf, ging zum Waschbecken und schlug mir kaltes Wasser ins Gesicht.

„Dad, lebst Du noch?"

„Geht so." Ich stand keuchend vorm Spiegel und betrachtete meine Rasierklingen. Es wäre so leicht gewesen. Etwas warmes Wasser in das Becken laufen lassen, die Klinge ansetzen und sich die Adern öffnen. Die Arme brauchte ich nur einzutauchen, solange, bis ich das Bewußtsein verlöre ... Typisch Purmann wäre das, wieder einmal kneifen.

Dabei stand ich ganz dicht vor der Lösung. Ich hatte doch alles beisammen, endlich konnte ich einmal einen dicken Fisch fangen. In einem Winkel meines Gehirns formte sich ein Gedanke, nahm Gestalt an und fraß sich langsam in mein Bewußtsein. Ich wußte alles, was ich wissen mußte. Ich brauchte es nur noch richtig zusammensetzen.

Seit mehreren Tagen hatte ich mich an die fixe Idee gekrallt, der alte Skladowsky steckte in den Geschäften seines Sohnes mit drin. Und ich hatte geglaubt, er könne der Auftraggeber vom Klühspiessmord gewesen sein.

Ich glaubte es fast immer noch. Doch dann war Sonntag ins Spiel getreten. Ich hatte das bloß nicht akzeptieren wollen, zu sehr hing ich den alten Freund/Feind-Schemata an.

Aber hatte ich einen Typen wie Philip Sonntag jemals zu meinen Freunden zählen können? Einen, der seine engsten Kumpels in den Knast fahren ließ, wenn er mal ein paar Märtyrer für die Revolte brauchte, einen der sich dann rasch loseiste und in die neue Partei ging, Karriere machen? Sonntag war immer einer gewesen, der nichts anbrennen ließ. Nicht bei Frauen, nicht bei Aktionen und auch nicht bei Geschäften. Er hatte immer Geld gehabt, viel Geld, sehr viel mehr, als man ihm zutraute. Heute wohnte er in einer der besten Gegenden der Stadt, schickte seinen Sohn auf die Elitepenne und genoß seinen VIP-Status.

Ich starrte in den Spiegel, zählte meine Bartstoppeln und erschrak über meine rot-geäderten Augen. Ich sah die Falten in meinen Mundwinkeln und auf der Stirn, meine Geheimratsecken und die grauen Haare an den Schläfen. Ich sah einen Mann, der hart auf die Fünfzig zuging. Unwiederbringlich. Und der immer noch glaubte, er wäre irgendwo zwischen Fünfundzwanzig und Dreißig. Ich sah einen Mann, auf den das Etikett Aussteiger ebenso zutraf wie das Versagerlabel. Ich sah einen Mann, den Kerle wie Skladowsky oder Philip Sonntag, aber auch eine Frau wie Merle immer wieder verarschten. Den sie aber auch unterschätzten. Ich sah meine Chance. Ich würde diesen Fall lösen. Ich. Ich konnte mein Versagen ausbügeln, schließlich hatte ich den Tod des jungen Skladowskys nicht verhindern können.

„Dad?" Ich reagierte nicht. Nach ein paar Sekunden kam es dringlicher:

„Dad, schläfst du?"

„Ja, Kathrin."

„Oma Marianne möchte essen und fragt, ob du uns Gesellschaft leisten willst."

„Ich komme gleich, aber fangt schon mal ohne mich an." Ich schloß die Augen, ließ die letzten Tage Revue passieren. Ich fing nicht bei Skladowskys erstem Auftritt an. Ich dachte an etwas anderes, etwas, was ich gelesen hatte, etwas, was sich hier in der Wohnung befand und worin ich nur nachschlagen müßte. Nur, was war es?

Es war eine Info gewesen über...

„Was ist denn jetzt schon wieder los?", rief Kathrin, als ich aus dem Bad in mein Arbeitszimmer stürmte.

„Nichts, eh, Kathrin, tust mir bitte etwas Essen auf einen Teller?" In der Küche saßen zwei Frauen und ein Hund am Tisch und mampften genüßlich vor sich hin. Marianne und Kathrin hatten ein herrliches Curry mit Reis, Gemüse und Pilzen gezaubert.

Ich nahm einen Klappstuhl aus der Ecke, scheuchte Ghandi aus der Küche, sie hat hier nichts verloren, sah Kathrin dabei strafend an und setzte mich an den Tisch. Die Portion, die Kathrin mir serviert hatte, schlang ich hinunter. Ich genehmigte mir einen doppelt so großen Nachschlag, brachte zwischen den Bissen so etwas wie: „Hmm, das ist aber wirklich gut!" hervor. Noch immer kauend, stand ich auf, packte meine Notizen ein, lief hinunter, holte mein Rad und fuhr zu Markus. Er war in seinem Laden, sortierte irgendwelchen Platinenschrott von einer Plastikkiste in eine andere und anschließend wieder zurück. Sein altes Kassettendeck dudelte Frank Zappa, die Mütter der Erfindungen. Das war ganz passend.

„Hallo, Markus, störe ich?"

„Aber immer, Hektor, aber immer."

„Na wunderbar. Du, darf ich mal einen Deiner Computer benutzen?"

Er schreckte hoch, die nackte Panik im Blick.

„Was willst Du?"

„Herausfinden, wie viele Gymnasien es im Südschwarzwald gibt."

Markus brummte, dann trottete er vor mir her in sein Kabuff. Er legte eine CD in seinen Rechner, dann surften wir ein bißchen durchs Internet, schließlich hatte ich einige Telefonnummern und eine Menge anderes notiert.

Später fuhr ich nach Hause.

Es war schon nach 16 Uhr, aber ich versuchte es trotzdem und hatte Glück. Die Sekretärin des Direktors erzählte mir, was ich wissen wollte. Und sogar etwas mehr.

# MERLE

In Braunschweig angekommen, bummelte ich durch den Bahnhof. Der Braunschweiger Hauptbahnhof hat einen großen Preis für den häßlichsten Bahnhof verdient. Ein typisches Wirtschaftswunderprodukt. Großkotzig angelegt, pfeift durch ihn ein Wind, daß man sich auf den hundert Metern vom Bahnsteig zur Halle dreimal die Blase erkälten kann.

Ich trat aus dem Gebäude, das wie eine auf die Seite gestellte Gehwegplatte wirkt, auf den Vorplatz. Jeder, der zum ersten Mal per Zug hier ankommt, kommt aus dem Bahnhof und sucht die Stadt. Zur Linken sieht man ein Hotel und ein paar eklige sechziger oder siebziger Jahre Hochhäuser. Zur Rechten erstreckt sich eine breite Straße, an deren einer Seite die Hauptpost liegt. Auf der gegenüberliegenden Seite ist ein schöner alter Park, der noch sehr viel größer und schöner war, bevor man ihn zugunsten von Straße und Bahnhofsvorplatz abholzte. Der Platz heißt „Berliner Platz". Ich fand den Namen immer sehr passend, ist er doch genauso öde wie es die Berliner Mitte in Mauernähe früher war.

Mein erster Gedanke war, ein schönes Fahrrad zu suchen und zur Dörnbergstraße zu radeln. Ich inspizierte die abgestellten Räder, fand auch zwei oder drei, die mir zusagten. Doch irgendein Instinkt riet mir ab. Wenn die Bullen meine Wohnung in Hannover gefunden hatten, dann hatten sie auch die in der Dörnbergstraße überprüft. Ich hatte für beide Wohnungen denselben Namen benutzt. Das war dumm, sehr dumm, ließ sich jetzt aber nicht mehr ändern. Ich addierte einen weiteren Vermerk in meine persönliche Fehlerakte. Sie erreichte einen nie geahnten Umfang.

Ich wollte heute den krönenden Schlußstein meiner Karriere setzen. Wenn ich Glück hatte, und ich habe fast immer Glück, konnte ich den Bullen ein weiteres Mal ein Schnippchen schlagen. Es war ein riskantes Spiel, ein äußerst riskantes Spiel. Aber es war auch meine beste Chance, na ja, eigentlich auch meine einzige. Verhalte dich so, wie man es am wenigsten von dir erwartet.

Ich fuhr mit der Straßenbahn in die Stadt, stieg am Kennedy-Platz aus und checkte in einem neueren Hotel ein. Die freundliche junge Frau an der Rezeption fragte nach meinem Namen. Ich antwortete:

„Rosencrantz, Sarah Rosencrantz."

„Mit tz?"

„Ja, und Crantz bitte mit C."

„Wie lange gedenken Sie zu bleiben, Frau Rosencrantz?"

„Nur kurz, eine Nacht, eventuell eine zweite. Ich bin geschäftlich hier." Sie gab mir die Türkarte, ich ging hoch zu meinem Zimmer, machte mich frisch und zog mich um. Meine große Tasche ließ ich im Zimmer, nahm wieder die Straßenbahn, fuhr zurück zum Bahnhof und holte mir ein Fahrrad. Mit dem Rad fuhr ich in die Einkaufszone hinter dem Atrium-Hotel, eine Zone, die etwas metropolitanen Flair atmen soll. Ich habe mich immer gefragt, wie sich hier die Läden halten konnten.

Es gibt dort neben einem Zahntechniker und ein paar Prollokalen auch einen Fahrrad-shop. Dort erstand ich ein sündhaft teures Edelstahlbügelschloß, mit dem ich mein neues Rad in Besitz nahm. Ich hatte eine gute Wahl getroffen. Es sah nach nicht sehr viel aus, war aber ein All-Terrain-Bike mit vierundzwanzig Gängen und einem exzellenten Alurahmen. Der Sattel war erstklassig, der Lenker ebenso. Reifen, Felgen, Bremsen, alles war perfekt in Schuß. Sein Besitzer hatte sich vergeblich Mühe gegeben, das Rad auf alt zu trimmen. Immerhin ließ ich ihm seine Klemmleuchten. Im Laden besorgte ich mir noch zwei Strahler. Ich wollte schließlich nicht wegen fehlender Fahrradbeleuchtung erwischt werden. Ich schob das Rad zwischen den Hochhäusern hindurch zur Viewegstraße. Dort stellte ich mir in Ruhe Sattel und Lenker ein und radelte los.

Bei Hektors Wohnung konnte ich weder sein Auto noch eine Spur seines Hundes entdecken. Ich fuhr weiter zum Kiosk, schloß das Rad einige Blocks entfernt an und ging zu Fuß durch die Gegend.

Gehörte Hektor zu denen, die mich gelinkt hatten oder mich linken wollten, ich hätte keine Sekunde gezögert, ihm eine Kugel in den Schädel zu jagen. Aber im Moment setzte ich andere Prioritäten. Ich wollte Skladowsky, mußte sicher gehen, daß er mein Mann war. Und falls er es doch nicht war? Wer war dann der Drahtzieher?

Ich hatte keine Ahnung. Aber ich war mir sicher, daß Hektor erstens wußte, wer in Heidelberg Klühspiess erschossen hatte und zweitens auch wußte oder zumindest ahnte, wer Carola beauftragt hatte, das Ding zu managen. Und er würde mir das erzählen, wie auch immer.

Ich stieg über den Zaun des Gartens, der neben Hektors Kiosk liegt. Dort sind ein paar schöne Büsche, in denen man sich gut verstecken kann. Außerdem kommt man auf den Hof, über den Hektor seine Ware in den Laden trug, wie ich annahm. Ich schlich mich an der Wand entlang, bis ich den Hof überblicken konnte. Er diente zum Teil als Park- oder Ladeplatz, ein Wäscheständer und eine Sandkiste standen dort auch herum. Ich hatte mich allerdings geirrt, weder Hektors Kiosk noch die benachbarte Schneiderei besaßen einen Hinterausgang. Die zum Hof gewandte Hausfront gehörte eindeutig zu Wohnungen. Das würde es mir erleichtern. Ich müßte nur vom Garten aus die Straße beobachten und Hektors Kunden ausmachen.

Ich drehte mich vom Hof weg und schlich zum Zaun zurück. Dort duckte ich mich einen Moment, um zu sehen, ob jemand mich oder den Laden beobachtete. Während ich so verharrte, stupste mich etwas in die Schulter. Ich erstarrte. Jemand schnaufte. Dann bekam ich einen zweiten Stups, diesmal etwas kräftiger. Ich wandte mich langsam um.

Hinter mir stand der fetteste Mastino, den ich je gesehen hatte. Seine Beine hatten den Umfang von mittleren Schweineschenkeln und sein Wanst hing fast bis auf den Boden. Die sonst eher faltige Haut dieser Hunde spannte sich um den aufgeschwemmten Körper herum. Das Vieh mußte seine zwei Zentner wiegen, davon mindestens ein Zentner Fett. Er wirkte nicht feindselig. Eher neugierig. Er stupste mich ein drittes Mal, während ich mich langsam erhob. Seine Schwanz, der im Vergleich zum massigen Körper überaus schlank wirkte, bewegte sich leicht hin und her. Ich streckte die Hand aus. Er stupste leicht dagegen. Ich legte ihm die Hand auf den fleischigen Schädel und begann ihn zu kraulen. Für das Fett, daß er hatte, war es überraschend angenehm, ihn zu berühren. Die Bewegungen der Rute wurde erkennbarer. Genau das schien er gewollt zu haben.

Eine verrauchte Frauenstimme rief: „Rambo!"

Und noch einmal: „Rambo! Ramboschätzchen!"

Ein massiger Hundeschädel wandte sich um, dann wieder zu mir, da ertönte es zum dritten Mal, eher krächzend vor Heiserkeit als laut: „Rambo, komm jetzt her!"

Er gehorchte. Erstaunlich geschmeidig drehte sich der Fleisch- und Fettberg um und schleppte sich am Haus vorbei in den Hof. Ich wartete bis er um die Ecke war und sprang dann über den Zaun, wobei ich fast einen Kinderwagen umwarf. Ich lächelte eine Entschuldigung und verschwand. Hysterisches Geschimpfe einer jungen Mutter klingelte mir in den Ohren.

Ich ging am Kiosk vorbei und sah durchs Fenster. Weder Hektor noch diese Renate waren zu sehen. Stattdessen lümmelte sich die Brünette, die ich Samstag wohl am Telefon gehabt hatte, am Tresen. Ich trat ein.

Sie sah von ihrer Lektüre, es war der *Spiegel*, auf und fragte:

„Was darf es sein, bitte?" Ich nahm ein Eis und einen Kaffee. Der Kaffee war genausogut wie der von Samstag. Beiläufig fragte ich:

„Kommt Herr Purmann heute noch vorbei?"

„Der war schon hier, ob er heute abend wiederkommt, weiß ich nicht." Sie war weder so neugierig noch so redselig wie ihre Kollegin. Eine Frau, die ihre Geheimnisse hat und das zeigt. Wir unterhielten uns nicht weiter, ich trank meinen Kaffee aus und ging.

Ich bummelte in der Gegend umher, kam mehrmals beim Kiosk vorbei, doch Hektor war nicht dort. Ich suchte mehrere Telefonzellen auf, von denen aus ich Hektor anrief. Fast immer war sein Anrufbeantworter dran, dann war länger besetzt. Jemand war zu Hause. Ich mußte mich nur an ihn dranhängen.

Es wurde spät, später. Ich holte das Fahrrad und stellte es in einem Hinterhof nahe Hektors Haus ab. Dann legte ich mich auf die Lauer. Gegen Sieben, es war noch hell, bog ein Jaguar in die Straße. Er hielt genau vor Hektors Haus. Ein Mann machte Anstalten auszusteigen. Es war Skladowsky, Carolas brünstiger Professor. Dann stieg er zurück in den Wagen, nahm sein Funktelefon und führte ein Gespräch. Währenddessen schaute er sich mehrmals nervös um, unterbrach sich, wischte sich Tränen aus dem Gesicht. Der Kerl heulte ja!

Skladowsky, warst Du mein Mann? Warst Du der, der den Klühspiess Job vergeben hatte und dann nicht zahlen wollte? Hattest wohl gute Gründe, Klühspiess loszuwerden. Daß die Konservativen jetzt mit Cleanern aufeinander losgehen, war mir zwar neu, störte mich aber nicht weiter. Was mich störte, waren eine Bombe, die mir galt und ein Kind zerfetzt hatte, waren zwei Kerle, die mir in Münden aufgelauert hatten, der verstümmelte Kopf in Carolas Gefrierschrank, die Jungens, die in Lübberitz den Typen mit der Hekkenschere umgelegt hatten, waren die Bullen, die an meinen Hacken klebten, war alles, was an diesem Job schiefgelaufen war. Skladowsky, warst Du der richtige Mann?

# HEKTOR

Ich hatte ihm früher schon viel zugetraut, doch Mord, das ist ein andereres Kaliber.

Während ich auf meinem Sofa saß, Beethoven hörte und den hellbraunen Glanz des Deanston im Whiskyglas betrachtete, nahm ich mir Zeit, mich noch einmal der alten Geschichten zu erinnern.

Macht hatte ihm schon immer viel bedeutet, viel mehr, als er durchblicken ließ. Er redete gerne, er redete gut und er redete viel. Wenn er die Notwendigkeit eines bestimmten Handelns oder einer bestimmten Aktion begründete, so kam das geschliffen und druckreif herüber. Er sagte nie Dinge, die ihn festnageln konnten, er war so konkret, wie man es im Ungefähren nur sein kann. Diese Art der Argumentation beherrschte er perfekt. Klar in der Aussprache, beliebig im Inhalt. Er paßte zu seiner Gruppe, so wie er später zu seiner Partei paßte.

Ghandi hatte sich zu meinen Füßen gekuschelt, eingerollt zu einem flauschig braunen Bündel machte sie der Farbe des Scotch Konkurrenz.

Roberta schwieg. Ich lauschte der Musik, die Anlage auf angenehme Zimmerlautstärke gestellt. Kathrin und Marianne waren schon fort, als ich vorhin wieder nach Hause kam.

Ich rief kurz im Kiosk an und sagte Marion, sie dürfe bis zum Feierabend bleiben. Sie hatte geflucht, aber sich in ihr Schicksal gefügt.

Der erste Anruf, der einging, kam von Jessicas Mutter. Sie und ihr Gatte waren das Wochenende fortgewesen und hatten Sonntag Abend vom Krankenhausbesuch ihrer Tochter erfahren. Sie tat sehr besorgt, wie es sich für die wohlanständige Mutter einer 15-jährigen Unschuld gehört. Während ich mir ihre Vorhaltungen anhörte, spürte ich wieder Jessica im Bunker, wie sie ihre Hüften gegen meine drängte. Dieses Mädchen war genauso wenig unschuldig wie meine Tochter.

Ich beruhigte ihre Mutter und sagte, wir hätten die Kleine nur aus Vorsichtsgründen, schließlich ist sie ja Allergikerin, in das Krankenhaus gebracht. Es sei ja auch nichts Ernstes gewesen.

„Aber man hat mir gesagt, sie hätte Drogen genommen!"

„Sie hat ein paar Tabletten geschluckt, die sind ihr dann nicht bekommen. Sie hatte wohl zu wenig gegessen."

„Der Arzt meinte, es sei Ecstasy gewesen, und sie hätte die von Ihrer Tochter gekriegt?"

„Das stimmt nicht. Kathrin nimmt keine Drogen. Sie hat manchmal Koffeintabletten dabei, die sie als Ecstasy ausgibt. Mir ist das lieber, als wenn sie wirklich Drogen nimmt. Darüberhinaus hatte Jessica wohl auch etwas getrunken."

„Hätte ihre Tochter da nicht besser aufpassen können?"

„Hören Sie, gnädige Frau, Kathrin ist weder Jessicas Kindermädchen, noch ihre große Schwester. Darüberhinaus sind beide in einem Alter, in dem man gewisse Erfahrungen macht, weil man sie machen muß. Man kann ihnen Enthaltsamkeit predigen, so viel man will, es stachelt sie eher an. Ich habe sehr viel Erfahrungen mit Drogen, wie Ihnen wohl bekannt sein dürfte, und wenn ich merke, daß Kathrin oder Jessica Sachen nehmen, die nicht gut für sie sind, dann schreite ich ein, viel härter als Sie es jemals tun könnten. Denn ich weiß, was Sucht ist. Ihre Tochter nimmt keine Drogen, weder harte noch weiche. Nicht zuletzt deshalb haben wohl der Alkohol, diese Pillen, die miese Luft im Bunker und der Frust mit dem Jungen zusammengewirkt."

„Der Arzt meinte, ich solle Anzeige erstatten. Er hat gesagt, die Pillen hätten vielleicht Gift enthalten."

„Davon kann ich Ihnen eigentlich nur abraten. Sie rühren da vielleicht etwas auf, was niemandem nützt. Und der Dealer, der Jessica das Zeug verkauft hat, weiß, wie er an das Mädchen herankommt. Verstehen sie mich nicht falsch, aber bei solchen Partys werden Zigtausende umgesetzt und die Polizei wird nicht viel Aufhebens um eine Magenverstimmung machen wollen."

„Aber man muß doch etwas tun!"

„Das tue ich auch schon, gnä' Frau. Wenn Sie wollen, zeige ich Ihnen einmal, was es alles an Pillen und Muntermachern für müde Tanzbeine gibt. Dann können Sie besser prüfen, was ihre Tochter nimmt oder nicht. Aber wichtig ist jetzt, das Jessica sich erholt. Sie hat eine Erfahrung gemacht, aus der sie lernen wird."

Sie sagte, sie werde ausgiebig mit Jessica darüber reden.

„Tun Sie das," beendete ich das Gespräch, „aber sehen Sie die Geschichte auch als eine Erfahrung an, die Jessica bestimmt eine Lehre war!"
Damit legte ich auf.

Ich versuchte gerade den Faden wieder aufzunehmen, als das Telefon erneut klingelte. Ich hatte den Anrufbeantworter eingeschaltet, als Skladowsky sich meldete, ging ich ran.

„Purmann?"

„Purmann, es ist etwas furchtbares passiert. Klaus Konrad ist - nicht mehr unter uns."

„Das tut mir sehr leid, aber ich habe es bereits gewußt."

„Warum haben Sie es mir nicht gesagt, Purmann? Ich vergehe vor Sorge um meinen einzigen Sohn und Sie verschweigen mir seinen Tod. Der Junge wurde umgebracht! Kaltblütig ermordet! Man hat ihn verbrannt und erschossen! Und Ihnen tut es leid! Purmann, ich habe Sie, sag ich mal, bezahlt, damit Sie auf ihn aufpassen."
Seine Stimme überschlug sich zwischen Weinen und Brüllen.

„Hören Sie mir bitte zu, Herr Skladowsky," bleib ruhig, Purmann!
„Ich fürchte, ich war gestern Zeuge, wie Ihr Sohn ermordet wurde. Ich will Ihnen die Zusammenhänge gerne erklären, damit Sie dazu beitragen können, daß seine Mörder verurteilt werden. Aber eines müssen Sie mir glauben. Ich konnte Ihren Sohn nicht retten. Die hätten mich sofort umgebracht, das haben die letzte Woche schon einmal versucht."
Und, Herr Skladowsky, Ihr Sohn war an einem Anschlag auf meine Tochter beteiligt, doch so ganz nebenbei schaffte ich es, dieses kleine Detail nicht zu erwähnen.

„Wissen Sie, wer für seinen Tod verantwortlich ist?"

„Ja."

„Sagen Sie es mir, sofort!"

„Nicht jetzt und nicht am Telefon. Ich erzähle Ihnen die Geschichte gerne unter vier Augen. Können wir uns heute Abend treffen?"

„Moment!" Das Rauschen und die Störgeräusche verrieten mir, daß er vom Auto aus anrief.

Dann meldete er sich wieder.

„Es geht erst sehr spät. Ich bin heute Abend beim Basketball, Sie wissen doch, Bundesliga. Ich wollte da mit Klaus-Konrad hin, er spielt sehr gut, wissen Sie," er schniefte, „na ja, spielte, sag ich mal, aber ich könnte für Sie die zweite Karte zurücklegen lassen."

„Nein, das ist nicht gut. Ich will mit Ihnen allein reden, Herr Skladowsky, unter vier Augen, keine Zeugen, kein Publikum, kein Sport, verstanden."

Er schluckte seine Arroganz herunter. Ich erklärte ihm, wann und wo er mich nach dem Spiel erwarten sollte. Er ließ sich ohne Murren darauf ein.


## MERLE

Ich folgte nicht dem Jaguar. Mit dem Fahrrad einen schnellen Schlitten zu verfolgen, ist selbst in Wohnstraßen nicht leicht. Ich wartete auf Hektor. Wenn er nicht herunter käme, ginge ich zu ihm rauf. Ich mußte nur sicher sein, daß seine Tochter nicht dazwischen kam. Und dieses Hundemonster. Und dann der Ara. Die waren alle nicht zu unterschätzen.

Gegen Halb Zehn kam Hektor. Er hatte den Hund an der Leine und bummelte in Richtung des kleinen alten Friedhofs, der nahe seinem Kiosk liegt. Dort ließ er den Hund laufen. Ich folgte ihm langsam, versuchte nicht aufzufallen. Nach einer guten halben Stunde ging er mit seinem Hund nach Hause. Oben brannte kurz Licht. Es verlosch schnell wieder. Dann kam er wieder. Diesmal hatte er sein Fahrrad dabei. Er fuhr los, ich mit ausreichend Abstand hinterher. Er radelte die Wallanlagen hoch.

Hektor bog vom Petritorwall ab, fuhr auf einem Fußweg über die Oker und durch den Hof eines Altenstifts zum Radeklint. Dort schloß er sein Rad vor einer Eckkneipe an einen Mast an. Er ging etwas durch die Gegend. Ich folgte ihm und sah mich um. Etwas entfernt stand der Jaguar. Offenbar hatte er ihn gesucht. Dann ging Hektor zurück und in die Kneipe. Durchs Fenster konnte ich ihn an der Theke stehen sehen. Er trank ein Mineralwasser. Keinen Alk? Der Kerl hatte wohl noch etwas vor. Ich nahm mir die Zeit, einen Spaziergang um den Block zu machen. Auf der Straße hinter der Sporthalle standen eine große Anzahl Autos. Aus der Halle hörte man Gejohle. Die Halle dampfte, so hoch ging es her da drin. Dann öffneten sich die Türen und langsam strömte eine Masse Menschen hinaus. Verschwitzt, gut gelaunt, durstig. Offenbar hatte die Heimmannschaft gewonnen.

Ich bummelte weiter die Straße lang, als ich Carolas Daimler sah. Niemand saß drinnen.

Ich ging schnell zurück zur Eckkneipe. Hektor stand immer noch an der Theke, das Wasser war fast leer. Da kam Skladowsky. Er betrat die Kneipe, ging kurz hindurch, sah sich um. Shakehands mit Wählern hier, ein freundliches Lächeln dort. Ich dachte immer, das sei eine linke Kneipe hier. Aber die Zeiten ändern sich. Skladowsky und Hektor nickten einander fast unmerklich zu. Hektor gab ein kleines Handzeichen. Er bedeutete dem Professor, vorauszugehen.

Skladowsky ging die Lange Straße hinunter. Ich folgte ihm langsam. Endlich hatte ich ihn. Er blieb einen Augenblick vor dem Bauzaun stehen, starrte auf den Rohbau und las das Schild. Dann ging er weiter. Ich folgte mit Abstand.

Auf der Baustellentafel machten eine Menge Firmen Reklame für das Großkino, das sie hier bauten. Ich las die Namen der Architekten, der Investorengruppen, der Betreiber. Einige hatte ich schon mal gelesen. Was sie mit dieser Geschichte zu tun hatten, war mir unklar. Was Skladowsky hier wollte auch. Mittlerweile war er fast den ganzen Bauzaun entlanggelaufen, er ging langsam, trat manchmal an den Zaun heran, so als suchte er etwas. Dann fand er eine Lücke und betrat die Baustelle. Ich huschte ihm nach, spähte durch eine Zaunlücke. Skladowsky stand mitten im Gebäuderohbau und blickte sich um. Dann ging er langsam ein paar Schritte hinein. Als ich die Zaunlücke, durch die er gegangen war, erreichte, schlich ich mich hinein und ihm nach. Er stand mitten in dem Bereich, der wohl das Foyer werden sollte und machte den Eindruck eines Menschen, der jemanden erwartet und nicht genau weiß, warum. Als etwas grober Dreck unter meinen Dr. Martens knirschte, drehte er sich um. Ich stand hinter einer Säule und hielt den Atem an. Langsam nahm ich den 22er aus dem Rückenholster und lud durch. Das

Präzisionsgewehr in Heidelberg, den 38er in Münden, die Kalaschnikow in Lübberitz und jetzt der kleine 22er, die Bullen sollten zumindest aus den Waffen keine Schlüsse ziehen können. Außerdem konnte ich mir keinen Lärm leisten. Er stand und starrte in Richtung Bauzaun. Leise rief er:

„Purmann? Sind Sie das?" Ich konnte seine Angst förmlich riechen. Er drehte sich wieder um und ging ein paar Schritte weiter. Reine Nervosität.

Ich entsicherte, kam leise hinter der Säule hervor, trat drei große Schritte auf ihn zu und sprach ihn an:

„Professor Skladowsky?"

Er drehte sich um, sah mich baßerstaunt an. Sein Mund öffnete sich, aber er konnte nichts sagen, ich ließ ihm auch keine Zeit mehr dazu.

„Robert Klühspiess erwartet Sie," ich jagte ihm zwei Kugeln in die Brust. Ohne einen Laut brach er zusammen, fiel auf den Rücken. Ich ging zu ihm hin, sein Atem ging noch flach und pfeifend, zielte kurz und schoß ihm von links vorne nach rechts hinten durch den Kopf, wobei ich die Waffe weit genug entfernt hielt, um Schmauchspuren zu vermeiden. Er zuckte kurz auf, sein Atem stoppte, der Kopf sank auf die Seite, Blut floß auf den Beton. Noch ein Politiker, der die Bürger nicht mehr mit seinem Geschwätz nerven konnte. Ein filmreifes Ende in einem Filmpalast. So ein Tod ist eine Fernsehsendung wert.

Dann machte ich mich auf den Rückweg, als Holz knirschte, etwas fiel scheppernd um. Ich blickte zurück und erkannte Hektor, der, nachtblind wie immer, über das Gelände stolperte. Er rief leise, aber deutlich hörbar:

„Herr Skladowsky, wo stecken Sie denn, Mann?" Dann stoppte er. Einen Augenblick starrte er ins Dunkle, ich zog mich langsam weiter Richtung Bauzaun zurück. Eine Taschenlampe flammte auf. Er betrat langsam das Betonskelett.

Es war sein Gang, diese typische, leicht gebeugte Haltung. Noch langsamer, noch vorsichtiger, als ich ihn in Erinnerung hatte, schlich er umher. Dann stieß er auf Skladowsky, bückte sich, berührte den Leichnam, blickte sich um, löschte das Licht.

Scheiße! Ich hatte gepennt. Ich zielte kurz in die Dunkelheit und schoß. Hektor sprang zur Seite und lief los, ich aus der Deckung heraus und hinter ihm her. Er stolperte über Beton, Eisen und Holz zur anderen Seite des Baues. Ich sprang hinterher und kam näher. Ich konnte ihn nicht genau ins Visier bekommen. Erst als ich sah, wie er sich durch eine Lücke im Zaun zwängte, schoß ich zum zweiten Mal. Er lief weiter. Scheiße, so schlecht schieße ich doch sonst nicht. Ich erreichte die Lücke, erhaschte Hektors Schemen, wie er vor der Sporthalle Richtung Wollmarkt lief, sah seinen rechten Arm auffallend schlaff herabhängen. Ich schaute mir kurz die Zaunlücke an. In Höhe meiner Schulter war etwas Warmes, Feuchtes und Klebriges. Blut. Ich hatte ihn also erwischt. Er würde nicht mehr weit kommen ...

# HEKTOR

Es war keine gute Idee, sich mit Skladowsky spätabends auf einer Baustelle zu verabreden. Dabei war es sogar meine Idee. Ich schlug es ihm vor, als ich sagte, er solle sich nicht mit mir öffentlich blicken lassen.

Trotzdem - das stank, das stank ganz gewaltig. Warum lasse ich mich immer wieder auf Sachen ein, die mich nur in die Scheiße reiten können?

Ich hatte alles recherchiert, ich wußte Bescheid.

Wir hatten den Nachmittag am Computer verbracht, Markus und ich. Ich hatte ihm gesagt, wonach ich suche, er hatte sich durchgesurft, mit Passwort, falscher Email und allem drum und dran. Es ist alles so einfach, wenn Markus am Rechner sitzt. Als wir alles öffentlich Zugängliche abgefragt hatten, bat ich ihn, eine Session beim BKA zu starten. Markus zierte sich, aber als ich seinen Ehrgeiz weckte, meinte er nur:

„Okay, Hektor, aber maximal eine Stunde, länger brauchen die nicht, um herauszufinden, woher sie angezapft werden, wenn sie etwas merken. Und es ist nicht sicher, daß wir merken, daß sie etwas merken."

Wir brauchten weniger als eine Stunde, es dauerte keine fünfzehn Minuten, dann flackerten vor uns die Zahlen auf dem Bildschirm, die ich befürchtet hatte.

„Clever, die Jungs, wirklich clever, verkaufen ihre Lieferanten an die Bullen und lassen sich dann von geschmierten Bullen das Zeugs frei Haus liefern. Clever. Die Lieferanten dürfen alles in den Wind schreiben und sie verkaufen Stoff auf dem Markt, der offiziell entsorgt wurde. Ein Bombengeschäft!"

„Wieso?", meinte Markus.

„Weißt du mit welchen Spannen man beim Koks so kalkuliert?"

„Nee, Hektor." Natürlich wußte er es nicht. Wäre er in der Lage, Gewinnspannen zu kalkulieren, säße er schon längst nicht mehr hier. Es war müßig, es ihm im einzelnen aufzudröseln, zumal ich es selber nicht genau wußte. Was ich in meiner Streetworkerperiode mitbekommen hatte, reichte, um sich auszumalen, daß es viel war, sich auszumalen wieviel, dazu reichte meine Erfahrung jedoch nicht. Also sagte ich:

„Es ist allemal billiger, ein Dutzend Bullen zu schmieren, als die Vorlieferanten marktkonform auszuzahlen." Das paßte in sein Weltbild, er grunzte zufrieden und lud die Daten in seinen Speicher. Anschließend druckte er mir einen Teil aus, den Rest überspielte er mir auf eine Diskette, eines von diesen komischen Zipdingern.

„Scheinen ja ganz praktisch zu sein," meinte ich.

„Laß nur gut sein Hektor, die sind ganz praktisch, allerdings schon wieder veraltet. Aber ich schenke Kathrin eines, die Kleine wird gut mit dem Mist zu recht kommen."

Zu Hause legte ich die Zipdiskette in Kathrins Schreibtisch. Nach Skladowskys Anruf nahm ich mir die Zeit, den Fernseher einzuschalten. Ich zappte mich durch. Der Brand und Merles Morde von Lübberitz waren das zentrale Thema. Sie hatten sich Mühe gegeben, zeigten Bilder der Ruine und Zinksärge, die abtransportiert wurden. Schließlich sagte die Sprecherin, man habe mittlerweile die Leichen identifiziert. Insgesamt seien sechs Menschen in den Flammen ums Leben gekommen, neben dem Hausbesitzer, einem

Polizeibeamten aus Braunschweig sei unter den Toten auch der Sohn eines Bundestags-abgeordneten. Die Polizei gehe davon aus, daß es sich um einen Racheakt zwischen verfeindeten Drogenbanden handele, im Keller des Hauses habe man Reste größerer Mengen Rauschgifts gefunden, das teilweise verbrannt sei. Wie schön.

Ich griff noch einmal zum Telefon. Sauerland war direkt dran:

„Purmann, sagen Sie, Herr Sauerland, weiß Prof. Skladowsky schon, daß sein Sohn in Lübberitz gegrillt wurde?"

„Skladowskys Sohn wurde nicht gegrillt."

„Wie das, ist etwa der junge Sonntag umgekommen?"

„Nein, Purmann, die haben dort nur Leichen verbrannt. Keiner der sechs lebte noch, als das Feuer ausbrach. Da hat jemand ganze Arbeit geleistet."

Ich würgte sachte. Dann fragte ich: „Wer außer Müller und Skladowsky Jr. ist dort noch umgekommen?"

„Kann ich Ihnen nicht sagen."

„Und wenn ich Namen nenne?"

„Nennen Sie."

„Micky Ehlers?"

„Das ist gut möglich, aber einige der Leichen sind zu stark verkohlt, als daß wir sie bis jetzt identifiziert hätten ... Wir haben Müller und den Junior Ihres Herrn Abgeordneten bisher auch nur anhand Ihrer Autos auf der Liste, wir können noch nicht sagen, wer dort umgebracht wurde, aber was ich Ihnen sage, Purmann, ist, wir kriegen das Schwein. Und es ist mir egal, ob Müller krumme Dinger gedreht hat oder nicht, das Schwein, das ihn ermordet hat, das kaufe ich mir persönlich. Und da lasse ich keinen Privatschnüffler ran. Betrachten Sie den Fall für sich als erledigt, Purmann, wirklich, Sie tun sich einen Gefallen damit."

„Für Sie ist der Fall doch auch erledigt, oder?"

„Wie meinen Sie das?"

„Man spricht davon, daß das BKA die Ermittlungen leite..."

„Das tun die auch Purmann, das tun die auch. Aber, sagen wir mal so, das ist gewissermaßen eine Herzensangelegenheit für mich. Halten Sie sich da raus."

„Hat das noch Zeit bis morgen früh?"

„Warum?"

„Vielleicht kann ich Ihnen dann den ganzen Braten servieren, und zwar gar."

„Klingt gut, aber warum servieren Sie mir nicht das rohe Fleisch? Ich koche selbst ganz gut."

„Das ist gewissermaßen eine persönliche Angelegenheit für mich. Viel persönlicher als für Sie, Herr Sauerland."

Damit legte ich auf. Es war jetzt kurz nach Neun, das Basketballspiel dürfte fast zu Ende sein, Zeit loszugehen. Ich brachte Ghandi auf einen Gang durch den kleinen Park in der Nähe meiner Wohnung, am Spielplatz vorbei, den sie so gerne beschnüffelt. Ich ließ ihr nur die Zeit, sich einen schönen Busch für einen ihrer großen Haufen zu suchen, dann scheuchte ich sie heim. Oben strich ich der Dicken über ihren pelzigen Kopf und sagte:

„So, Dicke, ich geh jetzt ohne Dich aus. Das heute abend ist nichts für dumme Hunde. Bleib brav, lümmel Dich auf das Sofa und geh nicht in die Küche. Dann sind wir auch weiterhin Freunde."

Anschließend gab ich Roberta frisches Wasser und etwas Obst, was der Vogel verwundert quittierte, hatte ich doch schon die Nachtdecke bereit gemacht.

Ich nahm das Rad und fuhr zum Radeklint. Das Rad schloß ich an einen Oberleitungsmast der Straßenbahn an und ging los. Ich bummelte etwas herum, in derNähe des Ärztehauses stand Skladowskys Jaguar. Skladowsky hatte seinen Wagen so geparkt, daß er recht gut verschwinden konnte. Als ich näherkam, fiel mir auf, daß die Federung des vor dem Jaguar stehenden Wohnmobils beansprucht wurde. Ich ging vorbei und hörte eine Frau laut stöhnen. Dann quietschte es noch ein bißchen und es war wieder still.

Ich fühlte das Taschenmesser und Mariannes Pistole in meiner Jackentasche. Ich nahm die Waffe heraus, klappte sie auseinander und bemerkte, das sie wirklich geladen war. In jeder der vier Kammern steckte eine kleine Patrone mit einem häßlichen kleinen Projektil an der Spitze. Ich wog die Waffe in der Hand. Das kleine Ding lag gut darin, es war leicht, aber nicht so leicht, daß man es nicht spürte. Ich konnte mir gut vorstellen, mit dieser Waffe eine Chance zu haben, eine Hauswand oder ein Scheunentor zu treffen. Ich wollte es indes nicht ausprobieren. Ich legte die Pistole zurück in die Jackentasche und ging wie verabredet in die Kneipe am Radeklint.

Es war schon ziemlich voll. Ich kämpfte mich zur Theke und bestellte ein Wasser. Dann füllte sich die Kneipe schlagartig. Das Spiel war aus, die Braunschweiger hatten, soweit ich aufschnappen konnte, gewonnen. Doch Skladowsky ließ mich warten.

Es dauerte etwa eine Viertelstunde, dann kam er, ging durch die Kneipe, grüßte hier, nickte dort, ließ sich in ein kleines Gespräch verwickeln und ging an mir vorbei wieder hinaus. Aus den Augenwinkeln zwinkerte er mir zu. Nicht schelmisch. Es war ihm also ernst.

Skladowsky hoffte, mit meinen Informationen doch noch direkt nach Bonn zu kommen und den Tod seines Sohnes zu rächen. Würde er das immer noch hoffen, wenn ich ihm erzählte, daß nicht nur sein Sohn, sondern auch sein Schwiegervater mit drin steckte, daß er der Verarschte, der nützliche Idiot gewesen war? Ich zahlte, trank aus und verließ kurz nach ihm den Laden.

Ich ging über den Radeklint, dann hinter der Kneipe vorbei durch die Hinterhöfe zur Baustelle. Früher war das ein großer Parkplatz gewesen, genau vor der Sporthalle, die immer voll ist, wenn es Basketball gibt. Vor zwei Jahren hatte der Rat beschlossen, hier ein Multiplex-Kino errichten zu lassen. Bis vor ein paar Wochen waren die Archäologen zu Gange gewesen, hatten in der städtischen Altlast nach Knochen und Scherben gesucht und zwei Blindgänger aus dem Krieg gefunden. Seitdem zogen sie den Bau hoch. Sie waren schnell, der Rohbau stand schon fast, zumindest die Tiefgarage und das Parterre waren fertiggestellt, den Foyerbereich konnte man bereits gut erkennen. Wenn man an der Baustelle und der Sporthalle fast vorbei war, gab es eine Lücke im Bauzaun. Hier gelangte man von hinten in das Gebäude, durch eine spätere Tür kam man direkt ins

Foyer. Ich hatte es mir vor ein paar Tagen einmal angesehen, nicht zuletzt deshalb schlug ich Skladowsky diesen Treffpunkt vor.

Es war still, so still wie es auf einer Baustelle nur nachts sein kann, als ich durch die Türverschalung das Gebäude betrat. Ein Schatten huschte am anderen Ende entlang, ich maß ihm keine Bedeutung zu. Ich ging langsam über die Bretter zum Haupteingang, stolperte über den Müll, den Bauarbeiter so liegen lassen und stieß irgendetwas um. Ich ließ alle Vorsicht fahren und benützte mein kleines Maglite. Dann sah ich ihn liegen. Er lag auf dem Rücken, Arme, Beine und Kopf waren so verdreht, wie es nur bei einem Toten der Fall sein kann. Ich ging auf ihn zu, es war Skladowsky. Um seinen Kopf herum hatte sich eine beträchtliche Blutlache gebildet. Seine offenen Augen starrten ins Nichts. Man hatte ihm in den Kopf geschossen. Mir kam langsam die Galle hoch. Ich beugte mich weg und schluckte. Dann faßte ich ihn an. Er war noch warm. Erst jetzt bemerkte ich die Einschüsse in der Brust. Dann nahm ich eine Bewegung am Zaun wahr. Ich löschte das Licht und lief los. Etwas pfiff knapp an meinem Kopf vorbei. Ich stolperte wie ein Slalomläufer zwischen den Säulen hindurch zur Tür, durch die ich gekommen war. Ich hatte gerade den Zaun erreicht, als ein kräftiger Schlag meine rechte Schulter traf, meinen Arm erlahmen ließ. Als ich mich mit beiden Händen durch die Lücke im Zaun zwängte, spürte ich den Schmerz, meine Jacke war warm und feucht. Das war kein Schweiß, der mir in die Achsel floß. Ich bog nach rechts und lief. Sie kam mir hinterher. Merle, das konnte nur Merle gewesen sein, sie durfte mich nicht kriegen: Lauf Hektor! Das tut nicht weh, das ist kein Schmerz!

Ich rannte an der Alten Waage vorbei durch die kleine Gasse zur Markthalle. Vor meinen Augen tanzten Sterne, das Blut pochte in meinen Schläfen, mein Keuchen mußte Tote erwecken. Ich stützte mich mit dem gesunden Arm gegen Wände, während ich Schritt für Schritt weiterlief. Die Schulter brannte. Um mich herum drehte sich alles, dunkelorange Flecken tanzten vor mir her, als ich endlich die Markthalle erreichte, die heute nur noch ein von einer Mauer umfriedeter Parkplatz ist. Ich durfte nicht anhalten. Weiter, weiter, auf der anderen Seite hinaus, am Kino vorbei, da wohnt Jan-Willem, Jan-Willem, der gibt mir etwas gegen die Schmerzen, der holt mir die Kugel raus, der rettet mich.

Halb lag, halb saß ich an der Mauer, als ich ihre Schritte hörte. Sie ging leise, schlich durch die Reihen der parkenden Autos. Es war zwecklos, sie hatte mich. Jetzt war es zu spät. Merle. Merle hatte auf mich geschossen, jetzt kam Artemis, die große Jägerin, um ihrer Beute den Gnadenstoß zu versetzen. Das war es dann wohl ...

Ich lag da, unfähig mich zu bewegen, konnte nicht aufstehen, sah meine rechte Hand neben mir liegen, als gehörte sie nicht zu mir, als wäre es kein Teil meines Körpers. Die Schulter brannte. Ich sah wie durch einen Schleier Merle jetzt direkt auf mich zukommen. In der linken Hand hielt sie eine Waffe mit länglichem Lauf. Er zeigte auf den Boden. Sie trug dunkle Kleidung, fiel mir auf, irgendwie war mir immer aufgefallen, was sie trug. Und sie trug eine Wollmütze. Als sie vor mir stand, blickte ich ihr in die Augen. Sie waren kalt, eiskalt. Sie lächelte. Ich fror. Dann meinte sie nur:

„Jetzt habe ich doch den richtigen Mann erwischt."

Bei diesen Worten mußte ich lächeln.

# MERLE

Hektor lächelte mich an. Zusammengesunken saß er an der Mauer, die linke Hand in der Jackentasche, der rechte Arm hing schlaff herunter, seine Jacke war feucht von Blut. Ich hatte seine Schulter durchschossen, als er sich durch den Bauzaun zwängte. Seitdem hatte er mir kein Ziel mehr geboten. Ich war ihm so schnell ich konnte gefolgt, aber der Kerl war trotz seiner Verletzung noch gut auf den Beinen. Er war an der Alten Waage vorbei durch die kleine Opfertwete gelaufen, hatte sich dann Richtung Innenstadt gewandt um gleich wieder links abzubiegen. Ich ahnte, daß er hier in der Markthalle sein mußte, die jetzt nur noch ein Parkplatz war. Hier fand ich ihn.

Er hatte den Fehler gemacht, den viele machen, die verletzt fliehen. Sie wollen nur ein paar Sekunden verschnaufen und können dann nicht mehr weiter. So mußte es ihm auch ergangen sein. Ich wischte mir den Schweiß von der Stirn und hob die Waffe. Es tat mir ein wenig leid, seine Tochter zur Waisen machen zu müssen, aber er hatte versucht, mich zu verarschen. Das konnte ich ihm nicht durchgehen lassen. Außerdem wußte er zuviel, viel zuviel. Ich wollte die Waffe heben, da sagte er zu mir:

„Du irrst dich Merle, ich bin nicht der, den du suchst."

„Und wenn schon, Hektor, das ist jetzt egal. Du bist zu gefährlich für mich."

„Warte, nur einen Moment."

Ich weiß nicht warum, aber ich gab nach.

„Weder Skladowsky noch ich steckten in der Scheiße mit Carola und Klühspiess drin. Du hast dich da in etwas verrannt, Merle. Skladowsky beauftragte mich, seinen Sohn zu beobachten, weil er Angst hatte, daß die Deals seines Früchtchens ihm schaden könnten. Er hatte keine Ahnung, was da eigentlich dahinter steckte. Und vor allem ...", er unterbrach sich einen Moment, hustete, schluckte und fuhr dann langsam fort, „... und vor allem hatte der alte Skladowsky keine Ahnung, wer hinter allem steckte."

„Glaubst du im Ernst, das spielt jetzt noch eine Rolle für mich? Sorry, Hektor, ich hätte dich gerne geschont, aber es geht nicht anders." Ich hob die Waffe, da laberte der Kerl weiter,

„Das spielt eine Rolle für dich, Merle. Wir sind formal noch immer verheiratet. Ich muß nicht gegen dich aussagen, wenn ich nicht will ..."

„Scheiße, Mann! Du wirst nicht gegen mich aussagen, also ..."

„Hör mir nur einen Moment zu, Merle. Tu mir diesen letzten Gefallen, bitte. Klühspiess war ein Klassenkamerad von Philip Sonntag. Und nicht nur das, ihre Väter waren in derselben Firma, der Baufirma von Sonntags Vater. Phil hat dann später immer erzählt, sein Vater wäre Bauarbeiter gewesen, hat einen auf Prolet gemacht. War nicht ganz falsch. Sein Alter hat tatsächlich mal Maurer gelernt, dann aber nach dem Krieg mit Glück und Schmiere sein eigenes Unternehmen hochgezogen. Als Sonntag zu den Alternativen ging, war das kurz bevor sein Vater starb. Der Betrieb war praktisch pleite. Er hat dann über seinen alten Spezi Klühspiess, die beiden haben trotz stark unterschiedlicher politischer Meinungen nie den Kontakt verloren, Wind von einigen schiefen Grundstücksgeschäften gekriegt, die der alte Runkelstein dort unten abzog. Mit ihm hat er dann hier gemeinsame Sache gemacht. So war es Sonntags Baufirma, die in Lübberitz für Runkelstein die Datschen hochzog, offiziell zu Osttarifen mit viel Schwarzgeld darin.

Gleichzeitig hat er weiterhin seine kleinen Deals gemacht. Er war ja schon immer gut bestückt. Irgendwann sind die Jungs dann auf Koks umgestiegen. Auch da war Sonntag die treibende Kraft. Er hat nicht umsonst lange im Lateinamerikakommitee gearbeitet und schon immer gerne etwas geschnieft. Du weißt so gut wie ich, daß der Kerl schon lange auf Koks war, als du mit ihm deine Affäre hattest."

Er mußte wieder Atem schöpfen. Ich beschloß, ihn ausreden zu lassen, Sonntag stand auch noch auf der Liste.

Hektor fuhr fort:

„Philip begann, zuerst in kleinem, dann in immer größeren Stil mit Koks zu dealen. Er begann auch Bullen zu schmieren, vor allem Müller. Dem gehörte die Hütte, die gestern abgebrannt ist. Er war übrigens einer von den fünf Typen, die da drin ums Leben kamen."

Es waren sechs, aber der sechste war schon vorher tot. Ich ließ ihn weiterreden. Er sprach leise, langsam und sehr konzentriert. Er hatte Schmerzen, das Reden strengte ihn an, aber die Wunde war nicht lebensgefährlich. Wenn ich ihn schonte, hätte er eine gute Chance.

„Ob der alte Runkelstein in die Drogendeals eingeweiht war, weiß ich nicht. Jedenfalls ist ein Teil der Familie seiner Frau, also Konny Skladowskys Oma, aus Cali. Und die Familie dort soll zum Drogen- und Baukartell gehören. Das sagen die Dateien des BKA. Na egal, sie nutzten ihre Verbindungen, um für Sonntags Baufirma lukrative Auslandsaufträge heranzukriegen. Sie importierten Koks, vertickten es hier und wuschen das Geld teilweise im Ausland, den Rest über die Baufirma, die chronisch marode ist. Das war alles ziemlich raffiniert eingefädelt. Bis Klühspiess das spitzkriegte. Sein Vater war noch bis vor drei Jahren Buchhalter in Sonntags Baufirma und stellte wohl fest, daß die Bilanzen seit langem frisiert wurden. Eigentlich waren sie schon lange pleite. Das erzählte er wohl seinem Sohn. So begann Klühspiess, sein Stück vom Kuchen zu fordern. Er machte seinen Einfluß für Aufträge gelten, die Baufirma finanzierte ihm unter anderem ein neues Häuschen, Reisen und etliches mehr. Er saß auch im Bauausschuß und besorgte Sonntags Firma ein paar Teilaufträge in Berlin, zu den üblichen Regierungskonditionen."

„Klingt hochinteressant, woher weißt du das alles?"

„Ich wußte, daß Sonntag aus dem Badischen stammt, er hat diesen ekligen Akzent bis heute nicht ganz abgelegt. Klühspiess und er saßen zusammen im Bundestag, das Handbuch hat einiges aufgehellt, was ich kaum vermuten konnte. Erst richtig aber ist mir ein Seifensieder aufgegangen, als ich im Handelsregister herausgefunden habe, daß Klühspiess seit gut zwei Jahren Gesellschafter in Sonntags Baufirma war und daraus offiziell zwei Firmen gemacht wurden. Eine hier, die formal von Runkelstein gehört, in Wirklichkeit aber Sonntag und eine da unten, die alte, die Klühspiess als Mehrheitsgesellschafter führte.

Wer die Idee bekommen hat, die Südamerikaner abzuzocken, weiß ich nicht. Auf jeden Fall haben die Jungs das ganz schlau angestellt. Mehrere größere Kokslieferungen landeten dummerweise bei den Bullen, weil die Kuriere - übrigens kennst du einige davon auch - zufälligerweise in Polizeikontrollen gerieten. Das Koks landet in der Asservaten-kammer und wird normalerweise verbrannt. Verbrannt hat man stattdessen Backpulver, weil wiederum einige Bullen das Koks gegen ein gutes Entgelt kurz unbewacht ließen. So mußten die Kolumbianer oder was weiß ich wer das war, einen Teil ihres Kokses ab-schreiben, während Sonntag und Co. ihre Profite kurzerhand verdoppelten. Täusche dich nicht, Merle, das Schwein versorgt ganz Norddeutschland bis zur Oder mit dem Zeug."

„Und warum hat er dann Klühspiess umlegen lassen?"

„Ganz einfach, Klühspiess wollte nach der Wahl ganz nach oben. Kanthers Posten hat es ihm angetan. Und was hätte ihm besser zu Gesicht gestanden, als ein großer Er-folg gegen die Drogenmafia? Er konnte Sonntag erpressen, Sonntag konnte ihn erpressen, Sonntag hatte über von Runkelstein auch Einfluß auf Skladowsky und wohl auch über seinen Sohn. Aber Jack hat tatsächlich keine Ahnung, was für Kumpels er da hatte. Au-ßerdem, Sonntag gehört zu den bundespolitisch profiliertesten Alternativen. Klühspiess hätte mit ihm der ganzen Partei einen weiteren großen Schlag versetzen können. Das konnte Phil nicht zulassen, nicht wegen der Partei, die interessiert ihn nur insoweit, als sie ihm nützt. Aber er will auch wieder in den Bundestag und er will an die Fleischtöpfe, will Staatssekretär oder so etwas werden, wenn Rot-Grün was werden sollte. Wie auch immer, ein Wink Klühspiess' an die Presse hätte für ihn ganz schnell das Aus bedeuten können. Klühspiess hat sich offiziell nie an den Deals beteiligt, er hat das wohl so vor-bereitet, daß hier die Skladowsky-Runkelstein-Sonntag Connection aufgeflogen wäre. So hat er auch Micky Ehlers munitioniert. Vielleicht, genau weiß ich das nicht, vielleicht hat Ehlers das Material auch bei Carola Albertz gefunden."

Hektor nahm seine Hand aus der Tasche, fummelte aus seiner Hosentasche ein großes Stofftaschentuch hervor und wischte sich die Stirn, dann durch das Gesicht. Dann schob er das Taschentuch unter die Jacke, dort, wo das Blut aus seiner Schulter lief. Er stöhnte laut auf. Ich behielt ihm die ganze Zeit im Auge, der Kerl war unbewaffnet, er würde sich nicht wehren. Es war eine leichte Sache. Ich hatte allerdings noch eine Frage.

„Was hatte Carola mit der Sache zu tun?"

„Viel mehr als du denkst. Daß sie mit Sonntag schlief, ist Nebensache. Aber Ihr habt, angefangen mit Manny Schwabel, über lange Jahre Sonntags Gegner erledigt. Höhepunkt war dann Klühspiess. Und das ging ja schief. Weshalb sie dann den Killer umlegen wollten, die Bullerei denkt übrigens, du kennst den Kerl, ist mir ein Rätsel. Hat offenbar Schiß gekriegt, der liebe Phil. Vielleicht wollte Carola auch aussteigen, ich werde das wohl nicht mehr erfahren."

„Das ist deine Version, Hektor."

„Willst du mir nicht deine oder den Rest erzählen?"

„Nein, Hektor, ich muß meinen Urlaub nun doch ein paar Tage verschieben, aber ich danke dir für diese schöne Geschichte, mach's gut."

„Nur noch eine Bitte, Merle."

„Was ist denn noch, ich habe nicht den ganzen Abend Zeit, dein Gesülze anzuhören, also faß dich kurz, Hektor."

„Denk an Kathrin, schieß mir bitte nicht in den Kopf."

Ich nickte und hob den 22er.

Ein metallisches Klicken und eine Stimme aus der Vergangenheit ließen mich zur Salzsäule erstarren.

„Keine falsche Bewegung, Merle! Leg ganz langsam die Waffe weg."

# HEKTOR

Merle rührte sich nicht. Sie stand da, die Waffe in der Hand, jeden Muskel gespannt.

„Laß sie fallen!", kam es wieder, schneidend und befehlend. Sonntag war aus dem Schatten herausgetreten, in der Hand hielt er eine große, schwere Pistole. Merle ließ ihre Waffe langsam sinken, dann wollte sie sich bücken.

„Fallenlassen!", herrschte Sonntag sie an. Merle gehorchte. Er stand etwa drei Meter hinter ihr, zu weit entfernt für sie, um ihn anspringen zu können. Dazu hätte sie sich erst umdrehen müssen. Sonntag, für einen Moment hoffte ich, er würde mich heraushauen. Hoffte, mich geirrt zu haben. Mein für einen Augenblick völlig benebelter Verstand klammerte sich an diesen nicht vorhandenen Strohhalm.

Aber das war nicht Sonntags Art. Ich verwarf den Gedanken schnell, ich kannte den Kerl trotz allem zu gut, der Typ ritt die Leute immer nur in die Scheiße rein. Er half nur sich selbst heraus. Außerdem, was besseres konnte ihm nicht passieren. Er hatte sie, die Killerin und mich, den Schnüffler. Die beiden einzigen, die wirklich oder nur ungefähr wußten, welche Rolle er, der Klassenspezi von Robert Klühspiess bei dessen Ermordung gespielt hatte. Die wußten, welche Rolle er in der Grundstücks- und Koksmafia hier spielte. Meine Schulter schmerzte höllisch. Aber ich wurde langsam klar. Und langsam wurde mir etwas klar. Ich wollte leben, einfach nur weiterleben.

Im Moment achtete niemand auf mich. Sonntag konzentrierte sich voll auf Merle. Von ihr ging für ihn die Gefahr aus, nicht von mir. Damit hatte er auch vollkommen recht. Mein einziger Vorteil war, daß dieser Mistkerl mich nie für voll genommen hatte. Das tat er jetzt noch weniger als früher. Merle hätte ihm zu einem anderen Zeitpunkt am geeigneten Ort vielleicht mal erklärt, wie gefährlich es werden kann, einen Gegner zu unterschätzen. Ich wollte nur leben. Also bewegte ich mich, langsam, so langsam, wie es mir meine schmerzende Seite erlaubte, schob ich meine heile Hand zurück in die Jackentasche, in der Mariannes kleine Pistole war ...

„Das nenne ich Glück", ließ sich Sonntag vernehmen. „Ihr seid ein schönes Paar, ihr zwei," fuhr er fort. „Hektor und Merle Purmann, das hätte ich nicht gedacht. Habt ihr die Dinger zusammen ausgeheckt, hä? Hast du auch zu Carolas kleiner Mörder GmbH gehört, Purmann? Kann ich eigentlich kaum glauben, so ein gewaltfreies Weichei, wie du es immer gewesen bist. Aber das ist ganz praktisch für mich. So habt ihr euch gegenseitig erschossen. Mord aus Leidenschaft, das paßt wunderbar."

Das war ganz Philipp Sonntag, immer nur Hohn und Spott für den unterlegenen Gegner und immer liebe, freundliche, schleimscheißende Worte für die, die er brauchte. So war er als Autonomer gewesen, so hatte er sich seine Partei Untertan gemacht, so war er wohl mit Klühspiess und dem alten Runkelstein verfahren. Das ganz große Geld.

Ich konnte mir lebhaft vorstellen, wie er seinen Partnern die Sache schmackhaft gemacht hatte. Eine schwarz-grüne Zusammenarbeit, über alle Partei- und sonstigen Grenzen hinweg, zum Wohle aller Beteiligten an der Steuer vorbei. Ich schwieg.

„Daß ich euch beide habe, gefällt mir. He, Purmann, deine kleine Frau hat dir wohl eine Kugel verpaßt, hm? Schätze, dann muß ich dich wohl mit Ihrer Waffe erschießen. Tut mir leid für dich, nimm es nicht persönlich, denke daran, es ist rein geschäftlich."

Mein Gott, war der Kerl witzig, hatte den Paten gesehen und soviel Humor wie Skladowsky. Sonntag war ein richtiger Politiker geworden, quasselte ohne Unterlaß. Und so verblödet wie die anderen war er auch.

Warum hatte er nicht seelenruhig abgewartet, bis Merle mit mir fertig war?
Mußte wohl unbedingt seinen Sieg vervollkommnen, dem alten Weichei Purmann noch einmal zeigen, was für eine Null ich war. Das hätte es nicht bedurft, Sonntag. Doch langsam sah ich eine Chance. Ich mußte wachbleiben, klar bleiben, ich versuchte so ruhig und flach wie möglich zu atmen. Ich merkte, wie ich langsam völlig ruhig wurde, die Schmerzen waren weg, wenn ich meine rechte Schulter ruhig hielt.

„Merle," wandte er sich an an die Frau in unserer Runde, „schieb deine Knarre mit dem Hacken zu mir rüber, aber ganz langsam. Ich weiß genau Bescheid über dich. Carola hat mir von deinen Fähigkeiten vorgeschwärmt, als sie ihre Zunge noch hatte. Los Merle, mach hin!"

Merle rührte sich nicht. Sie stand da wie zur Salzsäure erstarrt. Ich konnte sehen, wie sie arbeitete, nachdachte, hin und herwog, ihre Chancen abschätzte. Sie hatte mehr zu verlieren als ich, oder noch weniger, je nachdem, wie man es sieht.

Ich mußte Zeit gewinnen, Sonntag aus Merles Schatten locken. Er hatte einen großen Revolver, allerdings nicht so groß wie sein Maul und seine dummdreiste Überheblichkeit.

„Warum hast du Ehlers umbringen lassen?", fragte ich ihn. Ich mußte mich zwingen, nicht zu lallen. „Das verstehe ich nicht, Sonntag, er hat dich doch fast wieder in den Bundestag geschrieben."

„Hör zu Purmann, ich will es dir erzählen. Es ist jetzt eh egal, da du es nicht weiter-plappern wirst.

Micky Ehlers war genauso ein kleiner prinzipientreuer Wichser wie du. Ihr Nullen glaubt wirklich an die Macht des ehrlichen Wortes. Ehlers sollte den alten Skladowsky erledigen, nicht seinen Sohn. Seine Artikel haben uns viel Ärger gemacht, noch mehr seine badische Recherche. Das brachte Klühspiess erst richtig auf den Trip, den Gewinn abkassieren, uns abservieren und sich als Unschuldslamm herausstellen zu wollen. Micky hatte die Querverbindung recherchiert. Ich habe zwar über Andrea etwas Druck gemacht, schließlich steckt einiges Geld von mir in der Unterm Pflaster. Ich hoffte, ich könne sie über die Solidarität und die Chance, die Rechten endlich abzuwählen, an der Leine halten. Bei Ehlers dachten wir, es genügt ein bißchen Druck, Drohungen gegen die Frau und das Kind und so, hat aber leider nicht gereicht. Leider hat er in Baden vom alten Klühspiess noch etwas Munition bekommen. Zu meinem Glück, glaubte er noch bis Freitag letzter Woche, ich wäre da dran unbeteiligt. Er ging von einer Klühspiess-Runkelstein-Skladowsky Geschichte aus. Er hat mir von seinem Verdacht gegen Skladowsky erzählt und ich habe gesagt, ich traue Skladowsky alles zu, immerhin war der ja mal in der Fluchthelfermafia. Man weiß ja, was für Kontakte und Methoden die hatten. Dann bot ich ihm an, nachdem du am Freitag verhindert hast, daß Hardy und Zombie ihn fertigmachten, in meiner Datsche in Ruhe weiterzuschreiben. Tja, und da ist ihm dann wohl ein Licht aufgegangen. Zu spät für ihn. Ich kriege echt Probleme, wenn ich den Bullen, speziell Sauerland, meine Verbindungen in Lübberitz erklären soll. Aber auch da komme ich raus, immerhin hast du ja alle Zeugen beseitigt, Merle. Dank dir, du ahnst gar nicht, wie viel du für mich in den letzten Tagen getan hast, Schätzchen!"

Er warf ihr ein Küßchen zu, sie bemerkte es nicht, da sie ihm immer noch den Rücken zudrehte. Sie war bereit zum Sprung. Ich hatte mittlerweile die Pistole gespannt. Das Problem war im Augenblick nur noch, daß ich, wenn ich es schaffte, abzudrücken, durch Merle hindurch hätte schießen müssen. Also mußte ich weiter Zeit gewinnen. Aber Sonntag war so großartig am Reden, er redete weiter.

„Der alte Skladowsky, ob der was gerochen hat, weiß ich nicht. Der Typ hatte einen guten Instinkt. Deswegen hat er auch dich, Purmann, angeheuert, seinen Sohn zu überwachen. Der wußte, daß da etwas lief. Der konnte sich ausrechnen, daß der alte Müller sich die Hütte und den ganzen Luxus nicht vom mickrigen Bullensold leisten konnte. War ein schlauer Kerl, der Skladowsky. Ich dachte, wenn ich ihm einen Gefallen tue und seinen schärfsten innerparteilichen Gegner aus dem Weg räume, würde er Ruhe geben. Nichts da, der Wichser wollte es genau wissen. Jetzt weiß er es. Dank dir, Merle. Wirklich danke. Aber es hat mich sehr genervt, daß ihr zwei in Lübberitz unsere Vorräte verbrannt habt. Im Keller seiner Hütte hatte Müller Koks für fast 20 Millionen gebunkert! Das hat wehgetan, wirklich! Seit wann hängt ihr zwei wieder zusammen? "

Er hielt einen Moment inne, dachte wohl an die vielen Mäuse, die ihm verlorengegangen waren. Dann richtete er sich auf und fuhr, so viel Betroffenheit in seine Stimme legend, wie er nur konnte, fort:

„Außerdem habt ihr einen guten Kumpel von mir und zwei Jungen umgelegt, die nichts dafür konnten. Die nur Spaß haben wollten. Scheiße - mein Sohn ist mir auch nicht egal, für den tue ich doch das ganze hier."

Ich stieg nicht auf die Nummer vom besorgten Papa ein, der den Pfad in die Zukunft seines Sohnes mit Leichen und Koks pflastert, ich wollte eigentlich etwas mehr über Müller und die Polizeiverbindung hören, aber Merle kam mir dazwischen:

„Hast du bei Carola den Klühspiess-Job in Auftrag gegeben?" Merles Stimme kam aus ganz großer Ferne, so kalt wie sie klang, so abgeschlossen schien sie zu haben. Sie schien sich in ihr Schicksal zu fügen. Mit ihrem Hacken bewegte sie den Colt so weit, daß sie ihn mit den Füßen nicht mehr erreichen konnte. Sonntag hatte das bemerkt und fluchte, er war doch etwas nervös. Nun ja, einen Mord selbst zu begehen ist halt doch etwas anderes als einen in Auftrag zu geben. Er hatte sich nie gerne die Finger schmutzig gemacht.

„Geh einen Schritt nach links, Merle," herrschte er sie an, „Los, mach schon!"

Er hatte Mühe sich zu beherrschen, schließlich waren wir hier mitten in der Stadt, in der Ferne heulten schon Sirenen, offenbar hatte jemand mitgekriegt, was da auf der

Multiplex-Baustelle vorgefallen war. Außerdem war da noch Licht in der Markthallenschänke. Aber die Prols würden wohl weggucken, wenn einer mit einer großen Knarre rumfuchtelt. Ich hatte derweil ganz langsam meine Hand mit der Pistole aus der Jacke geholt und in den Schatten neben mein Bein gelegt. Es war gut, daß Mariannes Waffe so klein war.

„Aber gerne," Merles Stimme war klar und kalt wie frischer Schnee. „Also, hast du den Klühspiess-Job in Auftrag gegeben?"

„Ja, und die Bombe im Schließfach war auch meine Idee. Carola fraß mir aus der Hand. Die war schon süß, deine Freundin. Nur, als sie merkte, daß wir dich ausgepustet äh, na ja, daß wir dich auspusten wollten, da wollte sie nicht mehr. Sie glaubte, sie könne entwischen. Hat zwei Tage gekostet, sie zu finden. Konny hatte schließlich den richtigen Riecher, wo sie zu finden war. Wir haben dann alles in ihrer Wohnung erledigt. Die Jungs hatten noch etwas Spaß, bevor wir sie richtig fertiggemacht haben. Ihre Leiche konnten wir dann leider nicht mehr wie geplant entsorgen, da ist uns ein verdammter kleiner Wichser leider dazwischengekommen. Der hat auch noch Glück gehabt. Bis jetzt, nicht wahr, Purmann, doch jetzt ist es damit vorbei."

„Und Klühspiess? Was war mit dem?"

„Tja, Purmann, das hast du vorhin Merle schon fast richtig erzählt. Der war ein anderes Kaliber. Der Wichser glaubte echt, er könne mich verarschen, sich wählen lassen und dann sein Wissen gegen mich ausspielen. Wir mußten ihn erledigen. Die Idee mit dem Attentat auf den Kanzler, die war doch echt Klasse, was? So eine richtig revolutionäre Aktion sollte das sein. Hat alles geklappt, bis auf die Tatsache, daß Merle nicht, wie verabredet, draufgegangen ist. Aber das hat auch sein Gutes gehabt."

„Warum Klühspiess?", fragte ich.

„Er wollte mich auffliegen lassen, dachte, wenn er mir schadet, schadet er der Partei. Er hatte genug Kompromittierendes gesammelt, um mich, Carsten und damit auch Skladowsky politisch zu erledigen. Er glaubte, er könne mich linken. Erst kassieren und mich dann hochgehen lassen. Da müssen andere kommen, ganz andere. Die sind noch nicht geboren. Ihr kleinen Scheißer glaubt wohl, ihr könnt mich verarschen. Mich, Philip Sonntag verarscht keiner. An mir kommt hier bald keiner mehr vorbei. Wenn ich mit euch fertig bin, sorge ich dafür, daß man diese Knarre hier" - er wies mit der linken auf seinen Colt - „beim alten Runkelstein findet, die gehört ihm sogar!" - er lachte hämisch „ dann bin ich meinen ehemaligen Seniorpartner auch los."

„Schöne Geschichte, Philip", preßte ich hervor. „Und was ist mit uns?"

„Ihr - ihr konntet euch nicht über die Beute einigen, da habt Ihr euch gegenseitig erledigt. Vielleicht dachte Merle auch, du wolltest sie verpfeifen und hat dich deshalb erschossen. Letztlich ist das egal. Mich bringt da keiner von euch mehr hinein."

Ich hatte keine Lust, ihm zu erklären, daß seine Idee mit dem gegenseitig abknallen ohne eine Waffe neben meiner Leiche keinen Sinn hatte, es war nur ein schwacher Trost, zu wissen, daß er zumindest politisch erledigt war. Vielleicht fände sich sogar ein Gericht, das ihn verurteilen würde, wenn Markus das Material, das wir bei Carola Albertz und in

Mickys Nachlaß gefunden hatten, ins Netz speiste. Aber ich wollte das eigentlich erleben. Ich richtete mich etwas auf und brachte mich in Position.

Sonntag sah sich nervös um, lauschte einen Moment, dann meinte er:

„Wer von euch möchte den Anfang machen?"

„Ich", sagte Merle, die offenbar meine Waffe bemerkt hatte, „mach's kurz und - ich habe da noch eine Bitte, Philip."

„Ja, Merle?"

„Sieh mir in die Augen dabei", sie drehte sich halb um und ging genau aus der Schußlinie. Sie hatte halt einen sicheren Instinkt.

„Aber ich bitte doch darum," antwortete Sonntag, ganz der alte Charmeur, wandte sich ihr zu und hob die Waffe. Er stand genau vor mir, vielleicht sieben, acht Meter entfernt. Ich brauchte nur den Revolver etwas nach oben zu richten und abdrücken. Ich spürte einen gewaltigen Schlag gegen meine Hand, roch verbranntes Pulver und hörte erst einmal nichts.

Als ich die Augen öffnete, sah ich Sonntag. Er drehte sich um, ließ die Hand mit dem Colt sinken, die Waffe glitt aus seiner Hand und fiel zu Boden. Sonntag starrte mich an, sank langsam in die Knie. Dann fiel er nach vorne wie ein nasser Sack. Er bewegte sich nicht mehr.

Ich hob die Hand, den kleinen Revolver wie ein Stück glühendes Eisen darin. Ich zitterte, die Waffe verbrannte mich. Ich schrie auf und warf sie weg. Dann sah ich zu Merle.

Sie lächelte und bückte sich nach ihrer Waffe.

# Ende

# Nachwort

Eigentlich ist es müßig, dennoch muß auch hier wieder darauf hingewiesen werden.

Handlung und Personen dieses Romans sind frei erfunden. Ähnlichkeiten mit lebenden oder toten Personen oder Ereignissen, die stattgefunden haben oder auch noch stattfinden können, sind unbeabsichtigt und reiner Zufall.

Die Orte der Handlung sind bis auf die unten beschriebenen Ausnahmen real.

Es gibt allerdings in Heidelberg keinen Platz, in dessen Nähe sich ein 17-stöckiges Gebäude dergestalt befindet, daß ein Attentat, wie es Merle Purmann verübt, möglich ist.

Im Schwarzwald oder anderswo gibt es kein Internat Schloß Unterhammelstein.

Straßen- und Ortsnamen in Braunschweig und Hannover entsprechen der Wirklichkeit. Der Kiosk Hektor Purmanns existiert nicht in dieser Form. Es gibt aber eine Reihe von Kiosken in der Stadt, die in irgendeiner Weise zur Gestaltung des Purmann'schen Ladens beigetragen haben können.

Die Dörnbergstraße existiert wie alle anderen im Text erwähnten Straßen. Die Wohnung Carola Albertz' findet sich dort jedoch nicht. Sollte es dort ein Dachgeschoß geben, was der beschriebenen Wohnung ähnelt, ist dies reiner Zufall und dem Autoren nicht bekannt.

Die Kneipen „Haddocks" und „Pipapo" sind nach realen Vorbildern gestaltet. Kneipen dieses Namens gibt es in Braunschweig nicht. Auch die Umgebung des Bunkers in Kralenriede sieht in Wirklichkeit anders aus als hier beschrieben.

In Lübberitz gibt es ein Forsthaus, eine Datschensiedlung im Wald existiert dort nicht.

Geschrieben habe ich „Merle oder der richtige Mann" zwischen Sommer 1997 und Mai 1998. Daher sind einige der Handlungsorte, die im Buch beschrieben werden, nicht ganz korrekt. Was damals noch Baugrube war, ist heute Kino.

Braunschweig, März 2001

Rolf Süchting